UN CABALLERO
EN MOSCÚ

Amor Towles

UN CABALLERO
EN MOSCÚ

Traducción del inglés de
Gemma Rovira Ortega

narrativa
salamandra

Título original: *A Gentleman in Moscow*

Fotografía de la cubierta: Rodney Smith

Copyright © Cetology, Inc., 2016
Copyright de la edición en castellano © Ediciones Salamandra, 2018

Mapa de la página 9 de Alex Coulter

Publicaciones y Ediciones Salamandra, S.A.
Almogàvers, 56, 7º 2ª - 08018 Barcelona - Tel. 93 215 11 99
www.salamandra.info

ISBN: 978-84-9838-898-5
Depósito legal: B-17.718-2018

1ª edición, octubre de 2018
2ª edición, enero de 2019
Printed in Spain

Impresión: Romanyà-Valls, Pl. Verdaguer, 1
Capellades, Barcelona

Para Stokley y Esmé

MOSCÚ c. 1922

SAN PETERSBURGO 63373 km.

ESTACIÓN SAN PETERSBURGO

ANILLO DE LOS JARDINES

ANILLO DE LOS BULEVARES

FILIPPOV

CASA CENTRAL DE ESCRITORES

CALLE TVERSKAIA

LA LUBIANKA

Plaza del Teatro

CONSERVATORIO DE MOSCÚ

PLAZA ROJA

Calle Arbat

KREMLIN

JARDÍN ALEKSÁNDROVSKI

Río Moscova

Plaza del Teatro

76,2 m.

TEATRO BOLSHÓI

TSUM
(GRANDES ALMACENES CENTRALES)

TEATRO MALY

CASA DE LOS SINDICATOS

HOTEL METROPOL ★

Lo recuerdo muy bien.

El visitante llegó a pie
y habitó un tiempo entre nosotros:
una melodía con la falsa apariencia de un puma.

Pero ¿qué fue de nuestro propósito?

Contesto esta pregunta
como tantas otras,
desviando la mirada
mientras pelo una pera.

Doy las buenas noches con una reverencia
y salgo por el balcón al sencillo esplendor
de otra primavera templada.

Esto es lo único que sé:

no se perdió entre las hojas de otoño de la Plaza de Pedro.
No está entre las cenizas de los cubos de basura del Ateneo.
Ni en las pagodas azules de vuestras bonitas chinoiseries.

No está en las alforjas de Vronski;
ni en la primera estrofa del soneto XXX,
ni en el veintisiete rojo...

«¿Qué ha sido de él?» (versos 1-19)
Conde Aleksandr Ilich Rostov, 1913

COMPARECENCIA DEL CONDE ALEKSANDR ILICH ROSTOV
ANTE EL COMITÉ DE EMERGENCIA DEL COMISARIADO
POLÍTICO DE ASUNTOS INTERNOS

Presiden: Camaradas V. A. Ignátov,
M. S. Zakovski, A. N. Kósarev.

Por la acusación: A. Y. Vyshinski.

Fiscal Vyshinski: Diga su nombre.
Rostov: Conde Aleksandr Ilich Rostov, condecorado
    con la Orden de San Andrés, miembro del Jockey
    Club, Jefe de Cacería.
Vyshinski: Puede quedarse sus títulos; no nos interesan para nada. Limítese a confirmarnos si es usted Aleksandr Rostov, nacido en San Petersburgo
    el veinticuatro de octubre de mil ochocientos
    ochenta y nueve.
Rostov: Sí, soy yo.
Vyshinski: Antes de comenzar, permítame observar
    que no recuerdo haber visto jamás una chaqueta
    adornada con tantos botones.
Rostov: Gracias.
Vyshinski: No era ningún cumplido.
Rostov: En ese caso, exijo una satisfacción en el
    campo del honor.

(Risas.)

Secretario Ignátov: ¡Silencio en la sala!
Vyshinski: ¿Domicilio actual?

Rostov: Suite trescientos diecisiete del Hotel Metropol, Moscú.

Vyshinski: ¿Desde cuándo vive allí?

Rostov: Me alojo en el hotel desde el cinco de septiembre de mil novecientos dieciocho. Es decir, desde hace casi cuatro años.

Vyshinski: ¿Profesión?

Rostov: No es propio de caballeros tener profesión.

Vyshinski: De acuerdo. Entonces, dígame, ¿a qué dedica su tiempo?

Rostov: A cenar, conversar, leer, reflexionar. Los líos habituales.

Vyshinski: ¿Y escribe poesía?

Rostov: Me defiendo bien con la pluma.

Vyshinski: (Sostiene en alto un panfleto.) ¿Es usted el autor de este poema largo de mil novecientos trece: «¿Qué ha sido de él?»?

Rostov: Se me ha atribuido.

Vyshinski: ¿Por qué escribió este poema?

Rostov: Exigía ser escrito. Yo sólo estaba sentado, casualmente, ante determinado escritorio determinada mañana, cuando él decidió presentar sus exigencias.

Vyshinski: ¿Y dónde sucedió eso exactamente?

Rostov: En el salón del ala sur de Villa Holganza.

Vyshinski: ¿Villa Holganza?

Rostov: La finca de los Rostov en Nizhni Nóvgorod.

Vyshinski: Ah, sí. Claro. Qué oportuno. Pero volvamos a concentrarnos en su poema. Por el hecho de haber salido a la luz durante el período de represión posterior a la fallida revolución de mil novecientos cinco, muchos lo consideraron una llamada a la acción. ¿Está usted de acuerdo con esta valoración?

Rostov: La poesía siempre es una llamada a la acción.

Vyshinski: (Repasa sus notas.) ¿Y fue en la primavera del año siguiente cuando abandonó usted Rusia para dirigirse a París...?

Rostov: Creo recordar que los manzanos estaban en flor. De modo que sí, es muy probable que fuera en primavera.

Vyshinski: El dieciséis de mayo, para ser exactos. Bien, entendemos que decidiera imponerse un exilio voluntario; hasta simpatizamos, en cierto modo, con sus motivos para huir del país. Lo que nos preocupa es su regreso en mil novecientos dieciocho. Es inevitable preguntarse si volvió usted con la intención de tomar las armas y, en ese caso, si a favor o en contra de la Revolución.

Rostov: Me temo que, a esas alturas, ya había dejado atrás la edad de tomar las armas.

Vyshinski: Entonces ¿por qué regresó?

Rostov: Echaba de menos el clima.

(Risas.)

Vyshinski: Conde Rostov, por lo visto no es usted consciente de la gravedad de la situación. Ni demuestra el respeto debido a las personas aquí reunidas.

Rostov: En su día, la zarina se quejaba de lo mismo.

Ignátov: Fiscal Vyshinski. Si me permite...

Vyshinski: Adelante, secretario Ignátov.

Ignátov: No tengo ninguna duda, conde Rostov, de que en la sala muchos estarán sorprendidos por su encanto personal; yo, en cambio, no lo estoy en absoluto. La historia nos ha demostrado que el encanto personal es la máxima ambición de las clases privilegiadas. Lo que sí me sorprende es que el autor del poema en cuestión pueda haberse convertido en un hombre que, claramente, carece de todo propósito.

Rostov: Siempre he tenido la impresión de que el propósito del hombre sólo lo conoce Dios.

Ignátov: Desde luego. Seguro que le ha resultado muy conveniente.

(El Comité suspende la sesión durante doce minutos.)

Ignátov: Aleksandr Ilich Rostov, teniendo en cuenta su propio testimonio, nos vemos obligados a suponer que el espíritu clarividente que escribió el poema «¿Qué ha sido de él?» ha sucumbido irrevocablemente a las corrupciones de los de su clase, y que ahora representa una amenaza para los mismos ideales que antaño defendía. Con tal criterio, nos inclinaríamos por que se lo llevaran de esta sala y lo condujeran al paredón. Sin embargo, entre los estamentos superiores del Partido hay quienes lo consideran uno de los héroes de la causa prerrevolucionaria. En consecuencia, este comité ha acordado que regrese usted a ese hotel que tanto le gusta. Pero no se confunda: si vuelve a poner un pie fuera del Metropol, será ejecutado. Siguiente caso.

> Con las firmas de
> V. A. Ignátov
> M. S. Zakovski
> A. N. Kósarev

LIBRO PRIMERO

1922

Ante el Embajador

El 21 de junio de 1922 a las seis y media, cuando el conde Aleksandr Ilich Rostov salió escoltado por la puerta del Kremlin a la Plaza Roja, hacía un día fresco y espléndido. El conde echó los hombros hacia atrás, sin detener el paso, e inspiró hondo, como quien sale del agua después de nadar. El cielo estaba de aquel azul para el que se habían pintado las cúpulas de San Basilio. Sus rosas, verdes y dorados relucían como si el único propósito de la religión fuera alegrar a Su Divinidad. Hasta las muchachas bolcheviques que conversaban delante de los escaparates de los Grandes Almacenes del Estado parecían vestidas para celebrar los últimos días de la primavera.

—Saludos, buen hombre —le dijo el conde a Fiódor, que tenía su puesto en el margen de la plaza—. Veo que este año las moras se han adelantado.

Sin dar tiempo a contestar al sorprendido vendedor de frutas, el conde siguió caminando a buen paso, con el encerado bigote extendido como las alas de una gaviota. Salió por la Puerta de la Resurrección, dio la espalda a las lilas del Jardín Aleksándrovski y siguió hacia la Plaza del Teatro, donde se levantaba el Hotel Metropol en todo su esplendor. Cuando llegó a la entrada, le guiñó un ojo a Pável, el portero; dio media vuelta y tendió la mano a los dos guardias que lo seguían.

—Gracias, caballeros, por traerme sano y salvo. Ya no necesitaré más su ayuda.

Aunque eran muchachos fornidos, los dos guardias tuvieron que levantar la cabeza para mirar al conde por debajo de la visera de sus gorras, pues, igual que diez generaciones de varones Rostov, el conde medía su buen metro noventa de estatura.

—Siga caminando —dijo el más bruto de los dos, con una mano en la culata del rifle—. Tenemos órdenes de llevarlo hasta sus habitaciones.

En el vestíbulo, el conde hizo un amplio ademán para saludar a la vez al imperturbable Arkadi (que se ocupaba del mostrador de recepción) y a la dulce Valentina (que le quitaba el polvo a una estatuilla). Aunque el conde los había saludado de aquella manera un centenar de veces, ambos reaccionaron mirándolo con los ojos como platos. Era la clase de recibimiento que podías esperar al llegar a una cena si te habías olvidado de ponerte los pantalones.

Al pasar junto a la niña aficionada al color amarillo, que leía una revista en su butaca favorita del vestíbulo, el conde se paró en seco frente a los tiestos de las palmeras para dirigirse a su escolta.

—¿En ascensor o por la escalera, caballeros?

Los guardias se miraron, miraron al conde y volvieron a mirarse entre ellos, incapaces, por lo visto, de decidirse.

¿Cómo va a imponerse un soldado en el campo de batalla, se preguntó el conde, si es incapaz de decidir cómo quiere subir al piso de arriba?

—Por la escalera —decidió por ellos, y subió los escalones de dos en dos, como solía hacer desde los años del liceo.

En el tercer piso, el conde enfiló por la alfombra roja del pasillo hacia su suite, compuesta de dormitorio, cuarto de baño, comedor y gran salón con ventanas de dos metros y medio, con vistas a los tilos de la Plaza del Teatro. Y allí lo esperaba el momento más desagradable de aquel día. Pues ante la puerta abierta de par en par de sus habitaciones estaba el capitán de los dos guardias con Pasha y Petia, los botones del hotel. Los dos muchachos miraron al conde abochornados; era evidente que los habían reclutado para realizar alguna tarea que ellos consideraban poco grata. El conde se dirigió al oficial.

—¿Qué significa esto, capitán?

El capitán, a quien pareció sorprenderle un poco la pregunta, demostró estar bien entrenado y se mantuvo impasible.

—He venido a enseñarle sus aposentos.

—Éstos son mis aposentos.

El capitán, sin poder disimular la sombra de una sonrisa, replicó:

—Me temo que ya no.

El capitán dejó atrás a Pasha y a Petia y guió al conde y a su escolta hasta una escalera de servicio oculta tras una puerta disimulada en pleno centro del hotel. La escalera, mal iluminada, se retorcía bruscamente cada cinco peldaños, como si ascendiera por un campanario. Subieron tres tramos hasta un descansillo donde una puerta daba al estrecho pasillo por el que se accedía a un cuarto de baño y seis dormitorios con aspecto de celdas monásticas. Aquel desván se había construido en su día para alojar a los mayordomos y las doncellas de los huéspedes del Metropol, pero al abandonarse la costumbre de viajar con los propios sirvientes, las habitaciones en desuso pasaron a servir para cubrir emergencias ocasionales, y desde entonces se almacenaban en ellas trastos viejos, muebles rotos y desechos diversos.

Ese mismo día habían vaciado la que quedaba más cerca de la escalera y sólo habían dejado en ella una cama de hierro, una cómoda con tres patas y una década de polvo. En un rincón, cerca de la puerta, había un pequeño armario que más bien parecía una cabina telefónica, llevado a la habitación en el último momento. El techo, siguiendo la inclinación del tejado, descendía de forma gradual a medida que se alejaba de la puerta, de modo que, en la pared exterior de la habitación, el único sitio donde el conde podía estar completamente erguido era junto a la buhardilla, que tenía un ventanuco del tamaño de un tablero de ajedrez.

Mientras los dos guardias miraban con suficiencia desde el pasillo, el buen capitán explicó que había llamado a los botones para que ayudaran al conde a trasladar los pocos objetos personales que cupieran en sus nuevos aposentos.

—¿Y el resto?

—Pasará a ser propiedad del Pueblo.

«Así que éste es su juego», pensó el conde.

—Muy bien.

Bajó dando saltos por aquella escalera de campanario, y los guardias se apresuraron a seguirlo, repiqueteando los rifles contra la pared. Cuando llegó al tercer piso, enfiló el pasillo y se dirigió a su suite, donde los dos botones lo miraron con gesto acongojado.

—No pasa nada, chicos —los tranquilizó el conde, y empezó a señalar—: Eso. Ésas. Aquello. Todos los libros.

Entre los muebles destinados a sus nuevos aposentos, escogió dos butacas, la mesita de salón oriental de su abuela y una de sus vajillas de porcelana favoritas. También las dos lámparas de mesa hechas con unos elefantes de ébano, y el retrato de su hermana Helena que Serov había pintado en 1908, durante una breve visita a Villa Holganza. No se olvidó del baúl de cuero fabricado especialmente para él por la tienda Asprey de Londres, y que su buen amigo Mishka con tanto acierto había bautizado como «el Embajador».

Alguien había tenido el detalle de hacer que llevaran una de las maletas de viaje del conde a su dormitorio. Así pues, mientras los botones trasladaban los muebles ya mencionados a sus nuevos aposentos, él se dedicó a meter en la maleta su ropa y sus objetos personales. Al reparar en que los guardias miraban las dos botellas de coñac que había encima de la cómoda, las metió también. Y cuando ya se habían llevado la maleta arriba, señaló por último el escritorio.

Los dos botones, que con tanto trajín ya se habían ensuciado el uniforme azul marino, lo levantaron cada uno por un extremo.

—Pero si pesa una tonelada —le dijo uno al otro.

—El rey se fortifica con un castillo —comentó el conde—, y el caballero, con un escritorio.

Mientras los botones sacaban el mueble al pasillo, el reloj de pie de los Rostov, condenado a quedarse atrás, dio las ocho con un sonido plañidero. El capitán ya había regresado a su puesto, y los guardias, cuya agresividad se había transformado en aburrimiento, estaban apoyados en la pared y dejaban que la ceniza de sus cigarrillos cayera en el suelo de parquet, mientras en el gran salón entraba a raudales la luz del solsticio de verano moscovita.

Con espíritu nostálgico, el conde se acercó a las ventanas del rincón noroeste de la suite. ¿Cuántas horas habría pasado ante ellas? ¿Cuántas mañanas, en batín y con un café en la mano, habría observado a los recién llegados de San Petersburgo descender de sus taxis, agotados tras la noche pasada en el tren? ¿Cuántas noches de invierno habría visto caer lentamente la nieve mientras una solitaria silueta achaparrada pasaba por debajo de una farola? En ese preciso instante, en el extremo norte de la plaza, un joven oficial del Ejército Rojo subía presuroso los escalones del Bolshói; ya se había perdido la primera media hora de la función de esa noche.

El conde sonrió al recordar su juvenil preferencia por llegar *entr'acte*. En el Club Inglés, tras insistir en que sólo podía quedarse a tomar una copa más, se quedaba a tomar otras tres. Luego se metía en el carruaje, que lo esperaba fuera, y volaba por la ciudad; subía a grandes saltos aquellos escalones legendarios y, como joven que era, entraba corriendo por la puerta dorada. Mientras las bailarinas danzaban con elegancia por el escenario, el conde se disculpaba susurrando «*Excusez-moi*», hasta que llegaba a su asiento de siempre, en la fila veinte, con una vista privilegiada de las damas de los palcos.

«Llegar tarde —pensó con un suspiro—. Un dulce placer de juventud.»

Entonces se dio la vuelta y empezó a recorrer sus habitaciones. Primero admiró las espectaculares dimensiones del salón y sus dos arañas de luces. Los paneles pintados del pequeño comedor y el ornamentado mecanismo de latón que permitía cerrar la puerta de doble hoja del dormitorio. Resumiendo: contempló el interior como lo habría hecho un comprador en potencia al ver aquellas habitaciones por primera vez. Ya en el dormitorio, se detuvo delante de la mesa con tablero de mármol, sobre el que había una colección de curiosidades. Entre ellas, escogió unas tijeras que su hermana había tenido en gran estima. Tenían forma de garceta (las largas hojas de plata representaban el pico, y el pequeño tornillo de oro del eje, el ojo) y eran tan delicadas que a él apenas le cabían el pulgar y el índice en los agujeros.

El conde miró la estancia de un extremo a otro e hizo un rápido inventario de todo lo que se disponía a dejar atrás. Todos los objetos personales, muebles y *objets d'art* que había llevado a aquella suite cuatro años antes ya habían sido producto de un cuidadoso proceso de selección. Porque al recibir la noticia de la ejecución del zar, el conde había salido de París de inmediato. Durante veinte días había recorrido seis naciones y esquivado ocho batallones que

Era maravilloso descubrir la mesa plegable que desaparecía sin dejar rastro; y los cajones acoplados debajo de la cama; y las lamparitas empotradas, del tamaño justo para iluminar sólo una página. Aquel diseño tan eficaz era música para su joven mente. Atestiguaba claridad de propósito y entrañaba una promesa de aventura. Porque así debían de haber sido las habitaciones del capitán Nemo cuando recorrió las veinte mil leguas submarinas. ¿Y acaso cualquier muchacho con un mínimo sentido común no habría cambiado de buen grado cien noches en un palacio por una sola a bordo del *Nautilus*?

Pues bien. Allí estaba él, por fin.

Además, dado que la mitad de las habitaciones del segundo piso estaban temporalmente requisadas por los bolcheviques, que las utilizaban para mecanografiar, incansables, sus directrices, al menos en el sexto piso disfrutaría del silencio necesario para pensar.*

El conde se irguió y se golpeó la cabeza contra el techo inclinado.

—¡Eso es! —replicó.

Apartó una de las butacas, acercó las lámparas con forma de elefante a la cama y abrió su baúl. Primero sacó la fotografía de la Delegación y la puso encima del escritorio, donde debía estar. A continuación sacó las dos botellas de coñac y el reloj de dos repiques de su padre. Pero cuando cogió los gemelos de teatro de su abuela y los puso encima del escritorio, le llamó la atención algo que se movía cerca del dormitorio. Aunque la ventana era del tamaño de una invitación para una cena, el conde vio que una paloma se había posado fuera, en el alféizar.

—¡Hombre, hola! —dijo el conde—. Qué detalle que hayas venido a verme.

---

* De hecho, en la suite que había justo debajo de la del conde, Yakov Sverdlov, el primer presidente del Comité Ejecutivo Central Panruso, había encerrado al comité de redacción del borrador constitucional (y había jurado que no abriría la puerta hasta que hubieran terminado su trabajo). Y así, las máquinas de escribir tableteaban toda la noche, hasta que estuvo redactado aquel documento histórico que garantizaba a todos los rusos libertad de conciencia (artículo 13), libertad de expresión (artículo 14), libertad de reunión (artículo 15) ¡y libertad de que les revocaran cualquiera de esos derechos si se «utilizaban en detrimento de la Revolución socialista» (artículo 23)!

La paloma lo miró con aire de superioridad. Entonces arañó un poco el remate de cobre del alféizar con las patas y apuntó con el pico hacia la ventana varias veces seguidas.

—Ah, sí —concedió el conde—. Algo de razón tienes.

Se disponía a explicarle a su nueva vecina la causa de su inesperada llegada, cuando oyó un delicado carraspeo a su espalda, proveniente del pasillo. Sin darse la vuelta, supo que se trataba de Andréi, el maître del Boiarski, pues aquélla era su forma característica de interrumpir.

El conde le hizo una seña con la cabeza a la paloma para indicarle que retomarían su conversación en breve, se abrochó la chaqueta, se dio la vuelta y comprobó que Andréi no había ido solo a hacerle una visita: había tres miembros del personal del hotel apretujados en el umbral.

Uno de ellos era el propio Andréi, con su porte impecable y sus manos largas y juiciosas; Vasili, el inimitable conserje del hotel; y Marina, el tímido encanto de mirada errante, recientemente ascendida de camarera a costurera. Los tres tenían la misma expresión de desconcierto que el conde había visto en las caras de Arkadi y Valentina unas horas antes, y finalmente lo entendió: esa mañana, cuando se lo habían llevado en el coche, todos habían dado por hecho que no regresaría nunca. El conde había salido de detrás de los muros del Kremlin como un aviador que saliera de los restos de un avión siniestrado.

—Queridos amigos —dijo—, es lógico que sintáis curiosidad por los sucesos ocurridos hoy. Como quizá ya sepáis, esta mañana me han invitado a un *tête-à-tête* en el Kremlin. Allí, unos oficiales con la perilla de rigor del régimen han determinado que, por el delito de haber nacido aristócrata, debo ser condenado a pasar el resto de mis días... en este hotel.

En respuesta a los aplausos, el conde estrechó la mano a sus invitados de uno en uno y les expresó su sincero agradecimiento por su compañerismo.

—Pasad, pasad —les dijo.

Los tres empleados entraron en la habitación apretujándose para pasar entre las precarias torres de muebles.

—Si eres tan amable —dijo el conde, y le dio a Andréi una de las botellas de coñac.

A continuación, se arrodilló ante el Embajador, soltó los cierres y lo abrió como si se tratara de un libro gigantesco. En el interior, cuidadosamente aseguradas, había cincuenta y dos copas (o, para ser exactos, veintiséis pares de copas), cada una con la forma adecuada a su propósito: desde la amplia acogida de la copa de Borgoña hasta aquellos deliciosos vasitos pensados para los licores de colores llamativos del sur de Europa. Siguiendo el espíritu del momento, el conde cogió cuatro copas al azar y las repartió, y Andréi, que acababa de descorchar la botella, hizo los honores.

Cuando todos sus invitados ya tenían la copa de coñac en la mano, el conde alzó la suya y dijo:

—Por el Metropol.

—¡Por el Metropol! —replicaron ellos.

El conde era, por decirlo así, un anfitrión nato, y durante una hora, mientras rellenaba una copa aquí y se interesaba por una conversación allá, tuvo una percepción instintiva del carácter de las personas con las que estaba en la habitación. Esa noche, pese a la formalidad que exigía su cargo, Andréi sonreía con facilidad y, de vez en cuando, hasta guiñaba un ojo. Vasili, que hablaba con gran precisión cuando tenía que dar indicaciones para llegar a los monumentos de la ciudad, de pronto lo hacía con el tono cantarín de quien al día siguiente quizá recordara lo que había dicho ese día, o quizá no. Y, tras cada broma que hacían, la tímida Marina reía sin taparse la boca con una mano.

Esa noche el conde agradeció especialmente su buen humor; sin embargo, no era tan vanidoso como para imaginar que se debía sólo a la noticia de que se había salvado por muy poco. Al fin y al cabo, sabía mejor que muchos que los miembros de la Delegación habían firmado el tratado de Portsmouth, que ponía fin a la guerra ruso-japonesa, en septiembre de 1905. En los diecisiete años transcurridos desde aquel tratado de paz (apenas una generación), Rusia había sufrido una guerra mundial, una guerra civil, dos hambrunas y el denominado Terror Rojo. Resumiendo: había vivido una era de sublevaciones de la que no se había librado nadie. Tanto si uno tenía tendencias políticas de izquierdas como de derechas, tanto si era rojo como blanco, tanto si las circunstancias personales habían cambiado para mejor como para peor, sin duda por fin había llegado la hora de brindar por la salud de la nación.

A las diez en punto, el conde acompañó a sus invitados al campanario y les deseó buenas noches con la misma ceremonia que habría exhibido en la puerta de su residencia familiar de San Petersburgo. Al regresar a sus aposentos, abrió la ventana (pese a que era tan pequeña como un sello de correos), se sirvió el resto del coñac y se sentó al escritorio.

Fabricado en el París de Luis XVI, con los adornos dorados y el tablero de cuero característicos de la época, el escritorio se lo había dejado al conde su padrino, el Gran Duque Demidov. Era un hombre con grandes patillas blancas, ojos azul claro y charreteras doradas, que hablaba cuatro idiomas y leía seis. Soltero empedernido, representaba a su país en Portsmouth, dirigía tres fincas y, en general, valoraba el esfuerzo y despreciaba la frivolidad. Pero antes de todo eso, había servido al lado del padre del conde como despreocupado cadete en la caballería. Así fue como el Gran Duque se convirtió en el atento guardián del conde. Y en 1900, cuando los padres del conde murieron de cólera con escasas horas de diferencia, fue el Gran Duque quien se llevó aparte al joven y le explicó que debía ser fuerte y pensar en su hermana; que la adversidad se presenta adoptando diferentes formas; y que si uno no controla las circunstancias, se expone a que las circunstancias lo controlen a él.

El conde deslizó una mano por la superficie del escritorio, que tenía algunas muescas.

¿Cuántas de aquellas tenues marcas eran reflejo de las palabras del Duque? Allí, a lo largo de cuarenta años, se habían escrito instrucciones concisas para capataces, argumentos persuasivos para hombres de Estado y consejos exquisitos para amigos. Dicho de otro modo: era un escritorio que había que tener en cuenta.

El conde apuró su copa, retiró la silla y se sentó en el suelo. Pasó una mano por detrás de la pata delantera derecha del escritorio hasta que encontró el cierre. Al apretarlo se abrió un compartimento perfectamente disimulado que reveló una cavidad forrada de terciopelo que, al igual que los huecos de las otras tres patas, estaba llena de monedas de oro.

Aquel náufrago anglicano

A las nueve y media, cuando empezó a moverse, en esos momentos confusos inmediatamente anteriores a la recuperación de la conciencia, el conde Aleksandr Ilich Rostov paladeó el día que estaba a punto de comenzar.

Al cabo de una hora, envuelto en el tibio aire primaveral, estaría caminando a grandes zancadas por la calle Tverskaia, con el bigote a toda vela. Por el camino compraría *El Mensajero Ruso* en el quiosco de callejón Gazetni, pasaría por delante de Filíppov (sólo se detendría brevemente para echar un vistazo a los pasteles expuestos en el escaparate) y seguiría su camino para reunirse con sus banqueros.

Pero al detenerse en el bordillo (hasta que hubieran pasado los coches), el conde repararía en que su almuerzo en el Jockey Club estaba programado para las dos, y en que, si bien sus banqueros lo esperaban a las diez y media, eran a todos los efectos empleados de sus inversionistas, y por lo tanto se les podía hacer esperar. Mientras reflexionara sobre eso, daría media vuelta y, quitándose el sombrero de copa, abriría la puerta de Filíppov.

Al instante, sus sentidos serían recompensados por la incuestionable maestría del pastelero. En el aire flotaría el agradable aroma de los *pretzels* recién hechos, los panecillos dulces y las hogazas de pan, tan incomparables que las llevaban a diario en tren al Hermitage; mientras, ordenados en hileras perfectas detrás del cristal del expositor principal, habría pasteles recubiertos de colores tan variados como los tulipanes de Ámsterdam. El conde se acercaría al mostrador y le pediría un milhojas (qué nombre tan adecuado) a la joven dependienta del delantal azul claro y, con admiración, la observaría utilizar una cucharilla para trasladar aquella delicadeza, suavemente, de una pala de plata a un plato de porcelana.

Con su refrigerio en la mano, el conde tomaría asiento lo más cerca posible de la mesita del rincón donde las jóvenes damas mundanas se reunían todas las mañanas para repasar las intrigas de la noche anterior. Conscientes de dónde se encontraban, al principio las tres damiselas hablarían en voz baja, como personas refinadas; sin embargo, arrastradas por las corrientes de sus emociones, no podrían evitar subir la voz; de modo que, sobre las once y cuarto, hasta el más discreto cliente de la pastelería se vería obligado a oír los detalles, dispuestos en miles de capas, de las complicaciones que asaltaban sus corazones.

A las doce menos cuarto, después de haber dejado limpio su plato y haberse sacudido las migas del bigote, y tras despedirse con un ademán de la dependienta que atendía el mostrador y saludar tocándose el sombrero a las tres jóvenes damas con las que había conversado brevemente, volvería a la calle Tverskaia y, deteniéndose un momento, se plantearía: «¿Y ahora?» Quizá pasara por la Galerie Bertrand para ver los últimos lienzos llegados de París, o se colara en el vestíbulo del Conservatorio, donde algún joven cuarteto intentaría dominar una pieza de Beethoven; quizá se limitaría a llegar hasta el Jardín Aleksándrovski, donde podría buscar un banco y contemplar las lilas, mientras una paloma arrullaba y arañaba con las patas el remate de cobre del alféizar.

¿El remate de cobre del alféizar?

—Ah, claro —recordó el conde—. Supongo que no habrá nada de eso.

Si cerraba los ojos y se volvía hacia la pared, ¿cabía la posibilidad de que pudiera regresar al banco justo a tiempo para comentar «Qué agradable coincidencia» cuando las tres damiselas de Filíppov pasaran de forma casual a su lado?

Sin duda alguna. Pero imaginar lo que podía suceder si las circunstancias fueran diferentes era el único camino seguro hacia la locura.

El conde se incorporó, plantó los pies en el suelo sin alfombra y retorció las agujas de brújula de su bigote.

En el escritorio del Gran Duque había una flauta de champán y una copa de coñac. Viendo las líneas esbeltas de la primera junto a las formas achaparradas de la segunda era inevitable pensar en don Quijote y Sancho Panza en la meseta castellana. O en Robin Hood y el fraile Tuck en el umbrío bosque de Sherwood. O en el príncipe Hal y Falstaff ante las puertas de...

Pero llamaron a la puerta.

El conde se levantó y se golpeó la cabeza contra el techo.

—Un momento —dijo, frotándose la coronilla y hurgando en su baúl en busca de un batín.

Ya correctamente vestido, abrió la puerta y vio a un joven en el pasillo, con el desayuno de todos los días del conde: una cafetera, dos galletas y una pieza de fruta (ese día, una ciruela).

—¡Muchas gracias, Yuri! Pasa, pasa. Déjalo aquí, déjalo aquí.

Mientras Yuri dejaba el desayuno encima del baúl, el conde se sentó al escritorio del Gran Duque y escribió unas líneas para un tal Konstantín Konstantínovich de la calle Durnovski.

—¿Serías tan amable de entregar esta nota, muchacho?

Yuri, que nunca eludía un deber, cogió la nota de buen grado, prometió entregarla en mano y aceptó una propina con una inclinación de cabeza. Ya en el umbral, se detuvo un momento.

—¿Quiere que deje... la puerta entreabierta?

Era una pregunta razonable. Porque en la habitación faltaba el aire, y en la sexta planta no había mucho riesgo de que la intimidad del conde se viera comprometida.

—Sí, por favor.

Mientras se oían los pasos de Yuri descendiendo por el campanario, el conde se puso la servilleta en el regazo, se sirvió una taza de café y le añadió unas gotas de nata. Tomó el primer sorbo y comprobó, satisfecho, que el joven Yuri debía de haber subido corriendo aquellos tres tramos de escalera de más, porque el café no estaba ni un solo grado más frío de lo habitual.

Pero mientras liberaba una cuña de la ciruela de su hueso con el cuchillo mondador, vio una sombra plateada, incorpórea como una voluta de humo, que se deslizaba por detrás de su baúl. Se inclinó hacia un lado para mirar detrás de una butaca, y descubrió que su espejismo no era otro que el gato del vestíbulo del Metropol. El azul ruso, tuerto, que no dejaba que se le escapara nada de lo que sucedía dentro de las paredes del hotel, había subido al desván, por lo visto, para examinar personalmente los nuevos aposentos del conde. Salió de entre las sombras y saltó del suelo al Embajador, del Embajador a la mesita auxiliar, y de la mesita auxiliar a la cómoda de tres patas, sin hacer ni el más leve ruido. Una vez alcanzado su mirador, recorrió la habitación con una mirada concienzuda y sacudió la cabeza con gesto de felino disgusto.

—Sí —dijo el conde tras realizar él también su inspección—. Ya sé lo que quieres decir.

La caótica mezcolanza de muebles confería al reducido dominio del conde el aspecto de una casa de empeños de la calle Arbat. En una habitación de aquel tamaño, habría podido pasar con una sola silla, una sola mesilla de noche y una sola lámpara. Habría podido pasar perfectamente sin las porcelanas de Limoges de su abuela.

¿Y los libros? «¡Todos!», había dicho con bravuconería. Pero, pensándolo bien, tenía que admitir que no había dado aquellas instrucciones guiado por su sentido común, sino por un impulso bastante infantil de impresionar a los botones y poner a los guardias en su sitio. Porque aquellos libros ni siquiera eran del gusto del conde. Su biblioteca personal de obras narrativas majestuosas de escritores como Balzac, Dickens y Tolstói se había quedado en París. Los libros que los botones habían trasladado al desván eran de su padre y, por tratarse de estudios de filosofía racional y de ciencia de la agricultura moderna, prometían ser muy pesados y amenazaban con resultar impenetrables.

Sin duda alguna, iba a ser necesario un segundo proceso de selección.

Así pues, una vez desayunado, bañado y vestido, el conde se puso manos a la obra. En primer lugar intentó abrir la puerta de la habitación contigua. Debía de estar bloqueada por el otro lado con algo bastante pesado, pues apenas cedió cuando la empujó con el hombro. En las otras tres habitaciones encontró restos y desechos amontonados hasta el techo. Pero en la última, entre tejas de pizarra y tiras de tapajuntas, habían dejado libre un espacio considerable alrededor de un viejo y abollado samovar en el que, en algún momento, unos tejadores habían tomado el té.

De vuelta en su habitación, colgó unas chaquetas en el armario. Desempaquetó unos pantalones y unas camisas y los puso en la esquina trasera derecha de su cómoda (para evitar que aquella bestia de tres patas se cayera). Arrastró por el pasillo su baúl, la mitad de sus muebles y todos los libros de su padre excepto uno. Al cabo de una hora había reducido el contenido de su habitación a lo esencial: un escritorio y una butaca, una cama y una mesilla de noche, otra butaca para los invitados y un camino de tres metros lo bastante ancho para que un caballero se paseara por él mientras reflexionaba.

El conde, satisfecho, miró al felino (que estaba entretenido lamiéndose la nata de las patas, cómodamente instalado en la butaca).

—¿Qué me dices ahora, viejo pirata?

Entonces se sentó a su escritorio y cogió el único volumen que había conservado. Debía de hacer una década que el conde se había prometido por primera vez leer aquella obra aclamada mundialmente que su padre tanto apreciaba. Y sin embargo, cada vez que había señalado su calendario y declarado «¡Este mes me dedicaré a la lectura de los *Ensayos* de Michel de Montaigne!», algún aspecto diabólico de la vida había asomado por la puerta. De algún rincón inesperado había salido una manifestación de interés romántico que no era sensato ignorar. O lo había llamado su banquero. O había llegado el circo a la ciudad.

La vida nos tienta, qué le vamos a hacer.

Sin embargo, allí, las circunstancias habían conspirado por fin para no distraer al conde y ofrecerle el tiempo y la soledad necesarios para dedicarle al libro la atención que merecía. De modo que, sujetando firmemente el volumen, puso un pie en una esquina del escritorio, se inclinó hacia atrás hasta que la butaca quedó apoyada sólo en las dos patas traseras, y empezó a leer:

Por diversos medios se llega a semejante fin

La forma más habitual de ablandar el corazón de aquellos a quienes hemos ofendido, cuando, sedientos de venganza, nos tienen a su merced, es despertar en ellos lástima y conmiseración mediante la sumisión. Sin embargo, la audacia y la tenacidad (medios completamente opuestos) han servido a veces para obtener los mismos resultados...

Era en Villa Holganza donde el conde se había aficionado a leer con la silla inclinada hacia atrás.

En aquellos días espléndidos de primavera, cuando los huertos de frutales estaban en flor y los abrojos sobresalían en la hierba, Helena y él buscaban un rincón agradable donde pasar las horas. Un día podía ser bajo la pérgola del jardín de arriba y al día siguiente, tras el gran olmo que crecía junto al meandro del río. Mientras Helena bordaba, el conde echaba la silla hacia atrás (y mantenía el equilibrio apoyando un pie en el borde de la fuente o en el tronco del árbol) y le leía en voz alta sus pasajes favoritos de Pushkin. Una hora tras otra, una estrofa tras otra; mientras Helena, con su pequeña aguja, daba una puntada tras otra.

«¿Adónde van todas esas puntadas? —preguntaba él de vez en cuando, al llegar al final de una página—. A estas alturas, seguro que todas las almohadas de la casa ya están embellecidas con una mariposa y todos los pañuelos con un monograma.» Y cuando la acusaba de deshacer las puntadas por la noche, como Penélope, para que él tuviera que leerle otro volumen de poesía, ella sonreía inescrutable.

El conde levantó la vista de las páginas de Montaigne y la posó en el retrato de Helena, que estaba apoyado en la pared. Serov lo había pintado en Villa Holganza en el mes de agosto, y representaba a su hermana en la mesa del comedor, ante un plato de melocotones. Qué bien la había retratado el pintor, con el pelo negro como el azabache, las mejillas ligeramente sonrosadas, la expresión tierna e indulgente. Tal vez hubiera algo en aquellas puntadas, pensó el conde, cierta amable sabiduría que ella iba adquiriendo a medida que completaba una lazada tras otra. Si a los catorce años era tan amable, resultaba fácil imaginar la elegancia y la bondad que habría mostrado a los veinticinco.

Unos débiles golpecitos lo sacaron de su ensueño. Cerró el libro de su padre, volvió la cabeza y vio a un griego de sesenta años en la puerta.

—¡Konstantín Konstantínovich!

Dejó caer de golpe las patas delanteras de la butaca, fue con un par de zancadas hasta el umbral y le estrechó la mano a su visitante.

—Me alegro mucho de que haya podido venir. Sólo hemos coincidido un par de veces, así que quizá no me recuerde, pero soy Aleksandr Rostov.

El griego asintió con la cabeza, dando a entender que no necesitaba que se lo recordara.

—Pase, pase. Siéntese.

El conde amenazó al gato tuerto con la obra maestra de Montaigne (el animal saltó al suelo con un bufido), le ofreció una butaca a su invitado y se sentó en la del escritorio.

A continuación, el griego miró al conde con gesto de curiosidad moderada, lo que quizá fuera de esperar, dado que nunca había tratado ningún asunto de negocios con él. Al fin y al cabo, el conde no solía perder jugando a las cartas. Por tanto, fue Rostov quien se encargó de comenzar.

—Como puede comprobar, Konstantín, mis circunstancias han cambiado.

El invitado se permitió una expresión de sorpresa.

—Se lo aseguro —añadió el conde—. Han cambiado bastante.

El griego recorrió la habitación con la mirada y levantó las manos dando a entender el carácter tristemente efímero de las circunstancias.

—¿Acaso anda buscando acceso a algún... capital? —especuló.

El griego formuló su sugerencia con una pausa brevísima antes de la palabra «capital». Y, en opinión del conde, fue una pausa perfecta, resultado de varias décadas de conversaciones delicadas. Era una pausa con la que expresaba cierta lástima por su interlocutor, pero sin insinuar ni por un instante que hubiera habido cambio alguno en sus respectivos rangos.

—No, no —lo tranquilizó el conde, y negó con la cabeza para subrayar que los Rostov no tenían por costumbre pedir dinero prestado—. Al contrario, Konstantín. Tengo una cosa que creo que le interesará. —Entonces hizo aparecer como por arte de magia una de las monedas del escritorio del Gran Duque y se la mostró sujetándola con la yema del índice y el pulgar.

El griego examinó la moneda un instante y entonces, en señal de apreciación, exhaló lentamente. Pues si bien Konstantín

Konstantínovich era prestamista de profesión, su verdadero arte consistía en observar un artículo durante un minuto, sostenerlo durante un segundo y calcular su verdadero valor.

—¿Me permite...? —preguntó.

—Por supuesto.

El griego cogió la moneda, le dio la vuelta y se la devolvió al conde con reverencia. Pues la moneda no sólo tenía valor en el sentido metalúrgico, sino que además la reluciente águila bicéfala del dorso confirmaba a la mirada experta que se trataba de una de las cinco mil monedas acuñadas para conmemorar la coronación de Catalina la Grande. En otras épocas, una pieza como aquélla, obtenida de un caballero en apuros, habría podido venderse con un margen de beneficio razonable en cualquier casa de banca prudente; pero en un período de sublevación... Aunque se hubiera reducido la demanda de artículos de lujo, el valor de un tesoro como aquél no había hecho sino aumentar.

—Disculpe mi curiosidad, Excelencia, pero... ¿es una pieza única?

—¿Única? No, no. —El conde secundó de nuevo su negación con la cabeza—. Vive como un soldado en el cuartel. Como un esclavo en la galera. Me temo que no tiene ni un momento de soledad.

El griego volvió a exhalar.

—Bien, en ese caso...

Y en cuestión de minutos, sin titubear ni un instante, ya habían hecho un trato. Y aún más, el griego declaró que no tenía ningún inconveniente en entregar personalmente tres notas, que el conde procedió a redactar allí mismo. A continuación se dieron la mano como dos buenos amigos y acordaron verse al cabo de tres meses.

Pero cuando el griego se disponía a salir por la puerta, se detuvo.

—Excelencia... ¿puedo hacerle una pregunta personal?

—Por supuesto.

Señaló tímidamente el escritorio del Gran Duque.

—¿Leeremos más versos suyos?

El conde sonrió agradecido.

—Lamento decirle, Konstantín, que he dejado atrás mis días de poeta.

—Si ha dejado atrás sus días de poeta, conde Rostov, somos nosotros los que lo lamentamos.

Casi escondido en el rincón nordeste del segundo piso del hotel estaba el Boiarski, el restaurante más elegante de Moscú, por no decir de toda Rusia. Con sus techos abovedados y sus paredes pintadas de rojo oscuro, que recordaban al refugio de un boyardo, el Boiarski presumía de tener la decoración más elegante, los camareros más sofisticados y el chef más sutil de la ciudad.

Cenar en el Boiarski era una experiencia tan codiciada que, cualquier noche, sabías que tendrías que abrirte paso a codazos entre una masa de optimistas para llamar la atención de Andréi, que presidía la entrada ante el gran libro negro en el que estaban anotados los nombres de los afortunados; y luego, cuando el maître te hiciera una seña para que pasaras, sabías que te pararían unas cinco veces en cuatro lenguas diferentes hasta que llegaras a tu mesa del rincón, donde te serviría un camarero impecable vestido con esmoquin blanco.

Es decir, eso era lo que cabía esperar hasta 1920, cuando, tras cerrar las fronteras, los bolcheviques decidieron prohibir el uso de rublos en los restaurantes elegantes, con lo que impedían que accediera a ellos el noventa y nueve por ciento de la población. Así pues, esa noche, cuando el conde empezó a comerse su entrante, las copas de agua entrechocaban con los cubiertos, las parejas susurraban cohibidas, y hasta el mejor de los camareros tenía tiempo para contemplar el techo.

Pero todas las épocas tienen sus virtudes, incluidas las etapas de agitación...

En 1912, cuando el Metropol lo sedujo y lo contrató como chef, Emile Zhukovski recibió la dirección de una plantilla experimentada y una cocina de dimensiones considerables. Además, tenía a su disposición la despensa más famosa al este de Viena. En sus especieros había un compendio de las predilecciones del mundo y en su nevera una extensa colección de aves y animales colgados de unos ganchos por las patas. En consecuencia, habría sido lógico extraer la conclusión de que 1912 había sido un año perfecto para medir el talento del chef. Sin embargo, en un período de abundancia cualquier necio con una cuchara puede satisfacer un paladar. Para poner a prueba realmente el ingenio de un chef hay que verlo trabajar en un período de escasez. ¿Y acaso hay algo que provoque más escasez que la guerra?

En el período que siguió a la Revolución, con su declive económico, sus cosechas perdidas y su comercio interrumpido, los ingredientes refinados se volvieron tan escasos en Moscú como las mariposas en el mar. La despensa del Metropol se reducía fanega a fanega, libra a libra, gramo a gramo, y su chef tenía que satisfacer las expectativas de sus clientes con harina de maíz, coliflor y repollo; es decir: con lo primero que encontrara.

Cierto que, para algunos, Emile Zhukovski era un cascarrabias y otros lo tenían por brusco. Había quien decía que tenía demasiado mal genio para ser tan bajito. Pero nadie podía poner en duda su genialidad. Examinemos, por ejemplo, el plato que el conde estaba terminándose en ese momento: un *saltimbocca* cuyo principal ingrediente era el ingenio. En lugar de una chuleta de ternera, Emile había aplastado una pechuga de pollo. En lugar de *prosciutto* de Parma, había cortado unas lonchas de jamón ucraniano. ¿Y en lugar de salvia, esa hoja delicada que une los diferentes sabores? Había optado por una hierba tan suave y aromática como la salvia, pero más amarga... No era albahaca ni orégano, de eso estaba seguro el conde, pero también de que ya la había encontrado en algún otro plato.

—¿Cómo está todo esta noche, Excelencia?

—Ah, Andréi. Está todo perfecto, como siempre.

—¿Y el *saltimbocca*?

—Muy logrado. Pero tengo una pregunta: la hierba que Emile ha puesto debajo del jamón... sé que no es salvia. ¿No será ortiga, por casualidad?

—¿Ortiga? No lo creo. Pero lo preguntaré.

Y entonces, con una inclinación de cabeza, el maître se retiró.

No cabía ninguna duda de que Emile Zhukovski era un genio, reflexionó el conde, pero el hombre que preservaba la reputación de excelencia del Boiarski asegurándose de que allí todo funcionara a la perfección era Andréi Duras.

Nacido en el sur de Francia, Andréi era atractivo, alto y tenía las sienes plateadas, pero su rasgo más distintivo no era su aspecto, su estatura ni su pelo: eran sus manos. De piel clara y con las uñas cuidadas, sus dedos medían un centímetro más que los de la mayoría de los varones de su edad. Si hubiera sido pianista, Andréi no habría tenido ningún problema para tocar un intervalo de doceava. Si hubiera sido titiritero, habría podido representar el combate con espadas entre Macbeth y Macduff con las tres brujas de espectadoras. Pero Andréi no era pianista ni titiritero, o al menos no en el sentido tradicional. Era el capitán del Boiarski, y uno observaba admirado cómo sus manos cumplían su propósito a cada momento.

Por ejemplo, tras guiar a un grupo de mujeres hasta su mesa, dio la impresión de que Andréi les retiraba las sillas a todas a la vez. Cuando una de las damas sacó un cigarrillo, él ya tenía un encendedor en una mano y protegía la llama con la otra (¡como si alguna vez se hubiera notado la más leve corriente de aire en el Boiarski!). Y cuando la mujer que sostenía la carta de vinos le pidió una recomendación, Andréi no señaló el Burdeos de 1900, o al menos no de forma imperiosa, sino que extendió ligeramente el dedo índice con un ademán que recordaba al gesto representado en el techo de la Capilla Sixtina con el que el Motor Supremo había transmitido la chispa de la vida. A continuación, excusándose con una inclinación de cabeza, cruzó la sala y se metió por la puerta de la cocina.

Pero no había pasado ni un minuto cuando volvió a abrirse la puerta y por ella apareció Emile.

El chef, de un metro sesenta y cinco de estatura y noventa kilos de peso, echó un rápido vistazo a la sala y se dirigió directamente hacia la mesa del conde, con Andréi tras él. Al cruzar el comedor, el chef tropezó con la silla de un cliente y estuvo a punto de tirar al suelo a un ayudante de camarero que llevaba una bandeja. Paró en seco junto a la mesa del conde y lo miró de arriba abajo, como uno miraría a su oponente antes de retarlo a un duelo.

—*Bravo, monsieur* —dijo con tono de indignación—. *Bravo!*

Entonces se dio la vuelta y volvió a meterse en su cocina.

Andréi, ligeramente aturullado, inclinó la cabeza para expresar al mismo tiempo una disculpa y una felicitación.

—Era ortiga, Excelencia. Sigue teniendo usted un paladar insuperable.

Pese a no ser una persona propensa al regodeo, en esa ocasión el conde no pudo reprimir una sonrisa de satisfacción.

Andréi, que sabía que el conde era goloso, señaló el carrito de los postres.

—¿Puedo ofrecerle un trozo de tarta de ciruelas con nuestras felicitaciones?

—Te lo agradezco, Andréi. Cualquier otro día no lo dudaría ni un momento. Pero esta noche tengo otro compromiso.

Comprendiendo que un hombre debe dominar sus circunstancias para que éstas no lo dominen a él, el conde pensó que valía la pena plantearse cuál era la mejor manera de conseguir su objetivo, tras haber sido condenado a un confinamiento de por vida.

A Edmond Dantès, en el Château d'If, era pensar en la venganza lo que le mantenía la mente despierta. Encarcelado injustamente, resistía tramando la perdición sistemática de sus villanos particulares. A Cervantes, esclavizado por los piratas en Argel, era la promesa de las páginas por escribir lo que lo estimulaba. Mientras que a Napoleón, en Elba, paseando entre gallinas, ahuyentando moscas y esquivando charcos de barro, eran las visiones de un regreso triunfal a París las que estimulaban su voluntad de perseverar.

En cambio, el conde no tenía carácter para la venganza; no tenía imaginación para la épica; y desde luego carecía de un ego fantasioso que soñara con el restablecimiento de un imperio. No. Su modelo para dominar las circunstancias sería otro tipo de cautivo completamente diferente: aquel náufrago anglicano. Como Robinson Crusoe varado en la Isla de la Desesperación, el conde mantendría su resolución dedicándose a los asuntos prácticos. Tras renunciar a los sueños de un rescate rápido, los robinsones del mundo real buscan cobijo y una fuente de agua potable, aprenden a hacer fuego con pedernal, estudian la topografía de la isla, su clima, su flora y su fauna y, mientras tanto, vigilan el horizonte por si ven aparecer velas en él y buscan huellas en la arena.

Con ese objeto, el conde le había entregado al griego tres notas que debía repartir. Al cabo de unas horas, había recibido la visita de dos mensajeros: un joven de Muir & Mirrielees que le llevó unas sábanas lujosas y una almohada cómoda; y otro del pasaje Petrovski con cuatro pastillas del jabón favorito del conde.

¿Y el tercer emisario? Debió de llegar mientras el conde estaba cenando, pues encima de su cama lo esperaba una caja azul celeste en cuyo interior había un milhojas.

A la hora acordada

Nunca un reloj había producido tanta alegría al dar las doce. Ni en Rusia ni en Europa ni en ningún otro lugar del mundo. Si Julieta le hubiera anunciado a Romeo que iba a asomarse a su ventana a mediodía, el éxtasis del joven veronés a la hora acordada no habría superado al del conde. Si el día de Navidad por la mañana hubieran informado a los hijos del doctor Stahlbaum, Fritz y Clara, de que la puerta del salón se abriría a mediodía, su júbilo no habría podido rivalizar con el del conde al oír la primera nota del carrillón.

Tras repeler con éxito los pensamientos sobre la calle Tverskaia (y sobre encuentros fortuitos con jóvenes damas mundanas), después de bañarse, vestirse y terminarse el café y la fruta (ese día, un higo), poco después de las diez el conde, ilusionado, había empezado a leer la obra maestra de Montaigne y, sin embargo, cada quince líneas su mirada se desviaba hacia el reloj.

Hay que reconocer que había sentido una pizca de preocupación el día anterior, la primera vez que había cogido el libro del escritorio. Al tratarse de un único volumen, era denso como un diccionario o una Biblia, esos libros que uno cuenta con consultar, o quizá hojear, pero nunca leer de cabo a rabo. Pero fue la lectura del índice (una lista de ciento siete ensayos con títulos como «De la inconstancia de nuestras acciones», «De la moderación», «De la soledad» y «Del dormir») lo que confirmó la sospecha inicial del conde de que aquel libro estaba escrito pensando en las noches de invierno. No cabía duda de que se trataba de una obra para cuando las aves volaban hacia el sur, la leña se amontonaba junto a la chimenea y los campos se cubrían de nieve; es decir, para cuando uno no tenía ningún deseo de aventurarse a salir y sus amigos no tenían ningún deseo de aventurarse a entrar.

Aun así, el conde miró el reloj con resolución, del mismo modo que un avezado capitán de navío, al emprender un largo viaje, anota la hora exacta a la que suelta las amarras, y siguió surcando las olas de la primera meditación: «Por diversos caminos se llega a semejante fin.»

En ese primer ensayo, en el que se extraían con habilidad ejemplos de los anales de la historia, el autor proporcionaba un argumento absolutamente convincente de que cuando alguien está a merced de otro debería suplicar por su vida.

O mantener una actitud orgullosa y firme.

Fuera como fuese, tras establecer con firmeza que cualquiera de los dos enfoques podía resultar adecuado, el autor procedía a exponer su segunda meditación: «De la tristeza.»

Aquí, Montaigne citaba a una serie de autoridades incuestionables de la antigüedad, quienes confirmaban de manera concluyente que la tristeza es una emoción que conviene compartir.

O guardarse para uno mismo.

Cuando iba aproximadamente por la mitad del tercer ensayo, el conde miró la hora por cuarta o quinta vez. ¿O sería la sexta? Si bien no se podía determinar el número exacto de miradas, había indicios de que la atención del conde se había desviado hacia el reloj en más de una ocasión.

Pero ¡menudo instrumento era aquel reloj!

Fabricado por encargo para el padre del conde por la venerable marca Breguet, el reloj de dos repiques era una obra de arte en sí misma. La esfera de esmalte blanco tenía el diámetro de un pomelo, y el cuerpo de lapislázuli descendía de forma discreta desde la parte superior hasta la base, mientras que el mecanismo interior, que contenía piedras preciosas, lo habían montado artesanos famosos en el mundo entero por su inquebrantable compromiso con la precisión. Y, desde luego, su reputación estaba justificada. Pues mientras avanzaba por el ensayo Tres (en el que Platón, Aristóteles y Cicerón se apiñaban en el sofá con el emperador Maximiliano), el conde oía cada tictac.

Las diez y veinte y cincuenta y seis segundos, decía el reloj.

Las diez y veinte y cincuenta y siete.

Cincuenta y ocho.

Cincuenta y nueve.

Aquel reloj contaba los segundos con la perfección con que Homero contaba sus dactílicos o Pedro los pecados de los pecadores.

Pero ¿dónde estábamos?

Ah, sí: en el ensayo Tres.

El conde movió un poco la silla hacia la izquierda para no ver el reloj y buscó el pasaje que estaba leyendo. Estaba casi seguro de que era el quinto párrafo de la página quince. Sin embargo, al volver a sumergirse en la prosa de ese párrafo, se encontró con que el contexto le resultaba por completo desconocido; y lo mismo sucedía con los párrafos inmediatamente anteriores. De hecho, tuvo que retroceder tres páginas enteras hasta que encontró un pasaje que recordaba lo bastante bien como para reanudar la lectura con seguridad.

—¿Así se avanza contigo? —le preguntó el conde a Montaigne—. ¿Un paso adelante y dos pasos atrás?

Decidido a demostrar quién mandaba allí, juró que no volvería a levantar la vista del libro hasta haber llegado al ensayo Veinticinco. Espoleado por su propia resolución, leyó de un tirón los ensayos Cuatro, Cinco y Seis. Y cuando liquidó el Siete y el Ocho aún con mayor presteza, el ensayo Veinticinco parecía tan cerca de su mano como la jarra de agua de una mesa de comedor.

Pero a medida que el conde avanzaba por los ensayos Once, Doce y Trece, su objetivo parecía alejarse cada vez más. De repente era como si el libro no fuera una mesa de comedor, sino una especie de desierto del Sáhara. Y, tras haber vaciado su cantimplora, el conde pronto empezaría a arrastrarse por sus frases, y la cima de cada página superada con tremendo esfuerzo no revelaría sino la página que iba detrás.

«Bueno, pues que así sea.» Siguió adelante con esfuerzo.

Ya eran más de las once.

Ya iba por el ensayo Dieciséis.

Hasta que, de pronto, aquel vigilante de los minutos de largas zancadas atrapó a su hermano patizambo en la parte superior de la esfera. Cuando se abrazaron, se soltaron los muelles del interior de la caja del reloj, giraron las ruedas y cayó el diminuto martillo, lanzando el primero de aquellos melodiosos toques que señalaban la llegada del mediodía.

Las patas delanteras de la butaca del conde cayeron de golpe al suelo, y monsieur Montaigne dio dos vueltas en el aire antes de aterrizar en la colcha de la cama. Cuando sonó el cuarto repique, el conde ya bajaba por la escalera del campanario, y cuando sonó el octavo, recorría el vestíbulo camino del piso inferior, donde tenía su cita semanal con Yaroslav Yaroslavl, el incomparable barbero del Hotel Metropol.

Durante más de dos siglos (o eso nos cuentan los historiadores), la cultura de nuestro país se generaba en los salones de San Petersburgo. Desde aquellas magníficas habitaciones con vistas al canal Fontanka, las nuevas modas e ideas y los nuevos gustos culinarios daban sus primeros pasos titubeantes hacia la sociedad rusa. Pero si así era, se debía en gran parte a la actividad frenética que había bajo el suelo de los salones. Porque sólo unos palmos por debajo del nivel de la calle, mayordomos, cocineros y lacayos se aseguraban de que, cuando empezaran a comentarse las ideas de Darwin o de Manet, todo saliera a la perfección.

Y en el Metropol sucedía lo mismo.

Desde su apertura en 1905, las suites y los restaurantes del hotel siempre habían sido un lugar de reunión para la gente elegante, influyente y erudita; pero la relajada elegancia que se exhibía allí no habría existido sin los servicios que prestaban quienes ocupaban los pisos inferiores.

Tras bajar la ancha escalera de mármol que descendía desde el vestíbulo, uno pasaba primero por delante del quiosco, que ofrecía a los caballeros un centenar de titulares, aunque ya sólo en ruso.

A continuación, estaba la tienda de Fátima Federova, la florista. Víctimas inevitables de los tiempos, los estantes de Fátima estaban vacíos y sus escaparates, empapelados desde 1920, lo que convertía uno de los rincones más luminosos del hotel en uno de los más tristes. Sin embargo, en otros tiempos en aquella tienda se habían vendido montones de flores. El establecimiento se encargaba de proveer los imponentes arreglos florales para el vestíbulo, los lirios para las habitaciones, los ramos de rosas que el público lanzaba a los pies de las bailarinas del Bolshói, así como los prendidos que llevaban en el ojal de la solapa los hombres que lanzaban esos ramos. Además, Fátima conocía perfectamente los códigos florales que habían gobernado la buena sociedad desde la Edad Media. No sólo sabía qué flor era la que había que enviar para disculparse, sino también cuál había que mandar cuando uno llegaba tarde; cuando había hablado sin que le correspondiera hacerlo; y cuando, al fijarse en la joven dama que estaba en la puerta, se había desentendido de la conversación que mantenía con su interlocutor. Resumiendo: Fátima distinguía la fragancia, el color y el propósito de las flores mejor que cualquier abeja.

«Bueno, puede que hayan cerrado la tienda de Fátima», reflexionó el conde, pero ¿acaso no habían cerrado las floristerías de París bajo el «reinado» de Robespierre, y acaso no abundaban ahora las flores en esa ciudad? Del mismo modo, seguro que al Metropol también le llegaría el momento de recuperar sus flores.

Al final del pasillo se encontraba la barbería de Yaroslav. Territorio de optimismo, precisión y neutralidad política, era la Suiza del hotel. Si el conde había jurado dominar sus circunstancias mediante el control de los aspectos prácticos, aquél era un buen ejemplo del método: acudía una vez por semana cortarse el pelo a la hora acordada en una cita que respetaba rigurosamente.

Cuando el conde entró en la barbería, Yaroslav estaba atendiendo a un cliente de pelo cano que vestía un traje gris claro, mientras un individuo corpulento con la chaqueta arrugada esperaba en el banco que había junto a la pared. Yaroslav saludó al conde con una sonrisa y lo invitó a sentarse en una silla de barbero vacía que tenía a su lado.

El conde se sentó en la silla y saludó al individuo corpulento con una amistosa inclinación de cabeza; a continuación, se recostó en el respaldo y dejó que su mirada se posara en lo más maravilloso de la barbería de Yaroslav: la vitrina. Si uno le hubiera pedido a Larousse que definiera la palabra «vitrina», el aclamado lexicógrafo quizá habría contestado: «mueble a menudo adornado con motivos decorativos, en el que se guardan objetos». Una definición útil, sin duda; una definición que lo abarcaba todo, desde la alacena de una casa de campo hasta un aparador Chippendale de Buckingham Palace. Pero la vitrina de Yaroslav, hecha exclusivamente de níquel y cristal, no encajaba con tanta facilidad en esa descripción, pues no había sido diseñada para ocultar su contenido, sino para exponerlo a las miradas.

Y con razón. Aquel mueble podía enorgullecerse de todo cuanto contenía: jabones franceses envueltos en papel encerado; jabones británicos en cajas de marfil; tónicos italianos en frascos de cristal con formas inimaginables. ¿Y escondida en el fondo? La botellita blanca a la que Yaroslav se refería, guiñando un ojo, como la «fuente de la juventud».

Frente al espejo, la mirada del conde vagó hacia Yaroslav, que, con unas tijeras en cada mano, obraba su magia con el caballero de pelo cano. En las manos del barbero, al principio las tijeras recordaban al *entrechat* del *danseur* de un ballet agitando las piernas en el aire una y otra vez. Pero a medida que avanzaba, sus manos se movían cada vez más deprisa y al poco rato danzaban y lanzaban patadas como un cosaco bailando el *gopak*. Tras el último tijeretazo, habría resultado perfectamente apropiado que hubiera caído un telón y que hubieran vuelto a levantarlo al cabo de un momento para que el público pudiera aplaudir mientras el barbero saludaba con una pequeña reverencia.

Yaroslav le quitó la capa a su cliente con un rápido movimiento y la sacudió en el aire; entrechocó los talones al aceptar el pago por un trabajo bien hecho; y, cuando el caballero salió de la tienda (parecía más joven y más distinguido que cuando había llegado), el barbero se acercó al conde con una capa limpia.

—Excelencia, ¿cómo está?

—Estupendamente, Yaroslav. Mejor que nunca.

—¿Y qué tenemos hoy en el orden del día?

—Sólo un repaso, amigo mío. Sólo un repaso.

El barbero empezó a dar delicados tijeretazos y al conde le pareció que el cliente robusto que esperaba sentado en el banco había sufrido una transformación. Pese a que había pasado bien poco tiempo desde que el conde lo saludara con una amistosa inclinación de cabeza, desde entonces el rostro del individuo parecía haber adquirido un tono más rosado. De hecho, el conde estaba seguro de que así era, pues el color estaba extendiéndose a sus orejas.

Trató de volver a establecer contacto visual con él con la intención de repetir el gesto, pero el hombre tenía la vista clavada en la espalda de Yaroslav.

—Me tocaba a mí —dijo de pronto el desconocido.

Yaroslav, que, como la mayoría de los artistas, tenía tendencia a abstraerse cuando estaba ejerciendo su oficio, siguió dando tijeretazos con elegancia y pericia. Y el cliente se vio obligado a insistir, esta vez con más énfasis.

—¡Me tocaba a mí!

Su entonación, más brusca, sacó a Yaroslav de su hechizo artístico. El barbero replicó con gentileza:

—Enseguida lo atiendo, señor.

—Eso mismo me ha dicho cuando he llegado.

Pronunció esas palabras con una hostilidad tan innegable que Yaroslav dejó de cortar y se volvió hacia su furioso cliente con gesto de sorpresa.

Al conde le habían enseñado que nunca debía interrumpir una conversación, pero como no le parecía justo que el barbero tuviera que dar explicaciones en su nombre, decidió intervenir.

—Yaroslav no ha querido ofenderlo, amigo mío. Lo que pasa es que tengo una cita fija todos los martes a las doce.

El hombre dirigió su mirada fulminante hacia el conde.

—Una cita fija —repitió.

—Sí.

Entonces se levantó tan bruscamente que el respaldo del banco golpeó la pared. De pie, su estatura no alcanzaba el metro setenta. Sus puños, que asomaban por las mangas de la chaqueta, estaban tan rojos como las orejas. Cuando dio un paso adelante, Yaroslav retrocedió hasta el borde del mostrador. El individuo dio otro paso hacia el barbero y le arrancó las tijeras de una mano. Luego, con una agilidad más propia de alguien menos fornido, se dio la vuelta, agarró al conde por el cuello de la camisa y, de un solo tijeretazo, le cortó la guía derecha del bigote. A continuación, sin soltar al conde, tiró de él hasta que sus narices casi se tocaron.

—Ya se puede quedar con su cita —dijo.

Sentó al conde en su silla de un empujón, tiró las tijeras al suelo y salió de la barbería a grandes zancadas.

—¡Excelencia! —exclamó Yaroslav, perplejo—. No había visto a ese individuo en mi vida. Ni siquiera sé si se hospeda en el hotel. Pero le aseguro que no volverá a pisar este establecimiento.

El conde, que se había levantado, compartía la indignación de Yaroslav y habría exigido un castigo acorde con el delito. Pero, pensándolo bien, ¿qué sabía él sobre su agresor?

Al verlo sentado en el banco con aquella chaqueta arrugada, lo había catalogado con rapidez como un trabajador que había dado con la barbería por casualidad y había decidido cortarse el pelo. Sin embargo, por lo que sabía, aquel hombre podía ser uno de los nuevos residentes del segundo piso. Podía haber crecido en una fundición, haber ingresado en un sindicato en 1912, dirigido una huelga en 1916, capitaneado un batallón rojo en 1918 y hallarse al mando, ahora, de toda una industria.

—Tenía toda la razón —le dijo el conde a Yaroslav—. Él estaba esperando su turno pacientemente. Tú sólo querías respetar mi cita semanal. Soy yo quien debería haberle cedido el sitio y haberte sugerido que lo atendieras primero a él.

—Pero ¿qué vamos a hacer?

El conde se volvió hacia el espejo y se repasó en él de arriba abajo. Se repasó quizá por primera vez desde hacía muchos años.

Siempre había creído que un caballero tenía que mirarse en el espejo con desconfianza. Pues los espejos no eran herramientas para descubrirse a uno mismo, sino más bien para engañarse. ¿Cuántas veces había visto a una joven hermosa dar un giro de treinta grados delante del espejo para verse más favorecida? (¡Como si, en adelante, la gente sólo fuera a verla desde ese ángulo!) ¿Cuántas veces había visto a una gran dama llevar un sombrero terriblemente pasado de moda, pero que a ella le parecía *au courant* porque su espejo tenía un marco de estilo igual de anticuado? El conde se enorgullecía de llevar una chaqueta de buena confección; sin embargo, se enorgullecía aún más de saber que a un caballero no debía presentarlo el corte de su ropa, sino su porte, sus comentarios y sus modales.

«Sí —pensó—, el mundo gira.»

De hecho, gira sobre su eje al mismo tiempo que da vueltas alrededor del sol. Y la galaxia también da vueltas, una rueda dentro y otra rueda mayor, con un tintineo completamente diferente del que produce el pequeño martillo del mecanismo de un reloj. Y cuando suene ese tintineo celestial, tal vez de pronto un espejo cumpla su verdadero propósito: revelarle a un hombre no quien él imagina ser, sino en quién se ha convertido.

El conde volvió a tomar asiento.

—Un afeitado —le dijo al barbero—. Un afeitado, amigo mío.

Amistad

En el Hotel Metropol había dos restaurantes: el Boiarski, aquel legendario refugio del segundo piso que ya hemos visitado, y el gran comedor junto al vestíbulo, conocido oficialmente como el Metropol, pero que el conde llamaba cariñosamente «el Piazza».

Hay que reconocer que el Piazza no podía competir con la elegancia de la decoración del Boiarski, la sofisticación de su servicio ni la sutileza de su cocina. Pero el Piazza no aspiraba a ser elegante, servicial ni delicado. Tenía ochenta mesas repartidas alrededor de una fuente de mármol, y una carta que ofrecía de todo, desde *pierogi* de col hasta chuletas de ternera, y pretendía ser una extensión de la ciudad: de sus jardines, sus mercados y sus calles. Era un sitio adonde los rusos de todas las extracciones podían ir a entretenerse tomando un café, encontrarse con amigos, enfrascarse en una discusión o coquetear; y donde un comensal solitario sentado bajo el gran techo de vidrio podía permitirse la admiración, la indignación, la sospecha o la risa sin levantarse de la silla.

¿Y los camareros? Como a los de un café parisiense, a los camareros del Piazza se los podía felicitar por «eficientes». Acostumbrados a manejar multitudes, se las ingeniaban para acomodar a un grupo de ocho personas en una mesa para cuatro. Tras anotar las comandas a pesar de la música de la orquesta, al cabo de unos minutos regresaban con las bebidas en una bandeja y las repartían por la mesa en rápida sucesión sin equivocarse con un solo vaso. Si, con la carta en la mano, vacilabas aunque sólo fuera un segundo,

52

se inclinaban sobre tu hombro y señalaban alguna especialidad de la casa. Y cuando ya habías saboreado hasta el último bocado del postre, se llevaban tu plato, te presentaban la cuenta y te devolvían el cambio en menos de un minuto. Dicho de otro modo: los camareros del Piazza dominaban su oficio hasta la última miga, cucharilla y kopek.

O por lo menos así era antes de la guerra.

Ese día el comedor estaba casi vacío, y al conde lo atendía alguien que no sólo parecía nuevo en el Piazza, sino también en el arte de servir mesas. Alto y delgado, con la cabeza estrecha y aires de superioridad, parecía un obispo, o el alfil de un tablero de ajedrez. Cuando el conde tomó asiento con un periódico en la mano (el símbolo internacional de que uno se disponía a comer solo), el camarero no se molestó en retirar el segundo cubierto; cuando el conde cerró la carta y la dejó junto al plato (el símbolo internacional de que uno está preparado para pedir), el camarero no acudió hasta que él le hizo una señal con la mano; y cuando el conde pidió la *okroshka* y el filete de lenguado, el camarero le preguntó si tomaría una copa de Sauternes. Una sugerencia perfecta, sin duda, ¡en el caso de que el conde hubiera pedido *foie gras*!

—Mejor una botella del Château de Baudelaire —lo corrigió con educación.

—Por supuesto —replicó el Obispo con una sonrisa sacerdotal.

Cierto, una botella de Baudelaire era, quizá, un lujo para una comida en solitario, pero después de otra mañana con el infatigable Michel de Montaigne, el conde pensó que a su moral le sentaría bien aquel estímulo. De hecho, llevaba varios días esquivando la inquietud. Al bajar, como siempre, al vestíbulo, se sorprendió contando los peldaños de la escalera. Mientras leía los titulares, sentado en su sillón favorito, levantó varias veces las manos para retorcerse las puntas del bigote que ya no tenía. Entró por la puerta del Piazza a las doce y un minuto. Y a la una y treinta y cinco minutos, cuando subió los ciento diez escalones hasta su habitación, ya había empezado a calcular cuántos minutos faltaban para que pudiera bajar otra vez a tomarse una copa. Si seguía así, pronto el techo empezaría a bajar, las paredes a desplazarse hacia dentro y el suelo a subir, hasta que todo el hotel se comprimiera y se redujera al tamaño de una lata de galletas.

Mientras esperaba a que le sirvieran el vino, el conde paseó la mirada por el restaurante, pero los otros comensales no le procuraron ningún alivio. Al fondo había una mesa ocupada por dos despistados del cuerpo diplomático que comían sin hambre, mientras esperaban a que se restauraran las relaciones diplomáticas. En otro rincón había un vecino con gafas del segundo piso; tenía cuatro documentos enormes esparcidos por la mesa y los comparaba palabra por palabra. Nadie parecía especialmente alegre; nadie le prestaba la más mínima atención. Es decir, nadie salvo la niña a la que le gustaba el amarillo, que lo espiaba desde su mesa de detrás de la fuente.

Según Vasili, aquella niña de nueve años de pelo rubio y liso era la hija de un burócrata ucraniano viudo. Estaba sentada con su institutriz, como de costumbre. Cuando se dio cuenta de que el conde la observaba, se escondió detrás de la carta.

—Su sopa —dijo el Obispo.

—Ah. Gracias, buen hombre. Tiene muy buen aspecto. Pero ¡no se olvide del vino!

—Por supuesto.

El conde se concentró en su *okroshka* y supo a primera vista que era de ejecución encomiable: un cuenco de sopa sin nada que envidiar al que cualquiera de los rusos presentes en la sala habría podido tomarse en casa de su abuela. Cerró los ojos para valorar debidamente la primera cucharada y percibió una temperatura adecuada (fría), un ligero exceso de sal, una ligera falta de *kvas* y el punto exacto de eneldo, ese precursor del verano que trae a la mente el canto de los grillos y la relajación del alma.

Pero cuando el conde abrió los ojos, estuvo a punto de soltar la cuchara. De pie junto a su mesa estaba la niña aficionada al amarillo; lo examinaba con ese interés insolente propio de los niños y los perros. A la sorpresa ante su aparición repentina se añadió el hecho de que ese día llevaba un vestido de color limón.

—¿Qué ha sido de él? —preguntó la niña sin ningún preámbulo.

—¿Cómo dices? ¿Qué ha sido de quién?

Ella ladeó la cabeza para escudriñar mejor su rostro.

—De su bigote, ¿de qué iba a ser?

El conde no solía relacionarse con críos, pero había recibido una educación lo bastante buena como para saber que un niño no debía abordar a un desconocido sin motivo, no debía interrumpirlo en medio de una comida y, desde luego, no debía hacerle preguntas sobre su aspecto personal. ¿Acaso en las escuelas ya no les enseñaban a ocuparse de sus asuntos?

—Ha viajado a otro lugar para pasar allí el verano, como las golondrinas —respondió.

Entonces levantó una mano de la mesa y la agitó en el aire imitando el vuelo de las golondrinas y, al mismo tiempo, insinuándole a la niña que, si quería, ella también podía desaparecer.

La cría asintió para expresar su satisfacción ante la respuesta del conde.

—Yo también voy a viajar a otro sitio donde pasaré una parte del verano.

El conde la felicitó con una inclinación de cabeza.

—Al mar Negro —añadió la niña.

Entonces arrastró la silla libre y se sentó.

—¿Quieres sentarte? —preguntó el conde.

Por toda respuesta, ella se removió en el asiento para ponerse cómoda y, a continuación, apoyó los codos en la mesa. Llevaba al cuello una cadena de oro con un pequeño colgante, un amuleto o un relicario. El conde miró hacia la mesa donde estaba sentada la institutriz, con la esperanza de llamar su atención, pero era evidente que la mujer se había entrenado a conciencia y había llegado a dominar el arte de no levantar la vista del libro.

La niña volvió a ladear la cabeza como un perrito.

—¿Es verdad que es usted conde?

—Sí, es verdad.

Ella abrió mucho los ojos.

—¿Ha conocido a alguna princesa?

—He conocido a muchas princesas.

La niña abrió los ojos aún más, y a continuación los entrecerró.

—¿Es muy duro ser princesa?

—Durísimo.

En ese momento, pese a que la *okroshka* seguía en su cuenco, el Obispo apareció con el filete de lenguado del conde y cambió una cosa por la otra.

—Gracias —dijo el conde, que todavía tenía la cuchara en la mano.

—Por supuesto.

El conde iba a preguntar por el paradero del Baudelaire, pero el Obispo ya se había esfumado. Cuando se volvió hacia su invitada, la encontró mirando fijamente su pescado.

—¿Qué es eso? —inquirió la niña.

—¿Esto? Es un filete de lenguado.

—¿Está bueno?

—¿A ti no te han dado de comer?

—Sí, pero no me gustaba.

El conde puso un poco de pescado en un platillo y se lo acercó.

—Por favor.

Ella lo cogió con un tenedor y se lo metió en la boca.

—Está de rechupete —dijo, y si bien no era la expresión más elegante, al menos se ceñía a la realidad. A continuación esbozó una sonrisa tristona y suspiró mientras paseaba su mirada azul por el plato del conde.

—Mmm —dijo él.

Recuperó el platillo de la guarnición, le transfirió la mitad de su lenguado junto con una porción de espinacas y zanahorias baby y se lo devolvió. La niña volvió a removerse en la silla, seguramente para acomodarse para el resto de la comida. Entonces, tras desplazar con mucho cuidado las verduras hacia el borde del plato, cortó su trozo de pescado en cuatro partes iguales, se metió el cuadrante superior derecho en la boca y retomó su línea de investigación.

—¿Qué hacen las princesas un día normal?

—Lo mismo que cualquier otra joven —contestó el conde.

Asintiendo con la cabeza, la niña lo animó a continuar.

—Por la mañana tienen clase de francés, historia y música. Después de las clases, pueden ir a visitar a sus amigas o a pasear por el parque. Y a mediodía comen verdura.

—Mi padre dice que las princesas representan la decadencia de una era superada.

El conde se sorprendió.

—Quizá algunas —concedió—. Pero no todas, te lo aseguro.

Ella blandió su tenedor.

—No se preocupe. Papá es maravilloso y sabe muchísimo de cómo funcionan los tractores, pero no sabe absolutamente nada de cómo funcionan las princesas.

El conde puso cara de alivio.

—¿Ha ido alguna vez a un baile? —continuó ella tras un momento de reflexión.

—Desde luego.

—¿Y ha bailado?

—Se me ha visto arañando el parquet. —Eso lo dijo el conde con aquel famoso destello en la mirada, aquella chispa que había distendido conversaciones acaloradas y cautivado la atención de hermosas damas de todos los salones de San Petersburgo.

—¿Arañando el parquet?

—Ejem... —dijo el conde—. Sí, he estado en bastantes bailes.

—¿Y ha vivido en algún castillo?

—En nuestro país, los castillos no abundan tanto como en los cuentos de hadas —explicó él—. Pero sí, he cenado en un castillo.

La niña aceptó esa respuesta como suficiente, aunque no ideal, y arrugó la frente. Se metió otro cuadrante de pescado en la boca y lo masticó a conciencia. De repente se echó hacia delante.

—¿Ha participado alguna vez en un duelo?

—¿En un *affaire d'honneur*? —El conde titubeó—. Sí, supongo que he participado en algo parecido a un duelo...

—¿Con pistolas, y a treinta y dos pasos?

—En mi caso fue un duelo en sentido figurado.

Al ver que su invitada expresaba su decepción ante aquella desafortunada aclaración, el conde se apresuró a ofrecerle consuelo:

—Mi padrino fue juez de campo en más de una ocasión.

—¿Juez de campo?

—Cuando un caballero recibe una ofensa y exige una satisfacción en el campo del honor, tanto él como su contrincante nombran a un juez, que viene a ser su lugarteniente. Los jueces de campo son quienes acuerdan las normas del lance.

—¿Qué normas?

—La hora y el lugar del duelo. Las armas que se utilizarán. Si van a ser pistolas, a cuántos pasos se situarán los duelistas y si habrá más de un intercambio de disparos.

—¿Ha dicho su «padrino»? ¿Dónde vivía él?

—Aquí, en Moscú.

—¿Sus duelos se celebraron en Moscú?

—Uno de ellos sí. De hecho, fue consecuencia de una disputa que tuvo lugar en este hotel, entre un almirante y un príncipe. Creo que estaban enfrentados desde hacía tiempo, pero las cosas estallaron una noche, cuando sus caminos se cruzaron en el vestíbulo, y uno de ellos arrojó el guante allí mismo.

—¿Dónde exactamente?

—Junto al mostrador de recepción.

—¡Justo donde yo me siento!

—Sí, creo que sí.

—¿Estaban enamorados de la misma mujer?

—No, creo que no había ninguna mujer implicada.

La niña miró al conde con gesto de incredulidad.

—Siempre hay una mujer implicada —afirmó.

—Sí, bueno... Fuera cual fuese la causa, alguien se sintió ofendido, alguien exigió una disculpa, alguien se negó a ofrecerla y alguien arrojó el guante. Entonces el hotel lo regentaba un alemán llamado Keffler, de quien se decía que era barón. Y, según contaban, tenía un par de pistolas escondidas detrás de un panel secreto de su despacho, de modo que cuando ocurría algún incidente, los padrinos podían hablar en privado, podían pedir carruajes y los contendientes podían salir del hotel armados cada uno con su pistola.

—Antes de despuntar el alba...

—Antes de despuntar el alba.

—A un lugar remoto...

—A un lugar remoto.

La niña se inclinó hacia delante.

—A Lenski lo mató Oneguin en un duelo.

Lo dijo en voz baja, como si citar los sucesos del poema de Pushkin exigiera discreción.

—Así es —confirmó el conde también en voz baja—. Y Pushkin también murió así.

Ella asintió con gravedad.

—En San Petersburgo —confirmó—. A orillas de Chiórnaia Rechka.

—A orillas de Chiórnaia Rechka.

El pescado de la niña ya había desaparecido. Tras dejar la servilleta encima del plato y hacer una inclinación de cabeza para indicar que el conde había demostrado ser un compañero de almuerzo perfectamente aceptable, se levantó de la silla. Pero antes de darse la vuelta se detuvo y dijo:

—Lo prefiero sin el bigote. Su ausencia mejora su... semblante.

Entonces hizo una reverencia un tanto torpe y desapareció detrás de la fuente.

★

Un *affaire d'honneur*...

O eso pensó el conde más tarde, esa misma noche, con una pizca de autorreproche, a solas en el bar del hotel, con una copa de coñac.

En honor al gran cantante de ópera ruso que lo frecuentaba en los años anteriores a la Revolución, el conde había bautizado como Chaliapin el bar de estilo americano situado a un lado del vestíbulo, decorado con bancos, una barra de caoba y una pared llena de botellas. El Chaliapin, que en otros tiempos había sido un local muy concurrido, parecía ahora una capilla para la plegaria y la reflexión; sin embargo, esa noche la atmósfera concordaba con el estado de ánimo del conde.

«Sí —siguió cavilando—, qué bonito puede parecer casi cualquier empeño humano si se expresa en correcto francés...»

—¿Puedo ofrecerle una mano, Excelencia?

Era Audrius, el barman del Chaliapin, un lituano de perilla rubia y sonrisa fácil, buen profesional. En cuanto te sentabas en un taburete, él se inclinaba hacia ti y, apoyando un antebrazo en la barra, te preguntaba qué querías tomar; y en cuanto tu vaso estaba vacío, se acercaba a rellenártelo. Sin embargo, el conde no entendía por qué le ofrecía una mano en ese momento en particular.

—Con su chaqueta —aclaró el barman.

A decir verdad, el conde estaba teniendo dificultades para introducir el brazo en la manga de su blazer, que, por cierto, ni siquiera recordaba haberse quitado. Como de costumbre había llegado a las seis en punto al Chaliapin, donde respetaba el límite estricto de tomarse un solo aperitivo antes de la cena. Pero teniendo en cuenta que en la comida no habían llegado a servirle la botella de Baudelaire, se había permitido una segunda copa de Dubonnet. Y después un par de copas de coñac. Y cuando se dio cuenta, eran... eran...

—¿Qué hora es, Audrius?

—Las diez, Excelencia.

—¡Las diez!

De pronto, Audrius estaba en el lado de la barra que ocupaban los clientes, ayudando al conde a bajar de su taburete. Y mientras lo guiaba por el vestíbulo (aunque no habría sido necesario), el conde le hizo partícipe de sus pensamientos.

—¿Sabías, Audrius, que a principios de mil setecientos, cuando el cuerpo de oficiales ruso descubrió los duelos, se entregó a ellos con tanto entusiasmo que el zar tuvo que prohibir esa práctica por temor a que, al cabo de poco tiempo, no quedara nadie que dirigiera sus tropas?

—No, no lo sabía, Excelencia —respondió el barman, esbozando una sonrisa.

—Pues es cierto. Y el duelo no sólo es un elemento central de la trama de *Oneguin*, ¡sino que también los hay en momentos críticos de *Guerra y paz*, *Padres e hijos* y *Los hermanos Karamázov*! Al parecer, pese a su enorme imaginación, a los maestros rusos no se les ocurría ningún recurso argumental mejor que hacer que dos personajes principales resolvieran una cuestión de conciencia situándose a una distancia de treinta y dos pasos, armados con sendas pistolas.

—Entiendo. Pero aquí estamos. ¿Quiere que pulse el botón del quinto piso?

El conde, que de pronto se encontraba delante del ascensor, miró al barman sorprendido.

—Pero, Audrius, ¡si yo no he utilizado el ascensor en la vida!

Entonces, tras darle unas palmaditas en el hombro al barman, empezó a subir haciendo eses por la escalera; es decir, hasta que llegó al rellano del segundo piso y se sentó en un peldaño.

—¿Por qué abrazaría nuestra nación los duelos con mucho más entusiasmo que ninguna otra? —le preguntó de forma retórica a la escalera.

Algunos, sin duda, lo considerarían simplemente una conse-cuencia de la barbarie. Dados los largos y crudos inviernos rusos, lo familiarizado que estaba el país con el hambre, su rudimentario sentido de la justicia, etcétera, etcétera, era completamente lógico que la pequeña nobleza hubiera adoptado una actitud de violen-cia extrema como medio para resolver las disputas. Aun así, la me-ditada opinión del conde era que la razón por la que los duelos prevalecían entre los caballeros rusos provenía simplemente de su pasión por todo lo grandioso y glorioso.

Sí, los duelos tenían lugar, tras un acuerdo, al amanecer y en lugares aislados, pues de ese modo se garantizaba la intimidad de los caballeros implicados. Pero ¿acaso se llevaban a cabo detrás de montones de ceniza o en vertederos? ¡Claro que no! Lo hacían en un claro rodeado de abedules, con una fina capa de nieve en el suelo. O en la orilla de un arroyo serpenteante. O dentro de una finca familiar, donde el viento agitaba las flores de los árboles. Es decir, se celebraban en escenarios que bien podrían figurar en el se-gundo acto de una ópera.

En Rusia, sea cual sea el empeño, si el escenario es glorioso y el tenor grandioso, siempre tendrá sus adeptos. De hecho, con los años, a medida que los escenarios para los duelos se hacían más pintorescos y las pistolas eran de mejor factura, los caballeros más re-finados se mostraban deseosos de defender su honor contra ofensas cada vez más nimias. Y si bien los duelos habían empezado como respuesta a grandes faltas (la traición, la felonía y el adulterio), ha-bían ido bajando de puntillas la escalera de la razón hasta que, hacia 1900, los hombres se batían en duelo por la inclinación de un sombrero, la duración de una mirada o la colocación de una coma.

En el antiguo y bien establecido código de los duelos, se en-tiende que el número de pasos que el ofensor y el ofendido dan antes de disparar debe ser inversamente proporcional a la mag-nitud del insulto. Es decir, las afrentas más graves deben resol-verse mediante un duelo a pocos pasos, para garantizar que uno de los dos implicados no abandone el campo del honor con vida. Pues bien: si ése era el caso, concluyó el conde, los duelos de la nueva era deberían celebrarse como mínimo a diez mil pasos. De hecho, después de arrojar el guante, nombrar a los padrinos y escoger las armas, el ofensor debería embarcarse en un vapor con destino a América, mientras el ofendido se embarcaba en otro con destino a Japón, y, a su llegada, ambos podrían ponerse su mejor chaqueta, bajar por la pasarela, darse la vuelta en el muelle y disparar.

Ahora bien...

Cinco días más tarde, el conde tuvo el placer de aceptar una invitación formal de su nueva amiga, Nina Kulikova. La cita era a las tres en punto en la cafetería del hotel, en el rincón noroeste de la planta baja. El conde llegó a menos cuarto y pidió una mesa para dos cerca de la ventana. A las tres y cinco, cuando llegó su anfitriona, que parecía un narciso con su vestido amarillo claro con faja amarillo oscuro, el conde se levantó y le apartó una silla.

—*Merci* —dijo ella.

—*Je t'en prie.*

En los minutos posteriores, llamaron por señas a un camarero, pidieron un samovar y, mientras se acumulaban las nubes de tormenta sobre la Plaza del Teatro, intercambiaron una serie de comentarios sobre la agridulce posibilidad de que lloviera. Pero una vez que estuvo servido el té, ya con los pastelillos en la mesa, Nina adoptó una expresión más seria, que daba a entender que había llegado el momento de abordar asuntos más importantes.

Esa transición habría podido parecer algo brusca o poco acorde con la hora, pero el conde consideraba que un rápido intercambio de cumplidos y un rápido abordaje del asunto a tratar encajaban perfectamente con las normas de etiqueta del té, quizá hasta fueran esenciales para esa institución.

Al fin y al cabo, todos los tés a los que había asistido en respuesta a una invitación formal habían seguido ese patrón. Tanto si se celebraban en un salón con vistas al canal Fontanka como en el salón de té de un parque público, el propósito de la invitación ya se había puesto encima de la mesa antes de probar el primer pastel. De hecho, tras algunos cumplidos de rigor, la anfitriona más experta podía señalar la transición con una sola palabra.

Para la abuela del conde, esa palabra siempre había sido «Veamos», como cuando decía: «Veamos, Aleksandr. Me han contado cosas muy preocupantes de ti, hijo mío...» Para la princesa Poliakova, víctima eterna de su propio corazón, siempre había sido «Oh», como cuando decía: «Oh, Aleksandr. He cometido un grave error...» Y para la joven Nina, por lo visto esa palabra eran dos, «Ahora bien», como cuando dijo:

—Tiene usted toda la razón, Aleksandr Ilich. Otra tarde de lluvia y las lilas no lo soportarán. Ahora bien...

Basta con decir que, cuando cambió el tono de voz de Nina, el conde estaba preparado. Apoyó los antebrazos en los muslos, se inclinó hacia delante en un ángulo de setenta grados y adoptó una expresión seria y al mismo tiempo neutral, lo que le permitiría transmitir en un instante comprensión, interés o indignación compartida, según lo requirieran las circunstancias.

—Le estaría enormemente agradecida —continuó Nina— si compartiera conmigo algunas de las reglas para ser princesa.

—¿Reglas?

—Sí. Reglas.

—Pero Nina —dijo el conde, dibujando una sonrisa—, ser princesa no es ningún juego.

Ella lo miró fijamente con expresión de paciencia.

—Estoy segura de que sabe a qué me refiero. Esas cosas que se esperaban de una princesa.

—Ah, sí. Ya entiendo.

El conde se recostó para reflexionar de forma más apropiada sobre la petición de su anfitriona.

—Bien —dijo al cabo de un momento—, dejando aparte el estudio de las artes liberales, de lo que ya hablamos el otro día, supongo que las reglas para ser princesa empezarían con unos modales refinados. Con ese fin, le enseñarían a comportarse en sociedad; el uso de los diferentes tratamientos, los buenos modales en la mesa, mantener una buena postura...

Nina, que había ido asintiendo y dando su aprobación a cada elemento de la lista del conde, levantó bruscamente la cabeza al oír esa última palabra.

—¿Postura? ¿Acaso la postura entra dentro de los modales?

—Sí —respondió él, aunque con cierta vacilación—. En efecto. Los hombros caídos tienden a sugerir un carácter perezoso, así como falta de interés por los demás. En cambio, la postura erguida transmite sensación de serenidad y compromiso, y ambas cosas resultan apropiadas en una princesa.

Aparentemente influida por ese argumento, Nina irguió un poco más la espalda.

—Continúe.

El conde reflexionó.

—A las princesas hay que educarlas para que respeten a sus mayores.

Nina inclinó la cabeza en señal de deferencia. El conde carraspeó.

—No me refería a mí, Nina. Al fin y al cabo, prácticamente soy un muchacho como tú. No, por «mayores» me refiero a las personas de pelo cano.

Nina asintió para expresar que lo había entendido.

—Se refiere a los grandes duques y las grandes duquesas.

—Bueno, sí. A ellos desde luego. Pero también a los mayores de todas las clases sociales. A los tenderos y las lecheras, a los herreros y los campesinos.

Nina, que nunca dudaba en expresar sus sentimientos mediante gestos faciales, frunció el entrecejo. El conde se explicó mejor:

—El principio básico es que una nueva generación les debe cierto agradecimiento a todos los miembros de la generación anterior. Nuestros mayores sembraron los campos y combatieron en guerras; hicieron avanzar las artes y las ciencias y, en general, se sacrificaron por nosotros. Así pues, con sus esfuerzos, por humildes que fueran, se han ganado un poco de nuestra gratitud y nuestro respeto.

Al ver que la niña todavía no parecía convencida, el conde se planteó cuál sería la mejor forma de exponerle su punto de vista; y casualmente, en ese preciso instante, detrás de las grandes ventanas de la cafetería se vieron los primeros paraguas abiertos.

—Un ejemplo —dijo el conde.

Y así comenzó la historia de la princesa Golytsin y la vieja bruja de Kúdrovo.

Una noche de tormenta en San Petersburgo, empezó a relatar el conde, la joven princesa Golytsin se dirigía al baile anual en casa de los Tushin. Cuando su carruaje cruzaba el puente Lomonósov, se fijó en una anciana de ochenta años que caminaba encorvada bajo la lluvia. Sin pensárselo dos veces, la princesa ordenó al cochero que detuviera el carruaje e invitó a aquella pobre mujer a subir. La anciana, que estaba casi ciega, montó con ayuda del lacayo y le dio las gracias efusivamente a la princesa. Casi con seguridad la joven ni siquiera se planteó que su pasajera no viviera por allí cerca. Al fin y al cabo, una anciana ciega no podía tener intención de ir muy lejos en una noche como aquélla. Pero cuando la princesa le preguntó a la mujer adónde iba, ella contestó que iba a visitar a su hijo, el herrero, a Kúdrovo, ¡a casi doce kilómetros de distancia!

Pero a la princesa la estaban esperando en casa de los Tushin. Y al cabo de pocos minutos pasarían por delante de la mansión, iluminada de arriba abajo y con un lacayo en cada esquina. La princesa no habría faltado a la cortesía si se hubiera disculpado con la anciana y hubiera ordenado al cochero que la llevara a Kúdrovo. De hecho, cuando se acercaron a casa de los Tushin, el cochero frenó los caballos y miró a la princesa, a la espera de recibir órdenes.

Entonces el conde hizo una pausa teatral.

—¿Y...? —preguntó Nina—. ¿Qué hizo la princesa?

—Le ordenó continuar. —El conde sonrió, triunfante—. Es más: cuando llegaron a Kúdrovo y la familia del herrero formó un corro alrededor del carruaje, la anciana invitó a la princesa a entrar a tomar el té. El herrero hizo una mueca de dolor, el cochero dio un grito ahogado y el lacayo estuvo a punto de desmayarse. Pero la princesa Golytsin aceptó con naturalidad la invitación de la anciana. Y no asistió al baile de los Tushin.

Satisfecho con su exposición, el conde cogió su taza de té, asintió con la cabeza y tomó un sorbo.

Nina se quedó mirándolo con expectación.

—¿Y entonces...?

El conde dejó la taza en el platillo.

—Y entonces ¿qué?

—¿Se casó con el hijo del herrero?

—¿Casarse con el hijo del herrero? ¡Cielos, no! Claro que no. Después de tomarse un vaso de té, subió a su carruaje y regresó a su casa.

Nina caviló sobre eso. Era evidente que opinaba que una boda con el hijo del herrero habría sido un final mucho más adecuado. Sin embargo, pese a ese defecto de la historia, asintió para admitir que el conde le había contado una buena historia.

Él prefirió proteger su éxito y optó por no contarle a Nina la coda que solía añadir a aquella deliciosa pieza de la tradición popular de San Petersburgo: que la condesa Tushin estaba recibiendo a sus invitados bajo el porche cuando el carruaje de color azul de la princesa Golytsin, conocido en toda la ciudad, redujo la marcha ante la verja y luego aceleró. Como consecuencia de ello, se produjo un distanciamiento entre los Golytsin y los Tushin que habría tardado tres generaciones en solucionarse de no ser porque cierta Revolución había puesto fin a su enfado.

—Fue un comportamiento digno de una princesa —reconoció Nina.

—Exactamente —confirmó el conde.

Entonces levantó el plato de las pastas de té; Nina cogió dos, dejó una en su plato y se metió la otra en la boca.

El conde no solía llamar la atención sobre los defectos sociales de sus conocidos, pero, animado por lo bien recibida que había sido su historia, no pudo evitar señalar, al tiempo que esbozaba una sonrisa:

—Hay otro ejemplo.

—¿Qué otro ejemplo?

—A las princesas les enseñaban a decir «por favor» cuando pedían un trozo de pastel y «gracias» cuando se lo ofrecían.

Nina se sorprendió, pero al cabo de un momento se mostró desdeñosa.

—Estoy de acuerdo en que es apropiado que una princesa diga «por favor» para pedir un trozo de pastel; sin embargo, no veo ninguna razón para que tenga que dar las gracias cuando le han ofrecido uno.

—Los modales no son como los bombones, Nina. No siempre puedes elegir los que más te gustan; y, desde luego, no puedes dejar uno a medio comer en la caja.

Nina miró al conde con un semblante condescendiente y luego, como si le hiciera un favor, añadió, hablando un poco más despacio:

—Entiendo que una princesa diga «por favor» para pedir un trozo de pastel, porque está intentando convencer a alguien de que se lo dé. Y supongo que si después de que haya pedido un pastel se lo dan, tiene una buena razón para decir «gracias». Pero en la segunda parte de su ejemplo, la princesa en cuestión no ha pedido el trozo de pastel, sino que se lo han ofrecido. Y no veo ningún motivo para que tenga que decir «gracias» si sólo está complaciendo a alguien al aceptar lo que le ha regalado.

Para reforzar su argumento, se metió una tartaleta de limón en la boca.

—Reconozco que tu argumento tiene cierta lógica —admitió el conde—. Pero te diré, respaldado por mi larga experiencia...

Nina lo interrumpió levantando un dedo.

—Pero ¡si acaba de decirme que es muy joven!

—Sí, lo soy.

—En ese caso, me parece a mí que apelar a su «larga experiencia» quizá sea un tanto prematuro.

Sí, pensó el conde: bien claro estaba quedando en aquel té.

—Voy a trabajar en mi postura —dijo Nina con decisión, y se sacudió las migas de los dedos—. Y me aseguraré de decir «por favor» y «gracias» siempre que pida cosas. Pero no tengo ninguna intención de darle las gracias a nadie por cosas que yo no haya pedido.

A dar una vuelta por ahí

El 12 de julio a las siete en punto, cuando el conde atravesaba el vestíbulo camino del Boiarski, Nina llamó su atención desde detrás de una de las palmeras y le hizo una seña. Era la primera vez que le proponía ir de excursión tan tarde.

—Rápido —le explicó cuando él se reunió con ella detrás del tiesto—. El caballero se ha ido a cenar.

¿El caballero?

Con objeto de no llamar la atención, subieron por la escalera como si tal cosa. Pero al llegar al tercer piso tropezaron con un huésped que iba palpándose los bolsillos para ver si llevaba la llave encima. En el rellano, justo enfrente del ascensor, había una vidriera decorada con aves de largas patas que caminaban por los bajíos; el conde había pasado por delante un millar de veces. Nina se puso a examinarla con atención.

—Sí, tiene razón —concedió—. Es algún tipo de grulla.

Pero en cuanto el huésped hubo entrado en su habitación, Nina siguió adelante. Avanzaron con paso enérgico por el suelo alfombrado, y dejaron atrás las habitaciones 313, 314 y 315. Pasaron junto a la mesita con la estatua de Hermes que había ante la puerta de la 316. Entonces, con cierta sensación de mareo, el conde comprendió que se dirigían hacia su antigua suite.

Pero... Un momento.

Nos estamos adelantando a los acontecimientos.

69

Después de acabar aquella desventurada noche en los escalones del primer piso, el conde se había tomado un descanso de su aperitivo nocturno, pues sospechaba que el licor ejercía una influencia poco saludable en su estado de ánimo. Sin embargo, esa piadosa abstinencia no supuso un tónico para su alma. Con tan poco que hacer y con todo el tiempo del mundo para hacerlo, la paz mental del conde seguía amenazada por una sensación de hastío, ese temido lodo de las emociones humanas.

«Y si así de desganado se siente uno después de tres semanas —reflexionó el conde—, ¿cuán desganado puede esperar sentirse al cabo de tres años?»

Pero a los virtuosos que han perdido el rumbo, las Parcas sólo suelen ofrecerles una guía. En la isla de Creta, Teseo tuvo a su Ariadna con su mágico carrete de hilo para salir sano y salvo de la guarida del minotauro. Por las cavernas donde habitan sombras espectrales, Ulises tuvo a su Tiresias, del mismo modo que Dante tuvo a su Virgilio. Y en el Hotel Metropol, el conde Aleksandr Ilich Rostov tenía a una niña de nueve años llamada Nina Kulikova.

El primer miércoles de julio, estando sentado en el vestíbulo sin saber qué hacer consigo mismo, vio que Nina pasaba presurosa por su lado con un gesto de determinación nada habitual.

—Hola, amiga mía. ¿Adónde vas?

Nina se volvió como si la hubieran sorprendido con las manos en la masa, se recompuso y contestó, agitando una mano en el aire:

—A dar una vuelta por ahí.

El conde arqueó las cejas.

—¿Y dónde queda eso exactamente?

—Pues... ahora mismo, en la sala de juego.

—Ah. ¿Te gusta jugar a las cartas?

—No mucho, la verdad.

—Entonces ¿cómo es que vas a la sala de juego?

—...

—¡Vaya! —protestó el conde—. Creía que entre nosotros no iba a haber secretos.

Nina sopesó su observación y entonces, tras mirar una vez hacia la izquierda y otra hacia la derecha, se confió a él. Le explicó que, si bien la sala de juego raramente se utilizaba, los miércoles a las tres de la tarde cuatro mujeres se reunían allí sin falta y echaban una partida de whist; y si llegabas a las dos y media y te escondías en el armario, podías oír cada una de sus palabras, entre las que solía haber unos cuantos reniegos; y cuando las mujeres se marchaban, podías comerte el resto de sus pastelillos.

El conde se enderezó en el asiento.

—¿Y en qué otros sitios pasas tu tiempo?

Nina volvió a sopesar su comentario y miró a derecha e izquierda.

—Espéreme aquí mañana a las dos —dijo.

Y así fue como el conde empezó a recibir su educación.

El conde, que ya llevaba cuatro años viviendo en el Metropol, se consideraba, por así decirlo, un experto en el hotel. Conocía a los miembros del personal por su nombre, los servicios por experiencia propia, y los estilos decorativos de las suites de memoria. Y aun así, en cuanto Nina le dio la mano, se dio cuenta de su ignorancia.

Durante sus diez meses de vida en el Metropol, Nina también se había visto sometida a una especie de confinamiento. Dado que a su padre sólo lo habían destinado «de forma temporal» a Moscú, no se había molestado en matricularla en ninguna escuela. Y dado que la institutriz de Nina todavía tenía un pie firmemente plantado en las provincias, prefería que su pupila no saliera del hotel; en la calle era más probable que la corrompieran las farolas y los tranvías.

Así pues, aunque la puerta del Metropol era famosa en el mundo entero por girar sin descanso, no giraba para Nina. Pero la jovencita, un espíritu emprendedor e incansable, había sacado el máximo provecho a su situación y había investigado personalmente el hotel hasta conocer todas sus habitaciones, averiguar el propósito de cada una y saber cómo se les podía dar mayor utilidad.

Sí, el conde había ido a la ventanilla del fondo del vestíbulo para preguntar si tenía correo, pero ¿había estado en la oficina de clasificación, donde los sobres que llegaban se esparcían sobre una mesa a las diez y a las dos, incluidos los que llevaban el membrete rojo con la instrucción inequívoca de «para entrega inmediata»?

Y sí, había visitado la floristería de Fátima cuando todavía estaba abierta, pero ¿había entrado en el taller? Por una estrecha puerta que había al fondo de la tienda se accedía a un cuartito con un mostrador de color verde claro donde cortaban los tallos y quitaban las espinas de las rosas, y donde incluso ahora podían verse esparcidos por el suelo los pétalos secos de diez plantas perennes indispensables para la elaboración de pociones.

«Por supuesto», se dijo el conde. Dentro del Metropol había habitaciones dentro de habitaciones y puertas detrás de puertas. Los armarios de la ropa blanca. Las lavanderías. Las despensas. ¡La centralita!

Era como navegar en un barco de vapor. Tras disfrutar de una tarde tirando al plato en la amura de estribor, un pasajero se viste para cenar, cena en la mesa del capitán, gana al francés engreído de la mesa del bacarrá, y luego pasea bajo las estrellas del brazo de alguna nueva amistad, mientras se congratula por haberle sacado el máximo partido a un viaje por mar. Pero en realidad sólo ha tenido una visión fugaz de lo que es la vida a bordo del barco, pues ha ignorado por completo las cubiertas inferiores, rebosantes de vida, que hacen posible la travesía.

Nina no se había contentado con ver las cubiertas superiores. Había bajado, había husmeado por los rincones, se había colado por aquí y por allí. En el tiempo que la niña llevaba en el hotel, las paredes no se habían desplazado hacia dentro, sino hacia fuera, expandiéndose, ampliándose y volviéndose más intrincadas. En las primeras semanas, el edificio había crecido hasta abarcar la vida de dos manzanas de la ciudad. Al cabo de unos meses, ya abarcaba medio Moscú. Si Nina seguía viviendo en el hotel el tiempo suficiente, acabaría abarcando toda Rusia.

Para iniciar el programa de estudios del conde, Nina, haciendo gala de un gran sentido común, empezó por la base: el sótano y su laberinto de pasillos y callejones sin salida. Abrió una puerta de acero maciza y lo guió, en primer lugar, hasta la sala de calderas, donde grandes nubes de vapor escapaban de una concertina de válvulas.

Con ayuda del pañuelo del conde, abrió con cuidado la puertecita de hierro del horno y le enseñó el fuego que ardía día y noche, que era el mejor sitio del hotel para destruir mensajes secretos y cartas de amor ilícitas.

—¿Usted recibe cartas de amor ilícitas, conde?

—Ya lo creo.

A continuación, se dirigieron al cuarto de los fusibles, donde Nina le advirtió que no tocara nada sin ninguna necesidad, pues el zumbido metálico y el olor a azufre habrían aconsejado cautela al más temerario de los aventureros. Allí, en la pared del fondo, en medio de un lío de cables, le mostró la palanca que, si se accionaba, podía dejar todo un salón de baile a oscuras, proporcionando una situación perfecta para robar, por ejemplo, un collar de perlas.

Tras torcer una vez a la izquierda y dos a la derecha, llegaron a una habitacioncita abarrotada de cosas (una especie de gabinete de curiosidades) donde se exponían todos los objetos que los huéspedes del hotel habían dejado olvidados, como paraguas, guías *Baedeker* y voluminosas novelas que todavía no habían terminado, pero con las que estaban hartos de cargar. Recogidas en un rincón, prácticamente nuevas, había dos alfombrillas orientales, una lámpara de pie y la pequeña estantería de madera satinada que el conde había dejado en su antigua suite.

En el fondo del sótano, cuando el conde y Nina se acercaron a la estrecha escalera trasera, pasaron por delante de una puerta pintada de azul eléctrico.

—¿Qué tenemos aquí? —preguntó él.

Nina puso cara de perplejidad, algo nada característico en ella.

—Me parece que nunca he entrado.

El conde intentó girar el picaporte.

—Ah, bueno. Me temo que está cerrada con llave.

Pero Nina miró a izquierda y derecha.

Él la imitó.

Entonces la niña se llevó las manos a la nuca y se desabrochó la delicada cadenilla que llevaba colgada del cuello. Suspendido de la parábola dorada estaba el colgante que el conde había visto por primera vez en el Piazza, pero no era un amuleto ni un relicario. ¡Era una llave maestra del hotel!

Nina sacó la llave de la cadena y se la dio al conde para que pudiera hacer los honores. Él introdujo la llave en el orificio con forma de calavera del escudete, la hizo girar suavemente y comprobó que las clavijas encajaban, produciendo un satisfactorio «clic». Entonces abrió la puerta y Nina soltó un grito ahogado, pues dentro había un tesoro.

En sentido literal.

Dispuesta en unos estantes que cubrían las paredes desde el techo hasta el suelo estaba la vajilla de lujo del hotel, reluciente como si la hubieran limpiado esa misma mañana.

—¿Para qué es? —preguntó, impresionada.

—Para los banquetes —contestó el conde.

Junto a los montones de platos de porcelana de Sèvres con la insignia del hotel había samovares de más de medio metro de alto y soperas que parecían las copas de los dioses. Había cafeteras y salseras. Había un amplio surtido de utensilios, cada uno de los cuales había sido diseñado a conciencia para cumplir un único propósito culinario. De entre todos ellos, Nina escogió uno que parecía una palita, con una palanca y un mango de marfil. Accionó la palanca y vio cómo las dos hojas opuestas se abrían y se cerraban, y miró maravillada al conde.

—Un servidor de espárragos —le explicó él.

—¿De verdad hace falta un servidor de espárragos en un banquete?

—¿De verdad hace falta un fagot en una orquesta?

Mientras Nina lo devolvía con cuidado a su estante, el conde se preguntó cuántas veces le habrían servido con aquel utensilio. ¿Cuántas veces habría comido en aquellos platos? El bicentenario de San Petersburgo se había celebrado en el salón de baile del Metropol, igual que el centenario del nacimiento de Pushkin y la cena anual del Club de Backgammon. Y luego había otras reuniones más reservadas que tenían lugar en los dos comedores privados contiguos al Boiarski: el Salón Amarillo y el Salón Rojo. En sus buenos tiempos, aquellos refugios habían sido tan propicios a la expresión de los sentimientos más sinceros que, si alguien hubiera podido escuchar a hurtadillas durante un mes lo que se decía alrededor de aquellas mesas, habría podido prever todas las quiebras, bodas y guerras del año siguiente.

El conde paseó la mirada por los estantes y a continuación movió la cabeza para expresar su perplejidad.

—Supongo que los bolcheviques ya habrán descubierto este tesoro. No entiendo por qué todavía no se lo han llevado.

Nina respondió con el sencillo criterio de una niña:

—A lo mejor lo necesitan aquí.

«Sí —pensó el conde—. Exactamente.»

Porque, por decisiva que hubiera sido la victoria de los bolcheviques sobre las clases privilegiadas en nombre del proletariado, no tardarían en celebrar también ellos sus banquetes. Quizá no hubiera tantos como durante el reinado de los Romanov (tal vez se acabaran los bailes de otoño y las bodas de diamante), pero seguro que celebrarían algo, ya fuera el centenario de *El capital* o los veinticinco años de la barba de Lenin. Elaborarían listas de invitados que luego recortarían. Imprimirían invitaciones y las enviarían. Entonces, reunidos alrededor de las mesas dispuestas formando un gran círculo, los nuevos hombres de Estado le harían una señal con la cabeza al camarero (sin interrumpir al prolijo camarada que estaba en ese momento en pie) para indicarle que sí, que comerían unos cuantos espárragos más.

Porque la pompa es una fuerza tenaz. Y también taimada.

Con qué humildad agacha la cabeza cuando arrastran al emperador por los escalones y lo echan a la calle. Pero luego, después de tomarse su tiempo, mientras ayuda al líder recién nombrado a ponerse la chaqueta, elogia su apariencia y le sugiere que se ponga un par de medallas. O, después de servirle en una cena de gala, se pregunta en voz alta si no habría sido más indicado que un hombre con tantas responsabilidades se hubiera sentado en una silla de respaldo más alto. Los soldados del nuevo régimen quizá arrojen las banderas del antiguo a la hoguera de la victoria, pero al cabo de poco tiempo sonarán las trompetas y la pompa volverá a ocupar su lugar junto al trono, tras haber afianzado una vez más su dominio sobre la historia y los reyes.

Nina pasaba los dedos por los diversos utensilios de servir con una mezcla de admiración y temor. Entonces se detuvo.

—¿Qué es eso?

En otro estante, detrás de un candelabro, había una figura de una mujer de unos ocho centímetros de alto, hecha de plata, con falda de miriñaque y el pelo recogido en un moño alto, como una María Antonieta.

—Es un llamador —explicó el conde.

—¿Un llamador?

—Se pone encima de la mesa, al lado del cubierto de la anfitriona.

El conde cogió la figurilla por la cabeza y la agitó, y de debajo de la falda salió el agradable tintineo (un do agudo) que tantas veces a lo largo del tiempo había dado lugar a que se terminaran miles de platos y se retiraran de la mesa miles de cubiertos.

En los días posteriores, Nina presentó su plan de estudios de forma sistemática y llevó a su alumno de una habitación a otra. Al principio, el conde supuso que darían todas las lecciones en los niveles inferiores del hotel, donde estaban los servicios. Pero, tras visitar el sótano, el cuarto del correo, la centralita y los demás rincones de la planta baja, una tarde subieron por la escalera hacia las suites.

Hay que admitir que la exploración de los aposentos privados representa algo así como una falta de decoro, pero el interés de Nina en visitar las habitaciones no tenía nada que ver con el latrocinio. Ni siquiera lo hacía para fisgar. Lo que le interesaba eran las vistas.

Cada una de las habitaciones del Metropol ofrecía una perspectiva diferente, determinada no sólo por la altura y la orientación, sino también por la estación del año y la hora del día. Así pues, si, por ejemplo, uno quería observar los batallones que desfilaban hacia la Plaza Roja el 7 de noviembre, no debía pasar de la habitación 322. En cambio, el mejor lugar desde donde lanzar bolas de nieve a los transeúntes desprevenidos eran las ventanas de la 405, que tenían un ancho alféizar. Hasta la habitación 244, un cuartito bastante deprimente con vistas al callejón que había detrás del hotel, tenía su encanto; porque desde allí, si te asomabas lo suficiente a la ventana, podías ver a los vendedores de fruta congregados junto a la puerta de la cocina y atrapar alguna manzana que te lanzaran desde abajo.

En cambio, si lo que querías era contemplar la llegada de los invitados al Bolshói una noche de verano, el mejor puesto de observación, sin ninguna duda, era la ventana noroeste de la 317. Así que...

El 12 de julio a las siete en punto, al cruzar el conde el vestíbulo, Nina le llamó la atención y le hizo la señal. Dos minutos más tarde, tras reunirse con ella en la escalera, el conde la seguía más allá de las habitaciones 313, 314 y 315, hasta la puerta de su antigua suite. Y cuando Nina abrió con su llave y entró, él la siguió obedientemente, aunque con intensa aprensión.

Con una sola mirada, reconoció cada centímetro de la habitación. El sofá y las butacas, tapizados de rojo, continuaban allí, igual que el reloj de pie y las grandes urnas chinas de Villa Holganza. Encima de la mesita de salón francesa (que había sustituido a la de su abuela) había un ejemplar doblado de *Pravda*, un cubierto de plata y una taza de té sin terminar.

—Rápido —volvió a decir Nina, y cruzó la habitación sin hacer ruido hasta la ventana del rincón noroeste.

Al otro lado de la Plaza del Teatro, el Bolshói estaba iluminado desde el pórtico hasta el frontón. Los bolcheviques, que, como siempre, iban vestidos como personajes de *La Bohème*, disfrutaban de aquella noche templada paseando entre las columnas. De pronto, las luces del vestíbulo parpadearon. Los hombres se apresuraron a apagar sus cigarrillos y guiaron a sus acompañantes cogiéndolas por el codo. Pero cuando el último de los asistentes desaparecía por la puerta, un taxi paró junto al bordillo, se abrió la puerta y una mujer vestida de rojo subió a toda prisa los escalones de la entrada, recogiéndose el bajo del vestido con ambas manos.

Nina se inclinó hacia delante, apoyó las manos ahuecadas en el cristal y miró entrecerrando los ojos.

—Ojalá yo estuviera allí y ella aquí —suspiró.

Y esa frase, pensó el conde, era un lamento propio de cualquier ser humano.

✰

Esa misma noche, sentado en su cama, el conde meditaba sobre la visita a su antigua suite.

Lo que no había podido quitarse de la cabeza no era la visión del reloj de su familia, que continuaba marcando las horas junto a la puerta, ni la grandiosidad de la arquitectura, ni siquiera las vistas que ofrecía la ventana noroeste. Lo que seguía grabado en sus retinas era aquella taza de té encima de la mesa, junto al periódico doblado.

Pese a su inocencia, ese pequeño retablo representaba en cierta medida aquello que había ido aplastando el alma del conde. Porque él había sabido interpretar cada uno de los aspectos de aquella escena con una simple mirada. El actual ocupante de la habitación, tras regresar a las cuatro de alguna salida y colgar su chaqueta en el respaldo de una butaca, había pedido que le llevaran un té y el periódico de la tarde. Entonces se había sentado en el sofá, dispuesto a pasar una hora de refinada relajación hasta que llegara el momento de vestirse para bajar a cenar. Dicho de otro modo, lo que el conde había observado en la suite 317 no era una simple taza de té servida por la tarde, sino un momento de la rutina diaria de un caballero que gozaba de plena libertad.

A la luz de esos pensamientos, volvió a examinar los nueve metros cuadrados de la nueva habitación que le habían asignado. Nunca le había parecido tan pequeña. La cama no le dejaba sitio a la mesita de salón, la mesita de salón no le dejaba sitio a la butaca, y había que apartar ésta para abrir la puerta del armario. Resumiendo: no había espacio suficiente para pasar una hora de refinada relajación.

Pero mientras el conde miraba a su alrededor con tristeza, una voz que no reconoció del todo como suya le recordó que en el Metropol había habitaciones dentro de habitaciones, puertas detrás de puertas...

Se levantó de la cama, se las ingenió para rodear la mesita de salón de su abuela, apartó la butaca y se plantó delante del armario que parecía una cabina telefónica. En la pared, bordeando el armario, había una elegante moldura. El conde siempre había pensado que aquella floritura era un poco excesiva; pero ¿y si habían empotrado el armario en lo que antes era el umbral de una puerta? Abrió la puerta, separó la ropa e, indeciso, dio unos golpecitos en la pared del fondo. El sonido que obtuvo fue prometedoramente débil. Empujó con tres dedos y notó que la barrera cedía. Entonces descolgó todas sus chaquetas y las tiró encima de la cama. A continuación, sujetando las jambas de la puerta del armario, dio una patada en la pared del fondo con el talón. Se oyó un satisfactorio crujido. Se inclinó hacia atrás y dio otra patada y luego otra, hasta que la plancha se astilló. Recogió los trozos de madera, los dejó en el suelo de su habitación y se coló por la abertura.

Apareció en un espacio oscuro y estrecho que olía a madera de cedro seca, y supuso que debía de tratarse del interior del armario de la habitación contigua. Inspiró hondo, hizo girar el picaporte, abrió la puerta y entró en una habitación que era una imagen especular de la suya, en la que se guardaban cinco somieres sin usar. En algún momento, dos de los somieres, que habían dejado apoyados contra una pared, se habían caído y habían atrancado la puerta que daba al pasillo. El conde apartó los somieres, abrió la puerta, lo sacó todo de la habitación y empezó a renovar el mobiliario.

Primero volvió a reunir las dos butacas con la mesita de salón de su abuela. A continuación, bajó la escalera del campanario hasta el sótano. Del gabinete de curiosidades cogió una de sus alfombras, la lámpara de pie y la pequeña estantería, para lo que precisó tres viajes. Luego bajó los escalones de dos en dos e hizo una última visita para llevarse diez de las voluminosas novelas que otros habían abandonado. Una vez que su nuevo estudio estuvo amueblado, bajó al vestíbulo y tomó prestados el martillo del tejador y cinco clavos.

El conde no había utilizado un martillo desde que era niño, cuando, en Villa Holganza, a principios de primavera, ayudaba a Tijon, el anciano conserje, a reparar la valla. Recordaba la agradable sensación que producía golpear con el martillo la cabeza del clavo, que atravesaba el tablón y se clavaba en el poste, y cómo cada impacto resonaba en el aire matutino. Pero con el primer martillazo lo que golpeó de lleno el conde fue la uña de su pulgar. (Por si lo habéis olvidado, es muy doloroso golpearse la uña del pulgar. Inevitablemente hace que te pongas a saltar y a tomar el nombre de Dios en vano.)

Pero la fortuna favorece a los atrevidos. Y así, si bien el siguiente martillazo rebotó en la cabeza del clavo, con el tercero el conde consiguió dar de lleno; y cuando cogió el segundo clavo ya había recuperado el ritmo de apoyar, clavar y rematar, esa ancestral cadencia que supera la de las cuadrillas, la de los hexámetros y la de las alforjas del conde Vronski.

Baste decir que, al cabo de media hora, cuatro de los clavos sujetaban ya la puerta al marco, de modo que en adelante la única forma de acceder a la nueva habitación del conde sería pasando entre las mangas de sus chaquetas. El quinto clavo lo guardó para la pared, encima de la estantería, donde colgó el retrato de su hermana.

Una vez completada su obra, se sentó en una de las butacas y sintió una dicha que casi lo tomó por sorpresa. Su nuevo dormitorio y aquel estudio improvisado eran de dimensiones idénticas, y sin embargo ejercían una influencia completamente diferente en su estado de ánimo. Hasta cierto punto, esa diferencia surgía del modo en que habían sido amuebladas las dos habitaciones. Pues mientras que la de al lado (con su cama, su escritorio y su cómoda) seguía formando parte del reino de las necesidades prácticas, el estudio (con sus libros, el Embajador y el retrato de Helena) estaba amueblado de un modo más relacionado con el espíritu. Sin embargo, con toda probabilidad un factor aún mayor de la diferencia entre las dos habitaciones era su procedencia. Ya que, así como una estancia sometida al gobierno, la autoridad y las intenciones de otros parece más pequeña de lo que es, otra que existe en secreto puede, más allá de sus dimensiones, parecer tan grande como a uno se le antoje imaginar.

El conde se levantó de la butaca y cogió el más grueso de los diez volúmenes que había rescatado del sótano. Cierto, no iba a ser para él una novedad, pero ¿acaso era necesario que lo fuera? ¿Acaso se habría atrevido alguien a acusarlo de nostalgia, de holgazanería o de perder el tiempo sencillamente porque ya había leído aquella historia dos o tres veces?

Se sentó otra vez, puso un pie en el borde de la mesita de salón e inclinó la butaca hacia atrás hasta que quedó apoyada sólo en las dos patas traseras, y entonces leyó la primera frase:

Todas las familias felices se parecen; las desgraciadas, sin embargo, lo son cada una a su manera.

—Maravilloso —dijo el conde.

Asamblea

—Va, venga conmigo.

—Será mejor que no.

—No sea tan rancio.

—Yo no soy rancio.

—¿Está seguro?

—Uno mismo nunca puede estar completamente seguro de no ser rancio. Eso es axiomático.

—Exacto.

De esta manera Nina coaccionó al conde para que la acompañara en una de sus excursiones favoritas: espiar desde la galería del salón de baile. Él se mostraba reacio a acompañar a Nina en aquella aventura en particular por dos razones. La primera, porque la galería del salón de baile era estrecha y estaba llena de polvo, y para evitar que te vieran no tenías más remedio que permanecer agachado detrás de la balaustrada, lo que resultaba claramente incómodo para un hombre de un metro noventa de estatura. (La última vez que el conde había acompañado a Nina a la galería, se le había roto la costura de los pantalones y la tortícolis le había durado tres días.) Pero la segunda razón era que la reunión de aquella tarde iba a ser, con toda seguridad, otra asamblea.

A lo largo del verano, habían ido celebrándose asambleas en el hotel con una frecuencia cada vez mayor. A diversas horas del día, pequeños grupos de varones irrumpían en el vestíbulo gesticulando, interrumpiéndose unos a otros y ansiosos por exponer su punto de vista. Se reunían con sus camaradas en el salón de baile, donde, hombro con hombro, se paseaban mientras iban dando, casi todos, caladas a sus cigarrillos.

El conde había llegado a la conclusión de que los bolcheviques se reunían siempre que podían de cualquier forma que fuera posible y por cualquier razón. En una sola semana podía haber comités, reuniones del Partido, coloquios, congresos y convenciones organizados para establecer códigos, decidir líneas de actuación, recoger quejas y, en general, lamentarse de los viejos problemas del mundo con su más nueva nomenclatura.

Si el conde se resistía a observar aquellas reuniones no era sólo porque le desagradaran las tendencias ideológicas de los asistentes. Tampoco se habría puesto en cuclillas detrás de una balaustrada para observar a Cicerón debatiendo con Catilina, ni a Hamlet consigo mismo. No, no era una cuestión de ideología. El conde, sencillamente, consideraba tediosos los discursos políticos de cualquier signo.

Pero, pensándolo bien, ¿no era eso exactamente lo que un rancio habría argumentado?

Huelga decir que el conde siguió a Nina por la escalera hasta el segundo piso. Tras esquivar la entrada del Boiarski y asegurarse de que no había peligro, abrieron con la llave maestra de ella la puerta de la galería que no estaba señalizada.

Abajo, en el salón, ya había un centenar de hombres sentados en sus asientos y otros cien deliberaban en los pasillos, mientras tres individuos de aspecto imponente tomaban asiento detrás de una mesa de madera alargada colocada sobre la tarima. Es decir: la reunión ya estaba casi reunida.

Como era 2 de agosto y ese día se habían celebrado otras dos asambleas, la temperatura en el salón de baile alcanzaba los treinta y tres grados. Nina se puso a andar a gatas por detrás de la balaustrada. Cuando el conde se agachó para hacer otro tanto, se le volvió a abrir la costura del fondillo del pantalón.

—*Merde* —masculló.

—¡Chist! —dijo Nina.

La primera vez que había acompañado a la niña a la galería, no había podido evitar cierto asombro ante el profundo cambio que había experimentado el salón de baile. No hacía ni diez años que la buena sociedad de Moscú se reunía con sus mejores galas bajo las espectaculares arañas de luces para bailar la mazurca y brindar por el zar. Sin embargo, tras observar unas cuantas de aquellas asambleas, había llegado a una conclusión aún más asombrosa: que, a pesar de la Revolución, las normas en aquella sala apenas habían cambiado.

En ese preciso momento, por ejemplo, entraban por la puerta dos jóvenes que parecían dispuestos a discutir; pero antes de intercambiar ni una sola palabra con nadie, cruzaron toda la sala y fueron a presentarle sus respetos a un anciano que estaba sentado junto a la pared. Éste, presuntamente, había participado en la Revolución de 1905, o había redactado un panfleto en 1880, o había cenado con Karl Marx en 1852. Fuera cual fuese la causa de su preeminencia, aquel anciano revolucionario, sentado en la butaca donde la Gran Duquesa Anápova había recibido los saludos de los respetuosos y jóvenes príncipes en su baile de Pascua de todos los años, aceptó la deferencia de los dos jóvenes bolcheviques con un asentimiento que delataba la conciencia de su superioridad.

O, por ejemplo, el tipo con cara de simpático que, como hacía el príncipe Tetriakov, se paseaba por la sala estrechando manos y dando palmadas en la espalda. Tras detenerse sistemáticamente en cada rincón y hacerse notar lanzando un comentario serio aquí y una observación ingeniosa allá, se disculpó «sólo un momentito». Pero, una vez que saliera por la puerta, ya no regresaría. Porque, después de asegurarse de que todos los presentes en el salón de baile se habían percatado de su presencia, se dirigiría a otra reunión diferente por completo, una que tendría lugar en una acogedora habitación de la calle Arbat.

Seguro que el rebelde joven y gallardo de quien se rumoreaba que tenía enchufe con Lenin aparecería más tarde, cuando el tema de la velada ya estuviera prácticamente zanjado (como hacía el capitán Radianko cuando tenía enchufe con el zar), haciendo gala, así, de su indiferencia hacia las pequeñas convenciones de la etiqueta y, al mismo tiempo, reforzando su reputación de persona con muchos asuntos que atender y muy poco tiempo para hacerlo.

Ahora se ve más loneta que cachemir en la sala, evidentemente, y el color que domina no es el dorado, sino el gris. Pero ¿hay mucha diferencia entre las coderas y las charreteras? ¿Acaso esas gorras de diario no se llevan, igual que el bicornio y el chacó antes, para dar a entender algo? El burócrata que está en la tarima con el mazo seguro que puede permitirse una chaqueta a medida y unos pantalones de pinzas. Si viste ropa tan andrajosa es para dejar claro ante todos los reunidos que él también es un curtido miembro de la clase trabajadora.

Como si le hubiera leído el pensamiento al conde, de repente el secretario golpeó la mesa con el mazo para dar comienzo a la Segunda Reunión del Primer Congreso de la Rama de Moscú del Sindicato Ruso de Trabajadores del Ferrocarril. Cerraron las puertas, los asistentes ocuparon sus asientos, Nina contuvo la respiración y empezó la asamblea.

Durante los quince primeros minutos se plantearon y resolvieron en rápida sucesión seis asuntos administrativos, lo que hacía pensar que aquella reunión podía terminar en un periquete. Pero el siguiente tema del orden del día resultó más polémico. Se trataba de una propuesta para modificar los estatutos del sindicato, o, para ser más exactos, la séptima frase del segundo párrafo, que el secretario procedió a leer en voz alta.

Era una frase formidable, desde luego: tenía una relación íntima con la coma, y no le prestaba ninguna atención al punto. Al fin y al cabo, su propósito aparente consistía en catalogar sin temor ni vacilación cada una de las virtudes del sindicato, entre las que figuraban, por mencionar sólo algunas, sus firmes hombros, su paso decidido, el ruido de sus martillos en verano, las paladas de su carbón en invierno y el optimista sonido de sus silbatos por la noche. Pero resulta que, entre las últimas locuciones de esa impresionante frase, justo al final, había una observación sobre los incansables esfuerzos mediante los que los trabajadores del ferrocarril de Rusia «facilitaban la comunicación y el comercio entre las provincias».

Después de tanto bombo, el conde convino en que aquello constituía una especie de anticlímax.

Sin embargo, la objeción que se había planteado no se debía a la falta de brío de la frase, sino al empleo de la palabra «facilitar». Concretamente, acusaban a ese verbo tan tibio y poco entusiasta de no hacer justicia a los esfuerzos de los hombres presentes en la sala.

—¡Parece que estemos ayudando a las mujeres a ponerse el abrigo! —gritó alguien desde el fondo.

—¡O a pintarse las uñas!

—¡Eso, eso!

Bueno, tenían razón.

Pero ¿qué verbo habría expresado mejor el empeño del sindicato? ¿Qué verbo habría hecho justicia a la sudorosa entrega de los maquinistas, a la vigilancia constante de los guardafrenos y a los tensos músculos de los peones que tendían las vías?

En medio de un gran revuelo, surgieron tres propuestas:

«Alentar.»

«Impulsar.»

«Promover.»

Se debatieron acaloradamente los méritos y las limitaciones de cada una de ellas. Hubo argumentos articulados en tres puntos cuya cuenta se llevaba con los dedos, preguntas retóricas, resúmenes emotivos y silbidos lanzados desde las filas del fondo, que recibieron la respuesta de los golpes de mazo, y la temperatura ambiente del salón ascendió a treinta y seis grados.

Entonces, justo cuando el conde empezaba a percibir cierto peligro de que se produjera un altercado, un muchacho de aspecto tímido que estaba sentado en la décima fila sugirió que, tal vez, «facilitar» pudiera sustituirse por los verbos «posibilitar y garantizar». Ese par, explicó el muchacho (mientras sus mejillas iban poniéndose coloradas como las frambuesas), englobaría no sólo el tendido de las vías y el manejo de las locomotoras, sino también el mantenimiento del sistema.

—Sí, eso es.

—Tendido, manejo y mantenimiento.

—Posibilitar y garantizar.

La propuesta del muchacho, recibida con un aplauso caluroso y unánime, parecía avanzar a toda velocidad hacia su aprobación, con la misma rapidez y fiabilidad con que las locomotoras del sindicato recorrían las estepas. Pero cuando ya se acercaba a la última estación de su recorrido, se levantó un individuo escuálido de la segunda fila. Era tan canijo que parecía mentira que hubiera conseguido un puesto en el sindicato. Cuando tuvo la atención de todos los presentes, ese contable u oficinista, ese empleadillo tan típicamente ruso afirmó con una voz tan tibia y melindrosa como la palabra «facilitar»:

—La concisión poética exige que se evite el uso de un par de palabras cuando baste una sola.

—¿Cómo dice?

—¿Qué ha dicho?

Varias personas se levantaron con la intención de agarrarlo por las solapas y sacarlo a rastras de la sala. Pero antes de que pudieran ponerle las manos encima, un tipo fornido de la quinta fila dijo sin ponerse en pie:

—Con todo el respeto por la concisión poética, al varón se le ha concedido un par aunque tal vez no fuera necesario.

¡Aplauso atronador! La resolución de sustituir «facilitar» por «posibilitar y garantizar» se aprobó por unanimidad, con un mar de manos levantadas y un pataleo generalizado. Mientras, en la galería, el conde tuvo que admitir que quizá los discursos políticos no fueran tan aburridos, al fin y al cabo.

Concluida la asamblea, cuando Nina y él salieron a gatas de la galería y volvieron al pasillo, el conde se sentía bastante satisfecho de sí mismo. Estaba complacido con sus pequeños paralelismos entre los personajes del presente y los del pasado que presentaban sus respetos, daban palmadas en la espalda y llegaban tarde. Además, tenía un montón de divertidas opciones a la expresión «posibilitar y garantizar», desde «escorarse y volcar» hasta «descarrilar y despeñarse». Y cuando Nina, de forma inevitable, le preguntó qué opinaba del debate de aquel día, él se dispuso a contestar que le parecía absolutamente shakespeariano. Es decir, shakespeariano a la manera de Dogberry en *Mucho ruido y pocas nueces*. Mucho ruido y pocas nueces, desde luego. O eso pensaba comentar el conde.

Pero quiso la suerte que no tuviera ocasión de decirlo. Porque cuando Nina le preguntó qué le parecía la asamblea, incapaz de esperar ni siquiera un momento a que él expresara sus impresiones, ella se apresuró a exponer las suyas.

86

—¿Verdad que ha sido fascinante? ¿Verdad que ha sido fantástico? ¿Ha viajado alguna vez en tren?

—El tren es mi medio de transporte preferido —dijo el conde un tanto sorprendido.

Nina asintió con entusiasmo.

—El mío también. Y las veces que ha viajado en tren, ¿ha observado el paisaje detrás de las ventanas mientras escuchaba las conversaciones de los otros pasajeros y se ha quedado dormido con el traqueteo de las ruedas?

—Sí, he hecho todas esas cosas.

—Exacto. Pero ¿alguna vez se ha preguntado, aunque sólo fuera un instante, cómo llega el carbón al motor de la locomotora? ¿Se ha preguntado, en medio de un bosque, o en una ladera rocosa, cómo llegaron las vías hasta allí?

El conde reflexionó. Imaginó. Admitió.

—No, nunca.

Ella lo miró con complicidad.

—Es asombroso, ¿verdad?

Y visto así, ¿quién iba a discrepar?

Unos minutos más tarde, el conde llamaba a la puerta del taller de Marina, el tímido encanto; tenía las manos detrás de la espalda y sujetaba con ellas un periódico doblado.

Recordó que, hasta no hacía mucho, en aquel taller habían trabajado tres costureras, cada una con su máquina de coser norteamericana. Como las tres Parcas, juntas se habían dedicado a hilar, medir y cortar, para poder estrechar vestidos, coger dobladillos y ensanchar pantalones, con consecuencias tan decisivas como las de sus predecesoras. En los días inmediatamente posteriores a la Revolución las habían despedido a las tres; se suponía que las máquinas de coser, ahora silenciosas, habían pasado a ser propiedad del pueblo; pero ¿y el taller? Había quedado en desuso, igual que la floristería de Fátima. No eran tiempos para estrechar vestidos de fiesta ni coger dobladillos, como tampoco lo eran para lanzar ramos de flores ni lucir prendidos en la solapa.

Después, en 1921, ante el tremendo atraso acumulado de sábanas deshilachadas, cortinas desgarradas y servilletas gastadas (que nadie tenía intención de sustituir), el hotel había ascendido a Marina, que entonces era camarera, y otra vez el hotel dispuso de una costurera fiable en sus dependencias.

—Hola, Marina —dijo el conde cuando ella le abrió la puerta con el hilo y la aguja en la mano—. Qué alegría encontrarte cosiendo en el taller de costura.

Ella lo miró con cierto recelo.

—¿Y qué otra cosa podría hacer aquí?

—Sí, claro. —El conde compuso su mejor sonrisa, dio un giro de noventa grados, levantó brevemente el periódico y, con humildad, le pidió ayuda a la costurera.

—¿No le cosí unos pantalones la semana pasada?

—He vuelto a espiar con Nina —explicó—. Desde la galería del salón de baile.

Marina observó al conde; con un ojo expresaba consternación y con el otro incredulidad.

—Si lo que quiere es arrastrarse por el suelo con una niña de nueve años, ¿por qué se empeña en llevar unos pantalones como éstos?

Al conde le sorprendió un poco el tono de la pregunta.

—Esta mañana, cuando me he vestido, no tenía ninguna intención de arrastrarme por el suelo. De todas formas, deberías saber que estos pantalones me los hicieron a medida en Savile Row.

—Ya. A medida para estar en una sala de estar o para exponerse en una sala de exposiciones.

—Es que yo nunca me he expuesto en una sala de exposiciones.

—Y mejor que así sea, porque con toda seguridad habría hecho algún estropicio.

Dado que Marina no parecía especialmente tímida ni encantadora ese día, el conde la saludó con una inclinación de cabeza, dando a entender que se marchaba.

—Bueno, basta ya —dijo ella—. Quítese los pantalones detrás del biombo.

Sin más dilación, el conde se puso detrás del biombo, se quedó en calzoncillos y le entregó sus pantalones a Marina. A continuación, se hizo un silencio y él comprendió que la costurera había cogido el carrete, había lamido el hilo y lo estaba pasando con mucho cuidado por el ojo de la aguja.

—Bueno —dijo luego Marina—, podría aprovechar para contarme qué hacía allí arriba, en la galería.

Así que, mientras ella empezaba a coserle los pantalones (a tender unas diminutas vías de tren, por así decirlo), él le describió la asamblea y sus diversas impresiones. Entonces, casi con melancolía, comentó que en la galería, mientras reflexionaba sobre la terquedad de las convenciones sociales y la tendencia del ser humano a tomarse a sí mismo demasiado en serio, Nina parecía embelesada por momentos con la energía y la firmeza del propósito de la asamblea.

—¿Y qué hay de malo en eso?

—Supongo que nada —admitió el conde—. Sólo que, hace un par de semanas, me invitó a tomar el té para preguntarme las normas por las que se regían las princesas.

Marina le pasó los pantalones por encima del biombo y movió la cabeza como quien se ve obligado a revelarle una dura verdad a un ser inocente.

—A todas las niñas dejan de interesarles las princesas cuando maduran —dijo—. De hecho, maduran y dejan de interesarles las princesas mucho antes de que los niños maduren y deje de interesarles arrastrarse por el suelo.

Cuando el conde salió del taller de Marina con el fondillo de los pantalones intacto, después de darle las gracias y saludarla con la mano, estuvo a punto de darse de bruces con uno de los botones, que estaba plantado delante de la puerta.

—¡Discúlpeme, conde Rostov!

—No pasa nada, Petia. No tienes que disculparte. Ha sido culpa mía, estoy seguro.

El pobre muchacho, que tenía los ojos como platos, ni siquiera se había percatado de que se le había caído la gorra. El conde la recogió del suelo, se la puso al botones en la cabeza, le deseó suerte para resolver sus asuntos y se dio la vuelta.

—Es que mis asuntos tienen que ver con usted.

—¿Conmigo?

—Se trata del señor Halecki. Quiere hablar con usted. En su despacho.

No era de extrañar que el muchacho tuviera cara de susto. El conde nunca había tenido que presentarse en el despacho del señor Halecki; aún más, en los cuatro años que llevaba viviendo en el Metropol sólo había visto al director en cinco ocasiones.

Porque Josef Halecki era uno de esos raros ejecutivos que habían llegado a dominar el secreto arte de delegar, es decir, que había asignado la supervisión de las diversas funciones del hotel a una serie de subalternos competentes, y él apenas se dejaba ver. Se presentaba en el hotel a las ocho y media y se encaminaba directamente a su despacho con gesto atribulado, como si ya llegara tarde a una reunión. Por el camino iba devolviendo los saludos con escuetas inclinaciones de cabeza, y cuando pasaba por delante de su secretaria le comunicaba, sin detenerse, que no quería que lo molestaran. Y sin más desaparecía detrás de su puerta.

¿Y qué ocurría una vez que se metía en su despacho?

Era difícil saberlo, pues muy pocos habían entrado. (No obstante, quienes habían logrado echar un vistazo aseguraban que, curiosamente, encima de su mesa no había ni un solo papel; que su teléfono casi nunca sonaba; que junto a una de las paredes había una tumbona de color burdeos con cojines aplastados...)

Cuando los subalternos del director no tenían más remedio que llamar a su puerta (ya fuera porque se había declarado un incendio en la cocina o porque había surgido una discusión a raíz de una factura), Halecki abría con tal expresión de fatiga, disgusto y derrota moral que quienes lo habían interrumpido sentían, inevitablemente, una oleada de compasión; y entonces le aseguraban al director que podían ocuparse ellos mismos del problema y volvían a salir por la puerta deshaciéndose en disculpas. Como resultado de esa dinámica, el Metropol funcionaba a la perfección, como los mejores hoteles de Europa.

Huelga decir que el conde estaba a la vez nervioso e intrigado por el repentino requerimiento del director. Sin más preámbulos, Petia lo acompañó por el pasillo, lo guió por las oficinas del hotel y lo llevó hasta la puerta del despacho del director, que, como era de esperar, estaba cerrada. El conde, dando por hecho que Petia anunciaría formalmente su presencia, se detuvo a sólo unos pasos, pero el botones señaló la puerta con gesto cohibido y se esfumó. Al no ver más alternativa, tuvo que llamar. A continuación se oyó un breve frufrú, seguido de un silencio y, por último, una voz atribulada que lo invitaba a entrar.

Cuando el conde abrió la puerta, encontró al señor Halecki sentado a su mesa y sujetando firmemente una pluma, pero sin ningún papel a la vista. Y, pese a que no era muy dado a sacar conclusiones, reparó en que el director tenía el pelo de un lado de la cabeza aplastado y las gafas de lectura torcidas en el puente de la nariz.

—¿Quería usted verme?

—Ah, conde Rostov. Pase, por favor.

El conde se acercó a una de las dos sillas vacías que había enfrente del escritorio y se fijó en que, colgados encima de la tumbona de color burdeos, había una bonita serie de grabados coloreados que representaban escenas de caza al estilo inglés.

—Unos ejemplares excelentes —observó al tiempo que tomaba asiento.

—¿A qué se refiere? Ah, sí. Los grabados. Son excelentes, sí.

Pero, dicho eso, el director se quitó las gafas y se frotó los párpados. A continuación movió la cabeza y suspiró. Y, mientras lo hacía, el conde sintió, también él, una oleada de aquella famosa compasión.

—¿En qué puedo ayudarlo? —preguntó, sentado en el borde de la silla.

El director asintió, familiarizado con la situación (era obvio que había oído aquella pregunta infinidad de veces), y apoyó ambas manos en la mesa.

—Conde Rostov —empezó—, hace años que se hospeda en este hotel. De hecho, tengo entendido que su primera visita a nuestro establecimiento se remonta a la época de mi predecesor.

—Así es —confirmó el conde y sonrió—. Fue en agosto de mil novecientos trece.

—Eso creo.

—Habitación doscientos quince, si no me equivoco.

—Ah. Una habitación preciosa.

Se quedaron los dos callados.

—Me han comentado —continuó el director con cierta indecisión— que varios miembros del personal, cuando se dirigen a usted... continúan utilizando ciertos... tratamientos.

—¿Tratamientos?

—Sí. Para ser exactos, tengo entendido que lo llaman «Excelencia».

El conde caviló un momento sobre la afirmación del director.

—Bueno, sí. Creo que algunos de sus empleados se dirigen a mí de ese modo.

El director asintió con la cabeza y esbozó una sonrisa triste.

—Estoy seguro de que comprenderá que eso me pone en un brete.

La verdad es que el conde no comprendía a qué se refería el director. Sin embargo, debido a la profunda compasión que le inspiraba el señor Halecki, evidentemente no quería ponerlo en ningún brete. Así que escuchó con atención mientras el director continuaba:

—Como comprenderá, si dependiera de mí... ni que decir tiene. Pero dada la...

Al llegar a este punto, precisamente cuando el señor Halecki habría podido señalar la causa concreta, hizo una ambigua floritura en el aire con una mano y dejó la frase sin acabar. Entonces carraspeó.

—Como es lógico, me veo obligado a insistir en que mis empleados se abstengan de utilizar dichos términos para dirigirse a usted. Al fin y al cabo, creo que estaremos de acuerdo, sin exagerar y sin temor a contradicciones, en que los tiempos han cambiado.

Tras llegar a esa conclusión, el director lo miró con gesto de profundo anhelo, así que el conde se apresuró a tranquilizarlo.

—Los tiempos no tienen más remedio que cambiar, señor Halecki. Y los caballeros no tenemos más remedio que cambiar con ellos.

El director lo miró con gesto de profunda gratitud, admirado de que alguien hubiera entendido sus palabras a la perfección y no requiriera más explicaciones.

Llamaron a la puerta y, cuando ésta se abrió, apareció Arkadi, el recepcionista del hotel. Al verlo, el director encorvó los hombros, señaló al conde y dijo:

—Como verás, Arkadi, estoy manteniendo una conversación con uno de nuestros huéspedes.

—Les ruego que me disculpen, señor Halecki, conde Rostov.

Arkadi le dedicó a cada uno una inclinación de cabeza, pero no se retiró.

—Muy bien —dijo el director—. ¿De qué se trata?

Arkadi hizo una discreta seña con la cabeza para indicar que lo que tenía que explicarle quizá fuera mejor explicárselo en privado.

—Muy bien.

El director se levantó ayudándose con ambas manos, rodeó su mesa, salió al pasillo y cerró la puerta, de modo que el conde se quedó solo en el despacho.

«Excelencia —reflexionó el conde, poniéndose filosófico—. Eminencia, santidad, alteza. En otros tiempos, el empleo de esos términos era un indicador fiable de que uno se encontraba en un país civilizado. En cambio, ahora, dada la...»

Al llegar a este punto, hizo una ambigua floritura con la mano.

—Bueno. Seguro que es mejor así —concluyó.

Entonces se levantó de la silla, se acercó a los grabados y comprobó, examinándolos más de cerca, que representaban tres etapas de una cacería de zorros: el rastreo, la localización y la persecución. En el segundo grabado, un joven con rígidas botas negras y chaqueta de color rojo oscuro tocaba un cuerno de caza cuyo tubo describía un giro de trescientos sesenta grados desde la boquilla hasta el pabellón. Con toda seguridad, aquel cuerno era un objeto fabricado con gran esmero, que expresaba belleza y tradición, pero ¿era esencial para el mundo moderno? En realidad, ¿necesitábamos a un grupo de hombres elegantemente vestidos, unos caballos pura sangre y unos perros bien entrenados para acorralar a un zorro en una madriguera? Sin exagerar y sin temor a contradicciones, el conde podía contestar su propia pregunta con una negación.

Porque es cierto: los tiempos cambian. Cambian sin cesar, de forma inevitable, con inventiva. Y a medida que cambian, hacen que resulten insólitos no sólo los tratamientos honoríficos pasados de moda y los cuernos de caza, sino también los llamadores de plata y los gemelos de teatro de madreperla, así como todo tipo de artículos fabricados con esmero que ya han dejado de ser útiles.

«Artículos fabricados con esmero que ya han dejado de ser útiles —pensó el conde—. Me pregunto si...»

Sigiloso, se acercó a la puerta y apoyó la oreja; oyó las voces del director, de Arkadi y de una tercera persona en el pasillo. Aunque le llegaban amortiguadas, el tono sugería que todavía les faltaban algunos pasos para llegar a una decisión. Rápidamente, el conde regresó junto a la pared de los grabados y contó dos paneles más allá de la lámina de la persecución. Apoyó una mano en el centro del panel y empujó con firmeza. El panel se hundió un poco. Al oír un chasquido, retiró los dedos y el panel se abrió y reveló un armario secreto. Dentro, tal como le había explicado el Gran Duque, había una caja de marquetería con cierres de latón. El conde metió una mano en el armario y levantó con suavidad la tapa de la caja; y allí estaban, de factura perfecta y descansando apaciblemente.

—Una maravilla —dijo—. Una verdadera maravilla.

Arqueologías

—Escoge una carta —le dijo el conde a la más menuda de las tres bailarinas.

Al entrar en el Chaliapin para tomarse su recuperado aperitivo nocturno, el conde las había encontrado de pie, en fila, con las yemas de los dedos apoyadas en la barra, como si se dispusieran a realizar un *plié*. Las damiselas estaban solas en el bar, con excepción de un bebedor solitario encorvado sobre su copa de consolación, de modo que al conde le pareció que lo más apropiado era darles un poco de conversación.

Se dio cuenta al instante de que no eran de Moscú: eran tres de aquellas almas cándidas que Gorski reclutaba en las provincias todos los años, en septiembre, para incorporarlas al *corps de ballet*. Tenían el torso corto y las piernas largas, de acuerdo con los gustos del director, aunque su expresión todavía no había adquirido aquella actitud distante de sus bailarinas más veteranas. Y el mismo hecho de que estuvieran bebiendo en el Metropol ellas solas indicaba una juvenil ingenuidad. Porque si bien la proximidad del hotel al Bolshói lo convertía en la elección más fácil para las jóvenes bailarinas que quisieran escaparse un rato después del ensayo, por esa misma proximidad era también el lugar favorito de Gorski para comentar algún asunto artístico con su primera bailarina. Y si el director descubría a aquellas almas cándidas bebiendo moscatel, las jóvenes no tardarían en irse a hacer el *pas de deux* a Petropávlosk.

El conde, que lo sabía, quizá debería habérselo advertido.

Pero el libre albedrío es un principio de la filosofía moral bien arraigado desde tiempos de los griegos. Y a pesar de que el conde ya había dejado atrás la edad de los amoríos, va contra la naturaleza de cualquier caballero, incluso de los mejor intencionados, aconsejar a unas jóvenes encantadoras que renuncien a su compañía en función de una mera hipótesis.

De modo que, en lugar de ahuyentarlas, elogió la belleza de aquellas muchachas, les preguntó qué habían ido a hacer Moscú, las felicitó por sus éxitos, se empeñó en pagarles el vino, charló con ellas sobre sus pueblos natales y, por último, les propuso hacerles un juego de manos.

Audrius, siempre tan atento, hizo aparecer una baraja de cartas con el emblema del Metropol.

—Llevo años sin hacer este truco —las previno el conde—, así que tendrán que ser indulgentes conmigo.

Empezó a barajar las cartas, y las tres bailarinas lo observaron atentamente; sin embargo, como semidiosas de un mito ancestral, lo hacían de tres formas diferentes: la primera, con los ojos de la inocencia; la segunda, con los ojos del romanticismo; y la tercera, con los ojos del escepticismo. Era a la paloma de mirada inocente a quien el conde había pedido que escogiera una carta.

Mientras la bailarina hacía su elección, el conde detectó que había alguien detrás de él, pero eso no era nada extraño. En un bar era lógico que una muestra de prestidigitación atrajera a un par de curiosos. Sin embargo, cuando se volvió hacia la izquierda para hacerle un guiño a quien fuera, no se encontró a ningún curioso, sino al imperturbable Arkadi, que parecía inusualmente perturbado.

—Le ruego que me disculpe, conde Rostov. Siento mucho interrumpirlo. Pero ¿podemos hablar un momento?

—Desde luego que sí, Arkadi.

El recepcionista sonrió a las bailarinas en señal de disculpa y se llevó al conde unos pasos más allá; y entonces dejó que los hechos ocurridos aquella noche hablaran por sí mismos: a las seis y media, un caballero había llamado a la puerta de la suite del secretario Tarakovski. Cuando el estimado secretario había abierto, ese caballero había exigido saber ¡quién era él y qué hacía allí! Sorprendido, el camarada Tarakovski le había explicado que se alojaba en aquella suite, y le había preguntado, a su vez, qué hacía él allí. El caballero, todavía no convencido por ese argumento, había insistido en que lo dejaran entrar inmediatamente. Al negarse el camarada Tarakovski, el caballero lo había apartado de un empujón, había traspasado el umbral y se había puesto a registrar las habitaciones una a una, incluida, ejem, ejem, la *salle de bain*, donde la señora Tarakovski estaba realizando su *toilette* nocturna.

Arkadi llegó a la escena justo entonces, pues lo habían llamado por teléfono y le habían pedido que se apresurara. El camarada Tarakovski, muy agitado, blandía su bastón y exigía ver al director de inmediato «en calidad de huésped habitual del Metropol y miembro del Partido».

El caballero, que se había sentado en el sofá y estaba con los brazos cruzados, replicó que a él le parecía estupendo, pues por su parte también había estado a punto de llamar al director. Y respecto a lo de ser miembro del Partido, afirmó que él era miembro del Partido desde antes de que hubiera nacido el camarada Tarakovski, una afirmación bastante inverosímil, dado que el camarada Tarakovski tenía ochenta y dos años.

Veamos: el conde, que había escuchado con interés cada palabra que había pronunciado Arkadi, habría sido el primero en admitir que aquél era un relato apasionante. De hecho, era precisamente la clase de incidente extravagante que todo hotel internacional debería aspirar a tener como parte de su tradición y que él, como huésped del Metropol, seguramente volvería a contar en cuanto se le presentara la ocasión. Pero lo que no conseguía entender era por qué Arkadi había elegido aquel preciso momento para contarle aquella historia en concreto.

—Pues porque el camarada Tarakovski se hospeda en la suite trescientos dieciséis; y porque era a usted a quien estaba buscando el caballero en cuestión.

—¿A mí?

—Me temo que sí.

—¿Cómo se llama?

—Se ha negado a decirlo.

—¿Y dónde está ahora?

Arkadi señaló hacia el vestíbulo.

—Gastando la alfombra detrás de las palmeras.

—¿Gastando la alfombra...?

El conde asomó la cabeza desde el Chaliapin, mientras Arkadi se inclinaba con cautela detrás de él. Y sí, en efecto, en el otro extremo del vestíbulo estaba el caballero en cuestión, recorriendo una y otra vez los tres metros que separaban los tiestos de las dos palmeras.

El conde sonrió.

Aunque había engordado un poco, Mijaíl Fiódorovich Míndich tenía la misma barba irregular y los mismos andares nerviosos de cuando ambos tenían veintidós años.

—¿Lo conoce? —preguntó el recepcionista.

—Sólo como si fuera mi hermano.

Cuando el conde y Mijaíl Fiódorovich Míndich se conocieron en la Universidad Imperial de San Petersburgo, en otoño de 1907, los dos eran tigres de muy diverso pelaje. El conde se había criado en una mansión de veinte habitaciones, con catorce empleados domésticos, mientras que Mijaíl había crecido en un apartamento de dos habitaciones con su madre. Y mientras que al conde lo conocían en todos los salones de la capital, donde contaban con él por su ingenio, su inteligencia y su encanto, a Mijaíl no lo conocían casi en ningún sitio, y él prefería quedarse leyendo en su habitación en lugar de desperdiciar una velada manteniendo conversaciones frívolas.

De ahí que los dos jóvenes no parecieran destinados a ser amigos. Pero el destino no tendría la reputación que tiene si se limitara a hacer siempre lo que parece que va a hacer. Y, efectivamente, mientras que Mijaíl era propenso a meterse en un lío ante la más mínima diferencia de opinión, sin importar el número y el tamaño de sus oponentes, el conde Aleksandr Rostov era propenso a salir en defensa de cualquiera que se viera en inferioridad de condiciones, sin importar lo absurda que fuera su causa. Y así, el cuarto día de su primer año, los dos universitarios se encontraron ayudándose el uno al otro a levantarse del suelo mientras se sacudían el polvo de las rodillas y se limpiaban la sangre de los labios.

Si bien los esplendores que nos son esquivos cuando somos jóvenes suelen ser objeto de nuestro desprecio en la adolescencia y de nuestra comedida consideración en la edad adulta, en el fondo nos tienen siempre subyugados. Por eso, en los días posteriores a su primer encuentro, el conde escuchó las apasionadas exposiciones de los ideales de Mijaíl con el mismo asombro con que Mijaíl atendía a las descripciones de los salones de la ciudad del conde. Y antes de terminarse el año ya compartían unas habitaciones alquiladas encima del taller de un zapatero remendón en una bocacalle de Sredni Prospekt.

Tal como observaría el conde más adelante, fue providencial que acabaran viviendo encima del local de un zapatero, porque no había nadie en toda Rusia capaz de gastar tanto los zapatos como Mijaíl Míndich. Podía recorrer treinta kilómetros en una habitación de treinta palmos, cincuenta kilómetros en un palco de la ópera y setenta en un confesionario. Dicho de otro modo: el estado natural de Mishka consistía en caminar de un lado a otro.

Supongamos que el conde hubiera recibido una invitación para ir a tomar una copa a casa de Platónov, otra para ir a cenar a casa de los Peitrovski y una tercera para ir a bailar a casa de la princesa Petrossián. Mishka siempre declinaba la invitación con la excusa de que acababa de descubrir, en la trastienda de una librería, un volumen de un tal Flammenhescher, pongamos por caso, que exigía ser leído de cabo a rabo sin dilación. Pero una vez a solas, después de zamparse las cincuenta primeras páginas de la pequeña monografía del señor Flammenhescher, Mijaíl se levantaba y empezaba a pasearse de una punta a otra de su habitación para expresar su ferviente acuerdo o su furioso desacuerdo con la tesis del autor, su estilo o su empleo de la puntuación. Y cuando regresaba el conde, a las dos de la madrugada, Mishka no había pasado de la página cincuenta, pero en cambio había gastado más suela que cualquier peregrino de la ruta de San Pablo.

Así pues, tanto irrumpir en suites de hotel como gastar alfombras eran rasgos característicos de su viejo amigo. Pero como Mishka había recibido recientemente un nuevo nombramiento en su alma máter de San Petersburgo, al conde le sorprendió que apareciera de forma tan repentina y en semejante estado.

Después de abrazarse, los dos amigos subieron a pie los cinco pisos hasta el desván. Como ya lo habían puesto al corriente de la situación, Mishka no dio muestras de sorpresa cuando Rostov le expuso sus nuevas circunstancias. En cambio, se detuvo ante la cómoda de tres patas y ladeó la cabeza para examinar su base.

—¿Los *Ensayos* de Montaigne?

—Sí —confirmó el conde.

—Deduzco que no te han convencido.

—Todo lo contrario. Tienen el grosor perfecto. Pero cuéntame, amigo mío, ¿qué te trae por Moscú?

—En teoría, Sasha, estoy aquí para ayudar a organizar el Congreso inaugural de la RAPP, que se celebrará en junio. Pero lo más importante...

Mishka metió la mano en un macuto y sacó una botella de vino que tenía, encima de la etiqueta, dos llaves cruzadas en relieve.

—Espero no llegar tarde.

El conde cogió la botella y pasó el pulgar por el relieve. A continuación dijo que no con la cabeza y abrió la boca en una sonrisa cargada de profunda emoción.

—No, Mishka. Llegas justo a tiempo, como siempre. —Y entonces guió a su viejo amigo entre sus chaquetas.

Mientras el conde se marchaba un momento para enjuagar un par de copas que había sacado del Embajador, Mishka examinó el estudio de su amigo con mirada compasiva. Porque reconocía todos aquellos muebles: las mesas, las butacas, los *objets d'art*; y sabía perfectamente que se los había llevado de los salones de Villa Holganza y que se habían convertido en recordatorios de tiempos más paradisíacos.

Debió de ser en 1908 cuando Aleksandr lo invitó por primera vez a pasar el mes de julio en Villa Holganza. Desde entonces, todos los años viajaban desde San Petersburgo en una serie de trenes cada vez más pequeños, y por fin llegaban a aquel apeadero en medio de la hierba crecida, en el ramal, donde los recogía un carruaje tirado por cuatro caballos de los Rostov. Con las maletas en el techo, el cochero dentro del carruaje y Aleksandr llevando las riendas, salían de estampida por el campo, saludando con la mano a todas las campesinas que encontraban, hasta que llegaban al camino flanqueado por manzanos que conducía hasta la residencia de la familia.

Se despojaban de las chaquetas nada más entrar en el recibidor y los sirvientes llevaban sus maletas a los espléndidos dormitorios del ala este, donde se podía tirar de un cordón de terciopelo para pedir un vaso de cerveza fría o agua caliente para el baño. Pero antes se dirigían al salón, donde, sentada a aquella misma mesita con su pagoda roja, la condesa tomaba el té con algún vecino de sangre azul.

La condesa, que vestía siempre de negro, era una de aquellas matronas de la alta sociedad que por pensar de un modo independiente, por la autoridad que le confería la edad y por su impaciencia con las nimiedades se convertían en aliadas de cualquier joven irreverente. No sólo permitía, sino que incluso le gustaba que su nieto interrumpiera cualquier conversación formal para poner en tela de juicio el prestigio de la Iglesia o las clases dirigentes. Y cuando su invitado se ponía colorado y le respondía con enojo, la condesa le guiñaba un ojo a Mishka, como si ellos tres fueran del brazo en la batalla contra la mojigatería y la actitud anticuada de la época.

Tras presentarle sus respetos a la condesa, Mishka y Aleksandr salían por la puerta de la terraza e iban a buscar a Helena. A veces la encontraban bajo la pérgola con vistas a los jardines y a veces bajo el olmo del meandro del río; pero fuera donde fuese, al oírlos acercarse ella levantaba la vista del libro y les dedicaba una sonrisa cariñosa, muy parecida a la que el pintor había capturado en el retrato colgado en la pared.

Con Helena, Aleksandr llevaba siempre su extravagancia al extremo: se sentaba en la hierba y afirmaba que acababan de encontrarse a Tolstói en el tren; o que, tras planteárselo seriamente, había decidido ingresar en un monasterio y hacer voto de silencio. De inmediato. Sin demorarse ni un instante. O después de comer.

—¿Estás seguro de que se te dará bien guardar silencio? —le preguntaba Helena.

—Tan bien como a Beethoven se le daba estar sordo.

Y entonces, tras lanzarle una mirada afable a Mishka, Helena reía, miraba otra vez a su hermano y le preguntaba:

—¿Qué va a ser de ti, Aleksandr?

Todos le hacían la misma pregunta. Helena, la condesa, el Gran Duque. «¿Qué va a ser de ti, Aleksandr?» Pero se la hacían de tres maneras diferentes.

Para el Gran Duque la pregunta era retórica, por supuesto. Tras recibir el informe de un semestre suspendido o de una cuenta pendiente, llamaba a su ahijado a la biblioteca, leía la carta en voz alta, la dejaba encima de la mesa y formulaba aquella pregunta sin esperar una respuesta, consciente de que la respuesta era la cárcel, la ruina o ambas cosas.

Para su abuela, que solía hacerle esa pregunta cuando el conde decía algo especialmente escandaloso, «¿Qué va a ser de ti, Aleksandr?» era una forma de admitir ante cualquiera que pudiese oírla que él era su favorito, de modo que nadie debía esperar que ella refrenara su comportamiento.

En cambio, cuando lo preguntaba Helena daba la impresión de que la respuesta era un auténtico misterio. Como si, pese a los irregulares estudios de su hermano y sus costumbres despreocupadas, nadie pudiera ni imaginar en qué clase de hombre estaba destinado a convertirse.

—¿Qué va a ser de ti, Aleksandr? —preguntaba Helena.

—Ésa es la cuestión —contestaba él. Y entonces se tumbaba en la hierba y contemplaba, pensativo, el vuelo de las libélulas, como si él también meditara sobre ese trascendental enigma.

Sí, fueron tiempos paradisíacos, pensó Mishka. Pero pertenecían al pasado, igual que el Elíseo. Pertenecían a la época de los chalecos y los corsés, de las cuadrillas y las partidas de bezique, de la servidumbre, del pago de tributos y de los iconos apretujados en un rincón. Pertenecían a una época de artificio elaborado y de vulgar superstición, en la que unos pocos afortunados comían chuletas de ternera mientras la mayoría sobrevivía en la ignorancia.

Les corresponde el mismo arrinconamiento que a todo esto, pensó Mishka, y desvió la mirada del retrato de Helena a las novelas del siglo XIX que llenaban la pequeña librería familiar. Todas aquellas aventuras y aquellos romances estaban relatados con el estilo fantasioso que tanto admiraba su viejo amigo. Pero en lo alto de la librería, con su marco estrecho y alargado, había un objeto verdaderamente interesante: la fotografía en blanco y negro de los hombres que, con la firma del Tratado de Portsmouth, habían puesto fin a la guerra ruso-japonesa.

Mishka cogió la foto y escudriñó aquellos rostros serios y seguros de sí mismos. Posaban de pie, con formalidad; los delegados japoneses y rusos llevaban camisas de cuello alto con pajarita, y bigote, y sus semblantes transmitían solemnidad y satisfacción, pues acababan de poner fin, de un plumazo, a una guerra que ellos mismos habían comenzado. Y allí, casi en el centro, estaba el Gran Duque: el enviado especial de la corte del zar.

En 1910, en Villa Holganza, Mishka había presenciado por primera vez la antigua tradición de los Rostov de reunirse, en el décimo aniversario del fallecimiento de cualquier miembro de la familia, para brindar con una copa de Châteauneuf-du-Pape. Cuando hacía dos días que el conde y él se habían instalado en la mansión para pasar allí las vacaciones, empezaron a aparecer los invitados. A las cuatro de la tarde el camino estaba lleno de calesas, calesines, carretelas y landós llegados de Moscú, de San Petersburgo y de todos los distritos de los alrededores. Y a las cinco, cuando la familia se reunió en el salón, fue al Gran Duque a quien cedieron el honor de alzar la primera copa en memoria de los padres del conde, que habían fallecido en un intervalo de pocas horas.

El Gran Duque era un personaje formidable. Parecía que hubiese nacido completamente vestido, casi nunca se sentaba, nunca bebía y había muerto a lomos de su caballo el 21 de septiembre de 1912, hacía diez años.

—Era un buen hombre, el viejo.

Mishka se dio la vuelta y vio al conde detrás de él, con dos copas de Burdeos, una en cada mano.

—Un hombre de otra época —comentó Mishka con reverencia, y devolvió la fotografía a su estante. Entonces descorcharon la botella, sirvieron el vino y los dos amigos alzaron sus copas.

—Hemos reunido a un grupo impresionante, Sasha...

Después de brindar por el Gran Duque y rememorar tiempos pasados, los dos amigos se pusieron a hablar del inminente congreso de la RAPP, que resultó ser la Asociación Rusa de Escritores Proletarios.

—Será una reunión extraordinaria. Una reunión extraordinaria en un momento extraordinario. Vendrán Ajmátova, Bulgákov,

Maiakovski, Mandelstam... Todos ellos escritores que, no hace mucho, no habrían podido sentarse a comer a la misma mesa sin temor a que los arrestaran. Sí, a lo largo de los años cada uno ha defendido su estilo particular, pero en junio se reunirán todos para fraguar la *nóvaia poezia*, una nueva poética. Una poética universal, Sasha. Una que no titubea ni necesita doblegarse ante nada. ¡Una cuyo tema es el espíritu humano y cuya musa es el futuro!

Justo antes de pronunciar su primer «una poética», Mishka se había levantado y ahora se paseaba por el pequeño estudio del conde, de punta a punta, como si estuviera formulando sus ideas en la intimidad de su propio apartamento.

—Estoy convencido de que recordarás aquella obra de Dane Thomsen...

(El conde no recordaba aquella obra de Dane Thomsen, pero habría preferido interrumpir a Vivaldi tocando el violín que a Mijaíl cuando caminaba arriba y abajo.)

—Como arqueólogo, cuando Thomsen dividió las edades del ser humano en Piedra, Bronce y Hierro, lo hizo, lógicamente, según las herramientas físicas que definían cada época. Pero ¿qué pasa con el desarrollo espiritual del hombre? ¿Qué pasa con su desarrollo moral? Créeme, ambos progresaron de forma muy parecida. En la Edad de Piedra, las ideas que los habitantes de las cavernas tenían en la cabeza eran tan toscas como el garrote que sostenían en la mano; tan bastas como el pedernal que golpeaban para hacer saltar una chispa. En la Edad del Bronce, cuando unos pocos ingeniosos descubrieron la ciencia de la metalurgia, ¿cuánto tardaron en fabricar monedas, coronas y espadas? Esa trinidad infame que esclavizó al ser humano durante mil años más.

Mishka se detuvo y miró al techo.

—Luego vino la Edad del Hierro y con ella llegaron el motor de vapor, la imprenta y las armas de fuego. Otra trinidad, muy diferente, desde luego. Pues, aunque esas herramientas las habían desarrollado los burgueses para favorecer sus intereses, gracias al motor, la imprenta y las pistolas el proletariado empezó a liberarse de la esclavitud, la ignorancia y la tiranía.

Mishka movió la cabeza en señal de aprecio de la trayectoria de la historia o de sus propias palabras.

—Bueno, amigo mío, creo que coincidirás conmigo en que ha comenzado una nueva era: la Edad del Acero. Ahora podemos construir centrales eléctricas, rascacielos y aviones.

Mishka se dio la vuelta y miró al conde.

—¿Has visto la torre de Shújov?

Rostov no la había visto.

—Qué cosa tan bella, Sasha. Una estructura de acero de sesenta metros, que asciende en espiral y desde la que podremos transmitir las últimas noticias e informaciones, así como la música cargada de sentimiento de nuestro Chaikovski, a los hogares de todos los ciudadanos en un radio de ciento cincuenta kilómetros. Y con cada uno de esos avances la moral rusa ha seguido avanzando también. Nuestra generación podría presenciar el fin de la ignorancia, el fin de la opresión y el advenimiento de la hermandad de los seres humanos.

Mishka se detuvo y agitó una mano en el aire.

—Pero... ¿y la poesía?, te preguntarás. ¿Qué pasa con la palabra escrita? Pues te aseguro que también sigue avanzando. Antes estaba hecha de bronce y de hierro, y ahora está hecha de acero. Nuestra poesía ya no es un arte de cuartetos, versos dactílicos ni tropos complicados: se ha convertido en un arte de acción. ¡Un arte que atravesará los continentes a toda velocidad y llevará la música hasta las estrellas!

Si el conde hubiera oído pronunciar ese discurso a un estudiante en un café, quizá habría comentado, con ojos chispeantes, que, por lo visto, ya no bastaba con que un poeta escribiera versos. Ahora toda poesía debía surgir de una escuela con manifiesto propio, y reivindicar su momento por medio de la primera persona del plural y el tiempo futuro, y contener preguntas retóricas, letras mayúsculas y un ejército de signos de exclamación. Y, por encima de todo, debía ser *novaya*.

Pero, como ya se ha dicho, eso era lo que habría pensado el conde si hubiera oído hablar a otra persona. Oír a Mishka pronunciar aquel discurso lo llenaba de felicidad.

A fin de cuentas, no cabe duda de que un hombre puede estar en profunda disonancia con su época. Cabe la posibilidad de que un hombre haya nacido en una ciudad famosa por su cultura idiosincrática y, sin embargo, las costumbres, las modas y las ideas que enaltecen esa ciudad ante los ojos del mundo no tengan ningún sentido para él. A medida que pasan los años, mira a su alrededor en un estado de confusión, sin comprender las tendencias ni las aspiraciones de sus coetáneos.

Para semejante personaje no existe ninguna posibilidad de romance ni de éxito profesional: eso queda reservado a los hombres que están en sintonía con su época. Para ese individuo, las opciones son rebuznar como una mula o buscar consuelo en libros pasados por alto que descubre en librerías pasadas por alto. Y cuando su compañero de habitación llega a casa tambaleándose a las dos de la madrugada, no tiene más remedio que escuchar, callado y perplejo, el relato de los últimos dramas de los salones de la ciudad.

Y eso era lo que le había pasado a Mishka durante la mayor parte de su vida.

Sin embargo, a veces los acontecimientos se desarrollan de tal forma que, de la noche a la mañana, el hombre que no estaba en sintonía se encuentra en el lugar adecuado en el momento adecuado. Las modas y las actitudes que tan ajenas le parecían desaparecen de pronto y son suplantadas por modas y actitudes en perfecta armonía con sus sentimientos más profundos. Entonces, como un marino solitario a la deriva durante años por mares ignotos, una noche despierta y descubre las constelaciones conocidas en la bóveda celeste.

Y cuando eso sucede, cuando se produce ese extraordinario realineamiento de los astros, el hombre que durante tanto tiempo no había sintonizado con su tiempo experimenta una lucidez suprema. De pronto, todo lo ocurrido en el pasado se entiende como un preámbulo necesario, y todo lo que promete el porvenir tiene el máximo sentido y la máxima lógica.

Cuando el reloj de dos repiques dio las doce, hasta Mishka comprendió que aquello exigía otra copa de vino; volvieron a brindar no sólo por el Gran Duque, sino también por Helena y por la condesa, por Rusia y por Villa Holganza, por la poesía y por las caminatas arriba y abajo, y por todas las otras facetas de la vida que se les ocurrieron por las que valiera la pena brindar.

Adviento

Una noche de finales de diciembre, al cruzar el vestíbulo camino del Piazza, a pesar de hallarse a cincuenta metros de la salida más cercana a la calle, el conde notó una ráfaga de aire helado que pasó rozándolo con todo el frescor y la claridad de una noche de invierno estrellada. Tras detenerse y buscar a su alrededor, se dio cuenta de que la corriente de aire provenía... del guardarropa. Que Tania, la encargada, había dejado desatendido. Así pues, tras mirar a izquierda y derecha, allí se metió el conde.

En los minutos anteriores debían de haber llegado tantos grupos a cenar que el aire invernal todavía no se había desprendido de la tela de los abrigos. Vio el gabán de un soldado, con una fina capa de nieve en los hombros; la chaqueta de lana de un burócrata, todavía mojada; y un abrigo negro de visón con cuello de armiño (¿o era de marta?) que con toda probabilidad pertenecía a la amante de algún comisario.

El conde levantó una manga, se la acercó a la cara y detectó el humo de una chimenea y un toque de un *eau de cologne* oriental. Seguramente aquella joven beldad había salido de una casa elegante del Anillo de los Bulevares y había llegado en un automóvil tan negro como su abrigo. O quizá hubiera optado por ir a pie por la calle Tverskaia, donde se erguía la estatua de Pushkin, pensativo pero impertérrito, rodeado de nieve recién caída. O mejor aún, había ido en trineo; los cascos de los caballos resonaban por las calles adoquinadas y los restallidos del látigo acompañaban los gritos de «¡Arre!» del cochero.

Así era como el conde y su hermana le hacían frente al frío en Nochebuena. Los dos hermanos le prometían a su abuela que no llegarían más tarde de la medianoche, se subían a su troika e iban a visitar a los vecinos a pesar del aire gélido de la noche. Con una piel de lobo en el regazo, y el conde a las riendas, atajaban por el prado inferior hasta la carretera que llevaba al pueblo, y una vez allí él preguntaba: «¿Adónde quieres ir primero, a casa de los Bobrinski o a la de los Davídov?»

Pero tanto si se decidían por una, como por otra o por algún otro lugar, siempre los esperaban un banquete, una chimenea encendida y unos brazos abiertos. Siempre había vestidos elegantes, mejillas sonrosadas y tíos sentimentales que proponían brindis con los ojos llorosos, mientras los niños espiaban desde la escalera. ¿Y la música? Había canciones que te vaciaban la copa y te obligaban a ponerte en pie. Canciones que te incitaban a saltar y brincar de una forma impropia de tu edad. Canciones que te hacían trazar vueltas y espirales hasta que te desorientabas y ya no sabías si estabas en un salón o en otro, en el cielo o en la tierra.

Ya cerca de la medianoche, los hermanos Rostov salían tambaleándose de la segunda o tercera visita y buscaban su trineo. Su risa resonaba bajo las estrellas y sus huellas cruzaban una vez y otra, formando amplias curvas, el recto rastro que habían dejado al llegar; y a la mañana siguiente sus anfitriones veían la gigantesca clave de sol que sus botas habían dibujado en la nieve.

Ya en la troika, corrían por el campo a toda velocidad, atajando por el pueblo de Petróvskoie, donde la iglesia de la Ascensión, construida en 1814 para conmemorar la derrota de Napoleón, se erigía cerca de los muros del monasterio. El campanario de la iglesia no tenía más rival que la torre de Iván el Grande del Kremlin. Sus veinte campanas habían sido forjadas con el hierro de los cañones que el Intruso se había visto obligado a abandonar en su retirada, y así, cada repique parecía proclamar: «¡Larga vida a Rusia! ¡Larga vida al zar!»

Pero cuando llegaban a la curva del camino donde normalmente el conde sacudía las riendas para hacer correr más a los caballos, Helena le ponía una mano en el brazo para pedirle que los frenara un poco, porque ya era medianoche y detrás de ellos, a casi dos kilómetros de distancia, habían empezado a sonar las campanas de la Ascensión, y su sonido caía en cascada por el paisaje helado como un cántico sagrado. Y aguzando el oído, en la pausa entre un himno y otro, por encima de los relinchos de los caballos y del silbido del viento, se alcanzaban a oír las campanas de San Miguel, a quince kilómetros de distancia; y, más allá, las de Santa Sofía; se contestaban unas a otras como bandadas de gansos que se llaman de una orilla a otra de un lago en el crepúsculo.

Las campanas de la Ascensión...

En 1918, al pasar por Petróvskoie en su apresurado regreso a París, el conde se había encontrado a un grupo de campesinos que pululaban, en un silencio consternado, ante los muros del monasterio. Por lo visto, la Caballería Roja había llegado aquella mañana con una caravana de carros vacíos. Obedeciendo las instrucciones de su joven capitán, un escuadrón de cosacos había subido al campanario para descolgar las campanas una a una. Cuando llegó el momento de bajar la gran campana, enviaron a un segundo escuadrón de cosacos a lo alto del campanario. Descolgaron el viejo gigante de su gancho, lo subieron a la barandilla y lo lanzaron al vacío, donde dio una vuelta entera antes de caer al suelo con un golpe seco.

Cuando el abad salió corriendo del monasterio para pedirle explicaciones al capitán y exigirle en nombre del Señor que interrumpiera de inmediato aquella profanación, el capitán se apoyó en un poste y encendió un cigarrillo.

«Al César lo que es del César —dijo— y a Dios lo que es de Dios.»

Dicho eso, ordenó a sus hombres que subieran al abad a lo alto del campanario y lo lanzaran desde allí a los brazos de su Creador.

Se suponía que los bolcheviques habían reclamado las campanas de la iglesia de la Ascensión para fabricar piezas de artillería, devolviéndolas así al mundo del que procedían. Sin embargo, que el conde supiera, los cañones que le habían arrebatado a Napoleón tras su retirada y con los que habían fabricado las campanas de la Ascensión los habían forjado los franceses con el hierro de las campanas de La Rochela; y éstas, a su vez, a partir de trabucos británicos capturados en la guerra de los Treinta Años. De campanas a cañones, y de cañones otra vez a campanas, una y otra vez, hasta el fin de los tiempos. Ése es el destino del hierro de las minas.

—Conde Rostov...

El conde salió de su ensimismamiento y vio a Tania en el umbral.

—Marta, creo —dijo el conde, y soltó la manga del abrigo—. Sí, marta, con toda seguridad.

Diciembre en el Piazza...

Desde el mismo día en que el Hotel Metropol había abierto sus puertas, la buena sociedad de Moscú siempre había tomado el Piazza como referencia para determinar el tono de la temporada. Porque el uno de diciembre, a las cinco en punto, la sala ya estaba engalanada para recibir el Año Nuevo. De la fuente colgaban guirnaldas de acebo con bayas de un rojo intenso. De los balcones descendían guirnaldas de luces. ¿Y los clientes? Llegaban desde todos los rincones de Moscú, y a las ocho, cuando la orquesta tocaba los primeros acordes de la primera tonada festiva, todas las mesas estaban ocupadas. A las nueve, los camareros llevaban sillas a rastras por los pasillos para que los rezagados pudieran sentarse con sus amigos. Y en el centro de cada mesa, tanto si la ocupaba gente refinada como humilde, había siempre una ración de caviar, pues ese manjar de particular delicadeza tiene la virtud de poderse disfrutar por kilos o en unos pocos gramos.

Por tanto, ese solsticio de invierno el conde entró en el Piazza un tanto decepcionado, pues encontró la sala sin decorar, las balaustradas sin adornar, un acordeonista en la tarima de la orquesta y dos terceras partes de las mesas vacías.

Pero como los niños saben muy bien, el son del tambor de la Navidad debe sonar por dentro. Y allí, en la mesa de siempre junto a la fuente, estaba Nina, con un lazo verde oscuro alrededor de la cintura de su vestido amarillo chillón.

—Feliz Navidad —dijo el conde cuando llegó a la mesa, e hizo una reverencia.

Nina se levantó y le devolvió el saludo.

—Feliz Navidad, señor.

Una vez sentados y con la servilleta en el regazo, Nina le explicó que, como iba a reunirse con su padre un poco más tarde para cenar con él, se había tomado la libertad de pedir un entrante.

—Una decisión muy sensata —dijo el conde.

Entonces apareció el Obispo; llevaba una pequeña torre de helados.

—¿El entrante?

—*Oui* —contestó Nina.

El Obispo, con una sonrisa sacerdotal, le puso el plato delante a la niña, se volvió y le preguntó al conde si quería ver la carta (¡como si no se la supiera de memoria!).

—No, gracias, amigo mío. Sólo una copa de champán y una cuchara.

Nina, sistemática en todos los asuntos importantes, se comió el helado sin mezclar los sabores, pasando del de color más claro al más oscuro. Y así, cuando se hubo terminado el de vainilla francesa, pasó a la bola de limón, que hacía juego con su vestido.

—Bueno —dijo el conde—, ¿estás impaciente por volver a casa?

—Sí, tengo ganas de verlos a todos —contestó Nina—. Pero en enero, cuando volvamos a Moscú, empezaré a ir a la escuela.

—Lo dices como si no te entusiasmara la idea.

—Me temo que será tremendamente aburrida —contestó ella—, y sin ninguna duda estará abarrotada de niños.

El conde asintió con gravedad para admitir la incuestionable probabilidad de que hubiera niños en la escuela; entonces, mientras hundía su cuchara en la bola de fresa, comentó que él lo había pasado muy bien en la escuela.

—Es lo que me dice todo el mundo.

—Me gustó mucho leer la *Odisea* y la *Eneida*; y conocí a algunos de mis mejores amigos...

—Sí, sí —dijo ella, poniendo los ojos en blanco—. Eso también me lo dice todo el mundo.

—Bueno, a veces todo el mundo te dice lo mismo porque es verdad.

—A veces todo el mundo te dice algo porque son todo el mundo —matizó Nina—. Pero ¿por qué deberíamos escuchar a todo el mundo? ¿Acaso la *Odisea* la escribió todo el mundo? ¿La *Eneida* la escribió todo el mundo? —Dijo que no con la cabeza y, decidida, concluyó—: La única diferencia entre todo el mundo y nadie es la cantidad de zapatos.

Quizá el conde no debería haber insistido. Pero detestaba que su joven amiga fuera a comenzar los estudios en una escuela de Moscú con aquella perspectiva tan deprimente. Mientras ella daba cuenta de la bola morada (de mora, presuntamente), el conde buscó la mejor forma de exponer las virtudes de una educación tradicional.

—A pesar de que la escuela tiene, sin duda, ciertos aspectos fastidiosos —concedió al cabo de un momento—, creo que finalmente comprobarás, para tu satisfacción, que la experiencia ha ampliado tus horizontes.

Nina levantó la vista.

—¿Qué quiere decir con eso?

—¿Qué quiero decir con qué?

—Con «ampliado tus horizontes».

El conde no tenía preparada ninguna explicación para una afirmación tan axiomática. Así que, antes de responder, le hizo una seña al Obispo para que le llevara otra copa de champán. Durante siglos, el champán se ha utilizado en bodas y botaduras de barcos, y la gente da por hecho que eso se debe a que es la bebida festiva por excelencia; pero en realidad se toma al inicio de esas peligrosas empresas porque es un eficaz potenciador de la determinación. Cuando le pusieron la copa delante, tomó un sorbo tan grande que el champán le hizo cosquillas en los senos nasales.

—Al decir que ampliará tus horizontes —se aventuró a explicar— me refería a que la educación te aportará conocimiento del mundo, de sus maravillas y de sus variadas y diversas formas de vida.

—¿Y eso no lo conseguiría de forma más eficaz viajando?

—¿Viajando?

—Estamos hablando de horizontes, ¿no? De la línea horizontal que se extiende de un extremo a otro del límite de nuestro campo de visión. En lugar de estar sentados en filas ordenadas en un aula, ¿no sería más útil que nos dirigiéramos hacia un horizonte real para ver qué había más allá? Es lo que hizo Marco Polo cuando viajó a China. Y lo que hizo Cristóbal Colón cuando viajó a América. ¡Y lo que hizo Pedro el Grande cuando viajó por toda Europa de incógnito!

Nina hizo una pausa para tomar una gran cucharada de helado de chocolate, y cuando el conde quiso replicar, ella enarboló la cuchara para indicar que todavía no había terminado. Él esperó atentamente a que terminara de tragar.

—Anoche mi padre me llevó a ver *Scheherazade*.

—Oh —dijo el conde (contento de cambiar de tema)—. Lo mejor de Rimski-Kórsakov.

—Es posible. No lo sé. El caso es el siguiente: según el programa, la composición pretendía «encantar» a los oyentes con «el mundo de *Las mil y una noches*».

—El reino de Aladino y la lámpara —comentó el conde con una sonrisa.

—Exacto. Y, de hecho, todos los espectadores que había en el teatro parecían absolutamente encantados.

—Pues mira, ya está.

—Y sin embargo, ninguna de todas aquellas personas tiene intención de viajar a Arabia, aunque allí es donde estaba la lámpara.

Por alguna extraordinaria conspiración del destino, en el preciso instante en que Nina hizo esa declaración, el acordeonista terminó una conocida canción y el escaso público de la sala empezó a aplaudir. Ella se recostó en el respaldo de la silla y señaló a los otros comensales con ambas manos, como si su ovación fuera la prueba definitiva de su argumento.

Un buen jugador de ajedrez siempre derriba su propio rey cuando advierte que su derrota es inevitable, sin importar el número de movimientos que falten para terminar la partida. De ahí que el conde preguntara:

—¿Qué te ha parecido tu entrante?

—Espléndido.

El acordeonista empezó a tocar una melodía alegre que recordaba a un villancico inglés. El conde lo interpretó como una señal y dijo que quería proponer un brindis.

—Existe un hecho triste pero inevitable —empezó—: a medida que envejecemos, nuestros círculos sociales se reducen. Ya sea por la fuerza de la costumbre o por la disminución del vigor, de pronto nos encontramos en compañía sólo de unas pocas caras conocidas. Por eso considero un increíble golpe de suerte haber encontrado, a estas alturas de mi vida, a una nueva amiga tan querida.

Y dicho eso, se metió una mano en el bolsillo y le ofreció un obsequio a Nina.

—Esto es una cosa que yo utilicé mucho cuando tenía tu edad. Espero que te sea útil hasta que tengas ocasión de viajar «de incógnito».

Nina sonrió dándole a entender (aunque de forma poco convincente) que no debería haberse tomado la molestia. Entonces abrió el envoltorio y descubrió los gemelos hexagonales de la condesa Rostov.

—Eran de mi abuela —dijo el conde.

Por primera vez desde que se habían conocido, Nina se quedó muda de asombro. Dio vueltas a los pequeños binóculos en las manos, admirando los tubos de madreperla y las delicadas piezas de latón. Luego miró a través de ellos y recorrió lentamente la sala.

—Me conoce usted mejor que nadie —dijo al cabo de un momento—. Los guardaré como oro en paño hasta el día de mi muerte.

Al conde le pareció absolutamente comprensible que a Nina no se le hubiera ocurrido llevarle ningún regalo. Al fin y al cabo, sólo era una niña; y hacía mucho que él había dejado atrás la edad de desenvolver sorpresas.

—Se hace tarde —dijo—. No quisiera que hicieras esperar a tu padre.

—Sí —admitió ella a regañadientes—. Tengo que irme.

Y entonces, mirando hacia el puesto del cajero, levantó una mano como si hiciera una señal para pedir la cuenta. Pero cuando el cajero se acercó a la mesa, no llevaba la cuenta, sino una gran caja amarilla con un lazo verde oscuro.

—Esto es una cosita para usted —dijo Nina—. Pero tiene que prometerme que no lo abrirá hasta que suenen las campanadas de medianoche.

Cuando Nina salió del Piazza y fue a reunirse con su padre, la intención del conde era pagar la cuenta, ir al Boiarski (para comerse unas chuletas de cordero con costra de hierbas) y, a continuación, retirarse a su estudio y esperar a que dieran las doce tomándose una copa de oporto. Pero el acordeonista se puso a tocar otro villancico y el conde desvió la mirada hacia una mesa vecina, donde un joven parecía dar los primeros pasos de un encuentro romántico.

En alguna aula universitaria, aquel muchacho con bigote incipiente debía de haber admirado a su compañera de clase por la agudeza de su intelecto y la gravedad de su semblante. Al final, había encontrado el valor necesario para invitarla a salir, tal vez con la excusa de tratar algún tema de interés ideológico. Y allí estaba ella, sentada delante de él en el Piazza, mirando a su alrededor sin sonreír y sin decir nada.

Para intentar romper el silencio, el joven hizo un comentario sobre la inminente conferencia para la unificación de las repúblicas soviéticas, una táctica razonable, dado el carácter aparentemente serio de la joven. Y, en efecto, la muchacha tenía algo que decir sobre el tema; pero cuando expresó su opinión sobre el asunto transcaucásico, el tono de la conversación se volvió claramente técnico. Es más, era evidente que el joven, que había adoptado una expresión tan seria como la de ella, había perdido pie. Si ahora se arriesgaba a dar su opinión, casi con toda seguridad pondría de manifiesto que sólo se las daba de entendido, como alguien que no disponía de la información adecuada de los asuntos cruciales del día. A partir de entonces la velada sólo empeoraría y él se marcharía arrastrando sus esperanzas como el crío que, castigado, arrastra su osito de peluche por la escalera.

Pero justo cuando la muchacha estaba invitándolo a compartir con ella sus pensamientos sobre el asunto, el acordeonista empezó a tocar una tonada de aire español. La melodía debió de recordarle algo, porque la joven se interrumpió, miró al músico y se preguntó en voz alta de dónde sería.

—Es de *El cascanueces* —contestó el chico sin pensar.

—*El cascanueces*... —repitió ella.

Dada la sobriedad que dominaba su expresión, no estaba claro qué opinaba de aquella música de otra época. Por tanto, cualquier veterano habría aconsejado al joven que procediera con cautela y esperara a oír qué le sugería aquella música a su acompañante. Pero en lugar de eso, él decidió actuar, y lo hizo con atrevimiento.

—Cuando yo era pequeño, mi abuela me llevaba a verla todos los años.

La joven dejó de mirar al músico y miró a su acompañante.

—Supongo que muchos creen que la música es sentimental —continuó él—, pero yo nunca dejo de asistir al ballet cuando se representa, cada diciembre, aunque tenga que ir solo.

«Bien hecho, muchacho.»

El semblante de la joven se suavizó notablemente y en sus ojos apareció una pizca de interés; acababa de descubrir un aspecto inesperado de su nuevo amigo, algo puro, sincero y sin artificio. Separó los labios y se preparó para hacer una pregunta...

—¿Ya saben qué van a pedir?

Era el Obispo, inclinado sobre su mesa.

«¡Pues claro que no saben qué van a pedir! —le habría gustado gritar al conde—. ¡Cualquier necio se habría dado cuenta!»

Si hubiera sido listo, el joven habría mandado a paseo al Obispo y le habría pedido a la joven que siguiera con la pregunta. Sin embargo, obediente, cogió la carta. Quizá confiara en que el plato perfecto saltaría de la página y se identificaría por su nombre. Sin embargo, para un joven optimista que trata de impresionar a una joven de extremada seriedad, la carta del Piazza era tan peligrosa como el estrecho de Mesina. A la izquierda había una Escila de platos más baratos que podían sugerir una tacañería nada elegante; y a la derecha, una Caribdis de exquisiteces que podían vaciarle los bolsillos y hacerle parecer pretencioso. La mirada del joven iba alternando entre esos dos peligros opuestos. Al final, en un golpe de genialidad, pidió el estofado letón.

El plato tradicional de cerdo, cebollas y albaricoques tenía un precio razonable, pero también era razonablemente exótico; y, de alguna forma, remitía a aquel mundo de abuelas, vacaciones y melodías sentimentales del que se disponían a hablar cuando los habían interrumpido de forma tan brusca.

—Yo tomaré lo mismo —dijo nuestra seria mujercita.

«¡Lo mismo!»

Y entonces miró a su joven y optimista amigo con una ternura parecida a la que Natasha había mostrado por Pierre al final del libro segundo de *Guerra y paz*.

116

—Y ¿desean algún vino para acompañar el estofado? —preguntó el Obispo.

El joven titubeó; entonces, inseguro, cogió la carta de vinos. Probablemente era la primera vez en su vida que pedía una botella. No sólo no distinguiría los méritos de la cosecha de 1900 comparados con los de la de 1901, sino que ni siquiera sabría distinguir un Borgoña de un Burdeos.

El Obispo no le dio al joven más de un minuto para valorar sus opciones; se inclinó hacia delante y señaló la lista, al tiempo que esbozaba una sonrisa de superioridad.

—El Rioja, quizá...

¿El Rioja? El Rioja era un vino que podía acabar con el estofado con la misma violencia con que Aquiles había acabado con Héctor. Le daría muerte al plato de un golpe en la cabeza y lo arrastraría atado a su cuadriga hasta que hubiera puesto a prueba la entereza de los troyanos. Además, costaba el triple de lo que el joven podía permitirse pagar.

El conde movió la cabeza y se dijo que, sencillamente, no había nada que pudiera sustituir a la experiencia. Aquel camarero acababa de tener una oportunidad perfecta para cumplir su función. Recomendando un vino adecuado habría podido facilitarle las cosas a un joven, completar una comida hasta hacerla perfecta y allanarle el camino a un romance, todo a la vez. Pero, ya fuera por falta de sutileza o de sentido común, el Obispo no sólo había fracasado en su tarea, sino que además había puesto a su cliente entre la espada y la pared. El joven, que no sabía qué hacer y empezaba a sentir que todo el restaurante lo miraba, estaba a punto de aceptar la sugerencia del Obispo.

—Si me permite... —intervino el conde—. Para acompañar un estofado letón, no hay nada comparable a una botella de Mukuzani.

Se inclinó hacia su mesa e, imitando el perfecto movimiento de los dedos de Andréi, señaló el vino en la lista. El hecho de que aquel vino fuera muchísimo más barato que el Rioja era un detalle que dos caballeros no tenían por qué comentar. El conde se limitó a observar:

—Podríamos decir que los georgianos cultivan sus uvas con la única esperanza de que algún día lleguen a acompañar ese estofado.

El joven intercambió una rápida mirada con su acompañante, como diciendo «¿Quién es este excéntrico?»; pero entonces miró al Obispo y dijo:

—Una botella de Mukuzani.

—Por supuesto —replicó el hombre.

Al cabo de unos minutos les habían presentado y servido el vino, y la joven le estaba preguntando a su acompañante cómo era su abuela. El conde, por su parte, descartó la idea de ir al Boiarski y cenar cordero con costra de hierbas. Le pidió a Petia que le llevara el regalo de Nina a su habitación y pidió él también el estofado letón y una botella de Mukuzani.

Tal como sospechaba, era el plato perfecto para aquella época del año. Las cebollas bien caramelizadas, la carne de cerdo lentamente estofada y los albaricoques poco hechos: los tres ingredientes se combinaban en una composición dulce y ahumada que sugería simultáneamente la comodidad de una taberna en una noche de nieve y el sonido de una pandereta gitana.

El conde tomó un sorbo de vino; los jóvenes lo miraron y alzaron sus copas en un brindis de gratitud y afinidad. Entonces reanudaron su conversación y ésta se volvió tan íntima que dejó de oírse por encima del sonido del acordeón.

«La emoción del amor en la juventud —pensó el conde con una sonrisa—. No tiene nada de *novaya*.»

—¿Tomará algo más?

Era el Obispo dirigiéndose al conde. Él se lo pensó un momento y pidió una sola bola de helado de vainilla.

Al llegar al vestíbulo, el conde vio entrar por la puerta a cuatro hombres con traje de etiqueta. Llevaban unos estuches de piel negra que los identificaban como uno de los cuartetos de cuerda que a veces tocaban en los comedores privados del hotel.

Parecía que tres de los músicos llevaran tocando juntos desde el siglo XIX; tenían el mismo pelo cano y un aire de tedio profesional. En cambio, el segundo violinista se distinguía de los otros, pues no podía tener más de veintidós años y caminaba con cierto brío. El conde no lo reconoció hasta que el cuarteto se acercó al ascensor.

Seguramente, el conde no había visto a Nikolái Petrov desde 1914, cuando el príncipe sólo era un muchacho de trece años; y, dado el paso del tiempo, no lo habría reconocido en absoluto de no ser por aquella sonrisa sin pretensiones, un rasgo característico que se había mantenido a lo largo de todas las generaciones de Petrov.

—¿Nikolái?

Al oír al conde, los cuatro músicos se dieron la vuelta desde el ascensor y lo observaron con curiosidad.

—¿Aleksandr Ilich? —preguntó el príncipe al cabo de un momento.

—El mismo.

El príncipe pidió a sus colegas que subieran sin él y le ofreció al conde aquella sonrisa tan especial.

—Me alegro de verlo, Aleksandr.

—Y yo a usted.

Se quedaron callados un momento y entonces la expresión del príncipe pasó de la sorpresa a la curiosidad.

—¿Qué es eso? ¿Helado?

—¿Cómo? ¡Ah! Sí, es helado. Pero no es para mí.

El príncipe sonrió risueño, pero no hizo más comentarios.

—Dígame —se aventuró el conde—, ¿sabe algo de Dmitri?

—Creo que está en Suiza.

—Ah —dijo el conde, con una sonrisa—. El aire más puro de Europa.

El príncipe se encogió de hombros, dando a entender que había oído algo así, pero que no le constaba por experiencia.

—La última vez que los vi —observó el conde— tocaba usted Bach en una cena organizada por su abuela.

El príncipe rió y levantó el estuche que llevaba en la mano.

—Pues sigo tocando a Bach en las cenas.

Entonces apuntó al ascensor, que ya había subido, y dijo con un afecto inconfundible:

—Ése era Serguéi Yesenov.

—¡No!

A principios de siglo, Serguéi Yesenov les había dado clases de música a la mitad de los niños del Anillo de los Bulevares.

—A las personas como nosotros no nos resulta fácil encontrar trabajo —dijo el príncipe—. Pero Serguéi me contrata siempre que puede.

El conde tenía un montón de preguntas que hacerle: ¿quedaba algún otro miembro de la familia Petrov en Moscú? ¿Vivía todavía su abuela? ¿Seguía viviendo él en aquella casa maravillosa de la plaza Pushkin? Pero estaban los dos plantados en medio del vestíbulo de un hotel, mientras hombres y mujeres subían por la escalera, algunos vestidos de etiqueta.

—Se estarán preguntando qué me ha pasado —dijo el príncipe.

—Sí, claro. No quiero entretenerlo.

El príncipe asintió y se dispuso a subir por la escalera, pero entonces se dio de nuevo la vuelta.

—El sábado por la noche volvemos a tocar aquí —dijo—. A lo mejor podemos quedar después para tomar una copa.

—Estupendo —respondió el conde.*

---

* Para los lectores de ficción europea, los nombres de los personajes de las novelas rusas destacan por su dificultad. A los rusos, que no nos contentamos con limitarnos a utilizar los nombres propios y los apellidos, nos gusta usar honoríficos, patronímicos y diminutivos, de modo que un personaje de una de nuestras novelas se lo puede llamar de cuatro formas distintas en sólo cuatro páginas. Por si fuera poco, parece ser que nuestros autores más destacados, debido a una tradición fuertemente arraigada o a una absoluta falta de imaginación, se limitaron a utilizar una treintena de nombres propios. Es imposible leer una obra de Tolstói, Dostoievski o Turgénev sin tropezar con una Anna, un Andréi o un Aleksandr. Por eso nuestros lectores occidentales deben de inquietarse cuando encuentran un personaje nuevo en una novela rusa, conscientes de que, ante la remota posibilidad de que ese personaje interprete un papel importante en capítulos posteriores, deben detenerse un momento y guardar su nombre en la memoria.

Por tanto, considero justo informar sin demora de que, si bien el príncipe Nikolái Petrov ha acordado reunirse con el conde el sábado por la noche para tomar una copa, no acudirá a la cita.

Porque a medianoche, cuando el cuarteto termine su encargo, el joven príncipe Nikolái se abrochará el gabán, se ceñirá la bufanda y se irá a pie hasta la residencia de su familia en la plaza Pushkin. Huelga decir que, a las doce y media, cuando llegue a la casa, no lo recibirá ningún lacayo. Con su violín en la mano, subirá la escalera y se dirigirá a la habitación del cuarto piso, que es la que le permiten utilizar.

Aunque la casa parece vacía, en el segundo piso Nikolái encuentra a dos de los residentes más recientes de la casa fumando cigarrillos. Nikolái reconoce a la mujer de mediana edad que ahora vive en el cuarto de los niños. El otro es el conductor de autobús, padre de cuatro hijos, que vive en el tocador de su madre. Cuando el príncipe les desea buenas noches con esa sonrisa característica suya, nada pretenciosa, ninguno le contesta. Pero cuando llega al cuarto piso, comprende su reticencia y no puede reprocharles nada. Porque en el pasillo hay tres hombres de la Cheka esperando para registrar su habitación.

Al verlos, el príncipe Nikolái no monta una escena ni expresa vanas protestas. Al fin y al cabo es la tercera vez que registran su habitación en los últimos seis meses, y hasta reconoce a uno de los individuos. Así que, familiarizado con el procedimiento y cansado tras una larga jornada, les ofrece la misma sonrisa poco pretenciosa, los deja entrar y se sienta a una mesita junto a la ventana mientras ellos hacen su trabajo.

El príncipe no tiene nada que ocultar. Sólo tenía dieciséis años cuando cayó el Hermitage, y jamás ha leído un panfleto ni le ha guardado rencor a nadie. Si le pidieran que tocara el himno imperial, no sabría hacerlo, porque no lo recordaría. Hasta le parece lógico que la gran mansión de su familia haya sido dividida. Su madre y sus hermanas en París; sus abuelos, muertos; los sirvientes de la familia, repartidos por el país... ¿Para qué quería él treinta habitaciones? Lo único que necesitaba realmente era una cama, un lavabo y la oportunidad de trabajar.

Pero a las dos de la madrugada el oficial al mando despierta al príncipe de un empujón. En las manos tiene un libro de texto: una gramática latina de cuando Nikolái estudiaba en el liceo imperial.

—¿Esto es tuyo?

No tiene sentido mentir.

—Sí —confirma—. Cuando era niño estudiaba en el liceo.

El oficial abre el libro y en la primera lámina aparece un retrato del zar Nicolás II, regio y con aire de sabio. La posesión de semejante ilustración constituye un delito. El príncipe no puede evitar reírse, pues se ha esmerado mucho para deshacerse de todos los retratos, emblemas e insignias reales que había en su habitación.

El capitán separa la hoja del libro cortándola con su puñal. Anota la hora y el lugar en el dorso y ordena al príncipe que firme debajo.

Llevan al príncipe a la Lubianka, donde lo retienen varios días y lo interrogan una y otra vez sobre sus lealtades. Al quinto día, el destino lo salva. Porque no le hacen atravesar el patio y colocarse contra el muro; ni lo mandan a Siberia. Se limitan a imponerle un «menos seis»: la condena administrativa que le permitirá circular por toda Rusia a su antojo, siempre que no pise Moscú, San Petersburgo, Kiev, Kharkov, Yekaterinburgo, ni Tiblisi, es decir, las cinco ciudades más grandes del país.

A unos ochenta kilómetros de Moscú, en Tuchkovo, el joven príncipe retoma su vida; y en general lo hace sin resentimiento, indignación ni nostalgia. En

Al llegar al sexto piso, Rostov chascó la lengua tres veces, entró en su dormitorio y dejó la puerta entreabierta. Encima del escritorio estaba el regalo de Nina, donde lo había dejado Petia. El conde se lo puso bajo el brazo, pasó entre sus chaquetas a su estudio, dejó el obsequio encima de la mesita de su abuela y puso el cuenco de helado derretido en el suelo. Mientras se servía una copa de oporto, un gato plateado pasó rodeándole los tobillos y se dirigió hacia el cuenco.

—Feliz Navidad, *Herr Drosselmeyer*.

—Miau —replicó el gato.

Según el reloj de dos repiques sólo eran las once, así que, con su copa de oporto en una mano y *Un cuento de Navidad* en la otra, el conde inclinó su butaca hacia atrás y esperó diligentemente a que sonaran las doce. Hay que reconocer que hace falta una disciplina considerable para sentarse en una butaca y ponerse a leer una novela, aunque se trate de una obra acorde con la época del año, cuando al alcance de la mano tienes un regalo con un bonito envoltorio y cuando no hay más testigo que un gato tuerto. Pero el conde dominaba esa clase de disciplina desde que era niño, cuando, en los días previos a la Navidad, pasaba por delante de las puertas cerradas del salón con la mirada al frente, inmutable como un guardia del palacio de Buckingham.

---

su nuevo hogar, la hierba sigue creciendo, los frutales siguen floreciendo y las jóvenes siguen alcanzando la mayoría de edad. Además, debido a su alejamiento, se libra de enterarse de que, un año después de su condena, un trío de la Cheka estará esperando a su antiguo maestro cuando vuelva a casa, un pequeño apartamento donde vive con su anciana esposa. Cuando lo llevan ante una troika, lo que determina su destino y lo envía a los campos de trabajo son las pruebas de que, en numerosas ocasiones, ha contratado al ex aristócrata Nikolái Petrov para que toque en su cuarteto, pese a la prohibición explícita que le impedía hacerlo.

No obstante, una vez aclarado que no es necesario que os molestéis en recordar el nombre del príncipe Petrov, debería comentar que, pese a la breve aparición del individuo de cara redonda y con entradas del próximo capítulo, a él sí deberíais conservarlo en la memoria, ya que años más tarde tendrá un papel muy importante en el desenlace de esta historia.

El autodominio del joven conde no provenía de una admiración precoz por los reglamentos militares, ni de una observancia mojigata de las normas domésticas. A los diez años, ya había demostrado no ser ni mojigato ni sumiso (como podían atestiguar toda una serie de educadores, cuidadores y agentes del orden). No: si el conde dominaba la disciplina necesaria para desfilar por delante de las puertas cerradas del salón era porque la experiencia le había enseñado que aquélla era la mejor forma de asegurar el esplendor de las fiestas.

Porque por Nochebuena, cuando su padre daba por fin la señal y permitía que Helena y él abrieran las puertas, allí estaba el abeto de más de tres metros, iluminado desde la base hasta la punta, con guirnaldas colgando de cada una de sus ramas. Había fuentes llenas de naranjas de Sevilla y caramelos de vivos colores de Viena. Y, escondido en algún rincón, debajo del árbol, estaba aquel regalo inesperado, ya fuera una espada de madera con la que defender las murallas, o un farol para explorar la tumba de una momia.

«Cuando eres niño —pensó el conde con cierta añoranza—, la magia de la Navidad es tan poderosa que un solo regalo puede proporcionarte horas infinitas de aventuras, y sin necesidad de salir de casa.»

Drosselmeyer, que se había retirado a la otra butaca y había empezado a lamerse las patas, dirigió de pronto su mirada de un solo ojo hacia la puerta del armario y levantó las orejitas. Debió de haber oído el zumbido de los engranajes del interior del reloj, porque al cabo de un segundo se oyó la primera nota que anunciaba la medianoche.

El conde dejó su libro y su copa de oporto, se puso el regalo de Nina en el regazo, cogió el lazo verde oscuro con las yemas de los dedos y escuchó el repique del carrillón. No tiró de los extremos de la cinta hasta que sonó la última nota.

—¿Tú qué crees que será, *mein Herr*? ¿Un sombrero elegante?

El gato miró al conde y, por deferencia con las fiestas, se puso a ronronear. El conde replicó con un asentimiento, y entonces levantó la tapa con cuidado... y encontró otra caja envuelta con papel amarillo y con un lazo verde oscuro.

Apartó la caja vacía, volvió a dedicarle una inclinación de cabeza al gato, tiró de los extremos del segundo lazo, levantó la segunda tapa... y encontró una tercera caja. Diligente, repitió la operación de deshacer el lazo y levantar la tapa con otras tres cajas, hasta que abrió una del tamaño de una caja de cerillas. Pero cuando deshizo el lazo y la abrió, en el mullido interior, colgada de un trozo de cinta verde oscuro, estaba la llave maestra de Nina del hotel.

A las doce y cuarto, cuando se metió en la cama con su Dickens, el conde dio por hecho que sólo leería un par de párrafos antes de apagar la luz; sin embargo, al poco rato se encontraba leyendo con gran interés.

Había llegado a esa parte de la historia en la que el gigante alegre, el Fantasma de las Navidades Presentes, pasea por ahí a Scrooge. A lo largo de su infancia, al conde le habían leído el *Cuento de Navidad* por lo menos tres veces. Así pues, recordaba perfectamente la visita que Scrooge y su guía habían hecho a su sobrino, en cuya casa se celebraba una alegre fiesta; del mismo modo que recordaba su paso por la fiesta, humilde pero cálida, que se celebraba en la casa de los Cratchit. Pero se le había olvidado por completo que, tras salir de la casa de los Cratchit, el Segundo Fantasma se había llevado a Scrooge fuera de la ciudad de Londres, a un páramo inhóspito donde una familia de mineros celebraba las fiestas en su cabaña desvencijada, junto a la mina; y de allí a un faro en lo alto de un acantilado, donde las olas rompían con gran estruendo contras las rocas mientras los dos curtidos fareros se daban las manos para cantar villancicos; y, de allí, el Fantasma se llevó a Scrooge cada vez más lejos, por la oscuridad del bramante y embravecido mar, hasta que se posaron en la cubierta de un barco donde todos los hombres, buenos o malos, pensaban con nostalgia en sus hogares y tenían palabras bondadosas para sus colegas.

A saber.

Quizá lo que conmovía al conde fueran esos personajes lejanos que compartían lo poco que tenían para celebrar las fiestas, pese a llevar una vida difícil trabajando duramente en climas inhóspitos. Quizá fuera haber visto, esa misma noche, a una parejita moderna que iniciaba un romance a la antigua usanza. Quizá la oportunidad de reunirse con Nikolái, quien, pese a sus orígenes, parecía estar haciéndose un lugar en la nueva Rusia. O quizá fuera la bendición absolutamente inesperada de la amistad de Nina. Fuera cual fuese la causa, cuando cerró su libro y apagó la luz, se quedó dormido con una gran sensación de bienestar.

Pero si el Fantasma de las Navidades Futuras hubiera aparecido de repente y lo hubiera despertado para ofrecerle una fugaz imagen del futuro, el conde habría sabido que esa sensación de bienestar era prematura. Porque menos de cuatro años más tarde, tras otro minucioso recuento de los doce toques del reloj de dos repiques, Aleksandr Ilich Rostov estaría trepando al tejado del Hotel Metropol con su mejor chaqueta y acercándose con gran valentía a su pretil para lanzarse desde allí a la calle.

LIBRO SEGUNDO

1923

Abejas en lo alto, una actriz y una aparición

El 21 de junio, a las cinco en punto, el conde se detuvo delante de su armario, con una mano encima de su sencillo blazer gris, y vaciló. Faltaban unos minutos para que se dirigiera a la barbería, donde tenía su cita semanal; después iría al Chaliapin, donde había quedado con Mishka, que seguramente llevaría puesta la misma chaqueta marrón que usaba desde 1913. Por tanto, aquel sencillo blazer gris parecía una prenda adecuada para la ocasión. Es decir, lo parecía hasta que uno se planteaba si aquello era una especie de aniversario, porque había transcurrido un año desde el día en que el conde había pisado la calle por última vez.

Pero ¿cómo se celebraba semejante aniversario? ¿Y debía celebrarse? Porque se suponía que el arresto domiciliario, además de ser una clara violación de la libertad personal, también pretendía ser una especie de humillación. Así pues, tanto el orgullo como el sentido común sugerían que a un aniversario como aquél era mejor no prestarle mucha atención.

Y sin embargo...

Incluso hallándose en las circunstancias más adversas (a la deriva en el mar, o recluidos en la cárcel, por ejemplo) los hombres encuentran la forma de registrar meticulosamente el paso del tiempo. Aunque las espléndidas modulaciones de las estaciones del año y la sucesión de festividades llenas de colorido que se celebran a lo largo de la vida hayan sido sustituidas por una tiranía de días imposibles de distinguir, quienes se encuentran en una situación así se las ingenian para hacer trescientas sesenta y cinco muescas en un trozo de madera o grabar trescientas sesenta y cinco marcas en las paredes de su celda.

¿Por qué se esfuerzan tanto por señalar el paso del tiempo si, aparentemente, eso es lo último que debería preocuparles? Pues, en primer lugar, porque les ofrece una oportunidad para reflexionar sobre los inevitables progresos de lo que han dejado atrás: «Ah, seguro que Aliosha ya puede trepar al árbol del jardín; Vania debe de estar a punto de entrar en el liceo; y Nadia, mi querida Nadia, pronto estará en edad de merecer...»

Pero tan importante como eso es el hecho de que un recuento meticuloso de los días permite a quien se encuentra aislado constatar que ha soportado un año más de dificultades. Ha sobrevivido. Ha vencido. Tanto si ha encontrado la fuerza para perseverar por medio de una voluntad inquebrantable como por medio de un optimismo insensato, esas trescientas sesenta y cinco marcas constituyen una prueba de su invencibilidad. Porque, al fin y al cabo, si la concentración debe medirse en minutos y la disciplina en horas, la invencibilidad debe medirse en años. O, por si las investigaciones filosóficas no fueran de vuestro agrado, al menos pongámonos de acuerdo en que cualquier persona sensata celebra lo que puede.

Así pues, el conde se puso su mejor esmoquin (confeccionado a medida en París con terciopelo de color burdeos) y se dirigió a la escalera.

En el vestíbulo, antes de continuar hacia la barbería, se fijó en una figura esbelta que entraba por la puerta del hotel. De hecho, esa figura atrajo las miradas de todas las personas que había en el vestíbulo. Era una mujer indiscutiblemente hermosa: alta, de veintitantos años, con las cejas bien perfiladas y el pelo castaño rojizo. Se dirigió al mostrador de recepción con desparpajo y seguridad, ajena, al parecer, tanto a las plumas que salían proyectadas de su sombrero como a los botones que arrastraban su equipaje detrás de ella. Sin embargo, lo que le garantizaba ser el centro de atención eran los dos galgos rusos que llevaba atados con sendas correas.

El conde vio al instante que se trataba de dos animales magníficos. Aquellos perros de pelaje plateado, lomo delgado y finísimos sentidos estaban entrenados para perseguir presas en el frío mes de octubre, con una partida de caza pisándoles los talones. ¿Y concluida la jornada? Estaban acostumbrados a tumbarse a los pies de su amo delante de la chimenea encendida de la mansión, no a adornar unas manos como ramas de sauce en el vestíbulo de un hotel de lujo.

A los perros no les pasaba desapercibida esa injusticia. Mientras su ama hablaba con Arkadi en el mostrador de recepción, ellos tiraban de sus correas en todas direcciones, olfateando el aire en busca de algún rastro conocido.

—¡Basta! —les ordenó el sauce con una voz sorprendentemente ronca, y a continuación tiró de aquellos animales de una forma que ponía en evidencia que estaba tan poco familiarizada con ellos como con las aves cuyas plumas adornaban su sombrero.

El conde movió la cabeza, como merecía la situación. Pero al darse la vuelta para marcharse, se fijó, con cierto regocijo, en que una sombra esbelta salía de pronto de detrás de un sillón de orejas y saltaba al borde de uno de los tiestos de palmera. Era el mariscal de campo *Kutúzov*, que se situaba en un terreno más elevado para evaluar a sus enemigos. Cuando los perros torcieron la cabeza a la vez, con las orejas tiesas, el gato tuerto se escondió detrás del tronco del árbol. Entonces, tras comprobar que los perros estaban bien atados, saltó del tiesto al suelo y, sin molestarse siquiera en arquear el lomo, abrió su pequeña mandíbula y bufó.

Los perros se pusieron a ladrar, frenéticos, y tensaron sus correas al máximo, tirando de su ama y obligándola a separarse del mostrador de recepción al mismo tiempo que la pluma del libro de registro caía con estrépito al suelo.

—¡So! ¡So! —exclamó la mujer.

Los galgos, que al parecer no estaban familiarizados con las órdenes ecuestres, volvieron a tirar de las correas, consiguieron soltarse de las manos del sauce y se lanzaron hacia su presa.

Kutúzov salió disparado. El gato tuerto se coló por debajo de la hilera de sillones del lado oeste del vestíbulo y corrió hacia la puerta principal como si pretendiera huir hacia la calle. Los perros lo persiguieron sin titubear ni un instante. Optando por un movimiento de pinza, al llegar a las palmeras se separaron y persiguieron al gato cada uno desde un lado de los sillones, con la esperanza de interceptarlo antes de que llegara a la puerta. Una lámpara que le cerraba el paso al primer perro cayó al suelo en medio de una lluvia de chispas, mientras un cenicero de pie que le cerraba el paso al segundo saltaba por los aires liberando una gran nube de ceniza.

Pero cuando los perros ya cerraban filas, *Kutúzov* (que, como su homónimo, contaba con la ventaja de estar familiarizado con el terreno) de pronto invirtió la dirección. Se detuvo delante de una mesita de café, se metió por debajo de la hilera de sillones del lado este del vestíbulo y se dirigió hacia la escalera.

Los galgos sólo tardaron unos segundos en identificar la táctica del felino; pero si la concentración se mide en minutos, la disciplina en horas y la invencibilidad en años, la superioridad en el campo de batalla se mide en instantes. Porque mientras los galgos registraban la retirada del gato e intentaban dar la vuelta, la extensa alfombra oriental del vestíbulo llegó a su fin, y el impulso que llevaban los perros los hizo resbalar por el suelo de mármol hasta chocar contra el equipaje del huésped que llegaba en ese momento.

Kutúzov, que ya contaba con una ventaja de treinta metros sobre sus adversarios, subió de un salto los primeros peldaños de la escalera, se detuvo un momento para admirar su trabajo y desapareció por una esquina.

A los perros se les puede reprochar que coman de forma poco elegante o que demuestren un entusiasmo exagerado por el lanzamiento de palos, pero nunca se les podrá acusar de abandonar la esperanza. Pese a que el gato llevaba una clara ventaja y conocía cada rincón de los pisos superiores del hotel, en cuanto se levantaron, los galgos echaron a correr por el vestíbulo, ladrando, decididos a subir la escalera.

Pero el Hotel Metropol no era un coto de caza. Era un lugar residencial por excelencia, un oasis para quienes necesitaban descansar y relajarse. Por ese motivo, enroscando ligeramente la lengua, el conde dio un silbido ascendente en sol mayor. Al oírlo, los perros interrumpieron la persecución e, inquietos, se quedaron describiendo círculos al pie de la escalera. El conde dio dos silbidos más en rápida sucesión y los perros, resignándose y aceptando que la jornada estaba echada a perder, fueron al trote hasta él y se sentaron a sus pies.

—Bueno, chicos —dijo el conde, rascándoles detrás de las orejas—, ¿de dónde habéis salido?

—¡Guau! —contestaron los perros.

—Ah —dijo él—. Muy interesante.

Después de alisarse la falda y enderezarse el sombrero, la mujer esbelta como un sauce cruzó el vestíbulo hacia el conde y, una vez allí, gracias a sus zapatos de tacón francés, lo miró a los ojos. A aquella reducida distancia, el conde pudo apreciar que era aún más hermosa de lo que había sospechado; y también más altanera. Se sintió más inclinado a simpatizar con los perros.

—Gracias —dijo ella (con una sonrisa capaz de lanzar mil naves)—. Me temo que están muy malcriados.

—Todo lo contrario —respondió el conde—, parecen criados estupendamente.

El sauce hizo un segundo esfuerzo por sonreír.

—Me refería a que están mal enseñados.

—Sí, mal enseñados quizá sí; pero eso es una cuestión de entrenamiento, no de crianza.

Mientras el sauce lo observaba, el conde se fijó en que los arcos que la mujer tenía sobre las cejas se parecían mucho a la notación musical *marcato*, ese acento que indica al intérprete que tiene que tocar determinada frase un poco más alto. Sin duda, eso explicaba la preferencia del sauce por dar órdenes y la consecuente ronquera de su voz. Pero mientras el conde llegaba a esa conclusión, el sauce, por lo visto, llegaba también a alguna por su parte, pues abandonó cualquier intento de resultar agradable.

—Sí, parece ser que el entrenamiento puede llegar a eclipsar la crianza —dijo con mordacidad—. Y, precisamente por eso, creo que algunos perros de la mejor raza deben llevarse con la correa bien corta.

—Una conclusión comprensible —replicó el conde—. Pero yo diría que los perros de mejor raza deben manejarlos las manos más firmes.

★

Al cabo de una hora, con el pelo recién cortado y bien afeitado, el conde entró en el Chaliapin y escogió una mesita del rincón para esperar a Mishka, que había ido a la ciudad para participar en el congreso inaugural de la RAPP.

Cuando ya se había sentado, reparó en que la beldad esbelta como un sauce, que ahora vestía un vestido largo azul, estaba sentada en un banco justo enfrente del suyo. Había decidido ahorrar a los clientes del bar el espectáculo de tratar de dominar a sus perros, y en cambio se había llevado a un individuo de cara redonda y entradas pronunciadas que parecía más inclinado que aquellos galgos a demostrar la devoción propia de un cachorro. Mientras el conde sonreía, divertido por su propia observación, su mirada se encontró con la del sauce. Los dos adultos actuaron como es debido y se apresuraron a fingir que no se habían visto: una, desviando la vista hacia su cachorro, y el otro, la suya hacia la puerta. Afortunadamente, Mishka apareció justo a tiempo, pero con una chaqueta nueva y la barba bien arreglada.

El conde se levantó de la mesa y abrazó a su amigo. Entonces, en lugar de volver a sentarse, le ofreció su banco a Mishka, un gesto cortés a la par que oportuno, pues le permitía darle la espalda al sauce.

—Bueno —dijo, dando una palmada—. ¿Qué te apetece, amigo mío? ¿Champán? ¿Château d'Yquem? ¿Un plato de caviar beluga para abrir el apetito?

Pero Mishka dijo que no con la cabeza, pidió una cerveza y explicó que, lamentándolo mucho, no iba a poder quedarse a cenar.

Como es natural al conde lo decepcionó esa noticia. Tras realizar unas discretas indagaciones, se había enterado de que esa noche el plato especial del Boiarski era pato asado, un plato perfecto para compartir con un amigo. Además, Andréi había prometido apartar cierto Grand Cru que no sólo acompañaría el pato, sino que sin ninguna duda los llevaría a rememorar aquella infame noche en la que el conde se había quedado encerrado en la bodega de los Rothschild con la joven baronesa...

De todos modos, pese a su decepción, el conde comprendió, al reparar en el nerviosismo de su amigo, que él también tenía alguna historia que contar. Así pues, en cuanto les pusieron delante las cervezas, le preguntó cómo iban las cosas en el congreso. Mishka bebió un sorbo y asintió dando a entender que ése era el tema del momento, la conversación que pronto tendría ocupada a toda Rusia, por no decir al mundo entero.

—Hoy no había nadie que hablara en voz baja, Sasha. No había nadie dormido ni jugueteando con el lápiz. En todos los rincones, todas las manos estaban ocupadas trabajando.

Ofrecerle el banco a Mishka había sido un detalle elegante y oportuno, pero además había añadido el beneficio de obligarlo a quedarse sentado. Porque, de no haber estado atrapado detrás de la mesa, ya se habría levantado de un brinco y habría empezado a pasearse por el bar. ¿Y qué trabajo era ese que se estaba haciendo en el congreso? El conde logró determinar que incluía la redacción de «cartas de intención», «proclamaciones de lealtad» y «declaraciones de solidaridad». En efecto, la Asociación Rusa de Escritores Proletarios no dudaba en expresar su solidaridad. De hecho, expresaba su solidaridad no sólo con el resto de escritores y con los editores, sino también con los albañiles y los estibadores, los soldadores y los remachadores, y hasta con los barrenderos.*

El primer día del congreso había sido tan frenético que la cena no se había servido hasta las once. Y entonces, en una mesa para sesenta comensales, oyeron hablar a Maiakovski en persona. Como allí no había atriles, cuando les hubieron servido los platos, Maiakovski sencillamente dio un golpe en la mesa y se subió a su silla.

Para dar más realismo a su relato, Mishka intentó subirse al banco, pero estuvo a punto de tirar su jarra de cerveza. Se resignó a declamar sentado, con un dedo levantado por encima de la cabeza:

---

* ¡Ya lo creo, especialmente con los barrenderos!

Esos pocos olvidados que se levantan al amanecer y recorren las avenidas vacías recogiendo desperdicios. Pero no sólo las cajetillas de cerillas, los envoltorios de caramelo y los billetes usados, sino también los periódicos, las revistas y los panfletos; los catecismos y los cantorales, las historias y las memorias; los contratos, las escrituras y los títulos; los tratados, las constituciones y hasta los diez mandamientos.

¡Seguid barriendo, barrenderos! ¡No paréis hasta que los adoquines de toda Rusia reluzcan como el oro!

De pronto
yo brillaba intensamente
y la mañana también.
Brillar siempre,
brillar en todas partes,
hasta el mismo final de mis días,
brillar,
¡y al diablo con todo lo demás!
¡Ése es mi lema,
y el del sol!

Como es lógico, el poema de Maiakovski fue recibido con un aplauso desenfrenado y con el lanzamiento de copas. Pero entonces, cuando todos se hubieron calmado y ya se disponían a atacar el pollo, un tal Zelinski se subió a su silla.

—Porque tenemos que escuchar a Zelinski, claro —masculló Mishka—. Como si él respaldara a Maiakovski. Como si alguna vez hubiera respaldado a alguien.

Mishka dio otro sorbo.

—Te acuerdas de Zelinski, ¿no? Iba unos cuantos cursos por detrás del nuestro en la universidad. Era aquel que en el dieciséis llevaba un monóculo y al año siguiente gorra de marinero. Bueno, no importa, ya sabes a qué clase de persona me refiero, Sasha, de esas que siempre han de tener las manos en el timón. Imagínate que, acabada la cena, tú y otra comensal os quedáis en vuestras sillas para retomar una conversación que habíais comenzado en otro momento del día; pues bien, allí está Zelinski proclamando que conoce el sitio perfecto para continuar esa conversación. Y, antes de que te des cuenta, te ha acompañado junto con otras diez personas hasta una mesa en el sótano de un café. Cuando vas a sentarte, te pone una mano en el hombro y te dirige hacia un extremo u otro de la mesa. Y cuando alguien pide pan, se le ocurre otra cosa mejor. Allí tienen los mejores *zavitushki* de Moscú, asegura. Y, sin esperar a oír tu opinión, ya está chasqueando los dedos en el aire.

Mishka chasqueó los dedos tres veces con tanto énfasis que el conde tuvo que hacerle una seña a Audrius, que, siempre atento, iba hacia ellos.

—¡Y sus ideas! —continuó Mishka con desdén—. No se cansa nunca de hacer declaraciones, como si estuviera en condiciones de iluminar a alguien en temas de poesía. ¿Y qué se le ocurre decirle a la impresionable y joven alumna que tiene al lado? Que todos los poetas deben inclinarse ante el *haiku*. ¡Inclinarse ante el *haiku*! ¿Te imaginas?

—Yo, por mi parte —aportó el conde—, me alegro de que Homero no naciera en Japón.

Mishka se lo quedó mirando un momento y entonces soltó una carcajada.

—¡Sí! —dijo, dando palmadas en la mesa y enjugándose una lágrima—. Me alegro de que Homero no naciera en Japón. A ver si me acuerdo de decirle eso a Katerina.

Mishka sonrió, presuntamente imaginando la cara que pondría Katerina cuando se lo dijera.

—¿Katerina? —preguntó el conde.

—Katerina Litvínova. ¿Nunca te he hablado de ella? Es una joven poeta de Kiev, de gran talento. Está en segundo de la universidad. Nos sentamos juntos en el comité.

Mishka se echó hacia atrás y bebió un sorbo de cerveza. El conde se echó también hacia atrás y sonrió a su amigo mientras se representaba el cuadro completo.

Una chaqueta nueva y la barba recién arreglada...

Una conversación comenzada en otro momento del día y retomada después de la cena...

Y un tal Zelinski, que, tras arrastrarlos a todos a su local nocturno favorito, sienta a una impresionable joven poetisa en un extremo de la mesa y a Mishka en el extremo opuesto.

Mientras éste proseguía con su descripción de la noche anterior, al conde no se le escapó lo paradójico de la situación: a lo largo de todos aquellos años que había vivido encima de la tienda del zapatero, siempre era Mishka quien se quedaba en casa, y él quien, tras disculparse por no poder cenar con su amigo, regresaba horas más tarde y le hablaba de joviales brindis, *tête-à-têtes* y salidas improvisadas a cafés iluminados con velas.

¿Le gustaba oír hablar ahora a Mishka de sus escaramuzas nocturnas? Claro que sí. Sobre todo cuando se enteró de que, al final de la velada, cuando el grupo se disponía a subir a tres taxis diferentes, Mishka le recordó a Zelinski que había olvidado su sombrero; y cuando Zelinski entró corriendo en el café para recuperarlo, Katerina de Kiev sacó la cabeza por la ventana de su taxi y gritó: «¡Mijaíl Fiódorovich, ¿por qué no vienes con nosotros?!»

Sí, el conde se alegraba de la escaramuza romántica de su viejo amigo, pero eso no significa que no sintiera una pizca de envidia.

Media hora más tarde, después de despedirse de Mishka, que tenía que participar en un debate sobre el futuro de la métrica (en el que seguramente participaría Katerina de Kiev), el conde se dirigió al Boiarski, aparentemente condenado a comerse el pato él solo. Pero cuando se disponía a salir, Audrius le hizo una seña.

El barman deslizó por la barra un trozo de papel doblado y, en voz baja, explicó:

—Me han pedido que le entregue esto.

—¿A mí? ¿Quién?

—La señorita Urbanová.

—¿La señorita Urbanová?

—Anna Urbanová. La estrella de cine.

Como el conde seguía dando muestras de no entender ni una sola palabra, el barman siguió explicándole, en voz más alta:

—La señorita que estaba sentada a esa mesa, enfrente de usted.

—Ah, sí. Gracias.

Audrius siguió con lo suyo y el conde desdobló el trozo de papel, que llevaba escrita la siguiente petición con caligrafía esbelta y elegante:

Le ruego que me brinde una segunda oportunidad
de ofrecerle una primera impresión
en la suite 208.

Cuando el conde llamó a la puerta de la suite 208, le abrió una mujer mayor que lo observó con impaciencia.

—¿Sí?

—Soy Aleksandr Rostov...

—Lo están esperando. Pase. La señorita Urbanová vendrá enseguida.

Por mero instinto, el conde se dispuso a hacerle a la mujer algún comentario ingenioso sobre el tiempo, pero en cuanto entró por la puerta, ella salió y la cerró, dejándolo solo en la suite.

La suite 208, decorada al estilo de los palacios venecianos, era una de las mejores habitaciones de aquella planta, y no se notaba que por ella habían pasado los incansables mecanógrafos de directrices, que ya se habían trasladado al Kremlin. Contaba con un dormitorio y una salita de estar a sendos lados de un gran salón, y en los techos había unas pinturas de figuras alegóricas que miraban hacia abajo desde los cielos. Encima de una ornamentada mesita auxiliar había dos altos ramos de flores: uno de calas y otro de rosas de tallo largo. El hecho de que ambos ramos fueran igual de espectaculares pero sus colores desentonaran hacía pensar que provenían de dos admiradores diferentes. Casi ni se podía imaginar qué podría verse obligado a enviar un tercer admirador.

—Salgo enseguida —dijo una voz desde el dormitorio.

—Tómese su tiempo —replicó el conde.

Nada más hablar el conde, se oyó un repiqueteo de uñas por el suelo y los galgos rusos salieron de la salita de estar.

—Hola, chicos —los saludó el conde, y volvió a rascarles detrás de las orejas.

Después de presentar sus respetos, los perros fueron hasta las ventanas con vistas a la Plaza del Teatro, apoyaron las patas delanteras en el alféizar y se quedaron observando el ir y venir de los coches por la calle.

—¿Conde Rostov?

Se dio la vuelta y vio a la actriz con el tercer atuendo de aquel día: unos pantalones negros y una blusa de color marfil. Se le acercó con una mano tendida y, en los labios, la sonrisa de una vieja amiga.

—Me alegro mucho de que haya podido venir.

—El placer es mío, señorita Urbanová.

—Lo dudo. Pero llámeme Anna, se lo ruego.

Antes de que el conde pudiera responder, llamaron a la puerta.

—¡Ah! —dijo ella—. Ya están aquí.

Abrió y se apartó para dejar pasar a Oleg, del servicio de habitaciones. Cuando vio al conde, Oleg estuvo a punto de estampar el carrito de la cena contra los dos ramos de flores rivales.

—Aquí, quizá, junto a la ventana —sugirió la actriz.

—Sí, señorita Urbanová —dijo Oleg, que, tras recomponerse, puso la mesa para dos, encendió una vela en el centro y salió por la puerta.

La actriz se volvió hacia el conde.

—¿Ha cenado? Yo hoy he estado en dos restaurantes y en un bar y no he probado bocado. Estoy muerta de hambre. Me acompaña, ¿verdad?

—Desde luego que sí.

El conde le retiró la silla a su anfitriona y, cuando tomó asiento al otro lado de la vela, los galgos, desde las ventanas, volvieron la cabeza. Seguramente ninguno de los dos había previsto que el día pudiera acabar así. Pero como hacía ya mucho que habían dejado de interesarse por los caprichosos giros de los asuntos humanos, bajaron las patas al suelo y, al trote, se fueron de nuevo a la salita sin prestarles atención.

La actriz los miró al marchar con cierta añoranza.

—Confieso que no me gustan mucho los perros.

—Entonces ¿por qué los tiene?

—Son... un regalo.

—Ah. De un admirador.

Ella sonrió torciendo un poco el gesto.

—Me habría contentado con un collar.

El conde sonrió también.

—Bueno —añadió la actriz—. Vamos a ver qué nos han traído.

Levantó el cubreplatos de plata de la bandeja y apareció una de las creaciones estrella de Emile: lubina al horno con aceitunas negras, hinojo y limón.

—Maravilloso —dijo.

Y el conde no habría podido estar más de acuerdo. Porque, con la temperatura del horno a doscientos treinta grados, Emile se aseguraba de que la carne del pescado quedara tierna, el hinojo aromático y las rodajas de limón crujientes y tostadas.

—Bueno, dos restaurantes, un bar y nada que comer...

Así empezó el conde, con la natural intención de dejar que la actriz le explicara lo que había hecho ese día, mientras él le preparaba el pescado. Pero antes de que levantara un dedo, ella ya había cogido el cuchillo y el tenedor de servir. Y, mientras le relataba las obligaciones profesionales que la habían mantenido ocupada aquella tarde, seccionó la espina central del pescado con la punta del cuchillo practicando sendas incisiones en la cabeza y la cola. A continuación, deslizando el tenedor de servir entre la espina y la carne, separó hábilmente un filete. Con unos pocos movimientos muy concisos, sirvió también una porción de hinojo y olivas y colocó el limón asado sobre el filete. Le pasó ese plato, preparado a la perfección, al conde, y entonces retiró la espina central y se sirvió el segundo filete con su acompañamiento, una operación que no le llevó más de un minuto. Luego dejó los cubiertos de servir en la bandeja y pasó a ocuparse del vino.

«Madre mía», se dijo el conde. Estaba tan embelesado observando la técnica de su anfitriona que había descuidado sus responsabilidades. Se levantó un poco de la silla y cogió la botella por el cuello.

—¿Me permite?

—Gracias.

El conde procedió a servir el vino y vio que era un Montrachet seco, el complemento perfecto para la lubina de Emile y, evidentemente, idea de Andréi. Alzó la copa para brindar con su anfitriona.

—Permítame decirle que ha preparado el pescado como una experta.

Ella rió.

—¿Debo tomarlo como un cumplido?

—¡Claro que sí! Bueno, al menos ésa era mi intención.

—En ese caso, gracias. Pero yo no le daría mucha importancia. Me crié en un pueblo de pescadores a orillas del mar Negro, así que he hecho unos cuantos nudos y he fileteado unos cuantos pescados.

—Cenar pescado todas las noches no está nada mal.

—Cierto. Pero cuando tu padre es pescador, tiendes a comer lo que no se puede vender. Así que la mayoría de las veces cenábamos platija y mojarra.

—La generosidad del mar...

—Los despojos del mar.

Y, tras ese elocuente recuerdo, Anna Urbanová pasó a describir cómo de niña se escabullía de su madre por la noche y bajaba corriendo por las calles empinadas de su pueblo para ir al encuentro de su padre en la playa y ayudarlo a reparar las redes. Y mientras hablaba, el conde tuvo que admitir una vez más la conveniencia de no emitir juicios precipitados.

Al fin y al cabo, ¿qué puede revelarnos una primera impresión de alguien a quien sólo hemos visto un minuto en el vestíbulo de un hotel? Es más, ¿qué puede revelarnos una primera impresión de nadie? Pues no mucho más de lo que un acorde puede hacerlo de Beethoven, o una pincelada de Botticelli. Por naturaleza, los seres humanos son tan caprichosos, tan complejos, tan maravillosamente contradictorios, que merecen no sólo nuestra consideración, sino también nuestra reconsideración, y nuestra firme determinación de guardarnos nuestra opinión hasta habernos relacionado con ellos en todas las situaciones y a todas las horas posibles.

Tomemos como ejemplo el caso de la voz de Anna Urbanová. En el contexto del vestíbulo, donde la actriz estaba intentando dominar a sus perros, su ronquera había transmitido la impresión de que era una joven imperiosa con tendencia a gritar. Muy bien. Pero allí, en la suite 208, rodeada de limones asados, vino francés y recuerdos del mar, su voz correspondía a la de una mujer cuya profesión no le daba ni un respiro, y mucho menos la oportunidad de disfrutar de una comida decente.

Mientras rellenaba las copas, al conde lo asaltó un recuerdo que parecía adecuado para aquella conversación.

—Yo pasé gran parte de mi juventud en la provincia de Nizhni Nóvgorod —dijo—, que casualmente es la capital mundial de la manzana. En Nizhni Nóvgorod no es que haya manzanos por todas partes, es que hay bosques de manzanos, bosques tan antiguos y agrestes como la propia Rusia, en los que crecen manzanas de todos los colores del arco iris y de todos los tamaños, desde el de una avellana hasta el de una bala de cañón.

—Me imagino que comería usted muchas manzanas.

—Ah, sí, las encontrábamos escondidas en nuestras tortillas a la hora del desayuno, flotando en la sopa a la hora de la comida y en el relleno del pavo a la hora de la cena. Cuando llegaba la Navidad ya habíamos comido manzanas de todas las variedades que ofrecían aquellos bosques.

El conde fue a alzar su copa para brindar por la omnipresencia de las manzanas en su vida, pero levantó un dedo y se corrigió:

—De hecho, había una manzana que nunca llegamos a comer.

La actriz arqueó una de sus atribuladas cejas.

—¿Cuál?

—Según la tradición local, escondido en lo más profundo del bosque había un árbol con manzanas negras como el carbón, y si encontrabas ese árbol y comías su fruto, podías empezar la vida de nuevo.

Bebió un sorbo generoso de Montrachet y se alegró de haber rescatado aquella leyenda popular de su memoria.

—¿Y usted lo haría? —le preguntó la actriz.

—¿Si haría qué?

—Si encontrara ese árbol escondido en el bosque, ¿comería de esas manzanas?

El conde dejó la copa en la mesa y negó con la cabeza.

—La idea de volver a empezar ofrece cierto atractivo; pero ¿cómo iba a renunciar a mis recuerdos del hogar, de mi hermana, de mis años de estudiante? —Señaló la mesa y añadió—: ¿Cómo iba a renunciar a mis recuerdos de todo esto?

Y Anna Urbanová, después de dejar su servilleta encima del plato y retirar la silla, rodeó la mesa, cogió al conde por el cuello de la camisa y lo besó en la boca.

Desde que había leído su nota en el Bar Chaliapin, el conde tenía la sensación de que la señorita Urbanová le llevaba la delantera. El relajado recibimiento en su suite, la cena para dos a la luz de una vela, la habilidad con que había arreglado el pescado y los recuerdos de infancia... Él no había previsto nada de todo eso. Y, evidentemente, el beso lo había pillado desprevenido. Y ahora Anna entraba tan tranquila en su dormitorio, se desabrochaba la blusa y la dejaba caer al suelo con un delicado susurro de seda.

De joven, el conde se había enorgullecido de ir siempre un paso por delante. El arte de escoger el momento, de expresarse de forma acertada, de saber anticiparse a las necesidades... Para él, todo eso era el sello distintivo de un hombre bien educado. Sin embargo, en aquellas circunstancias descubrió que ir un paso por detrás también tenía sus ventajas.

De entrada, era mucho más relajante. Ir por delante en cuestiones románticas requería una vigilancia constante. Si uno pretendía insinuarse con éxito, debía fijarse en cada frase pronunciada, atender cada gesto y tomar nota de cada mirada. Dicho de otro modo: ir por delante en cuestiones románticas resultaba extenuante. En cambio, ir un paso por detrás y dejarse seducir... Para eso sólo tenía que recostarse en el asiento, beber de su copa de vino y contestar las preguntas que le hicieran diciendo lo primero que se le pasara por la cabeza.

Sin embargo, paradójicamente, si bien ir un paso por detrás era más relajante que lo contrario, también resultaba más emocionante. Desde su posición relajada, el rezagado imagina que su velada con una nueva amistad transcurrirá como cualquier otra: con un poco de palique y una despedida cordial en la puerta. Pero hacia la mitad de la cena hay un cumplido inesperado y un roce de manos accidental; una tierna confesión y una risa modesta; y, de pronto, un beso.

A partir de ese momento, las sorpresas no hacen sino crecer en intensidad y alcance. Como cuando descubres, al caer la blusa al suelo, que una espalda salpicada de pecas semeja la bóveda celeste salpicada de infinitas estrellas. O cuando, tras deslizarte con recato bajo las sábanas, una mano las aparta y te encuentras tumbado boca arriba con un par de manos que se apoyan en tu pecho y unos labios que te susurran instrucciones. Cada una de esas sorpresas inspira un nuevo estado de asombro, pero nada puede compararse con la perplejidad que uno experimenta cuando, a la una de la madrugada, una mujer se da la vuelta y dice con toda claridad: «Cuando salgas, asegúrate de correr las cortinas.»

Baste decir que, en cuanto hubo recogido su ropa, el conde obedeció y corrió las cortinas. Es más, antes de caminar de puntillas hasta la puerta, a medio vestir, se detuvo un instante para recoger del suelo la blusa de color marfil de la actriz y colgarla en una percha. Al fin y al cabo, como él mismo había observado hacía sólo unas horas, a los perros de mejor raza deben manejarlos las manos más firmes.

★

El chasquido de la puerta que se cierra detrás de ti...

El conde no estaba seguro de haberlo oído alguna vez. Era un sonido delicado y discreto; y sin embargo transmitía un claro mensaje de rechazo, lo que tendía a provocar un estado de ánimo filosófico.

Incluso quien, por lo general, censura las actitudes bruscas y groseras, en aquellas circunstancias había cierta justicia, si bien algo burda, en el castigo al encontrarse en un pasillo vacío con los zapatos en la mano y los faldones de la camisa fuera del pantalón mientras la mujer de la que acababa de separarse dormía profundamente. Porque si un hombre tiene la buena suerte de ser escogido entre la multitud por una beldad impetuosa, ¿acaso no debe estar preparado para que lo despidan sin mucha ceremonia?

Bueno, quizá sí. Pero plantado en el pasillo vacío, separado por una puerta de un cuenco mediado de *borscht*, el conde, más que filósofo se sentía como un fantasma.

«Sí, un fantasma», pensó, y echó a andar en silencio por el pasillo. Como el padre de Hamlet, que deambulaba por las almenas de Elsinore después de la guardia de medianoche. O como Akaki Akákevich, el triste espíritu de Gógol que, de madrugada, se paseaba por el puente Kalinkin en busca de su abrigo robado.

¿Por qué será que tantos fantasmas prefieren la oscuridad de la noche? Si se lo preguntáis a los vivos, os contestarán que esos fantasmas o bien tienen un deseo insatisfecho o una ofensa pendiente que no los deja dormir y los obliga a salir a deambular en busca de solaz.

Pero los vivos son muy egocéntricos.

Por eso relacionan los paseos nocturnos de los fantasmas con sus recuerdos terrenales. Cuando, de hecho, si esas almas inquietas quisieran recorrer las ajetreadas avenidas del mediodía, nada se lo impediría.

No. Si prefieren la oscuridad para salir a dar sus paseos no es porque se sientan agraviados por los vivos ni porque les tengan envidia. Lo hacen más bien porque no tienen ningunas ganas de ver a los vivos. Del mismo modo que las serpientes no tienen ganas de ver a los jardineros, ni los zorros a los sabuesos. Salen a rondar a medianoche porque a esa hora pueden hacerlo sin que los agobie el revuelo de las emociones terrenales. Después de tantos años luchando y esforzándose, abrigando esperanzas y rezando, cargando con expectativas, soportando opiniones, respetando el decoro y dando conversación, lo que buscan, sencillamente, es un poco de paz y tranquilidad. Al menos eso era lo que pensaba el conde mientras se alejaba por el pasillo.

Si bien, por norma, siempre utilizaba la escalera, esa noche, cuando se acercó al rellano del segundo piso, llevado por un impulso misterioso llamó el ascensor, dando por hecho que llegaría vacío. Pero cuando se abrió la puerta vio que dentro estaba el gato tuerto.

—¡*Kutúzov*! —exclamó sorprendido.

El gato examinó cada detalle del aspecto del conde y reaccionó exactamente igual que el Gran Duque en circunstancias parecidas años atrás, es decir, dedicándole una mirada severa y un silencio de desaprobación.

—Ejem... —dijo el conde, y entró en el ascensor mientras intentaba meterse la camisa dentro del pantalón sin que se le cayeran los zapatos de la mano.

Rostov se despidió del gato en el quinto piso y subió con andares pesados los escalones del campanario, afligido y consciente de que la celebración de su aniversario había sido un fiasco. Con el mejor de los ánimos, estaba decidido a grabar su marca en la pared, y resultaba que la pared había grabado la marca en él. Y, tal como le había enseñado años atrás la experiencia, cuando esto sucede lo mejor es lavarse la cara, cepillarse los dientes y taparse la cabeza con las sábanas.

Pero cuando fue a abrir la puerta de sus aposentos, notó un soplo de aire en la nuca que le recordó con toda claridad una brisa veraniega. Se volvió hacia la izquierda y se quedó quieto. Volvió a notar aquel soplo, e identificó que provenía del final del pasillo...

Intrigado, el conde fue hasta allí y vio que todas las puertas estaban bien cerradas. Aparentemente, al fondo del pasillo no había sino un lío de tuberías y salidas de humos. Pero en el rincón más alejado, bajo la sombra de la tubería más gruesa, descubrió una escalerilla sujeta a la pared, por la que se accedía a una trampilla del techo. Una trampilla que alguien había dejado abierta. Se puso los zapatos y, sin hacer ruido, subió por la escalerilla y salió.

La brisa veraniega que lo había atraído lo envolvió de pronto en su abrazo. Cálida e indulgente, evocaba sensaciones de las noches de verano del pasado, de cuando el conde tenía cinco, diez y veinte años y recorría las calles de San Petersburgo o los prados de Villa Holganza. Abrumado por aquella avalancha de antiguos sentimientos, necesitó hacer una pausa antes de continuar hacia el lado occidental de la azotea.

Ante él se extendía la antigua ciudad de Moscú, que, tras doscientos años de paciente espera, volvía a ser la sede del gobierno ruso. Aunque era de madrugada, todas las ventanas del Kremlin estaban iluminadas con luz eléctrica, como si sus nuevos moradores todavía estuvieran demasiado ebrios de poder para conciliar el sueño. Pero si bien las luces del Kremlin brillaban intensamente, su belleza, como la del resto de las luces terrenales de alrededor, quedaba eclipsada por la majestuosidad de las constelaciones que centelleaban en el cielo.

El conde estiró el cuello y trató de identificar las pocas que había aprendido de joven: Perseo, Orión, la Osa Mayor... todas perfectas y eternas. ¿Con qué objeto, se preguntó, había creado Dios las estrellas, que un día te llenaban de inspiración y al siguiente te hacían sentir insignificante?

Bajó la vista hacia el horizonte y oteó los límites de la ciudad, donde el Lucero del Alba, el consuelo de los marinos, brillaba más que ninguna otra estrella del firmamento.

Y entonces parpadeó.

—Buenos días, Excelencia.

Se dio la vuelta.

Detrás de él, apenas unos metros más allá, había un hombre de sesenta y pocos años con una gorra de lona. Cuando el hombre dio un paso adelante, el conde lo reconoció: era uno de los empleados de mantenimiento del hotel, que batallaban con las tuberías que perdían y las puertas que chirriaban.

—Eso es la torre de Shújov —dijo.

—¿La torre de Shújov?

—La torre de radio.

Señaló hacia el consuelo de los marinos, que brillaba en la lejanía.

«¡Ah! —pensó el conde, sonriendo—. La estructura de acero en espiral de Mishka, transmitiendo las últimas noticias e informaciones...»

Se quedaron los dos callados un momento, como si esperaran a que la baliza volviera a parpadear; y, cumplidora, la baliza parpadeó.

—Bueno. El café ya debe de estar listo. Será mejor que me acompañe.

El anciano guió al conde hasta el rincón nordeste del tejado, donde había montado una especie de campamento entre dos chimeneas. Además de un taburete de tres patas, había un pequeño fuego que ardía en un brasero y, encima, una cafetera humeante. El anciano había escogido bien el rincón, porque, aunque estaba protegido del viento, desde allí alcanzaba a verse el Bolshói, que sólo quedaba un poco tapado por unas cajas viejas amontonadas al borde de la azotea.

—No recibo muchas visitas —explicó el anciano—, por eso sólo tengo un taburete.

—No importa —dijo el conde. Cogió un tablón que no llegaba a un metro de largo, lo sostuvo en vertical y se sentó en el borde.

—¿Le sirvo una taza?

—Sí, gracias.

Mientras el anciano le servía el café, el conde se preguntó si aquello sería el comienzo o el fin de su jornada. Supuso que una taza de café debía de ser lo más apropiado en ambos casos. Porque ¿hay algo más versátil? En taza de peltre o de porcelana de Limoges, el café puede vigorizar al laborioso al amanecer, calmar al meditabundo a mediodía o animar al atribulado de madrugada.

—Está delicioso —comentó el conde.

El anciano se inclinó hacia delante.

—El secreto consiste en molerlo al prepararlo, ni un minuto antes. —Señaló un pequeño aparato de madera con una manivela de hierro.

El conde arqueó las cejas con el aprecio propio de los no iniciados.

Sí, al aire libre, en plena noche de verano, el café del anciano estaba delicioso. De hecho, lo único que estropeaba aquel momento era un zumbido que se oía, un sonido parecido al de un fusible defectuoso o un receptor de radio.

—¿Eso lo hace la torre? —preguntó el conde.

—¿Qué cosa?

—El zumbido.

El anciano miró hacia arriba un momento y entonces se echó a reír.

—Eso son las chicas, que están trabajando.

—¿Las chicas?

El hombre señaló con un pulgar las cajas que al conde no le dejaban ver bien el Bolshói. Con la incipiente luz el conde sólo distinguió un torbellino de actividad por encima de ellas.

—¿Son... abejas?

—Sí, señor. Son abejas.

—¿Qué hacen aquí?

—Miel. Hacen miel.

—¡Miel!

El anciano volvió a reír.

—Es lo que hacen las abejas. Tome.

Se inclinó hacia delante y le acercó una teja en la que había dos rebanadas de pan negro untadas con miel. El conde aceptó una y le dio un mordisco.

Lo primero que le sorprendió fue el sabor del pan negro. Porque ¿cuándo lo había comido por última vez? Si se lo hubieran preguntado abiertamente, le habría dado vergüenza admitirlo. Sabía a centeno y a melaza, ambos oscuros, y era el complemento perfecto para una taza de café. ¿Y la miel? Proporcionaba un contraste extraordinario. Por una parte estaba el pan, terrenal, marrón y serio; y por otra la miel, soleada, dorada y alegre. Pero había otra dimensión, un elemento elusivo y, al mismo tiempo, familiar... Una apoyatura oculta debajo, o detrás, o dentro de la sensación de dulzura.

—¿Qué es ese otro sabor? —preguntó el conde como si hablara solo.

—Las lilas —contestó el anciano. Sin volverse, apuntó con el pulgar hacia el Jardín Aleksándrovski.

149

Claro, pensó el conde. Era exactamente eso. ¿Cómo no se había dado cuenta? Hubo un tiempo en que él conocía las lilas del Jardín Aleksándrovski mejor que nadie en todo Moscú. Cuando florecían, se pasaba tardes enteras descansando, feliz, bajo sus flores blancas y moradas.

—Es extraordinario —dijo, moviendo la cabeza, admirado.

—Lo es y no lo es —replicó el anciano—. Cuando florecen las lilas, las abejas van al Jardín Aleksándrovski y la miel tiene sabor a lilas. Pero dentro de una semana aproximadamente irán al Anillo de los Jardines y entonces lo que notará será el sabor de los cerezos.

—¡Al Anillo de los Jardines! ¿Hasta dónde pueden llegar?

—Dicen que las abejas son capaces de atravesar un océano en busca de una flor —contestó el anciano con una sonrisa en los labios—. Aunque yo no conozco a ninguna que lo haya hecho.

El conde movió de nuevo la cabeza, dio otro bocado y aceptó una segunda taza de café.

—De niño pasé mucho tiempo en Nizhni Nóvgorod —recordó, por segunda vez aquel día.

—Donde, cuando caen las flores de los manzanos, parece que nieve —dijo el anciano, sonriente—. Yo también crecí allí. Mi padre era el conserje de la finca de los Chernik.

—¡Yo lo conozco muy bien! —exclamó el conde—. Qué hermoso rincón del mundo...

Y así, mientras empezaba a asomar el sol veraniego y el fuego empezaba a apagarse y las abejas empezaban a volar en círculo, aquellos dos hombres compartieron recuerdos de infancia, de cuando las ruedas de los carros traqueteaban por la carretera y las libélulas sobrevolaban la hierba y florecían los manzanos hasta donde alcanzaba la vista.

Addendum

En el preciso instante en que el conde oía cerrarse la puerta de la suite 208, Anna Urbanová estaba quedándose dormida; pero no se durmió profundamente.

Cuando la actriz despidió al conde (después de darse la vuelta y lanzar un lánguido suspiro), vio con serena satisfacción cómo él recogía su ropa y corría las cortinas. Hasta sintió cierta satisfacción cuando se detuvo para recoger su blusa del suelo y colgarla en el armario.

Sin embargo, en algún momento de la madrugada esa imagen del conde recogiendo su blusa empezó a atormentar sus sueños. En el tren, de regreso a San Petersburgo, se sorprendió mascullando sobre aquello. Y cuando llegó a su casa estaba claramente furiosa. Esa semana, cada vez que tuvo el más leve respiro en su abarrotada agenda, la imagen volvió a asaltarla y sus famosas mejillas de alabastro se pusieron coloradas de rabia.

—¿Quién se habrá creído que es ese conde Rostov? Apartarte la silla, silbar a los perros... No, lo que hace es darse aires y creerse importante. ¿Quién le dio permiso para recoger mi blusa y colgarla en una percha? Si tiro mi blusa al suelo, ¿a él qué le importa? ¡Es mi ropa, y puedo tratarla como me apetezca!

O eso razonaba en voz alta, aunque hablara sola.

Una noche, cuando volvía de una fiesta, pensar en el delicado gesto del conde la enfureció tanto que, cuando se desnudó, no sólo tiró el vestido rojo de seda al suelo, sino que además ordenó a sus empleadas que no lo tocaran. Desde ese día, cada noche tiraba otra prenda al suelo. Vestidos y blusas de terciopelo y seda de Londres y París, cuanto más caros mejor. Tirados en el suelo del cuarto de baño y junto al cubo de la basura. En pocas palabras, donde a ella se le antojara.

Al cabo de dos semanas, su habitación empezó a parecer una tienda de campaña árabe, con telas de todos los colores esparcidas por el suelo.

Al principio Olga, la georgiana de sesenta años que le había abierto la puerta de la suite 208 al conde y que llevaba trabajando de ayudante de camerino de la actriz desde 1920, contemplaba el comportamiento de la joven con serena indiferencia. Pero una noche, después de que Anna tirara un vestido azul de espalda escotada encima del vestido de noche de seda blanca, Olga comentó con naturalidad:

—Querida, te comportas como una cría. Si no recoges tu ropa, no tendré más remedio que darte una buena zurra.

Anna Urbanová se puso colorada como un tarro de mermelada.

—¡¿Recoger mi ropa?! —gritó—. ¡¿Quieres que recoja mi ropa?! Pues ¡ya la recojo!

Recogió veinte prendas del suelo, fue hasta la ventana, que estaba abierta, y las tiró a la calle. Con gran satisfacción, las vio caer revoloteando hasta el suelo. Cuando se dio la vuelta para enfrentarse, triunfante, a su ayudante de camerino, Olga observó con frialdad lo distraídos que estarían los vecinos con aquella muestra de la famosa petulancia del actriz, y a continuación se dio la vuelta y salió de la habitación.

Anna apagó las luces y se metió en la cama. Chisporroteaba como una vela.

—¿Y a mí qué me importa lo que digan los vecinos de mi petulancia? ¿Qué me importa lo que diga San Petersburgo, o toda Rusia?

Pero a las dos de la madrugada, cansada de dar vueltas en la cama, Anna Urbanová bajó de puntillas por la escalera, salió a la calle y recogió sus prendas de una en una.

1924

Anonimato

Soñar con la invisibilidad es tan antiguo como las leyendas folclóricas. Por medio de algún talismán o alguna poción, o incluso con ayuda de los dioses, la presencia corporal del héroe se vuelve insustancial, y mientras dura el hechizo puede pasearse entre el resto de los mortales sin ser visto.

Cualquier crío de diez años os recitará las ventajas de poseer ese poder. Deslizarse entre dragones, escuchar las conversaciones de los conspiradores, colarse en la cámara del tesoro, robar un trozo de tarta de la despensa, despojar de su gorra a un policía, prender fuego a los faldones del frac del director del colegio... Baste con señalar que circulan millares de historias que demuestran lo conveniente que puede ser la invisibilidad.

Ahora bien, la historia que no hemos oído contar tantas veces es una en la que el hechizo de invisibilidad se le adjudica a un héroe desprevenido en forma de maldición. Después de toda una vida en el corazón de la batalla, siendo el centro de las conversaciones y observando a las damas de los palcos desde su posición privilegiada en la fila veinte (es decir, siempre en el meollo de todo), de pronto se vuelve invisible para amigos y enemigos. Y el hechizo que Anna Urbanová le había hecho al conde en 1923 pertenecía a esa categoría.

Aquella fatídica noche en la que había cenado con la hechicera en su suite, ella habría podido volverlo invisible allí mismo, de golpe. Sin embargo, para jugar con su paz mental, le había hecho un conjuro que se manifestaría poco a poco a lo largo de todo un año.

De pronto, en las semanas siguientes, el conde se dio cuenta de que desaparecía de la vista durante unos minutos cada vez. Podía estar cenando en el Piazza y una pareja se acercaba a su mesa con la clara intención de ocuparla; podía estar de pie cerca del mostrador de recepción, cuando un huésped atribulado tropezaba con él y estaba a punto de tirarlo al suelo. Llegó el invierno, y personas que solían saludarlo desde lejos con la mano o con una sonrisa ya no lo veían hasta que lo tenían a sólo tres metros. Y luego, un año más tarde, cuando atravesaba el vestíbulo, sus amigos más íntimos tardaban un minuto entero en darse cuenta de que el conde estaba plantado justo enfrente de ellos.

—Oh —dijo Vasili, y devolvió el auricular del teléfono a la horquilla—. Perdóneme, conde Rostov. No lo había visto. ¿En qué puedo ayudarlo?

Él dio un golpecito en el mostrador.

—Supongo que no sabes dónde está Nina, ¿verdad?

Al preguntarle a Vasili si conocía el paradero de la niña, el conde no estaba probando suerte, ni interrogando a la primera persona con la que se cruzaba; porque Vasili tenía una asombrosa habilidad para saber dónde estaba cada uno en cada momento.

—Creo que está en la sala de juego.

—Ah —dijo el conde, y sonrió.

Dio media vuelta, fue hacia la sala de juego y abrió la puerta sin hacer ruido, suponiendo que dentro encontraría a cuatro damas de mediana edad aprovechando una partida de whist para compartir pastas de té e irreverencias, mientras un espíritu atento contenía la respiración dentro de un armario. Sin embargo, encontró al objeto de su búsqueda sentada a la mesa de juego, sola. Nina, con dos montones de hojas de papel delante y un lápiz en la mano, era el vivo retrato del entusiasmo académico. El lápiz se movía tan deprisa que parecía un guardia de honor: desfilaba por la hoja con la cabeza bien alta y, al llegar al margen, giraba sobre sí mismo y empezaba a desfilar en la dirección opuesta.

—Saludos, amiga mía.

—Hola, señor conde —contestó Nina sin levantar la vista de su trabajo.

—¿Quieres venir conmigo de excursión antes de la cena? Estaba pensando en dar una vuelta por la centralita.

—Lo siento, ahora no puedo.

El conde se sentó enfrente de Nina, mientras ella dejaba la hoja de papel en la que acababa de escribir sobre un montón y cogía otra en blanco del otro montón. Por la fuerza de la costumbre, el conde cogió la baraja de cartas que había en un rincón de la mesa y las mezcló dos veces.

—¿Quieres ver cómo hago un truco?

—Quizá en otro momento.

El conde cuadró la baraja y la dejó encima de la mesa. Entonces cogió la hoja de encima del montón de hojas terminadas. Vio que en ella estaban concienzudamente alineados en columnas todos los números cardinales del 1100 al 1199. En función de algún sistema que él ignoraba, había trece números encerrados en un círculo rojo.

El conde estaba intrigado, como es lógico.

—¿Qué estás haciendo?

—Matemáticas.

—Veo que te aplicas a la materia con vigor.

—El profesor Lisitski dice que tienes que pelear con las matemáticas como pelearías con un oso.

—¿Ah, sí? Y ¿con qué clase de oso peleamos hoy? Sospecho que con alguno más parecido a un oso polar que a un panda.

Nina levantó la cabeza y le lanzó una de aquellas miradas suyas capaces de apagar cualquier chispa.

El conde carraspeó y adoptó un tono más serio.

—Me imagino que el proyecto implica ciertos subconjuntos de números enteros.

—¿Usted sabe qué es un número primo?

—¿Te refieres a dos, tres, cinco, siete, once, trece...?

—Exacto —confirmó ella—. Son los números enteros que son indivisibles por cualquier número excepto el uno y ellos mismos.

Dado el dramatismo con el que había pronunciado la palabra «indivisibles», parecía que estuviera hablando de la inexpugnabilidad de una fortaleza.

—En cualquier caso —añadió—, estoy haciendo una lista de todos ellos.

—¡De todos ellos!

—Es una tarea propia de Sísifo —admitió la niña (aunque con un entusiasmo que te hacía preguntarte si conocía realmente el significado de esa expresión).

Nina señaló las páginas escritas que había encima de la mesa.

—La lista de los números primos empieza por dos, tres, cinco, como usted dice. Pero los números primos van haciéndose más escasos a medida que crecen. De modo que una cosa es encontrar un siete o un once, pero un mil nueve ya es otro cantar. ¿Se imagina identificar un número primo en las centenas de millar? ¿O en los millones?

Nina se quedó con la mirada perdida, como si vislumbrara el mayor y más inexpugnable de todos los números, situado en lo alto de un promontorio rocoso donde durante miles de años había soportado los ataques de dragones que escupían fuego y de hordas de bárbaros. Y entonces reanudó su trabajo.

El conde volvió a mirar la hoja que tenía en las manos, esta vez con mayor respeto. Al fin y al cabo, un hombre culto debía admirar cualquier estudio, por misterioso que fuera, si se llevaba a cabo con curiosidad y entrega.

—Mira —dijo con el tono de voz de quien contribuye a una causa—, este número no es primo.

Nina alzó la vista con expresión de incredulidad.

—¿Qué número?

El conde le puso la hoja delante y señaló la cifra encerrada en un círculo rojo.

—Mil ciento setenta y tres.

—¿Cómo sabe que no es primo?

—Si la suma de los dígitos que componen una cifra da un número divisible por tres, esa cifra también es divisible por tres.

Ante ese hecho tan extraordinario, Nina replicó:

—*Mon Dieu!*

Entonces se recostó en el respaldo de la silla y se quedó observando al conde como si reconociera que hasta ese momento quizá lo hubiera infravalorado.

Veamos. Cuando un hombre ha sido infravalorado por un amigo, tiene motivos para ofenderse, pues son precisamente nuestros amigos quienes deberían sobrevalorar nuestras capacidades.

156

Deberían tener una opinión exagerada de nuestra fortaleza moral, nuestra sensibilidad estética y nuestro alcance intelectual. Es más, prácticamente deberían imaginarnos entrando por una ventana, para acudir en su ayuda, con las obras de Shakespeare en una mano y una pistola en la otra. Pero en ese caso en particular, el conde tuvo que admitir que no tenía razones para ofenderse. Porque, aunque su vida hubiera dependido de ello, no habría sabido explicar de qué oscuro rincón de su mente adolescente había rescatado aquel extraordinario dato.

—Bueno —dijo Nina, y señaló el montón de hojas escritas que el conde tenía delante—. Será mejor que me pase ese montón.

El conde dejó a Nina trabajando y se consoló pensando que había quedado para cenar con Mishka al cabo de un cuarto de hora, y además todavía tenía que leer los periódicos. Así que regresó al vestíbulo, cogió un ejemplar de *Pravda* de la mesita de salón y se puso cómodo en el sillón que había entre las dos palmeras.

Tras repasar los titulares se concentró en un artículo sobre una fábrica de Moscú que estaba sobrepasando sus cuotas. A continuación leyó una crónica sobre las diversas mejoras de la vida rural de Rusia. Luego pasó a un informe sobre los agradecidos escolares de Kazán, y no pudo evitar fijarse en lo repetitivo del estilo del nuevo periodismo. Los bolcheviques no sólo trataban la misma clase de temas un día tras otro, sino que además manejaban unas opiniones tan reducidas con un vocabulario tan limitado que, inevitablemente, tenías la sensación de haberlo leído todo antes.

Hasta que llegó al quinto artículo, el conde no se dio cuenta de que, de hecho, ya lo había leído todo antes. Porque lo que tenía en las manos era el periódico del día anterior. Dio un bufido, dejó el *Pravda* encima de la mesa y miró el reloj que había detrás del mostrador de recepción, que le indicó que su amigo ya llevaba un cuarto de hora de retraso.

Ahora bien, quince minutos no son lo mismo para alguien que está en movimiento que para quien no tiene nada que hacer. Si bien en el caso del conde los doce meses anteriores podrían describirse, educadamente, como tranquilos, no podía afirmarse lo mismo en el caso de Mishka. El amigo del conde había salido del congreso de la RAPP de 1923 con el encargo de corregir y anotar una antología de varios volúmenes del relato breve ruso. Sólo eso ya le habría proporcionado una excusa razonable para llegar tarde; sin embargo, en la vida de Mishka había surgido una novedad con la que se había ganado una laxitud aún mayor en sus citas.

De niño, el conde era famoso por su buena puntería. Era capaz de darle al timbre de la escuela con una piedra desde detrás de los matorrales que había al fondo del patio. Era famoso por haber metido un kopek en un tintero desde la última fila del aula. Y, provisto de un arco y una flecha, podía atravesar una naranja desde una distancia de cincuenta pasos. Pero nunca había afinado tanto desde tan lejos como cuando había adivinado el interés de su amigo por Katerina de Kiev. En los meses posteriores al congreso de 1923, la belleza de la joven se volvió tan incuestionable, su corazón tan tierno y su actitud tan amable que Mishka no tuvo más remedio que parapetarse detrás de un montón de libros en la vieja Biblioteca Imperial de San Petersburgo.

—Es una luciérnaga, Sasha. Una girándula. —Eso decía Mishka con el asombro melancólico de quien sólo ha tenido un momento para admirar una maravilla de la naturaleza.

Pero una tarde de otoño, Katerina se presentó en el cubículo de Mishka porque necesitaba un confidente. Detrás de la barricada de volúmenes del joven, hablaron en voz baja durante una hora, y cuando sonó la campana que anunciaba el cierre de la biblioteca se trasladaron con su conversación a la Nevski Prospekt y fueron caminando hasta el cementerio Tikhvin, donde, desde un lugar con vistas al río Neva, esa luciérnaga, esa girándula, esa maravilla de la naturaleza de pronto le cogió la mano.

—Ah, conde Rostov —exclamó Arkadi al pasar—, está usted aquí. Me parece que tengo un mensaje para usted. —Regresó al mostrador y se apresuró a hojear unas notas—. Aquí está.

El mensaje, anotado por el recepcionista del hotel, transmitía las disculpas de Mishka y explicaba que, como Katerina no se encontraba muy bien, había tenido que regresar a San Petersburgo antes de lo previsto. El conde se tomó un momento para disimular su desilusión; luego alzó la vista y le dio las gracias a Arkadi, pero el recepcionista ya no le prestaba atención, pues estaba ocupado con otro cliente.

—Buenas noches, conde Rostov. —Andréi le echó un rápido vistazo a su Libro—. Van a ser dos, ¿verdad?

—Me temo que vamos a ser uno, Andréi.

—De todas formas será un placer atenderlo. Su mesa estará lista dentro de unos minutos.

Tras el reciente reconocimiento de la URSS por parte de Alemania, Inglaterra e Italia, cada vez era más habitual tener que esperar unos minutos para que te atendieran en el Boiarski; ése era el precio que había que pagar por haber sido recibidos de nuevo en la hermandad de las naciones y la fraternidad del comercio.

El conde se hizo a un lado y un hombre de barba puntiaguda se acercó por el pasillo con paso firme, seguido de su protegido. El conde sólo lo había visto un par de veces, pero era evidente que se trataba del comisario de esto o de lo otro, pues caminaba con apremio, hablaba con apremio y hasta se detuvo con apremio.

—Buenas noches, camarada Soslovski —dijo Andréi, esbozando una sonrisa cordial.

—Sí —respondió Soslovski, como si le hubieran preguntado si quería que lo acompañaran a su mesa de inmediato.

Andréi asintió, dándose por enterado; le hizo señas a un camarero, le dio dos cartas y le ordenó que acompañara a los caballeros a la mesa número catorce.

Desde una perspectiva geométrica, el Boiarski era un cuadrado en cuyo centro se alzaba un altísimo arreglo floral (ese día, ramas de forsitia en flor), alrededor del cual había veinte mesas de diferentes tamaños. Si se miraban las mesas según los puntos cardinales de una brújula, el camarero, obedeciendo las instrucciones de Andréi, estaba llevando al comisario y a su protegido a la mesa para dos del rincón nordeste, muy cerca de donde cenaba un bielorruso de grandes carrillos.

—Andréi, amigo mío...

El maître levantó la vista de su Libro.

—¿No es ése el tipo que tuvo un intercambio de palabras con aquel individuo con cara de bulldog hace unos días?

Un «intercambio de palabras» era una forma muy educada de describir lo ocurrido. Porque la tarde en cuestión, cuando Soslovski les había preguntado en voz alta a sus compañeros de mesa por qué los bielorrusos estaban tardando tanto en abrazar las ideas de Lenin, el bulldog (que estaba sentado a otra mesa) había dejado la servilleta encima de su plato y había exigido que le explicaran qué significaba aquello. Con un desprecio tan afilado como su barba, Soslovski especuló que podía haber tres razones y empezó a enumerarlas:

—La primera es la relativa pereza de su población, un rasgo por el que los bielorrusos son famosos en el mundo entero. La segunda es la admiración que sienten por Occidente, que presuntamente surge de su largo historial de matrimonios mixtos con los polacos. Pero la tercera y la más importante...

Pero ¡ay!, el restaurante nunca llegó a oír la más importante. Porque el bulldog, que había tirado su silla al suelo al oír la palabra «matrimonios mixtos», levantó a Soslovski de su asiento. En el barullo que se armó a continuación hicieron falta tres camareros para separar las diferentes manos de las diferentes solapas, y dos ayudantes de sala para barrer el pollo Maréchal del suelo.

Andréi recordó la escena de golpe; entonces miró hacia la mesa número trece, donde el bulldog en cuestión estaba sentado ese día con una mujer tan parecida a él que cualquier persona con un mínimo de lógica habría deducido que era su esposa. El maître se dio la vuelta, rodeó el centro de ramas de forsitia, desvió a Soslovski y su protegido y los guió hasta la mesa número tres, un agradable rincón del lado sur-sudeste, donde cabían cómodamente cuatro comensales.

—*Merci beaucoup* —dijo Andréi al regresar.

—*De rien* —replicó el conde.

Al contestarle «de nada» a Andréi, el conde no sólo estaba recurriendo a una figura retórica de la lengua francesa. En realidad, merecía tanto agradecimiento por aquella pequeña intervención como el que merece una golondrina por su trino. No en vano, desde los quince años Aleksandr Rostov era un maestro en el arte de organizar las mesas.

Cuando iba a pasar las vacaciones escolares a su casa, su abuela siempre lo llamaba a la biblioteca, donde le gustaba hacer calceta junto a la chimenea, sola.

—Entra, querido, siéntate un momento conmigo.

—Claro, abuela —replicaba él, y se sentaba en el borde de la rejilla de la chimenea—. ¿Necesitas que te ayude en algo?

—El viernes por la noche vendrá a cenar el prelado, así como la duquesa Obolenski, el conde Keraguin y los Minski-Pólotov...

Entonces su abuela dejaba la frase sin acabar, pero no hacían falta más explicaciones. La condesa opinaba que una cena debía proporcionar alivio de las dificultades y las tensiones de la vida. Por tanto, no podía tolerar discusiones sobre religión, política ni problemas personales en su mesa. Por si fuera poco, el prelado estaba sordo del oído izquierdo, tenía debilidad por los epigramas en latín y era proclive a quedarse mirando los escotes nada más beberse la primera copa de vino; mientras que la duquesa Obolenski, que en verano se volvía especialmente sarcástica, ponía mala cara cuando oía comentarios aforísticos y no soportaba las conversaciones sobre arte. ¿Y los Keraguin? En 1811, el príncipe Minski-Pólotov había llamado «bonapartista» a su bisabuelo y desde entonces no habían vuelto a dirigirle la palabra a ningún Minski-Pólotov.

—¿Cuántos invitados asistirán? —preguntó el conde.

—Cuarenta.

—¿Los de siempre?

—Más o menos.

—¿Los Ósipov?

—Sí. Pero Pierre está en Moscú...

—Ah. —El conde sonrió como un campeón de ajedrez que se enfrenta a un gambito nuevo.

En la provincia de Nizhni Nóvgorod vivían un centenar de familias prominentes que, a lo largo de dos siglos, se habían casado entre ellas y se habían divorciado, habían concedido y tomado préstamos, habían aceptado y rechazado, habían ofendido, se habían defendido y batido en duelo, mientras mantenían una serie de posiciones enfrentadas que variaban según la generación, el género y la casa. Y en medio de esa vorágine estaba el comedor de la condesa Rostov, con sus dos mesas para veinte, una al lado de la otra.

—No te preocupes, *grand-mère* —la tranquilizó el conde—. Yo te buscaré una solución.

Fuera, en el jardín, mientras, con los ojos cerrados, él analizaba las combinaciones una a una, su hermana disfrutaba burlándose de su tarea.

—¿Por qué arrugas la frente, Sasha? No importa cómo esté distribuida la mesa, siempre mantenemos conversaciones deliciosas mientras cenamos.

—¡Que no importa cómo esté distribuida la mesa! —exclamaba el conde—. ¡Conversaciones deliciosas! Deberías saber, querida hermana, que las distribuciones poco cuidadas han roto los mejores matrimonios y han provocado el cese de las treguas más duraderas. De hecho, si Paris no se hubiera sentado al lado de Helena cuando cenó en la corte de Menelao, no habría existido la guerra de Troya.

Una réplica muy graciosa, sin duda, pensó el conde, visto en retrospectiva. Pero ¿dónde estaban ahora los Obolenski y los Minski-Pólotov?

Con Héctor y Aquiles.

—Su mesa ya está lista, conde Rostov.

—Ah, gracias, Andréi.

Dos minutos más tarde, el conde estaba cómodamente sentado a su mesa con una copa de champán (un detalle de Andréi para agradecerle su oportuna intervención).

Tomó un sorbo y repasó la carta en orden inverso, como era su costumbre, pues sabía por propia experiencia que no era aconsejable escoger el entrante antes que el plato fuerte. Y allí había un ejemplo perfecto. Porque el último plato de la carta era lo único que el conde necesitaba esa noche: osobuco, un plato que mejoraba precedido por un entrante ligero y alegre.

Cerró la carta y paseó la mirada por el restaurante. No se podía negar que cuando había subido la escalera hasta el Boiarski su estado de ánimo dejaba mucho que desear, pero allí estaba ahora, con una copa de champán en la mano y un plato de osobuco en camino, y con la satisfacción de haberle sido útil a un amigo. Quizá las Parcas, que, de todos sus hijos, era a la veleidosa Suerte a quien más querían, se hubieran propuesto animarlo.

—¿Ha decidido ya? —La voz le llegó por encima del hombro.

Sin vacilar, el conde se dispuso a contestar que ya sabía lo que iba a pedir, pero al darse la vuelta se quedó perplejo al descubrir que era el Obispo quien se había dirigido a él, y que llevaba puesta la chaqueta de esmoquin blanca del Boiarski.

Había que admitir que con el reciente regreso de los clientes internacionales al hotel, el Boiarski andaba corto de personal. Por tanto, el conde entendía que Andréi hubiera decidido ampliar su plantilla, pero de entre todos los camareros del Piazza, de entre todos los camareros del mundo, ¿por qué escoger precisamente a aquél?

El Obispo parecía haberle leído el pensamiento, porque esbozó una sonrisa de suficiencia. «Sí —parecía estar diciendo—, aquí estoy, en su querido Boiarski, soy uno de los pocos elegidos que pueden pasar con impunidad por las puertas de la cocina del chef Zhukovski.»

—Si necesita más tiempo... —sugirió el Obispo con el lápiz suspendido sobre su libretita.

Al conde le dieron ganas de mandarlo a paseo y pedir otra mesa, pero los Rostov siempre se habían enorgullecido de saber reconocer cuándo su comportamiento era poco caritativo.

—No, amigo mío —contestó—. Ya sé lo que voy a tomar. De primero, la ensalada de hinojo y naranja, y de segundo, el osobuco.

—Por supuesto —dijo el Obispo—. ¿Y cómo quiere el osobuco?

El conde casi no pudo contener su asombro. «¿Cómo voy a quererlo? ¿Acaso espera que le indique la temperatura de un trozo de carne estofada?»

—Como lo prepara el chef —respondió, magnánimo.

—Por supuesto. ¿Y tomará vino?

—Sí, claro. Una botella de San Lorenzo Barolo, de mil novecientos doce.

—¿Tinto o blanco?

—El Barolo —explicó el conde con toda la amabilidad de que fue capaz— es un vino tinto con cuerpo del norte de Italia. Por eso es el acompañamiento perfecto para el osobuco de Milán.

—Así pues, tinto.

El conde se quedó mirando al Obispo un momento. No, no le pareció que tuviera problemas de oído y, a juzgar por su acento, se diría que el ruso era su lengua materna. Por lo tanto, a esas alturas ya debería estar camino de la cocina. Pero como le gustaba decir a la condesa Rostov: si la paciencia no fuera tan fácil de poner a prueba, no sería una virtud.

—Sí —afirmó Aleksandr Rostov después de contar hasta cinco—. El Barolo es un tinto.

El Obispo seguía allí plantado, con el lápiz suspendido sobre la libretita.

—Le ruego que me disculpe —dijo, aunque no parecía en absoluto arrepentido— si no he sido lo suficientemente claro. Esta noche sólo puede elegir usted entre dos opciones: vino blanco o vino tinto.

Ambos se sostuvieron la mirada.

—¿Le importaría pedirle a Andréi que viniera un momento?

—Por supuesto —respondió el Obispo, y se retiró con una eclesiástica inclinación de cabeza.

El conde tamborileó en la mesa con los dedos.

«"Por supuesto", dice. Por supuesto, por supuesto, por supuesto. Por supuesto ¿qué? ¿Por supuesto usted está ahí y yo aquí? ¿Por supuesto usted ha dicho algo y yo he contestado? ¡Por supuesto que el tiempo que un hombre pasa en el mundo es limitado y puede llegar a su fin en cualquier momento!»

—¿Ocurre algo, conde Rostov?

—Ah, Andréi. Se trata de tu nuevo camarero. Lo conozco, lo he visto trabajar abajo. Y supongo que allí se puede tolerar, o incluso esperar, cierta falta de experiencia. Pero aquí, en el Boiarski...

El conde abrió ambas manos para señalar con ellas aquel sagrado lugar y miró al maître esperando su comprensión.

Nadie que conociera mínimamente a Andréi lo habría descrito como una persona jovial. No era un voceador de feria, ni un empresario de espectáculos ligeros. Su cargo de maître del Boiarski exigía discreción, tacto y decoro. Por esa razón el conde estaba acostumbrado a su expresión solemne. Pero en todos los años que llevaba cenando allí nunca lo había visto tan serio.

—Lo han ascendido por orden del señor Halecki —explicó escueto el maître.

—Pero ¿por qué?

—No estoy seguro. Supongo que tiene algún amigo.

—¿Algún amigo?

Andréi se encogió de hombros, lo cual no era nada propio de él.

—Un amigo con influencias. Alguien del sindicato de camareros, tal vez; o del Comisariado de Trabajo; o de las altas esferas del Partido. Hoy en día nunca se sabe.

—Te compadezco —dijo el conde.

Andréi agradeció sus palabras con una inclinación de cabeza.

—Bueno, si te lo han endilgado no se te pueden exigir responsabilidades, por lo tanto, moderaré mis expectativas. Pero, antes de irte, ¿puedes hacerme un pequeño favor? Por algún motivo incomprensible no me ha dejado pedir el vino. Me apetecía acompañar el osobuco con una botella de San Lorenzo Barolo.

El semblante de Andréi se ensombreció aún más, aunque pareciera imposible.

—Quizá debería usted acompañarme.

El conde siguió a Andréi. Cruzaron el comedor, pasaron por la cocina, bajaron por una escalera larga y tortuosa, y al final el conde se encontró en un sitio donde ni siquiera Nina había estado: la bodega del Metropol.

Con sus pasadizos abovedados y oscuros y el frescor de su microclima, la bodega del Metropol tenía la belleza sombría de las catacumbas. Sólo que, en lugar de sarcófagos con retratos de santos, lo que había al fondo eran estantes llenos de botellas de vino. Allí había reunida una colección asombrosa de cabernets y chardonnays, rieslings y syrahs, oportos y madeiras: un siglo de cosechas de todo el continente europeo.

En total había casi diez mil cajas. Más de cien mil botellas. Y todas sin etiqueta.

—¿Qué ha pasado? —exclamó el conde.

Andréi asintió con gesto sombrío.

—Presentaron una queja ante el camarada Teodorov, el comisario de Alimentación, porque se supone que la existencia de nuestra carta de vinos contradice los ideales de la Revolución. Se supone que es un monumento a los privilegios de la nobleza, la decadencia de nuestra intelectualidad y la abusiva política de precios de los especuladores.

—Pero ¡eso es ridículo!

Por segunda vez en el plazo de una hora, Andréi, que no solía encogerse de hombros, se encogió de hombros.

—Se celebró una reunión, se realizó una votación, se entregó una orden... A partir de ahora, el Boiarski sólo servirá vino tinto o blanco y todas las botellas costarán lo mismo.

Con una mano que nunca debería haber servido para ese propósito, Andréi señaló un rincón donde, junto a cinco barriles de agua, había un montón de etiquetas tiradas en el suelo.

—Hicieron falta diez hombres. Les llevó diez días completar la tarea —explicó con tristeza.

—Pero ¿a quién pudo ocurrírsele presentar semejante queja?

—No estoy seguro, pero me han contado que la idea pudo ser de su amigo...

—¿Mi amigo?

—El camarero de abajo.

El conde se quedó mirándolo con gesto de estupefacción. Pero entonces lo asaltó un recuerdo de las anteriores Navidades, cuando se había inclinado en su silla para corregir a cierto camarero que había recomendado un Rioja para acompañar un estofado letón. Con cuánta petulancia había reflexionado el conde en aquella ocasión que no había nada que pudiera sustituir a la experiencia.

«Pues mira —se dijo—, aquí tienes a su sustituto.»

El conde caminó por el pasillo central de la bodega, con Andréi unos pasos por detrás; parecían un comandante y su teniente recorriendo un hospital de campaña después de la batalla. Hacia el final del pasillo, torció y se metió por una de las hileras. Tras un rápido recuento de columnas y estantes, determinó que sólo en aquella hilera había más de mil botellas, mil botellas de forma y peso prácticamente idénticos.

Cogió una al azar y observó la perfección con que la curva del vidrio encajaba en la palma de la mano, la perfección con que su volumen pesaba en el brazo. Pero ¿y dentro? ¿Qué había exactamente dentro de aquel envase de vidrio verde oscuro? ¿Un chardonnay para acompañar un Camembert? ¿Un sauvignon blanc para acompañar un queso de cabra?

Fuera cual fuese el vino que contenía, era evidente que no era idéntico a sus vecinos. Todo lo contrario: el contenido de la botella que tenía en la mano era el producto de una historia tan única y compleja como la de una nación o la de un ser humano. Con su color, su aroma y su sabor expresaría la geología idiosincrática y el clima de su lugar de origen. Pero además expresaría todos los fenómenos naturales de su *vintage*. En un sorbo evocaría la fecha del deshielo de aquel invierno, el alcance de las lluvias de aquel verano, los vientos imperantes y la frecuencia de los días nublados.

Sí, una botella de vino era la síntesis perfecta de tiempo y espacio; una expresión poética de la individualidad en sí misma. Sin embargo, allí estaba, lanzada de nuevo al mar del anonimato, el reino de las estadísticas y las incógnitas.

Y de pronto el conde tuvo su propio momento de lucidez. Del mismo modo en que Mishka había acabado entendiendo que el presente es la consecuencia natural del pasado, y podía ver con toda claridad cómo darle forma al futuro, él entendía ahora su lugar en el paso del tiempo.

A medida que envejecemos, nos reconforta la idea de que hacen falta varias generaciones para que desaparezca un estilo de vida. Al fin y al cabo, conocemos las canciones que les gustaban a nuestros abuelos, aunque nosotros nunca hayamos bailado con ellas. En las celebraciones, las recetas que sacamos del cajón tienen décadas de antigüedad, y en algunos casos las escribieron a mano familiares nuestros que llevan mucho tiempo muertos. ¿Y los objetos que hay en nuestras casas? ¿Esas mesitas de salón orientales y esos escritorios gastados que se han transmitido de generación en generación? Pese a estar pasados de moda, no sólo añaden belleza a nuestra vida cotidiana, sino que además aportan credibilidad material a nuestra suposición de que la desaparición de una era será tremendamente lenta.

Sin embargo, el conde acabó reconociendo que, en determinadas circunstancias, ese proceso puede producirse en un abrir y cerrar de ojos. Una revuelta popular, la agitación política, el progreso industrial... Cualquier combinación de esos factores puede provocar que la evolución de una sociedad dé un salto de varias generaciones, descartando aspectos del pasado que de otro modo podrían haberse perpetuado durante décadas. Y especialmente cuando los recién llegados al poder son personas que desconfían de cualquier forma de vacilación o matiz, y que valoran ante todo la seguridad en uno mismo.

Desde hacía años, y con un amago de sonrisa, el conde comentaba que había dejado atrás la edad de esto o aquello: de escribir poesía, de viajar o de tener aventuras amorosas. Pero no lo decía con convicción. En el fondo siempre imaginaba que, aunque desatendidos, esos aspectos de su vida permanecían en algún lugar de la periferia, esperando a que volvieran a llamarlos. Sin embargo, mirando la botella que tenía en la mano, comprendió que, realmente, lo había dejado todo atrás. Porque los bolcheviques, tan decididos a recrear el futuro a partir del molde que habían fabricado ellos, no descansarían hasta haber arrancado, despedazado o borrado todo vestigio de la Rusia que él conocía.

Dejó la botella en su sitio y volvió con Andréi, que lo esperaba al pie de la escalera. Pero, al pasar entre los estantes, pensó que no lo había dejado todo atrás. Porque todavía tenía un último deber que cumplir.

—Espera un momento, Andréi.

Partiendo del fondo de la bodega, recorrió sistemáticamente todos los pasillos y fue revisando los estantes uno por uno, de arriba abajo, con tanta minuciosidad que Andréi debió de pensar que había perdido el juicio. Pero al llegar al sexto pasillo se detuvo. Acercó la mano a un estante que quedaba a la altura de sus rodillas y, con cuidado, cogió una botella de entre aquellos miles. La sostuvo en alto con una sonrisa en los labios y pasó el pulgar por encima de la insignia en relieve de las dos llaves cruzadas.

El veintidós de junio de 1926, el día del décimo aniversario de la muerte de Helena, el conde Aleksandr Ilich Rostov bebería en memoria de su hermana. Y entonces podría abandonar aquel despojo mortal de una vez por todas.

1926

Adieu

Es ley de vida que, tarde o temprano, todo ser humano acabe por escoger una filosofía. Al menos eso era lo que pensaba el conde, plantado delante de sus antiguas ventanas, en la suite 317, tras colarse con ayuda de la llave de Nina.

Ya sea por medio de una meditada reflexión, fruto de la lectura y de animados debates sostenidos de madrugada y acompañados con café, o sencillamente de una propensión natural, tarde o temprano todos adoptamos un esquema fundamental, un sistema mínimamente coherente de causas y efectos que nos ayudará a entender no sólo los acontecimientos trascendentales, sino también todos los pequeños sucesos y las interacciones que constituyen nuestra vida diaria, ya sean deliberados o espontáneos, inevitables o imprevistos.

Durante siglos, la mayoría de los rusos habían hallado consuelo filosófico bajo las alas de la Iglesia. Tanto si se inclinaban por la mano decidida del Antiguo Testamento como por la más indulgente del Nuevo, su sumisión a la voluntad divina les ayudaba a entender, o por lo menos a aceptar, el inevitable desarrollo de los acontecimientos.

Siguiendo la moda de la época, la mayoría de los compañeros de clase del conde le habían dado la espalda a la Iglesia; pero lo habían hecho en busca de consuelos alternativos. Algunos preferían la claridad de la ciencia adherida a las ideas de Darwin, y veían en cada esquina pruebas de la selección natural; mientras que otros optaban por Nietzsche y su eterna recurrencia a Hegel y a su dialéctica (y sin duda todos esos sistemas parecían sensatos cuando por fin llegabas a la página número mil).

Pero las tendencias filosóficas del conde siempre habían sido básicamente meteorológicas. En concreto, creía en la inevitable influencia del clima, ya fuera benigno o inclemente. Creía en la influencia de las heladas tempranas y de los veranos largos; de las nubes amenazadoras y las lluvias delicadas; de la niebla, el sol y la nieve. Y, por encima de todo, creía en los cambios del destino a raíz de cualquier pequeña alteración del termómetro.

A modo de ejemplo, bastaba con asomarse a la ventana. Apenas tres semanas atrás, con la temperatura alrededor de los siete grados, la Plaza del Teatro estaba vacía y gris. Pero, tras un aumento de la temperatura media de sólo tres grados, los árboles habían empezado a brotar, los gorriones se habían puesto a cantar, y había jóvenes y mayores sentados en los bancos. Si bastaba un aumento tan pequeño de la temperatura para transformar la vida en una plaza pública, ¿por qué no íbamos a creer que el curso de la historia de la humanidad era igual que susceptible?

Napoleón habría sido el primero en admitir que, después de reunir un cuerpo de comandantes intrépidos y quince divisiones, analizar las debilidades del enemigo, examinar su terreno y formular un concienzudo plan de ataque, por último había que tener en cuenta la temperatura. Pues la lectura del termómetro no sólo condiciona el ritmo del avance, sino que también determina la suficiencia de las provisiones y puede potenciar o destruir el valor de los hombres. (Ay, Napoleón, quizá no deberías haber insistido en tu afán de conquistar Rusia; sin embargo, tres grados más y tal vez hubieras llegado a casa al menos con la mitad de tu ejército intacto en vez de perder a otros trescientos mil hombres entre las puertas de Moscú y las orillas del río Niemen.)

Pero si los ejemplos militares no son de vuestro agrado, imaginad una fiesta a finales de otoño a la que habéis sido invitados, junto con un grupo variopinto de amigos y conocidos, para celebrar el vigésimo primer cumpleaños de la adorable princesa Novobaczki.

A las cinco en punto, cuando miras por la ventana de tu vestidor, todo parece indicar que el tiempo va a lastrar las celebraciones. Porque, con una temperatura de un grado, el cielo nublado hasta donde alcanza la vista y la aparición de la llovizna, los invitados de la princesa llegarán a la fiesta fríos, mojados y un poco desanimados. Pero a las seis, cuando sales de casa, la temperatura ha descendido lo suficiente para que lo que se posa en tus hombros ya no sea una lluvia gris y otoñal, sino la primera nieve de la temporada. Así pues, la misma precipitación que habría podido estropear la velada le confiere un aura mágica. De hecho, los copos de nieve caen formando espirales de forma tan cautivadora que te sales de la carretera cuando pasa una troika al galope, con un joven oficial de los húsares de pie con las riendas en la mano, como un centurión en su cuadriga.

Tardas una hora en sacar tu carruaje de una zanja y llegas tarde a casa de la princesa, pero la suerte quiere que lo mismo le suceda a un viejo amigo tuyo, un tipo corpulento al que conociste en el liceo. De hecho, lo ves bajar de su carretela, cuadrar los hombros, inspirar hondo sacando pecho y, entonces, poner a prueba la destreza de sus lacayos al resbalar en el hielo y caerse aparatosamente. Lo ayudas a levantarse, lo coges del brazo y lo acompañas hasta la casa, justo cuando el resto de los invitados empiezan a salir del salón.

En el comedor, das una rápida vuelta alrededor de la mesa buscando tu nombre, presuponiendo que, dada tu fama de anecdotista, habrán vuelto a sentarte al lado de alguna prima torpe. Pero ¡quién lo iba a decir!, te han colocado a la derecha del invitado de honor. Mientras que a la izquierda de la princesa... se sienta nada más y nada menos que el joven y gallardo húsar que poco antes te ha sacado del camino.

Te basta echar una rápida ojeada para darte cuenta de que el joven se considera el beneficiario natural de la atención de la princesa. Es evidente que espera deleitarla con historias de su regimiento mientras, de vez en cuando, le rellena la copa de vino. Cuando termine la cena, le ofrecerá el brazo y la llevará al salón de baile, donde exhibirá su talento para la mazurca. Y cuando la orquesta toque un vals de Strauss, no necesitará bailarlo con la princesa, porque ya la tendrá en sus brazos, pero en la terraza.

Sin embargo, cuando el joven teniente se dispone a contar su primera anécdota, se abre la puerta de la cocina y aparecen tres lacayos que transportan unas bandejas. Todas las miradas se vuelven para descubrir qué ha preparado la señora Trent para la ocasión y cuando los lacayos levantan a la vez sus respectivos cubreplatos, se oyen exclamaciones de admiración. Porque la señora Trent, en honor a la princesa, ha preparado su especialidad: asado inglés con pudín de Yorkshire.

En toda la historia de la humanidad, ninguna cantina militar ha despertado envidias. Debido a una combinación de eficiencia, desinterés y falta de toque femenino, en las cocinas del ejército toda la comida se hierve hasta que bailan las tapas de las ollas. Por eso, el joven teniente, que lleva tres meses alimentándose a base de col y patatas, no está preparado para la visión de la carne de ternera de la señora Trent. Sellada durante quince minutos a doscientos treinta grados y, a continuación, asada durante dos horas a ciento setenta, la carne esta tierna y roja por dentro, y sin embargo tostada y crujiente por fuera. Así pues, nuestro joven húsar deja a un lado las batallitas y se dedica a servirse varias veces y a rellenar su copa de vino otras tantas; mientras tanto, según las normas de etiqueta establecidas, te corresponde a ti entretener a la princesa con unas cuantas historias.

Después de rebañar la salsa del plato con el último trozo de pudín, el joven teniente vuelve a prestarle atención a su anfitriona, pero en ese preciso momento la orquesta empieza a afinar los instrumentos en el salón de baile y los invitados se levantan de sus sillas. Así que el joven le ofrece el brazo a la princesa mientras tu corpulento amigo aparece a tu lado.

Pues bien, a tu amigo nada le gusta más que una buena cuadrilla y, pese a su constitución, se lo ha visto saltar como un conejo y brincar como un cervatillo. Pero se lleva una mano a la rabadilla y explica que el resbalón en la calle lo ha dejado demasiado dolorido para bailar. Te pregunta si te apetecería echar unas partidas de cartas y tú le respondes que lo harás con mucho gusto. Pero resulta que el teniente oye vuestra conversación y, alborozado, imagina que acaba de presentársele una oportunidad perfecta para enseñarles un par de cosas sobre los juegos de azar a esos dandis. Además, piensa, la orquesta tocará durante horas y la princesa no se irá a ninguna parte. De modo que, sin pensárselo dos veces, le ofrece el brazo de la dama al primer caballero que pasa y se invita a sí mismo a participar en el juego de cartas, al mismo tiempo que le hace señas al mayordomo para que le sirva otra copa de vino.

Bueno.

Tal vez fuera aquella copa de vino de más. Tal vez fuera la tendencia del teniente a infravalorar a un hombre bien vestido. O tal vez fuera simplemente por mala suerte. Fuera cual fuese la causa, baste decir que, al cabo de dos horas, el teniente ha perdido mil rublos y el pagaré obra en tu poder.

Sin embargo, a pesar de que el joven conduce su troika de forma temeraria, no tienes intención de ponerlo en un apuro. «Es el cumpleaños de la princesa —dices—. Propongo que, en su honor, lo dejemos estar.» Y dicho eso, rompes el pagaré del teniente por la mitad y arrojas los pedazos sobre el paño de la mesa. Él, agradecido, tira su copa de vino al suelo de un manotazo, derriba la silla y sale dando tumbos a la terraza.

Pese a que durante la partida sólo ha habido cinco jugadores y tres observadores, la historia del pagaré roto no tarda en circular por todo el salón de baile, y de pronto la princesa te busca para agradecerte ese gesto de caballerosidad. Cuando inclinas la cabeza y replicas «No tiene importancia», la orquesta toca los primeros compases de un vals y no tienes más remedio que abrazar a la princesa y ponerte a bailar con ella.

Ella baila de maravilla. Es ágil como una gacela y gira como una peonza. Pero hay más de cuarenta parejas bailando y en las dos chimeneas arden fuegos inusualmente altos, por lo que la temperatura del salón de baile pronto alcanza los veintiséis grados, lo que hace que a la princesa le ardan las mejillas y le cueste respirar. Preocupado por si se siente mal, le preguntas, como es lógico, si le apetece tomar el aire...

¿Veis?

Si la señora Trent no hubiera dominado el arte de asar carne, el joven teniente quizá habría seguido prestándole atención a la princesa en lugar de servirse otra ración de ternera y una octava copa de vino. Si esa noche la temperatura no hubiera bajado tres grados en seis horas, quizá no se habría formado una capa de hielo en el camino y tu corpulento amigo quizá no se habría caído, y quizá no habríais jugado a las cartas. Y si, al ver la nieve, los lacayos no se hubieran apresurado a avivar tanto los fuegos, quizá no habrías acabado en la terraza con la anfitriona en tus brazos, mientras un joven húsar devolvía su cena al prado del que procedía.

Es más, pensó el conde con gesto serio: los lamentables sucesos posteriores quizá no se habrían producido nunca...

—¿Qué significa esto? ¿Quién es usted?

El conde se dio la vuelta y vio a una pareja de mediana edad en el umbral, con la llave de la suite en las manos.

—¿Qué hace usted aquí? —inquirió el marido.

—Soy... el de la tapicería —contestó el conde.

Se volvió de nuevo hacia la ventana, cogió la cortina y le dio un tirón.

—Sí —dijo—. Está todo en orden.

Hizo como si se tocara una gorra que no llevaba y se escabulló hacia el pasillo.

—Buenas noches, Vasili.

—Ah. Buenas noches, conde Rostov.

El conde dio un golpecito en el mostrador.

—¿Has visto a Nina?

—Creo que está en el salón de baile.

—Ah. Sí, puede ser.

Al conde le sorprendió gratamente oír que Nina volvía a estar en una de sus guaridas. Ya había cumplido trece años, y había abandonado casi por completo sus pasatiempos infantiles en favor de los libros y los profesores. Para que hubiera interrumpido sus estudios, tenía que estar celebrándose una asamblea muy importante.

Pero cuando abrió la puerta del salón, no vio a nadie arrastrando sillas ni golpeando atriles. Nina estaba sentada, sola, a una mesita bajo la araña de luces central. El conde se fijó en que llevaba el pelo recogido detrás de las orejas, una señal inequívoca de que tramaba algo importante. Y, en efecto, encima del bloc que tenía delante había una cuadrícula de catorce por siete centímetros. Y encima de la mesa, una balanza, una cinta métrica y un cronómetro.

—Buenas tardes, amiga mía.

—Ah, hola, señor conde.

—¿Puedo preguntarte qué haces, si no es indiscreción?

—Estamos preparándonos para un experimento.

Él miró alrededor.

—¿Estamos?

Nina apuntó hacia la galería con el lápiz.

El conde miró hacia allí y vio que había un muchacho de la edad de Nina agazapado en su antiguo escondite, detrás de la balaustrada. Iba vestido con sencillez y pulcritud; tenía los ojos muy abiertos y su expresión era de entusiasmo y concentración. A lo largo de la balaustrada había una serie de objetos de diferentes formas y tamaños, alineados.

Nina hizo las presentaciones.

—Conde Rostov, le presento a Boris. Boris, te presento al conde Rostov.

—Buenas tardes, Boris.

—Buenas tardes, señor.

El conde volvió a mirar a Nina.

—¿En qué consiste el experimento?

—Queremos poner a prueba las hipótesis de dos famosos matemáticos con un solo experimento. Concretamente, vamos a comprobar el cálculo de la velocidad de la gravedad de Newton y el principio de Galileo según el cual todos los cuerpos caen a la misma velocidad, aunque tengan diferente masa.

Boris, desde la balaustrada, asintió, entusiasta y concentrado, con los ojos muy abiertos.

A modo de ilustración, Nina señaló con el lápiz la primera columna de su cuadrícula, en la que había anotado seis objetos, ordenados de mayor a menor tamaño.

—¿De dónde has sacado la piña?

—Del frutero del vestíbulo —respondió Boris con entusiasmo.

Nina dejó el lápiz en la mesa.

—Empezaremos con el kopek, Boris. Recuerda que debes sostenerlo justo al borde de la balaustrada y soltarlo exactamente cuando yo te lo indique.

El conde se preguntó si la altura del balcón sería suficiente para medir la influencia de la masa en la caída de diversos objetos. Al fin y al cabo, ¿acaso no había tenido que subir Galileo a la torre de Pisa para realizar aquel experimento? Y, evidentemente, el balcón no era lo bastante alto para calcular la aceleración de la gravedad. Sin embargo, un observador fortuito no es nadie para poner en tela de juicio la metodología de un científico experto, de modo que se abstuvo de expresar sus dudas.

Boris cogió el kopek y, mostrando la debida consideración hacia la seriedad de su tarea, se colocó con mucho cuidado de forma que pudiera sostener el mencionado objeto justo al borde de la balaustrada.

Nina anotó algo en su bloc y cogió el cronómetro.

—A la de tres, Boris. Uno. Dos. ¡Tres!

El chico soltó la moneda y, tras un momento de silencio, ésta sonó al llegar al suelo.

Nina miró el cronómetro.

—Uno coma veinticinco segundos —anunció.

—¡Vale! —respondió Boris.

Ella anotó de manera minuciosa ese dato en la casilla correspondiente y, en otra hoja de papel, dividió un dividendo por un divisor, subió el resto, hizo la sustracción y repitió el proceso hasta que obtuvo un resultado con dos decimales. Entonces movió la cabeza, al parecer disgustada.

—Nueve coma setenta y cinco metros por segundo al cuadrado.

Boris adoptó una expresión de preocupación científica.

—El huevo —dijo Nina.

El huevo (que seguramente habían liberado de la cocina del Piazza) fue sostenido con precisión, soltado con exactitud y cronometrado hasta las centésimas de segundo. El experimento prosiguió con una taza de té, una bola de billar, un diccionario y la piña, y todos esos objetos completaron el recorrido hasta la pista de baile en el mismo tiempo. Así pues, en el salón de baile del Hotel Metropol, el 21 de junio de 1926, Galileo Galilei, el hereje, fue rehabilitado por un cling, un chof, un crac, un clonc, un paf y un catapún.

De los seis objetos, el preferido del conde fue la taza de té. No sólo produjo un ruido satisfactorio en el momento del impacto, sino que además inmediatamente después se oyeron rodar los fragmentos de porcelana por el suelo como bellotas por el hielo.

Una vez completado su recuento, Nina observó con una pizca de tristeza:

—El profesor Lisitski dijo que estas hipótesis se han comprobado muchas veces a lo largo del tiempo.

—Sí —confirmó el conde—. Supongo que así debe de ser.

Entonces, para animarla, le sugirió que, dado que eran casi las ocho, quizá ella y su joven amigo querrían cenar con él en el Boiarski. Pero ¡ay! Boris y ella tenían que realizar otro experimento, en el que participarían un cubo de agua, una bicicleta y el perímetro de la Plaza Roja.

¿Se llevó el conde una desilusión al saber que Nina y su joven amigo no podrían cenar con él precisamente esa noche? Desde luego que sí. Y, sin embargo, él siempre había defendido la opinión de que Dios, para quien habría sido fácil partir por la mitad las horas de oscuridad y de luz, había decidido hacer los días de verano más largos para que pudieran tener lugar expediciones científicas como aquélla. Además, tuvo la placentera intuición de que Boris iba a ser el primero de una larga lista de jóvenes entusiastas y concentrados que dejarían caer huevos desde balaustradas y transportarían cubos de agua en bicicleta.

—Entonces os dejo —dijo el conde con una sonrisa.

—De acuerdo. Pero ¿venía por algo en concreto?

—No —contestó él tras una pausa—, por nada en concreto. —Sin embargo, al volverse hacia la puerta, se le ocurrió una cosa—. Nina...

Ella alzó la vista.

—Aunque esas hipótesis se hayan comprobado varias veces a lo largo del tiempo, creo que estaba perfectamente justificado que tú hayas vuelto a comprobarlas.

Nina se quedó mirándolo unos instantes.

—Sí —coincidió la joven, y asintió con la cabeza—. Usted siempre me ha conocido mejor que nadie.

A las diez en punto, el conde estaba sentado en el Boiarski ante un plato vacío y una botella de vino blanco casi vacía. El día avanzaba implacable hacia su fin, y a Aleksandr Rostov le produjo cierto orgullo saber que todo estaba en orden.

Aquella mañana, después de recibir una visita de Konstantín Konstantínovich, había puesto al día sus cuentas en Muir & Mirrielees (que ahora se llamaban Grandes Almacenes Centrales), en Filíppov (la primera pastelería de Moscú) y, por supuesto, en el Metropol. Sentado al escritorio del Gran Duque, le había escrito una carta a Mishka, y luego se la había confiado a Petia y le había dado instrucciones para que la echara al correo al día siguiente. Por la tarde había hecho su visita semanal al barbero y había ordenado sus habitaciones. Se había puesto su batín de color burdeos (que, para ser sinceros, le estaba un poco ajustado) y se había metido en el bolsillo una única moneda de oro para el enterrador, junto con las instrucciones de que lo vistieran con su traje negro recién planchado (que había dejado extendido encima de la cama), y de que enterraran su cadáver en el cementerio familiar de Villa Holganza.

Pero si bien el conde se enorgullecía de saber que todo estaba en orden, también lo consolaba saber que el mundo seguiría adelante sin él; y de hecho ya lo estaba haciendo. La noche anterior, estaba de pie junto al mostrador de la conserjería cuando Vasili sacó un mapa de Moscú para uno de los clientes del hotel. Mientras el conserje trazaba una línea zigzagueante desde el centro de la ciudad hasta el Anillo de los Jardines, el conde se fijó en que no conocía más de la mitad de las calles que iba nombrando. Ese mismo día, Vasili le había informado de que habían pintado de blanco el famoso vestíbulo azul y dorado del Bolshói, mientras que, en la calle Arbat, la estatua pensativa de Gógol, obra de Andreiev, había sido arrancada de su pedestal y sustituida por otra más alegre de Gorki. De repente, la ciudad de Moscú se jactaba de tener nombres de calles nuevos, vestíbulos nuevos y estatuas nuevas, y ni los turistas ni la gente que iba al teatro ni las palomas parecían especialmente disgustados.

Se había impuesto el criterio de renovación de plantilla que había comenzado con el nombramiento del Obispo, y ahora cualquier joven con más influencia que experiencia podía vestir la chaqueta blanca de esmoquin, retirar los platos por la izquierda y servir el vino en las copas de agua.

Marina, que en otros tiempos agradecía la compañía del conde mientras cosía, ahora tenía una aprendiza de costurera a la que vigilar en el taller de costura y, en su casa, un bebé al que cuidar.

Nina, que había dado sus primeros pasos en el mundo moderno y lo había encontrado tan digno de su impasible inteligencia como el estudio de las princesas, iba a mudarse con su padre a un gran apartamento en uno de los nuevos edificios asignados a los funcionarios del Partido.

Y, como era la tercera semana de junio, estaba celebrándose el cuarto congreso anual de la RAPP, pero ese año Mishka no participaba en él, pues se había tomado un permiso de su cargo en la universidad para terminar su antología del relato breve (que ya iba por el quinto volumen) y para seguir a su Katerina hasta Kiev, donde ella trabajaba de maestra en una escuela primaria.

De vez en cuando, el conde todavía compartía una taza de café en la azotea con el empleado de mantenimiento, Abram, y juntos rememoraban las noches de verano de Nizhni Nóvgorod. Pero el anciano veía tan poco y sus pasos eran tan inseguros que una mañana de aquel mismo mes, como si se anticiparan a su jubilación, las abejas habían desaparecido de sus colmenas.

Así que... sí, la vida continuaba, como había hecho siempre.

El conde echó la vista atrás y recordó que la primera noche de su arresto domiciliario, siguiendo el espíritu de la antigua máxima de su padrino, se había propuesto dominar sus circunstancias. Echando la vista atrás, había otra historia que contaba su padrino que también era digna de ser emulada. Tenía que ver con un íntimo amigo del Gran Duque, el almirante Stepán Makarov, que había dirigido la Armada Imperial rusa durante la guerra ruso-japonesa. El 13 de abril de 1904, mientras los japoneses atacaban Port Arthur, Makarov llegó con sus buques de guerra a la batalla e hizo retroceder a la flota nipona hasta el mar Amarillo. Pero al regresar al puerto, con el mar en calma, el buque insignia chocó contra una mina japonesa y empezó a hacer agua. Entonces, con la batalla ganada y las orillas de su país natal a la vista, Makarov subió al puente con el uniforme completo y se hundió con su barco.

La botella de vino blanco (el conde estaba prácticamente seguro de que era un chardonnay de Borgoña, cuya temperatura ideal era de trece grados) sudaba encima de la mesa. Estiró un brazo por encima del plato, cogió la botella y se sirvió. Entonces, tras brindar por el Boiarski, agradecido, vació su copa y se dirigió al Chaliapin con la intención de tomarse una última copa de coñac.

★

Entró en el Chaliapin con la intención de disfrutar de su licor, presentarle sus respetos a Audrius y retirarse a su estudio a esperar que dieran las doce. Sin embargo, cuando ya estaba apurando la copa, no pudo evitar oír una conversación que mantenían un poco más allá, en la barra, un joven y brioso británico y un viajero alemán para el que, al parecer, el viaje había perdido todo su encanto.

Lo primero que le llamó la atención al conde fue el entusiasmo que el británico manifestaba por Rusia. Concretamente, el joven estaba impresionado por la caprichosa arquitectura de las iglesias y por el carácter revoltoso del idioma. Sin embargo, con expresión adusta, el alemán replicó que la única contribución que habían hecho los rusos a Occidente era la invención del vodka. Y entonces, supuestamente para reforzar su opinión, vació su vaso.

—¡Vamos, hombre! —protestó el británico—. No puedo creer que lo diga en serio.

El alemán dedicó a su joven vecino la mirada de quien jamás ha dicho algo de otra forma que no sea en serio.

—Invitaré a un vaso de vodka —dijo— a cualquier persona de este bar que sea capaz de nombrar tres más.

Veamos. El vodka no era el licor preferido del conde. De hecho, pese al amor que sentía por su país, casi nunca lo bebía. Es más, ya se había pulido una botella de blanco y una copa de coñac, y todavía tenía pendiente un asunto bastante importante. Pero cuando uno oye cómo insultan abiertamente a su país no puede esconderse detrás de sus preferencias ni sus compromisos, sobre todo, precisamente, si acaba de beberse una botella de blanco y una copa de coñac. De modo que, tras garabatear unas instrucciones para Audrius en el dorso de una servilleta, doblarla y meterla debajo de un billete de un rublo, el conde carraspeó.

—Les ruego que me disculpen, caballeros. No he podido evitar oír su conversación. No me cabe duda, *mein Herr*, de que su comentario sobre las contribuciones de Rusia a Occidente era una especie de hipérbole inversa, una disminución exagerada de los hechos para lograr un efecto poético. Sin embargo, le tomaré la palabra y aceptaré de buen grado su desafío.

—¡Caramba! —exclamó el británico.

—No obstante, añadiré una condición —matizó el conde.

—¿Y cuál es esa condición? —preguntó el alemán.

—Que por cada una de las contribuciones que mencione, los tres nos beberemos un vaso de vodka.

El alemán, que fruncía el entrecejo, agitó una mano como si quisiera despreciar al conde del mismo modo que había despreciado su país. Pero Audrius, siempre atento, ya había puesto tres vasos vacíos encima de la barra y los estaba llenando hasta el borde.

—Gracias, Audrius.

—De nada, Excelencia.

—Número uno —dijo el conde, e hizo una pausa para añadir suspense a sus palabras—: Chéjov y Tolstói.

El alemán soltó un gruñido.

—Sí, sí. Ya sé lo que dirá: que todas las naciones tienen su panteón de poetas. Pero con Chéjov y Tolstói los rusos hemos colocado los sujetalibros de bronce a ambos extremos del estante de la narrativa. En adelante, los escritores de ficción, sea cual sea su origen, se colocarán en algún punto del continuo que comienza con uno y termina con el otro. Porque, dígame, ¿acaso alguien ha demostrado poseer mayor dominio del relato breve que Chéjov? Con sus impecables y pequeñas historias, precisas y nada recargadas, nos invita a algún rincón de una casa a determinada hora y, de pronto, toda la condición humana se muestra ante nosotros, aunque el espectáculo resulte descorazonador. Y en el otro extremo: ¿acaso existe una obra de mayor alcance que *Guerra y paz*? ¿Una obra que pase con tanta destreza del salón al campo de batalla y de nuevo al salón? ¿Que investigue de forma tan minuciosa cómo la historia influye en el individuo y cómo el individuo influye en la historia? Le aseguro que las generaciones futuras no darán ningún nuevo autor que pueda sustituir a esos dos como el alfa y el omega de la narrativa.

—Creo que nuestro amigo tiene razón —observó el británico. Entonces alzó su vaso y lo vació. El conde apuró el suyo y lo mismo hizo el alemán tras soltar un bufido.

—¿Y la número dos? —preguntó el británico, mientras Audrius volvía a rellenar los vasos.

—La escena primera del primer acto de *El cascanueces*.

—¡Chaikovski! —exclamó el alemán riendo a carcajadas.

—Se ríe, *mein Herr*, y sin embargo apostaría mil coronas a que usted mismo puede imaginar la escena. Después de celebrar la Nochebuena con su familia y sus amigos en una habitación adornada con guirnaldas, Clara se queda profundamente dormida en el suelo con su espléndido juguete nuevo. Pero cuando las campanadas dan la medianoche, con el tuerto Drosselmeyer encaramado al reloj de pie como un búho, el árbol de Navidad empieza a crecer...

Mientras el conde levantaba las manos poco a poco por encima de la barra para sugerir el crecimiento del árbol, el británico empezó a silbar la famosa marcha del primer movimiento de la obra.

—Eso es, exactamente —le dijo el conde al británico—. Siempre se ha dicho que los ingleses son quienes mejor saben celebrar el Adviento. Pero, con todo mi respeto, para saborear la esencia del espíritu navideño hay que aventurarse mucho más al norte de Londres. Hay que aventurarse más allá del paralelo cincuenta, hasta donde la trayectoria del sol es más elíptica y la fuerza del viento más implacable. Oscura, fría y aislada por la nieve, Rusia posee el clima en el que el espíritu navideño arde con mayor intensidad. Y ésa es la razón por la que Chaikovski parece haber captado su sonido mejor que nadie. Créame cuando le digo que los niños de Europa del siglo XX no sólo conocerán las melodías de *El cascanueces*, sino que además imaginarán su Navidad tal como está representada en ese ballet; y en las vísperas de Navidad de su vejez, el árbol de Chaikovski crecerá desde el suelo de sus recuerdos y los hará mirar otra vez hacia arriba, maravillados.

El británico soltó una carcajada sentimental y vació su vaso.

—El libreto lo escribió un prusiano —argumentó el alemán, al mismo tiempo que, a regañadientes, levantaba también su vaso.

—Así es, lo admito —concedió el conde—. Y, de no ser por Chaikovski, se habría quedado en Prusia.

Mientras volvía a llenarles los vasos, el atento barman reparó en la mirada interrogante del conde y replicó, afirmando con un movimiento de cabeza.

—Tercera —prosiguió el conde. Entonces, en lugar de dar una explicación, se limitó a señalar hacia la entrada del Chaliapin, donde de pronto apareció un camarero que sostenía una bandeja de plata en la palma de una mano. Dejó la bandeja encima de la barra, entre los dos extranjeros, y levantó el cubreplatos revelando una generosa ración de caviar acompañada de blinis y nata agria. Ni siquiera el alemán pudo reprimir una sonrisa, pues su apetito debilitó sus prejuicios.

Cualquiera que haya pasado una hora bebiendo un vaso tras otro de vodka sabe que, aunque resulte sorprendente, la envergadura de un hombre no tiene nada que ver con su capacidad. Hay hombres menudos para quienes el límite está en siete y gigantes para los que basta con dos. Para nuestro amigo alemán, el límite era, al parecer, tres copas. Porque si Tolstói lo había metido en un barril y Chaikovski lo había lanzado al río, el caviar lo había empujado por las cataratas. Así que, después de reprender al conde con un dedo, se trasladó a un rincón del bar, apoyó la cabeza en los brazos y se puso a soñar con el Hada de azúcar.

El conde lo tomó como una señal y se dispuso a apartar su taburete, pero el joven británico le estaba llenando el vaso.

—Lo del caviar ha sido una genialidad —comentó—. Pero ¿cómo lo ha hecho? No se ha separado de nosotros ni un instante.

—Un mago jamás revela sus secretos.

El británico rió. Entonces escudriñó el rostro del conde con renovada curiosidad.

—¿Quién es usted?

Él encogió los hombros y respondió:

—Soy alguien a quien usted ha conocido en un bar.

—No. Hay algo más. Sé distinguir a un hombre culto. Y he oído cómo se dirigía a usted el barman. Dígame la verdad, ¿quién es?

El conde sonrió quitándose importancia.

—En otros tiempos fui el conde Aleksandr Ilich Rostov, condecorado con la Orden de San Andrés, miembro del Jockey Club, Jefe de Cacería...

El joven británico le tendió la mano.

—Charles Abernethy, presunto heredero del conde de Westmorland, aprendiz de financiero y remero de la tripulación de Cambridge perdedora en la regata de Henley de mil novecientos veinte.

Los dos caballeros se estrecharon la mano y bebieron. Y entonces el presunto heredero del conde de Westmorland volvió a escudriñar el rostro del conde.

—Ésta debe de haber sido una década interesante para usted.

—Podríamos decirlo así —replicó él.

—¿Intentó salir del país después de la Revolución?

—Todo lo contrario, Charles. Regresé porque había estallado la Revolución.

El joven lo miró sorprendido.

—¿Regresó?

—Estaba en París cuando cayó el Hermitage. Había salido del país antes de la guerra debido a ciertas... circunstancias.

—No sería un anarquista, ¿verdad?

El conde rió.

—No, se lo aseguro.

—¿Entonces...?

El conde contempló su vaso vacío. Hacía muchos años que no hablaba de aquello.

—Es tarde —dijo—. Y es una larga historia.

Por toda respuesta, Charles volvió a llenar los vasos. Así pues, el conde trasladó al joven al otoño de 1913, cuando, una noche inclemente, asistía a la fiesta del vigésimo primer cumpleaños de la princesa Novobaczki. Describió la capa de hielo que se había formado en la calle y el asado de la señora Trent y el pagaré roto... y le explicó que unos grados aquí y unos grados allá lo habían hecho acabar en la terraza, en brazos de la princesa, mientras el teniente vomitaba en la hierba.

Riendo, Charles dijo:

—Pero, Aleksandr, eso suena estupendamente. No puede ser la causa por la que abandonó Rusia.

—No —admitió el conde, pero entonces continuó con su fatídico relato—. Pasan siete meses, Charles. Llega la primavera de mil novecientos catorce y regreso a la finca familiar para hacer una visita. Tras presentarle mis respetos a mi abuela en la biblioteca, salgo al jardín en busca de mi hermana, Helena, a la que le gusta leer bajo el gran olmo que se yergue junto al meandro del río. Cuando todavía estoy a treinta metros de ella, me doy cuenta de que le sucede algo; es decir, me doy cuenta de que está muy emocionada. Al verme se incorpora, con la mirada chispeante y una sonrisa en los labios, y comprendo que está impaciente por contarme alguna noticia que yo estoy impaciente por oír. Pero mientras cruzo el jardín y voy hacia ella, mi hermana mira más allá de mi hombro y esboza una sonrisa aún más tierna al ver a una figura solitaria que se acerca a lomos de un corcel. Una figura solitaria... con uniforme de húsar.

»Ya se imagina el dilema ante el que me había puesto el muy astuto, Charles. Mientras yo estaba de juerga en Moscú, él había buscado a mi hermana. Había conseguido que se la presentaran y luego la había cortejado, con paciencia, esmero y éxito. Y cuando se bajó de su montura y nos miramos, le costó borrar el júbilo de su semblante. Pero ¿cómo iba yo a explicarle la situación a Helena? ¿A aquel ángel de infinitas virtudes? ¿Cómo iba a contarle que el hombre del que se había enamorado no había buscado su afecto porque valorara sus cualidades, sino para ajustar cuentas conmigo?

—¿Qué hizo usted?

—Ay, Charles. ¿Qué hice? Nada. Pensé que su verdadera naturaleza encontraría la ocasión para manifestarse, como había sucedido en casa de los Novobaczki. Durante semanas, lo observé cortejar a mi hermana desde cierta distancia. Soporté comidas y meriendas. Rechiné los dientes viéndolos pasear por los jardines. Pero mientras yo esperaba a que llegara mi oportunidad, su autocontrol superaba mis mejores expectativas. Le retiraba la silla a Helena; recogía flores para hacerle ramos; le leía poesía; ¡le escribía poesía! Y cuando me miraba, en su sonrisa siempre estaba presente aquella pequeña mueca.

»Pero entonces, la tarde del día en que mi hermana cumplía veinte años, cuando creíamos que él estaba de maniobras y nosotros habíamos ido a visitar a unos vecinos, regresamos al anochecer y vimos su troika delante de nuestra casa. Miré a Helena y vi que estaba loca de alegría. "Ha dejado su batallón y ha venido corriendo —debió de pensar— para felicitarme por mi cumpleaños." Saltó prácticamente del caballo y subió corriendo los escalones de la entrada; y yo la seguí como un condenado que va hacia la horca.

El conde apuró su vaso y, despacio, lo dejó encima de la barra.

—Pero allí, en el recibidor, no encontré a mi hermana en sus brazos. La encontré a dos pasos de la puerta, temblando. Contra la pared estaba Nadezhda, su doncella. Llevaba el corpiño abierto, tenía los brazos cruzados sobre el pecho y estaba colorada de vergüenza; miró brevemente a Helena y subió corriendo por la escalera. Horrorizada, mi hermana se tambaleó por el salón, se derrumbó en una butaca y se tapó la cara con las manos. ¿Y nuestro noble teniente? Me sonrió como un gato.

»Cuando empecé a expresarle lo ultrajado que me sentía, me dijo: "Por favor, Aleksandr. Es el cumpleaños de Helena. Por consideración a ella dejémoslo estar." Entonces, riendo a carcajadas, salió por la puerta sin mirar siquiera a mi hermana.

Charles soltó un débil silbido.

El conde asintió.

—Pero no me quedé de brazos cruzados, Charles. Crucé el vestíbulo hasta la pared, donde había dos pistolas colgadas bajo el blasón familiar. Cuando mi hermana me agarró por la manga y me preguntó adónde iba, yo también salí por la puerta sin mirarla siquiera.

El conde movió la cabeza en señal de repulsa de su propio comportamiento.

—Él tenía una ventaja de un minuto, pero no la había utilizado para poner distancia entre nosotros dos. Había subido tranquilamente a su troika y había hecho arrancar a sus caballos a un trote calmado. Y eso lo resume muy bien, amigo mío: un hombre que corría para llegar a las fiestas, pero que salía al trote de sus propias fechorías.

Charles volvió a rellenar los vasos y esperó.

—Nuestro camino de entrada trazaba un amplio círculo que conectaba la casa con el camino principal por medio de dos arcos opuestos bordeados de manzanos. Mi caballo seguía atado a su poste, así que cuando vi que él se alejaba, monté y salí al galope en la dirección opuesta. Al cabo de unos minutos había llegado al punto donde los dos arcos del camino de la casa desembocaban en el camino principal. Desmonté y me quedé esperándolo.

»Imagínese la escena: yo plantado en el camino, solo, con el cielo azul detrás, el viento soplando y los manzanos en flor. Aunque él se había marchado al trote, al verme se levantó, sacudió el látigo y puso a los caballos al galope tendido. No había ninguna duda de qué era lo que pretendía. Sin pensármelo dos veces, levanté el brazo, apunté y disparé. El impacto de la bala lo derribó. Soltó las riendas y los caballos tomaron la curva a toda velocidad, balanceando la troika y tirándolo al suelo, donde quedó tendido, inmóvil.

—¿Lo mató?

—Sí, Charles. Lo maté.

El presunto heredero de Westmorland asintió lentamente con la cabeza.

—Allí mismo, en el camino...

El conde suspiró y bebió un sorbo.

—No. Fue ocho meses más tarde.

Charles lo miró sin comprender.

—¿Ocho meses más tarde?

—Sí. En febrero de mil novecientos quince. Verá, desde muy joven era famoso por mi buena puntería, y estaba decidido a dispararle a aquel bruto en el corazón. Pero el suelo del camino era irregular... y él sacudía las riendas... y el viento arrastraba las flores de los manzanos... En fin, que no di en el blanco. Acabé dándole aquí.

El conde se tocó el hombro derecho.

—Ah, entonces no lo mató.

—No, esa vez no. Después de vendarle la herida y enderezar su troika, lo llevé a su casa. Por el camino no paró de maldecirme, y con razón. Porque, aunque no murió de la herida de bala, se le quedó el brazo lisiado y tuvo que renunciar a su grado de oficial de los húsares. Y cuando su padre presentó una queja oficial, mi abuela me envió a París, como era la costumbre en esa época. Pero más adelante, ese verano, cuando estalló la guerra, se empeñó en recuperar el mando de su regimiento, a pesar de su lesión. Y en la Segunda Batalla de los Lagos Masurianos un dragón austríaco lo derribó del caballo y lo atravesó con su bayoneta.

Hubo un momento de silencio.

—Aleksandr, lamento que ese individuo muriera en la batalla, pero creo poder afirmar que usted se atribuye más culpa de la que le corresponde por esos sucesos.

—Es que hay otro suceso que todavía no he relatado: mañana hará diez años que, mientras yo estaba en París dejando pasar el tiempo, mi hermana falleció.

—¿Murió... de pena?

—Las jóvenes sólo mueren de pena en las novelas, Charles. Murió de escarlatina.

El presunto heredero dijo que no con la cabeza, desconcertado.

—¿No lo entiende? —dijo el conde—. Es una cadena de sucesos. Aquella noche en casa de los Novobaczki, cuando, en un alarde de magnanimidad, rompí aquel pagaré, yo sabía perfectamente que lo que acababa de hacer llegaría a oídos de la princesa; y me produjo una gran satisfacción darle su merecido a aquel canalla. Pero si no hubiera sido tan engreído y no lo hubiera puesto en su sitio, él no habría ido a buscar a Helena, no la habría humillado, yo no le habría disparado, él no habría muerto en Masuria, y hace diez años yo habría estado donde me correspondía: al lado de mi hermana cuando ella dio su último suspiro.

Pasada la medianoche, tras haber rematado su copa de coñac con seis vasos de vodka, el conde, tambaleándose, salió por la trampilla del desván a la azotea del hotel. Soplaba un fuerte viento y el edificio se balanceaba; caminar por allí era como recorrer la cubierta de un barco con mala mar. «Muy adecuado», se dijo el conde al detenerse para sujetarse a una chimenea y recobrar el equilibrio. Entonces siguió caminando entre las sombras amorfas que surgían aquí y allá y llegó a la esquina noroeste del edificio.

Contempló por última vez la ciudad que era y no era su ciudad. Guiándose por la separación entre las farolas de las calles principales, le fue fácil identificar el Anillo de los Bulevares y el de los Jardines, esos dos anillos concéntricos en cuyo centro estaba el Kremlin y más allá de los cuales se extendía toda Rusia. Desde que existe el hombre, reflexionó el conde, siempre había habido exiliados. Tanto en las tribus primitivas como en las sociedades más avanzadas, siempre había habido alguien a quien sus pares ordenaban hacer las maletas, cruzar la frontera y no volver a pisar su tierra natal. Pero eso quizá cupiera dentro de lo esperable. Al fin y al cabo, el exilio fue el castigo que Dios le impuso a Adán en el primer capítulo de la comedia humana; y el mismo que, unas páginas más adelante, le impuso a Caín. Sí, el exilio era tan antiguo como la humanidad. Pero los rusos fueron los artífices de otro concepto más sofisticado: el de exiliar a un hombre en su propio país.

Ya en el siglo XVIII, los zares dejaron de echar a sus enemigos del país y optaron por enviarlos a Siberia. ¿Por qué? Porque habían llegado a la conclusión de que exiliar a un hombre de Rusia como Dios había exiliado a Adán del Edén no era castigo suficiente; en otro país, el exiliado podía ejercer una profesión, construir una casa, formar una familia. Es decir, podía iniciar una nueva vida.

En cambio, si exilias a un hombre en su propio país, no existe la posibilidad de comenzar de nuevo. Porque para el exiliado en su tierra (tanto si lo envían a Siberia como si lo condenan al «menos seis»), el amor a su tierra no se disipará ni quedará envuelto por las nieblas del tiempo. De hecho, dado que, como especie, hemos evolucionado para prestar la máxima atención a lo que queda justo fuera de nuestro alcance, lo más probable es que esos desafortunados admiren los esplendores de Moscú mucho más que cualquier moscovita que pueda disfrutar de ellos en libertad.

Pero ya basta de todo eso.

El conde dejó la copa de Burdeos que había sacado del Embajador encima de una chimenea y descorchó la botella sin etiqueta de Châteauneuf-du-Pape que se había llevado de la bodega del Metropol en 1924. Nada más servir el vino, se dio cuenta de que era de una cosecha excelente. Quizá de 1900 o de 1921. Cuando hubo llenado la copa, la alzó en dirección a Villa Holganza.

—Por Helena Rostov —dijo—, la joya de Nizhni Nóvgorod. Amante de Pushkin, defensora de Aleksandr, bordadora de cualquier funda de almohada que cayera en sus manos. Una vida demasiado breve, un corazón demasiado bondadoso. —Entonces bebió hasta apurar la copa.

Aunque la botella no estaba vacía ni mucho menos, el conde no volvió a llenarse la copa ni la lanzó por encima del hombro. La posó con cuidado en la chimenea y a continuación se acercó al pretil y se quedó allí de pie, erguido cuan alto era.

Ante él se extendía la ciudad, gloriosa y grandiosa. Sus legiones de luces titilaban y oscilaban hasta confundirse con el movimiento de las estrellas. Unas y otras giraban vertiginosamente, parte de una misma esfera en la que se mezclaban las obras de los hombres y las obras del cielo.

El conde Aleksandr Ilich Rostov plantó el pie derecho en el borde del pretil y dijo:

—Adiós, patria mía.

Como si le respondiera, la baliza que brillaba en lo alto de la torre de Mishka parpadeó.

Lo que venía a continuación era muy sencillo. Como a quien, en primavera, se coloca al borde de un muelle dispuesto a darse el primer chapuzón de la temporada, sólo le faltaba saltar. El viaje completo, que comprendía el salto desde una altura de seis pisos y la caída a la velocidad de un kopek, una taza de té o una piña, sólo duraría unos segundos; y entonces se habría cerrado el círculo. Pues tal como el amanecer lleva al ocaso y el polvo al polvo, así como todos los ríos vuelven al mar, el hombre debe dejarse abrazar por la inconsciencia, de donde...

—¡Excelencia!

El conde se dio la vuelta, consternado por aquella interrupción, y se encontró a Abram detrás de él, muy emocionado. De hecho, Abram estaba tan emocionado que no daba la menor muestra de haberse sorprendido al ver al conde a punto de precipitarse al vacío.

—Me ha parecido oír su voz —dijo el anciano—. Cuánto me alegro de que esté aquí. Tiene que venir conmigo ahora mismo.

—Abram, amigo mío... —empezó a explicarle el conde, pero el anciano continuó, incólume:

—Si se lo cuento, no me creerá. Tiene que comprobarlo usted mismo. —Entonces, sin esperar respuesta, corrió con sorprendente agilidad hacia su campamento.

El conde suspiró. Le aseguró a la ciudad que sólo tardaría un momento en volver y siguió a Abram por la azotea hasta el brasero, donde el anciano se detuvo y señaló la esquina nordeste del hotel. Y allí, destacado contra el fondo intensamente iluminado del Bolshói, se distinguía un frenético trajín de diminutas sombras voladoras.

—¡Han vuelto! —exclamó Abram.

—¿Las abejas...?

—Sí. Pero no es sólo eso. Siéntese, siéntese. —Abram le señaló el tablón de madera que tantas veces había utilizado como asiento.

Mientras el conde colocaba el tablón para sentarse, Abram se inclinó sobre su mesita. Encima tenía la bandeja de una de las colmenas. Cortó el panal con un cuchillo, recogió un poco de miel con una cuchara y se la ofreció al conde. Entonces se enderezó, con una sonrisa en los labios.

—¿A qué espera? —dijo—. Adelante.

El conde, obediente, se metió la cuchara en la boca. Reconoció al instante el dulzor de aquella miel soleada, dorada y alegre. Dada la época del año, esperaba percibir, tras esa primera impresión, un vestigio de las lilas del Jardín Aleksándrovski o de las flores de cerezo del Anillo de los Jardines. Sin embargo, cuando aquel elixir se disolvió en su lengua, percibió algo completamente diferente. En lugar del rastro de los árboles en flor de Moscú, aquella miel tenía un sabor a orilla de río cubierta de hierba... una reminiscencia a brisa veraniega... la insinuación de una pérgola... Pero sobre todo tenía la esencia inconfundible de un millar de manzanos en flor.

Abram asentía con la cabeza.

—Nizhni Nóvgorod —dijo. Y no se equivocaba.

Era inconfundible.

—Durante todos estos años las abejas han debido de escucharnos —añadió Abram en voz baja.

El conde y el anciano miraron hacia el borde de la azotea, donde las abejas, que habían recorrido más de un centenar de kilómetros y se habían esmerado en su laboriosa tarea, volaban ahora en círculos sobre sus colmenas, meros puntos diminutos de negrura, antítesis de las estrellas.

Ya eran casi las dos de la madrugada cuando el conde le dio las buenas noches a Abram y regresó a su habitación. Sacó la moneda de oro del bolsillo y volvió a meterla dentro de la pata del escritorio de su padrino, donde permanecería otros veintiocho años más sin que nadie la tocara, y al día siguiente, a las seis de la tarde, cuando abrió el Boiarski, el conde fue el primero que entró por la puerta.

—Andréi —le dijo al maître—, ¿tienes un minuto?

LIBRO TERCERO

1930

Lo despertó a las ocho y media el repiqueteo de la lluvia en el alero del tejado. Sin abrir del todo los ojos, el conde Aleksandr Ilich Rostov apartó las sábanas y bajó de la cama. Se puso la bata y las zapatillas. Sacó una lata de la cómoda, metió una cucharada de granos de café en el aparato y empezó a darle a la manivela.

Mientras le daba una vuelta tras otra al mecanismo, la habitación seguía bajo la autoridad indeleble del sueño. La somnolencia, todavía incontestada, seguía proyectando su sombra sobre imágenes y sensaciones, sobre formas y formulaciones, sobre lo que ha sido dicho y lo que debe hacerse, confiriéndole a cada una de esas cosas la insustancialidad de su influencia. Pero cuando el conde abrió el cajoncito de madera del molinillo, el mundo y todo cuanto éste contenía se transformaron por efecto de eso que tanto envidiaban los alquimistas: el aroma a café recién molido.

En ese instante, la oscuridad se separó de la luz, las aguas del continente y los cielos de la tierra. Los árboles dieron fruto y el movimiento de las aves, las bestias y todo tipo de seres vivos hizo susurrar a los bosques. Y, más cerca, una paciente paloma arañaba el remate del alféizar con las patas.

El conde sacó el cajoncito del aparato y vertió su contenido en la cafetera que había enjuagado bien con agua la noche anterior. Encendió el hornillo y sacudió la cerilla hasta apagarla. Mientras esperaba a que estuviera el café, realizó treinta flexiones de piernas y treinta estiramientos e inspiró hondo treinta veces. Del armario del rincón sacó una jarrita de crema de leche, un par de galletas inglesas y una pieza de fruta (ese día, una manzana). Entonces, después de servirse el café, empezó a disfrutar plenamente de las sensaciones matutinas:

La acidez crujiente de la manzana...

El calor amargo del café...

La sabrosa dulzura de la galleta, con un ligero sabor a mantequilla agria...

La combinación era tan perfecta que, cuando terminó, estuvo tentado de darle otra vez a la manivela, cortar otra manzana, sacar otra vez las galletas y volver a disfrutar del desayuno desde el principio.

Pero el tiempo es un tirano. Así que, después de servirse el resto del café, el conde recogió las migas del plato y las puso en el alféizar de la ventana para su plumífera amiga. Después vació la jarrita de crema de leche en un plato y se volvió hacia la puerta con la intención de dejarlo en el pasillo, y entonces fue cuando vio el sobre en el suelo.

Alguien debía de haberlo deslizado por debajo de la puerta durante la noche.

Dejó el plato en el suelo para su amigo tuerto, recogió el sobre y descubrió que tenía un tacto inusual, como si contuviera algo muy diferente a una carta. Llevaba en el dorso el membrete azul marino del hotel y en la parte delantera, en lugar de un nombre y una dirección, se leía esta pregunta: «¿A las cuatro en punto?»

El conde se sentó en la cama y se bebió el último sorbo de café. Entonces deslizó la punta del cuchillo mondador por debajo de la solapa del sobre, la rasgó de un extremo a otro y miró dentro.

—*Mon dieu* —dijo.

Artes de Aracne

La historia se dedica a identificar los acontecimientos trascendentales desde un cómodo sillón. El historiador, que cuenta con la ventaja del tiempo, mira hacia atrás y señala una fecha como un canoso mariscal de campo señala un meandro del río en el mapa: «Ahí está —dice—. El punto de inflexión. El factor decisivo. El día fatídico que alteró por completo todo lo que vino a continuación.»

El 3 de enero de 1928, nos cuentan los historiadores, se puso en marcha el Primer Plan Quinquenal, la iniciativa que daría comienzo a la transformación de Rusia y convertiría una sociedad agraria y decimonónica en una potencia industrial del siglo XX. El 17 de noviembre de 1929, Nikolái Bujarin, padre fundador, editor de *Pravda* y el último amigo verdadero de los campesinos, fue desbancado por las maniobras de Stalin y expulsado del Politburó, quedando de este modo despejado el camino para lo que, aunque no se denominara así, era una autocracia. Y el 25 de febrero de 1927 tuvo lugar la redacción del borrador del artículo 58 del Código Penal, la red que acabaría atrapándonos a todos.

«Ahí está el veintisiete de mayo, o el seis de diciembre; a las ocho o las nueve de la mañana.»

«Ahí está», dicen. Como si, igual que en la ópera, se hubiera corrido un telón y, al accionar una palanca, un decorado hubiera subido hasta las vigas y otro hubiera descendido al escenario; de modo que, al cabo de un momento, al abrirse de nuevo el telón, el público se vería transportado de un salón de baile lujo-

197

samente decorado a las orillas de un arroyo que discurre por el bosque.

Sin embargo, los acontecimientos que sucedieron en cada una de esas fechas no produjeron ningún levantamiento en la ciudad de Moscú. Cuando arrancaron esa página del calendario, las ventanas del dormitorio no brillaron de pronto con la luz de un millón de lámparas eléctricas; aquella mirada paternal no estaba de pronto colgada sobre todos los escritorios ni se colaba en todos los sueños; ni los conductores de un centenar de furgones policiales giraron la llave de contacto para desplegarse en abanico por las calles oscuras. Porque la puesta en marcha del Primer Plan Quinquenal, la caída en desgracia de Bujarin y la ampliación del Código Penal para permitir la detención de cualquiera que se atreviese a disentir, todo eso no eran más que corrientes, presagios, sustratos. Y los efectos no se percibieron del todo hasta al cabo de una década.

No. Para la mayoría de nosotros, los últimos años de la década de 1920 no se caracterizaron por una serie de acontecimientos trascendentales. Esos años fueron, más bien, como el giro de un caleidoscopio.

En la base del cilindro del caleidoscopio hay fragmentos de cristales de colores dispuestos de forma aleatoria, pero gracias al efecto de la luz, la interacción de una serie de espejos y la magia de la simetría, cuando uno mira en su interior lo que ve es un diseño tan vistoso, tan perfecto e intrincado que parece elaborado con la máxima atención. Y entonces, mediante un ligerísimo giro de muñeca, los fragmentos empiezan a moverse y crean una nueva configuración, con su propia simetría de formas, su propia complejidad de colores y su propia insinuación de diseño.

Lo mismo pasaba en la ciudad de Moscú a finales de los años veinte.

Y lo mismo pasaba en el Hotel Metropol.

De hecho, si un moscovita de cierta edad hubiera cruzado la Plaza del Teatro el último día de primavera de 1930, habría encontrado el hotel tal como lo recordaba. En la entrada, Pável Ivánovich sigue de pie con su gabán, tan fornido como siempre (aunque últimamente, en las tardes de niebla, siente molestias en la cadera). Al otro lado de la puerta giratoria están los mismos muchachos con las mismas gorras azules, atentos, dispuestos a coger las maletas y subirlas por la escalera (aunque ya no se llaman Pasha y Petia, sino Grisha y Guenia). Vasili, con su asombroso conocimiento de los diversos paraderos, sigue atendiendo el mostrador de conserjería, justo enfrente de Arkadi, siempre dispuesto a girar hacia el cliente el libro de registro y ofrecer una pluma. Y en el despacho del director, el señor Halicki sigue sentado detrás de su impecable escritorio (aunque un nuevo subdirector con sonrisa sacerdotal interrumpe su ensimismamiento ante la más leve infracción de las normas del hotel).

En el Piazza, rusos de todo tipo (o como mínimo, los que tienen acceso a divisas extranjeras) se reúnen para tomar café y encontrarse con amigos. Mientras, en el salón de baile, las contundentes observaciones y las apariciones con retraso que en otros tiempos caracterizaban las asambleas caracterizan ahora las cenas de Estado (aunque desde la galería ya no espía nadie con debilidad por el amarillo).

¿Y el Boiarski?

A las dos de la tarde, la cocina ya está en plena ebullición. En las mesas de madera, los pinches cortan zanahorias y cebollas mientras Stanislav, el segundo cocinero, deshuesa pichones sin dejar de silbar. En los ocho fogones encendidos en las grandes cocinas hierven salsas, sopas y estofados. El jefe de repostería, espolvoreado de harina como sus panecillos, abre la puerta de un horno y extrae dos bandejas de brioches. Y en el centro de toda esa actividad, con un ojo en cada ayudante y un dedo en cada cazuela, está Emile Zhukovski, con su cuchillo de trinchar en la mano.

Si la cocina del Boiarski es una orquesta y Emile es el director, su cuchillo de trinchar es la batuta. Con una hoja de cinco centímetros de ancho en la base y veinticinco de largo, lo tiene casi siempre en la mano, o no muy lejos de su alcance. Aunque la cocina está provista de cuchillos peladores, cuchillos de deshuesar, cuchillos de trinchar y hachas de carnicero, Emile puede hacer cualquiera de las tareas para las que fueron diseñados esos utensilios con su cuchillo de trinchar. Con él puede despellejar un conejo. Puede cortar un limón en rodajas. Puede pelar y cortar una uva. Puede utilizarlo para darle la vuelta a una tortita o para remover una sopa, y con la afilada punta puede medir una cucharadita de azúcar o una pizca de sal. Pero sobre todo lo utiliza para señalar.

—Tú —le dice al encargado de preparar las salsas, apuntándolo con la punta del cuchillo—, ¿piensas seguir hirviendo esto hasta reducirlo a nada? ¿Para qué lo vas a usar? ¿Para pavimentar las calles? ¿Para pintar iconos?

»Tú —le dice al aplicado aprendiz que está al final del mostrador—, ¿qué haces ahí? ¡Se daba más prisa el perejil en crecer que tú en picarlo!

Y el último día de primavera es a Stanislav a quien apunta. Mientras está quitando la grasa de un costillar de cordero, de repente Emile se para y lo fulmina con la mirada.

—¡Tú! —exclama, y apunta con el cuchillo a la nariz de Stanislav—. ¿Qué es eso?

Stanislav, un estonio larguirucho que ha estudiado diligentemente cada movimiento de su maestro, levanta la mirada de los pichones, asombrado.

—¿Qué es qué, señor?

—¿Qué es eso que silbas?

Hay que reconocer que Stanislav tiene una melodía en la cabeza, una cancioncilla que oyó anoche al pasar por delante del bar del hotel, pero no es consciente de haber estado silbándola. Y ahora que se enfrenta al cuchillo del chef, no logra recordar qué melodía era.

—No estoy seguro —confiesa.

—¡Que no estás seguro! ¿Estabas silbando o no?

—Sí, señor. Debía de ser yo quien silbaba. Pero le aseguro que sólo era una tonadilla.

—¿Que sólo era una tonadilla?

—Una cantinela.

—¡Ya sé lo que es una tonadilla! Pero ¿quién te ha autorizado a silbarla? ¿Eh? ¿Acaso el Comité Central te ha nombrado comisario de silbido de tonadillas? ¿Acaso eso que llevas prendido en la solapa es la Gran Orden de los tonadilleros?

Sin dejar de mirar a su segundo, Emile hace descender su cuchillo hacia la encimera y separa una costilla del cordero, como si de un corte desgajara para siempre esa melodía de la memoria de Stanislav. El chef vuelve a levantar el cuchillo y apunta con él al estonio, pero antes de que pueda añadir nada, la puerta que separa la cocina de Emile del resto del mundo se abre. Es Andréi, tan eficiente como siempre, con su Libro en una mano y unas gafas en lo alto de la cabeza. Como un bandolero después de una refriega, Emile se guarda el cuchillo bajo el cordón del delantal y, expectante, se queda mirando la puerta, que al cabo de un momento vuelve a oscilar.

Basta otro leve movimiento de la muñeca para que los fragmentos de cristal rueden y formen un nuevo patrón. La gorra azul del botones pasa de un muchacho al siguiente, un vestido amarillo como un canario se guarda en un baúl, una pequeña guía de tapas rojas se actualiza para incluir unos cuantos nombres de calles nuevos, y por la puerta de vaivén de la cocina de Emile entra el conde Aleksandr Ilich Rostov, con la chaqueta blanca de esmoquin del Boiarski colgada del brazo.

Al cabo de un minuto, sentados a la mesa del pequeño despacho desde donde puede verse la cocina, estaban Emile, Andréi y el conde, ese Triunvirato que se reunía todos los días a las dos y cuarto para decidir el destino del personal del restaurante, sus clientes, sus pollos y sus tomates.

Como de costumbre, Andréi dio comienzo a la reunión poniéndose las gafas de lectura en la punta de la nariz y abriendo el Libro.

—Hoy no hay ningún grupo en los salones privados —anunció—, pero todas las mesas del comedor están reservadas para los dos turnos.

—Ah —dijo Emile con la sonrisa triste del comandante que prefiere enfrentarse a un enemigo que lo supera en número—. Pero no iréis a meterles prisa, ¿verdad?

—Por supuesto que no —lo tranquilizó el conde—. Sólo nos aseguraremos de que les entreguen la carta sin demora y de que pidan cuanto antes.

Emile dio su aprobación asintiendo con la cabeza.

—¿Hay alguna complicación que debamos tener en cuenta? —le preguntó el conde al maître.

—Nada fuera de lo habitual.

Andréi giró el Libro para que su jefe de sala pudiera comprobarlo.

El conde deslizó un dedo por la lista de reservas. Tal como había anticipado Andréi, no encontró nada fuera de lo habitual. El comisario de Transportes odiaba a los periodistas estadounidenses; el embajador alemán odiaba al comisario de Transportes; y todos odiaban al subdirector del OGPU.* El asunto más delicado era que dos miembros del Politburó habían reservado mesa en el segundo turno. Dado que ambos eran relativamente nuevos en sus cargos, no era esencial que sentaran a ninguno de ellos a la mejor mesa del restaurante. En cambio, sí lo era que recibiesen el mismo trato en todos los aspectos. Debían ser atendidos con el mismo esmero en mesas de tamaño idéntico y equidistantes de la puerta de la cocina. Y, a ser posible, estarían uno a cada lado del arreglo floral central, que esa noche estaba compuesto por lirios.

—¿Qué le parece? —preguntó Andréi con el lápiz en la mano.

Mientras el conde hacía sus sugerencias de quién debía sentarse dónde, se oyeron unos golpecitos en la puerta. Al cabo de un momento entró Stanislav, que llevaba una bandeja con una sopera.

—Buenos días, caballeros —les dijo el segundo cocinero a Andréi y al conde con una sonrisa cordial en los labios—. Además de nuestra carta de siempre, esta noche tenemos sopa de pepino y...

—Sí, sí —lo interrumpió Emile frunciendo el entrecejo—. Ya lo sabemos, ya lo sabemos.

Stanislav, disculpándose, dejó la sopera encima de la mesa mientras Emile lo invitaba por señas a salir de la habitación. A continuación, el chef señaló la ofrenda y dijo:

—Además de nuestra carta de siempre, esta noche tenemos sopa de pepino y costillar de cordero con reducción de vino tinto.

---

* El OGPU, creado en 1923, sustituía a la Cheka como órgano central de la policía secreta rusa. En 1934, el OGPU sería sustituido por el NKVD, que a su vez sería sustituido por el MGB en 1943 y por el KGB en 1954. Esto quizá resulte confuso a primera vista, pero la buena noticia es que, a diferencia de los partidos políticos, los movimientos artísticos o las corrientes de moda, que sufren reinvenciones radicales, la metodología y las intenciones de la policía secreta no cambian nunca. De modo que no es necesario distinguir entre un acrónimo y otro.

En la mesa había tres tazas de té. Emile sirvió sopa en dos tazas y esperó a que sus colegas la probaran.

—Excelente —dijo Andréi.

Emile asintió y se volvió hacia el conde con las cejas arqueadas.

«Puré de pepino pelado —pensó el conde—. Yogur, por supuesto. Un poco de sal. Menos eneldo del que uno esperaría. De hecho... no es eneldo, sino algo completamente diferente. Algo que evoca con la misma elocuencia la proximidad del verano, pero con un poco más de estilo...»

—¿Menta? —preguntó.

El chef respondió con la sonrisa de los vencidos.

—*Bravo, monsieur.*

—Para anticipar el cordero —añadió el conde con aprobación.

Emile hizo una inclinación de cabeza; entonces se sacó el cuchillo del cinturón, cortó cuatro costillas del costillar y les sirvió dos, una encima de otra, a sus colegas.

El cordero, que llevaba una costra de romero y pan rallado, estaba tierno y sabroso. El maître y el jefe de sala suspiraron para expresar su aprobación.

Gracias a un miembro del Comité Central que en 1927 había intentado sin éxito pedir una botella de Burdeos para el nuevo embajador francés, en la bodega del Metropol volvía a haber botellas de vino con etiqueta (al fin y al cabo, pese a su considerable tamaño, el cuello de un dragón puede dar latigazos con la misma agilidad que una serpiente venenosa). Así pues, Andréi miró al conde y le preguntó qué vino creía que debían recomendar para acompañar el cordero.

—Para quienes puedan permitírselo, el Château Latour del noventa y nueve.

El chef y el maître asintieron.

—¿Y para los que no puedan?

El conde caviló.

—Quizá un Côtes du Rhône.

—Excelente —convino Andréi.

Emile cogió su cuchillo, apuntó con él al resto del costillar e informó al conde:

—Dígales a sus camareros que mi cordero se sirve poco hecho. Si alguien lo quiere al punto, que se vaya a una cantina.

El conde expresó su comprensión y su voluntad de seguir las instrucciones del chef. Entonces Andréi cerró el Libro y Emile limpió la hoja del cuchillo. Pero cuando retiraron sus sillas, el conde no se movió del asiento.

—Caballeros —dijo—, antes de retirarnos quería comentarles una cosa más...

Al ver la expresión del rostro del conde, el chef y el maître volvieron a arrimar sus sillas a la mesa.

El conde miró por la ventana y constató que, en la cocina, el resto del personal estaba enfrascado en su trabajo. Entonces extrajo del bolsillo de la chaqueta el sobre que le habían deslizado por debajo de la puerta. Lo volcó sobre la taza de té que Emile no había utilizado, y de él cayeron unos filamentos de un color entre rojo y dorado.

Se quedaron los tres callados un momento.

Emile se recostó en el respaldo.

—*Bravo* —volvió a decir.

—¿Me permite? —preguntó Andréi.

—Desde luego.

Andréi cogió la taza de té y la inclinó hacia un lado y hacia otro. Entonces la volvió a colocar encima de su platillo, con tanto cuidado que la porcelana ni siquiera hizo ruido.

—¿Será suficiente?

El chef, que había visto caer los filamentos del sobre, no necesitaba volver a mirar.

—Sin ninguna duda.

—¿Todavía tenemos el hinojo?

—Hay algunos bulbos en el fondo de la despensa. Tendremos que descartar las hojas exteriores, pero el resto está bien.

—¿Ha vuelto a saber algo de las naranjas? —preguntó el conde.

El chef dijo que no con la cabeza, y su rostro se ensombreció.

—¿Cuántas necesitaríamos? —preguntó Andréi.

—Dos. Quizá tres.

—Creo que sé dónde podemos encontrar algunas.

—¿Podemos encontrarlas hoy? —preguntó el chef.

Andréi se sacó el reloj de bolsillo del chaleco y lo consultó en la palma de su mano.

—Con un poco de suerte, sí.

¿Dónde podría conseguir Andréi tres naranjas con tan poco tiempo? ¿En otro restaurante? ¿En una de aquellas tiendas especiales para divisas fuertes? ¿De algún cliente de las altas esferas del Partido? Y puestos a preguntar, ¿dónde había adquirido el conde una onza y media de azafrán? Pero ya hacía mucho que habían dejado de formular esas preguntas. Baste decir que tenían azafrán y parecía posible conseguir naranjas.

Los tres conspiradores se miraron satisfechos y retiraron las sillas. Andréi volvió a ponerse las gafas en lo alto de la cabeza, mientras Emile le decía al conde:

—Les ponen las cartas en la mano nada más entrar y les toman nota cuanto antes, ¿de acuerdo? Nada de hacerse los ocupados.

—Nada de hacerse los ocupados.

—Muy bien —concluyó el chef—. Nos vemos a las doce y media.

Cuando el conde salió del Boiarski con la chaqueta blanca colgada del brazo, lucía una sonrisa en los labios y unos andares garbosos. De hecho, todo él transmitía alegría.

—Hola, Grisha —dijo al pasar al lado del botones (que subía la escalera con un jarrón de lirios atigrados de casi un metro de alto).

—*Guten Tag* —le dijo a la adorable y joven *Fraulein* de la blusa azul lavanda (que esperaba junto a la puerta del ascensor).

El buen humor del conde se debía en parte, sin duda, a la lectura del termómetro. En las últimas tres semanas la temperatura había subido dos grados y medio, poniendo en marcha ese curso de acontecimientos naturales y humanos que culmina en el ligero sabor a menta en las sopas de pepino, las blusas azul lavanda en las puertas de los ascensores y las entregas de ramos de lirios atigrados de casi un metro de alto a mediodía. También aligeraba sus pasos la perspectiva de acudir a una cita por la tarde y de un encuentro a medianoche. Con todo, el factor que había contribuido de forma más directa a su buen humor era el doble «*bravo*» de Emile. Eso sólo había sucedido una o dos veces en cuatro años.

Al pasar por el vestíbulo, el conde devolvió el saludo cordial del nuevo empleado del cuarto del correo y saludó también a Vasili, que en ese momento colgaba el auricular de su teléfono (probablemente, después de conseguir otras dos entradas de algún espectáculo para el que ya se habían agotado).

—Buenas tardes, amigo mío. Trabajando, como siempre.

El conserje señaló con un ademán el vestíbulo, que bullía de actividad, casi tan ajetreado como en su mejor momento, antes de la guerra. Justo entonces, sonó el teléfono del mostrador, la campanilla del botones tintineó tres veces y alguien gritó: «¡Camarada! ¡Camarada!»

«Ah, "camarada" —pensó el conde—. Una palabra para la posteridad...»

En San Petersburgo, cuando él era un muchacho, no se oía casi nunca. Quizá merodeara por detrás de un molino, o se ocultara debajo de la mesa de una taberna, y a veces dejaba sus huellas en los panfletos recién impresos que se secaban en el suelo de un sótano. Transcurridos treinta años, era la palabra de la lengua rusa que más se oía.

Esa maravilla de la eficacia semántica, «camarada», podía emplearse como saludo de llegada o de despedida; para felicitar o para prevenir; para llamar a la acción, para reconvenir o, sencillamente, para atraer la atención de alguien en el abarrotado vestíbulo de un hotel de lujo. Y gracias a su versatilidad, el pueblo ruso por fin había podido librarse de formalidades cansinas, títulos anticuados y modismos fastidiosos, ¡y hasta de los nombres! ¿En qué otro lugar de Europa se podía saludar con una sola palabra a un paisano, ya fuera hombre o mujer, joven o viejo, amigo o enemigo?

—¡Camarada! —volvieron a gritar, esta vez con un poco más de apremio. Y entonces el conde notó que le tiraban de la manga.

Desprevenido, dio media vuelta y vio al empleado nuevo de la ventanilla del correo a su lado.

—Hola. ¿En qué puedo ayudarlo, joven?

El empleado se quedó perplejo al oír la pregunta del conde, pues siempre había supuesto que era él quien debía ayudar a otros.

—Hay una carta para usted —explicó.

—¿Para mí?

—Sí, camarada. Llegó ayer.

El joven señaló la ventanilla para indicar dónde estaba la carta.

—Muy bien. En ese caso, pase usted —dijo el conde.

El empleado y el cliente se dirigieron a sus respectivos puestos a ambos lados de aquella ventanilla que separaba lo escrito de lo leído.

—Aquí está —dijo el empleado tras buscar un momento.

—Gracias, amigo.

El conde cogió el sobre, casi dando por hecho que iría dirigido a un «camarada», pero lo que vio debajo de los dos sellos postales con el retrato de Lenin fue su nombre completo, escrito con una caligrafía poco acicalada, con cierta tendencia a encerrarse y ocasionalmente discutidora.

Al salir del Boiarski, el conde había bajado al vestíbulo para dirigirse al taller del tímido encanto, donde confiaba poder conseguir un poco de hilo blanco para un botón flojo de su chaqueta. Pero hacía casi medio año que no veía a Mishka y, en el preciso instante en que reconoció la caligrafía de su amigo, una dama con un perro faldero se levantó del sillón favorito del conde, entre las dos palmeras. Y él, que siempre se mostraba respetuoso con el destino, aplazó su visita a la costurera, tomó asiento y abrió el sobre.

Leningrado
14 de junio de 1930

Querido Sasha:

A las cuatro de la madrugada, como no podía dormir, he salido a pasear por el casco antiguo. Como los últimos juerguistas ya habían regresado a sus casas dando tumbos y los conductores de tranvía aún no se habían puesto la gorra, he recorrido Nevski Prospekt en medio de una quietud primaveral que parecía robada a otra provincia, por no decir a otros tiempos.

Nevski, como la propia ciudad, tiene nombre nuevo: avenida 25 de Octubre (una fecha importante que reclama su lugar en una calle célebre). Pero a esa hora estaba tal como tú la recuerdas, amigo mío. Y como no tenía ningún destino en mente, he cruzado los canales Moika y Fontanka, he pasado por delante de las tiendas y de las fachadas rosadas de los espléndidos edificios de viviendas, hasta que, por fin, he llegado al cementerio de Tijvin, donde duermen los cadáveres de Dostoievski y Chaikovski a escasos metros de distancia. (¿Recuerdas que nos quedábamos hasta altas horas de la noche debatiendo sobre cuál de los dos era el más genial?)

Y de pronto se me ha ocurrido pensar que recorrer a pie toda Nevski Prospekt era como recorrer toda la literatura rusa. Al principio del paseo, donde arranca la avenida a la orilla del canal Moika, está la casa donde pasó Pushkin sus últimos días. Unos pasos más allá están las habitaciones donde Gógol comenzó Almas muertas. Luego, la Biblioteca Nacional, cuyos archivos exploraba Tolstói. Y detrás de la tapia del cementerio yace el hermano Fiódor, nuestro inquieto testigo del alma humana, sepultado bajo los cerezos.

Mientras estaba allí plantado, meditabundo, el sol se ha elevado por encima de la tapia del cementerio y ha derramado su luz sobre la avenida, y de pronto he recordado, abrumado, aquella gran afirmación, aquella proclama, aquella promesa:

> *Brillar siempre,*
> *brillar en todas partes,*
> *hasta el mismo final de mis días...*

Antes de pasar a la segunda página de la carta de su viejo amigo, el conde se detuvo, emocionado, y miró al cielo.

Lo que tanto lo afectaba no eran los recuerdos de San Petersburgo, ni la nostalgia de su juventud entre aquellas fachadas de color rosa, ni de los años que había vivido con Mishka en el apartamento de encima de la tienda del zapatero. Tampoco los comentarios de Mishka, cargados de sentimiento, sobre la grandeza de la literatura rusa. No: lo que lo conmovía era imaginarse a su amigo saliendo a pasear de madrugada, en aquella primavera robada, sin saber adónde se dirigía. Porque desde la primera línea de la carta el conde sí sabía exactamente adónde se dirigía Mishka.

Hacía cuatro años que Mishka se había ido a vivir a Kiev con Katerina; hacía un año que ella lo había abandonado por otro hombre; y seis meses que él había regresado a San Petersburgo para atrincherarse una vez más detrás de sus libros. Y entonces, una noche de primavera, a las cuatro de la madrugada, sin poder dormir, sale a la calle y acaba en Nevski Prospekt, recorriendo la misma ruta que recorrió con Katerina el día que ella le dio la mano por primera vez. Y allí, cuando empieza a salir el sol, lo sobrecogen pensamientos de una afirmación, una proclama, una promesa: la promesa de brillar en todas partes, siempre, hasta el mismo final de los días, lo que, al fin y al cabo, es lo único que siempre le hemos pedido al amor.

¿Le preocupaba al conde, asaltado por esos pensamientos, que Mishka siguiera suspirando por Katerina? ¿Le preocupaba que su viejo amigo volviera morbosamente sobre las huellas de un romance que había terminado?

¿Preocuparle? ¡Mishka suspiraría por Katerina el resto de su vida! Nunca volvería a pasear por Nevski Prospekt, por mucho que le cambiaran el nombre, sin tener una sensación de pérdida insoportable. Y así era como debía ser. Esa sensación de pérdida es justo lo que debemos esperar, para lo que debemos prepararnos y lo que debemos conservar hasta el fin de nuestros días; porque nuestra congoja es lo único que al final desmiente todo lo que es efímero en el amor.

El conde cogió la carta de Mishka con la intención de seguir leyendo, pero al pasar la página, tres jóvenes que salían del Piazza se pararon al otro lado de una de las palmeras, donde retomaron una conversación al parecer profunda.

El trío lo componían un atractivo veinteañero con pinta de pertenecer al Komsomol y dos muchachas más jóvenes, una rubia y otra morena. Por lo visto, los tres se dirigían a la provincia de Ivanovo para desempeñar alguna función oficial y el joven, que era su capitán, prevenía a sus compatriotas de las privaciones a las que inevitablemente se enfrentarían, al mismo tiempo que les aseguraba la importancia histórica de su misión.

Cuando el joven hubo terminado, la morena le preguntó si la provincia era muy extensa, pero antes de que él pudiera responder, la rubia se le adelantó:

—Tiene casi ochocientos kilómetros cuadrados y una población de medio millón. Y, aunque se trata de una región fundamentalmente agrícola, sólo cuenta con ocho tractores y seis molinos modernos.

Al apuesto capitán no pareció molestarle en absoluto que su joven camarada contestara por él. De hecho, a juzgar por la expresión de su rostro, era evidente que la tenía en gran consideración.

Mientras la rubia terminaba su lección de geografía, se les unió un cuarto miembro del Partido que llegó corriendo desde el Piazza. Era más joven y más bajito que el líder y llevaba una de aquellas gorras de marinero que tanto les gustaban a los jóvenes, aunque no vivieran cerca del mar, desde que se estrenó *El acorazado Potemkin*. Sostenía una chaqueta de loneta en la mano y se la tendió a la joven rubia.

—Me he tomado la libertad de recoger tu chaqueta —dijo con avidez— cuando he ido a buscar la mía.

La joven la aceptó con una inclinación de cabeza, pero no le dio las gracias a su compañero.

¿No le dio las gracias?

El conde se levantó.

—¿Nina?

Los cuatro jóvenes se volvieron hacia la palmera.

Él dejó su chaqueta blanca y la carta de Mishka en la butaca y salió de detrás de las plantas.

—¡Nina Kulikova! —exclamó—. ¡Qué sorpresa tan agradable!

Y eso era exactamente lo que significaba aquel encuentro para el conde: una sorpresa muy agradable. Porque llevaba más de dos años sin ver a Nina y muchas veces había pasado por delante de la sala de juego o del salón de baile y se había preguntado dónde estaría y qué estaría haciendo.

Sin embargo, se dio cuenta al instante de que, para Nina, su repentina aparición no era tan oportuna. Quizá habría preferido no tener que explicarles a sus camaradas su amistad con un ex aristócrata. Tal vez nunca les hubiera comentado que de niña había vivido en un hotel tan elegante. O, sencillamente, lo único que quería era mantener aquella conversación importante con sus amigos importantes.

—Perdonadme un minuto —dijo, y se acercó a él.

Como es lógico, después de una separación tan larga la reacción instintiva del conde fue envolver a la pequeña Nina en un abrazo de oso, pero ella lo disuadió de tal impulso mediante su postura.

—Me alegro de verte, Nina.

—Y yo a usted, Aleksandr Ilich.

Los viejos amigos se miraron un momento; entonces ella señaló la chaqueta blanca que el conde había dejado colgada del brazo de la butaca.

—Veo que sigue reinando sobre las mesas del Boiarski.

—Sí —confirmó él con una sonrisa, aunque no estaba seguro, por la seriedad con que ella lo había dicho, de si debía tomarse aquel comentario como un cumplido o como una crítica. Estuvo tentado de preguntarle (con un brillo alegre en la mirada) si volvía de tomarse un «*hors d'oeuvre*» en el Piazza, pero optó por observar:

—Veo que te dispones a emprender una aventura.

—Supongo que en parte será una aventura —replicó ella—. Pero sobre todo habrá mucho trabajo.

A continuación, Nina le explicó que al día siguiente los cuatro iban a viajar, con otros diez delegados del Komsomol local, al distrito de Kadi (un antiguo centro agrícola del corazón de la provincia de Ivanovo) para colaborar con los *udarniks*, o «trabajadores ejemplares», en la colectivización de la región. A finales de 1928, sólo el diez por ciento de las granjas de Ivanovo funcionaban como granjas colectivas; a finales de 1931, ya lo hacían casi todas.

—Desde hace generaciones, los *kulaks* cultivan sus propias tierras y organizan a los campesinos locales según sus objetivos. Pero ha llegado la hora de que las tierras comunes sirvan al bien común. Es una necesidad histórica —añadió con naturalidad—, algo inevitable. Después de todo, ¿verdad que un maestro no sólo instruye a sus propios hijos? ¿Verdad que un médico no atiende sólo a sus padres?

Al principio, cuando Nina inició ese pequeño discurso, al conde le sorprendieron el tono y la terminología que empleaba: aquella rigurosa censura de los *kulaks* y aquella referencia a la «inevitable» necesidad de colectivización. Pero cuando la joven se colocó el pelo detrás de las orejas, él se dio cuenta de que no debería haberle sorprendido aquel fervor. Nina no hacía sino aportarle al Komsomol el mismo férreo entusiasmo y la misma atención al detalle que había dedicado a las matemáticas del profesor Lisitski. Nina Kulikova siempre había sido y seguiría siendo una persona seria en busca de ideas serias que tomarse en serio.

Nina había prometido a sus camaradas que sólo tardaría un minuto, pero al aplicarse a detallar la tarea que tenía por delante dio la impresión de que se olvidaba de que seguían allí, al otro lado del tiesto de la palmera.

El conde sonrió para sí al ver, más allá del hombro de Nina, que el atractivo capitán, después de ofrecerse para esperar él solo a Nina, les decía a sus compañeros que podían marcharse, una jugada razonable en cualquier contexto ideológico.

—Tengo que irme —dijo la joven, una vez concluida su exposición.

—Sí, claro —replicó el conde—. Debes de tener muchos asuntos que atender.

Ella, muy seria, le estrechó la mano; y cuando se dio la vuelta, no pareció percatarse de que dos de sus camaradas se habían marchado, como si ya estuviera acostumbrada a que la esperase un hombre apuesto.

Cuando los dos jóvenes idealistas salieron del hotel, el conde los observó a través de la puerta giratoria. Los siguió observando cuando el joven habló con Pável y éste llamó a un taxi. Pero cuando llegó el coche y el joven abrió la portezuela, Nina señaló hacia la Plaza del Teatro, indicando que ella iba en otra dirección. El apuesto capitán hizo un ademán parecido, supuestamente para ofrecerse a acompañarla, pero Nina le estrechó la mano con la misma sobriedad con que se la había estrechado al conde y echó a andar hacia la plaza, en la dirección de la necesidad histórica.

—¿Eso no es más crema que perla?

Juntos, el conde y Marina examinaban un carrete que ella acababa de sacar de un cajón lleno de hilos de todos los tonos de blanco imaginables.

—Lo siento mucho, Excelencia —replicó Marina—. Ahora que usted lo dice, sí me parece más crema que perla.

El conde desvió la mirada del carrete hacia el ojo fijo de Marina, lleno de consternación; sin embargo, el otro, el errante, rebosaba regocijo. Entonces la costurera rió como una colegiala.

—Oh, dame ese mismo —dijo el conde.

—Deme —contestó ella conciliadora—. Déjeme hacerlo a mí.

—No, de ninguna manera.

—Sí, por favor.

—Soy perfectamente capaz de hacerlo yo mismo, gracias.

Sin embargo, hay que reconocer que el conde no lo había dicho por simple displicencia. De hecho, la verdad es que era perfectamente capaz de hacerlo él mismo.

Es evidente que si aspiras a ser un buen camarero, debes controlar tu aspecto físico. Tienes que ir aseado y arreglado, y moverte con elegancia. Pero también debes ir correctamente vestido. No puedes pasearte por el comedor con el cuello o los puños rozados. Y Dios nos libre de que se te ocurra servir con un botón flojo, porque en cualquier momento éste podría aparecer flotando en la *vichyssoise* de un cliente. Así pues, tres semanas después de entrar a formar parte de la plantilla del Boiarski, el conde le había pedido a Marina que le enseñara las artes de Aracne. Calculando por lo bajo, se había reservado una hora para la lección. La tarea acabó ocupándoles ocho horas a lo largo de cuatro semanas.

¿Quién iba a sospechar que existiera semejante plétora de puntadas? El pespunte, el medio pespunte, el punto de cruz, el punto de dobladillo, el punto atrás, el sobrehilado. Aristóteles, Larousse y Diderot, esos grandes enciclopedistas que se pasaron la vida dividiendo, catalogando y definiendo todo tipo de fenómenos, jamás habrían imaginado que pudiera haber tantas, ¡y cada una servía para un propósito diferente!

Con su hilo de color crema en la mano, el conde se sentó en una butaca, y cuando Marina le tendió su alfiletero, examinó las agujas como un niño examina las chocolatinas de una caja de bombones.

—Ésta —decidió.

Entonces chupó el extremo del hilo y cerró un ojo (tal como le había enseñado ella), y enhebró la aguja en menos de lo que tarda un santo en cruzar las puertas del cielo. Formó un doble lazo, hizo un nudo y cortó el hilo del carrete; luego irguió la espalda y se aplicó a su tarea mientras Marina se aplicaba a la suya (la reparación de una funda de almohada).

Como sucede en todos los grupos de costura desde el inicio de los tiempos, los dos miembros de aquél estaban acostumbrados a compartir observaciones, mientras cosían, sobre lo que les había ocurrido durante la jornada. La mayoría de esas observaciones eran recibidas con un «mmm» o con un «ah, ¿sí?», sin llegar a interrumpir el ritmo de trabajo; pero de vez en cuando algún comentario que exigía mayor atención les hacía detener las puntadas. Ese día, tras haber intercambiado opiniones sobre el tiempo y sobre el bonito gabán nuevo de Pável, la aguja de Marina se quedó de pronto inmóvil a media puntada cuando el conde mencionó que se había topado con Nina.

—¿Nina Kulikova? —preguntó la costurera, sorprendida.

—La misma.

—¿Dónde?

—En el vestíbulo. Venía de comer con tres camaradas suyos.

—¿Han hablado?

—Un poco, sí.

—¿Y qué le ha contado?

—Por lo visto se van a Ivanovo a reconvertir a *kulaks* y a colectivizar tractores, o algo así.

—Eso no me importa, Aleksandr. ¿Cómo estaba ella?

Entonces fue el conde quien dejó de coser.

—Estaba como siempre —contestó al cabo de un momento—. Llena de curiosidad, pasión y seguridad en sí misma.

—¡Qué maravilla! —dijo Marina con una sonrisa.

El conde se quedó mirándola mientras ella reanudaba su labor.

—Y sin embargo...

Marina volvió a parar y lo miró a los ojos.

—¿Y sin embargo...?

—Nada —dijo él tras una pausa.

—Aleksandr, es evidente que está pensando algo.

—Es que oír hablar a Nina de su inminente viaje... Es tan apasionada y está tan segura de sí misma, y se la ve tan decidida, que parece casi arisca. Como un explorador intrépido, parece dispuesta a clavar su bandera en un casquete polar en nombre de lo Inevitable. Pero no puedo dejar de pensar que, mientras tanto, su felicidad aguarda en otra latitud completamente diferente.

—No diga eso, Aleksandr. La pequeña Nina ya debe de tener dieciocho años. Seguro que, cuando tenían esa edad, sus amigos y usted también hablaban con esa pasión y esa seguridad en sí mismos.

—Claro que sí. Se nos iban las horas en los cafés, discutiendo sobre ideas hasta que los camareros empezaban a fregar el suelo y apagaban las luces.

—¿Lo ve?

—Es cierto que discutíamos sobre ideas, Marina; pero nunca tuvimos la menor intención de hacer nada respecto a ellas.

La costurera puso los ojos en blanco.

—Claro, hacer algo por una idea... ¡Dios nos libre!

—Lo digo en serio, Marina. Nina está tan decidida, que temo que la fuerza de sus convicciones interfiera con las alegrías de la juventud.

La mujer dejó su labor sobre el regazo.

—Usted siempre le ha tenido mucho cariño a la pequeña Nina.

—Claro que sí.

—Y, en buena parte, eso se debe a que ella es un espíritu muy independiente.

—Exactamente.

—Entonces debe confiar en ella. Y, aunque sea exageradamente testaruda, debe confiar en que la vida acabará encontrándola. Porque al final nos encuentra a todos.

El conde asintió con la cabeza y reflexionó sobre el argumento de Marina. Entonces siguió con su tarea: pasó la aguja por los agujeros del botón, fijó el botón, hizo el nudo y cortó el hilo con los dientes. Volvió a clavar la aguja en el alfiletero y vio que eran las cuatro y cinco, lo que volvía a confirmar lo rápido que pasa el tiempo cuando uno se halla inmerso en una tarea agradable, acompañado de una conversación agradable.

«Un momento...», pensó el conde.

¿Ya eran las cuatro y cinco?

—¡Caramba!

Le dio las gracias a Marina, recogió su chaqueta, fue presuroso al vestíbulo y subió los peldaños de la escalera de dos en dos. Cuando llegó a la suite 311, encontró la puerta entreabierta. Miró a izquierda y derecha, se coló dentro y cerró.

En la consola, delante de un ornamentado espejo, estaban los lirios atigrados de casi un metro de alto que había visto pasar a su

★ ★ ★

Cuando vimos por primera vez a la señorita Urbanová en el vestíbulo del Metropol, en 1923, la altivez que el conde detectó en ella no era infundada, sino consecuencia de su indiscutible celebridad. Iván Rosotski la había descubierto en un teatro regional de las afueras de Odessa en 1919 y Anna había interpretado a la protagonista femenina en sus dos películas siguientes. Ambas eran relatos históricos románticos que ensalzaban la pureza moral de los trabajadores esforzados, a la vez que censuraban la corrupción de los indolentes. En la primera, Anna interpretaba a una sirvienta de cocina del siglo XVIII por la que un joven noble abandona los lujos de la vida cortesana. En la segunda, era una heredera del siglo XIX que renunciaba a su herencia para casarse con un aprendiz de herrero. Rosotski ambientó sus fábulas en los palacios de antaño, las iluminó con el aura neblinosa de los sueños, las filmó con el foco impreciso de los recuerdos y remató el primer, segundo y tercer acto con primeros planos de su estrella: Anna anhelante, Anna angustiada, Anna por fin enamorada. Ambas películas gustaron al público, ambas le parecieron bien al Politburó (que estaba impaciente por ofrecer al pueblo algún alivio después de los años de la guerra, por medio de entretenimientos de temática adecuada), y nuestra joven estrella cosechó, sin apenas esfuerzo, la recompensa de la fama.

En 1921, Anna ingresó en el Sindicato Panruso de Cine y obtuvo acceso a las tiendas reservadas para sus miembros; en 1922 recibió permiso para utilizar una dacha cerca de Peterhof; y en el año 1923 se le adjudicó la mansión de un ex comerciante de pieles, decorada con sillas doradas, armarios pintados a mano y un tocador Luis XIV que habrían podido formar parte del decorado de alguna película de Rosotski. Fue en las veladas que organizaba en esa casa donde Anna aprendió el sofisticado arte de bajar una escalera. Con una mano en la barandilla y arrastrando la cola de un vestido largo de seda, descendía peldaño a peldaño mientras pintores, escritores, actores y miembros destacados del Partido esperaban al pie de la escalera.*

---

* En esos primeros años de la Unión Soviética, ¿cómo toleraban los bolcheviques que hubiera sillas doradas y tocadores Luis XIV en las mansiones de las estrellas? O, sin ir más lejos, ¿cómo las toleraban en sus propios apartamentos?

Pero el arte es el siervo más incómodo del Estado. No sólo lo crean personas caprichosas que se cansan pronto de que les digan lo que tienen que hacer, y más pronto aún de tener que seguir una rutina, sino que, para colmo, es enojosamente ambiguo. Justo cuando un fragmento de diálogo redactado con todo cuidado está a punto de transmitir un mensaje clarísimo, un deje de sarcasmo o una ceja arqueada pueden echar por tierra todo el efecto. De hecho, puede sugerir la idea exactamente opuesta a la que en principio pretendía expresar. De modo que quizá sea comprensible que las autoridades se vean obligadas a reconsiderar sus preferencias artísticas a menudo, aunque sólo sea para mantenerse en forma.

Y así, en el estreno en Moscú de la cuarta película de Rosotski, con Anna como protagonista femenina (interpretando a una princesa a la que confunden con una huérfana, y que se enamora de un huérfano al que confunden con un príncipe), los perspicaces miembros de la orquesta observaron que el secretario general Stalin, conocido en su juventud por el apelativo cariñoso de «Soso», no sonreía tan abiertamente ante la pantalla como lo había hecho en el pasado. De forma instintiva, ellos también moderaron su entusiasmo, lo que a su vez aplacó el entusiasmo del público de la platea alta, y éste aplacó el del público de la galería; hasta que todos los presentes se dieron cuenta de que estaba sucediendo algo.

Dos días después del estreno, un *apparatchik* con mucho futuro (que el día del estreno estaba sentado unas filas por detrás de Soso) publicó una carta abierta en *Pravda*. La película era, a su manera, entretenida, concedía, pero ¿cómo había que interpretar el regreso constante de Rosotski a la época de los príncipes y las princesas? ¿De los valses, los candelabros y las escaleras de mármol? ¿No empezaba a tener su fascinación por el pasado un sospechoso olorcillo a nostalgia? ¿Y no parecía su argumento demasiado centrado en las tribulaciones y los triunfos de los individuos? ¿Reforzaba el

---

Muy sencillo. Todos los muebles de valor llevaban clavada, en la parte inferior, una chapita de cobre con un número grabado. Ese número servía para identificar el mueble como parte del extenso patrimonio del Pueblo. Así pues, un buen bolchevique podía dormir como un tronco, sabiendo que la cama de caoba en la que estaba acostado no era suya; y aunque su apartamento estuviera amueblado con antigüedades de valor incalculable, ¡él tenía menos posesiones que un indigente!

director esa predilección mediante el empleo excesivo de primeros planos? Sí, vemos a otra mujer hermosa con otro bonito vestido de noche, pero ¿dónde está la inmediatez histórica? ¿Dónde está la lucha colectiva?

Cuatro días después de la aparición de esa carta en *Pravda*, Soso se tomó un momento, antes de dirigirse al Pleno, para acercarse a ese nuevo crítico de cine y felicitarlo por sus giros expresivos. Dos semanas después del Pleno, el tema de la carta (y algunos de sus giros expresivos) fue recogido en tres periódicos más y en una revista sobre arte. La película sólo consiguió una distribución limitada en teatros de segunda, donde no recibió más que aplausos contenidos. En otoño, el siguiente proyecto de Rosotski seguía en el aire y su fiabilidad política estaba en entredicho.

Anna, que en las películas interpretaba a mujeres ingenuas, pero que no lo era en la vida real, comprendió que la caída en desgracia de Rosotski era una piedra que podía arrastrarla muy deprisa a las profundidades. Empezó a evitar las apariciones en público en su compañía, al mismo tiempo que elogiaba abiertamente la estética de otros directores; y esa estrategia quizá le hubiera asegurado un nuevo estrellato, de no ser por el desafortunado invento que llegó del otro lado del Atlántico: el cine sonoro. Pues si bien el rostro de Anna seguía siendo uno de los más seductores de la gran pantalla, el público, que durante años la había imaginado hablando con una voz dulce, no estaba preparado para oír su ronca voz de tenor. Así que, en la primavera de 1928, con sólo veintinueve años, Anna Urbanová se había convertido en lo que los estadounidenses llamaban «una vieja gloria».

Desgraciadamente, aunque la chapita de cobre clavada en la parte inferior de un mueble de valor incalculable puede contribuir a que un buen camarada duerma como un tronco, los objetos con números de serie anotados en libros mayores pueden ser reclamados de la noche a la mañana para volver a ser utilizados. En cuestión de meses, las sillas doradas, los armarios pintados a mano y el tocador Luis XIV habían desaparecido (igual que la mansión del comerciante de pieles y la dacha de Peterhof), y Anna se encontró en la calle con dos baúles llenos de ropa. En el bolso todavía tenía un billete de tren para volver a su pueblo natal, en las afueras de Odessa. En vez de usarlo, se instaló en un apartamento de una sola habitación con su ayudante de vestuario de sesenta años, porque Anna Urbanová no tenía ninguna intención de volver a su casa jamás.

La segunda vez que el conde vio a Anna fue en noviembre de 1928, unos ocho meses después de que ella perdiera su mansión. Él estaba sirviéndole agua a un importador italiano cuando ella entró por la puerta del Boiarski con un vestido rojo sin mangas y zapatos de tacón. Mientras el conde le pedía disculpas al importador e intentaba secarle el regazo con una servilleta, oyó que la actriz le explicaba a Andréi que estaba esperando a un invitado.

Andréi la acompañó a una mesa para dos de un rincón.

Al cabo de cuarenta minutos llegó el invitado.

Desde su posición privilegiada, al otro lado del centro floral del Boiarski (girasoles), el conde pudo apreciar que la actriz y su invitado sólo se conocían de nombre. Él era un tipo bastante atractivo, un poco más joven que Anna, y llevaba una chaqueta hecha a medida, pero era evidente que, en el fondo, era un patán. Porque nada más sentarse, mientras se disculpaba por haber llegado tarde, ya estaba examinando la carta; y cuando Anna le dijo que no tenía importancia, él ya le estaba haciendo señas al camarero. Anna, en cambio, estaba encantadora. Contaba sus historias con gracia y se reía con las que contaba él, y demostraba una paciencia infinita cada vez que alguien se acercaba a su mesa e interrumpía su conversación para felicitar al director por su última película.

Al cabo de unas horas, cuando el Boiarski ya estaba vacío y la cocina cerrada, el conde atravesó el vestíbulo justo cuando Anna y su invitado salían del Bar Chaliapin. Mientras el director se detenía para ponerse el abrigo, Anna señaló el ascensor, invitándolo, evidentemente, a tomar otra copa en su habitación. Pero él siguió metiendo los brazos dentro de las mangas. Había sido un placer conocerla, le aseguró tras mirar la hora; por desgracia, lo esperaban en otro sitio. Y entonces fue derecho hacia la puerta.

Mientras el joven director atravesaba el vestíbulo, el conde observó a Anna y pensó que estaba tan radiante como en 1923; sin embargo, en cuanto el hombre salió por la puerta del hotel y se perdió de vista, la actriz dejó de sonreír y se quedó alicaída. Entonces se pasó una mano por la frente, se dio la vuelta... y se encontró cara a cara con el conde.

Cuadró inmediatamente los hombros, levantó la barbilla y fue caminando con toda tranquilidad hacia la escalera. Pero así como había aprendido el arte de bajar una escalera ante una reunión de admiradores, todavía no dominaba el de subirla sola. (¿Acaso alguien lo domina?) Se detuvo en el tercer peldaño. Se quedó inmóvil. Entonces se dio la vuelta, volvió a bajar y fue hasta donde estaba el conde.

—Por lo visto, cada vez que coincidimos en este vestíbulo —dijo— estoy condenada a sentirme humillada.

El conde se mostró sorprendido.

—¿Humillada? Yo no veo ningún motivo por el que tenga que sentirse humillada.

—Entonces es que está ciego.

Miró hacia la puerta giratoria como si ésta todavía no se hubiera detenido después de haber salido por ella el joven director.

—Lo he invitado a subir a mi habitación a tomar una copa. Y me ha contestado que tenía que madrugar.

—Yo no he madrugado en mi vida —afirmó el conde.

Anna esbozó la primera sonrisa sincera de aquella noche e hizo un ademán hacia la escalera.

—En ese caso, quizá quiera subir conmigo.

En esa ocasión, Anna ocupaba la habitación 428. No era la mejor de la cuarta planta, ni tampoco la peor. Junto al pequeño dormitorio había una salita de estar con un pequeño sofá, una mesita y dos ventanitas que daban a las vías del tranvía de Teatralni Proiezd. Era la habitación de alguien que confía en causar buena impresión, aunque no le sobren los medios. En la mesita había dos vasos, una ración de caviar y una botella de vodka en una cubitera llena de hielo medio derretido.

Mientras ambos contemplaban aquella *mise-en-scène*, ella movió la cabeza.

—Esto me va a costar un ojo de la cara.

—Entonces será mejor que no lo desperdiciemos.

El conde sacó la botella de la cubitera y sirvió un vaso para cada uno.

—Por los viejos tiempos —brindó.

—Por los viejos tiempos —concedió Anna, risueña. Y apuraron sus vasos.

Cuando alguien experimenta un gran revés en el curso de una vida envidiable, se le presentan varias alternativas. Aguijoneado por la vergüenza, puede intentar ocultar toda evidencia del cambio que han sufrido sus circunstancias. Así, el comerciante que pierde sus ahorros apostando, se pondrá sus trajes más elegantes hasta que se deshilachen, y contará anécdotas de los salones de los clubs privados de los que hace ya mucho que no es socio. Presa de la autocompasión, uno puede retirarse del mundo en el que ha tenido la suerte de vivir. Así, el marido resignado, finalmente deshonrado por su mujer en sociedad, puede ser quien deje su hogar a cambio de un apartamento pequeño y oscuro en el otro extremo de la ciudad. O, como el conde y Anna, uno puede limitarse a unirse a la Confederación de los Humillados.

La Confederación de los Humillados, igual que los masones, son una hermandad muy unida, cuyos miembros no llevan marcas externas, pero se reconocen unos a otros a simple vista. Porque los miembros de la Confederación, caídos inesperadamente en desgracia, comparten cierta perspectiva. Como saben que la belleza, la influencia, la fama y los privilegios son sólo prestados, no se dejan impresionar con facilidad. Tampoco suelen sentir envidia ni ofenderse por cualquier nimiedad. Y, desde luego, no se leen los periódicos de cabo a rabo para ver si aparece su nombre. No renuncian a vivir rodeados de sus pares, pero observan la adulación con cautela, la ambición con cordura y la superioridad con una sonrisa para sus adentros.

La actriz volvió a llenar los vasos de vodka, mientras el conde paseaba la mirada por la habitación.

—¿Cómo están los perros? —preguntó él.

—Mucho mejor que yo.

—Entonces, por los perros —dijo el conde, alzando su vaso.

—Sí —convino ella y sonrió—. Por los perros.

Y así comenzó todo.

Durante un año y medio, Anna visitó el Metropol cada pocos meses. Antes de hacerlo, se ponía en contacto con algún director al que hubiera conocido. Tras admitir con cierto alivio que ya había dejado atrás la edad de aparecer en las películas, lo invitaba a cenar con ella en el Boiarski. En 1928 se había aprendido la lección y ya no llegaba antes de hora a su cita en el restaurante. Le daba una pequeña propina a la muchacha del guardarropa y de ese modo se aseguraba de llegar dos minutos más tarde que su invitado. Durante la cena, confesaba ser una de las mayores admiradoras del director. Recordaba sus detalles favoritos de diversas películas suyas y a continuación se detenía en alguna escena en particular, una que pasara desapercibida con facilidad porque en ella aparecía un personaje secundario que sólo decía unas pocas frases, pero que estuviera realizada con evidente esmero y atención al matiz. Y cuando Anna acompañaba a su invitado al vestíbulo, no le proponía tomarse una última copa con ella en el Chaliapin; ni mucho menos lo invitaba a tomársela en su habitación. Le decía que había sido un placer verlo y le deseaba buenas noches.

El director se ponía el abrigo y hacía una pausa. Veía cerrarse las puertas del ascensor y admitía que, seguramente, Anna Urbanová había dejado atrás sus días de estrella, pero también se preguntaba si no sería la actriz ideal para determinado papel secundario del segundo acto.

Anna entraba en su habitación del cuarto piso, se vestía con ropa sencilla (después de colgar el vestido de noche en el armario), se sentaba cómodamente a leer y esperaba a que llegara el conde.

Tras una de esas cenas con un viejo amigo director de cine, Anna fue elegida para representar en una única escena a una obrera de mediana edad que se esforzaba para alcanzar su cuota. A dos semanas de concluir el trimestre, las obreras se reúnen para redactar una carta dirigida al líder del Partido en la que detallan los motivos de su retraso en el cumplimiento de las metas. Pero cuando empiezan a enumerar los diversos obstáculos a los que se han enfrentado, Anna, con el pelo recogido bajo un pañuelo, se levanta y da un breve pero apasionado discurso a favor de esforzarse para conseguir el objetivo.

La cámara se acerca más a ese personaje sin nombre y vemos que la mujer, pese a no ser joven ni deslumbrante, conserva el orgullo y la tenacidad. ¿Y su voz?

¡Ah, su voz!

Desde las primeras palabras de su discurso, el público se da cuenta de que la mujer no es ninguna holgazana. Porque su voz es la de una mujer que ha respirado el polvo de los caminos sin asfaltar; que ha gritado dando a luz; que ha alentado a sus compañeras en la fábrica. Dicho de otro modo: tiene la voz de nuestra hermana, nuestra esposa, nuestra madre, nuestra amiga.

Huelga decir que es su discurso lo que anima a las mujeres a redoblar sus esfuerzos hasta que superan su cuota. Pero hay algo más importante aún: cuando se estrena la película, en la fila quince está sentado un individuo de cara redonda y entradas pronunciadas que en una ocasión contempló a Anna con admiración y respeto; y si bien, cuando tuvo el placer de reunirse con ella en el Chaliapin, en 1923, sólo era el director del Departamento de Artes Cinematográficas de Moscú, ahora es un alto cargo del Ministerio de Cultura y se rumorea que podría suceder al actual ministro. Quedó tan conmovido por su discurso en la fábrica que enseguida empezó a preguntar a todos los directores a los que conocía si habían visto su asombrosa interpretación; y cada vez que Anna pasaba por Moscú, él le enviaba un ramo de lirios a su habitación...

«Ah —diréis con una sonrisita—. Así que eso fue lo que pasó. Fue así como Anna salió a flote.» Pero Anna Urbanová era una auténtica artista, bregada en muchos escenarios. Es más, como miembro de la Confederación de los Humillados, era una actriz que se presentaba con puntualidad, se sabía el texto y nunca protestaba. Y dado que las preferencias oficiales fueron desviándose hacia películas realistas que ensalzaran la perseverancia, a menudo había un papel para una mujer madura pero hermosa, con la voz ronca. Dicho de otro modo: hubo diversos factores, dentro y fuera del control de Anna, que contribuyeron a su resurgimiento.

Quizá todavía estéis escépticos. Muy bien. Pero ¿y vosotros?

Seguro que ha habido momentos en los que vuestra vida ha dado un salto hacia delante y seguro que, al volver la vista atrás, contempláis esos momentos con orgullo y seguridad en vosotros mismos. Pero ¿podéis afirmar que nunca hubo un tercero que mereciera aunque sólo fuese un poco de reconocimiento? ¿Un mentor, un amigo de la familia, un compañero de clase que os diera un consejo oportuno, os presentara a alguien u os hiciera algún cumplido?

No diseccionemos, entonces, los cómos ni los porqués. Baste con saber que Anna Urbanová volvía a ser una estrella con una casa en el canal Fontanka y con chapas ovaladas de cobre clavadas en los muebles; aunque ahora, cuando tenía invitados, salía ella a recibirlos a la puerta.

★

De pronto, a las cinco menos cuarto de la tarde, las cinco estrellas de la Constelación del Delfín giraban ante el conde.

Si trazabas con el dedo una línea que uniera las dos estrellas inferiores y prolongabas su trayectoria por el cielo, llegabas a Aquila, el Águila; en cambio, si la línea unía las estrellas superiores, llegabas a Pegaso, el semental volador de Belerofonte; y si trazabas una línea en la dirección opuesta, alcanzabas lo que parecía una estrella nueva: un sol que podía haber estallado hacía mil años, pero cuya luz acababa de llegar al hemisferio norte para guiar a viajeros cansados, residentes temporales y aventureros durante un milenio más.

—¿Qué haces?

Anna se dio la vuelta hacia el conde.

—Me parece que tienes un lunar nuevo.

—¿Qué?

Anna intentó mirarse la espalda.

—No te preocupes —la tranquilizó él—. Es bonito.

—¿Dónde está?

—Unos grados al este de Delphinus.

—¿Delphinus?

—Ya sabes. La Constelación del Delfín. La tienes entre los omoplatos.

—¿Cuántos lunares tengo?

—¿Cuántas estrellas hay en el cielo...?

—Dios mío.

Anna volvió a ponerse boca arriba.

El conde encendió un cigarrillo y dio una calada.

—¿No conoces la historia de Delphinus? —preguntó, pasándole el cigarrillo a Anna.

—¿Por qué tendría que conocer la historia de Delphinus? —replicó ella con un suspiro.

—Porque eres hija de un pescador.

Tras una pausa, Anna dijo:

—¿Por qué no me la cuentas?

—Está bien. Érase una vez un acaudalado poeta llamado Arión. Tocaba muy bien la lira e inventó el ditirambo.

—¿El ditirambo?

—Una antigua composición poética. En fin, un día volvía de la isla de Sicilia cuando su tripulación decidió despojarlo de su fortuna. Concretamente, le dejaron elegir entre quitarse la vida o ser arrojado al mar. Mientras sopesaba esas dos opciones tan poco atractivas, Arión se puso a cantar una canción muy triste; era tan bello su canto que un grupo de delfines rodeó el barco y, cuando por fin saltó al mar, uno de ellos lo rescató y lo llevó hasta la orilla. Como recompensa, Apolo concedió un lugar a ese caritativo animal entre las estrellas, para que brillara durante toda la eternidad.

—Qué bonito.

El conde asintió, le cogió el cigarrillo a Anna y se puso boca arriba.

—Ahora te toca a ti.

—¿Me toca a mí qué?

—Contarme una historia del mar.

—Yo no sé ninguna historia del mar.

—¿Cómo que no? Tu padre debe de haberte contado unas cuantas. No hay ningún pescador en toda la cristiandad que no cuente historias del mar.

Anna tardó un momento en contestar.

—Sasha, tengo que confesarte una cosa...

—¿Confesarme?

—No crecí a orillas del mar Negro.

—Pero ¿y tu padre? ¿Y eso de que ibas a buscarlo al muelle al anochecer para arreglar con él las redes?

—Mi padre era un campesino de Poltava.

—Pero ¿por qué te inventaste una historia tan absurda?

—Creo que pensé que te gustaría.

—¿Crees que pensaste?

—Exacto.

El conde reflexionó un momento.

—¿Y lo de quitarle las espinas al pescado?

—Trabajé en una taberna de Odessa después de fugarme de mi casa.

El conde movió la cabeza.

—Es descorazonador.

Anna se puso de lado para mirarlo.

—Tú también me contaste una historia ridícula sobre las manzanas de Nizhni Nóvgorod.

—Pero ¡si esa historia es cierta!

—¡Por favor! ¿Manzanas del tamaño de bolas de cañón? ¿De todos los colores del arco iris?

El conde guardó silencio unos instantes. Luego apagó el cigarrillo en el cenicero que había en la mesilla de noche.

—Tengo que irme —dijo, y empezó a bajar de la cama.

—¡Está bien! —exclamó ella, cogiéndolo por el brazo—. Me acuerdo de una.

—¿De una qué?

—De una historia del mar.

El conde entornó los párpados.

—En serio. Es una historia que siempre me contaba mi abuela.

—Una historia del mar.

—Con un joven aventurero y una isla desierta y una fortuna en oro...

De mala gana, el conde se tumbó de nuevo y le hizo una señal para que comenzara.

Anna inició su relato.

Había una vez un rico comerciante con una flota de barcos y tres hijos, el más joven de los cuales era de baja estatura. Una primavera, el comerciante entregó a los dos mayores unos barcos cargados de pieles, alfombras y telas exquisitas, y le ordenó a uno que zarpara hacia el este y al otro que zarpara hacia el oeste, en busca de nuevos reinos con los que comerciar. Cuando el menor de los hermanos preguntó dónde estaba su barco, el comerciante y los hijos mayores se echaron a reír. Al final, el comerciante le entregó al menor de sus hijos un balandro desvencijado, con las velas hechas jirones, con una tripulación de desdentados y sin otro lastre que un montón de sacos vacíos. Cuando el joven le preguntó a su padre en qué dirección tenía que zarpar, el comerciante le contestó que debía navegar hasta llegar a un lugar donde, en diciembre, el sol no se pusiera nunca.

Así que el hijo menor zarpó hacia el sur con su canallesca tripulación. Cuando llevaban tres veces tres meses en alta mar, llegaron a una tierra donde en diciembre el sol nunca se ponía. Desembarcaron en una isla en la que había una montaña que parecía de nieve, pero resultó que era de sal. En su país, la sal era tan abundante que las mujeres la tiraban hacia atrás por encima del hombro sin pensárselo dos veces, porque decían que daba buena suerte. Sin embargo, el joven ordenó a sus hombres que llenaran de sal los sacos vacíos que llevaban en la bodega, aunque sólo fuera para añadirle un poco de lastre al barco.

Como el barco navegaba más estable y más veloz, no tardaron en llegar a un gran reino. El rey recibió al hijo del comerciante en su corte y le preguntó qué productos podía ofrecerle. El joven contestó que llevaba la bodega llena de sal. El rey comentó que nunca había oído hablar de la sal, le deseó suerte y lo despachó. El joven, sin desanimarse, fue a ver las cocinas del rey y, discretamente, espolvoreó sal en el cordero, en la sopa, en los tomates y en las natillas.

Esa noche, el rey se quedó muy sorprendido con el sabor de su comida. El cordero sabía mejor, la sopa sabía mejor, los tomates sabían mejor, ¡hasta las natillas sabían mejor! Llamó a sus cocineros y, muy emocionado, les preguntó qué nueva técnica habían empleado. Los cocineros, desconcertados, admitieron que no habían hecho nada diferente, aunque el joven forastero llegado por mar había visitado la cocina.

Al día siguiente, el hijo del comerciante zarpó hacia su casa en un barco cargado con una bolsa de oro por cada saco de sal.

—¿Esta historia te la contó tu abuela?

—Sí.

—Es una buena historia.

—Sí, muy buena.

—Pero no te absuelve.

—Ya me lo imagino.

Alianza

A las seis menos cuarto, con sus cinco camareros en sus puestos, el conde emprendió la ronda nocturna del Boiarski. Partiendo del rincón noroeste, circuló alrededor de las veinte mesas para comprobar que cada servicio, cada salero y cada florero estuvieran en el sitio adecuado.

En la mesa número cuatro corrigió la posición de un cuchillo para que quedara paralelo al tenedor. En la mesa número cinco desplazó una copa de agua de las doce a la una. En la mesa número seis retiró una copa de vino que tenía restos de lápiz de labios y en la número siete eliminó con un paño los restos de jabón de una cuchara hasta que la imagen invertida del comedor se reflejó claramente en la superficie de plata.

Más de uno pensará que algo muy parecido debía de hacer Napoleón cuando, antes del amanecer, se paseaba entre sus tropas revisándolo todo, desde las reservas de munición hasta el uniforme de la infantería, pues sabía por experiencia que la victoria en el campo de batalla empieza con el brillo de unas botas.

Pero muchas de las mayores batallas de Napoleón duraron sólo un día y no tenían que volver a librarse...

De modo que una analogía más adecuada sería la de Gorski en el Bolshói. Después de estudiar la intención del compositor, colaborar estrechamente con su director, entrenar a sus bailarines y supervisar el diseño del vestuario y del decorado, Gorski también se paseaba entre sus tropas minutos antes de la batalla. Sin embargo, cuando caía el telón y el público se marchaba, no había desfile por los Campos Elíseos. Porque en menos de veinticuatro horas sus bailarines, músicos y técnicos volverían a reunirse para ejecutar el mismo espectáculo con el mismo nivel de perfección. Sí, así era también la vida en el Boiarski: una batalla que debía librarse con una precisión minuciosa, pero sin que se notara el esfuerzo, todas las noches del año.

Después de haber comprobado que todo estaba en orden en el comedor, a las seis menos cinco el conde dirigió su atención, aunque fuera brevemente, a la cocina de Emile. Se asomó por la ventanita redonda de la puerta y vio que los ayudantes del chef estaban en posición de firmes, con sus chaquetas blancas recién lavadas; vio que las salsas hervían a fuego lento en los fogones y que las guarniciones estaban listas para que las emplataran. Pero ¿y el famoso misántropo? Sólo faltaban unos minutos para que el Boiarski abriera sus puertas, ¿por qué no estaba despotricando contra su personal, sus clientes y sus colegas?

Porque Emile Zhukovski comenzaba la jornada sumido en el más profundo pesimismo. Nada más asomar la cabeza de debajo de las mantas, afrontaba la existencia con el ceño fruncido, convencido de que sería una experiencia fría y despiadada. Una vez confirmadas sus peores sospechas por los periódicos de la mañana, a las once en punto estaba plantado en el bordillo, esperando a que llegara un tranvía abarrotado y lo llevara traqueteando hasta el hotel, mientras él murmuraba «¡Qué mundo!».

Sin embargo, poco a poco, a medida que avanzaba el día, el pesimismo de Emile iba cediendo paso a la posibilidad de que no todo estuviera perdido. Esta perspectiva más halagüeña empezaba a adquirir peso alrededor de mediodía, cuando entraba en su cocina y veía sus ollas de cobre. Colgadas de los ganchos, relucientes todavía después del lavado de la noche anterior, parecían sugerir un optimismo incuestionable. Entraba en la nevera y se echaba una pieza de cordero al hombro, y cuando la soltaba en la encimera, con un golpazo satisfactorio, el brillo de su visión del mundo aumentaba en otros cien lúmenes. Y así, a las tres, cuando oía cómo cortaban los tubérculos y le llegaba el aroma del ajo que chisporroteaba en la sartén, Emile quizá admitiera, aunque a regañadientes, que la existencia tenía sus recompensas. Luego, a las cinco y media, si consideraba que todo estaba en orden, quizá se permitiera el capricho de probar el vino que había utilizado para cocinar (sólo para liquidar la botella, ya me entendéis); ahorrar no es sólo guardar, sino también saber gastar. Y sobre las seis y veinticinco, en cuanto entraba el primer pedido en la cocina, el malhumor que al amanecer parecía el fundamento del alma de Emile se transformaba en un optimismo irremediable.

Entonces ¿qué vio el conde cuando se asomó por la ventanita de la puerta, a las seis menos cinco? Vio a Emile metiendo una cucharilla en un cuenco de mousse de chocolate y lamiéndola hasta dejarla limpia. Y con esa confirmación se volvió hacia Andréi y asintió con la cabeza. Entonces ocupó su lugar entre la mesa número uno y la mesa número dos, mientras el maître retiraba el pestillo y abría la puerta del Boiarski.

Hacia las nueve, el conde recorrió el comedor con la mirada, de un extremo a otro, satisfecho de que el primer turno hubiera funcionado a la perfección. Habían entregado las cartas y tomado los pedidos según lo planeado. Habían evitado sin muchos problemas cuatro inclinaciones por el cordero demasiado hecho, habían servido más de cinco botellas de Latour y los dos miembros del Politburó se habían sentado a mesas parecidas y habían recibido un servicio igual de bueno. Pero entonces Andréi (que acababa de acompañar al comisario de Transportes al lado del comedor opuesto a donde estaban sentados los periodistas estadounidenses) le hizo una señal al conde con gesto de notable consternación.

—¿Qué sucede? —preguntó él, cuando llegó al lado del maître.

—Acaban de comunicarme que finalmente sí habrá función privada en el Salón Amarillo.

—¿Cuántas personas?

—No lo han especificado; sólo sé que se espera a un grupo reducido.

—Entonces podemos enviar a Vásenka. Yo me ocuparé de las mesas cinco y seis; Maxim puede ocuparse de la siete y la ocho.

—Es que no es sólo eso —añadió Andréi—. No podemos enviar a Vásenka.

—¿Por qué no?

—Porque han pedido expresamente que vaya usted.

Delante del Salón Amarillo, en posición de firmes, había un Goliat que habría obligado a detenerse a cualquier David. Al acercarse el conde, el gigante apenas se inmutó, pero de pronto, sin dar muestras de haberse fijado en él, se hizo a un lado y abrió la puerta con gran agilidad.

Al conde no le sorprendió especialmente que hubiera un gigante en la entrada del reservado donde iba a celebrarse una reunión privada; lo sorprendente era la manera en que habían dispuesto el comedor. Habían retirado casi todos los muebles hacia la periferia, dejando una sola mesa para dos bajo la araña de luces. Y a esa mesa estaba sentado, solo, un hombre de mediana edad vestido con un traje gris oscuro.

Al conde le pareció que aquel hombre, pese a ser mucho menos corpulento que el guardia de la puerta e ir mucho mejor vestido, no era del todo ajeno a la fuerza bruta. Tenía el cuello y las muñecas gruesos como los de un luchador, y el pelo, cortado al rape, dejaba entrever una cicatriz por encima de la oreja izquierda, resultado, presuntamente, de un golpe oblicuo con el que habían intentado partirle el cráneo. Jugaba con su cuchara como si no tuviera ninguna prisa.

—Buenas noches —lo saludó el conde con una inclinación de cabeza.

—Buenas noches. —El hombre sonrió y dejó la cuchara en la mesa.

—¿Desea que le traiga algo para beber mientras espera?

—No, no estoy esperando a nadie.

—Ah. —El conde empezó a recoger el segundo cubierto.

—No, no se lo lleve.

—Lo siento. Creía haber entendido que no esperaba a nadie.

—No espero a nadie más. Lo espero a usted, Aleksandr Ilich.

Se miraron un momento.

—Por favor —dijo el hombre—. Siéntese.

El conde se resistía a tomar asiento.

Dadas las circunstancias, alguien habría podido deducir que el conde vacilaba porque aquel desconocido le inspiraba sospechas o incluso temor. Pero en realidad vacilaba, fundamentalmente, por una cuestión de decoro: no consideraba apropiado sentarse a una mesa cuando iba vestido para atenderla.

—Por favor —insistió el desconocido con cordialidad—. Supongo que no le negará su compañía a un comensal solitario.

—Desde luego que no —contestó el conde.

Se sentó, pero no se puso la servilleta en el regazo.

Se oyeron unos golpecitos en la puerta y a continuación entró por ella Goliat. Sin mirar al conde, se acercó a la mesa y le mostró una botella al desconocido.

El anfitrión se inclinó hacia delante y, entrecerrando los ojos, examinó la etiqueta.

—Excelente —dijo—. Gracias, Vladímir.

Seguramente Vladímir habría podido romper el cuello de la botella de un capirotazo, pero con sorprendente agilidad sacó un sacacorchos de un bolsillo, lo hizo girar con una mano y descorchó la botella. Luego, tras recibir una señal de su superior, la dejó abierta encima de la mesa y se retiró al pasillo. El desconocido se sirvió una copa. Entonces, con la botella suspendida sobre la mesa en un ángulo de cuarenta y cinco grados, miró al conde y preguntó:

—¿Me acompaña?

—Con mucho gusto.

El desconocido le sirvió, ambos alzaron sus copas y bebieron.

—Conde Aleksandr Ilich Rostov —dijo el hombre, después de dejar la copa encima de la mesa—. Condecorado con la Orden de San Andrés, miembro del Jockey Club, Jefe de Cacería...

—Estoy en desventaja.

—¿No sabe quién soy?

—Sé que es usted alguien capaz de conseguir uno de los comedores privados del Boiarski para cenar en él a solas, mientras un mastodonte vigila la puerta.

El desconocido rió.

—Muy bien —dijo, recostándose en la silla—. ¿Qué más ve?

El conde examinó a su anfitrión con más indiscreción y encogió los hombros.

—Diría que tiene cerca de cuarenta años y que ha sido militar. Sospecho que entró en el ejército como soldado de infantería, pero que acabó la guerra como coronel.

—¿Cómo puede saber que llegué a coronel?

—Es la obligación de un caballero ser capaz de distinguir a las personas de cierto rango.

—«La obligación de un caballero» —repitió el coronel con una sonrisa en los labios, como si aquella expresión le resultara graciosa—. ¿Y sabría decirme de dónde soy?

El conde rechazó la pregunta con un ademán.

—La forma más infalible de insultar a un valón es confundirlo con un francés, pese a que viven a sólo unos kilómetros de distancia y comparten la misma lengua.

—Supongo que es cierto —concedió el coronel—. Pero no importa. Me interesan sus conjeturas; y prometo no sentirme insultado.

El conde tomó un sorbo de vino y dejó la copa en la mesa.

—Creo poder afirmar, casi con total seguridad, que es usted de Georgia Oriental.

El coronel se enderezó y el entusiasmo se reflejó en su cara.

—Extraordinario. ¿Tengo acento?

—No muy perceptible. Pero en los ejércitos, igual que en las universidades, suelen perderse los acentos.

—Entonces ¿por qué Georgia Oriental?

El conde señaló el vino.

—Sólo un georgiano oriental empezaría su comida con una botella de rkatsiteli.

—¿Porque es un palurdo?

—No. Porque siente nostalgia de su hogar.

El coronel volvió a reír.

—Es usted muy astuto.

Volvieron a oírse unos golpecitos en la puerta y al cabo de un momento el gigante entró empujando un carrito de estilo Regencia.

—Ah. Excelente. Ya está aquí.

Cuando Vladímir acercó el carrito a la mesa, el conde echó su silla hacia atrás, pero su anfitrión le indicó con un ademán que no se levantara. Vladímir retiró el cubreplatos, colocó la bandeja en el centro de la mesa y salió de la habitación. Entonces el coronel cogió el tenedor y el cuchillo de trinchar.

—Veamos. ¿Qué tenemos aquí? Ah, pato asado. Tengo entendido que el pato asado del Boiarski no tiene parangón.

—No está usted mal informado. No olvide servirse unas cuantas cerezas y un poco de piel.

El coronel se sirvió una porción, incluidas las cerezas y la piel, y a continuación le sirvió al conde.

—Absolutamente delicioso —dijo, tras probar el primer bocado.

El conde inclinó la cabeza para aceptar el cumplido en nombre de Emile.

El coronel lo apuntó con el tenedor.

—Tiene usted un expediente muy interesante, Aleksandr Ilich.

—¿Tengo un expediente?

—Lo siento. Es deformación profesional. Lo que quiero decir es que tiene usted una historia muy interesante.

—Ah, sí. Bueno, la vida ha sido generosa conmigo en toda su variedad.

El coronel sonrió. A continuación, se puso a hablar con el tono de quien intenta hacer justicia a los hechos.

—Nació en Leningrado...

—Nací en San Petersburgo.

—Ah, sí, claro. En San Petersburgo. Como sus padres fallecieron cuando usted era muy joven, lo crió su abuela. Estudió en el liceo, y después en la Universidad Imperial de... San Petersburgo.

—Todo correcto.

—Y, si no me equivoco, ha viajado mucho.

El conde encogió los hombros.

—París. Londres. Florencia.

—Pero la última vez que salió del país, en mil novecientos catorce, fue a Francia.

—El dieciséis de mayo.

—Eso es. Unos días después del incidente con el teniente Pulónov. Dígame, ¿por qué le disparó? ¿Acaso no era un aristócrata, igual que usted?

El conde se mostró un poco sorprendido.

—Le disparé precisamente porque era aristócrata.

El coronel rió y volvió a blandir el tenedor.

—No se me había ocurrido pensarlo así. Pero sí, ésa es una buena idea que los bolcheviques deberíamos entender. De modo que se encontraba en París cuando aquí estalló la Revolución, y poco después volvió a su casa.

—Exacto.

—Bien, creo que comprendo por qué se apresuró a volver: para ayudar a su abuela a salir sana y salva del país. Pero después de haber organizado su huida, ¿por qué decidió quedarse?

—Por la gastronomía.

—No, se lo pregunto en serio.

El conde hizo una pausa antes de responder:

—Mis días de salir de Rusia habían terminado.

—Pero no tomó las armas como otros Blancos.

—No.

—Y a mí no me parece que sea usted un cobarde...

—Eso espero.

—Entonces ¿por qué no participó en la lucha?

El conde reflexionó un momento y contestó:

—En mil novecientos catorce, cuando me marché a París, juré que nunca volvería a disparar contra un paisano mío.

—Y considera paisanos suyos a los bolcheviques.

—Por supuesto.

—¿Los considera caballeros?

—Ésa es una cuestión completamente diferente. Pero algunos lo son, desde luego.

—Entiendo. Pero, por cómo lo dice, deduzco que a mí no me considera un caballero. ¿Cómo es eso?

El conde soltó una leve risa, como dando a entender que ningún caballero respondería semejante pregunta.

—Se lo ruego —insistió el coronel—. Estamos aquí cenando juntos, comiéndonos un pato asado del Boiarski y bebiéndonos una botella de vino georgiano, y eso, prácticamente, nos convierte en viejos amigos. Y mi interés es sincero. ¿Qué es eso que ha visto en mí que le hace estar tan seguro de que no soy un caballero?

Para animarlo, el coronel se inclinó hacia delante y volvió a llenarle la copa.

—No es una sola cosa —respondió el conde al cabo de un momento—. Es una combinación de pequeños detalles.

—Una especie de mosaico.

—Sí. Una especie de mosaico.

—Bueno, pues póngame un ejemplo de uno de esos pequeños detalles.

El conde tomó un sorbo de vino y dejó la copa en la mesa, a la una.

—Dado que usted es el anfitrión, era correcto que cogiera los cubiertos de servir. Pero un caballero habría servido primero a su invitado.

El coronel, que acababa de meterse un trozo de pato en la boca, esbozó una sonrisa y blandió el tenedor.

—Continúe —dijo.

—Un caballero nunca apuntaría a su interlocutor con un tenedor —prosiguió el conde—, ni hablaría con la boca llena. Pero, sobre todo, al comienzo de la conversación se habría presentado, especialmente si le llevaba ventaja a su invitado.

El coronel dejó los cubiertos en el plato.

—Y me he equivocado con el vino —añadió, sin dejar de sonreír.

El conde levantó un dedo.

—No. Hay muchas razones para pedir determinada botella de vino. Y la añoranza del hogar está entre las mejores.

—Entonces, permítame que me presente: soy Ósip Ivánovich Glébnikov, ex coronel del Ejército Rojo y funcionario del Partido. De niño, en mi Georgia Oriental natal, soñaba con Moscú, y ahora, con treinta y nueve años, vivo en Moscú y sueño con Georgia Oriental.

—Es un placer conocerlo —respondió el conde, y le tendió la mano por encima de la mesa. Tras estrechársela, siguieron comiendo. Al cabo de un momento, el conde se aventuró a decir—: Si no le parece demasiado atrevimiento, Ósip Ivánovich: ¿le importaría decirme qué hace exactamente como funcionario del Partido?

—Digamos que me ocupo de seguirles los pasos a ciertas personas de interés.

—Ah. Bueno, supongo que eso debe de resultar fácil cuando esas personas están bajo arresto domiciliario.

—De hecho —lo corrigió Glébnikov— resulta más fácil cuando están bajo tierra.

El conde le concedió la razón.

—Según parece —continuó Glébnikov—, usted se ha reconciliado con su situación.

—Como estudioso de la historia y como persona empeñada en vivir en el presente, admito que no dedico demasiado tiempo a imaginar de qué otra forma podrían haber sido las cosas. Pero sí me gusta pensar que no es lo mismo resignarse a una situación que reconciliarse con ella.

Glébnikov soltó una carcajada y dio una palmada en la mesa.

—¿Lo ve? Ése es precisamente el tipo de matiz que me ha animado a venir a suplicar ante su puerta.

El conde dejó los cubiertos en el plato y miró a su anfitrión con interés.

—Como nación, Aleksandr Ilich, nos encontramos en una encrucijada muy interesante. Hemos mantenido relaciones diplomáticas con los franceses y los británicos durante siete años y se rumorea que pronto las tendremos con Estados Unidos. Desde la época de Pedro el Grande hemos sido el primo pobre de Occidente, y hemos admirado las ideas de esos países tanto como sus modas.

»Sin embargo, pronto asumiremos un papel muy diferente. Dentro de unos años, estaremos exportando más grano y fabricando más acero que ningún otro país de Europa. Y vamos muy por delante de todos ellos en ideología. En consecuencia, por primera vez estamos a punto de ocupar el lugar que legítimamente nos corresponde en el mundo. Y cuando lo hagamos, será necesario que escuchemos con atención y hablemos con claridad.

—Quiere aprender francés e inglés.

Ósip alzó su copa en señal de confirmación.

—Sí, señor. Pero aspiro a algo más que a dominar esos idiomas. Quiero entender a sus hablantes. Y en especial, me gustaría entender a sus clases privilegiadas, porque son ellas las que siguen llevando las riendas. Me gustaría entender su visión del mundo; saber cuáles son sus imperativos morales, qué valoran y qué desprecian. Se trata de desarrollar ciertas habilidades diplomáticas, por decirlo así. Pero alguien de mi posición debe fomentar sus habilidades... de una manera discreta.

—¿Cómo propone que le ayude?

—Muy fácil. Cene conmigo una vez al mes en este reservado. Hable conmigo en francés e inglés. Comparta conmigo sus impresiones sobre las sociedades occidentales. Y a cambio...

Glébnikov dejó la frase en el aire, no para insinuar que no podría hacer gran cosa por él, sino todo lo contrario: para sugerir abundancia.

Pero el conde descartó cualquier negociación levantando una mano y dijo:

—Si usted es cliente del Boiarski, Ósip Ivánovich, ya me tiene a su servicio.

Absenta

A las doce y cuarto, cuando el conde se acercó al Chaliapin, de lo que antaño había sido una capilla para la plegaria y la reflexión emanaba un sonido que habría resultado inconcebible diez años atrás. Estaba compuesto por carcajadas, una mezcla de idiomas, el gemido de una trompeta y el entrechocar de copas. Dicho de otro modo: el sonido de la alegre despreocupación.

¿Qué podía haber provocado semejante transformación? En el caso del Chaliapin intervenían tres factores. El primero era el alocado regreso de un género musical estadounidense conocido como «jazz». A mediados de los años veinte, tras haber sofocado esa moda aduciendo su decadencia intrínseca, los bolcheviques habían empezado a tolerarla de nuevo. Eso se debía, presuntamente, a que así podían estudiar más de cerca cómo una única idea podía extenderse por todo el planeta. Fuera cual fuese la causa, allí estaban los músicos, entregados a sus ritmos sincopados desde el pequeño escenario del fondo de la sala.

El segundo factor era el regreso de los corresponsales extranjeros. Después de la Revolución, los bolcheviques los habían acompañado hasta la puerta (como habían hecho con las divinidades, las dudas y el resto de los alborotadores). Pero los corresponsales son gente muy astuta. Guardaron sus máquinas de escribir, cruzaron la frontera, se cambiaron de ropa y contaron hasta diez, y entonces volvieron a colarse en el país uno a uno. De modo que en 1928 volvió a abrirse la Oficina de Prensa Extranjera en el último piso de un edificio de seis plantas sin ascensor, convenientemente ubicado a medio camino entre el Kremlin y las oficinas de la policía secreta, y que por casualidad quedaba enfrente del Metropol. Así pues, cualquier noche se podía encontrar a quince miembros de la prensa internacional en el Chaliapin, listos para soltar su rollo. Y cuando no encontraban a nadie dispuesto a escucharlos, se ponían en fila en la barra, como gaviotas posadas en las rocas, y hablaban todos a la vez.

Y, por último, estaba aquel extraordinario suceso de 1929. En abril de ese año, de pronto en el Chaliapin no había una, ni dos, sino tres camareras, todas jóvenes, hermosas y con vestidos negros por encima de la rodilla. Con qué encanto y elegancia se movían entre los clientes del bar, adornándolo con sus esbeltas siluetas, su delicada risa y sus discretos perfumes. Si los corresponsales acodados en la barra tendían a hablar más de lo que escuchaban, en un ejemplo de simbiosis perfecta, las camareras tendían a escuchar más de lo que hablaban. En parte, por supuesto, eso se debía a que su empleo dependía de ello. Porque una vez por semana se les exigía que visitaran un pequeño edificio gris de la esquina de la calle Dzerzhinski, donde un tipo gris sentado a una mesa gris grababa palabra por palabra todo lo que ellas habían oído.*

---

* Sí, ese individuo gris sentado detrás de su mesita gris no sólo era el encargado de grabar la información que obtenían las camareras, sino también de asegurar la participación voluntaria de las jóvenes, recordándoles el deber que tenían contraído con su país, insinuándoles lo fácil que sería que perdieran su empleo y, cuando era necesario, insinuando cualquier otra amenaza. Pero no nos precipitemos condenando a ese individuo.

Porque él no ha estado nunca en el Bar Chaliapin. Nunca ha cenado en el Boiarski. Él vive indirectamente, todas sus experiencias tienen lugar a cierta distancia y todas las sensaciones son de segunda mano. Él no oye el gemido de la trompeta ni el entrechocar de las copas, ni ve las rodillas de las jóvenes. Como el ayudante de un científico, a él tan sólo le corresponde registrar los datos para luego presentar un resumen sin adornos ni elaboraciones a sus superiores.

Hay que reconocer que se tomaba muy en serio su trabajo y que, en su departamento, incluso se lo consideraba una especie de prodigio. Porque no había nadie en todo Moscú capaz de redactar un informe con una precisión tan monótona. Pese a la escasa instrucción que había recibido, había perfeccionado el arte de reservarse sus opiniones, renunciar a sus agudezas y poner freno al uso

¿Hacía esa obligación de las camareras que los periodistas fueran más precavidos o discretos por temor a que algún comentario imprudente pudiera llegar a oídos de alguien?

Todo lo contrario. El cuerpo de la prensa extranjera ofrecía una recompensa permanente de diez dólares estadounidenses a cualquiera de sus miembros que consiguiera ser convocado por el Comisariado de Asuntos Internos. Con ese fin, inventaban descabelladas provocaciones y las intercalaban en sus charlas. Un estadounidense soltó que, en el jardín de cierta dacha, un ingeniero desilusionado estaba construyendo un globo a partir de las especificaciones que había encontrado en la obra de Jules Verne. Otro dejó caer que un biólogo no identificado estaba cruzando una serie de gallinas con palomas para obtener un pájaro que pudiera poner huevos por la mañana y entregar un mensaje por la noche. Es decir: eran capaces de soltar cualquier barbaridad delante de las camareras; o mejor dicho, cualquier barbaridad susceptible de merecer un subrayado en un informe que acabara aterrizando con un golpe sordo en una mesa del Kremlin.

Desde la puerta del Chaliapin, el conde comprobó que esa noche había más jaleo que de costumbre. En un rincón, el conjunto de jazz encargado de marcar el compás se esforzaba para hacerse oír por encima de las carcajadas y las palmadas en la espalda. El conde se abrió paso entre aquel bullicio y se acercó al extremo de la barra más tranquilo (donde una columna de alabastro descendía desde el techo hasta el suelo). Al cabo de un momento, Audrius se inclinaba hacia él y apoyaba un antebrazo en la barra.

—Buenas noches, conde Rostov.

—Buenas noches, Audrius. Veo que esta noche hay mucho ambiente.

El barman ladeó la cabeza señalando a uno de los estadounidenses.

—Hoy han llevado al señor Lyons a las oficinas del OGPU.

—¡Al OGPU! ¿Cómo es eso?

---

de metáforas, símiles y analogías; es decir, había ejercitado todos los músculos de la contención poética. De hecho, si los periodistas cuyas frases él transcribía diligentemente hubieran visto su trabajo, se habrían quitado el sombrero, habrían inclinado la cabeza y habrían reconocido que era un maestro de la objetividad.

—Por lo visto, encontraron una carta escrita de su puño y letra en el suelo del salón de té Perlov. Una carta que incluía descripciones de movimientos de tropas y ubicaciones de artillería en las afueras de Smolensk. Pero cuando pusieron la carta encima de la mesa y le pidieron explicaciones al señor Lyons, él dijo que lo único que había hecho había sido transcribir su pasaje favorito de *Guerra y paz*.

—Ah, sí —dijo el conde con una sonrisa—. La batalla de Borodinó.

—Se ha llevado el bote merecidamente y ahora está invitando a una ronda. Dígame, ¿qué le apetece tomar esta noche?

El conde dio un par de golpecitos en la barra.

—¿No tendrás un poco de absenta, por casualidad?

Audrius arqueó una ceja de forma casi imperceptible.

El barman conocía muy bien las preferencias del conde. Sabía que antes de cenar le gustaba tomarse una copa de champán o un vermut seco. Sabía que después de cenar disfrutaba de una copa de coñac hasta que la temperatura media nocturna descendía por debajo de los cuatro grados, momento en que pasaba a un vaso de whisky o una copa de oporto. Pero... ¿absenta? Hacía una década que se conocían y nunca se la había pedido. De hecho, casi nunca tomaba licores melosos, y mucho menos los de color verde, que pueden provocar locura.

Pero Audrius, que ante todo era un gran profesional, limitó su sorpresa a ese leve movimiento de una ceja.

—Es posible que me quede una botella —contestó.

Abrió una puerta disimulada en la pared y se metió en el armario donde guardaba sus licores más caros y esotéricos.

En la tarima del rincón opuesto del bar, el conjunto de jazz interpretaba una alegre melodía. Es cierto que, en sus primeras tomas de contacto con él, el conde no había sentido una gran afinidad con el jazz. Lo habían educado para valorar la música con sentimiento y matiz, una música que recompensaba la paciencia y la atención con *crescendos* y *diminuendos*, *allegros* y *adagios* distribuidos ingeniosamente a lo largo de cuatro movimientos completos, y no un puñado de notas apretujadas de cualquier manera en treinta compases.

Y sin embargo...

Sin embargo, había acabado apreciando aquel género musical. El jazz, como los corresponsales estadounidenses, parecía una fuerza sociable por naturaleza, un poco rebelde y con tendencia a decir lo primero que se le pasara por la cabeza, pero en general amistosa y bien intencionada. Además, no parecía preocuparle en absoluto dónde había estado ni adónde se dirigía, y exhibía de forma simultánea la seguridad del maestro y la inexperiencia del aprendiz. ¿Podía extrañarle a alguien que un estilo musical de esas características no se hubiera originado en Europa?

El sonido de una botella en la barra sacó al conde de su ensimismamiento.

—Absenta Robette —dijo Audrius, e inclinó la botella para que pudiera leer la etiqueta—. Pero me temo que sólo queda un dedo.

—Tendré que conformarme con eso.

El barman vació la botella en un vaso de cordial.

—Gracias, Audrius. Añádelo a mi cuenta, por favor.

—No será necesario. Invita el señor Lyons.

Cuando el conde se dio la vuelta, un estadounidense que se había apoderado del piano empezó a interpretar una tonadilla alegre que hablaba de un tendero griego que se había quedado sin plátanos. Al cabo de un momento, todos los periodistas se pusieron a cantar con él. Cualquier otra noche, el conde quizá se habría quedado a observar aquel jolgorio, pero tenía que ocuparse de su propia celebración. Así que, con su valioso cargamento en la mano, se abrió paso entre la concurrencia, cuidando de no derramar ni una sola gota.

«Sí —pensó mientras subía al segundo piso por la escalera—, esta noche el Triunvirato tiene su propio motivo de celebración.»

Habían tramado aquel plan casi tres años atrás, a raíz de un ingenioso comentario de Andréi, del que Emile se había hecho eco.

—Es una lástima, pero es imposible —se había lamentado el maître.

—Sí —había concedido el chef, moviendo la cabeza.

Pero ¿lo era?

En total había quince ingredientes. Seis de ellos podían encontrarse en la despensa del Boiarski en cualquier época del año. Otros cinco estaban disponibles según la temporada. El problema residía en que, si bien la disponibilidad de muchos artículos había mejorado en general, los cuatro últimos ingredientes seguían siendo relativamente difíciles de encontrar.

Desde el principio se habían puesto de acuerdo en no escatimar: nada de atajos ni sucedáneos. O una sinfonía o el silencio. Así que los componentes del Triunvirato tendrían que hacer acopio de paciencia y atención. Tendrían que estar dispuestos a suplicar, hacer trueques, conspirar y, si fuera necesario, recurrir a alguna argucia. Habían estado a punto de alcanzar su sueño en tres ocasiones, pero en el último momento se lo habían arrebatado circunstancias imprevistas (una vez, un percance; otra, el moho; y la última, los ratones).

Sin embargo, a principios de esa semana, los astros debían de haberse alineado una vez más. En la cocina de Emile ya había nueve ingredientes y, por error, habían entregado en el Metropol cuatro abadejos y un cesto de mejillones cuyo verdadero destino era el Hotel Nacional. Eso había significado pasar de nueve a once de golpe. El Triunvirato se reunió para deliberar. Andréi podía exigir la devolución de un favor, Emile podía negociar un intercambio y el conde podía abordar a Audrius. Así pues, podían obtener los ingredientes número doce, trece y catorce. Pero ¿y el quince? Éste requería el acceso a un almacén donde se guardaban los lujos más exquisitos, es decir, el que abastecía a los cargos más elevados del Partido. El conde había hecho discretas averiguaciones a través de cierta actriz con ciertos contactos. Y *mirabile dictu*, alguien había deslizado un sobre sin señas por debajo de su puerta. Ahora que ya tenían los quince ingredientes, el Triunvirato estaba a punto de ver recompensada su paciencia. Al cabo de una hora volverían a experimentar aquella complejidad de sabores, aquella síntesis divina, aquella impresión rica y elusiva como...

—Buenas noches, camarada.

El conde se paró en seco.

Al principio titubeó. Entonces se volvió despacio, mientras el subdirector del hotel salía de un hueco oscuro.

El Obispo del Metropol, como el alfil del tablero de ajedrez, no se movía en línea recta por las columnas ni por las casillas. Él siempre iba al sesgo: se deslizaba de un rincón a otro, pasaba rozando el tiesto de una planta, se escurría por la rendija de una puerta. Siempre lo veías en la periferia de tu campo de visión, si es que llegabas a verlo.

—Buenas noches —respondió el conde.

Se miraron el uno al otro de arriba abajo; ambos tenían práctica en confirmar de una sola ojeada sus peores sospechas respecto al otro. El Obispo se inclinó un poco hacia la derecha y adoptó una expresión de ligera curiosidad.

—¿Qué tenemos ahí?

—¿Qué tenemos dónde?

—Ahí. Detrás de su espalda.

—¿Detrás de mi espalda?

El conde llevó las manos delante del cuerpo lentamente y puso las palmas hacia arriba para enseñarle que las tenía vacías. Al Obispo le tembló la comisura derecha de la boca y esbozó una fugaz sonrisita. El conde correspondió del mismo modo y, tras una educada inclinación de cabeza, se dio la vuelta y echó a andar.

—¿Va al Boiarski?

El conde se detuvo y se volvió.

—Sí. Así es. Al Boiarski.

—¿No está cerrado?

—Sí. Pero creo que me he dejado la pluma en el despacho de Emile.

—Ah. El hombre de letras ha perdido la pluma. ¿Qué ha sido de ella...? ¿Mmm...? Si no está en la cocina, quizá debería buscarla en la pagoda azul de su elegante *chinoiserie*. —Sin dejar de sonreír, el Obispo se dio la vuelta y cruzó el vestíbulo en diagonal.

El conde esperó hasta que se hubo perdido de vista y entonces se apresuró en la dirección opuesta, mascullando:

—«¿Qué ha sido de ella...? Quizá debería buscarla en la pagoda azul...» Muy agudo, sí señor. Sobre todo, viniendo de alguien incapaz de rimar «vaca» con «flaca». ¿Y a qué venían todos esos puntos suspensivos?

Desde que lo habían ascendido, el Obispo había adquirido la costumbre de añadir una elipsis al final de cada pregunta. Pero

¿cómo había que interpretar eso...? ¿Significaba que había que eludir ese signo de interrogación...? ¿Que una frase interrogativa no debería terminar nunca...? ¿Que, aunque estuviera haciendo una pregunta, no necesitaba una respuesta porque ya se había formado una opinión...?

Por supuesto.

El conde entró por la puerta del Boiarski, a la que Andréi no había echado el pestillo, cruzó el comedor vacío y atravesó la puerta batiente de la cocina. Allí encontró al chef cortando un bulbo de hinojo en la encimera, mientras cuatro tallos de apio colocados en fila esperaban como espartanos a que les llegara su hora. A un lado estaban los filetes de abadejo y el cesto de mejillones, mientras que, en los fogones, una gran olla de cobre desprendía nubecillas de vapor que impregnaban la atmósfera de otras reminiscencias marinas.

Emile levantó la vista del hinojo, miró al conde y sonrió, lo cual a éste le bastó para comprender que el chef estaba animado. Emile, que a las dos había intuido que no todo estaba perdido, a las doce y media de la noche ya no tenía ninguna duda de que al día siguiente brillaría el sol, de que la mayoría de la gente tenía un corazón bondadoso y, al fin y al cabo, las cosas tendían a salir bien.

El chef no perdió el tiempo en saludos. Sin dejar de manejar el cuchillo, inclinó la cabeza hacia la mesita que habían trasladado de su despacho a la cocina y que esperaba pacientemente a que dispusieran los servicios en su superficie.

Pero cada cosa a su tiempo.

El conde sacó el vasito de cordial de su bolsillo de atrás y lo dejó sobre la encimera.

—¡Ah! —exclamó Emile, mientras se limpiaba las manos en el delantal.

—¿Será suficiente?

—Sólo buscamos una alusión. Una acotación. Una insinuación. Si es auténtica, debería bastar.

Metió la yema del meñique en la absenta y se lo lamió.

—Excelente —dijo.

El conde escogió un mantel adecuado del armario de la ropa blanca, lo desdobló de una sacudida y dejó que se posara sobre la mesa. Mientras disponía los servicios, el chef empezó a silbar una melodía y el conde sonrió al darse cuenta de que era la misma canción que él había oído en el Chaliapin sobre el griego que no tenía plátanos. Justo entonces, como si hubiera recibido una señal, se abrió la puerta que daba a la escalera trasera y por ella entró Andréi con un montón de naranjas a punto de caérsele de los brazos. El maître se acercó a Emile, dobló la cintura y soltó las naranjas en la encimera.

Con el instinto de los presos que encuentran abierta la puerta de su prisión, las naranjas rodaron en todas direcciones para multiplicar sus posibilidades de huida. Andréi se apresuró a extender los brazos formando una gran circunferencia para retenerlas. Pero una de ellas logró burlarlo y siguió rodando por la encimera. ¡Iba derecha hacia la absenta! Emile soltó su cuchillo, se lanzó hacia delante y levantó el vaso justo a tiempo. La naranja, cada vez más descarada, rodó por detrás del hinojo, saltó de la encimera, cayó al suelo y siguió corriendo hacia la salida. Pero en el último momento, la puerta que separaba la cocina de Emile del resto del mundo se abrió hacia dentro e hizo que la naranja rodara hacia atrás por el suelo, en la dirección opuesta, mientras en el umbral aparecía el Obispo.

Los tres miembros del Triunvirato se quedaron inmóviles.

El Obispo dio dos pasos en dirección nornoroeste y contempló la escena.

—Buenas noches, caballeros —dijo en su tono más cordial—. ¿Con qué propósito se han reunido en la cocina a estas horas...?

Andréi, que había tenido el aplomo de colocarse delante de la olla humeante, señaló con una mano la comida que había en la encimera.

—Estamos haciendo inventario.

—¿Inventario...?

—Sí. El inventario trimestral.

—Por supuesto —replicó el Obispo, esbozando su eclesiástica sonrisa—. ¿Y puedo preguntar quién les ha pedido que hagan un inventario trimestral...?

Mientras el Obispo y el maître mantenían ese diálogo, el conde se fijó en que Emile, que había palidecido al ver abrirse la puerta batiente, iba recuperando el color. El proceso había comenzado con un ligero rubor en las mejillas cuando el Obispo había traspasado el umbral. Ese ligero rubor se tornó rosa intenso cuando el otro preguntó «¿Con qué propósito se han reunido en la cocina a estas horas...?». Pero cuando el director inquirió «¿Puedo preguntar quién les ha pedido...?», las mejillas, el cuello y las orejas del chef alcanzaron un tono granate. Esa coloración revelaba tal grado de indignación moral que era inevitable sospechar que la presencia de un signo de interrogación en su cocina constituía, por sí mismo, un delito merecedor de la pena de muerte.

—¿Que quién nos lo ha pedido? —preguntó.

La mirada del Obispo se desplazó de Andréi a Emile, y todos vieron que le sorprendía su transformación. Dio la impresión de que flaqueaba.

—¿Que quién nos lo ha pedido? —repitió el chef.

Sin dejar de mirar al Obispo, Emile cogió de pronto su cuchillo.

—¡Que quién nos lo ha pedido!

Cuando Emile dio un paso adelante, al tiempo que levantaba el brazo armado muy por encima de la cabeza, el Obispo se quedó más pálido que el abadejo. Al cabo de un momento, la puerta de la cocina oscilaba sobre los goznes y no había ni rastro de él.

Andréi y el conde, que se habían quedado mirando la puerta, se volvieron hacia Emile. Y entonces, perplejo, Andréi señaló con un delicado dedo la mano que Emile tenía en alto. Porque, en su acaloramiento, el chef no había cogido su cuchillo de trinchar, sino un tallo de apio cuyas hojitas verdes temblaban ahora en el aire. Y el Triunvirato en pleno rompió a reír a carcajadas.

A la una de la madrugada, los conspiradores ocuparon sus asientos. Ante ellos, en la mesa, había una vela, una hogaza de pan, una botella de vino rosado y tres tazones de bullabesa.

Tras intercambiar una mirada, los tres metieron la cuchara en la sopa, pero en el caso de Emile sólo era un juego de manos. Porque cuando Andréi y el conde se llevaron las cucharas a la boca, Emile mantuvo la suya suspendida sobre el tazón, decidido a examinar la expresión de sus amigos tras el primer sorbo.

El conde, plenamente consciente de que lo estaban observando, cerró los ojos para concentrarse mejor en sus impresiones.

¿Cómo describirlo?

Primero se saborea el caldo, esa combinación hervida a fuego lento de espinas de pescado, hinojo y tomates, con intensas reminiscencias de la Provenza. A continuación, se llega a las tiernas hebras de abadejo y la salobre elasticidad de los mejillones comprados en el mismo muelle al pescador. Uno se maravilla de la fuerza de las naranjas llegadas de España y de la absenta servida en las tabernas. Y todas esas impresiones las reúne, combina y realza el azafrán, esa esencia de sol veraniego que, cosechada en las montañas de Grecia y transportada a lomos de mula hasta Atenas, ha atravesado el Mediterráneo en una falúa. Dicho de otro modo, con una sola cucharada uno se transporta al puerto de Marsella, con sus calles abarrotadas de marineros, ladrones y *madonnas*, de sol y de verano, de lenguas y de vida.

El conde abrió los ojos.

—*Magnifique* —dijo.

Andréi, que había dejado la cuchara en la mesa, juntó sus elegantes manos en un remedo de aplauso respetuoso y silencioso.

El chef, radiante, inclinó la cabeza y a continuación se unió a sus amigos y probó la tan esperada sopa.

Durante las dos horas siguientes, los tres miembros del Triunvirato se tomaron tres tazones de bullabesa cada uno, se bebieron una botella de vino cada uno y cada uno habló con franqueza cuando fue su turno.

¿Y de qué hablaron los viejos amigos? ¡De qué no hablaron, mejor dicho! Hablaron de sus infancias en San Petersburgo, Minsk y Lyon. De sus primeros y segundos amores. Del hijo de cuatro años de Andréi y del lumbago de catorce años de Emile. Hablaron de esto y aquello, de sueños e ilusiones.

Emile, que casi nunca estaba despierto a esas horas, se hallaba en un estado de euforia sin precedentes. Cuando contaban historias de juventud, reía con tanto entusiasmo que bamboleaba la cabeza y se llevaba la punta de la servilleta a las comisuras de los ojos más a menudo que a las de los labios.

¿Y la *pièce de résistance*? A las tres de la madrugada, Andréi se refirió brevemente, con displicencia, casi entre paréntesis, a sus días bajo la gran carpa.

—¿Cómo dice? ¿Bajo la qué?

—¿Ha dicho «bajo la gran carpa»?

Sí. Efectivamente: el circo.

Criado por un padre viudo propenso a las borracheras y la violencia, Andréi se escapó de su casa a los dieciséis años y se unió a un circo ambulante. Llegó con su *troupe* a Moscú en 1913, donde se enamoró de una librera de la calle Arbat y se despidió del circo. Dos meses más tarde, lo contrataron para trabajar de camarero en el Boiarski y desde entonces estaba allí.

—¿Y qué hacías en el circo? —preguntó el conde.

—¿Eras acróbata? —aventuró Emile—. ¿Payaso?

—¿Domador de leones?

—Era malabarista.

—¡No! —dijo Emile.

En lugar de responder, el maître se levantó de la silla y cogió de la encimera tres naranjas que habían sobrado. Se quedó de pie, totalmente erguido, con los frutos en las manos. O, mejor dicho, de pie y con una ligera inclinación inducida por el vino: aproximadamente las doce y dos minutos. Y entonces, tras una breve pausa, puso las naranjas en movimiento.

La verdad es que el conde y Emile eran escépticos respecto a la afirmación de su amigo, pero en cuanto Andréi empezó, se preguntaron cómo podía ser que no lo hubieran adivinado antes. Porque tenía unas manos diseñadas por Dios para hacer malabarismos. Tenía tal destreza que parecía que las naranjas se movieran *motu proprio*. O mejor aún, se movían como planetas gobernados por una fuerza de la gravedad que simultáneamente las impulsaba hacia delante e impedía que salieran despedidas hacia el espacio; mientras que Andréi, plantado ante esos planetas, aparentemente sólo los recogía de sus órbitas y los soltaba un momento después para que continuaran su trayectoria natural.

El movimiento de las manos era tan rítmico y fluido que cualquiera que lo observara se arriesgaba a quedar hipnotizado. Y, de hecho, sin que Emile ni el conde se percataran de ello, de pronto otra naranja entró en el sistema solar. Y entonces, con un elegante floreo, Andréi recogió los cuatro frutos y saludó doblándose por la cintura.

Ahora les tocaba al conde y a Emile aplaudir.

252

—Pero supongo que no hacías malabarismos con naranjas —especuló Emile.

—No —admitió Andréi, devolviendo con cuidado las naranjas a la encimera—. Con puñales.

Antes de que el conde y Emile pudieran expresar su incredulidad, Andréi había cogido tres cuchillos de un cajón y los había puesto en movimiento. Aquello no eran planetas. Daban vueltas en el aire como piezas de alguna máquina infernal, un efecto realzado por los destellos que lanzaban las hojas cada vez que la llama de la vela se reflejaba en su superficie. Y entonces, tan repentinamente como los cuchillos se habían puesto en movimiento, los mangos quedaron atrapados en las manos de Andréi.

—Sí, pero ¿también puedes hacerlo con cuatro? —lo aguijoneó el conde.

Sin decir palabra, Andréi se dirigió de nuevo hacia el cajón de los cuchillos, pero antes de que metiera la mano dentro, Emile se levantó. Con el gesto de un crío cautivado por un mago callejero, dio un paso adelante y, con timidez, le tendió su cuchillo de trinchar, un instrumento que ningún otro humano había tocado desde hacía casi quince años. Con la debida solemnidad, Andréi volvió a doblar la cintura antes de aceptarlo. Y cuando puso en movimiento los cuatro cuchillos, Emile tomó asiento de nuevo en su silla y contempló con ojos llorosos cómo su fiel herramienta revoloteaba sin esfuerzo en el aire, y sintió que no había ninguna posibilidad de mejorar ese momento, esa hora, ese universo.

A las tres y media de la madrugada, el conde subió la escalera tambaleándose, entró en su habitación, atravesó el armario, se vació los bolsillos en la estantería, se sirvió una copa de coñac y, con un suspiro de satisfacción, se dejó caer en la butaca. Helena, desde la pared, lo contemplaba con una tierna sonrisa de complicidad en los labios.

—Sí, sí —admitió él—. Es un poco tarde, y estoy un poco borracho. Pero tengo que decir, en mi defensa, que ha sido un día lleno de acontecimientos.

De pronto, como si quisiera reafirmarse, se levantó de la butaca y tiró de uno de los pliegues de su chaqueta.

—¿Ves este botón? Pues quiero que sepas que me lo he cosido yo. —Se dejó caer de nuevo en la butaca, cogió su copa de coñac, tomó un sorbo y reflexionó—: Tenía toda la razón. Me refiero a Marina. Toda la razón. —El conde volvió a suspirar. Entonces compartió un pensamiento con su hermana.

Desde que existen los relatos, explicó, la Muerte siempre pilla desprevenidos a quienes visita. En muchas historias llega sin hacer ruido a la ciudad y se hospeda en una posada, o se queda merodeando por un callejón, o deambula por un mercado, subrepticiamente. Entonces, justo cuando el héroe tiene un momento de respiro de sus asuntos cotidianos, la Muerte se presenta.

Todo eso estaba muy bien, concedió el conde. Pero lo que casi nunca se explicaba era el hecho de que la Vida es igual de taimada que la Muerte. Ella también sabe ponerse una capa con capucha. También sabe llegar a la ciudad por la noche y pasar desapercibida, merodear por un callejón o esperar al fondo de una taberna.

¿No le había hecho una visita así a Mishka? ¿No lo había encontrado escondido detrás de sus libros, lo había convencido para que saliera de la biblioteca y le había dado la mano en un lugar apartado, con vistas al Neva?

¿No había encontrado a Andréi en Lyon y lo había llevado hasta la carpa del circo?

El conde vació su copa, se levantó de la butaca y tropezó con la estantería al ir a coger la botella de coñac.

—*Excusez-moi, monsieur.*

Se sirvió un poco, sólo una gota, apenas un sorbo, y volvió a derrumbarse en la butaca. Luego, moviendo despacio un dedo en el aire, continuó:

—La colectivización de los colectivos, Helena, y la *deskulakización* de los *kulaks*, son, con toda probabilidad, bastante probables. Hasta es posible que sean posibles. Pero ¿inevitables?

Sonrió y dijo que no con la cabeza.

—Permíteme que te explique qué es inevitable. Lo inevitable es que la Vida visite también a Nina. Quizá sea más sobria que san Agustín, pero también es demasiado despierta y demasiado radiante para que la Vida se limite a estrecharle la mano y dejarla marchar.

La Vida la seguirá en un taxi. Tropezará con ella por la calle. Conseguirá abrirse paso hasta su corazón. Y para conseguirlo suplicará, hará trueques, conspirará y, si es necesario, recurrirá a alguna argucia.

»Qué mundo —suspiró por fin, y se quedó dormido en la butaca.

A la mañana siguiente, con la visión un poco empañada y un ligero dolor de cabeza, el conde se sirvió una segunda taza de café, se sentó en la butaca y se inclinó hacia un lado para coger la carta de Mishka del bolsillo de su chaqueta.

Pero la carta no estaba.

Recordaba perfectamente habérsela guardado en el bolsillo interior al salir del vestíbulo el día anterior; y recordaba haberla visto allí mientras cosía el botón en el taller de Marina.

Debía de habérsele caído, pensó, al colgar la chaqueta en el respaldo de la silla de Anna. Así pues, después de terminarse el café, bajó a la suite 311, pero encontró la puerta abierta, los armarios vacíos y las papeleras limpias.

Pero la carta a medio leer de Mishka no se había caído de la chaqueta del conde en la habitación de Anna. A las tres y media, después de vaciarse los bolsillos, cuando el conde había tropezado al coger la botella de coñac, se le había caído en el hueco entre la estantería y la pared, donde estaba destinada a permanecer.

Aunque quizá eso fuera para bien.

Porque, por mucho que al conde lo enternecieran el paseo agridulce de Mishka por Nevski Prospekt y sus románticos versos, esos versos no los había escrito su amigo. Pertenecían a un poema que había recitado Maiakovski, subido a una silla, en 1923. Y lo que había inspirado a Mishka a citarlos no tenía nada que ver con el día en que Katerina le había dado la mano por primera vez. Lo que le había inspirado a citarlos, y a escribir aquella carta, era el hecho de que el 14 de abril Vladímir Maiakovski, el poeta laureado de la Revolución, se había disparado en el corazón con un revólver de utilería.

Addendum

La mañana del 22 de junio, mientras el conde buscaba la carta de Mishka en sus bolsillos, Nina Kulikova y sus tres compañeros subían a un tren con destino a Ivanovo, en el este, llenos de energía, emoción y firmes propósitos.

Desde el lanzamiento del Primer Plan Quinquenal, en 1928, decenas de miles de camaradas suyos de los centros urbanos trabajaban sin descanso para construir centrales de energía, plantas siderúrgicas y fábricas de maquinaria pesada. Mientras se llevase a cabo ese esfuerzo histórico, sería fundamental que las regiones productoras de grano del país cumplieran también con su parte, cubriendo la creciente demanda de pan de las ciudades mediante un aumento de la producción agrícola.

Sin embargo, para allanarle el camino a ese esfuerzo tan ambicioso se consideró necesario exiliar a un millón de *kulaks*, esos especuladores y enemigos del bien común que, por otra parte, eran los agricultores más capacitados de la región. Los campesinos que quedaban, que contemplaban las nuevas técnicas agrícolas con resentimiento y desconfianza, se mostraban abiertamente hostiles a cualquier mínimo intento de innovación. A la hora de la verdad, la gran flota de tractores que debería haber encabezado la nueva era no resultó ser tan grande. A esos retos se les sumó un clima poco propicio, lo que provocó un hundimiento de la producción agrícola. Pero, dada la necesidad de alimentar a las ciudades, el descenso en picado de la cosecha se resolvió fijando cuotas más elevadas e imponiendo requisiciones a punta de pistola.

En 1932, la combinación de esas fuerzas irreductibles acabaría desencadenando penurias generalizadas en las provincias agrícolas de la antigua Rusia, así como la muerte por inanición de millones de campesinos ucranianos.*

Pero como ya hemos señalado, todo eso todavía estaba gestándose. Y cuando el tren de Nina llegó por fin a la región más remota de Ivanovo, donde el trigo joven oscilaba en los campos agitados por el viento hasta donde alcanzaba la vista, se sintió abrumada por la belleza del paisaje y por la sensación de que su vida acababa de empezar.

---

* Aunque muchos partidarios del régimen (como Nina) que se unieron a los *udarniks* del campo verían su fe en el Partido puesta a prueba por lo que allí presenciarían, la mayor parte de Rusia, por no decir la mayor parte del mundo, no tuvo que contemplar el espectáculo de aquel desastre provocado por la mano del hombre. Porque, del mismo modo que los campesinos tenían prohibido entrar en las ciudades, los periodistas de las ciudades tenían prohibido ir al campo; se suspendió el reparto de correo privado y se taparon las ventanas de los trenes de pasajeros. De hecho, la campaña para evitar que se conociera la crisis tuvo tanto éxito que cuando se filtró que estaban muriendo de hambre millones de personas en Ucrania, Walter Duranty, el corresponsal jefe de *The New York Times* en Rusia (y uno de los cabecillas del Bar Chaliapin), escribió que esos rumores de hambruna eran muy exagerados y seguramente los habían divulgado los propagandistas antisoviéticos. Así pues, el mundo no les dio importancia. Y mientras se estaba cometiendo ese crimen, Duranty ganó el Premio Pulitzer.

1938

Alguien regresa

Hay que reconocer que los principios de los años treinta en Rusia fueron duros.

Además del hambre que asolaba el campo, la hambruna del 32 provocó también una migración de campesinos a las ciudades que, a su vez, produjo hacinamiento en las viviendas, escasez de productos básicos e incluso vandalismo. Al mismo tiempo, los obreros más incondicionales de los centros urbanos estaban desgastándose bajo la carga de la semana laboral ininterrumpida; los artistas se enfrentaban a limitaciones cada vez más estrictas respecto a lo que podían y no podían imaginar; las iglesias, cuando no se cerraban, se destinaban a otros usos o sufrían saqueos; y cuando asesinaron al héroe revolucionario Serguéi Kírov, se purgó la nación de una serie de elementos políticamente inestables.

Pero entonces, el 17 de noviembre de 1935, en la Primera Conferencia Intersindical de Estajanovistas, el propio Stalin declaró: «La vida ha mejorado, camaradas. La vida se ha vuelto más alegre...»

Sí, lo normal habría sido que nadie le hubiera hecho el menor caso a un comentario así pronunciado por un hombre de Estado. Pero en boca de Soso había buenas razones para darle credibilidad. Porque muchas veces era a través de comentarios secundarios en discursos secundarios como el secretario general del Comité Central del Partido Comunista marcaba los cambios de su forma de pensar.

De hecho, pocos días antes de pronunciar ese discurso, Soso había visto una fotografía en *Herald Tribune* de tres muchachas bolcheviques jóvenes y saludables ante las puertas de una fábrica, vestidas con la túnica y el pañuelo promovidos desde hacía tiempo por el Partido. Una fotografía así normalmente lo habría llenado de ternura. En cambio, en el contexto de la prensa occidental, el secretario de todos los secretarios consideró que aquel sencillo atuendo podía insinuar al mundo que, tras dieciocho años de comunismo, las muchachas rusas todavía vivían como campesinas. Así fue como esas frases proféticas encontraron acomodo en el discurso y el país cambió de dirección.

Porque, al leer en *Pravda* que la vida había mejorado, los atentos *apparatchiks* comprendieron que se había alcanzado un punto de inflexión y que, dado el éxito rotundo de la Revolución, había llegado el momento de que el Partido no sólo tolerara, sino que además fomentara un poco más de glamour, un poco más de lujo, un poco más de risa. En cuestión de semanas, el árbol de Navidad y la música zíngara, que llevaban años proscritos, recibieron una cálida acogida en las casas; Polina Mólotova, la mujer del ministro de Exteriores, recibió el encargo de lanzar la primera línea de perfumes soviéticos; a la fábrica Nueva Luz (con ayuda de maquinaria de importación) se le encomendó la producción de champán a un ritmo de diez mil botellas diarias; los miembros del Politburó cambiaron sus uniformes militares por trajes confeccionados a medida, y a aquellas jóvenes tan industriosas que salían de las fábricas se las animaba a deshacerse del aspecto de campesinas y parecerse a las muchachas que paseaban por los Campos Elíseos.*

Así que, a la manera de aquel que en el Génesis ordenaba «Hágase esto» o «Hágase lo otro» y se hacía, cuando Soso declaró: «La vida ha mejorado, camaradas», la vida... ¡mejoró!

---

* Sí, todavía llegaría otra purga, pero ésta iría dirigida a los altos funcionarios del Partido y a los miembros de la policía secreta. De hecho, Genrikh Yagoda, el temido jefe del NKVD, estaba a punto de enterarse. Acusado de traición, conspiración y contrabando de diamantes, Yagoda sería juzgado públicamente en la Casa de los Sindicatos (en la misma plaza donde se erigía el Hotel Metropol), declarado culpable y ejecutado sumariamente. Muchos también considerarían eso un presagio de tiempos mejores...

Un ejemplo que viene al caso: en este mismo momento, dos muchachas pasean por el puente Kuznetski con vestidos de colores llamativos por debajo de la rodilla y de cintura ceñida. Una lleva incluso un sombrero amarillo con el ala seductoramente caída sobre un ojo de largas pestañas. Mientras el metro, recién estrenado, hace temblar el suelo bajo sus pies, se detienen ante tres de los grandes escaparates de los TSUM, los Grandes Almacenes Centrales, donde se exhiben respectivamente una pirámide de sombreros, una pirámide de relojes de pulsera y una pirámide de zapatos de tacón.

De acuerdo, las muchachas todavía viven en apartamentos abarrotados y lavan sus bonitos vestidos en un lavadero comunitario, pero ¿acaso miran los escaparates de la tienda con resentimiento? En absoluto. Con envidia quizá sí, o con admiración y perplejidad, pero no con resentimiento. Porque las puertas de los TSUM ya no se les cierran. Después de atender a extranjeros y altos funcionarios del Partido, en 1936 la tienda se abrió al resto de la ciudadanía, siempre que pudieran pagarle al cajero en moneda extranjera, plata u oro. De hecho, en la planta baja de los TSUM hay un despacho muy bien decorado, donde un discreto caballero te concede crédito por la mitad del valor de las joyas de tu abuela.

¿Lo veis? Es verdad que la vida se ha vuelto más alegre.

Y así, después de admirar el contenido de los escaparates e imaginar el día en que ellas también tendrán un apartamento con armarios donde guardar sus sombreros, relojes y zapatos, nuestras atractivas chicas reanudan su paseo, mientras charlan sobre los dos jóvenes bien relacionados con los que han quedado para cenar.

En Teatralni Proiezd, esperan en el bordillo hasta que ven un hueco entre los coches. Entonces se apresuran a cruzar la calle y entran en el Hotel Metropol, donde, al pasar por delante del mostrador del conserje camino del Piazza, un hombre de aspecto distinguido y pelo entrecano se fija en ellas...

—Ah, la primavera llega a su fin —observó el conde mientras Vasili repasaba las reservas de esa noche—. A juzgar por el largo de las faldas de esas jóvenes, calculo que debe de haber más de veinte grados en Tverskaia, pese a que ya son las siete de la tarde. Dentro de pocos días, los chicos estarán cortando flores en el Jardín Aleksándrovski y Emile, esparciendo guisantes por sus platos.

—Sin duda —concedió el conserje con el tono de un bibliotecario que le expresa su conformidad a un erudito.

Ese mismo día, de hecho, habían llegado a la cocina las primeras fresas de la temporada y Emile le había guardado un puñado al conde para el desayuno del día siguiente.

—Sin duda alguna —concluyó este último—, el verano está a la vuelta de la esquina y los días que vendrán serán largos e indolentes...

—Aleksandr Ilich.

Sorprendido al oír su nombre, se dio la vuelta y vio a otra joven de pie justo detrás de él, aunque ésta no llevaba falda, sino pantalones. Medía casi un metro setenta, tenía el pelo liso y rubio, ojos azul claro e irradiaba una extraña serenidad.

—¡Nina! —exclamó el conde—. ¡Cuánto me alegro de verte! Hacía una eternidad que no sabíamos de ti. ¿Cuándo has vuelto a Moscú?

—¿Podemos hablar un momento?

—Desde luego.

Intuyendo que aquella visita debía de haberla motivado algún asunto privado, el conde siguió a Nina, que se apartó unos pasos del mostrador del conserje.

—Se trata de mi marido... —empezó ella.

—Tu marido —repitió el conde—. ¡Te has casado!

—Sí. Leo y yo llevamos seis años casados. Trabajábamos juntos en Ivanovo...

—¡Sí, ya me acuerdo de él!

Frustrada por las interrupciones del conde, Nina negó con la cabeza.

—No, usted no lo conoció.

—Tienes razón. No nos presentaron, pero él estaba aquí contigo, en el hotel, poco antes de que te marcharas.

Y no pudo evitar sonreír al recordar al atractivo capitán del Komsomol que había hecho que sus camaradas se adelantaran para quedarse esperando él solo a Nina.

Nina trató de recordar aquella visita con su marido al Metropol, pero entonces agitó una mano dando entender que si habían estado o no en el hotel en aquella ocasión no era relevante.

—Por favor, Aleksandr Ilich, no tengo mucho tiempo. Hace dos semanas volvieron a convocarnos en Ivanovo para asistir a un congreso sobre el futuro de la planificación agrícola. El primer día de las reuniones detuvieron a Leo. Me costó un poco, pero averigüé que estaba en la Lubianka, aunque no me dejaron verlo. Empecé a temer lo peor, como es lógico. Pero ayer me enteré de que lo han condenado a cinco años de trabajos forzados. Esta noche lo van a meter en un tren y lo van a llevar a Sevvostlag. Yo voy a seguirlo hasta allí. Lo que necesito es alguien que vigile a Sofia mientras yo me instalo allí.

—¿A Sofia?

El conde siguió la dirección de la mirada de Nina por el vestíbulo, hasta una niña de cinco o seis años, de pelo negro y piel de marfil, que estaba sentada en una silla, con los pies colgando a unos centímetros del suelo.

—No puedo llevármela, porque tendré que buscar trabajo y un sitio donde vivir. Podría tardar uno o dos meses. Pero una vez que me haya instalado, volveré a buscarla.

Nina había expuesto toda esa información como quien expone una serie de resultados científicos: una sucesión de hechos que justificaban nuestro temor y nuestra indignación tanto como los habrían justificado las leyes de la gravedad o el movimiento. Pero el conde ya no podía seguir disimulando cierta conmoción, aunque sólo fuera a causa de la velocidad con la que estaba conociendo los detalles: un marido, una hija, una detención, la Lubianka, trabajos forzados...

Nina, la autosuficiencia personificada, interpretó su expresión como una señal de titubeo y lo agarró por un brazo.

—No tengo a nadie más a quien acudir, Aleksandr. —Y, tras una pausa, añadió—: Por favor.

El conde y Nina cruzaron el vestíbulo y fueron hacia donde permanecía aquella niña de cinco o seis años, de pelo negro, cutis blanco y ojos azul oscuro. Si el conde hubiera conocido a Sofia en otras circunstancias, quizá se habría fijado con discreto regocijo en las señales que reflejaban el burdo sentido práctico de Nina: la niña vestía prendas sencillas, llevaba el pelo casi tan corto como un niño y la muñeca de trapo que agarraba por el cuello ni siquiera tenía vestido.

Nina se arrodilló hasta que sus ojos y los de su hija quedaron al mismo nivel. Le puso una mano sobre la rodilla y le empezó a hablar con una ternura que el conde jamás le había oído emplear.

—Sonia, éste es tu tío Sasha, del que tanto te he hablado.

—¿El que te regaló aquellos prismáticos tan bonitos?

—Sí —confirmó Nina sonriendo—. El mismo.

—Hola, Sofia —dijo el conde.

Entonces Nina le explicó a su hija que, mientras ella iba a preparar su nuevo hogar, Sofia se quedaría unas semanas en aquel hotel tan bonito. Le dijo que hasta que volviera su madre, tenía que ser fuerte y respetuosa y hacerle caso a su tío.

—Y entonces cogeremos ese tren tan largo e iremos a ver a papá —concluyó la niña.

—Exacto, corazón. Entonces cogeremos el tren largo para ir a ver a papá.

Sofia hacía lo que podía para imitar la fortaleza de su madre; sin embargo, todavía no dominaba sus emociones tan bien como Nina. Aunque no cuestionó nada ni suplicó ni dio muestras de desaliento, cuando asintió para decir que lo había entendido las lágrimas resbalaron por sus mejillas.

Nina le enjugó las de un lado de la cara con un pulgar, mientras Sofia se enjugaba las del otro con el dorso de una mano. Nina la miró a los ojos hasta asegurarse de que había dejado de llorar. Entonces asintió, le dio un beso en la frente y se llevó al conde unos metros más allá.

—Tome —le dijo, poniéndole en las manos una mochila militar—. Aquí están sus cosas. Y quizá también debería quedarse esto. —Nina le dio una pequeña fotografía sin enmarcar—. Tal vez sea mejor que no se la enseñe a Sofia, no lo sé. Tendrá que decidirlo usted.

Volvió a darle un apretón en el brazo; a continuación atravesó el vestíbulo con el paso brioso de quien confía en ser capaz de no ceder al asalto de la duda.

El conde la vio salir del hotel y cruzar la Plaza del Teatro, igual que ocho años atrás. Cuando Nina se perdió de vista, miró la fotografía que tenía en la mano. Era un retrato de ella con su marido, el padre de Sofia. Por el rostro de Nina se notaba que aquella fotografía se la habían tomado hacía unos años. También se dio cuenta de que no había acertado del todo. Porque si bien era verdad que había visto al marido de Nina años atrás en el vestíbulo del Metropol, ella no se había casado con el apuesto capitán, sino con el joven menos agraciado de la gorra de marinero que con tanto entusiasmo había ido a recogerle la chaqueta.

Todo ese intercambio, desde el momento en que Nina había pronunciado el nombre del conde hasta su salida por la puerta del hotel, había durado menos de quince minutos. Así pues, él apenas había tenido tiempo para considerar el carácter del compromiso que le estaban pidiendo que asumiera.

De acuerdo: aquello sólo duraría un mes o dos. El conde no tendría que responsabilizarse de la educación de la niña, de su instrucción moral ni de su educación religiosa. Pero ¿y su salud y su comodidad? De eso sí sería responsable, aunque sólo tuviera que cuidar de ella durante una noche. ¿Qué iba a darle de comer? ¿Dónde iba a dormir? Y, si bien ese día tenía la noche libre, ¿qué iba a hacer al día siguiente, cuando tuviera que ponerse el esmoquin blanco del Boiarski?

Pero imaginemos que, antes de comprometerse, el conde hubiera tenido tiempo para contemplar las dimensiones del problema, para considerar cada reto y cada obstáculo, para reconocer su falta de experiencia, para admitir que, con toda probabilidad, él era la persona menos indicada, peor preparada y más precariamente situada de todo Moscú para cuidar de una niña tan pequeña. Si hubiera tenido tiempo y presencia de ánimo para sopesar todo eso, ¿le habría negado a Nina el favor?

Ni siquiera habría intentado disuadirla.

¿Cómo iba a hacerlo?

Aquella mujer era la misma que, de niña, había cruzado todo el Piazza sin dudarlo ni un momento para hacerse amiga de él; le había enseñado los rincones secretos del hotel y le había obsequiado, literalmente, con la llave de sus misterios. Cuando un amigo así te pide ayuda (y más aún si es un amigo al que no le resulta fácil pedir favores en un momento de necesidad), sólo hay una forma correcta de reaccionar.

El conde se guardó la fotografía en el bolsillo. Se recompuso. A continuación dio media vuelta hacia la niña que acababa de quedar a su cargo. Ella lo miraba fijamente.

—Bueno, Sofia, ¿tienes hambre? ¿Te apetece comer algo?

La niña dijo que no con la cabeza.

—Entonces ¿por qué no subimos y nos instalamos?

El conde ayudó a Sofia a bajar de la silla y cruzó el vestíbulo con ella. Pero cuando se disponía a subir por la escalera, se fijó en que la niña se quedaba embobada al ver que se abría la puerta del ascensor y de él salía una pareja de huéspedes del hotel.

—¿Has montado alguna vez en ascensor? —le preguntó.

Sofia agarró su muñeca por el cuello y dijo que no otra vez con la cabeza.

—En ese caso...

El conde sujetó la puerta y, con un ademán, la invitó a entrar en la cabina. La niña montó en el ascensor con gesto de curiosidad y cautela, le dejó sitio al conde y miró cómo se cerraban las puertas.

Con un floreo teatral y la orden de «¡Presto!», el conde pulsó el botón del quinto piso. El ascensor dio una sacudida y se puso en marcha. Sofia se sujetó y luego se inclinó un poco hacia la derecha para ver pasar los pisos por detrás de la rejilla de la cabina.

—*Voilà* —dijo el conde cuando llegaron a su destino.

Luego guió a Sofia por el pasillo hasta el campanario y, una vez allí, de nuevo la invitó a pasar con un ademán. Pero la niña, al mirar hacia arriba y ver la estrecha escalera de caracol, se volvió hacia el conde y levantó ambas manos haciendo ese símbolo universal de «cógeme en brazos».

—Mmm —dijo él. Y, pese a su edad, levantó a la niña.

Sofia bostezó.

Ya en su habitación, el conde la sentó en su cama, dejó su mochila sobre el escritorio del Gran Duque y le dijo que volvería enseguida. Fue hasta el final del pasillo y sacó una manta de invierno de su baúl. Su plan consistía en prepararle una camita en el suelo, al lado de la suya, y prestarle una de sus almohadas. Lo único que tenía que hacer era vigilar para no pisarla si se levantaba por la noche.

Sin embargo, su preocupación por si pisaba a la niña era innecesaria. Porque cuando entró en su habitación con la manta, ella ya se había metido entre las sábanas y se había quedado dormida.

Ajustes

El repique de una campana jamás había sido tan bien recibido. Ni en Moscú ni en Europa ni en ningún otro lugar del mundo. Ni el francés Carpentier al oír la campanada que señalaba el final del tercer *round* del combate contra el estadounidense Dempsey; ni los ciudadanos de Praga al oír las campanadas de las iglesias que señalaban el fin del sitio al que los había sometido Federico el Grande: nadie había sentido mayor alivio que el que sintió al conde al oír que su reloj daba las doce.

¿Qué tenía aquella niña para que un hombre hecho y derecho contara los minutos que faltaban para la hora de la comida? ¿Acaso hablaba por los codos y decía tonterías? ¿Correteaba por ahí riendo tontamente? ¿Se deshacía en lágrimas o tenía rabietas ante la menor provocación?

Todo lo contrario. Permanecía callada.

Misteriosamente callada.

Nada más despertarse, se levantó, se vistió e hizo la cama sin decir palabra. Cuando el conde le sirvió el desayuno, ella mordisqueó sus galletas como un monje trapense. A continuación, después de recoger su plato en silencio, se sentó en la butaca del escritorio del conde, con las manos bajo los muslos, y se quedó mirándolo en silencio. Y menuda mirada. Una mirada inquietante, con unos iris oscuros y desasosegantes como el abismo. Una mirada que, carente de timidez y de impaciencia, parecía limitarse a decir: «¿Y ahora qué, tío Aleksandr?»

Eso, ¿y ahora qué? Porque, después de hacer sus camas y mordisquear sus galletas, los dos tenían todo el día por delante. 16 horas. 960 minutos. ¡57.600 segundos!

Sin la menor duda, la mera noción resultaba sobrecogedora.

Pero ¿qué era Aleksandr Rostov, sino un conversador experimentado? En las bodas y en las onomásticas, tanto en Moscú como en San Petersburgo, siempre lo habían sentado al lado de los comensales más recalcitrantes. Las tías más mojigatas y los tíos más pedantes. Los más tristes, los más mordaces, los más tímidos. ¿Por qué? Porque se podía dar por hecho que Aleksandr Rostov conseguiría arrastrar a sus compañeros de mesa a una conversación animada, fuera cual fuese su disposición previa.

Si hubiera estado sentado al lado de Sofia en una cena (o viajando por el campo en el compartimento de un tren, por ejemplo), ¿qué habría hecho? Evidentemente, la habría interrogado sobre su vida: «¿De dónde eres? ¿De Ivanovo? Yo nunca he estado allí, pero siempre he querido ir. ¿Cuál es la mejor estación del año para visitar la región? ¿Y qué lugares de interés me recomiendas?».

—Bueno, dime... —arrancó, esbozando una sonrisa, y Sofia abrió mucho los ojos.

Pero nada más pronunciar esas palabras, el conde se lo pensó mejor. Porque era obvio que no se hallaba sentado al lado de Sofia en una cena, ni en un vagón de tren. Sofia era una cría a la que, sin darle muchas explicaciones, habían sacado de su hogar. Lo más probable era que interrogarla sobre los monumentos y el clima de Ivanovo o sobre la vida cotidiana con sus padres provocara en ella una avalancha de asociaciones de ideas tristes y que desencadenara sentimientos de añoranza y pérdida.

—Bueno, dime... —volvió a empezar, y al ver que ella abría aún más los ojos le dio vértigo. Pero, justo a tiempo, tuvo un momento de inspiración—: ¿Cómo se llama tu muñeca?

«Una apuesta prudente», pensó el conde, y él mismo se dio una imaginaria palmadita en la espalda.

—Mi muñeca no tiene nombre.

—¿Cómo es eso? ¿No tiene nombre? Pues debería tener nombre.

Sofia lo miró un momento y entonces ladeó la cabeza como un cuervo.

—¿Por qué?

—¿Por qué? —repitió él—. Pues para que puedas dirigirte a ella. Para que puedas invitarla a tomar el té; para que puedas llamarla desde el otro extremo de la habitación; para que puedas hablar de ella aunque no esté delante y para que puedas incluirla en tus oraciones. Es decir, por todas las razones por las que tú te beneficias de tener un nombre.

Mientras Sofia reflexionaba sobre la respuesta del conde, él se inclinó hacia delante, dispuesto a seguir explayándose sobre el asunto con todo detalle. Pero la niña asintió una vez con la cabeza y dijo:

—La llamaré «Muñeca». —Entonces lo miró con sus grandes ojos azules, como diciendo «Y ahora que ya hemos resuelto eso, ¿qué más?».

El conde se recostó en la butaca y empezó a buscar en su extenso catálogo de preguntas informales, pero fue descartándolas todas una a una. Sin embargo, quiso la suerte que se fijara en que la mirada de Sofia se había desviado casi furtivamente hacia algo que él tenía detrás.

El conde miró hacia atrás con disimulo.

«El elefante de ébano», comprobó con una sonrisa. Seguramente, Sofia, que se había criado en una provincia rural, ni siquiera imaginaba que pudiera existir semejante animal. ¿Qué clase de ser fantástico era aquél?, debía de estar preguntándose. ¿Sería un mamífero o un reptil? ¿Real o inventado?

—¿Alguna vez habías visto algo parecido? —preguntó, señalando hacia atrás, sonriente.

—¿Un elefante? —preguntó ella—. ¿O una lámpara?

El conde tosió un poco.

—Me refería al elefante.

—Sólo en los libros —admitió Sofia con cierta tristeza.

—Ah. Bueno. Es un animal magnífico. Una maravilla de la creación.

Al ver que despertaba el interés de Sofia, inició una descripción de la especie, acompañando cada una de sus características con un ilustrativo floreo.

—Originarios del Continente Oscuro, un ejemplar maduro puede pesar más de cinco mil kilos. Sus patas son gruesas como troncos de árbol y se bañan succionando agua con la probóscide y rociándola por el aire...

—Así, ¿usted sí lo ha visto? —lo interrumpió Sofia ilusionada—. ¿En el Continente Oscuro?

El conde titubeó.

—No exactamente en el Continente Oscuro...

—Entonces ¿dónde?

—En diversos libros...

—Ah —dijo la niña, cortando el tema con la eficacia de una guillotina.

Mientras ambos guardaban silencio unos instantes, el conde trató de recordar alguna otra maravilla que pudiera cautivarla, pero que él sí hubiera visto en persona.

—¿Te gustaría oír una historia sobre una princesa? —le propuso.

Sofia se enderezó en el asiento.

—La era de la nobleza ha dado paso a la del hombre común —dijo ella, con el orgullo de quien recita de forma correcta una declinación—. Era históricamente inevitable.

—Sí —concedió él—. Eso me han dicho.

Volvió a producirse un silencio.

—¿Te gusta ver cuadros? —El conde cogió una guía ilustrada del Louvre que había tomado prestada del sótano—. Aquí están todos los que puedas imaginar. Mientras yo me aseo, ¿por qué no les echas un vistazo?

Sofia se movió un poco para sentar a Muñeca a su lado, y entonces cogió el libro con prontitud y buena disposición.

Él se retiró a la seguridad del cuarto de baño, se quitó la camisa, se lavó la parte superior del cuerpo y se enjabonó las mejillas, sin dejar de murmurar el principal acertijo del día:

«No pesa más de quince kilos; no mide más de un metro; el contenido de su mochila cabría en un solo cajón; casi nunca habla a menos que le preguntes algo y su corazón no hace más ruido que el de un pajarillo. Entonces ¿cómo es posible que ocupe tanto espacio?»

Con los años, el conde había acabado encontrándose bastante ancho en sus habitaciones. Por la mañana, no le faltaba espacio para hacer veinte flexiones y veinte estiramientos, desayunar sin prisas y leer una novela en una butaca inclinada. Por la noche, después de trabajar, acogían fantasías, recuerdos de viajes y meditaciones sobre la historia, todo ello rematado por un buen sueño. Sin embargo, curiosamente, aquella pequeña visitante con su mochila militar y su muñeca de trapo había alterado por completo las dimensiones del lugar. Había hecho que el techo bajara, que el suelo subiera y que las paredes se desplazaran hacia dentro, todo a la vez, de modo que allá adonde el conde quisiera ir, se la encontraba a ella. Después de dormir en el suelo, y apenas de manera intermitente, al levantarse se la había encontrado ocupando su lugar favorito para los ejercicios gimnásticos matutinos. En el desayuno, Sofia había comido más fresas de las que le correspondían, y cuando el conde se disponía a mojar su segunda galleta en su segunda taza de café, ella se había quedado mirándolo con tanto anhelo que él no había tenido más remedio que preguntarle si la quería. Y cuando, por fin, se disponía a sentarse en la butaca e inclinarla hacia atrás para empezar a leer su libro, la había visto allí sentada, mirándolo con gesto expectante.

Pero, tras sorprenderse agitando con énfasis la brocha de afeitar ante el espejo, el conde se detuvo.

«Dios mío —pensó—. ¿Será verdad?

»¿Ya?

»¿A los cuarenta y ocho años?»

—Aleksandr Rostov, ¿será posible que te hayas vuelto tan inflexible?

De joven, jamás lo habría importunado la presencia de otra persona. En cuanto se despertaba, procuraba gozar de compañías agradables.

Cuando leía en su butaca, ninguna interrupción le parecía una molestia. De hecho, prefería leer con un poco de ruido de fondo, como los gritos de un vendedor ambulante en la calle; o las escalas de un piano en el apartamento de al lado; o mejor aún, pasos en la escalera, pasos presurosos que, tras ascender dos tramos, de pronto se detenían, llamaban a su puerta y, sin aliento, decían que había dos amigos suyos esperando en la calle, en un coche tirado por cuatro caballos. (Al fin y al cabo, ¿no es por eso por lo que las páginas de los libros están numeradas? ¿Para que podamos encontrar el punto donde habíamos dejado la lectura tras una interrupción razonable?)

En cuanto a las posesiones, nunca le habían importado lo más mínimo. Siempre era el primero en prestar un libro o un paraguas a un conocido (pese a que ningún conocido, desde Adán y Eva, hubiera devuelto nunca un libro o un paraguas).

¿Y las rutinas? Siempre se había enorgullecido de no tener ninguna. Un día desayunaba a las diez y al día siguiente a las dos de la tarde. En sus restaurantes favoritos nunca había pedido el mismo plato dos veces en la misma temporada. De hecho, viajaba por los menús como el señor Livingstone viajaba por África o Magallanes por los siete mares.

No, era imposible molestar, interrumpir o fastidiar al conde Aleksandr Rostov cuando tenía veintidós años. Porque cualquier aparición, comentario o suceso inesperado siempre era recibido como un espectáculo de fuegos artificiales en un cielo de verano: como algo ante lo que sólo cabía maravillarse y aplaudir.

Sin embargo, al parecer eso ya no era así...

La inesperada llegada de un paquete de quince kilos le había arrancado el velo de los ojos. Sin que él lo notara siquiera (sin su conocimiento, su intervención ni su permiso), la rutina se había instalado en su vida cotidiana. Por lo visto, siempre desayunaba a la misma hora. Por lo visto, debía beberse el café y mordisquear sus galletas sin interrupciones. Debía leer en una butaca determinada, inclinada en un ángulo determinado, sin que lo distrajera otra cosa que no fuera el roce de las patas de una paloma. Debía afeitarse la mejilla derecha, la mejilla izquierda y sólo entonces proceder a rasurar la parte inferior de la barbilla.

Con ese fin echaba ahora la cabeza hacia atrás y levantaba la navaja de afeitar, pero al modificar el ángulo de su mirada, descubrió dos ojos insondables que lo miraban fijamente desde el espejo.

—¡Cielos!

—Ya he terminado de ver los cuadros —dijo la niña.

—¿Cuáles?

—Todos.

—¡Todos! —Entonces fue el conde quien abrió mucho los ojos—. ¡Eso es fabuloso!

—Me parece que esto es para usted —añadió la niña, tendiéndole un pequeño sobre.

—¿De dónde ha salido?

—Lo han deslizado por debajo de la puerta.

Él cogió el sobre y se dio cuenta de que estaba vacío; pero en lugar de un destinatario llevaba la leyenda «¿A las 15.00 h?» con una caligrafía esbelta y elegante como un sauce.

—Ah, sí —dijo el conde, y se guardó el sobre en el bolsillo—. Un pequeño asunto de negocios. —A continuación le dio las gracias a Sofia con un tono que daba a entender que ya podía marcharse.

Y ella replicó:

—De nada —con un tono que daba a entender que no tenía intención de ir a ninguna parte.

De ahí que el conde saltara de su cama y diera una palmada al oír el primer repique del carrillón que anunciaba el mediodía.

—Vale —dijo—. ¿Vamos a comer? Debes de estar hambrienta. Creo que el Piazza te parecerá delicioso. El Piazza no es un simple restaurante. Lo diseñaron como una extensión de la ciudad, de sus jardines, sus mercados y sus comercios.

Pero, mientras continuaba con su descripción de las ventajas que ofrecía el Piazza, se fijó en que Sofia contemplaba el reloj con gesto de sorpresa. Y cuando salieron por la puerta para dirigirse abajo, la niña volvió la cabeza y titubeó, como si se dispusiera a preguntar cómo era posible que un aparato tan delicado generara un sonido tan maravilloso.

Bueno, pensó el conde cuando empezaba a cerrar la puerta, si la niña quería conocer los secretos del reloj de dos repiques, había ido al sitio adecuado. Porque él no sólo tenía nociones de cronometría, sino que además sabía absolutamente todo lo que había que saber sobre aquel...

—Tío Aleksandr —dijo la niña con la tierna vocecilla de alguien que se ve obligado a dar una mala noticia—. Me parece que tu reloj está estropeado.

El conde, sorprendido, soltó el picaporte.

—¿Estropeado? De ninguna manera. Te aseguro, Sofia, que mi reloj marca la hora exacta. Es más, lo fabricaron unos artesanos conocidos en el mundo entero por su compromiso con la exactitud.

—No, no es el reloj lo que está roto —explicó ella—. Es el carrillón.

—Pero si acaba de sonar la mar de bien.

—Sí. Ha sonado a mediodía. Pero no ha sonado a las nueve, ni a las diez, ni a las once.

—Ah —dijo el conde con una sonrisa—. Claro, te daría la razón si se tratara de cualquier otro reloj, querida. Pero es que éste es un reloj de dos repiques. Lo fabricaron hace muchos años, siguiendo las indicaciones de mi padre, para que sólo sonara dos veces al día.

—Pero ¿por qué?

—Eso, querida mía, ¿por qué? Te diré una cosa. Vamos al Piazza, donde, después de pedir y ponernos cómodos, investigaremos todos los cómos y porqués del reloj de mi padre. Porque no hay nada más importante para disfrutar de una comida en compañía que tener un tema de conversación ameno.

A las doce y diez, el Piazza todavía no estaba lleno; sin embargo, eso quizá fuera una suerte, porque el conde y Sofia pudieron sentarse a una mesa excelente y enseguida recibieron la atención de Martyn, un nuevo camarero muy capacitado que le retiró la silla a Sofia con una elegancia admirable.

—Mi sobrina —explicó el conde, mientras ella miraba a su alrededor, impresionada.

—Yo tengo una hija de seis años —replicó Martyn con una sonrisa—. Los dejo un momento y vuelvo enseguida.

Sofia no tenía tan poco mundo como para no saber qué era un elefante, pero nunca había visto nada parecido al Piazza. No sólo estaba maravillada por la elegancia y las dimensiones del comedor, sino también por cada uno de sus elementos por separado, que parecían cuestionar el sentido común: un techo de cristal, un jardín tropical de interior, ¡una fuente en medio de una habitación!

Cuando terminó de hacer su inspección de las paradojas del Piazza, debió de comprender instintivamente que un escenario como aquél merecía un comportamiento de nivel superior. Porque de repente quitó la muñeca de encima de la mesa y la puso en la silla vacía que tenía a su derecha; cuando el conde cogió su servilleta de debajo de los cubiertos y se la puso en el regazo, Sofia lo imitó, procurando que el cuchillo y el tenedor no hicieran ruido; y cuando, después de detallar la comanda a Martyn, el conde dijo «Muchas gracias, amigo mío», Sofia repitió una por una sus palabras. Luego miró al conde con gesto expectante.

—¿Ahora? —preguntó.

—¿Ahora qué, querida?

—¿Es ahora cuando vas a explicarme lo del reloj de dos repiques?

—Ah, sí. Exactamente.

Pero ¿por dónde empezar?

Pues por el principio, evidentemente.

Le explicó que el reloj de dos repiques se lo había encargado su padre a la respetada relojería Breguet. Los Breguet habían abierto su taller en París en 1775, y se habían hecho famosos enseguida en el mundo entero no sólo por la precisión de sus cronómetros (es decir, por la exactitud de sus relojes), sino también por los diversos y complicados medios con que éstos podían marcar el tiempo. Tenían relojes que tocaban unos compases de Mozart al final de cada hora. Relojes que no sólo señalaban las horas, sino también las medias y los cuartos. Relojes que mostraban las fases de la luna, el paso de las estaciones y el ciclo de las mareas. Pero cuando el padre del conde visitó su taller en 1882, planteó a los relojeros un reto completamente diferente: un reloj que sólo tocara dos veces al día.

—¿Y por qué quería que tocara dos veces al día? —dijo el conde (anticipándose a la pregunta favorita de su joven interlocutora).

Muy sencillo: el padre del conde creía que, si bien los hombres debían tomarse la vida en serio, no debían tomarse demasiado en serio los relojes. Había estudiado a los estoicos y a Montaigne, y creía que nuestro Creador había reservado las horas de la mañana para la industria. Es decir, si un hombre se levantaba no más tarde de las seis, tomaba un tentempié ligero y se ponía a trabajar sin interrupción, a mediodía ya debería haber completado todo el trabajo de la jornada.

Así pues, en opinión de su padre, el tañido de las doce marcaba un momento de reflexión. Cuando sonaba el carrillón del mediodía, el hombre diligente podía enorgullecerse de haber empleado bien la mañana y sentarse a comer con la conciencia tranquila; en cambio, el hombre frívolo (el que se había pasado la mañana remoloneando en la cama, o prolongando el desayuno mientras leía tres periódicos, o manteniendo conversaciones baladíes en el salón) no tenía otra alternativa que suplicar el perdón del Señor.

El padre del conde creía que, por la tarde, un hombre debía procurar no vivir atado al reloj que llevaba en el chaleco, marcando los minutos como si los sucesos de la vida fueran estaciones de la línea del ferrocarril. Dado que ya había sido lo bastante diligente antes de la comida, por la tarde debía hacer buen uso de su libertad. Debía pasear entre los sauces, leer algún texto intemporal, conversar con algún amigo bajo la pérgola, o reflexionar delante de la chimenea encendida. Dicho de otro modo: debía dedicarse a esos empeños que no tienen asignada una hora concreta y que marcan ellos mismos su comienzo y su fin.

¿Y el segundo toque?

El padre del conde era de la opinión de que ése no debías oírlo nunca. Si habías empleado bien el día (al servicio de la laboriosidad, la libertad y el Señor), mucho antes de las doce de la noche ya deberías estar profundamente dormido. De modo que el segundo toque de carrillón del reloj era claramente un reproche: «¿Qué haces levantado todavía? —te decía—. ¿Tan derrochador has sido con las horas diurnas que necesitas seguir haciendo cosas en la oscuridad?»

—Su ternera.

—Ah. Gracias, Martyn.

Martyn le puso el primer plato delante a Sofia y el segundo al conde, como debía ser. Luego se quedó un poco más cerca de la mesa de lo que habría sido estrictamente necesario.

—Gracias —repitió el conde, una forma educada de decirle que ya podía retirarse.

Sin embargo, cuando cogió sus cubiertos y empezó a explicarle a Sofia que su hermana y él siempre se sentaban junto al reloj de dos repiques la última noche del mes de diciembre para recibir el Año Nuevo, Martyn dio un paso adelante y se acercó aún más a la mesa.

—¿Sí? —preguntó el conde con cierta impaciencia.

Martyn titubeó.

—¿Quiere que... le corte la carne a la niña?

El conde miró a Sofia, que, con el tenedor en la mano, miraba fijamente su plato.

«*Mon Dieu*», pensó.

—No hace falta, amigo mío. Ya lo haré yo.

Martyn se retiró con una pequeña inclinación de cabeza; el conde se levantó, rodeó la mesa y, con unos pocos movimientos, le cortó la pieza de ternera en ocho trozos a Sofia. Luego, antes de devolverle los cubiertos, se lo pensó mejor y cortó los ocho trozos en dieciséis. Para cuando volvió a sentarse, la niña se había comido cuatro trozos de carne.

Una vez que hubo recobrado la energía gracias al alimento, Sofia lanzó una nueva batería de porqués. ¿Por qué era mejor dedicarse al trabajo por la mañana y a la naturaleza por la tarde? ¿Cómo podía ocurrírsele a alguien leer tres periódicos? ¿Por qué había que pasear bajo los sauces y no bajo otro tipo de árboles? Y ¿qué era una pérgola? Lo que, a su vez, la llevó a formular otras preguntas sobre Villa Holganza, la condesa y Helena.

En principio, el conde consideraba que cualquier batería de preguntas era de mala educación. Por sí solas, las palabras «quién», «qué», «por qué», «cuándo» y «dónde» no servían para entablar conversación. Pero a medida que respondía la letanía de interrogaciones de Sofia, dibujando la distribución de Villa Holganza en el mantel con los dientes del tenedor, describiendo la personalidad de los diferentes miembros de la familia y detallándole diversas tradiciones, se fijó en que la niña estaba completa, absoluta y profundamente cautivada. Por lo visto, lo que no habían logrado los elefantes ni las princesas lo había conseguido la vida en Villa Holganza. Y de pronto la ternera había desaparecido.

Una vez retirados los platos, volvió a aparecer Martyn para preguntar si tomarían postre. El conde miró a Sofia y sonrió, dando por hecho que la niña no desaprovecharía aquella oportunidad. Pero Sofia se mordió los labios y dijo que no con la cabeza.

—¿Estás segura? —insistió el conde—. ¿Un helado? ¿Unas galletas? ¿Un trozo de tarta?

Pero entonces ella se removió un poco en la silla y dijo de nuevo que no.

«Qué diferente es la nueva generación», se dijo el conde, y le devolvió la carta de postres a Martyn.

—Por lo visto, no tomaremos nada más.

Martyn cogió la carta, pero volvió a demorarse junto a la mesa. Entonces, colocándose ligeramente de espaldas, se inclinó con la clara intención de decirle algo al conde al oído.

«Por el amor de Dios —pensó él—. ¿Y ahora qué pasa?»

—Conde Rostov, creo que su sobrina necesita... ir.

—¿Ir? ¿Adónde?

Martyn titubeó.

—Al cuarto de...

El conde miró al camarero y luego a Sofia.

—No digas nada más, Martyn.

El camarero inclinó la cabeza y se disculpó.

—Sofia —se aventuró el conde—, ¿quieres que te acompañe al servicio de señoras?

Ella, sin dejar de morderse el labio, asintió con la cabeza.

—¿Necesitas que... entre contigo? —añadió él cuando llegaron ante la puerta, al final del pasillo.

Sofia dijo que no con la cabeza y entró en el cuarto de baño.

Mientras esperaba, el conde se reprochó su falta de luces. No sólo no había caído en que tenía que cortarle la carne y acompañarla al cuarto de baño, sino que tampoco se le había ocurrido ayudarla a deshacer su equipaje, porque la niña llevaba la misma ropa que el día anterior.

—Y te crees un buen camarero... —se dijo.

Cuando al cabo de un momento Sofia salió del cuarto de baño, se la veía muy aliviada. Sin embargo, pese a lo mucho que, al parecer, le gustaban las preguntas, titubeó como si no se atreviera a preguntar algo.

—¿Qué pasa, querida? ¿Hay algo que te inquieta?

La niña vaciló un poco más, pero al final se armó de valor:

—¿Todavía podemos pedir un postre, tío Aleksandr?

Entonces fue el conde quien sintió alivio.

—Sin ninguna duda, querida. Sin ninguna duda.

Ascenso y descenso

A las dos en punto, cuando Marina abrió la puerta de su taller y se encontró al conde en el umbral acompañado de una niña pequeña con una muñeca de trapo fuertemente agarrada por el cuello, se llevó tal sorpresa que sus ojos bizcos estuvieron a punto de alinearse.

—Hola, Marina —la saludó el conde, y arqueó las cejas de forma elocuente—. ¿Te acuerdas de Nina Kulikova? Te presento a su hija Sofia. Va a quedarse unos días con nosotros en el hotel.

Marina, que tenía dos hijos, no habría necesitado la señal que le había hecho el conde para entender que algo grave había ocurrido en la vida de la niña. Pero también se dio cuenta de que ésta sentía curiosidad por el zumbido que provenía del fondo de la habitación.

—Es un placer conocerte, Sofia —dijo—. Conocí a tu madre cuando ella sólo era unos años mayor que tú. Pero, dime, ¿has visto alguna vez una máquina de coser?

Sofia dijo que no con la cabeza.

—Bueno, pues pasa y te enseñaré una.

Le ofreció la mano a la niña y se la llevó hasta el fondo de la habitación, donde su ayudante estaba arreglando una cortina azul marino. Agachándose hasta ponerse a la altura de Sofia, Marina señaló diferentes partes de la máquina y explicó para qué servía cada una. Entonces pidió a su joven ayudante que le enseñara su colección de telas y botones y ella volvió con el conde, a quien inquirió con la mirada.

En voz baja, él le relató de manera sucinta los sucesos del día anterior.

—Ya te imaginas el apuro en que me encuentro —concluyó.

—Ya me imagino el apuro en que se encuentra Sofia —lo corrigió Marina.

—Sí. Tienes toda la razón —admitió él, contrito. Entonces, cuando se disponía a continuar, tuvo una idea, una idea tan inspirada que era increíble que no se le hubiera ocurrido antes—. He venido a preguntarte si podrías vigilar a Sofia durante una hora, mientras asisto a la reunión diaria del Boiarski...

—Por supuesto que puedo —contestó Marina.

—Como digo, he venido con esa intención... Pero como tú tan sabiamente has señalado, es Sofia la que necesita apoyo y consideración. Y al veros a las dos juntas y ver tu ternura instintiva, y ver que la niña se ha sentido inmediatamente cómoda contigo, de pronto he comprendido que es obvio que lo que necesita en esta encrucijada de la vida es sobre todo un toque maternal, un enfoque maternal, una visión maternal...

Pero Marina lo interrumpió. Y, con el corazón en la mano, dijo:

—No me pida eso, Aleksandr Ilich. Pídaselo a usted mismo.

«Puedo hacerlo», se dijo el conde mientras subía la escalera dando saltitos para llegar al Boiarski. Al fin y al cabo, en realidad sólo era cuestión de hacer algunos pequeños ajustes: cambiar algunos muebles de sitio y modificar algunas costumbres. Dado que Sofia era demasiado pequeña para quedarse sola, tarde o temprano el conde necesitaría encontrar a alguien que pudiera quedarse con ella mientras él estuviera trabajando. De momento, se limitaría a pedir la noche libre y a sugerir que Denis y Dmitri se repartieran sus mesas.

Sin embargo, en un ejemplo extraordinario de cómo un amigo puede adelantarse a las necesidades de otro amigo, al cabo de unos minutos, cuando el conde llegó a la reunión del Triunvirato, Andréi dijo:

—Ah, ya está usted aquí, Aleksandr. Emile y yo estábamos comentando que esta noche Denis y Dmitri pueden repartirse sus mesas.

Él se dejó caer en su silla y suspiró aliviado.

—Perfecto —dijo—. Mañana ya habré dado con una solución más a largo plazo.

El chef y el maître lo miraron sin comprender.

—¿Una solución a largo plazo?

—¿No estáis proponiendo repartir mis mesas para que pueda tomarme la noche libre?

—¡La noche libre! —exclamó Andréi.

Emile soltó una carcajada.

—Aleksandr, amigo mío, hoy es el tercer sábado del mes. Lo esperan en el Salón Amarillo a las diez.

«*Mein Gott*», pensó el conde. Lo había olvidado por completo.

—Y no sólo eso: a las siete y media tenemos la cena del GAZ en el Salón Rojo.

El director de la Gorkovski Automobilni Zavod, la principal fábrica de automóviles del Estado, iba a celebrar una cena formal para conmemorar su quinto aniversario. Además de los miembros del personal más destacados, al acto asistirían el comisario de Industria Pesada y tres representantes de la Ford Motor Company que no hablaban ni una sola palabra de ruso.

—Me ocuparé personalmente de eso —dijo el conde.

—Muy bien —contestó el maître—. Dmitri ya ha preparado el salón.

Y entonces le acercó dos sobres deslizándolos por la mesa.

Según la costumbre bolchevique, las mesas del Salón Rojo estaban dispuestas formando una U, con las sillas a lo largo del perímetro exterior, de modo que todos los asistentes pudieran mirar al presidente de la mesa sin necesidad de estirar el cuello. El conde, tras comprobar que todo estaba correctamente colocado, pasó a examinar el contenido de los sobres que le había entregado Andréi. Abrió el más pequeño de los dos y extrajo el plano de la sala, que presuntamente les habían enviado desde algún despacho del Kremlin. A continuación, abrió el sobre más grande, sacó las tarjetas y empezó a distribuirlas tal como indicaba el plano. Tras recorrer la mesa por segunda vez con objeto de revisar la exactitud de su propia ejecución, se metió los dos sobres en el bolsillo del pantalón y entonces descubrió otro sobre...

Lo sacó y lo examinó con el ceño fruncido. Es decir, hasta que le dio la vuelta y vio la caligrafía esbelta y elegante como un sauce.

—¡Caramba!

Según el reloj de pared, ya eran las tres y cuarto.

Salió disparado del Salón Rojo, recorrió el pasillo y subió un tramo de la escalera. Encontró la puerta de la suite 311 entreabierta, se coló dentro, cerró la puerta y atravesó el gran salón. En el dormitorio, una silueta se dio la vuelta junto a la ventana y dejó caer al suelo su vestido con un delicado susurro de seda.

El conde carraspeó un poco y dijo:

—Anna, amor mío...

Al ver la expresión del semblante del conde, la actriz recogió el vestido y se tapó con él hasta los hombros.

—Lo siento muchísimo, pero debido a una confluencia de sucesos imprevistos, no voy a poder acudir a nuestra cita de hoy. Es más, por motivos relacionados con esos sucesos, es posible que necesite pedirte un pequeño favor...

En los quince años que hacía que se conocían, el conde sólo le había pedido un favor a Anna, uno que no había pesado ni dos onzas.

—Por supuesto, Aleksandr —replicó ella—. ¿De qué se trata?

—¿Con cuantas maletas viajas?

Al cabo de unos minutos, el conde bajaba a toda prisa la escalera de servicio con una maleta de viaje parisina en cada mano. Pensó en Grisha y en Guenia, y en todos sus predecesores, con renovado respeto. Pues, si bien las maletas de Anna estaban hechas con los mejores materiales, parecía que las hubieran diseñado sin prestar la menor atención al hecho de que iban a tener que ser transportadas. Las asas de cuero eran tan pequeñas que apenas podía deslizar dos dedos por ellas; las dimensiones de las maletas eran tan generosas que a cada paso rebotaban en el barandal y le golpeaban la rodilla. ¿Cómo se las ingeniaban los botones para llevar aquellos trastos de un lado a otro con tanta agilidad? ¡Y a menudo con el añadido de una sombrerera, por si fuera poco!

El conde llegó al sótano, salió como pudo por la puerta de servicio y entró en la lavandería. En la primera maleta metió dos sábanas, una colcha y una toalla. En la segunda, un par de almohadas. Luego subió seis pisos por la escalera del campanario, lastimándose las rodillas cada dos por tres. Descargó la ropa de cama en su habitación y fue hasta el final del pasillo a coger otro colchón de una de las habitaciones en desuso.

Cuando se le había ocurrido, le había parecido una idea excelente, pero el colchón parecía empeñado en llevarle la contraria. Cuando el conde se inclinó para levantarlo del somier, el colchón se cruzó de brazos, se plantó firmemente y se negó a moverse. Cuando consiguió levantarlo, el colchón se dobló inmediatamente por encima de su cabeza y estuvo a punto de derribarlo. Y cuando por fin logró arrastrarlo por el pasillo y descargarlo en su habitación, el colchón extendió los brazos y las piernas apoderándose por completo del espacio.

«Así no puede ser», pensó el conde con los brazos en jarras. Si dejaba el colchón allí, ¿cómo iban a moverse por la habitación? Y, evidentemente, no podía meterlo y sacarlo de la habitación todos los días. Pero, en un arrebato de inspiración, recordó aquella mañana, dieciséis años atrás, cuando se había consolado pensando que vivir en aquella habitación le proporcionaría las mismas satisfacciones que viajar en tren.

«Sí —pensó—. Eso es. Exacto.»

Levantó el colchón, lo apoyó contra la pared y le aconsejó que, por su bien, se quedara quieto. Entonces cogió las maletas de Anna, bajó cuatro pisos y fue a la despensa del Boiarski, donde se guardaban las conservas de tomates. Con una altura de aproximadamente veinte centímetros y un diámetro de quince, eran perfectas para cumplir aquella función. Así pues, después de volver a subir con las maletas llenas (con la debida cantidad de resuellos y resoplidos), apiló, levantó, tiró y colgó hasta que la habitación estuvo lista. Entonces le devolvió las maletas a Anna y bajó a toda prisa por la escalera.

El conde llegó al taller de Marina con más de una hora de retraso, pero se tranquilizó al encontrar a la costurera y a Sofia sentadas en el suelo, charlando tranquilamente. La niña se levantó de un brinco y le enseñó su muñeca, que ahora llevaba un vestido azul marino con botoncitos negros en la parte delantera.

—¿Has visto lo que le hemos hecho a Muñeca, tío Aleksandr?

—¡Qué bonito!

—Es muy buena costurera —dijo Marina.

Sofia abrazó a Marina y salió dando saltitos al pasillo con su recién engalanada compañera. El conde se dispuso a seguirla, pero Marina lo llamó.

—Aleksandr, ¿qué tiene previsto hacer con Sofia cuando tenga que ir a trabajar?

Él no supo qué contestar.

—Muy bien —dijo ella—. Yo puedo quedármela esta noche, pero mañana tendrá que buscarse a alguien. Debería hablar con alguna de las camareras más jóvenes. Quizá Natasha. Está soltera y seguro que le gustan los críos. Pero tendrá que darle una buena propina.

—Natasha —repitió el conde, agradecido—. Hablaré con ella mañana a primera hora. Y una buena propina, por supuesto. Muchas gracias, Marina. Haré que os suban a Sofia y a ti la cena del Boiarski sobre las siete; y si hemos de guiarnos por lo que pasó anoche, sobre las nueve ya estará profundamente dormida.

Se dio la vuelta, pero se detuvo y se volvió de nuevo.

—Y... te ruego que me disculpes por lo de antes.

—No pasa nada, Aleksandr. Estaba nervioso porque nunca ha tratado con niños. Pero no tengo ninguna duda de que estará a la altura de las circunstancias. Si alguna vez duda, sólo tiene que recordar que, a diferencia de los adultos, los niños quieren ser felices. Ellos conservan la capacidad de hallar el mayor placer en las cosas más sencillas. —A modo de ejemplo, la costurera le puso un objeto pequeño y que parecía insignificante en la mano, y añadió unas palabras de ánimo y unas breves instrucciones.

Gracias a Marina, cuando el conde y Sofia, tras subir cinco pisos, llegaron a su habitación y la niña, expectante, clavó en él sus ojos azul oscuro, el conde estaba preparado.

—¿Te apetece jugar conmigo a un juego? —preguntó.

—Sí.

—Pues ven por aquí.

Con cierta ceremonia, hizo pasar a Sofia por la puerta del armario que daba al estudio.

—¡Oh! —exclamó ella al llegar al otro lado—. ¿Qué es esto? ¿Tu habitación secreta?

—Nuestra habitación secreta —puntualizó el conde.

Sofia asintió con gravedad para indicar que lo había entendido.

Y es que los niños entienden la utilidad de las habitaciones secretas mucho mejor de lo que entienden la utilidad de las conferencias, los tribunales o los bancos.

Sofia señaló el cuadro con cierta timidez.

—¿Ésa es tu hermana?

—Sí. Helena.

—A mí también me gustan los melocotones. —Deslizó una mano por la mesita de salón—. ¿Aquí era donde tomaba el té tu abuela?

—Exacto.

Sofia volvió a asentir con gravedad.

—Estoy lista para ese juego.

—Muy bien. Se juega así: tienes que volver al dormitorio y contar hasta doscientos. Yo me quedaré aquí para esconder esto en el estudio. —Entonces hizo aparecer el dedal de plata que le había dado Marina. —Sofia, sabes contar hasta doscientos, ¿verdad?

—No —admitió la niña—. Pero puedo contar dos veces hasta cien.

—Estupendo.

Sofia salió por el armario y cerró la puerta. El conde recorrió la habitación con la mirada, buscando un sitio adecuado, un sitio lo bastante difícil para la niña, pero tampoco demasiado, teniendo en cuenta su corta edad. Al cabo de unos minutos de reflexión, se acercó a la pequeña estantería y, con cuidado, puso el dedal encima de *Anna Karénina*, y entonces se sentó.

Sofia debía de haber contado hasta doscientos, porque se abrió un poco la puerta del armario.

—¿Estás preparado? —preguntó.

—¡Sí!

Cuando entró Sofia, el conde creyó que se pondría a corretear por la habitación sin ton ni son y a buscar por todas partes, pero lo que hizo fue quedarse en el umbral y, sin decir nada, con una actitud casi perturbadora, examinar la habitación cuadrante a cuadrante. Superior izquierdo, inferior izquierdo, superior derecho, inferior derecho. Entonces, sin abrir la boca, fue derecha hasta la estantería y cogió el dedal de encima del volumen de Tolstói. Todo eso sucedió en menos tiempo del que el conde habría tardado en contar hasta cien una sola vez.

—Felicidades —dijo de mala gana—. Juguemos otra vez.

Sofia le entregó el dedal. Pero en cuanto la niña salió de la habitación, él se arrepintió de no haber escogido el siguiente escondite antes de dar comienzo la segunda partida. Ahora sólo tenía doscientos segundos para encontrar un sitio. Y por si fuera poco, Sofia se puso a contar a voz en grito, de modo que la oía a través de la puerta del armario.

—Veintiuno, veintidós, veintitrés...

De pronto era él quien correteaba sin ton ni son, buscando por todas partes, descartando rincones por ser demasiado fáciles o demasiado difíciles. Al final, escondió el dedal debajo del asa del Embajador, en el extremo opuesto de la habitación respecto a la estantería.

Sofia entró otra vez y repitió el mismo procedimiento. Aunque, como si se adelantara al pequeño truco del conde, esa vez empezó su inspección por el rincón opuesto a donde había encontrado el dedal en la primera partida. Tardó veinte segundos en dar con él.

Era evidente que el conde había infravalorado a su adversaria. Pero, al poner el dedal en sitios tan bajos, le había dado ventaja a la niña; en la siguiente ronda sacaría partido de sus limitaciones escondiéndolo a una altura de unos dos metros.

—¿Otra vez? —preguntó él con una sonrisa zorruna.

—Ahora te toca a ti.

—¿Cómo dices?

—Te toca a ti buscar y a mí esconder.

—No, no. Mira, en este juego siempre escondo yo y siempre buscas tú.

Sofia escudriñó el rostro del conde como lo habría hecho su madre, Nina.

—Si siempre escondieras tú y siempre buscara yo, esto no sería ningún juego.

Él frunció el ceño ante lo irrefutable de esa afirmación. Y cuando Sofia le tendió la mano, él, obediente, le puso el dedal en la palma. Como si eso no bastara, cuando el conde fue a coger el picaporte, Sofia le tiró de la manga.

—Tío Aleksandr, no me espiarás, ¿verdad?

¿Espiarla? Al conde le habría gustado decir un par de cosas sobre la integridad de los Rostov, pero se serenó y dijo:

—No, Sofia. No te espiaré.

—¿Me lo prometes?

—Sí, te lo prometo.

Luego se fue al dormitorio mascullando algo sobre su palabra de honor y sobre que nunca había hecho trampas a las cartas, ni se había hecho el despistado para no pagar una apuesta, y entonces empezó a contar. Cuando pasó de ciento cincuenta, oyó a Sofia moviéndose por el estudio, y cuando llegó a ciento setenta y cinco, oyó que la niña arrastraba una silla. Consciente de la diferencia entre un caballero y un canalla, contó hasta que la habitación quedó en silencio, es decir, hasta doscientos veintidós.

—¡Ya! —gritó.

Cuando entró en el estudio, encontró a Sofia sentada en la butaca.

Con cierta teatralidad, el conde entrelazó las manos detrás de la espalda y se paseó por la habitación murmurando «Mmm...». Pero, después de haber dado dos vueltas, el pequeño dedal de plata seguía sin aparecer, así que empezó a buscarlo con más interés. Imitando la técnica de Sofia, dividió la habitación en cuadrantes y los revisó meticulosamente, pero sin éxito.

Al recordar que había oído moverse una silla, y teniendo en cuenta la estatura de Sofia y el largo de sus brazos, calculó que podía haber llegado hasta un punto que quedara como máximo a un metro y medio del suelo. Así pues, miró detrás del marco del retrato de su hermana; miró bajo el mecanismo de la ventanita; hasta miró encima del marco de la puerta.

Pero el dedal seguía sin aparecer.

De vez en cuando volvía a mirar a Sofia con la esperanza de que se delatara desviando la mirada hacia el escondite. Pero la niña se mantuvo impasible, como si no tuviera ni idea de que el conde estuviera buscando algo. Y mientras tanto no paraba de balancear los pies.

Como estudioso que era de la psicología, el conde decidió que para solucionar el problema necesitaba ponerse en el lugar de su oponente. Del mismo modo que él había querido aprovecharse de la reducida altura de Sofia, tal vez ella hubiera querido aprovecharse de la estatura del conde. «Claro», pensó. Que hubiera oído arrastrar una silla no significaba necesariamente que Sofia se hubiera subido a ella; podía haberla apartado para esconder el dedal debajo. Se arrodilló pues y se arrastró por el suelo, desde la estantería hasta el Embajador y viceversa.

Y ella seguía allí sentada, balanceando sus piececitos.

El conde se irguió cuan alto era y se golpeó la cabeza contra el techo abuhardillado. Además, le dolían las rodillas de estar sobre el duro suelo de madera, y tenía la chaqueta cubierta de polvo. De pronto, mientras miraba alrededor, un poco aturullado, notó que una contingencia se aproximaba lentamente hacia él, como un gato que avanza agazapado por el césped; y aquel gato se llamaba *Derrota*.

¿Podía ser?

¿Se estaba preparando, él, un Rostov, para rendirse?

Bueno, resumiendo en una sola palabra: sí.

No había vuelta de hoja: lo habían vencido y lo sabía. Como es lógico, algo tendría que reprocharse a sí mismo, pero lo primero de todo era maldecir a Marina y los presuntos placeres de los juegos sencillos. Inspiró hondo y exhaló. A continuación se presentó ante la niña como el general Mack se había presentado ante Napoleón después de permitir que se le escapara el ejército ruso:

—Te felicito, Sofia —dijo.

Ella lo miró a los ojos por primera vez desde que él había entrado en el estudio.

—¿Te rindes?

—Me doy por vencido —dijo el conde.

—¿Es lo mismo que rendirse?

—Sí, es lo mismo que rendirse.

—Entonces tienes que decirlo.

Claro. La humillación tenía que llegar hasta las últimas consecuencias.

—Me rindo —declaró.

Sin regodearse lo más mínimo, Sofia aceptó la rendición de su oponente. Entonces bajó de la butaca de un salto y fue hasta él. El conde se apartó de su camino, convencido de que debía de haber escondido el dedal en la estantería. Pero la niña se detuvo delante de él, metió la mano en el bolsillo de su chaqueta y sacó el dedal.

Rostov estaba perplejo.

De hecho, hasta balbuceó.

—Pero, pero, pero, pero Sofia, ¡esto no es justo!

Ella lo miró con curiosidad.

—¿Por qué no es justo?

Siempre aquel condenado «¿Por qué?».

—Porque no —contestó el conde.

—Pero si has dicho que podíamos esconderlo en cualquier lugar de la habitación.

—Precisamente por eso, Sofia. Mi bolsillo no estaba en la habitación.

—Tu bolsillo estaba en la habitación cuando he escondido el dedal; y también cuando has empezado a buscar...

Y al escudriñar aquella carita inocente, el conde lo vio todo claro. La niña se había burlado de él, un maestro del matiz y de los juegos de manos. Llamarlo para insistirle en que no debía hacer trampas y tirarle delicadamente de la manga sólo había sido un truco para disimular, mientras le metía el dedal en el bolsillo. ¿Y el arrastrar de muebles cuando se acercaba el minuto número doscientos? Puro teatro. Una trampa descarada. Y mientras él buscaba, Sofia había permanecido sentada, abrazando a Muñeca con su vestido azul nuevo, sin que su actitud traicionara sus ardides.

El conde dio un paso atrás y le hizo una reverencia.

A las seis en punto, después de ir a la planta baja para dejar a Sofia con Marina, volver a subir al sexto piso para recoger la muñeca de Sofia y bajar una vez más para dársela a la niña, el conde se dirigió al Boiarski.

Pidió disculpas a Andréi por el retraso y, rápidamente, procedió a evaluar a su equipo, revisar las mesas, colocar bien las copas, alinear los cubiertos, asomarse para mirar a Emile y, por último, dar la señal que indicaba que el restaurante ya podía abrir sus puertas. A las siete y media fue al Salón Rojo para supervisar la cena de la GAZ. Después, a las diez, recorrió el pasillo hasta la puerta del Salón Amarillo, custodiada por Goliat.

Desde 1930, el conde y Ósip cenaban juntos el tercer sábado del mes para ampliar los conocimientos sobre Occidente del ex coronel del Ejército Rojo.

Habían dedicado los primeros años al estudio de los franceses (que abarcaba sus modismos y sus fórmulas de tratamiento; los personajes de Napoleón, Richelieu y Talleyrand; la esencia de la Ilustración; los genios del impresionismo; y su tendencia predominante al *je ne sais quoi*); después pasaron al de los británicos (que abarcaba la necesidad de té, las inverosímiles normas del críquet, el protocolo de las cacerías de zorros, su incondicional aunque bien merecido orgullo por Shakespeare y la primordial y ubicua importancia del pub). Pero más recientemente habían pasado a centrarse en Estados Unidos.

Con tal fin, esa noche, encima de la mesa, junto a sus platos casi vacíos, había dos ejemplares de la obra maestra de Alexis de Tocqueville, *La democracia en América*. Ósip se había sentido un tanto intimidado por su extensión, pero el conde le había asegurado que no existía ningún texto mejor para alcanzar una comprensión fundamental de la cultura de Estados Unidos. Así pues, el ex coronel se había pasado tres semanas quemándose las pestañas y había llegado al Salón Amarillo con el entusiasmo del colegial que va bien preparado a su examen final de bachillerato. Y después de secundar la afición del conde a las noches de verano, hacerse eco de sus elogios de la *sauce au poivre* y compartir su excelente opinión sobre el bouquet del Burdeos, Ósip estaba impaciente por entrar en materia.

—Estoy de acuerdo en que el vino es estupendo, el filete es estupendo y hace una noche de verano estupenda —dijo—. Pero ¿no deberíamos empezar a hablar del libro?

—Sí, desde luego —concedió el conde, dejando la copa en la mesa—. Centrémonos en el libro. ¿Qué tal si empieza usted...?

—Bien, en primer lugar debería decir que no se parece mucho a *La llamada de lo salvaje.*

—No —convino el conde, con una sonrisa—. No se parece mucho a *La llamada de lo salvaje.*

—Y he de admitir que, aunque aprecio la atención de Tocqueville a los detalles, en general el primer volumen, sobre el sistema político norteamericano, me ha parecido bastante farragoso.

—Sí. —El conde asintió con gravedad—. Estoy de acuerdo en que el primer volumen se caracteriza por el exceso de detalle.

—En cambio, el segundo volumen, sobre las características de su sociedad, me ha parecido absolutamente fascinante.

—No es usted el único que opina así.

—De hecho, ya desde la primera línea... Espere. ¿Dónde está? Aquí: «Creo que no hay ni un solo país en todo el mundo civilizado donde se le preste menos atención a la filosofía que Estados Unidos.» ¡Ja! Eso nos revela un par de cosas.

—Así es —coincidió el conde, risueño.

—Y aquí, unos cuantos capítulos más adelante, menciona la desmesurada pasión de los estadounidenses por las comodidades materiales. La mentalidad de los norteamericanos, afirma, «se preocupa por satisfacer todas las necesidades del cuerpo y atiende a los pequeños placeres de la vida». Y estamos hablando de mil ochocientos cuarenta. ¡Imagínese lo que diría si hubiera visitado Estados Unidos en los años veinte!

—¡Ja, ja! ¡Si los hubiera visitado en los años veinte! Bien dicho, amigo mío.

—Pero dígame, Aleksandr: ¿cómo hemos de interpretar la afirmación de que la democracia es lo más adecuado para la industria?

El conde se recostó en el respaldo de su silla y toqueteó los cubiertos.

—Ya. La cuestión de la industria. Es un excelente tema en el que profundizar, Ósip. Ése es el meollo de la cuestión. ¿Usted qué opina?

—Bueno, yo le pedía su opinión a usted, Aleksandr.

—Y le diré lo que pienso, por supuesto. Pero como tutor suyo, sería negligente por mi parte influir en sus impresiones antes de que usted tuviera ocasión de formularlas. Así que, primero, exponga sus pensamientos con frescura.

Ósip se quedó mirando al conde, que cogió su copa de vino.

—Aleksandr... usted ha leído el libro...

—Por supuesto que he leído el libro —confirmó él, y dejó la copa encima de la mesa.

—Me refiero a que usted ha leído los dos volúmenes... hasta la última página.

—Ósip, amigo mío, una de las reglas fundamentales del estudio académico establece que el hecho de que un alumno haya leído cada palabra de una obra no importa tanto como si ha establecido una familiaridad razonable con ese material básico.

—¿Y hasta qué página se extiende su familiaridad razonable en el caso de esta obra en concreto?

—Ejem... —dijo el conde, abriendo el libro por el índice—. Déjeme ver... Sí, sí, sí. —Miró a Ósip—. ¿La ochenta y siete?

El ex coronel miró un momento al conde. Entonces agarró a Tocqueville y lo lanzó con todas sus fuerzas. El historiador francés se estrelló contra una fotografía enmarcada de Lenin hablando ante una multitud en la Plaza del Teatro, rompió el cristal y la tiró al suelo con gran estrépito. La puerta del Salón Amarillo se abrió de golpe y Goliat irrumpió empuñando su pistola.

—¡Córcholis!—exclamó el conde, levantando ambas manos por encima de la cabeza.

Ósip, a punto de ordenarlc a su guardaespaldas que disparara contra Rostov, inspiró hondo y luego dijo que no con la cabeza.

—No pasa nada, Vladímir.

Éste asintió y regresó a su puesto en el pasillo.

Ósip apoyó los brazos cruzados encima de la mesa, miró al conde y se quedó esperando una explicación.

—Lo siento mucho —se disculpó Rostov, sinceramente avergonzado—. Tenía intención de terminarlo, Ósip. De hecho, anoche había eliminado otras cosas de mi agenda para poder leerlo hasta el final, pero... intervinieron ciertas circunstancias.

—Ciertas circunstancias.

—Circunstancias imprevistas.

—¿Qué clase de circunstancias imprevistas, si se puede saber?

—Una joven dama.

—¡Una joven dama!

—La hija de una vieja amiga mía. Apareció sin previo aviso y va a quedarse un tiempo conmigo.

Ósip se quedó mirando al conde, estupefacto, y entonces soltó una carcajada.

—Vaya, vaya, Aleksandr Ilich. Una joven dama va a quedarse con usted un tiempo. ¿Por qué no empezaba por ahí? Queda usted absuelto, viejo zorro. O por lo menos, casi. Hablaremos de nuestro Tocqueville, desde luego; y se lo leerá usted hasta el final. Pero ahora no quiero retenerlo ni un segundo más. Todavía no es demasiado tarde para comer un poco de caviar en el Chaliapin. Luego puede llevarla a bailar al Piazza.

—Es que... la joven dama es muy joven.

—¿Muy joven? ¿Qué edad tiene?

—¿Cinco o seis años?

—¡Cinco o seis años!

—Yo diría que seis, casi con toda seguridad.

—Seis años casi con toda seguridad.

—Sí...

—Y se aloja en su habitación.

—Exacto.

—¿Durante cuánto tiempo?

—Unas semanas. Quizá un mes. Pero no más de dos.

Ósip sonrió y asintió con la cabeza.

—Entiendo.

—Si he de ser sincero —admitió el conde—, de momento su visita ha alterado un poco mi rutina diaria. Pero supongo que eso era de esperar, dado que la niña acaba de llegar. Una vez que hayamos realizado algunos pequeños ajustes y ella haya tenido ocasión de adaptarse, todo volverá a funcionar a la perfección.

—No me cabe ninguna duda —convino Ósip—. Entretanto, no quiero entretenerlo.

Tras prometer que terminaría de leer a Tocqueville antes de su siguiente reunión, el conde se disculpó y salió por la puerta. Ósip cogió la botella de Burdeos y, al ver que estaba vacía, levantó la copa que el conde no se había terminado y vertió el vino en la suya.

¿Se acordaba de los tiempos en que sus hijos tenían «casi con toda seguridad» seis años? ¿De cuando se oían correteos por los pasillos una hora antes del amanecer? ¿De cuando era imposible encontrar ningún objeto más pequeño que una manzana hasta que lo pisabas? ¿De cuando no había manera de terminar un libro o contestar una carta, y todas sus reflexiones quedaban incompletas? Sí, se acordaba de todo eso como si hubiera pasado el día anterior.

—No me cabe ninguna duda —repitió con una sonrisa en los labios—: Una vez que hayan realizado algunos pequeños ajustes, todo volverá a funcionar a la perfección.

El conde creía, en general, que los adultos no debían correr por los pasillos. Pero cuando dejó a Ósip eran casi las once, y ya se había aprovechado demasiado de la bondad de Marina. Así pues, hizo una excepción y, por una vez, echó a correr por el pasillo, dobló la esquina y se dio de bruces con un individuo de barba desgreñada que caminaba de un lado a otro junto al pie de la escalera.

—¡Mishka!

—Ah, estás aquí, Sasha.

Nada más reconocer a su viejo amigo, lo primero que pensó el conde fue que tendría que decirle que se marchara. ¿Qué otra cosa podía hacer? No había alternativa.

Pero al fijarse bien en el rostro de Mishka, comprendió que iba a ser imposible. Era evidente que había ocurrido algo importante. De modo que, en lugar de decirle que se marchara, subió con él al estudio, donde, una vez sentados, Mishka se puso a darle vueltas y vueltas a su sombrero.

—¿No tenías que llegar mañana a Moscú? —se aventuró a decir el conde, tras un breve silencio.

—Sí —confirmó Mishka, con un desganado movimiento de su sombrero—. Pero he venido un día antes a petición de Shalámov.

Víktor Shalámov, un conocido suyo de los tiempos de la universidad, era ahora el director de la editorial Goslitizdat. Era a él a quien se le había ocurrido encargarle a Mishka la edición de los volúmenes de las cartas de Antón Chéjov, de próxima aparición, un proyecto en el que Mishka llevaba trabajando como un esclavo desde 1934.

—Ah —dijo el conde alegremente—. Ya debes de estar a punto de acabar.

—Sí, a punto de acabar —repitió Mishka riendo—. Tienes toda la razón, Sasha. Estoy a punto de acabar. De hecho, sólo falta eliminar una palabra.

Esto es lo que había sucedido:

Esa mañana, Mijaíl Míndich había llegado a Moscú desde Leningrado en el tren nocturno. Con las galeradas camino ya de la imprenta, Shalámov había dicho que quería llevarlo a la Casa Central de Escritores para comer allí con él y celebrarlo. Pero cuando Mishka llegó a la recepción de la editorial, poco antes de la una, Shalámov le pidió que lo acompañara a su despacho.

Una vez allí, Shalámov lo felicitó por su trabajo y dio unas palmaditas sobre las galeradas, pues resultó que no estaban camino de la imprenta, sino allí mismo, encima de la mesa del editor.

Sí, era un alarde de matiz y erudición, comentó Shalámov. Una exhibición de sabiduría. Pero antes de imprimir la obra, era necesario solucionar un pequeño detalle. Se trataba de una elisión en la carta del 6 de junio de 1904.

Mishka sabía muy bien a qué carta se refería. Era la misiva agridulce que Chéjov le había escrito a su hermana Maria, en la que preveía su total recuperación pocas semanas antes de morir. Durante la composición, debían de haberse comido una palabra, lo que demuestra que, por muchas veces que se revisen unas galeradas, nunca se detectan todos los fallos.

—Déjame verla —dijo Mishka.

—Mira. —Shalámov dio la vuelta a las galeradas para que pudiera repasar la carta.

Berlín, 6 de junio de 1904

Querida Masha:

Te escribo desde Berlín. Ya llevo un día entero aquí. Cuando tú te fuiste, en Moscú empezó a hacer mucho frío e incluso nevó; debí de resfriarme por culpa del mal tiempo, empecé a tener dolores reumáticos en los brazos y las piernas, no podía dormir por las noches, adelgacé mucho, me pusieron inyecciones de morfina, tomé miles de medicamentos diferentes y sólo recuerdo con gratitud la heroína que Altschuller me recetó una vez. Sin embargo, poco antes de la hora de partir empecé a recobrar las fuerzas. Recuperé el apetito, empecé a inyectarme yo mismo arsénico y fui mejorando, y al final, el jueves, salí del país, muy delgado, con las piernas muy flacas y descarnadas. El viaje fue muy agradable. Aquí, en Berlín, hemos ocupado una habitación muy cómoda en el mejor hotel. Disfruto mucho de la vida en esta ciudad y hacía mucho tiempo que no comía tan bien ni con tanto apetito. El pan de aquí es asombroso, lo como en grandes cantidades, el café es excelente, y no hay palabras para describir las cenas. Quienes nunca han viajado al extranjero no saben lo bueno que puede llegar a ser el pan. No hay té decente (nosotros nos hemos traído el nuestro), ni hors d'oeuvres *comparables a los nuestros, pero todo lo demás es muy bueno, a pesar de ser más barato aquí que en Rusia. Ya he empezado a engordar y hoy, pese a que hacía frío, incluso he dado una vuelta larga hasta el Tiergarten. Así pues, puedes decirle a Madre y a todo el que se interese por mí que voy camino de la recuperación, o mejor aún, que ya estoy recuperado... Etc., etc.*

Un abrazo,

A. Chéjov

Mishka leyó ese pasaje una vez y luego volvió a leerlo mientras trataba de recordar la carta original. Después de cuatro años, se las sabía casi todas de memoria. Pero por mucho que lo intentara, no lograba identificar la discrepancia.

—¿Qué falta? —preguntó por fin.

—Ah, no —dijo Shalámov, en el tono de quien de pronto comprende que ha habido un malentendido entre amigos—. No falta nada. Se trata de que hay que eliminar una cosa. Esto.

Shalámov estiró un brazo por encima de la mesa para señalar las líneas en las que Chéjov había compartido sus primeras impresiones de Berlín, pero concretamente sus elogios del excelente pan que allí tenían, y su comentario de que los rusos que nunca habían viajado no tenían ni idea de lo bueno que podía llegar a ser el pan.

—¿Ésta es la parte que habría que quitar?

—Sí. Exacto.

—Así, sin más.

—Sí, por favor.

—¿Y por qué? Si no te importa que lo pregunte.

—En aras de la concisión.

—¡Así que es para ahorrar papel! Y cuando haya eliminado este breve pasaje del seis de junio, ¿dónde quieres que lo ponga? ¿En el banco? ¿En el cajón de un tocador? ¿En la tumba de Lenin?

A medida que le refería aquella conversación al conde, Mishka había ido subiendo la voz, como si se reavivara su indignación; pero de pronto se quedó callado.

—Y entonces Shalámov —continuó al cabo de un momento—, el mismo Shalámov de nuestra juventud, me dice que, por él, puedo disparar el pasaje con un cañón, pero que hay que eliminarlo. Y ¿sabes qué he hecho, Sasha? ¿Te lo imaginas?

Sería lógico pensar que un hombre tan aficionado a caminar arriba y abajo será capaz de actuar juiciosamente, dada la gran cantidad de tiempo que dedica a la consideración de causas y consecuencias, ramificaciones y repercusiones. Sin embargo, el conde sabía por experiencia que los hombres aficionados a pasearse siempre están a punto de actuar de forma impulsiva. Porque, aunque se pasean espoleados por la lógica, es una lógica polifacética, que no los ayuda a entender mejor las cosas, ni siquiera a alcanzar un estado de convicción. Es más, los deja tan desconcertados que acaban expuestos a la influencia de cualquier capricho, a la seducción de los actos precipitados o impetuosos, casi como si nunca se hubieran planteado la cuestión.

—No, Mishka —admitió con aprensión—. No me lo imagino. ¿Qué has hecho?

Mishka se pasó una mano por la frente.

—¿Qué se espera que haga un hombre enfrentado a semejante locura? He eliminado el pasaje. Y he salido del despacho sin decir ni una palabra.

Al oír ese desenlace, el conde sintió un profundo alivio.

De no ser por la expresión de derrota de su viejo amigo, quizá incluso habría sonreído. Porque hay que reconocer que había algo francamente cómico en aquella situación. Habría podido ser un cuento de Gógol en el que Shalámov interpretaba el papel de un rollizo consejero privado, impresionado por su propio rango. Y el pasaje ofensivo, al enterarse de su inminente destino, habría podido salir por una ventana y huir por un callejón, y nunca se habría sabido nada más de él (hasta que reapareciera, diez años más tarde, del brazo de una condesa francesa, con unos quevedos en la nariz y con la Légion d'honneur en el pecho).

Pero el conde mantuvo una expresión solemne.

—Has hecho bien —lo consoló—. Sólo eran unas pocas frases. Cincuenta palabras entre varios cientos de miles.

Además, señaló, en conjunto, Mijaíl tenía muchos motivos para estar orgulloso. Hacía mucho que debería haberse publicado una recopilación autorizada de las cartas de Chéjov. Prometía inspirar a toda una nueva generación de académicos y estudiantes, lectores y escritores. ¿Y Shalámov? Con su nariz alargada y sus ojitos negros, al conde siempre le había recordado a un hurón, y no tenía sentido permitir que un hurón te estropeara la satisfacción por el logro realizado ni las ganas de celebrarlo.

—Escucha, amigo mío —concluyó, risueño—, has venido en el tren nocturno y todavía no has comido. Estoy seguro de que ésa es la mitad del problema. Vuelve a tu hotel. Date un baño. Come algo y tómate una copa de vino. Acuéstate y duerme. Y mañana por la noche nos veremos en el Chaliapin, tal como habíamos planeado. Brindaremos por el hermano Antón y nos reiremos cuanto queramos del hurón.

A su manera, intentó consolar a su amigo, animarlo y llevarlo con delicadeza hacia la puerta.

A las once y cuarenta, el conde pudo ir por fin a la planta baja y llamó a la puerta del taller de Marina.

—Siento mucho llegar tarde —dijo en un susurro cuando la costurera le abrió—. ¿Dónde está Sofia? Me la llevaré en brazos.

—No hace falta que susurre, Aleksandr. Está despierta.

—¡La has hecho esperarme levantada!

—Yo no le he hecho hacer nada a nadie —lo corrigió Marina—. Ha sido ella la que se ha empeñado en esperarlo.

Entraron los dos en el taller, donde Sofia estaba sentada en una silla, manteniendo una postura perfecta. Al ver al conde, la niña saltó al suelo, fue hasta él y le dio la mano.

Marina arqueó una ceja, como diciendo: «¿Lo ve?»

El conde arqueó las dos, como diciendo: «¿Has visto?»

—Gracias por la cena, tía Marina —le dijo Sofia a la costurera.

—Gracias a ti por venir, Sofia.

Entonces la niña miró al conde y le preguntó:

—¿Podemos irnos ya?

—Claro que sí, querida.

Nada más salir del taller de Marina, el conde comprendió que la pequeña estaba impaciente por acostarse. Sin soltarle la mano, lo guió hasta el vestíbulo, entró en el ascensor y pulsó el botón del quinto piso al tiempo que exclamaba «*Presto!*». Cuando llegaron al campanario, en lugar de pedirle que la llevara en brazos, casi lo arrastró hasta lo alto de la escalera. Y cuando el conde le mostró el ingenioso diseño de su nueva litera, la niña apenas se fijó: fue corriendo a lavarse los dientes y a ponerse el camisón.

Pero cuando volvió del cuarto de baño, en lugar de meterse bajo las sábanas se sentó en la butaca, frente al escritorio.

—¿Todavía no te acuestas? —le preguntó él, sorprendido.

—Espera —dijo ella, llevándose un dedo a los labios para hacerlo callar.

Entonces Sofia se inclinó un poco hacia la derecha y miró detrás del torso del conde. Intrigado, éste se apartó y se dio la vuelta, justo en el instante en que el guardián patilargo de los minutos atrapaba a su hermano paticorto, el guardián de las horas. Cuando se abrazaron, los muelles se soltaron, las ruedecillas giraron y el martillo en miniatura del reloj de dos repiques empezó a señalar la llegada de la medianoche. Sofia permaneció completamente inmóvil, escuchando el carrillón. Y cuando sonó la última campanada, bajó de un salto de la butaca y se metió en la cama.

—Buenas noches, tío Aleksandr —dijo. Y antes de que el conde pudiera arroparla, ya dormía profundamente.

★

Había sido un día muy largo para el conde, uno de los más largos que recordaba. Al borde del agotamiento, se lavó los dientes y se puso el pijama casi tan deprisa como lo había hecho Sofia. Luego volvió al dormitorio, apagó la luz y se tumbó en el colchón que había colocado debajo del somier de Sofia. Cierto: el conde no tenía somier, y las latas de tomate amontonadas sostenían la cama de Sofia a la altura justa para que él pudiera tumbarse de lado; pero era mejor eso, sin ninguna duda, que dormir en el duro suelo. Así que, después de una jornada de la que su padre habría estado orgulloso, y con el sonido de fondo de la delicada respiración de Sofia, el conde cerró los ojos y se preparó para entregarse a un sueño profundo. Pero ¡ay!, el sueño no le llegó tan fácilmente a nuestro exhausto amigo.

Como en una danza folclórica escocesa en la que los bailarines se colocan en dos filas para que uno de ellos pueda recorrer el pasillo formado entre ambas, dando saltitos, al conde se le presentaba una preocupación que exigía su atención, hacía una reverencia y un floreo y se colocaba al final de la fila para que la siguiente preocupación pudiera recorrer el pasillo.

Pero ¿cuáles eran, en concreto, las preocupaciones del conde?

Estaba preocupado por Mishka. Aunque se había tranquilizado mucho al enterarse de que la aflicción de su amigo se debía a la elisión de cuatro frases de las trescientas páginas del tercer tomo, no podía evitar el inquietante presentimiento de que el problema no se reducía a aquellas cincuenta palabras...

Estaba preocupado por Nina y su viaje al este. El conde no tenía mucha información sobre Sevvostlag, pero había oído hablar lo suficiente de Siberia como para comprender que Nina había escogido un camino muy inhóspito...

Estaba preocupado por la pequeña Sofia, y no sólo por tener que cortarle la carne y cambiarle la ropa. La presencia de una niña de corta edad en el Metropol, ya fuera cenando en el Piazza o subiendo al cuarto piso en ascensor, no pasaría desapercibida mucho tiempo. Aunque sólo fuera a quedarse con él unas semanas, siempre existía la posibilidad de que, antes del regreso de Nina, algún burócrata se enterara de su presencia en el hotel y la prohibiera...

Y por último, a fin ser completamente sinceros, tendríamos que añadir que el conde estaba preocupado por lo que pasaría a la mañana siguiente, cuando, después de mordisquear su galleta y robarle las fresas, Sofia volviera a subirse a su butaca y de nuevo lo mirara fijamente con sus ojos azul oscuro.

Cuando nuestra vida atraviesa un período de cambios, quizá sea inevitable que, pese a la comodidad de nuestra cama, nos quedemos despiertos por la noche, presas de la ansiedad, tanto si nuestras preocupaciones son grandes como si son pequeñas, reales como imaginarias. Pero, de hecho, el conde Rostov tenía buenas razones para estar preocupado por su viejo amigo Mishka.

Cuando salió del Metropol la noche del 21 de junio, Mijaíl Míndich siguió los consejos del conde al pie de la letra. Se fue derecho a su hotel, se dio un baño, cenó y se metió en la cama, decidido a dormir de un tirón. Y al despertar contempló lo sucedido el día anterior desde otra perspectiva.

Por la mañana comprendió que su amigo estaba en lo cierto y que cincuenta palabras no tenían tanta importancia. Tampoco era como si Shalámov le hubiera pedido que eliminara las últimas líneas de *El jardín de los cerezos* o de *La gaviota*. Era un pasaje que habría podido aparecer en la correspondencia de cualquier viajero europeo y que, con toda probabilidad, Chéjov había redactado sin dedicarle mucha atención.

Pero después de vestirse y desayunar sin prisas, cuando Mishka se dirigió a la Casa Central de Escritores, pasó por delante de la estatua de Gorki de la plaza Arbátskaia, donde antaño se había erigido la pensativa estatua de Gógol. Después de Maiakovski, Maksim Gorki era, para Mishka, el mayor héroe contemporáneo.

«Un hombre —pensó (plantado en medio de la acera sin importarle los otros transeúntes)— que escribía con una franqueza tan espontánea y tan desprovista de sentimentalismo que sus recuerdos de juventud se convirtieron en nuestros recuerdos de juventud.»

Pero en 1934 Stalin convenció a Gógol, que se había instalado en Italia, para que regresara a Rusia, y le ofreció la mansión de Riabushinski, desde donde podría presidir la consagración del Realismo Socialista como único estilo artístico de todo el pueblo ruso.

«¿Y cuál ha sido la consecuencia?», le preguntó Mishka a la estatua.

Todo se había echado a perder. Bulgákov llevaba años sin escribir ni una sola palabra. Ajmátova había abandonado la pluma. A Mandelstam, que ya había cumplido su condena, habían vuelto a detenerlo. ¿Y Maiakovski? ¡Ah, Maiakovski!

Mishka se atusó la barba.

Con qué audacia le había predicho a Sasha en 1922 que aquellos cuatro se unirían para forjar la nueva poesía rusa. Quizá entonces pareciera improbable, pero a fin de cuentas eso era exactamente lo que habían hecho: habían creado la poesía del silencio.

«Sí, el silencio también puede representar una opinión —dijo Mishka—. El silencio puede ser una forma de protesta. Puede ser un medio de supervivencia. Pero también puede ser una escuela de poesía, con su propia métrica, sus propios tropos y sus propias convenciones. Una poesía que no necesita que la escriban con lápices ni plumas, sino que se puede escribir en el alma, apuntando al pecho con un revólver.»

Dicho eso, Mishka le dio la espalda a Maksim Gorki y a la Casa Central de Escritores y se dirigió a las oficinas de Goslitizdat. Una vez allí, subió la escalera, pasó al lado de la recepcionista y abrió una puerta tras otra hasta que encontró al hurón en una sala de juntas, presidiendo una reunión del equipo de redacción. En el centro de la mesa había platos de queso con higos y arenques en vinagre y, por alguna razón inexplicable, Mishka se enfureció al verlos. Los ayudantes y los auxiliares, jóvenes y entusiastas, volvieron la cabeza para ver quién había irrumpido en la sala y eso lo enfureció aún más.

—¡Muy bien! —gritó—. Veo que ya habéis desenfundado los puñales. ¿Qué más tenéis previsto podar hoy? ¿*Los hermanos Karamázov*?

—Mijaíl Fiódorovich —dijo Shalámov, alterado.

—¡Qué es esto! —exclamó Mishka, señalando a una joven que tenía una rebanada de pan con arenque en la mano—. ¿Es pan de Berlín? Ten cuidado, camarada. Si pruebas un solo bocado, Shalámov te disparará con un cañón.

Mishka vio que la chica, pese a tomarlo por loco, dejaba el trozo de pan encima de la mesa.

—¡Ajá! —exclamó, sintiéndose ratificado.

Shalámov se levantó de la silla, molesto y a la vez preocupado.

—Mijaíl —dijo—, es evidente que estás enfadado. No tengo inconveniente en hablar contigo en mi despacho más tarde de cualquier cosa que te preocupe. Pero, como verás, estamos en plena reunión. Y todavía nos quedan muchas horas de trabajo.

—Muchas horas de trabajo. De eso no tengo ninguna duda.

Mishka empezó a enumerar el resto de las tareas del día y, cada vez que mencionaba una, cogía un manuscrito de los que los asistentes a la reunión tenían delante y se lo lanzaba a Shalámov.

—¡Hay que cambiar estatuas de sitio! ¡Hay que suprimir versos! Y no debéis llegar tarde al baño de las cinco de la tarde con el camarada Stalin. Porque si llegáis tarde, ¿quién le va a frotar la espalda?

—Está delirando —dijo un joven con gafas.

—Mijaíl —suplicó Shalámov.

—¡El futuro de la poesía rusa es el *haiku*! —gritó Mishka a modo de conclusión, y entonces, con gran satisfacción, dio un portazo al salir. De hecho, ese gesto le produjo tanta satisfacción que cerró de un portazo todas las otras puertas que encontró hasta llegar a la calle.

Y, por tomar prestada una frase, ¿cuál fue la consecuencia?

Ese mismo día, los comentarios que había hecho Mishka llegaron a oídos de las autoridades; esa misma semana quedaron registrados por escrito, palabra por palabra. En agosto invitaron a Mishka a las oficinas del NKVD de Leningrado para interrogarlo. En noviembre lo presentaron ante una de las troikas extrajudiciales de la época. Y en marzo de 1939 subió a un tren con destino a Siberia y al reino de los cambios de opinión.

Seguramente el conde tenía razón al preocuparse por Nina, aunque nunca lo sabremos con certeza, porque ella no volvió al Metropol pasado un mes ni pasado un año ni nunca. En octubre, el conde intentó averiguar su paradero, pero todos sus esfuerzos fueron infructuosos. Se supone que Nina también intentó comunicarse con el conde, pero éste no recibió ningún mensaje y Nina Kulikova desapareció sin más en la inmensidad de la Rusia Oriental.

★　★　★

Rostov también hacía bien en preocuparse por si se descubría que Sofia residía en el hotel. Porque no sólo se reveló su presencia, sino que además al cabo de dos semanas de su llegada se recibió una carta en un despacho administrativo del Kremlin en la que se afirmaba que un ex aristócrata que vivía bajo arresto domiciliario en el desván del Hotel Metropol tenía a su cuidado a una niña de cinco años de padres desconocidos.

A su recepción, esa carta fue leída atentamente, sellada y reenviada a un funcionario superior, quien a su vez le estampó otro sello y la envió dos pisos más arriba. Allí llegó a una mesa donde, de un plumazo, otro funcionario habría podido poner en marcha a las supervisoras del orfanato estatal.

Sin embargo, resultó que un somero examen de los contactos recientes del ex aristócrata en cuestión condujo hasta cierta actriz esbelta como un sauce que, durante años, había sido la famosa amante de cierto comisario de cara redonda que hacía poco había asumido un cargo en el Politburó. Desde las cuatro paredes de un despachito anodino de una sección especialmente burocrática del gobierno, suele ser difícil hacerse una idea exacta del mundo exterior. En cambio, no cuesta mucho imaginar qué podría pasarle a la carrera del ocupante de ese despachito si hiciera encerrar a la hija ilegítima de un miembro del Politburó en un orfanato. Una iniciativa como ésa se vería recompensada con una venda en los ojos y un cigarrillo.

Eso explica que sólo se llevaran a cabo algunas discretas averiguaciones. Se hallaron indicios de que, con toda seguridad, esa actriz había mantenido una relación con el miembro del Politburó, que había durado como mínimo seis años. Además, un empleado del Metropol confirmó que el mismo día de la llegada de la niña al hotel, la actriz se encontraba también en el establecimiento. Por tanto, toda la información que se había reunido a lo largo de la investigación fue a parar a un cajón que se cerró con llave (por si en el futuro podía resultar útil, lo que no era muy probable). Mientras que a la perniciosa cartita que había sido el detonante de la investigación le prendieron fuego y la tiraron a la papelera, que era donde debía estar.

★ ★ ★

De modo que sí, el conde tenía mucha razón al preocuparse por Mishka, Nina y Sofia. Pero ¿tenía algún motivo para estar nervioso por lo que pudiera pasar a la mañana siguiente?

Resultó que, después de hacer las camas y mordisquear las galletas, Sofia se sentó en la butaca del escritorio, efectivamente, pero en lugar de quedarse mirando al conde con gesto expectante, formuló una letanía de preguntas sobre Villa Holganza y su familia, como si hubiera estado preparándolas mientras dormía.

Y los días posteriores, un hombre que siempre se había jactado de su capacidad para contar una historia de la forma más sucinta y poniendo énfasis en los aspectos más destacados, no tuvo más remedio que convertirse en un maestro de la digresión, el paréntesis y la nota al pie, y al final aprendió, incluso, a adelantarse a las incesantes preguntas de Sofia antes de que ella tuviera tiempo de formularlas.

Según la sabiduría popular, cuando la danza folclórica de nuestras preocupaciones interfiere con nuestra capacidad de conciliar el sueño, el mejor remedio es contar las ovejas de un prado. Pero el conde, que prefería el cordero con costra de hierbas y servido con una reducción de vino tinto, se decantó por otro método. Mientras escuchaba la respiración de Sofia, rebobinó hasta el momento en que se había despertado en el duro suelo de madera y, reconstruyendo de manera sistemática sus diversas visitas al vestíbulo, al Piazza, al Boiarski, a la suite de Anna, al sótano y al taller de Marina, calculó con todo detalle cuántos tramos de escalera había subido o bajado a lo largo de aquel día. Subió y bajó mentalmente, contando un tramo tras otro, hasta que, con el último ascenso hasta el reloj de dos repiques, llegó al espectacular total de cincuenta y nueve, momento en que se sumió en un sueño bien merecido.

Addendum

—¿Tío Aleksandr?

    —¿Sofia?

    —¿Estás despierto, tío Aleksandr?

    —Ahora sí, querida. ¿Qué sucede?

    —Me he dejado a Muñeca en la habitación de la tía Marina.

    —Ah, sí...

1946

El sábado 21 de junio de 1946, mientras el sol ascendía sobre el Kremlin, una figura solitaria subía lentamente los escalones de la orilla del río Moscova, pasaba por delante de la catedral de San Basilio y llegaba a la Plaza Roja.

Llevaba un abrigo harapiento y con la pierna derecha describía un semicírculo cada vez que daba un paso. En otro momento, la combinación del abrigo harapiento y la pierna lisiada tal vez habrían hecho destacar a aquel hombre en un día de verano tan radiante. Pero en 1946 había hombres vestidos con ropa prestada cojeando por todos los barrios de la capital. De hecho, los había por todas las ciudades de Europa.

Esa tarde, la plaza estaba llena de gente, como si fuera un día de mercado. Había mujeres con vestidos de flores bajo los soportales de los antiguos Grandes Almacenes del Estado. Ante las puertas del Kremlin, unos colegiales trepaban a los tanques retirados del servicio, mientras unos soldados ataviados con chaqueta blanca entallada y situados a intervalos regulares los observaban con las manos cogidas detrás de la espalda. Y de la entrada de la tumba de Lenin salía una cola de más de ciento cincuenta ciudadanos.

El hombre del abrigo harapiento se detuvo un instante para admirar el disciplinado comportamiento de aquellos compatriotas suyos llegados de lugares lejanos. En la cabecera había ocho uzbekos con poblados bigotes y vestidos con sus mejores chaquetas de seda; luego, cuatro muchachas del Este con largas trenzas y gorras bordadas de colores llamativos; a continuación, tres *mujiks* de Georgia, y así sucesivamente: representantes de un distrito electoral tras otro que esperaban con paciencia para presentar sus respetos a los restos del hombre que había muerto hacía más de veinte años.

«Aunque no hayamos aprendido nada más —reflexionó la figura solitaria, esbozando una sonrisa irónica—, al menos hemos aprendido a hacer cola.»

A los extranjeros debía de parecerles que Rusia se había convertido en la tierra de las diez mil colas. Porque había colas en la parada del tranvía, colas delante de la tienda de alimentación, colas en las agencias de Trabajo, Educación y Vivienda. Pero de hecho no había diez mil colas, ni siquiera diez. Había una sola cola que lo abarcaba todo y que, con el tiempo, acabaría dándole la vuelta al país entero. Ésa había sido la mayor innovación de Lenin: una cola que, como el propio *proletariat*, era universal e infinita. La estableció por decreto en 1917 y la encabezó él mismo mientras sus camaradas se empujaban unos a otros para colocarse detrás de él. Los rusos, uno a uno, fueron ocupando su sitio, y la cola fue creciendo más y más hasta afectar a todos los atributos de la vida. En ella se entablaban amistades y nacían romances; se fomentaba la paciencia; se practicaba la cortesía; hasta se obtenía sabiduría.

«Si uno está dispuesto a esperar en una cola ocho horas para comprar una hogaza de pan —reflexionó la figura solitaria—, ¿qué son una hora o dos para ver el cadáver de un héroe, y sin coste alguno?»

Después de pasar por el sitio donde en su día se había erigido la catedral de Kazán, torció a la derecha y siguió caminando; pero al entrar en la Plaza del Teatro se detuvo. Porque al recorrer con la mirada la Casa de los Sindicatos, el Bolshói, el Teatro Maly y, por último, el Hotel Metropol, se maravilló de encontrar intactas tantas de aquellas viejas fachadas.

Hacía cinco años exactos que los alemanes habían emprendido la operación Barbarroja, la ofensiva en la que más de tres millones de soldados desplegados entre Odessa y el Báltico cruzaron la frontera rusa.

Cuando comenzó la operación, Hitler calculó que la Wehrmacht podría ocupar Moscú en cuatro meses. De hecho, después de capturar Minsk, Kiev y Smolensk, a finales de octubre el ejército alemán ya había avanzado casi mil kilómetros y se acercaba a Moscú desde el norte y el sur en una clásica formación de pinza. En pocos días la ciudad estaría al alcance de la artillería.

Por entonces se había desatado cierta anarquía en la capital. Las calles estaban repletas de refugiados y desertores que dormían en campamentos improvisados y cocinaban en fogatas la comida que robaban. Se estaba trasladando la sede del gobierno a Kúibyshev, y se minaron los dieciséis puentes de la ciudad para poder volarlos en cuanto fuera necesario. Del Kremlin se veían salir las columnas de humo de las hogueras de documentos clasificados; mientras, desde la calle, los funcionarios municipales y los obreros de las fábricas, que llevaban meses sin cobrar, observaban con fundada aprensión cómo las ventanas de la antigua fortaleza, eternamente encendidas, se apagaban una a una.

Pero si la tarde del 30 de octubre un observador se hubiera colocado justo donde nuestro vagabundo harapiento se encontraba en ese momento, habría presenciado un espectáculo desconcertante. Un reducido grupo de obreros, bajo la dirección de la policía secreta, estaba trasladando las sillas del Bolshói a la estación de metro Maiakovski.

Más adelante, esa misma noche, todos los miembros del Politburó se reunieron en el andén, treinta metros por debajo del nivel de la calle. Lejos del alcance de la artillería alemana, a las nueve en punto ocuparon sus asientos alrededor de una mesa alargada, donde les sirvieron comida y vino. Poco después, un tren entró en la estación, se abrieron las puertas y de uno de los vagones salió Stalin, ataviado con uniforme militar. Tras ocupar su legítimo lugar a la cabecera de la mesa, el mariscal Soso expuso que el motivo por el que había convocado a los líderes del Partido era doble. El primero era declarar que, si bien los allí reunidos podían marcharse a Kúibyshev, él no tenía intención de ir a ningún sitio. Permanecería en Moscú hasta que se hubiera derramado la última gota de sangre rusa. El segundo era anunciar que el 7 de noviembre se celebraría la conmemoración anual de la Revolución en la Plaza Roja, como era habitual.

Muchos moscovitas recordarían ese desfile como una especie de punto de inflexión. Oír los compases conmovedores de *La Internacional* con el acompañamiento de cincuenta mil botas, mientras su líder permanecía en pie en la tribuna, desafiante, reforzó su confianza y fortaleció su resolución. Ese día, recordarían, se volvieron las tornas.

Otros, sin embargo, mencionarían a los setecientos mil soldados que Soso había dejado en la reserva en las remotas regiones orientales y que, mientras tenía lugar aquella celebración, recorrían a toda prisa el país para acudir en ayuda de Moscú. Y aun otros señalarían que no dejó de caer la nieve durante veintiocho de los treinta y un días de aquel diciembre, lo que impidió despegar a los aviones de la Luftwaffe. Tampoco vino mal que la temperatura media descendiera hasta los veinte grados bajo cero, un clima tan inusual para la Wehrmacht como lo había sido para los ejércitos de Napoleón. Fuera cual fuese la causa, aunque las tropas de Hitler sólo habían tardado cinco meses en ir desde la frontera rusa hasta las afueras de Moscú, nunca llegarían a entrar en la ciudad. Después de tomar más de un millón de prisioneros y acabar con un millón de vidas, empezarían a retirarse en enero de 1942, dejando la ciudad sorprendentemente intacta.

Nuestra figura solitaria bajó del bordillo y cedió el paso a un joven oficial que conducía una motocicleta con sidecar en el que viajaba una muchacha con un vestido naranja; pasó entre los dos aviones de combate alemanes capturados, expuestos entre los árboles pelados de la plaza; pasó por delante de la entrada principal del Metropol, dobló la esquina y desapareció por el callejón de la parte trasera del hotel.

Arrebatos, antítesis y un accidente

A la una y media, en el despacho del director del Hotel Metropol, el conde Aleksandr Ilich Rostov se sentó enfrente del hombre de cabeza estrecha y aires de superioridad.

En el Piazza, al recibir el aviso del Obispo, había dado por hecho que debía de tratarse de algún asunto urgente, porque el mensajero había esperado a que se terminara su café solo y entonces lo había acompañado sin demora al despacho de dirección. Pero cuando el conde entró por la puerta, el Obispo apenas alzó la vista de los documentos que estaba firmando. Se limitó a apuntar con la pluma la silla vacía, como cuando uno quiere indicar que atenderá al recién llegado al cabo de un momento.

—Gracias —dijo el conde, aceptando aquella invitación tan indiferente con una inclinación de cabeza también indiferente.

Como no era una persona propensa a permanecer sentada sin hacer nada, aprovechó aquellos minutos para examinar el despacho, que había sufrido una transformación considerable desde que no lo ocupaba Josef Halecki. La mesa del antiguo director seguía allí, pero ya no estaba asombrosamente vacía. Además de seis montañas de papeles, ahora había también una grapadora, un portaplumas y dos teléfonos (presuntamente para que el Obispo pudiera mantener la comunicación con el Comité Central mientras marcaba el número del Politburó). En el lugar del diván granate donde se suponía que se tumbaba el antiguo director, había ahora tres archivadores grises con candado de acero inoxidable en posición de firmes. Y las bonitas escenas de caza que antes adornaban los paneles de caoba habían sido sustituidas, por supuesto, por los retratos de Stalin, Lenin y Marx.

Después de entregarse a la satisfacción de estampar su firma en doce hojas de papel, el Obispo colocó un séptimo montón en el borde de la mesa, dejó la pluma en el portaplumas y, por primera vez, miró al conde a los ojos.

—Tengo entendido que es usted muy madrugador, Aleksandr Ilich —dijo tras un momento de silencio.

—Los hombres animados por un propósito suelen serlo.

El Obispo torció ligeramente una comisura de la boca.

—Sí, por supuesto. Animados por un propósito.

Estiró un brazo y cuadró el último montón de papeles.

—¿Y desayuna en su habitación alrededor de las siete...?

—Sí, así es.

—Y a las ocho tiene por costumbre leer los periódicos en el vestíbulo.

«¡Maldito sea!», pensó el conde. El Obispo había interrumpido una comida deliciosa con un aviso entregado en mano, de modo que, evidentemente, estaba tramando algo. Pero ¿por qué siempre tenía que hacerlo todo tan retorcido? ¿Acaso no sabía formular una pregunta directa? ¿O es que no las apreciaba? ¿Era imprescindible que repasaran minuto a minuto la rutina diaria del conde cuando el Triunvirato tenía previsto reunirse al cabo de menos de una hora?

—Sí —confirmó con cierta impaciencia—. Por la mañana leo los periódicos de la mañana.

—Pero en el vestíbulo. Baja a leerlos al vestíbulo.

—Sí, bajo sin falta por la escalera y los leo con toda comodidad en el vestíbulo.

El Obispo se recostó en la silla y esbozó una sonrisa fugaz.

—En ese caso, quizá esté al corriente del incidente que ha sucedido esta mañana en el pasillo del cuarto piso a las ocho menos cuarto...

Para que quede constancia, el conde se había levantado poco después de las siete. Tras hacer quince flexiones y quince estiramientos, tomarse su café, su galleta y su pieza de fruta (ese día, una mandarina), bañarse, afeitarse y vestirse, besó a Sofia en la frente y salió de su dormitorio con la intención de leer los periódicos en su sillón favorito del vestíbulo. Bajó un piso, salió del campanario y atravesó el pasillo camino de la escalera principal, como tenía por costumbre. Pero al llegar al rellano del quinto piso, oyó ruidos que provenían de abajo.

La primera impresión fue que quince voces hablaban en veinte lenguas diferentes. Ese barullo fue acompañado de un portazo, el ruido de un plato roto y unos chillidos insistentes que parecían emitidos por algún tipo de ave. A las ocho menos cuarto, cuando llegó al cuarto piso, el conde se encontró ante un alboroto considerable.

Casi todas las puertas estaban abiertas y casi todos los huéspedes habían salido al pasillo. Entre los allí reunidos había dos periodistas franceses, un diplomático suizo, tres comerciantes de pieles uzbekos, un representante de la Iglesia Católica Romana y un tenor de ópera repatriado con los cinco miembros de su familia. La mayoría de los integrantes de aquella convención, todavía en pijama, agitaban los brazos y se expresaban con énfasis, mientras tres gansos adultos correteaban entre sus piernas, graznando y batiendo las alas.

Algunas de las mujeres estaban tan aterrorizadas como si las Arpías hubieran descendido sobre ellas. La mujer del tenor estaba agazapada detrás del prodigioso torso de su marido y Kristina, una camarera del hotel, estaba apoyada en la pared, con un revoltijo de cubiertos y *kasha* alrededor de los pies, y sostenía una bandeja vacía abrazada contra el pecho.

Cuando los tres hijos varones del tenor hicieron alarde de su fortaleza y empezaron a perseguir a los tres gansos en tres direcciones distintas, el embajador del Vaticano reprendió al tenor por el comportamiento de sus retoños. El cantante, que sólo sabía unas palabras de italiano, informó al prelado (*fortissimo*) de que no le convenía jugar con él. El diplomático suizo, que hablaba ruso e italiano con fluidez, dio ejemplo de la reputada neutralidad de su nación escuchándolos a los dos sin abrir la boca. Cuando el prelado dio un paso adelante para imponer su argumento más pontificalmente, uno de los gansos, al que el hijo mayor del tenor había acorralado, se coló entre sus piernas y se metió en su suite, momento en que una joven que a todas luces no era representante de la Iglesia Católica Romana salió corriendo al pasillo envuelta en un kimono azul.

Por lo visto, a esas alturas la conmoción ya había despertado a los huéspedes del quinto piso, pues algunos bajaron presurosos por la escalera para ver qué había provocado aquel alboroto. Al frente del contingente iba un general estadounidense, un personaje nada bromista, originario de lo que, según dicen, se conoce como «El Gran Estado de Texas». Tras evaluar rápidamente la situación, el general cogió a uno de los gansos por el cuello. La velocidad con que lo capturó devolvió la confianza a los allí reunidos y algunos hasta le aplaudieron. Hasta que el general cerró los dedos de la otra mano alrededor del cuello del ganso con la clara intención de partírselo. Eso hizo gritar a la joven del kimono azul, llorar a la hija del tenor y expresar un severo reproche al diplomático suizo. Frustrado justo en el momento en que iba a tomar una medida decisiva, el general expresó la exasperación que le causaba la irresponsabilidad de los civiles, entró en la suite del prelado y tiró al ganso por la ventana.

Decidido a restablecer el orden, el general volvió a salir al cabo de un momento y atrapó a otro ganso con gran destreza. Pero cuando levantó el animal para tranquilizar a los presentes, demostrándoles que sus intenciones eran pacíficas, se le soltó el nudo del cinturón y se le abrió la bata, revelando unos calzoncillos un tanto tronados de color verde oliva, lo que provocó que la mujer del tenor se desmayara.

El conde, que observaba esos acontecimientos desde el rellano, se percató de que había alguien a su lado. Se dio la vuelta y vio que era el edecán del general, un individuo muy sociable, que se había convertido en un habitual del Chaliapin. El hombre evaluó rápidamente la escena, soltó un suspiro de satisfacción y comentó, sin dirigirse a nadie en particular:

—¡Adoro este hotel!

Pues bien, ¿estaba el conde al corriente de lo que había sucedido en el pasillo del cuarto piso a las ocho menos cuarto? Bueno, preguntar eso venía a ser como preguntar si Noé estaba al corriente del Diluvio universal, o si Adán estaba al corriente de la existencia de la manzana. Pues claro que estaba al corriente. No había nadie en el mundo que estuviera más al corriente que él. Pero ¿cómo se explicaba que ese conocimiento justificara la interrupción de una taza de café?

—Sí, sé lo que ha ocurrido esta mañana —confirmó—, porque casualmente me encontraba en ese rellano en el preciso instante en que ha sucedido.

—Entonces ¿ha presenciado el tumulto en persona...?

—Sí. He visto el arrebato de primera mano. Aun así, sigo sin entender muy bien a qué se debe mi presencia aquí.

—No se lo imagina, por decirlo así.

—De hecho, estoy desconcertado. Intrigado.

—Por supuesto.

Tras un momento de silencio, el Obispo esbozó su sonrisa más sacerdotal. A continuación, como si fuera absolutamente normal pasearse por un despacho en medio de una conversación, se levantó y fue hasta la pared, donde enderezó con cuidado el retrato de Marx, que había resbalado en el gancho y, desde luego, estaba debilitando la autoridad ideológica de aquel despacho.

El Obispo se dio la vuelta y continuó:

—Ya comprendo por qué, para describir estos desafortunados eventos, prefiere usted descartar la palabra «tumulto» y usar «arrebato». Porque «arrebato» remite a algo infantil...

El conde caviló un momento sobre eso.

—¿No sospecha de los hijos del tenor?

—La verdad es que no. Al fin y al cabo, esos gansos estaban encerrados en una jaula en la despensa del Boiarski.

—¿Insinúa que Emile ha tenido algo que ver?

El Obispo ignoró su pregunta y volvió a sentarse detrás de la mesa.

—El Hotel Metropol —informó al conde, pese a que era del todo innecesario— recibe a los hombres de Estado más ilustres y a los artistas más célebres. Cuando entran por nuestra puerta, tienen derecho a esperar comodidades sin parangón, un servicio insuperable y mañanas libres de tumultos. Huelga decir —concluyó, mientras volvía a coger la pluma— que voy a llegar hasta el fondo de este asunto.

314

—Muy bien —replicó el conde y se levantó de la silla—. Si se trata de llegar hasta el fondo, estoy seguro de que no hay nadie mejor preparado que usted.

«Remite a algo infantil —murmuró el conde al salir del despacho de dirección—. Mañanas libres de tumultos.»

¿Acaso el Obispo lo consideraba un necio? ¿Habría pensado por un segundo que no se había dado cuenta de lo que planeaba? ¿De lo que insinuaba? ¿Que la pequeña Sofia tenía algo que ver?

El conde no sólo sabía exactamente qué se había propuesto el Obispo, sino que además habría podido responder con sus propias insinuaciones (y en pentámetro yámbico, nada menos). Pero la idea de que Sofia hubiera tenido algo que ver era tan infundada, tan ridícula y tan indignante que ni siquiera merecía una respuesta.

Ahora bien, el conde no podía negar que era algo traviesa, como corresponde a cualquier niño de trece años. Pero no era una gamberra. Una fresca. Una inútil. De hecho, cuando el conde salió del despacho del director, se la encontró sentada en el vestíbulo, encorvada sobre un voluminoso libro de texto. Era una escena con la que estaban familiarizados todos los miembros del personal del Metropol. La niña se pasaba horas seguidas sentada en aquel sillón, memorizando capitales, conjugando verbos y resolviendo ecuaciones. Ponía el mismo interés en las lecciones de costura de Marina que en las de preparación de salsas de Emile. Podías pedirle a cualquiera que conociese a Sofia que te la describiera y todos te dirían que era aplicada, tímida y obediente; o, resumido en una palabra, «recatada».

Mientras subía la escalera, el conde enumeró los hechos más relevantes como si fuera un jurista: en ocho años, Sofia no había tenido ni una sola rabieta; todos los días se había lavado los dientes y se había marchado a la escuela puntualmente; y cada vez que había tenido que abrigarse, ponerse a trabajar o comerse los guisantes lo había hecho sin rechistar. Hasta aquel pequeño juego que había inventado, y al que tanto le gustaba jugar, se basaba en una serenidad nada propia de su edad.

El juego consistía en esto: estaban los dos sentados en algún lugar del hotel. Por ejemplo, leyendo en su estudio un domingo por la mañana. Cuando daban las doce, el conde dejaba su libro y salía a hacerle su visita semanal al barbero. Tras descender un piso por el campanario y cruzar el pasillo para dirigirse a la escalera principal, bajando otros cinco tramos hasta el sótano, pasaba por delante de la floristería y del quiosco y entraba en la barbería. Y allí, sentada en un banco leyendo tranquilamente, estaba Sofia.

La reacción lógica del conde era tomar el nombre de Dios en vano y soltar cualquier cosa que tuviera en ese momento en las manos (ese año, de momento, tres libros y una copa de vino).

Dejando de lado el hecho de que un juego como ése podía resultar fatal para un hombre que pronto cumpliría sesenta años, había que reconocer la habilidad de la jovencita. Por lo visto, conseguía transportarse de una punta a otra del hotel en un abrir y cerrar de ojos. Con los años, había acabado conociendo todos los pasadizos ocultos y las puertas secretas del hotel, al mismo tiempo que desarrollaba un sentido de la sincronía asombroso. Sin embargo, lo que resultaba especialmente impresionante era su quietud sobrenatural en el momento de ser descubierta. Pues, por muy lejos o muy rápido que se hubiera desplazado, no había nada en ella que sugiriera el más leve esfuerzo. Ni una sola palpitación ni un solo jadeo ni una sola gota de sudor en la frente. Tampoco reía, ni esbozaba la más leve sonrisa. Todo lo contrario: con expresión de niña aplicada, tímida y obediente, saludaba al conde con una cordial inclinación de cabeza y, volviendo a su libro, pasaba la página con recato.

La idea de que una niña tan tranquila pudiera conspirar para soltar unos gansos por el pasillo del hotel era sencillamente absurda. Era como acusarla de haber derribado la torre de Babel o de haber destrozado la nariz de la Esfinge.

De acuerdo: Sofia estaba cenando en la cocina cuando el chef se había enterado de que cierto diplomático suizo que había pedido ganso asado había puesto en duda la frescura del ave que le habían servido. Y sí, es verdad que la niña adoraba a su tío Emile. Aun así, ¿cómo iba a subir una cría de trece años tres gansos adultos vivos hasta el cuarto piso de un hotel internacional, a las siete de la mañana, sin que nadie se diera cuenta? Esa sola idea, concluyó el conde, mientras abría la puerta de sus habitaciones, confundía la razón, ofendía las leyes de la naturaleza y contravenía el sentido...

—¡*Iesu Christi!*

Sofia, que un instante antes estaba en el vestíbulo, se hallaba sentada frente al escritorio del Gran Duque, diligentemente inclinada sobre su libro.

—Ah, hola, papá —dijo sin levantar la vista.

—Veo que ya no se considera de buena educación alzar la vista de lo que uno está haciendo cuando un caballero entra en la habitación.

Sofia se volvió en su asiento.

—Lo siento, papá. Estaba absorta en la lectura.

—Mmm. ¿Y qué es eso que lees?

—Un ensayo sobre canibalismo.

—¡Un ensayo sobre canibalismo!

—Sí, de Michel de Montaigne.

—Ah, sí. Bueno. Seguro que eso es tiempo bien empleado —concedió el conde.

Pero, mientras se dirigía a su estudio, pensó: «¿Michel de Montaigne?» Y le echó un vistazo a la base de la cómoda.

—¿Ésa no es *Anna Karénina*?

Sofia siguió la dirección de su mirada.

—Sí, creo que sí.

—¿Y qué hace ahí debajo?

—Era la más parecida en grosor a Montaigne.

—¡La más parecida en grosor!

—¿Pasa algo?

—Lo único que puedo decir es que Anna Karénina nunca te habría puesto a ti debajo de una cómoda por el simple hecho de que fueras igual de gruesa que Montaigne.

—Es sencillamente absurdo —afirmó el conde—. ¿Cómo iba a subir una niña de trece años tres gansos adultos vivos hasta el cuarto piso sin que nadie se diera cuenta? Además, ¿a vosotros os parece que eso sea propio de ella?

—Desde luego que no —contestó Emile.

—No, en absoluto —coincidió Andréi.

Los tres compartieron su indignación moviendo la cabeza.

Una de las ventajas de trabajar juntos tantos años es que la rutina cotidiana se puede solventar rápidamente, dejando tiempo de sobra para debatir asuntos de mayor importancia, como el reumatismo, las incomodidades del transporte público y el comportamiento mezquino de quienes han recibido un ascenso de manera inexplicable. Al cabo de dos décadas, los miembros del Triunvirato sabían un par de cosas sobre los tipos de miras estrechas que se sentaban detrás de montañas de papeles, y de los presuntos gourmets ginebrinos que no sabían distinguir un ganso de un urogallo.

—Es indignante —opinó el conde.

—Sin ninguna duda.

—Y me llama a su despacho media hora antes de nuestra reunión diaria, en la que siempre hay numerosos temas importantes que tratar.

—Desde luego —coincidió Andréi—. Y eso me recuerda, Aleksandr...

—¿Sí?

—Esta noche, antes de que abramos nuestras puertas, ¿podrá enviar a alguien a barrer el montaplatos?

—Desde luego. ¿Por qué? ¿Está sucio?

—Me temo que sí. No sé qué ha pasado, pero está lleno de plumas.

Cuando dijo eso, Andréi usó uno de sus legendarios dedos para rascarse el labio superior, mientras Emile fingía tomar un sorbo de té. ¿Y el conde? El conde abrió la boca con intención de dar la réplica perfecta, el tipo de comentario que, desde ese día, otros no se cansarían de citar, porque definiría a su autor a la perfección.

Pero en ese momento llamaron a la puerta y el joven Iliá entró con su cuchara de madera.

Durante la Gran Guerra Patriótica, Emile había ido perdiendo uno tras otro a los miembros más veteranos de su equipo, incluido Stanislav, el silbador. Con todos sus subalternos sanos en el ejército, se había visto obligado a llenar su cocina de adolescentes. Así pues, Iliá, a quien habían contratado en 1943, había ascendido, por antigüedad, a segundo chef en 1945, cuando sólo contaba diecinueve años. Como muestra de la limitada confianza que le inspiraba, Emile le había ofrecido una cuchara de palo en lugar de un cuchillo.

—¿Qué sucede? —preguntó Emile, alzando la mirada con impaciencia.

Iliá titubeó.

El chef miró a los otros miembros del Triunvirato y puso los ojos en blanco, como diciendo: «¿Ven lo que tengo que aguantar?» A continuación miró otra vez a su aprendiz.

—Como cualquiera podría apreciar, tenemos ciertos asuntos que atender. Pero por lo visto ha sucedido algo de tanta importancia que has creído necesario interrumpirnos. Muy bien, adelante. Di de qué se trata antes de que nos mate la intriga.

El joven abrió la boca, pero en lugar de explicarse, se limitó a apuntar con su cuchara hacia la cocina. Los miembros del Triunvirato miraron a través del cristal de la puerta hacia donde señalaba el utensilio, y allí, cerca del acceso a la escalera trasera, vieron a un individuo de aspecto lamentable, con un abrigo harapiento. Emile, al verlo, se puso muy colorado.

—¿Quién lo ha dejado entrar?

—Yo, señor.

Emile se levantó tan bruscamente que casi tiró la silla al suelo. Entonces, como un comandante que le arranca las charreteras de los hombros a un oficial que ha cometido un error, le arrancó la cuchara de la mano a Iliá.

—¡Vaya, veo que te han nombrado comisario de Bobos! ¿No? ¿Acaso mientras yo estaba despistado te han ascendido a secretario general de Chapuceros?

El joven dio un paso atrás.

—No, señor. No me han ascendido.

Emile dio un golpe en la mesa con la cuchara y estuvo a punto de partirla por la mitad.

—¡Claro que no! ¿Cuántas veces te he dicho que no dejes entrar a ningún mendigo en la cocina? ¿No ves que si hoy le das un mendrugo de pan, mañana vendrá con cinco amigos suyos, y pasado mañana con cincuenta?

—Sí, señor, pero... pero...

—Pero, pero, pero ¿qué?

—Es que no ha pedido comida.

—¿Cómo?

El joven señaló al conde.

—Ha preguntado por Aleksandr Ilich.

Andréi y Emile miraron a su colega, sorprendidos. El conde, a su vez, miró al mendigo por la ventanita de la puerta. Entonces, sin decir nada, se levantó de la silla, salió del despacho y abrazó a su querido amigo, al que llevaba ocho largos años sin ver.

Aunque ni Andréi ni Emile habían visto antes a aquel desconocido, nada más oír su nombre supieron perfectamente quién era: el que había vivido con el conde encima de la tienda del zapatero remendón; el que había recorrido mil quinientos kilómetros en cortos paseos de cinco metros; el admirador de Maiakovski y Mandelstam que, como tantos otros, había sido juzgado y condenado en nombre del artículo 58.

—¿Por qué no se ponen cómodos? —propuso Andréi, y acompañó sus palabras con un ademán—. Pueden utilizar el despacho de Emile.

—Sí —coincidió el chef—. Por supuesto. Mi despacho.

Con su impecable instinto, Andréi guió a Mishka hasta la silla que quedaba de espaldas a la cocina, mientras Emile dejaba en la mesa un plato de pan y sal, el símbolo tradicional ruso de hospitalidad. Al cabo de un momento, regresó con un plato de patatas y chuletas de ternera. A continuación, el chef y el maître se disculparon y cerraron la puerta para que los dos amigos pudieran hablar de sus cosas.

Mishka contempló la mesa.

—Pan y sal —dijo con una sonrisa.

El conde lo miró, estremecido por dos corrientes de emoción opuestas. Por una parte sentía esa alegría tan especial que se siente al ver a un amigo de la juventud inesperadamente, un suceso grato en cualquier lugar y en cualquier momento. Pero al mismo tiempo tenía que enfrentarse a la realidad irrefutable del aspecto físico de Mishka. Había adelgazado más de diez kilos, llevaba un abrigo harapiento y arrastraba una pierna; no era de extrañar que Emile lo hubiera confundido con un mendigo. Evidentemente, en los últimos años el conde había visto cómo la edad empezaba a pasarles

320

factura a los miembros del Triunvirato. Se había percatado del temblor ocasional de la mano izquierda de Andréi y de la sordera cada vez más pronunciada del oído derecho de Emile. Se había fijado en las canas del primero y en la calva progresiva del segundo. Pero en el caso de Mishka no sólo apreciaba los estragos del tiempo. Lo que veía era un hombre superpuesto a otro, un vástago con toda una era a cuestas.

Pero lo más sorprendente quizá fuera su sonrisa. De joven, Mishka se lo tomaba todo en serio y nunca hablaba con ironía. Sin embargo, al decir «pan y sal» había esbozado una sonrisa sarcástica.

—Me alegro muchísimo de verte, Mishka —dijo el conde al cabo de un momento—. No sabes el alivio que sentí cuando me anunciaste tu liberación. ¿Cuándo has regresado a Moscú?

—No he regresado —contestó su amigo con su nueva sonrisa.

A continuación, Mishka explicó que, tras cumplir los ocho años de condena, había recibido el «menos seis». Para visitar Moscú le había pedido prestado un pasaporte a un alma caritativa con cierto parecido físico con él.

—¿Eso no es muy arriesgado? —preguntó el conde, preocupado.

Mishka se encogió de hombros.

—He llegado de Yavás esta mañana, en tren. Regresaré allí esta misma noche.

—Yavás... ¿Dónde está eso?

—En algún lugar entre donde se cultiva el trigo y donde se come el pan.

—¿Estás dando clases? —aventuró el conde.

—No —contestó su amigo—. No nos animan a enseñar. Ni a leer ni a escribir. La verdad es que apenas nos animan a comer.

Y así fue como Mishka empezó a describir la vida que llevaba en Yavás y, mientras lo hacía, utilizaba tan a menudo la primera persona del plural que el conde dio por hecho que debía de haberse trasladado allí con algún compañero al que también habían soltado de los campos. Pero poco a poco comprendió que cuando decía «nosotros» Mishka no se refería a otra persona. Para Mishka, aquel «nosotros» abarcaba a todos sus compañeros prisioneros, y no sólo a los que había conocido en Arjángelsk. Abarcaba a más de un millón de personas que habían trabajado sin descanso en las islas Solovetski o en Sevvostlag o en el canal del mar Blanco al Báltico, tanto si habían trabajado allí en los años veinte, o en los treinta, como si seguían allí dejándose la piel.*

Mishka se quedó callado un momento y luego dijo:

—Es curioso lo que pasa por la noche. Cuando por fin podíamos soltar las palas, volvíamos arrastrando los pies a los barracones, nos tragábamos las gachas y nos tapábamos con la manta hasta la barbilla, impacientes por quedarnos dormidos. Pero entonces siempre te asaltaba algún pensamiento inesperado, algún recuerdo que tú no habías buscado pero que quería que lo evaluaras, lo midieras y lo pesaras. Y muchas noches yo me ponía a pensar en aquel alemán al que conociste en el bar, el que decía que el vodka era la única contribución de Rusia a Occidente, y que os desafió a nombrar otras tres.

—Sí, ya me acuerdo. Tomé prestada tu observación de que Tolstói y Chéjov eran los sujetalibros de la narrativa, invoqué a Chaikovski y pedí una ración de caviar para aquel bruto.

—Eso es.

Mishka movió la cabeza y miró al conde con aquella sonrisa en los labios.

—Una noche, hace unos años, se me ocurrió otra, Sasha.

—¿Una quinta contribución?

—Sí, una quinta contribución: el incendio de Moscú.

El conde se sorprendió.

—¿Te refieres al de mil ochocientos doce?

---

* Despojados de sus nombres y sus vínculos familiares, de sus profesiones y sus posesiones, tratados como ganado, pasando hambre y privaciones, los residentes del Gulag (los *zeks*) acababan por no distinguirse unos de otros. Eso, por supuesto, formaba parte del plan. Sin darse por satisfechas con el precio que les hacían pagar mediante la cárcel y los trabajos forzados en climas durísimos, las autoridades supremas pretendían borrar a los Enemigos del Pueblo.

Pero una consecuencia imprevista de esa estrategia fue la aparición de una nueva polis. Ya sin identidad, pues se la habían arrebatado, a partir de entonces los *zeks* (pese a ser millones) se comportarían como una masa y compartirían tanto sus privaciones como su voluntad de resistir. Se reconocerían entre ellos allá donde se encontraran. Se acogían en sus casas y sus mesas y se dirigirían unos a otros llamándose «hermano», «hermana», «amiga» y «amigo»; pero nunca jamás, bajo ningún concepto, se llamaban «camaradas».

Mishka asintió con la cabeza.

—¿Te imaginas la cara de Napoleón cuando lo despertaron a las dos de la madrugada, salió de su flamante dormitorio en el Kremlin y descubrió que la ciudad que había tomado tan sólo dos horas antes había sido incendiada por sus propios habitantes? —Mishka soltó una risita—. Sí, el incendio de Moscú fue algo especialmente ruso, amigo mío. De eso no cabe duda. Porque no fue un suceso aislado, sino que dio forma a ese tipo de sucesos. Un ejemplo con miles de precedentes. Porque los rusos, como pueblo, tenemos una tendencia asombrosa a destruir lo que nosotros mismos hemos creado.

Mishka ya no se paseaba por la habitación, quizá por culpa de su cojera; sin embargo, el conde se dio cuenta de que se paseaba por ella con la mirada.

—Todos los países tienen su lienzo grandioso, Sasha, la presunta obra de arte que cuelga en el salón sagrado y que resume la identidad nacional para las generaciones futuras. Para los franceses es *La Libertad guiando al pueblo*, de Delacroix; para los holandeses, *La guardia nocturna*, de Rembrandt; para los estadounidenses, *Washington cruzando el Delaware*; ¿y para los rusos? Para los rusos son dos cuadros gemelos: *Pedro el Grande interroga al zarévich Alekséi*, de Nikolái Ge, e *Iván el Terrible y su hijo*, de Iliá Repin. Durante décadas, esos dos cuadros han sido venerados por nuestro público, elogiados por nuestros críticos y copiados por nuestros diligentes alumnos de Bellas Artes. Y sin embargo, ¿qué representan? En uno, nuestro zar más ilustrado observa a su hijo mayor con recelo, momentos antes de condenarlo a muerte; y en el otro, el impertérrito Iván abraza el cadáver de su primogénito, tras haberle infligido el castigo supremo golpeándolo con el cetro en la cabeza.

»Demolemos una a una nuestras iglesias, conocidas en el mundo entero por su peculiar belleza, por sus campanarios de colores llamativos y sus asombrosas cúpulas. Derribamos las estatuas de los viejos héroes y retiramos sus nombres de las calles, como si sólo hubieran sido producto de nuestra imaginación. A nuestros poetas o los silenciamos o esperamos pacientes a que ellos mismos se silencien.

Mishka cogió el tenedor, lo clavó en el trozo de ternera que todavía no había probado y lo sostuvo en alto.

—¿Sabías que en los años treinta, cuando se anunció la colectivización obligatoria de las granjas, la mitad de nuestros campesinos sacrificaron su ganado para no tener que entregárselo a las cooperativas? Catorce millones de cabezas de ganado que se comieron las águilas y las moscas.

Lentamente, devolvió el trozo de carne al plato, como si quisiera expresarle su respeto.

—¿Cómo vamos a entender esto, Sasha? ¿Cómo se explica que una nación sea capaz de fomentar en su pueblo la voluntad de destruir sus obras de arte, arrasar sus ciudades y matar sin escrúpulos a sus propios hijos? A los extranjeros debe de parecerles increíble. Debe de parecerles que a los rusos nos domina una indiferencia tan brutal que nada, ni siquiera el fruto de nuestras entrañas, nos parece sagrado. Y no sabes cómo me dolía esa idea. Cómo me trastornaba. Pese a lo cansado que estaba, sólo de pensarlo me mantenía despierto hasta el amanecer.

»Y entonces, una noche, se me apareció en un sueño, Sasha: Maiakovski en persona. Citó unos versos (unos versos preciosos e inquietantes que yo nunca había oído) sobre la corteza de un abedul que brilla bajo el sol invernal. Luego cargó su revólver con un signo de admiración y se puso el cañón en el pecho. Cuando me desperté, de pronto comprendí que esa tendencia a la autodestrucción no era nada abominable, ni nada de lo que avergonzarse ni que aborrecer; era nuestra mayor fuerza. Nos apuntamos con la pistola no porque seamos más indiferentes o estemos menos cultivados que los británicos, los franceses o los italianos. Todo lo contrario. Estamos dispuestos a destruir lo que hemos creado porque creemos más que ninguna otra nación en el poder del cuadro, del poema, de la oración, de la persona.

Mishka movió la cabeza.

—Escucha bien lo que digo, amigo mío: aquélla no fue la última vez que quemamos Moscú hasta los cimientos.

Mishka hablaba con fervor, como en el pasado, casi como si quisiera convencerse a sí mismo. Pero una vez que hubo terminado su exposición, miró al conde y vio su cara de aflicción. Entonces soltó una carcajada sincera, sin ironía ni amargura, y se inclinó sobre la mesa para darle un apretón en el brazo a su amigo.

324

—Ya veo que te he preocupado, Sasha, hablando de revólveres. Pero no temas. Todavía no he terminado. Aún tengo que ocuparme de una cosa. De hecho, por eso me he arriesgado a venir a la ciudad: estoy trabajando en un pequeño proyecto y necesito ir a la biblioteca...

El conde, aliviado, reconoció la vieja chispa de la mirada de Mishka, aquella chispa que siempre brillaba cuando se metía de cabeza en un lío.

—¿Es una obra poética? —le preguntó.

—¿Poética? Sí, supongo que en cierto modo sí. Pero también es algo más fundamental. Algo sobre lo que se puede construir. Todavía no puedo enseñártelo, pero cuando esté listo serás el primero en verlo.

Cuando salieron del despacho y el conde acompañó a Mishka a la escalera trasera, la cocina ya estaba en plena ebullición. En la encimera, los pinches picaban cebollas, cortaban remolachas, desplumaban gallinas. Desde los fogones, donde seis ollas hervían a fuego lento, Emile le hizo una señal al conde para indicarle que esperara un momento. Después de limpiarse las manos en el delantal, fue hasta la puerta con algo de comida envuelta en papel marrón.

—Para el viaje, Mijaíl Fiódorovich.

A Mishka le sorprendió el obsequio, y el conde creyó que su amigo iba a rechazarlo por principio. Pero al final le dio las gracias al chef y cogió el paquete.

Andréi también salió a la puerta para decirle a Mishka cuánto se alegraba de haberlo conocido y desearle suerte.

Mishka les agradeció sus palabras y abrió la puerta que daba a la escalera, pero entonces se detuvo. Se tomó un momento para contemplar la cocina, con toda su actividad y su abundancia; miró al amable Andréi y al sincero Emile y luego miró al conde.

—Quién podía imaginar —dijo—, cuando te condenaron a arresto domiciliario perpetuo en el Metropol, hace ya tantos años, que eso te convertía en el hombre más afortunado de toda Rusia.

★

Esa noche, a las siete y media, cuando el conde entró en el Salón Amarillo, Ósip apagó el cigarrillo y se levantó de la silla.

—¡Ah! Ya está aquí, Aleksandr. He pensado que nos conviene hacer un breve viaje a San *Franchesko*. Ha pasado un año desde la última vez que estuvimos allí. Apague las luces, ¿quiere?

Mientras Ósip corría hacia el fondo de la habitación, el conde, distraído, se sentó a la mesa preparada para dos y se puso la servilleta en el regazo.

—Aleksandr...

El conde torció la cabeza.

—¿Sí?

—Las luces.

—Ah, sí. Perdón.

El conde se levantó, apagó las luces y se quedó junto a la pared.

—¿No piensa volver a sentarse? —le preguntó Ósip.

—Ah, sí. Por supuesto.

Volvió a la mesa y se sentó en la silla de Ósip.

—¿Va todo bien, amigo mío? No parece usted el de siempre.

—No, no —lo tranquilizó el conde con una sonrisa—. Va todo bien. Siga, por favor.

Ósip esperó un momento para asegurarse y entonces accionó el interruptor y volvió rápidamente a la mesa, mientras aquellas majestuosas sombras empezaban a moverse por la pared del comedor.

Dos meses después de lo que a él le gustaba llamar «el caso Tocqueville», Ósip se había presentado en el Salón Amarillo con un proyector y una copia sin censurar de *Un día en las carreras*. A partir de esa noche, los dos comensales dejaron los volúmenes de historia en las estanterías, que era donde tenían que estar, y continuaron sus estudios sobre Estados Unidos a través del cine.

Desde 1939, Ósip Ivánovich dominaba la lengua inglesa hasta el pretérito perfecto progresivo. Sin embargo, argüía que el cine estadounidense seguía mereciendo su meticuloso estudio, no sólo por ser una ventana a la cultura occidental, sino también un mecanismo de represión de clases sin precedentes. Porque, por lo visto, mediante el cine los yanquis habían descubierto cómo calmar a toda la clase trabajadora con el reducido coste de cinco centavos por semana.

—Fíjese en la Gran Depresión —decía—. De principio a fin duró diez años. Toda una década, durante la cual el proletariado tuvo que arreglárselas solo, mendigando en los callejones y en las puertas de las iglesias. Si alguna vez los trabajadores estadounidenses han tenido razones para liberarse del yugo, sin duda alguna fue entonces. Pero ¿se unieron a sus compañeros de armas? ¿Se cargaron las hachas al hombro y destrozaron las puertas de las mansiones? No, ni hablar. Lo que hicieron fue arrastrarse hasta el cine más cercano, donde les mostraron la última fantasía y la hicieron oscilar ante sus ojos como si fuera un reloj de bolsillo colgado de una cadena. Sí, Aleksandr. Nos corresponde estudiar este fenómeno con la máxima diligencia y atención.

Y eso fue lo que hicieron.

El conde podía constatar que Ósip se enfrentaba a la tarea con la máxima diligencia y atención, porque mientras estaban viendo una película le costaba quedarse quieto. En las de vaqueros, cuando se desataba una pelea en un salón, apretaba los puños, esquivaba un golpe, lanzaba un directo de izquierda hacia el vientre y un gancho hacia la barbilla. Cuando *Fiódor* Astaire bailaba con *Gingir* Rogers, abría las manos y las agitaba a la altura de la cintura mientras arañaba la alfombra con los pies. Y cuando Bela Lugosi salía de entre las sombras, Ósip saltaba de su asiento y casi se caía al suelo. Luego, cuando empezaban a pasar los créditos, movía la cabeza con expresión de disgusto moral.

—Vergonzoso —decía.

—Escandaloso.

—¡Insidioso!

Como un científico experimentado, Ósip analizaba con frialdad cuanto acababan de ver. Los musicales eran «pastelillos pensados para aplacar a los indigentes con fantasías de una felicidad inalcanzable». Las películas de terror eran «juegos de manos en los que los miedos de los trabajadores han sido desplazados por los de las muchachas hermosas». Las comedias de vodevil eran «narcóticos absurdos». ¿Y las películas del Oeste? Eran la propaganda más artera: fábulas en las que el mal lo representan colectivos que roban, mientras que la virtud es un individuo solitario que se juega

327

la vida para defender la propiedad privada de otros. ¿Conclusión? «Hollywood es la fuerza más peligrosa de la historia de la lucha de clases.»

O al menos eso argumentaba Ósip, hasta que descubrió el género de cine estadounidense que se conocería como *film noir*. Embelesado, vería películas como *Contratado para matar*, *La sombra de una duda* y *Perdición*.

—¿Qué es esto? —preguntaba, sin dirigirse a nadie en concreto—. ¿Quién hace esas películas? ¿Quién las promociona?

Todas sin excepción representaban un Estados Unidos en el que la corrupción y la crueldad campaban a sus anchas; en el que la justicia era un mendigo y la bondad un necio; en el que la lealtad era endeble y el egoísmo, duro como el acero. Dicho de otro modo, presentaban un retrato sumamente realista de lo que era el capitalismo.

—¿Cómo es posible, Aleksandr? ¿Por qué les permiten hacer estas películas? ¿No se dan cuenta de que están minando sus propios cimientos?

Pero ninguna estrella de ese género cautivaba a Ósip más que Humphrey Bogart. Con la excepción de *Casablanca* (Ósip la consideraba una película para mujeres), habían visto todas las películas de Bogart como mínimo dos veces. En *El bosque petrificado*, *Tener y no tener* y, sobre todo, *El halcón maltés*, Ósip valoraba las duras miradas del actor, sus comentarios sarcásticos y su falta de sentimientos. «Fíjate cómo en el primer acto siempre parece distante e indiferente; pero cuando provocan su indignación, no hay nadie más dispuesto que él a hacer lo que sea necesario, Aleksandr, y actúa con clarividencia, con rapidez y sin escrúpulos. Es un auténtico Hombre Resuelto.

En el Salón Amarillo, Ósip comió dos bocados de la ternera estofada con salsa de caviar de Emile, bebió un sorbo de vino georgiano y alzó la vista justo a tiempo para ver la imagen del puente Golden Gate.

Durante los siguientes minutos, la seductora, aunque un tanto misteriosa, señorita Wonderly contrataba los servicios de Sam Spade. Una vez más, le disparaban al socio de Spade en un callejón horas antes de que Floyd Thursby sufriera un destino parecido. Y una vez más, Joel Cairo, el Gordo, y Brigid O'Shaughnessy, tras unir sus fuerzas de forma subrepticia, drogaban a Spade echándole una sustancia en el whisky y se dirigían al muelle, donde por fin creían poder alcanzar su difícil objetivo. Pero cuando Spade todavía estaba frotándose la cabeza, un desconocido con abrigo y sombrero negros entraba tambaleándose en su despacho, tiraba un paquete al suelo y se derrumbaba, muerto, en el sofá.

—¿Cree que los rusos somos particularmente brutos, Ósip? —preguntó el conde.

—¿A qué se refiere? —preguntó éste en voz baja, como si hubiera alguien más en la habitación a quien no quisiera molestar.

—¿Cree que, en esencia, somos más brutos que los franceses, los ingleses o los estadounidenses?

—Aleksandr —susurró Ósip (mientras Spade se limpiaba la sangre del desconocido de las manos)—. ¿De qué demonios me habla?

—Le estoy preguntando si usted cree que somos más propensos que otros a destruir lo que nosotros mismos hemos creado.

Ósip, que todavía no había desviado la vista de la pantalla, se volvió y miró al conde con gesto de incredulidad. Entonces se levantó de golpe, fue dando zancadas hasta el proyector y congeló la película en el preciso momento en que Spade, que había dejado el paquete burdamente envuelto encima de su mesa, se sacaba una navaja del bolsillo.

—¿Cómo es posible que no vea lo que está pasando? —preguntó, mientras señalaba la pantalla—. Después de viajar desde Oriente hasta los muelles de San *Franchesko*, el capitán Jacoby ha recibido cinco disparos. Ha saltado desde un barco en llamas, ha recorrido la ciudad dando tumbos y ha empleado su último aliento para llevarle al camarada *Spadski* ese paquete misterioso envuelto con papel y atado con cordel. ¡Y usted elige este momento para ponerse a hablar de metafísica!

El conde, que se había dado la vuelta, tenía una mano en alto para protegerse de la luz del proyector.

—Pero, Ósip —replicó—, le hemos visto abrir el paquete como mínimo tres veces.

—¿Y qué? Usted ha leído *Anna Karénina* como mínimo diez veces, y me apuesto algo a que todavía llora cuando la protagonista se arroja a las vías del tren.

—Eso es completamente diferente.

—¿Ah, sí?

Se produjo un silencio. Entonces, con un visible gesto de fastidio, Ósip detuvo el proyector. Encendió las luces y regresó a la mesa.

—Muy bien, amigo mío. Ya veo que hay algo que lo desconcierta. Veamos si podemos aclararlo y así tal vez consigamos proseguir con nuestros estudios.

Así, el conde le refirió a Ósip la conversación que había mantenido con Mishka. O, mejor dicho, le expuso las opiniones de Mishka sobre el incendio de Moscú, el derribo de estatuas, el silenciamiento de poetas y el sacrificio de catorce millones de cabezas de ganado.

Ósip, que ya había descargado sus frustraciones, lo escuchaba con atención, asintiendo de vez en cuando con la cabeza para puntuar las opiniones de Mishka.

—Muy bien —dijo una vez que el conde hubo terminado—. Entonces ¿qué es exactamente lo que le preocupa, Aleksandr? ¿Le impresionan las afirmaciones de su amigo? ¿Ofenden su sensibilidad? Entiendo que esté usted preocupado por su estado anímico, pero ¿no cree que puede tener razón en sus opiniones y, al mismo tiempo, estar equivocado en sus sentimientos?

—¿Qué quiere decir?

—Es igual que *El halcón maltés*.

—Ósip. Por favor.

—No, hablo en serio. ¿Qué es el pájaro negro si no un símbolo de la herencia occidental? Una escultura hecha por los caballeros de las Cruzadas con oro y joyas como homenaje a un rey: un emblema de la Iglesia y de las monarquías, esas instituciones avariciosas que han sido los cimientos del arte y el pensamiento de toda Europa. Pues bien, ¿quién se atreve a decir que el amor por esa herencia no es un error tan grande como el amor del gordo por su halcón? Quizá sea eso exactamente lo que deba ser eliminado para que su pueblo pueda aspirar a progresar.

Suavizó el tono y continuó:

—Los bolcheviques no somos visigodos, Aleksandr. No somos unas hordas de bárbaros que descienden sobre Roma y destruyen todo lo que encuentran por ignorancia y envidia. Somos todo lo contrario. En mil novecientos dieciséis, Rusia era un Estado bárbaro. Era la nación más analfabeta de Europa, y la mayoría de su población vivía en una especie de servidumbre. Los campesinos labraban los campos con arados de madera, pegaban a sus mujeres a la luz de las velas, se derrumbaban en los bancos borrachos de vodka y, al amanecer, cuando se despertaban, se humillaban ante sus iconos. Es decir, vivían exactamente como habían vivido sus antepasados quinientos años antes. ¿No será que nuestro respeto por todas esas estatuas, todas esas catedrales y todas esas instituciones arcaicas era precisamente lo que nos impedía progresar?

Ósip hizo una pausa y volvió a servir vino en las copas.

—Pero ¿dónde estamos ahora? ¿Cuánto hemos avanzado? Al combinar el tempo norteamericano con los objetivos soviéticos estamos a punto de conseguir la alfabetización universal. Las oprimidas mujeres rusas, nuestra segunda servidumbre, han alcanzado la igualdad. Hemos construido ciudades enteras y nuestra producción industrial supera la de la mayoría de Europa.

—Pero ¿a qué precio?

Ósip dio una palmada en la mesa.

—¡A un coste elevadísimo! Pero ¿acaso cree que los logros de los norteamericanos, envidiados en el mundo entero, llegaron sin coste alguno? Pregúnteselo a sus hermanos africanos. ¿Y cree que los ingenieros que diseñaron sus gloriosos rascacielos o construyeron sus autopistas vacilaron lo más mínimo cuando tuvieron que destruir los pequeños barrios pintorescos que encontraban en su camino? Le garantizo, Aleksandr, que ponían la dinamita y accionaban los detonadores sin vacilar. Y, como ya le he dicho antes, nosotros y Estados Unidos lideraremos el mundo lo que queda de este siglo, porque somos las dos únicas naciones que han aprendido a dejar a un lado el pasado en lugar de inclinarse ante él. Pero ellos lo han hecho por su adorado individualismo, mientras que nosotros intentamos hacerlo por el bien común.

A las diez, cuando dejó a Ósip, en lugar de subir al sexto piso el conde se dirigió al Chaliapin con la esperanza de encontrarlo vacío. Sin embargo, lo que encontró fue un bullicioso grupo compuesto de periodistas, miembros del cuerpo diplomático y dos camareras con sus vestiditos negros; y en medio de aquel tumulto, por tercera noche consecutiva, estaba el edecán del general estadounidense. Encorvado y con los brazos extendidos, oscilando adelante y atrás como un luchador de lucha libre, relataba su historia:

—Esquivando al monseñor, el viejo Porterhouse avanzó lentamente hacia el segundo ganso y esperó a que su presa lo mirara a los ojos. Porque ése es el secreto: tienen que mirarlo a los ojos. En ese momento es cuando Porterhouse, durante un segundo, deja creer a sus adversarios que son sus iguales. Tras dar dos pasos hacia la izquierda, de repente Porterhouse dio tres hacia la derecha. El ganso, desconcertado, miró al viejo a los ojos... ¡Y en ese momento, Porterhouse se abalanzó sobre él!

El edecán dio un salto.

Las dos camareras soltaron un grito y rieron.

Cuando el edecán volvió a erguirse, sujetaba una piña con ambas manos. Les mostró a todos la fruta, que tenía cogida con una mano por la base y con la otra por las hojas, como había hecho el general con el segundo ganso.

—Y en ese fatídico momento, al bueno del general se le soltó el cinturón y se le abrió la bata, revelando unos calzoncillos reglamentarios del ejército de Estados Unidos, ante cuya visión madame Veloshki se desmayó.

El público aplaudió y el edecán saludó con una reverencia. Luego dejó la piña con cuidado encima de la barra y alzó su copa.

—La reacción de madame Veloshki parece comprensible —comentó uno de los periodistas—. Pero ¿qué hizo usted cuando vio los calzoncillos del anciano?

—¿Que qué hice? —exclamó el edecán—. Pues cuadrarme y saludar, por supuesto.

Mientras los otros reían, el hombre apuró su copa.

—Y ahora, caballeros, les propongo que salgamos a la calle. Puedo asegurarles por experiencia propia que en el Nacional se puede escuchar la peor samba de todo el hemisferio norte. El batería, que es tuerto, no atina a darle a los címbalos. Y el líder de la banda no tiene ni la menor idea de lo que es un tempo latino. Lo más cerca que jamás ha estado de Sudamérica fue cuando se cayó por una escalera de caoba. Pero tiene las mejores intenciones y un tupé que parece caído de los cielos.

Entonces, la variopinta pandilla salió en tropel a la calle y el conde pudo acercarse a la barra con relativa paz y tranquilidad.

—Buenas noches, Audrius.

—Buenas noches, conde Rostov. ¿Qué desea tomar?

—Una copa de armagnac, tal vez.

Al cabo de un momento, mientras hacía girar el brandy en su copa, el conde sonrió imaginándose al edecán, lo que a su vez le hizo reflexionar sobre la personalidad de los estadounidenses en general. Con su habitual estilo persuasivo, Ósip había argumentado que, durante la depresión, Hollywood había debilitado los inevitables impulsos revolucionarios mediante elaboradas argucias. Pero el conde se preguntaba si Ósip no se había equivocado por completo en su análisis. Era cierto que los musicales fastuosos y las astracanadas habían proliferado en Estados Unidos en los años treinta. Pero también el jazz y los rascacielos. ¿También eran narcóticos pensados para adormecer a una nación inquieta? ¿O eran señales de un espíritu innato tan incontenible que ni siquiera la Gran Depresión había podido sofocarlo?

Mientras el conde hacía girar de nuevo el brandy en la copa, un cliente se sentó a su izquierda, tres taburetes más allá. Rostov se sorprendió al ver que era el edecán.

Audrius, siempre tan atento, apoyó un brazo en la barra y se inclinó hacia delante.

—Bienvenido otra vez, capitán.

—Gracias, Audrius.

—¿Qué le pongo?

—Lo mismo que antes, supongo.

Mientras Audrius se daba la vuelta para prepararle la bebida, el capitán tamborileaba con los dedos en la barra y miraba distraído a su alrededor. Cuando su mirada se encontró con la del conde, lo saludó con una inclinación de cabeza y una sonrisa cordial.

Rostov no pudo contener su curiosidad.

—¿No se iba al Nacional?

—Se ve que mis amigos tenían tanta prisa por acompañarme que me han dejado atrás —contestó el norteamericano.

El conde sonrió, comprensivo.

—Lo lamento.

—No, no lo lamente, por favor. No me importa que se hayan ido sin mí. Eso siempre me aporta una nueva perspectiva sobre el lugar que creía estar abandonando. Además, mañana a primera hora vuelvo a casa de permiso, de modo que seguramente es lo mejor que podía pasarme.

Le tendió la mano al conde.

—Richard Vanderwhile.

—Aleksandr Rostov.

El capitán volvió a inclinar la cabeza y entonces, después de desviar la mirada, miró de nuevo al conde.

—¿No estuvo sirviéndome usted el otro día en el Boiarski?

—Sí, así es.

El capitán suspiró aliviado.

—Menos mal. De lo contrario, habría tenido que anular esa copa.

Como si lo hubiera estado esperando, Audrius dejó la copa en la barra. El capitán tomó un sorbo y volvió a suspirar, esa vez de satisfacción. Entonces escudriñó el rostro del conde y le preguntó:

—¿Es usted ruso?

—Hasta la médula.

—En ese caso, permítame decirle, de entrada, que estoy completamente enamorado de su país. Me encanta su gracioso alfabeto, y esos pastelillos rellenos de carne. Sin embargo, la idea que su país tiene de lo que es un cóctel me parece desesperante.

—¿Por qué?

El capitán señaló con disimulo hacia el final de la barra, donde un *apparatchik* de cejas muy pobladas charlaba con una joven de pelo castaño. Ambos tenían en la mano sendas copas de un color magenta asombroso.

—Según me ha contado Audrius, ese brebaje contiene diez ingredientes diferentes. Además de vodka, ron, coñac y granadina, lleva extracto de rosa, una pizca de angostura y toda una piruleta derretida. Pero un cóctel no debe ser una mezcolanza. No es un popurrí ni un desfile de Pascua. Un buen cóctel debe ser terso, elegante, sincero; y limitarse a dos ingredientes.

—¿Sólo dos?

—Sí. Pero deben ser dos ingredientes que se complementen; que se rían de los chistes del otro y toleren sus defectos; y que nunca se griten el uno al otro cuando mantienen una conversación. Como la ginebra y la tónica —dijo, señalando su copa—. O el bourbon y el agua. O el whisky y la soda. —Movió la cabeza, alzó su copa y tomó un sorbo—. Perdóneme por extenderme tanto.

—No se preocupe.

El capitán inclinó la cabeza en señal de agradecimiento, pero al cabo de un momento preguntó:

—¿Le importa que le haga una observación? Me refiero a una observación de tipo personal.

—En absoluto —dijo el conde.

El capitán deslizó su copa por la barra y acercó un taburete.

—Da la impresión de que hay algo que le preocupa. Hace media hora que le da vueltas a ese brandy. Si no tiene cuidado, el vórtice que ha creado hará un agujero en el suelo y acabaremos todos en el sótano.

El conde rió y dejó la copa en la barra.

—Supongo que tiene razón. Debe de haber algo que me preocupa.

—Muy bien —dijo Richard, y señaló el bar vacío con un ademán—, pues ha venido al lugar adecuado. Desde tiempos inmemoriales, los hombres bien educados se reúnen en abrevaderos como éste para desahogarse en compañía de otras almas comprensivas.

—¿O con desconocidos?

El capitán levantó un dedo.

—No existen almas más comprensivas que las de los desconocidos. Así pues, ¿qué le parece si nos saltamos los preámbulos? ¿Es un asunto de mujeres? ¿De dinero? ¿Bloqueo del escritor?

El conde volvió a reír; y entonces, como habían hecho tantos hombres bien educados desde tiempos inmemoriales, se desahogó con aquella alma comprensiva. Le habló de Mishka y su idea de que los rusos tenían una tendencia asombrosa a destruir lo que ellos mismos habían creado. Después se refirió a Ósip y su idea de que Mishka estaba en lo cierto, pero que la destrucción de monumentos y obras de arte era esencial para el progreso de una nación.

—Ah, así que es eso —dijo el capitán, como si ésa hubiera sido su cuarta hipótesis, aunque no hubiese llegado a expresarla.

—Sí, claro. Pero ¿qué conclusiones extraería usted de todo ello? —preguntó el conde.

—¿Qué conclusiones? —Richard bebió un sorbo—. Creo que sus dos amigos tienen razón. Es decir, hay que ser muy hábil para sacar un hilo de la tela y que salga entero. Aun así, tengo la impresión de que se les escapa algo.

Tamborileó con los dedos en la barra, mientras trataba de formular sus pensamientos.

—Entiendo que en Rusia existe cierta tradición de desmantelamiento; y que el derribo de un edificio antiguo y bonito engendra, lógicamente, cierta pena por lo que ha desaparecido y cierta emoción por lo que vendrá. Pero en realidad no puedo evitar sospechar que las grandes cosas persisten.

»Fíjese en Sócrates, por ejemplo. Hace dos mil años se paseaba por el mercado compartiendo sus pensamientos con el primero que pasaba por allí; y ni siquiera se tomaba la molestia de escribirlos. Y luego, en un momento de apuro, va y la palma. La diña. Estira la pata. Adiós. *Adieu. Finis.*

»El tiempo siguió avanzando, como es lógico. Los romanos tomaron el poder. Luego, los bárbaros. Después le echamos encima toda la Edad Media. Siglos de peste, envenenamientos y quemas de libros. Y, no se sabe cómo, después de todo eso, las grandes cosas que aquel hombre decía en el mercado siguen interesándonos.

»Supongo que lo que quiero decir es que, como especie, no se nos da nada bien escribir obituarios. No sabemos qué se opinará de determinada persona ni de sus logros dentro de tres generaciones, del mismo modo que no sabemos qué comerán sus tataranietos para desayunar un martes del mes de marzo. Porque cuando el destino le entrega algo a la posteridad, lo hace a escondidas.

Se quedaron los dos callados un momento. Entonces el capitán apuró su copa y señaló el brandy del conde.

—Pero dígame, ¿esa cosa está cumpliendo su función?

Una hora más tarde, cuando el conde salió del Chaliapin (después de compartir con el capitán Vanderwhile dos rondas del brebaje de color magenta de Audrius), le sorprendió ver que Sofia seguía leyendo en el vestíbulo. Atrajo su mirada y la saludó con la mano, y ella le devolvió el saludo y siguió leyendo recatadamente.

El conde tuvo que hacer acopio de todo su aplomo para cruzar el vestíbulo lentamente. Con el aire incuestionable de quien no tiene ninguna prisa, llegó a la escalera y empezó a subirla muy despacio. Pero en cuanto llegó al primer descansillo, echó a correr.

Mientras subía a toda velocidad, apenas podía contener su júbilo. La secreta genialidad del juego de Sofia consistía en que siempre era ella la que decidía cuándo jugaban. La niña esperaba, naturalmente, algún momento en que él estuviera distraído o desprevenido, de modo que muchas veces el juego ya había terminado antes de que el conde se hubiera dado cuenta siquiera de que había empezado. Pero esa noche todo iba a ser diferente, porque, por la indiferencia del saludo que Sofia le había hecho con la mano, él se había dado cuenta de que el juego se estaba poniendo en marcha.

«Ya la tengo», pensó, al dejar atrás el segundo piso, y soltó una risita siniestra. Pero cuando llegó al rellano del tercero no tuvo más remedio que reconocer otra ventaja que Sofia tenía en aquel juego: su juventud. Porque no podía negarse que el conde había empezado a reducir considerablemente la marcha. Si tenía que guiarse por su dificultad para respirar, llegaría al sexto piso arrastrándose, suponiendo que llegara con vida. Por si acaso, cuando alcanzó el quinto piso redujo la velocidad y, en lugar de correr, siguió andando con paso decidido.

Abrió la puerta del campanario, se detuvo y aguzó el oído. Miró hacia abajo y no vio nada. ¿Y si Sofia había subido volando? No, imposible. No había tenido tiempo. Sin embargo, sin descartar la remota posibilidad de que la niña se hubiera transportado mediante brujería, subió el último tramo de puntillas y se dio aires de indiferencia al abrir la puerta de su habitación, pero una vez dentro comprobó que la habitación estaba vacía.

Se frotó las manos y se preguntó: «¿Dónde me pongo?» Primero pensó meterse en la cama y hacerse el dormido, pero quería ver la cara de Sofia. Así que se sentó al escritorio, inclinó la butaca hacia atrás y cogió el libro que tenía más a mano, que resultó ser el de monsieur Montaigne. Lo abrió al azar por el ensayo titulado «De la educación de los hijos».

—Muy oportuno —dijo, esbozando una sonrisa socarrona. Entonces adoptó un gesto de suma erudición mientras fingía leer.

Pero al cabo de cinco minutos Sofia no había aparecido.

—Bueno, debo de haberme equivocado —admitía ya con cierta desilusión cuando se abrió la puerta de golpe. Pero no era Sofia.

Era una de las camareras. Y estaba muy angustiada.

—Hola, Ilana. ¿Qué pasa?

—¡Sofia! ¡Se ha caído!

El conde se levantó de un salto de la butaca.

—¿Que se ha caído? ¿Dónde?

—En la escalera de servicio.

El conde salió disparado, pasó al lado de la camarera y bajó por el campanario a toda velocidad. Después de dos tramos de escalera vacía, dentro de su cabeza una vocecilla empezó a decirle que Ilana debía de haberse equivocado, pero cuando llegó al rellano del tercer piso, allí estaba Sofia, tendida en los escalones, con los ojos cerrados y unos pegotes de sangre en el pelo.

—¡Dios mío!

El conde se arrodilló.

—Sofia...

La niña no respondió.

Le levantó la cabeza con cuidado y vio el tajo que tenía en la frente. No parecía que se hubiera lastimado el cráneo, pero sangraba y estaba inconsciente.

Ilana llegó y se arrodilló detrás del conde, llorosa.

—Voy a buscar a un médico —dijo.

Pero eran más de las once. ¿Cuánto podía llevarles encontrar un médico?

El conde deslizó los brazos por debajo del cuello y las rodillas de Sofia, la levantó y la llevó en brazos hasta el pie de la escalera. En la planta baja, abrió la puerta empujándola con el hombro y atravesó el vestíbulo. Se percató, pero muy vagamente, de que había una pareja de mediana edad esperando junto al ascensor; de que Vasili estaba detrás de su mostrador; de que se oían voces en el bar. Y de pronto se encontró en los escalones de la entrada del Metropol, envuelto por el tibio aire de verano, por primera vez desde hacía veinte años.

Rodión, el portero de noche, lo miró conmocionado.

—Un taxi —le dijo el conde—. Necesito un taxi.

Más allá del hombro del portero, vio cuatro taxis aparcados a quince metros de la entrada, esperando a que salieran los últimos clientes del Chaliapin. Los dos chóferes de la cabecera de la fila fumaban y charlaban. Antes de que Rodión pudiera llevarse el silbato a los labios, el conde ya corría hacia ellos.

Cuando los chóferes vieron que se les acercaba, uno esbozó una sonrisita de complicidad y el otro puso cara de desaprobación; ambos habían deducido que aquel caballero llevaba en brazos a una muchacha ebria. Sin embargo, se cuadraron en cuanto vieron que la niña tenía sangre en la cara.

—Es mi hija —dijo el conde.

—Venga conmigo —dijo uno de los chóferes; tiró el cigarrillo al suelo y se apresuró a abrir la puerta trasera de su taxi.

—A San Anselmo —dijo el conde.

—¿A San Anselmo?

—Tan deprisa como pueda.

El chófer arrancó, entró en la Plaza del Teatro y se dirigió hacia el norte, mientras el conde, que con una mano presionaba la herida de Sofia con un pañuelo doblado y con la otra le acariciaba el pelo, murmuraba palabras tranquilizadoras que la niña no podía oír, al tiempo que, tras la ventanilla, las calles de la ciudad desfilaban a toda velocidad sin que nadie se fijara en ellas.

Al cabo de unos minutos, el taxi se detuvo.

—Ya hemos llegado —anunció el chófer. Salió del coche y abrió la puerta trasera.

Con cuidado, el conde salió con Sofia en brazos, se detuvo de pronto y dijo:

—No llevo dinero.

—¿Qué dinero? Váyase, haga el favor.

El conde cruzó la acera y se dirigió hacia el hospital, pero nada más entrar por la puerta comprendió que había cometido un grave error. En el vestíbulo había varios hombres mayores que dormían en unos bancos, como hacían los refugiados en las estaciones de ferrocarril. Las luces del vestíbulo parpadeaban, como si estuvieran alimentadas por un generador defectuoso, y olía a amoníaco y humo de cigarrillo. Cuando el conde era joven, San Anselmo era uno de los mejores hospitales de la ciudad. Pero de eso ya hacía treinta años. Los bolcheviques debía de haber construido hospitales nuevos (modernos, luminosos y limpios), y conservarían las anticuadas instalaciones de San Anselmo como una especie de clínica para veteranos de guerra, vagabundos e indigentes.

Esquivó a un individuo que parecía dormir de pie y se acercó a un mostrador donde había una enfermera leyendo.

—Es mi hija —le dijo—. Se ha hecho daño.

La enfermera alzó la vista, soltó la revista y salió por una puerta. Al cabo de lo que al conde le pareció una eternidad, regresó con un joven vestido con la bata blanca de los médicos residentes. El conde le tendió a Sofia y retiró el pañuelo empapado de sangre para mostrarle la herida. El médico se pasó una mano por la cara.

—A esta niña tiene que verla un cirujano —dijo.

—¿Y no hay ninguno?

—No, claro que no. —Miró el reloj que había en la pared—. A las seis quizá.

—¿A las seis? Pero necesita ayuda cuanto antes. Tiene que hacer algo.

El médico volvió a pasarse la mano por la cara y entonces le dijo a la enfermera:

—Busque al doctor Kraznákov. Que se presente en el quirófano número cuatro.

La enfermera volvió a desaparecer y el médico acercó una camilla.

—Túmbela aquí y venga conmigo.

Con el conde a su lado, llevó la camilla de Sofia hasta el final del pasillo y entró en un ascensor. Subieron al tercer piso, pasaron por unas puertas batientes y llegaron a un largo pasillo en el que ya había otras dos camillas ocupadas por sendos pacientes dormidos.

—Por aquí.

El conde empujó otra puerta y el médico metió la camilla de Sofia en el quirófano número cuatro. Era una habitación fría,

340

alicatada de arriba abajo. En un rincón, los azulejos habían empezado a desprenderse del yeso. Había una mesa de operaciones, unas lámparas articuladas y una mesa de instrumental quirúrgico. Al cabo de unos minutos se abrió la puerta y entró un médico mal afeitado, acompañado de la enfermera. Daba la impresión de que acababa de despertarse.

—¿Qué pasa? —inquirió con voz cansada.

—Una niña con una herida en la cabeza, doctor Kraznákov.

—Bien, bien. —Kraznákov señaló al conde con un ademán y añadió—: No se aceptan acompañantes en el quirófano.

El residente cogió al conde por el codo.

—Espere un momento —protestó él—. ¿Este hombre es competente?

Kraznákov lo miró y se puso muy colorado.

—¿Qué acaba de decir?

El conde siguió dirigiéndose al joven residente.

—Antes ha dicho que a la niña tenía que verla un cirujano. ¿Este hombre es cirujano?

—¡Lléveselo de aquí! —gritó Kraznákov.

Pero entonces volvió a abrirse la puerta del quirófano y por ella entró un individuo alto, de unos cincuenta años, acompañado de una ayudante pulcramente vestida.

—¿Quién está al mando aquí? —preguntó el recién llegado.

—Yo —contestó Kraznákov—. ¿Quién es usted? ¿Qué significa esto?

El recién llegado apartó a Kraznákov, se acercó a la mesa de operaciones y se inclinó sobre Sofia. Con cuidado, le separó el cabello para examinar la herida. A continuación, le levantó un párpado con el pulgar y le tomó el pulso cogiéndole la muñeca y mirando su reloj. Entonces se volvió hacia Kraznákov.

—Me llamo Lazovski. Soy el jefe de cirugía del Hospital Municipal Número Uno. Voy a ocuparme de esta paciente.

—Pero ¡bueno! ¿Qué se ha creído?

Lazovski se volvió hacia el conde.

—¿Es usted Rostov?

—Sí —contestó el conde, perplejo.

—Explíqueme qué ha pasado y cuándo. Sea todo lo preciso que pueda.

—Se ha caído cuando subía corriendo por una escalera. Creo que se ha golpeado la cabeza con el canto del último escalón. Ha sido en el Hotel Metropol. Como mucho han pasado veinte minutos.

—¿Había bebido?

—¿Cómo? No. Es una cría.

—¿Qué edad tiene?

—Trece años.

—¿Cómo se llama?

—Sofia.

—Muy bien. De acuerdo.

Haciendo caso omiso de las protestas de Kraznákov, Lazovski se volvió hacia su ayudante y empezó a darle instrucciones: que buscara batas estériles para el equipo y un sitio donde lavarse; que fuera a buscar el instrumental quirúrgico necesario; que lo esterilizara todo.

La puerta se abrió otra vez y apareció un joven con la expresión indolente de quien acaba de salir de un baile.

—Buenas noches, camarada Lazovski —dijo con una sonrisa—. Qué sitio tan bonito.

—Muy bien, Antónovich. Basta de bromas. Es una fractura del parietal izquierdo con riesgo probable de hematoma subdural. Vístase. Y a ver si puede hacer algo con esta luz.

—Sí, señor.

—Pero antes lléveselos de aquí.

Mientras Antónovich empezaba a acorralar a los dos médicos residentes fuera del quirófano con aquella sonrisa displicente, Lazovski señaló a la joven enfermera que había estado atendiendo el mostrador del vestíbulo.

—Usted no. Prepárese para asistir.

Entonces se volvió hacia el conde y dijo:

—Su hija se ha dado un buen golpe, Rostov, pero tampoco se ha caído de cabeza desde un avión. El cráneo está diseñado para soportar cierto maltrato. En casos así, el mayor riesgo proviene de la hinchazón más que de la herida en sí. Pero eso no es nada que no hayamos visto antes. Vamos a ocuparnos de ella inmediatamente. Entretanto, tendrá que esperar fuera. En cuanto pueda, saldré a informarle de cómo va todo.

Acompañaron al conde a un banco que había fuera del quirófano. Tardó un poco en darse cuenta de que, unos minutos antes,
habían vaciado el pasillo: las dos camillas con sus pacientes dormidos habían desaparecido. De pronto se abrió la puerta del final
del pasillo y por ella entró Antónovich, que ahora llevaba una bata
estéril e iba silbando. Al cerrarse la puerta, el conde vio que un
hombre con un traje negro se la había sujetado. Antónovich volvió
a entrar en el quirófano número cuatro y el conde se quedó solo en
el pasillo vacío.

¿Cómo pasó los minutos posteriores? ¿Cómo los habría pasado
cualquiera?

Rezó por primera vez desde que era niño. Se permitió imaginar
lo peor, y luego se convenció de que todo saldría bien, repasando
una y otra vez los comentarios del cirujano.

—El cráneo está diseñado para soportar cierto maltrato —re-
petía.

Sin embargo, no pudo evitar que lo asaltaran ejemplos de lo
contrario. Se acordó de un leñador muy simpático de la aldea de
Petróvskoie, por ejemplo, que, en la flor de la vida, había recibido
el impacto de una rama en la cabeza. Cuando recobró el conocimiento conservaba toda su fortaleza, pero se había vuelto serio; a
veces no reconocía a sus amigos y, sin la más mínima provocación, podía enfurecerse con sus hermanas. Era como si se hubiera acostado siendo una persona y se hubiera despertado siendo
otra.

El conde se reprochó haber permitido que Sofia jugara a un
juego tan imprudente. ¿Cómo había podido pasarse una hora en
un bar, preocupándose por cuadros y estatuas, mientras el Destino
se disponía a poner en juego la vida de su hija?

Pese a todas las preocupaciones que conllevaba la crianza de
los hijos, por encima de las tareas escolares, la ropa y los modales,
a fin de cuentas la responsabilidad de los padres no podía ser más
sencilla: acompañarlos sanos y salvos hasta la edad adulta para que
pudieran tener una vida de provecho y, con ayuda de Dios, feliz.

Pasaron unos minutos interminables.

Se abrió la puerta del quirófano y apareció el doctor Lazovski.
Se había bajado la mascarilla y no llevaba guantes, pero tenía la
bata manchada de sangre.

El conde se levantó de un salto.

—Por favor, siéntese, Rostov —dijo el cirujano.

El conde volvió a sentarse en el banco.

Lazovski no se sentó con él; apoyó los puños en las caderas y miró al conde con una inconfundible expresión de profesionalidad.

—Como ya le he explicado, en estas situaciones el mayor riesgo proviene de la hinchazón. Ya hemos reducido ese riesgo. Sin embargo, su hija ha sufrido una conmoción, que básicamente consiste en una contusión del cerebro. Tendrá dolores de cabeza y necesitará descansar mucho. Pero dentro de una semana estará recuperada.

El cirujano se dispuso a marcharse.

El conde tendió una mano.

—Doctor Lazovski... —dijo, como si quisiera preguntarle algo, pero no diera con las palabras necesarias para hacerlo.

No obstante, el cirujano, que ya se había encontrado en aquella situación otras veces, lo entendió perfectamente.

—Volverá a ser la de siempre, Rostov.

Cuando él iba a darle las gracias, el hombre del traje negro abrió la puerta del final del pasillo otra vez, sólo que esta vez la sujetó para dejar pasar a Ósip Glébnikov.

—Discúlpeme —le dijo el cirujano al conde.

Ósip y Lazovski se encontraron hacia la mitad del pasillo y hablaron durante un minuto en voz baja, mientras él los observaba atónito. Cuando el cirujano volvió a entrar en el quirófano, Ósip se sentó al lado del conde en el banco.

—Bueno, amigo mío —dijo, apoyando las manos en las rodillas—, su pequeña Sofia nos ha dado un buen susto.

—¡Ósip! ¿Qué hace usted aquí?

—Quería asegurarme de que los dos estaban bien.

—Pero ¿cómo nos ha encontrado?

El ex coronel sonrió.

—Como ya le he dicho, Aleksandr, mi trabajo consiste en vigilar a ciertas personas de interés. Pero ahora eso no importa. Lo que importa es que Sofia se pondrá bien. Lazovski es el mejor cirujano de la ciudad. Mañana por la mañana se la llevará al Municipal, donde la niña podrá recuperarse cómodamente. Pero me temo que usted no puede quedarse más tiempo aquí.

El conde fue a protestar, pero Ósip hizo un ademán tranquilizador.

—Escúcheme, Sasha. Si yo me he enterado de lo que ha pasado esta noche, otros pronto lo sabrán también. Y que lo encontraran aquí sentado no los ayudaría ni a usted ni a Sofia. Así que esto es lo que tiene que hacer: al final de este pasillo hay una escalera. Vaya a la planta baja y salga por la puerta metálica negra que lleva al callejón de detrás del hospital. Allí encontrará a dos hombres esperándolo que lo devolverán al hotel.

—No puedo dejar sola a Sofia —objetó el conde.

—Me temo que no tiene alternativa. Pero su preocupación es absolutamente comprensible. Por eso me he ocupado de que alguien se quede con ella en su lugar hasta que esté lo bastante recuperada para volver a casa.

Ósip acababa de pronunciar esas palabras cuando abrieron la puerta para dejar pasar a una mujer de mediana edad, que parecía desconcertada y asustada. Era Marina. Detrás de la costurera iba una mujer mayor vestida de uniforme.

—Ah —dijo Ósip, y se levantó—. Aquí está.

Como el ex coronel se había levantado, Marina lo miró primero a él. Era la primera vez que lo veía y por eso su rostro reflejó cierta ansiedad. Pero entonces vio al conde sentado en el banco y corrió hacia él.

—¡Aleksandr! ¿Qué ha pasado? ¿Qué hace usted aquí? No han querido explicarme nada.

—Se trata de Sofia, Marina. Se ha caído en la escalera de servicio del hotel, pero ahora un cirujano está con ella. Se pondrá bien.

—Gracias a Dios.

El conde se volvió hacia Ósip como si fuera a presentárselo a Marina, pero él se le adelantó.

—Camarada Samárova —dijo con una sonrisa—, no nos conocemos, pero yo también soy amigo de Aleksandr. Siento que él tenga que volver al Metropol, pero me consta que le tranquilizaría mucho que usted pudiera quedarse con Sofia hasta que esté recuperada. ¿No es así, amigo mío?

Ósip le puso una mano en el hombro al conde sin dejar de mirar a Marina.

—Ya sé que te estoy pidiendo mucho, Marina —dijo el conde—, pero...

—No hace falta que diga nada más, Aleksandr. Por supuesto que me quedaré.

—Excelente —dijo Ósip. Se volvió hacia la mujer uniformada y añadió—: Encárguese de que la camarada Samárova tenga todo lo que necesite.

—Sí, señor.

Ósip le dirigió otra sonrisa tranquilizadora a Marina y a continuación se llevó al conde cogiéndolo por el codo.

—Por aquí, amigo mío.

Lo llevó hasta el final del pasillo, donde estaba la escalera de servicio. Bajaron juntos un piso sin decirse nada y entonces Ósip se detuvo en el rellano.

—Aquí es donde tenemos que separarnos. Recuerde: baje un piso más y salga por la puerta metálica negra. Evidentemente, sería mejor que no le comentara a nadie que usted y yo hemos estado aquí.

—Ósip, no sé cómo devolverle el favor.

—Aleksandr —respondió él con una sonrisa—, lleva más de quince años a mi servicio. Para mí es un placer estar, por una vez, al suyo. —Y dicho eso, se marchó.

El conde bajó un piso más y salió por la puerta metálica negra. Estaba a punto de amanecer y, pese a hallarse en un callejón, notó la dulzura de la primavera en la atmósfera. En la acera de enfrente había una furgoneta blanca con las palabras «COLECTIVO DE PANADEROS ESTRELLA ROJA» pintadas con grandes letras en el lateral. Un joven mal afeitado fumaba apoyado en la puerta del pasajero. Al ver al conde, tiró el cigarrillo y dio unos golpecitos en la puerta que tenía detrás. Sin preguntarle quién era, rodeó la furgoneta y abrió la puerta trasera.

—Gracias —dijo Rostov. Subió a la furgoneta y el joven no le contestó.

Al cerrarse la puerta, el conde tuvo que encogerse para caber en la trasera de la furgoneta. Y en ese momento lo asaltó una sensación extraordinaria: olía a pan recién hecho. Cuando había visto la inscripción del colectivo de panaderos, había dado por hecho que se trataba de una artimaña. Pero en los estantes que iban de una punta a otra de la trasera de la furgoneta había más de doscientas hogazas muy bien ordenadas. Con cuidado, casi sin dar crédito a lo que veía, estiró un brazo, apoyó una mano encima de una de aquellas hogazas y comprobó que estaba blanda y caliente. No podía hacer más de una hora que había salido del horno.

La puerta del pasajero se cerró también y se encendió el motor del vehículo. El conde se apresuró a sentarse en el banco de metal que había enfrente de los estantes y la furgoneta arrancó.

En silencio, el conde prestaba atención a los cambios de marcha de la furgoneta. Tras frenar y acelerar en diversas ocasiones al llegar y salir de sendos cruces, el motor aceleró hasta alcanzar la velocidad propia de la circulación por carretera.

El conde se arrastró hasta el fondo de la trasera, encorvado, y se asomó a la ventanita de la puerta. Mientras veía pasar edificios, toldos y letreros de tiendas, por un momento no habría sabido decir dónde estaba. Entonces vio el viejo Club Inglés y se dio cuenta de que debían de estar en Tverskaia, la antigua carretera que partía del Kremlin en dirección a San Petersburgo, por la que él había paseado infinidad de veces.

A finales de los años treinta, habían ensanchado la calle Tverskaia para dar cabida a los desfiles oficiales que terminaban en la Plaza Roja. Aunque habían desmantelado algunos de los edificios más bonitos para trasladarlos a otros lugares, la mayoría habían sido derribados y sustituidos por bloques de pisos, en cumplimiento de una nueva ordenanza según la cual los edificios de las calles más importantes debían tener al menos diez pisos de altura. Como consecuencia, el conde habría tenido que hacer un esfuerzo considerable para identificar otros lugares conocidos a medida que la furgoneta avanzaba por la calle. Pero ya había dejado de buscar elementos familiares y se limitaba a observar aquella masa borrosa de fachadas y farolas que se alejaban rápidamente, como si una fuerza misteriosa tirara de ellas desde lejos.

De nuevo en el desván del Metropol, el conde encontró la puerta de su habitación abierta y a Montaigne en el suelo. Recogió el libro que había sido de su padre y se sentó en la cama de Sofia. Entonces, por primera vez aquella noche, lloró y dejó que su pecho temblara un poco al liberarse de la tensión. Pero las lágrimas que resbalaban libremente por sus mejillas no eran lágrimas de dolor: eran las lágrimas del hombre más afortunado de toda Rusia.

Al cabo de unos minutos, inspiró hondo y experimentó una sensación de paz. Se dio cuenta de que todavía tenía en las manos el libro de su padre y se levantó de la cama de Sofia para dejarlo en su sitio. Y entonces vio la pequeña maleta de piel negra con un asa de cuero y cierres cromados que alguien había dejado en el escritorio del Gran Duque. Encima había un sobre dirigido a él, escrito con una caligrafía que no reconoció. Cogió la nota, la abrió y leyó:

Aleksandr:

Ha sido un placer conocerlo esta noche. Como ya le he dicho, vuelvo a casa para disfrutar de un permiso. Entretanto, he pensado que esto podría serle útil. Quizá debería prestarle una atención especial al contenido de la primera funda, pues creo que comprobará que viene muy al caso de nuestra conversación.

Saludos cordiales hasta que volvamos a vernos.

Richard Vanderwhile

El conde abrió los cierres y levantó la tapa de la maleta. Era un fonógrafo portátil. Dentro había un montoncito de discos en sus correspondientes fundas de papel marrón. Siguiendo las instrucciones de Richard, el conde cogió el primer disco. La etiqueta del centro lo identificaba como una grabación de Vladímir Horowitz interpretando el *Concierto para piano n.º 1* de Chaikovski en el Carnegie Hall de Nueva York.

El conde había visto tocar a Horowitz en Moscú en 1921, menos de cuatro años antes de que el pianista viajara a Berlín para dar un concierto oficial... con un fajo de billetes de moneda extranjera escondido dentro de los zapatos.

En el fondo de la maleta, Rostov encontró un pequeño compartimento donde había un cable eléctrico enrollado. Lo desenrolló y conectó el aparato al enchufe de la pared. Sacó el disco de la funda, lo puso en el plato, le dio al interruptor, colocó la aguja y se sentó en la cama de Sofia.

Al principio oyó voces amortiguadas, unas pocas toses y los últimos susurros del público acomodándose del todo en los asientos; a continuación, silencio; y luego, un aplauso caluroso que seguramente señalaba el momento en que el intérprete salía al escenario.

El conde contuvo la respiración.

Después de que las trompetas tocaran las primeras notas marciales, sonaron las cuerdas y su paisano empezó a tocar, evocando para la audiencia estadounidense el movimiento de un lobo entre los abedules, el viento recorriendo la estepa, el parpadeo de una vela en un salón de baile, el disparo de un cañón en Borodino.

Addendum

El 23 de junio a las cuatro de la tarde, Andréi Duras volvía en autobús a su apartamento de la calle Arbat. Había aprovechado su día libre para visitar a Sofia en el Hospital Municipal.

Al día siguiente, en la reunión diaria, pensaba informar al Triunvirato de que la niña estaba más animada. Alojada en una planta especial del hospital, disponía de una habitación privada con mucha luz natural, y disfrutaba de la atención constante de un batallón de enfermeras. Emile se alegraría de saber que sus galletas habían sido muy bien recibidas y que Sofia había prometido avisar en cuanto se le terminaran. Andréi, por su parte, le había llevado un libro de aventuras que siempre había sido el favorito de su hijo.

En la plaza Smolenskaia, Andréi le cedió su asiento a una mujer mayor. De todas formas, él iba a apearse unas manzanas más allá, porque quería comprar pepinos y patatas en el mercado de campesinos de la plaza. Emile le había dado media libra de carne de cerdo picada, y quería prepararle *kotleti* a su mujer.

Andréi y su mujer vivían en un estrecho edificio de apartamentos de cuatro plantas en medio de la manzana. El suyo era uno de los más pequeños de los dieciséis apartamentos, pero no tenían que compartirlo con nadie, al menos de momento.

Después de pasar por el mercado, Andréi subió al tercer piso por la escalera. Al pasar por delante de las otras puertas del pasillo olió las cebollas que estaban salteando en un apartamento y oyó voces de la radio de otro. Se pasó la bolsa de la comida al brazo izquierdo y sacó su llave.

Andréi entró y llamó su mujer, aunque sabía que ella no estaba en casa. Debía de estar haciendo cola en la nueva lechería que había abierto en una antigua iglesia del otro extremo del barrio. Decía que la leche que vendían allí era mejor y que la cola era más corta, pero Andréi sabía que no era verdad. Como tantos otros, su mujer iba allí porque en la pequeña capilla del fondo de la iglesia había un mosaico de Jesucristo con la samaritana en el pozo, que a nadie se le había ocurrido quitar; y las mujeres que hacían cola para comprar leche guardaban la tanda si alguien salía un momento para ir a rezar.

Andréi llevó la compra a la pequeña habitación con vistas a la calle, que servía de cocina y de salón. Dejó las hortalizas en la estrecha encimera. Después de lavarse las manos, les pasó un agua a los pepinos y los cortó en rodajas. Peló las patatas y las metió en una olla con agua. Mezcló la carne que le había dado Emile con cebolla picada, formó las *kotleti* y las tapó con un paño. Puso la sartén encima del fogón y le echó un poco de aceite para más tarde. Limpió la encimera, se lavó otra vez las manos, puso la mesa y fue hasta el final del pasillo con la intención de tumbarse en su dormitorio. Pero, sin proponérselo, pasó de largo y entró en la siguiente habitación.

Muchos años atrás, Andréi había visitado el apartamento de Pushkin en San Petersburgo, donde el autor había pasado los últimos años de su vida. Las habitaciones se conservaban tal como estaban el día en que el poeta falleció. Incluso había un poema inacabado y una pluma encima del escritorio. Aquel día, plantado detrás del cordón protector y observando el escritorio, Andréi había pensado que todo aquello era bastante absurdo y que conservando unos cuantos objetos personales no se podía proteger un instante de los implacables estragos del tiempo.

Sin embargo, al morir su hijo Iliá en la batalla de Berlín, sólo unos meses antes del final de la guerra, Andréi y su mujer habían hecho lo mismo: dejar cada manta, cada libro, cada prenda de ropa exactamente donde estaba el día en que habían recibido la noticia.

Andréi tenía que admitir que, al principio, eso les había proporcionado un gran consuelo. Cuando estaba a solas en el apartamento, entraba en la habitación de su hijo; y cuando lo hacía, veía la huella que su mujer había dejado en la cama, donde debía de haberse sentado mientras él estaba trabajando. Sin embargo, últimamente le preocupaba que aquella habitación conservada con tanto cuidado hubiera empezado a alimentar su dolor en lugar de aliviarlo; y supo que había llegado la hora de deshacerse de los objetos personales de su hijo.

Aun sabiéndolo, no se lo había planteado a su mujer. Porque también sabía que en cualquier momento algún vecino del edificio advertiría a los funcionarios de la agencia de Vivienda de la muerte de su hijo; entonces los trasladarían a un apartamento todavía más pequeño o les exigirían que alojaran a un desconocido, y la vida reclamaría aquella habitación.

Sin embargo, mientras pensaba eso, Andréi fue hasta la cama y alisó las mantas donde se había sentado su mujer; y sólo entonces apagó la luz.

LIBRO CUARTO

1950

Adagio, andante, allegro

—Un abrir y cerrar de ojos.

Así fue como, el 21 de junio, el conde Aleksandr Rostov resumió el viaje de su hija de los trece a los diecisiete años, cuando Vasili comentó que había crecido mucho.

—Un día estaba correteando arriba y abajo por la escalera (una auténtica tarambana, un trasto, un zascandil), y al día siguiente se convierte en una joven inteligente y refinada.

Y, en gran medida, era verdad. Porque, si bien el conde se había precipitado al describir a Sofia como «recatada» cuando la niña tenía trece años, se había adelantado a la perfección al carácter que tendría al alcanzar la edad adulta. Sofia, con su cutis pálido y su largo pelo negro (excepto el mechón blanco que señalaba el lugar donde se había hecho la herida), podía pasarse horas escuchando música en el estudio, cosiendo con Marina en el taller de costura, o conversando con Emile en la cocina sin apenas moverse de la silla.

Cuando Sofia tenía cinco años, el conde había dado por hecho, quizá ingenuamente, que la niña, al crecer, se convertiría en una versión morena de su madre. Pero si bien Sofia compartía la clarividencia y la independencia de criterio de Nina, su actitud era por completo diferente. Su madre tenía tendencia a expresar su impaciencia ante cualquier imperfección del mundo, por pequeña que fuera, mientras que Sofia parecía suponer que, aunque en ocasiones la Tierra se desviara un poco de su rumbo, en general era un planeta bienintencionado. Y así como Nina nunca vacilaba en interrumpir a alguien a media frase para exponer un argumento contrario y, a continuación, declarar el asunto definitivamente resuelto, Sofia escuchaba con tanta atención y con una sonrisa tan cordial en los labios que su interlocutor, al gozar de plena libertad para expresar sus opiniones largo y tendido, muchas veces se sorprendía cuando se le apagaba la voz y empezaba a cuestionar sus propias premisas.

Sí: «recatada» era el adjetivo que mejor la describía. Y la transición se había producido en un abrir y cerrar de ojos.

—Cuando llegas a nuestra edad, Vasili, todo va muy deprisa. Las estaciones pasan sin dejar ni la más leve marca en tu memoria.

—Cierto —coincidió el conserje (mientras clasificaba unas entradas).

—Aun así, eso también reconforta —continuó el conde—. Porque al mismo tiempo que las semanas empiezan a transcurrir a toda velocidad para nosotros, están dejando una profunda huella en nuestros hijos. Cuando cumples diecisiete años y empiezas a experimentar ese primer período de independencia real, tus sentidos están tan alerta, tus sentimientos tan bien afinados, que cualquier conversación, cualquier mirada, cualquier risa podría quedar indeleblemente grabada en la memoria. ¿Y las amistades que entablas en esos años tan impresionables? Siempre sentirás un profundo afecto por ellas.

Después de expresar esa paradoja, miró hacia el fondo del vestíbulo, donde Grisha llevaba el equipaje de un cliente hacia el mostrador de recepción, mientras Guenia acarreaba el de otro hacia la puerta.

—A lo mejor es una cuestión de equilibrio celestial —reflexionó—. Una especie de equilibrio cósmico. A lo mejor nuestra experiencia del tiempo es acumulativa, y por eso, para que nuestros hijos conserven unas impresiones tan vívidas de este mes de junio en concreto, nosotros debemos renunciar a las nuestras.

—Para que ellos puedan recordar, nosotros debemos olvidar —resumió Vasili.

—¡Exacto! —confirmó el conde—. Para que ellos puedan recordar, nosotros debemos olvidar. Pero ¿hemos de sentirnos agraviados por eso? ¿Hemos de sentirnos víctimas de una injusticia por el hecho de que sus experiencias del momento sean más ricas que las nuestras? Creo que no. Porque, a estas alturas de la vida, no es nuestro propósito incorporar una nueva carpeta de recuerdos duraderos. De hecho, nosotros debemos asegurarnos de que ellos se sacien de experiencias. Y debemos hacerlo en lugar de arroparlos con las mantas y abrocharles los abrigos; debemos confiar en que ellos se arroparán y se abrigarán solos. Y si manejan con torpeza su recién adquirida libertad, tenemos que mantenernos serenos, generosos y prudentes. Debemos animarlos a atreverse a ir más allá del alcance de nuestra mirada vigilante y suspirar con orgullo cuando por fin salgan por la puerta giratoria de la vida.

Como si quisiera ilustrar sus palabras, el conde señaló generosa y prudentemente hacia la entrada del hotel, al tiempo que soltaba un suspiro ejemplar. Entonces dio unos golpecitos en el mostrador del conserje.

—Por cierto, ¿sabes dónde puede estar?

Vasili alzó la vista de las entradas.

—¿La señorita Sofia?

—Sí.

—Creo que está en el salón de baile con Víktor.

—Ah. Estará ayudándolo a pulir el suelo para el próximo banquete.

—No, no me refiero a Víktor Ivánovich, sino a Víktor Stepánovich.

—¿Víktor Stepánovich?

—Sí. Víktor Stepánovich Skadovski. El director de la orquesta del Piazza.

Si el conde había intentado explicarle a Vasili que, en nuestros años dorados, el tiempo vuela tan ligero y deja tan poca huella en nuestra memoria que casi podría decirse que nunca ha existido... Bueno, pues ahí tenía un ejemplo perfecto.

Porque los tres minutos que tardó el conde en llegar desde el vestíbulo, donde estaba manteniendo una agradable conversación junto al mostrador de conserjería, hasta el salón de baile, donde cogió a aquel sinvergüenza por las solapas, también habían transcurrido en un abrir y cerrar de ojos. Es más, habían pasado tan deprisa que ni siquiera recordaba haberle arrancado de la mano a

Grisha la maleta que transportaba al cruzar el vestíbulo con paso decidido; ni haber abierto la puerta de par en par y haber gritado «¡Ajá!»; ni haber levantado al presunto Casanova del confidente en el que estaba sentado, con las manos entrelazadas con las de Sofia.

No, el conde no recordaba nada de todo eso. Pero, para garantizar el equilibrio celestial y el equilibrio del cosmos, aquel sinvergüenza con bigote y vestido de etiqueta, sin ninguna duda recordaría cada segundo durante el resto de su vida.

—¡Excelencia! —suplicó, cuando todavía estaba suspendido en el aire—. ¡Tiene que ser un terrible malentendido!

El conde escudriñó el rostro sorprendido del truhán y confirmó que no había ningún malentendido. Era el mismo individuo que agitaba su batuta alegremente en el quiosco de música del Piazza. Y, aunque hubiera pronunciado el título honorífico en el momento oportuno, era evidente que bajo los matorrales del Edén nunca había reptado una víbora más infame que aquélla.

Sin embargo, fuera cual fuese su nivel de vileza, la situación planteaba un dilema. Porque una vez que has levantado a un bribón agarrándolo por las solapas, ¿qué haces con él? Por lo menos, cuando tienes agarrado a alguien por el pescuezo puedes sacarlo a rastras por la puerta y lanzarlo escalera abajo. Pero cuando lo tienes cogido por las solapas no es tan fácil deshacerte de él. Antes de que el conde pudiera resolver su interrogante, Sofia expresó el suyo:

—¡Papá! ¿Qué haces?

—Sube a tu habitación, Sofia. Este caballero y yo tenemos cosas de que hablar antes de que le dé la paliza de su vida.

—¿La paliza de su vida? Pero ¡si Víktor Stepánovich es mi profesor!

Sin dejar de vigilar al bribón con un ojo, el conde miró a su hija con el otro.

—¿Tu qué?

—Mi profesor. Me está enseñando a tocar el piano.

El presunto profesor asintió cuatro veces con la cabeza en rápida sucesión.

Sin soltar las solapas del joven, el conde echó la cabeza hacia atrás para poder contemplar la *mise-en-scène* con mayor atención. Tras un examen más minucioso, comprobó que el confidente donde los dos jóvenes estaban sentados era, de hecho, la banqueta de un piano. Y que en el sitio donde tenían entrelazadas las manos había una hilera ordenada de teclas de marfil.

El conde asió un poco más fuerte a su presa.

—De modo que ése es tu juego, ¿verdad? Te dedicas a seducir a las jovencitas tocándoles *jitterbugs*, ¿no?

El presunto profesor estaba atónito.

—Por supuesto que no, Excelencia. Jamás he seducido a nadie con un *jitterbug*. Tocamos escalas y sonatas. Yo estudié en el Conservatorio, donde recibí una medalla Músorgski. Dirijo la banda en el restaurante sólo para llegar a fin de mes. —Aprovechando la vacilación del conde, apuntó hacia el piano con la cabeza—. Déjenos demostrárselo. Sofia, ¿por qué no tocas el *Nocturno* que hemos estado practicando?

¿El *Nocturno*?

—Como quiera, Víktor Stepánovich —replicó Sofia educadamente, y se volvió hacia el teclado para colocar la partitura.

—Quizá... —le dijo el profesor al conde, señalando de nuevo hacia el piano— si me permite...

—Oh —dijo el conde—. Sí, por supuesto.

Lo soltó y le alisó un poco las solapas.

Entonces el profesor se sentó al lado de su alumna en la banqueta.

—Muy bien, Sofia.

Ella se enderezó, posó los dedos en las teclas y empezó a tocar con suma delicadeza.

Al oír el primer compás, el conde dio dos pasos atrás.

¿Le resultaban familiares aquellas ocho notas? ¿Las había reconocido? Bueno, las habría reconocido aunque llevara treinta años sin verlas y hubieran entrado de golpe en su compartimento del vagón de un tren. Las habría reconocido aunque hubiera tropezado con ellas en las calles de Florencia en plena temporada alta. Resumiendo: las habría reconocido en cualquier sitio.

Era Chopin.

Opus 9, número 2 en mi bemol mayor.

Mientras Sofia completaba la primera repetición de la melodía con un *pianissimo* perfecto y pasaba a la segunda, donde se insinuaba un aumento de la potencia emocional, el conde dio dos pasos más hacia atrás hasta que se encontró sentado en un sillón.

¿Se había sentido orgulloso de Sofia alguna vez? Claro que sí. Prácticamente a diario. Estaba orgulloso de sus buenos resultados en la escuela, de su belleza, de su serenidad, del cariño que le tenían todos los empleados del hotel. Y por eso estaba convencido de que lo que estaba experimentando en ese momento no podía describirse como orgullo. Porque el orgullo conlleva una especie de reconocimiento. «¿No te decía yo lo especial que era? ¿Lo lista? ¿Lo adorable? —te dice el orgullo—. Pues mira, ahora ya puedes comprobarlo tú mismo.» En cambio, escuchándola tocar a Chopin, el conde había salido del reino del reconocimiento y había entrado en el reino de la estupefacción.

Por una parte, estaba asombrado por la revelación de que Sofia supiera tocar el piano; por otra, por la habilidad con que se enfrentaba a la melodía principal y a la subordinada. Pero lo verdaderamente asombroso era la sensibilidad de su expresión musical. Podías pasarte toda una vida dominando los aspectos técnicos del piano sin llegar a alcanzar jamás un estado de expresión musical, esa alquimia mediante la cual el intérprete no sólo comprende los sentimientos del compositor, sino que, de alguna manera, se los comunica al público con su forma de interpretar.

La pena que Chopin pretendía expresar a través de aquella pequeña composición, tanto si la había provocado la pérdida de un amor o sencillamente la dulce angustia que uno siente al contemplar la neblina sobre un prado por la mañana, estaba allí, lista para ser experimentada en su plenitud, en el salón de baile del Hotel Metropol, cien años después del fallecimiento del compositor. Sin embargo, el interrogante seguía siendo cómo podía alcanzar una muchacha de diecisiete años aquel nivel de expresividad, a menos que canalizara para ello su propia sensación de pérdida y nostalgia.

Sofia inició la tercera repetición de la melodía y Víktor Stepánovich torció la cabeza con las cejas arqueadas, como diciendo: «¿Puede creerlo? ¿Se lo había imaginado siquiera en todos estos años?» Entonces volvió a mirar rápidamente hacia el piano y, atento, le pasó la página de la partitura a Sofia, como si él fuese el aprendiz y ella, la maestra.

Después de salir un momento con Víktor Stepánovich al pasillo para hablar con él en privado, el conde regresó al salón de baile. Sofia seguía sentada al piano; él se sentó a su lado, de espaldas al teclado.

Permanecieron un momento callados.

—¿Por qué no me habías dicho que estabas aprendiendo a tocar el piano? —preguntó el conde al cabo de un momento.

—Quería que fuera una sorpresa —contestó ella—. Para tu cumpleaños. No quería hacerte enfadar. Siento mucho haberte disgustado.

—Sofia, si alguien tiene que disculparse, soy yo. Tú no has hecho nada malo. Todo lo contrario. Ha sido maravilloso, inequívocamente maravilloso.

Ella se ruborizó y bajó la vista al teclado.

—Es una composición preciosa —dijo.

—Bueno, sí —concedió el conde, risueño—, es una composición preciosa. Pero también es un trozo de papel con círculos, rayas y puntos. Desde hace un siglo, prácticamente todos los estudiantes de piano han aprendido a tocar esta pieza de Chopin. Pero para la mayoría es un mero recitado. Sólo uno entre un millar, o entre cien millares, puede dar vida a la música como lo has hecho tú.

Sofia siguió con la vista fija en el teclado. El conde titubeó. Entonces, con cierto temor, preguntó:

—¿Va todo bien?

Ella alzó la vista, un poco sorprendida. Entonces, al ver lo serio que estaba su padre, sonrió.

—Claro, papá. ¿Por qué me lo preguntas?

El conde movió la cabeza.

—Yo no sé tocar ningún instrumento, pero entiendo un poco de música. Ya en los primeros compases de esa pieza has logrado evocar la tristeza con tanta perfección que resulta inevitable pensar que debes de haberte inspirado en alguna fuente de dolor propia.

—Ah, entiendo —dijo ella. Entonces, con el entusiasmo de una joven erudita, explicó—: Víktor Stepánovich lo llama «la esencia». Dice que, antes de tocar una sola nota, tienes que encontrar un ejemplo de la esencia de la composición oculta dentro de tu propio corazón. Pues bien, para tocar esta pieza pienso en mi madre. Pienso que los pocos recuerdos que tengo de ella comienzan a difuminarse, y entonces empiezo a tocar.

El conde guardó silencio, abrumado por otra oleada de estupefacción.

—No sé si me explico —añadió Sofia.

—Con toda claridad —replicó el conde. Y, tras reflexionar un instante, añadió—: De joven, yo sentía lo mismo respecto a mi hermana. Cada año que pasaba tenía la impresión de que la perdía un poco más, y empecé a temer que algún día la olvidaría por completo. Pero la verdad es que, por mucho tiempo que pase, las personas a las que hemos amado nunca desaparecen del todo de nuestro mundo.

Guardaron silencio los dos. Entonces, el conde miró a su alrededor e hizo un ademán abarcando el salón.

—Ésta era su habitación favorita.

—¿La de tu hermana?

—No, no. La de tu madre.

Sofia miró a su alrededor sorprendida.

—¿El salón de baile?

—En efecto. Después de la Revolución, dejaron de hacerse las cosas como siempre se habían hecho. Supongo que se trataba de eso, claro. Pero las nuevas formas de hacer las cosas todavía no se habían establecido. Así que, por toda Rusia, grupos de todo tipo (sindicatos, comités de ciudadanos, comisariados) se reunían en salas como ésta para discutir y decidir cosas.

El conde señaló la galería superior.

—Cuando tu madre tenía nueve años, se agazapaba allí arriba, detrás de la balaustrada, y se pasaba horas observando esas asambleas. Lo encontraba todo muy emocionante. El arrastrar de sillas, los discursos acalorados y los golpes del mazo. Y, en retrospectiva, he de decir que tenía toda la razón. Al fin y al cabo, el destino del país estaba esbozándose ante nuestros ojos. Sin embargo, con tanto agacharnos y arrastrarnos, lo único que yo conseguía era salir con dolor de cuello.

—¿Tú también subías?

—Bueno, ella insistía.

El conde y Sofia sonrieron.

—Ahora que lo pienso —añadió él al cabo de un momento—, fue así como conocí a tu tía Marina. Porque cada vez que subía al balcón, se me rompía el fondillo de los pantalones.

Sofia se echó a reír. Entonces el conde agitó un dedo, como si se hubiera acordado de otra cosa.

—Después, cuando tu madre tenía trece o catorce años, venía aquí a hacer experimentos.

—¡Experimentos!

—No se creía nada si no tenía pruebas. Si no había presenciado un fenómeno con sus propios ojos, para ella no era más que una hipótesis. Y eso incluía todas las leyes de la física y de las matemáticas. Un día la encontré aquí, comprobando los principios de Galileo y de Newton. Un amigo suyo tiraba diversos objetos desde ahí arriba y ella medía su descenso con un cronómetro.

—Pero ¿eso es posible?

—Tu madre lo hacía.

Volvieron a quedarse callados, y entonces Sofia se dio la vuelta y le dio un beso en la mejilla.

Cuando Sofia salió a encontrarse con una amiga suya, el conde fue al Piazza y se tomó una copa de vino con la comida, algo que cuando tenía treinta y tantos años solía hacer a diario y que desde entonces no hacía casi nunca. Dadas las revelaciones de aquella mañana, parecía lo más indicado. De hecho, cuando le retiraron el plato y renunció educadamente al postre, pidió otra copa de vino.

Se recostó en la silla con la copa en la mano y se fijó en el joven de la mesa de al lado, que esbozaba algo en un cuaderno de dibujo. El conde lo había visto en el vestíbulo el día anterior con el cuaderno en el regazo y un pequeño bote de lápices de colores al lado.

Se inclinó un poco hacia la derecha.

—¿Paisaje, retrato o bodegón?

El joven levantó la vista sorprendido.

—Perdón, ¿cómo dice?

—Perdone la indiscreción, pero le he visto bosquejar. Sólo me preguntaba si sería un paisaje, un retrato o un bodegón.

—Me temo que ninguna de las tres cosas —contestó el joven con educación—. Es un interior.

—¿Del restaurante?

—Sí.

—¿Me permite verlo?

El joven vaciló, pero le acercó el cuaderno.

En cuanto lo tuvo en la mano, el conde lamentó haber empleado el verbo «bosquejar». Esa palabra no hacía justicia a la calidad artística del joven, que había reproducido el Piazza a la perfección. Los clientes sentados a las mesas estaban representados con los trazos breves y rápidos propios del impresionismo, lo que transmitía la sensación de que mantenían animadas conversaciones; y los camareros que se movían ágilmente entre las mesas se veían borrosos. Sin embargo, el sugerente estilo con que había dibujado a las personas contrastaba con el nivel de detalle con que había dibujado el comedor en sí. Las columnas, la fuente y los arcos estaban reproducidos con una perspectiva perfecta y en unas proporciones exactas, y no faltaba ni un solo detalle de la decoración.

—Es un dibujo precioso —declaró—. Pero permítame decir que su sentido del espacio es particularmente exquisito.

El desconocido sonrió con cierta aflicción.

—Eso se debe a que tengo formación de arquitecto, no de dibujante.

—¿Está diseñando un hotel?

El joven rió.

—Tal como están las cosas, me contentaría con diseñar una pajarera.

Ante la expresión de curiosidad del conde, aclaró:

—Ahora se construyen muchos edificios en Moscú, pero los arquitectos ya no hacemos falta. Así que he aceptado un empleo en la agencia Intourist. Están preparando un folleto con los hoteles más elegantes de la ciudad y yo dibujo los interiores.*

---

* ¿Qué extrañas circunstancias podían haber provocado un boom de la construcción y un descenso de la demanda de arquitectos? Muy sencillo.

En enero, el alcalde de Moscú había convocado a los arquitectos de la ciudad para hablar de las necesidades de la capital surgidas del rápido crecimiento de su población. Durante tres días, los diversos comités, entusiastas, alcanzaron rápidamente el consenso de que había llegado el momento de ser atrevidos y tomar

—Claro —dijo el conde—. ¡Porque una fotografía no puede capturar el espíritu de un lugar!

—De hecho —replicó el arquitecto—, porque una fotografía captura con demasiada fidelidad el estado en que se encuentra un lugar.

—Ah, ya entiendo —respondió el conde, sintiéndose ligeramente insultado en nombre del Piazza.

No pudo evitar señalar en su defensa que, si bien en sus tiempos el restaurante había sido célebre por su elegancia, la grandeza del espacio nunca la habían definido sus muebles ni sus detalles arquitectónicos.

—Entonces ¿qué la definía? —quiso saber el joven.

—La ciudadanía.

—¿Qué quiere decir?

---

nuevas medidas. Propusieron que, aprovechando los materiales y las tecnologías más modernos, la ciudad construyera bloques de cuarenta pisos con ascensores que fueran desde el vestíbulo hasta la azotea, y apartamentos que pudieran adaptarse a las necesidades de cada individuo, cada uno con su cocina moderna, su cuarto de baño privado y sus ventanas de vidrio cilindrado que permitieran la entrada de luz natural.

En la ceremonia de clausura de la convención, el alcalde (un tipo calvo y burdo de quien tendremos ocasión de volver a hablar más adelante) agradeció a los participantes su maestría, su ingenio y su dedicación al Partido. «Es muy satisfactorio comprobar que estamos todos de acuerdo —concluyó—. Para dar alojamiento a nuestros camaradas de la forma más rápida y económica que sea posible, debemos, en efecto, ser atrevidos y adoptar nuevas medidas. Por lo tanto, no nos compliquemos la vida con diseños elaborados, ni nos dobleguemos ante las vanidades estéticas. Entreguémonos a un ideal universal que encaje con nuestros tiempos.»

Y así nació la edad dorada de los bloques de apartamentos de cinco plantas, prefabricados y con paredes de cemento, y de las viviendas de cuarenta metros cuadrados con acceso a cuartos de baño compartidos y bañeras de un metro (porque, al fin y al cabo, ¿quién tiene tiempo para tumbarse en una bañera cuando el vecino está llamando a la puerta?).

El diseño de esos nuevos edificios de apartamentos era tan ingenioso, su arquitectura tan inteligente, que podían construirse a partir de una simple hoja de especificaciones, ¡sin importar cómo estuviera orientada la hoja! Transcurridos seis meses, habían brotado miles de ellos en las afueras de Moscú, como setas después de la lluvia. Y su construcción era tan sistemática que podías entrar por error en cualquier apartamento de tu bloque y sentirte inmediatamente como en tu casa.

El conde movió su silla para orientarla hacia su interlocutor.

—En mi época, tuve la suerte de poder viajar bastante. Y le aseguro, por experiencia propia, que la mayoría de los restaurantes de los hoteles (no sólo de Rusia, entiéndame, sino de toda Europa) estaban diseñados para servir a los clientes del hotel. Pero ése no era ni es el caso de este restaurante. El Piazza lo diseñaron para ser un lugar de reunión para toda la ciudad de Moscú, y eso es lo que ha sido.

Tras un breve silencio, señaló el centro de la sala.

—Desde hace cuarenta años, cualquier sábado por la noche podría encontrar usted a rusos de todas las extracciones sentados alrededor de esa fuente, entablando conversación con quienquiera que estuviera sentado a la mesa de al lado. Naturalmente, eso ha llevado a romances espontáneos y a acalorados debates sobre la superioridad de Pushkin respecto a Petrarca. He visto a taxistas relacionándose con comisarios y a obispos con estraperlistas; y, como mínimo en una ocasión, he visto cómo una joven conseguía hacer cambiar de opinión a un anciano.

El conde señaló unos seis metros más allá.

—¿Ve esas dos mesas de allí? Una tarde, en mil novecientos treinta y nueve, dos desconocidos que creían recordarse el uno al otro de algo se pasaron todo el entrante, el segundo plato y el postre repasando sus vidas paso a paso para encontrar el momento en que debían de haberse conocido.

El arquitecto miró alrededor con renovado interés y comentó:

—Supongo que una habitación es la suma de todo lo que ha ocurrido en ella.

—Sí, creo que sí —coincidió el conde—. Y, aunque no tengo constancia exacta de las consecuencias que habrán tenido todas las mezclas que se han producido en esta sala en particular, creo que el mundo ha mejorado gracias a ellas.

Guardó silencio un momento y también miró alrededor. Luego señaló con un dedo el quiosco de música que había al fondo de la sala y preguntó:

—¿Por casualidad ha visto tocar a la orquesta aquí por la noche?

—No, nunca. ¿Por qué?

—Hoy me ha sucedido algo extraordinario...

—Al parecer, iba caminando por el pasillo, cuando oyó una variación de Mozart que salía del salón de baile. Intrigado, asomó la cabeza y descubrió a Sofia al teclado.

—¡No! —exclamó Richard Vanderwhile.

—Como es lógico, el individuo preguntó dónde estudiaba la joven. Y se llevó una sorpresa al enterarse de que no estudiaba en ningún sitio. Había aprendido ella sola a tocar esa pieza, escuchando una de las grabaciones que usted me regaló y sacando las notas de una en una.

—Increíble.

—El individuo quedó tan impresionado con su talento innato, que decidió empezar a darle clases de inmediato; y desde entonces ha estado enseñándole el repertorio clásico en el salón de baile.

—¿Y dice que se trata del tipo ese del Piazza?

—El mismo.

—¿El que mueve la batuta?

—Exacto.

Richard meneó la cabeza, admirado.

—¿Lo has oído, Audrius? Hemos de brindar cuanto antes por la joven. Dos Varas de oro, amigo mío.

El barman, siempre atento, ya estaba poniendo en fila una serie de botellas de diversos tamaños que incluían chartreuse amarillo, bitter, miel y vodka con aroma de limón. Aquella noche de 1946 en que el conde y Richard se habían conocido tomándose el brebaje de color magenta de Audrius, el norteamericano había desafiado al barman a inventarse un cóctel de cada uno de los colores de la catedral de San Basilio. Así habían nacido la Vara de oro, el Huevo de petirrojo, el Muro de ladrillo y una poción de color verde oscuro llamada Árbol de Navidad. Además, en el bar todos sabían ya que cualquiera que fuese capaz de beberse los cuatro cócteles, uno detrás de otro, obtenía el derecho a que lo llamaran «el patriarca de toda Rusia» (una vez que recobrara el conocimiento).

Aunque Richard, a quien habían destinado al Departamento de Estado de Estados Unidos, solía alojarse en la embajada cuando viajaba a Moscú, pasaba de vez en cuando por el Metropol para tomarse una copa con el conde antes de ir a acostarse. Así pues, les sirvieron las Varas de oro y los dos caballeros entrechocaron sus copas y brindaron «por los viejos amigos».

A alguien podría extrañarle que aquellos dos hombres se consideraran viejos amigos, cuando sólo hacía cuatro años que se conocían; pero la categoría de las amistades nunca ha estado gobernada por el paso del tiempo. Aquellos dos se habrían sentido como viejos amigos aunque se hubieran conocido sólo unas horas antes. Hasta cierto punto, eso se debía a que eran almas gemelas, pues encontraban numerosas pruebas de afinidad y motivos para reír en medio de cualquier conversación relajada; pero también era, casi con toda seguridad, una cuestión de crianza. Nacidos en el seno de familias pudientes, en ciudades cosmopolitas, educados en las humanidades, bendecidos con horas de holganza y expuestos a las cosas más bellas, a pesar de que el conde y el norteamericano se llevaban diez años y habían nacido a más de seis mil kilómetros de distancia, tenían más cosas en común que con la mayoría de sus respectivos paisanos.

Ésa es la razón, por supuesto, por la que los grandes hoteles de todas las capitales del mundo se parecen. El Plaza de Nueva York, el Ritz de París, el Claridge de Londres, el Metropol de Moscú: los construyeron con quince años de diferencia y ellos también eran almas gemelas, los primeros hoteles de sus ciudades con calefacción central, agua caliente y teléfono en las habitaciones, con periódicos internacionales en los vestíbulos, cocina internacional en los restaurantes, bares americanos junto al vestíbulo. Esos hoteles se construyeron para personas como Richard Vanderwhile y Aleksandr Rostov, para que cuando viajaran a una ciudad extranjera se sintieran como en su casa y en compañía de personas como ellos.

—Sigo sin poder creer que sea el tipo del Piazza —dijo Richard, y volvió a decir que no con la cabeza.

—Lo sé, lo sé. Pero resulta que estudió en el Conservatorio de Moscú, donde recibió la medalla Músorgski. Hace de director de orquesta en el Piazza sólo para llegar a fin de mes.

—Hay que llegar a fin de mes —confirmó Audrius con naturalidad— y procurar no morir en el intento.

Richard se quedó mirando al barman un momento.

—Vaya, es una buena manera de resumirlo.

Audrius se encogió de hombros en una admisión de que el arte de resumir era una especialidad propia de todo buen camarero, y a continuación se disculpó y fue a contestar el teléfono detrás de la barra. El conde parecía impresionado por el comentario del barman.

—¿Conoce las polillas de Manchester? —le preguntó a Richard.

—¿Las polillas de Manchester? ¿No es un equipo de fútbol?

—No —dijo el conde sonriendo—. No es ningún equipo de fútbol. Es un caso extraordinario de los anales de las ciencias naturales que mi padre me contó cuando yo era niño.

Pero antes de que el conde pudiera explicarse, Audrius regresó y dijo:

—Era su mujer, señor Vanderwhile. Me ha pedido que le recuerde que tiene una cita mañana por la mañana y que le avise de que su chófer lo está esperando fuera.

Aunque la mayoría de los clientes del bar no conocían a la señora Vanderwhile, todos sabían que era tan imperturbable como Arkadi y tan atenta como Audrius, y que estaba tan bien informada del paradero de los demás como Vasili (cuando se trataba de poner fin a los paseos nocturnos del señor Vanderwhile).

—Ah, sí —concedió el señor Vanderwhile.

El conde y su amigo coincidieron en que el deber era lo primero, se estrecharon la mano y se despidieron hasta la próxima.

Richard se marchó; el conde miró a su alrededor por si había algún otro conocido y se alegró al ver que el joven arquitecto del Piazza estaba sentado a una mesa del rincón, inclinado sobre su cuaderno de bocetos, seguramente dibujando el bar.

«Él también es una polilla de Manchester», pensó.

Cuando el conde tenía nueve años, su padre le había explicado la teoría de la selección natural de Darwin. Mientras escuchaba, a él le pareció que lo esencial de la teoría del inglés era muy fácil de entender: que a lo largo de decenas de millares de años una especie evolucionaba poco a poco para aumentar sus posibilidades de supervivencia. Al fin y al cabo, si las garras de los leones se volvían más afiladas, más valía que las gacelas adquirieran mayor velocidad. Sin embargo, lo que lo desconcertó fue que su padre aclarara que la selección natural no necesitaba decenas de miles de años para producirse. Ni siquiera necesitaba cien años. Se habían observado casos en que se producía en el curso de unas pocas décadas.

Le explicó que, en un entorno relativamente estático, el ritmo de la evolución se desaceleraba, pues las especies tenían pocas novedades a las que adaptarse. Pero los entornos nunca permanecen estáticos durante mucho tiempo. Las fuerzas de la naturaleza se desatan inevitablemente de tal forma que incitan la necesidad de adaptación. Una sequía prolongada, un invierno inusualmente frío, una erupción volcánica: cualquiera de esos factores podría alterar el equilibrio entre los rasgos que mejoran las oportunidades de supervivencia de una especie y los que la perjudican. Y en esencia eso era lo que había ocurrido en Manchester, Inglaterra, en el siglo XIX, cuando la ciudad se convirtió en una de las primeras capitales de la Revolución industrial.

Durante miles de años, las polillas moteadas de Manchester habían tenido las alas blancas con motas negras. Esa coloración proporcionaba a la especie el camuflaje perfecto cuando se posaban en la corteza gris claro de los árboles de la zona. En cualquier generación podía producirse algún tipo de aberración (como polillas con las alas completamente negras), pero los pájaros las cazaban enseguida, por lo que no tenían ocasión de reproducirse.

Sin embargo, cuando Manchester se llenó de fábricas a principios de 1800, el hollín que salía de las chimeneas empezó a posarse en todas las superficies, incluida la corteza de los árboles, y las alas ligeramente moteadas que habían servido para proteger a la mayoría de las polillas de pronto las exponían sin piedad ante sus depredadores, mientras que las alas más oscuras de las aberraciones las volvían invisibles. Así pues, las variedades completamente negras, que en 1800 representaban menos del diez por ciento de la población de polillas de Manchester, a finales de siglo eran ya el noventa por ciento. O eso le explicó el padre del conde a su hijo, con el pragmatismo y la complacencia de las personas con mentalidad científica.

Sin embargo, al joven conde no le gustó esa lección. Si eso podía pasarles tan fácilmente a las polillas, se decía, ¿que impedía que les pasara también a los niños? ¿Qué les sucedería a él y a su hermana, por ejemplo, si se expusieran a un exceso de humo de chimenea o a repentinos cambios climatológicos? ¿Podían convertirse en víctimas de una evolución acelerada? De hecho, el conde quedó tan desconcertado por aquel concepto que en septiembre, cuando unas lluvias torrenciales inundaron Villa Holganza, unas polillas negras enormes atormentaron sus sueños.

Unos años más tarde, el conde comprendió que había enfocado mal el asunto. No había ningún motivo para tenerle miedo al ritmo de la evolución. Porque la naturaleza no tiene ningún interés particular en que las alas de las polillas moteadas sean blancas o negras, pero sí lo tiene en la subsistencia de las polillas moteadas. Y por eso la naturaleza diseñó las fuerzas de la evolución de modo que actuaran a lo largo de varias generaciones y no a lo largo de millones de años: para asegurarse de que las polillas y los seres humanos podrían adaptarse.

«Igual que Víktor Stepánovich —reflexionó el conde—, un padre de familia con dos hijos, que necesita llegar a fin de mes. Por eso agita la batuta en el Piazza y prescinde del repertorio clásico. Pero una tarde, cuando descubre por casualidad a una joven pianista prometedora, decide dedicar su escaso tiempo libre a enseñarle a tocar los *Nocturnos* de Chopin en un piano prestado. Del mismo modo, Mishka tiene su "proyecto"; y ese joven arquitecto, que no puede construir edificios, se enorgullece y se deleita dibujando con esmero los interiores del hotel en su cuaderno de bocetos.»

El conde quiso ir a saludar al joven, pero le pareció que estaba tan abstraído aplicando sus habilidades que habría sido un crimen interrumpirlo. Así que apuró su copa, dio un par de golpecitos en la barra y subió a acostarse.

El conde tenía toda la razón, por supuesto. Porque cuando la vida nos impide perseguir nuestros sueños, nos empeñamos en perseguirlos de todas formas. Y así, mientras él se lavaba los dientes, Víktor Stepánovich guardaba unos arreglos en los que había estado trabajando para su orquesta y se ponía a buscar entre las *Variaciones Goldberg* una que fuera adecuada para Sofia. Mientras tanto, en la aldea de Yavás, en una habitación alquilada no mucho mayor que la del conde, a la luz de una vela, Mijaíl Míndich, sentado a la mesa con la espalda encorvada, cosía otro pliego de dieciséis páginas. ¿Y abajo, en el Chaliapin? El joven arquitecto seguía encontrando motivos de orgullo y de deleite en su trabajo. Pero, contrariamente a las suposiciones del conde, no estaba añadiendo una reproducción del bar a su colección de interiores de hotel. De hecho, estaba trabajando en un cuaderno de dibujos completamente diferente.

En la primera hoja había un dibujo de un rascacielos de doscientas plantas, con un trampolín en la azotea desde donde los inquilinos podían saltar en paracaídas a un frondoso parque que había abajo. En otra hoja había una catedral atea con cincuenta cúpulas diferentes; varias de ellas eran cohetes que podían lanzarse a la luna. Y en otra había un museo de arquitectura gigantesco, donde se exhibían réplicas a tamaño natural de todos los grandes edificios antiguos que habían sido demolidos en la ciudad de Moscú para dejar espacio a los nuevos.

Pero en ese momento en particular, el arquitecto trabajaba en un detallado dibujo de un restaurante abarrotado que se parecía mucho al Piazza. Sólo que, bajo el suelo de ese restaurante, había un complicado mecanismo de ejes, piñones y engranajes, y de una pared exterior sobresalía una manivela gigantesca; al accionarla, todas las sillas del restaurante giraban como la bailarina de una caja de música y a continuación se deslizaban por la sala hasta que se detenían en una mesa diferente. Y por encima de aquel retablo, contemplándolo todo desde arriba, a través del techo de cristal, había un caballero de sesenta años con la mano en la manivela, preparado para poner en movimiento a los comensales.

1952

América

Un miércoles por la noche de finales de junio, el conde y Sofia entraron cogidos del brazo en el Boiarski, donde solían cenar las noches que el conde libraba.

—Buenas noches, Andréi.

—*Bonsoir, mon ami. Bonsoir, mademoiselle.* Tienen la mesa preparada.

Andréi los invitó a entrar en el comedor con un ademán y el conde vio que volvía a ser una noche muy animada. Camino de la mesa número diez, pasaron al lado de las mujeres de dos comisarios que estaban sentadas a la mesa número cuatro. En la seis cenaba, solo, un eminente profesor de literatura que, según contaban, había sido capaz de vencerles un pulso él solito a las obras completas de Dostoievski. Y en la mesa número siete estaba nada más y nada menos que la seductora Anna Urbanová, en compañía del seducido de turno.

En 1948, después de haber vuelto con éxito a la gran pantalla en los años treinta, Anna había dejado que el director del Teatro Maly la convenciera para reaparecer en los escenarios. Fue un golpe de suerte para la actriz, que ya había cumplido cincuenta años, pues mientras la gran pantalla mostraba una clara preferencia por las beldades jóvenes, el teatro parecía entender mucho mejor las virtudes de la madurez. Al fin y al cabo, Medea, Lady Macbeth o Irina Arkádina no eran papeles para muchachitas de ojos azules que se ruborizaran fácilmente. Eran para mujeres que hubieran conocido la amargura de la felicidad y la dulzura de la desesperación. Pero el regreso de Anna a los escenarios también favoreció al conde, pues, en lugar de visitar el Metropol unos pocos días al año, ahora la actriz se instalaba allí varios meses seguidos, lo que permitía a nuestro experto astrónomo registrar las nuevas constelaciones de la actriz con la máxima atención.

El conde y Sofia se sentaron a la mesa, leyeron atentamente las cartas (empezando por los platos fuertes y acabando por los entrantes, como era su costumbre), esperaron a que Martyn (a quien, por recomendación del conde, habían ascendido al Boiarski en 1942) les tomara la comanda, y luego, por fin, se concentraron en lo suyo.

No cabe duda de que el intervalo entre la comanda y la llegada de los entrantes es uno de los más peligrosos de las interacciones humanas. ¿Qué enamorados no se han encontrado, en esa coyuntura, sumidos en un silencio tan repentino, tan aparentemente insalvable, que amenaza con proyectar una sombra de duda sobre su química como pareja? ¿Qué esposos no se han sentido de pronto turbados por el temor de que quizá nunca volverán a tener algo urgente, apasionado o sorprendente que decirse el uno al otro? Por eso, y con razón, la mayoría de nosotros nos enfrentamos a ese peligroso intersticio con aprensión.

En cambio, ¿el conde y Sofia? Ellos llevaban todo el día esperándolo, porque era el momento que le dedicaban al Zut.

Las reglas del Zut, un juego que ellos mismos habían inventado, eran sencillas. El jugador número uno proponía una categoría que abarcara un subconjunto especializado de fenómenos, como por ejemplo instrumentos de cuerda, o islas famosas, o seres alados que no fueran aves. Los dos jugadores iban turnándose, hasta que uno de ellos no pudiera proponer un ejemplo en el intervalo de tiempo acordado (dos minutos y medio, pongamos por caso). Ganaba el primer jugador que se anotara dos rondas de tres. ¿Y por qué se llamaba el juego Zut? Porque, según el conde, «*Zut alors!*» era la única exclamación adecuada ante la derrota.

Así pues, tras repasar la jornada en busca de categorías desafiantes y considerar las respuestas posibles, cuando Martyn recogió las cartas, padre e hija se miraron a los ojos, preparados.

El conde, que había perdido la partida anterior, tenía derecho a proponer la primera categoría, y lo hizo con seguridad:

—Grupos de cuatro famosos.

—Bien elegido —dijo Sofia.

—Gracias.

Los dos bebieron un sorbo de agua y él empezó:

—Las cuatro estaciones.

—Los cuatro elementos.

—Norte, Sur, Este y Oeste.

—Pica, corazón, diamante y trébol.

—Bajo, tenor, alto y soprano.

Sofia caviló un poco.

—Mateo, Marcos, Lucas y Juan: los cuatro evangelistas.

—Bóreas, Céfiro, Noto y Euro: los Cuatro Vientos.

Hubo una pausa y el conde sonrió y empezó a contar los segundos; pero se había precipitado.

—Bilis amarilla, bilis negra, sangre y flema: los cuatro humores —dijo Sofia.

—*Très bien!*

—*Merci.*

Sofia bebió un sorbo de agua para disimular la sonrisita que asomaba a sus labios. Pero ahora era ella la que celebraba su éxito prematuramente.

—Los cuatro Jinetes del Apocalipsis.

—¡Ah! —Sofia suspiró como quien recibe el *coup de grâce* y, justo entonces, llegó Martyn con el Château d'Yquem. Tras presentar la botella, el camarero la descorchó, sirvió un poco de vino en una copa y luego llenó las dos.

—¿Segunda tanda? —preguntó Sofia en cuanto se marchó Martyn.

—Será un placer.

—Animales blancos y negros, como por ejemplo la cebra.

—Excelente —dijo el conde.

Colocó bien los cubiertos, bebió un sorbo de vino y, despacio, dejó la copa en la mesa.

—Pingüino —dijo.

—Frailecillo.

—Mofeta.

—Panda.

El conde reflexionó y entonces sonrió.

—Orca.

—Polilla moteada —replicó Sofia.

El conde se enderezó, indignado.

—¡Ese animal es mío!

—No, no es tuyo; pero te toca a ti.

Él arrugó la frente.

—¡Dálmata! —exclamó.

Esa vez fue Sofia la que ordenó los cubiertos y bebió un sorbo de vino.

—Se agota el tiempo —le recordó el conde.

—Yo —dijo Sofia tras un silencio.

—¿Cómo?

La joven ladeó la cabeza y separó el mechón blanco que destacaba en su larga melena negra.

—Pero ¡tú no eres ningún animal!

Ella sonrió compasiva y dijo:

—Te toca.

«¿Hay algún pez blanco y negro? —se preguntó el conde—. ¿Una araña blanca y negra? ¿Una serpiente blanca y negra?»

—Tictac, tictac, tictac —lo apremió Sofia.

—Sí, sí, espera un momento.

«Sé que hay otro animal blanco y negro —pensó él—. Bastante común. Lo he visto con mis propios ojos. Lo tengo en la punta de la...»

—¿Tengo el placer de hablar con Aleksandr Rostov?

El conde y Sofia, sorprendidos, alzaron la vista a la vez. De pie ante ellos estaba el eminente profesor de la mesa número seis.

—Sí —contestó el conde, levantándose—. Soy Aleksandr Rostov. Y ésta es mi hija Sofia.

—Soy el profesor Matvéi Sírovich, de la Universidad Estatal de Leningrado.

—Claro, lo conozco —dijo el conde.

El profesor agradeció sus palabras con una inclinación de cabeza.

—Como tantos otros —continuó—, soy un admirador de su poesía. He pensado que quizá querría concederme el honor de tomarse una copa de coñac conmigo después de la comida.

—Será un placer.

—Me alojo en la suite trescientos diecisiete.

—Allí estaré dentro de una hora.

—No tenga prisa, por favor.

El profesor sonrió y se apartó lentamente de la mesa.

El conde volvió a sentarse y, con toda tranquilidad, se puso la servilleta en el regazo.

—Matvéi Sírovich es uno de nuestros más reputados profesores de literatura —le dijo a Sofia—; y por lo visto le gustaría hablar de poesía conmigo mientras nos tomamos una copa de coñac. ¿Qué te parece eso?

—Me parece que se te ha agotado el tiempo.

El conde frunció el entrecejo.

—Sí. Bueno. Tenía una respuesta en la punta de la lengua. Te la habría dado al cabo de un instante si no nos hubieran interrumpido.

Sofia asintió con la cabeza, con la expresión amistosa de quien no tiene intención de analizar la validez de una apelación.

—Está bien —concedió el conde—. Estamos empatados.

Se sacó un kopek del bolsillito del chaleco y se lo puso sobre la uña del pulgar para lanzarlo y, así, determinar quién escogería la categoría de la partida de desempate. Pero antes de que pudiera hacerlo, llegó Martyn con el primer plato: la interpretación de Emile de la ensalada Olivier, para Sofia, y paté de hígado de oca para el conde.

Como nunca jugaban mientras comían, entablaron una amena conversación sobre lo sucedido aquel día. Cuando el conde estaba extendiendo el último trocito de paté sobre una esquina de la tostada, Sofia comentó con naturalidad que Anna Urbanová estaba en el restaurante.

—¿Cómo dices? —preguntó él.

—Anna Urbanová, la actriz. Está sentada a la mesa número siete.

—¿Ah, sí?

El conde alzó la cabeza y miró hacia el fondo del comedor con la curiosidad de los indolentes, y luego siguió untando la tostada.

—¿Por qué nunca la invitas a cenar con nosotros?

Él levantó la vista con gesto de ligera sorpresa.

—¡Invitarla a cenar! ¿Quieres que invite también a Charlie Chaplin? —Rostov se rió y dijo que no con la cabeza—. Para invitar a alguien a cenar, primero tienes que conocerlo, querida. —A continuación se terminó el paté y dio la conversación por terminada también.

—Creo que temes que me escandalice —continuó Sofia—. En cambio, Marina opina que lo haces porque...

—¿Marina? —la interrumpió él—. ¿Marina tiene una opinión sobre por qué debería o no debería invitar a esa tal... Anna Urbanová a cenar con nosotros?

—Naturalmente, papá.

El conde se recostó en el respaldo de la silla.

—Entiendo. ¿Y puedo saber cuál es esa opinión que, «naturalmente», tiene Marina?

—Ella cree que lo haces porque te gusta guardar cada botón en su caja.

—¡Guardar cada botón en su caja!

—Ya sabes, los botones azules en una caja, los botones negros en otra, los botones rojos en una tercera. Tienes unas relaciones aquí, otras relaciones allí y te gusta mantenerlas separadas.

—¿Ah, sí? No tenía ni idea de que se considerara que trato a las personas como si fueran botones.

—No a todas las personas, papá. Sólo a tus amigos.

—Menos mal.

—Perdón...

Era Martyn, que señalaba los platos vacíos.

—Gracias —dijo el conde, un tanto cortante.

Martyn, consciente de que había interrumpido un diálogo acalorado, se apresuró a retirar los platos y regresó con dos raciones de ternera Pojarski, rellenó las copas de vino y desapareció sin decir nada. El conde y Sofia aspiraron la fragancia a bosque de las setas y empezaron a comer en silencio.

—Emile se ha superado a sí mismo —observó él tras los primeros bocados.

—Es verdad —coincidió Sofia.

El conde bebió un sorbo generoso del Château d'Yquem, que era de 1921 y ligaba a la perfección con la ternera.

—Anna opina que lo haces porque eres muy inflexible.

El conde se puso a toser y se tapó la boca con la servilleta, pues hacía ya mucho que había comprobado que ésa era la forma más eficaz de expulsar el vino de la tráquea.

—¿Estás bien? —Sofia se preocupó.

Él se puso la servilleta en el regazo y agitó una mano señalando la mesa número siete.

—Y, si no es indiscreción, ¿puedo preguntar cómo es que sabes lo que opina Anna Urbanová?

—Porque me lo ha dicho ella.

—Así que os conocéis.

—Pues claro que nos conocemos. Hace años que nos conocemos.

—Ah, estupendo —dijo él enfurruñado—. Entonces ¿por qué no la invitas tú a cenar? De hecho, yo sólo soy un botón metido en una caja; quizá Marina, la señorita Urbanová y tú deberíais cenar juntas.

—¡Mira, eso es exactamente lo que nos propuso Andréi!

—¿Cómo va todo esta noche?

—¡Hablando del Papa de Roma! —gritó el conde, dejando la servilleta en el plato.

Andréi, sorprendido, miró a Sofia con gesto de inquietud.

—¿Pasa algo?

—La comida del Boiarski es excelente —respondió el conde—, igual que el servicio. Pero el nivel de chismorreo... Eso sí que no tiene parangón. —Y dicho esto, se levantó—. Me parece que todavía tienes que practicar un poco de piano, jovencita —le dijo a Sofia—. Y ahora, si me disculpáis los dos, me esperan arriba.

Mientras se alejaba por el pasillo, el conde no pudo evitar cavilar sobre el hecho de que, en otros tiempos no muy lejanos, un caballero podía esperar cierto grado de intimidad respecto a sus asuntos personales. Podía dejar su correspondencia en el cajón del escritorio o su diario en una mesilla de noche con cierta seguridad.

Aunque, por otra parte, desde tiempos inmemoriales los hombres que buscaban alcanzar la sabiduría se habían retirado de manera sistemática a la cima de montañas, a cuevas y a cabañas del bosque. Así que tal vez fuera eso lo que tenía que hacer quien aspirase a alcanzar la iluminación sin que lo molestaran los entrometidos. Sin ir más lejos: cuando el conde se dirigía hacia la escalera, ¿a quién se encontró esperando el ascensor? Pues nada más y nada menos que a aquella afamada experta en el comportamiento humano, Anna Urbanová.

—Buenas noches, Excelencia —lo saludó ella con una sonrisa sugerente. Pero, al fijarse en la expresión de la cara del conde, arqueó las cejas, inquisitiva—. ¿Va todo bien?

—No puedo creer que has mantenido conversaciones clandestinas con Sofia —dijo el conde en voz baja, aunque no había nadie por allí cerca.

—No eran clandestinas —le contestó Anna, también en voz baja—. Sencillamente las mantuvimos mientras tú estabas trabajando.

—¿Y eso te parece decoroso? ¿Entablar amistad con mi hija durante mi ausencia?

—Bueno, a ti te gusta poner cada botón en su caja, Sasha...

—¡Eso me han dicho!

El conde dio media vuelta con la intención de marcharse, pero se lo pensó mejor.

—Y si resultara que es cierto que me gusta tener cada botón en su caja, ¿hay algo malo en eso?

—Desde luego que no.

—¿Acaso sería mejor el mundo si metiéramos todos los botones en un tarro de cristal? En un mundo así, cuando intentaras coger un botón de determinado color, las yemas de tus dedos lo empujarían inevitablemente hacia el fondo y quedaría enterrado bajo los otros botones, con lo que ya no podrías recuperarlo. Al final, exasperada, tendrías que vaciar el tarro y tirar todos los botones al suelo y entonces tendrías que pasarte una hora y media recogiéndolos.

—Un momento. ¿Estamos hablando de botones de verdad? —preguntó Anna con sincero interés—. ¿O todo esto sigue siendo una alegoría?

—Lo que no es ninguna alegoría es mi cita con un eminente profesor. Lo que, por cierto, ¡me exige cancelar cualquier otra cita para esta tarde!

★ ★ ★

Diez minutos más tarde, el conde llamaba a una puerta que había abierto infinidad de veces, pero a la que nunca había tenido que llamar.

—Ah, es usted —dijo el profesor—. Pase, por favor.

Hacía más de veinticinco años que el conde no entraba en su antigua suite, desde aquella noche de 1926 en que se había subido al pretil de la azotea.

Las habitaciones, decoradas al estilo de un salón francés del siglo XIX, conservaban su elegancia, aunque estaban un poco maltrechas. Sólo quedaba uno de los dos espejos de marco dorado colgado en la pared; las cortinas de color rojo oscuro estaban desteñidas; el sofá y las butacas a juego necesitaban un tapizado nuevo; y si bien el reloj de su familia seguía montando guardia cerca de la puerta, sus manecillas se habían parado a las cuatro y veintidós, y se había convertido en un elemento más de la decoración de las habitaciones, en lugar de seguir siendo un instrumento esencial para cumplir los compromisos. En la suite ya no se oía el suave sonido del paso del tiempo, pero en su lugar sonaban los compases de un vals que emanaba de una radio eléctrica desde la repisa del comedor.

El conde siguió al profesor hasta el salón y, por la fuerza de la costumbre, miró hacia el rincón noroeste, con sus privilegiadas vistas del Bolshói; y allí, enmarcada por la ventana, vio la silueta de un hombre que contemplaba el paisaje nocturno. Alto, delgado y con porte aristocrático, habría podido ser una sombra de él mismo unos años atrás. Pero en ese momento la sombra se dio la vuelta y caminó hacia él con el brazo extendido.

—¡Aleksandr!

—¿Richard?

Sí, era él. Richard Vanderwhile, con un traje hecho a medida, sonrió y le estrechó la mano.

—¡Cuánto me alegro de verlo! ¿Cuánto tiempo ha pasado? ¿Casi dos años?

Los compases del vals que llegaban del comedor subieron un poco de volumen. El conde miró hacia allí justo a tiempo para ver cómo el profesor Sírovich se metía en su dormitorio y cerraba la puerta echando el pestillo de latón. Richard señaló una de las butacas que flanqueaban la mesita del salón, en la que había un surtido de *zakuski*.

—Siéntese. Creo que usted ya ha comido, pero no le importará que yo picotee un poco, ¿verdad? Estoy muerto de hambre. —Richard se sentó en el sofá, puso un poco de salmón ahumado encima de un trozo de pan y se lo comió con gusto, mientras ponía caviar en un *blini*—. Esta tarde he visto a Sofia en el vestíbulo y no daba crédito a lo que veían mis ojos. ¡Está hecha una preciosidad! Debe de tener usted a todos los jóvenes de Moscú llamando a su puerta.

—Richard —dijo el conde, abarcando la habitación con un barrido de la mano—, ¿qué hacemos aquí?

El norteamericano asintió y se sacudió las migas de las manos.

—Le ruego que me disculpe por todo este teatro. El profesor Sírovich y yo somos viejos amigos y es tan generoso que me presta su salón de vez en cuando. Sólo voy a estar unos días en la ciudad y no quería desaprovechar esta oportunidad para hablar con usted en privado, porque no estoy muy seguro de cuándo volveré.

—¿Ha ocurrido algo? —preguntó el conde, preocupado.

Richard levantó ambas manos.

—No, en absoluto. De hecho, me han dicho que es un ascenso. Voy a trabajar desde la embajada en París unos años, para supervisar una pequeña iniciativa que tenemos y que seguramente me obligará a permanecer atado a una mesa. De hecho, Aleksandr, es por eso por lo que quería verlo.

Richard se inclinó un poco hacia delante y apoyó los codos en las rodillas.

—Desde la guerra, las relaciones entre nuestros países quizá no hayan sido especialmente buenas, pero al menos han sido predecibles. Nosotros lanzamos el plan Marshall y ustedes lanzan el plan Mólotov. Nosotros creamos la OTAN y ustedes crean el Cominform. Nosotros fabricamos una bomba atómica y ustedes fabrican una bomba atómica. Ha sido como un partido de tenis, lo que, además de ser un tipo de ejercicio estupendo, resulta sumamente entretenido de ver. ¿Vodka?

Richard llenó los dos vasos.

—*Za vas* —dijo.

—*Za vas* —contestó el conde.

Bebieron los dos y Richard volvió a llenar los vasos.

—El problema es que su mejor jugador ha jugado tan bien, y durante tanto tiempo, que es el único al que conocemos. Si se retirara mañana, no sabríamos quién iba a sustituirlo, ni si iba a jugar desde la línea de fondo o desde la red. —Richard hizo una pausa antes de añadir—: ¿Juega usted al tenis?

—Me temo que no.

—Ah. De acuerdo. El caso es que, por lo visto el camarada Stalin está en las últimas, y cuando se vaya al otro barrio la situación se volverá muy impredecible. Y no sólo en cuanto concierne a la diplomacia internacional. También aquí, en Moscú. Según quién acabe ocupando su lugar, las puertas de la ciudad podrían quedar abiertas de par en par al mundo o cerradas a cal y canto.

—Espero que suceda lo primero —declaró el conde.

—Desde luego —coincidió Richard—. Lo segundo no le interesa a nadie. Pero pase lo que pase, es preferible estar preparados. Y eso nos lleva al motivo de mi visita. El equipo que dirigiré en París pertenece al campo de la Inteligencia. Es una especie de unidad de investigación, por así decirlo. Y buscamos amigos aquí y allá que estén en posición, de vez en cuando, de arrojar un poco de luz sobre esto y lo otro.

—Richard —dijo el conde, sorprendido—, no me estará pidiendo que espíe a mi país, ¿verdad?

—¿Espiar a su país? Por supuesto que no, Aleksandr. Yo lo entiendo, más bien, como una especie de cotilleo cosmopolita. Ya sabe: a quién invitaron al baile y quién se presentó sin invitación; quiénes hacían manitas en un rincón; quién estaba enfadado. Los típicos temas de conversación del desayuno de un domingo por la mañana en cualquier lugar del mundo. Y, a cambio de esas nimiedades, nosotros podríamos ser extremamente generosos.

El conde sonrió.

—Richard, no me siento más dispuesto a cotillear que a espiar. Así que le propongo que no volvamos a hablar de esto y que sigamos siendo tan amigos como siempre.

—Muy bien, pues brindemos por la amistad —dijo Richard, y entrechocó su vaso con el del conde.

Durante una hora, los dos amigos dejaron a un lado el tenis y hablaron de sus vidas. El conde le habló de Sofia, que estaba haciendo grandes progresos en el Conservatorio, y que seguía tan atenta y tranquila. Richard le habló de sus hijos, que también hacían grandes progresos en el cuarto de juegos y que no eran ni atentos ni tranquilos. Hablaron de París, de Tolstói y del Carnegie Hall. Y a las nueve en punto los dos amigos se levantaron.

—Creo que será mejor que no lo acompañe hasta la puerta —dijo Richard—. Ah, y por si alguien se lo pregunta, el profesor Sírovich y usted han mantenido un largo debate sobre el futuro del soneto. Usted estaba a favor y él en contra.

Después de estrecharse las manos, Richard entró en el dormitorio y el conde se volvió hacia la puerta para salir. Pero al pasar por delante del reloj de pie, titubeó. Qué fiel había sido aquel reloj en el salón de su abuela, donde anunciaba la hora del té, la de la cena, la de acostarse. En Nochebuena, señalaba el momento en que el conde y su hermana podían abrir la puerta corredera.

Abrió la estrecha puerta de vidrio de la caja del reloj, metió una mano y comprobó que la llave seguía en el gancho. La introdujo en la cerradura, le dio cuerda al reloj, lo puso en hora y le dio un empujoncito al péndulo, pensando: «Dejemos que el viejo marque el tiempo durante unas horas más.»

Casi nueve meses más tarde, el 3 de marzo de 1953, el hombre conocido como «Padre Querido», Vozhd, Koba, Soso o simplemente Stalin, moría en su residencia de Kuntsevo tras sufrir un derrame cerebral.

Al día siguiente, obreros y camiones cargados de flores llegaron a la Casa de los Sindicatos de la Plaza del Teatro, y al cabo de pocas horas la fachada del edificio estaba adornada con un retrato de Stalin de tres pisos de alto.

El día 6, Harrison Salisbury, el nuevo jefe de la oficina de Moscú de *The New York Times*, contempló desde las antiguas habitaciones del conde (ahora ocupadas por el encargado de negocios mexicano) cómo los miembros del Presidium llegaban en una caravana de limusinas ZIM y cómo sacaban el ataúd de Soso de una ambulancia azul y lo trasladaban ceremoniosamente al interior. Y el día 7, cuando abrieron la Casa de los Sindicatos al público, Salisbury vio, con cierto asombro, que la cola de ciudadanos que esperaban para presentarle sus respetos se alargaba ocho kilómetros por toda la ciudad.

«¿Cómo es posible que más de un millón de ciudadanos hagan cola para ver el cadáver de un tirano?», se preguntaban muchos observadores occidentales. Los más frívolos decían que debían de hacerlo para asegurarse de que estaba muerto de verdad, pero ese comentario no hacía justicia a los hombres y mujeres que esperaban llorando. De hecho, eran legiones los que lloraban la pérdida de un hombre que los había guiado hasta la victoria en la Gran Guerra Patriótica contra el ejército de Hitler; y eran legiones los que lloraban la pérdida del hombre que se había propuesto convertir Rusia en una potencia mundial; mientras que otros sencillamente lloraban porque comprendían que había comenzado una nueva era de incertidumbre.

Porque la predicción de Richard, por supuesto, resultó del todo acertada. Cuando Soso exhaló su último suspiro, no había ningún plan de sucesión, pues no había sido designado ningún heredero. En el Presidium había ocho personas que podrían haber reclamado el derecho a sustituir al líder: el ministro de Seguridad, Beria; el ministro de las Fuerzas Armadas, Bulganin; el vicepresidente del Consejo de Ministros, Malenkov; el ministro de Comercio Exterior, Mikoyán; el ministro de Asuntos Exteriores, Mólotov; los miembros del *Secretariat* Kaganóvich y Voroshílov, y hasta el antiguo alcalde de Moscú, Nikita Jruschov (ese burdo, zafio, bruto y calvo *apparatchik* que, no mucho antes, había perfeccionado el modelo del edificio de apartamentos de hormigón de cinco plantas).

Para gran alivio de Occidente, en los días inmediatamente posteriores al funeral parecía que el hombre con más posibilidades de imponerse era Malenkov, internacionalista, progresista y abiertamente crítico con las armas nucleares, porque, igual que Stalin, ostentaba los cargos de primer secretario del Partido y secretario general del Comité Central. Pero en las altas esferas del Partido se alcanzó enseguida el consenso de que no debía permitirse que un hombre volviera a ostentar de forma simultánea esos dos cargos otra vez. Así que, diez días más tarde, el primer secretario del Partido, Malenkov, fue obligado a cederle su cargo de presidente del *Secretariat* al conservador Jruschov, preparando la escena para un duunvirato entre antagonistas, un delicado equilibrio de autoridad entre dos hombres de opiniones opuestas y alianzas ambiguas, que durante unos años tendría al mundo en vilo.

★

—¿Cómo puede uno pasarse la vida esperando lo Segundo?

Pese a haber anunciado que esa noche ya no tendría tiempo para más citas, cuando el conde formuló esa pregunta se encontraba en la cama de Anna Urbanová.

—Ya sé que soñar con lo Primero es un poco quijotesco —continuó—, pero a fin de cuentas, aunque lo Primero sólo sea una posibilidad remota, ¿cómo puede uno someterse a la posibilidad de lo Segundo? Hacerlo sería contrario al espíritu humano. Nuestro deseo de imaginarnos otra forma de vida, o de dejarle ver a otro nuestra forma de vida, es tan fundamental que, aunque las fuerzas de lo Segundo hayan cerrado con llave las puertas de la ciudad, las fuerzas de lo Primero encontrarán la forma de colarse por las rendijas.

El conde estiró un brazo, le quitó el cigarrillo a Anna y dio una calada. Tras cavilar unos instantes, movió el cigarrillo apuntando al techo.

—Estos últimos años he servido a muchos norteamericanos que vienen hasta Moscú para asistir a una función del Bolshói. Entretanto, en el Chaliapin, nuestro pequeño y fortuito trío intenta tocar cualquier pieza musical estadounidense que haya oído por la radio. Ésas son, indudablemente, las fuerzas de lo Primero en acción. —Dio otra calada—. Cuando Emile está en su cocina, ¿acaso cocina lo Segundo? Por supuesto que no. Emile hierve a fuego lento, fríe a fuego vivo y sirve lo Primero. Una ternera de Viena, un pichón de París o una sopa de marisco del sur de Francia. O pensemos, sin ir más lejos, en Víktor Stepánovich...

—No irás a empezar otra vez con las polillas de Manchester, ¿verdad?

—No —contestó el conde, irritado—. Lo que quiero exponer no tiene nada que ver con eso. Cuando Víktor y Sofia se sientan al piano, ¿tocan piezas de Músorgski, Músorgski y Músorgski? No.

Tocan piezas de Bach y Beethoven, de Rossini y de Puccini, mientras en el Carnegie Hall el público reacciona a la interpretación de Horowitz de una pieza de Chaikovski con un aplauso atronador.

Se puso de lado para mirar a la actriz.

—Qué raro, te quedas callada —dijo, devolviéndole el cigarrillo—. ¿Es que no estás de acuerdo?

Anna dio una calada y expulsó el humo lentamente.

—No es que no esté de acuerdo contigo, Sasha. Es que no estoy segura de que uno pueda vivir tan tranquilo bailando al son de lo Primero, como tú lo llamas. Existen ciertas realidades intrínsecas al lugar donde vivimos, y en Rusia eso puede implicar doblegarnos un poco ante lo Segundo. Piensa en tu querida bullabesa, por ejemplo, o en esa ovación del Carnegie Hall. No es ninguna coincidencia que las ciudades de las que salen tus ejemplos sean dos puertos: Marsella y Nueva York. Me atrevería a decir que podrías encontrar ejemplos parecidos en Shanghái y Rotterdam. Pero Moscú no es un puerto, amor mío. En el centro de todo lo que es Rusia (de su cultura, su psicología y quizá su destino) se alza el Kremlin, una fortaleza amurallada de un milenio de antigüedad y a más de seiscientos kilómetros del mar. Físicamente hablando, sus muros ya no son lo suficientemente altos para rechazar un asalto; y sin embargo, siguen proyectando su sombra por toda la ciudad.

El conde se puso otra vez boca arriba y se quedó mirando el techo.

—Sasha, ya sé que no quieres aceptar la idea de que Rusia pueda mirar hacia dentro de forma inherente, pero ¿crees que en Estados Unidos tienen siquiera esta conversación? ¿Crees que se preguntan si las puertas de Nueva York están a punto de abrirse o de cerrarse? ¿Si lo Primero es más probable que lo Segundo? Todo parece indicar que Estados Unidos se fundó sobre lo Primero. Ni siquiera conciben lo Segundo.

—Lo dices como si soñaras con vivir en Estados Unidos.

—Todo el mundo sueña con vivir en Estados Unidos.

—Eso es ridículo.

—¿Ridículo? La mitad de los habitantes de Europa se irían a vivir allí mañana mismo sólo por las comodidades.

—¡Por las comodidades! ¿Qué comodidades?

Anna se puso de lado, apagó el cigarrillo, abrió el cajón de la mesilla de noche y sacó una revista norteamericana; el conde vio que se llamaba *LIFE* y le pareció un nombre muy impertinente. Anna hojeó la revista y empezó a señalar varias fotografías a todo color. En todas aparecía la misma mujer con un vestido diferente, sonriendo ante un aparato moderno.

—Máquinas lavaplatos. Máquinas para lavar la ropa. Aspiradoras. Tostadoras. Televisores. Y mira esto: una puerta de garaje automática.

—¿Qué es una puerta de garaje automática?

—Es una puerta de garaje que se abre y se cierra sola. ¿Qué te parece?

—Creo que si yo fuera una puerta de garaje añoraría los viejos tiempos.

Anna encendió otro cigarrillo y se lo ofreció al conde. Él dio una calada y observó el humo que subía en espiral hacia el techo, donde las Musas miraban hacia abajo desde las nubes.

—Te voy a decir qué es una comodidad —dijo al cabo de un momento—. Dormir hasta mediodía y que alguien te traiga el desayuno en una bandeja. Cancelar una cita en el último minuto. Tener un coche esperando frente a la puerta de la casa donde se celebra una fiesta, para que en cualquier momento puedas irte a otra. Esquivar el matrimonio en la juventud y aplazar tener hijos. Eso sí son comodidades, Anushka, y hubo una época en que yo las tuve todas. Pero al final han sido las incomodidades las que más me han importado.

Anna Urbanová le quitó el cigarrillo de los dedos, lo apagó en un vaso de agua y le dio un beso en la nariz.

1953

Apóstoles y apóstatas

«Con la parsimonia del tránsito de las estrellas por el firmamento», musitó el conde mientras se paseaba arriba y abajo.

Así es como pasa el tiempo cuando esperas y no sabes si falta mucho o poco. Las horas se vuelven interminables. Los minutos implacables. ¿Y los segundos? Cada uno exige su momento en el escenario, pero no sólo eso, sino que encima insiste en recitar un soliloquio lleno de pausas dramáticas y titubeos ingeniosos, y se apresura a hacer un bis en cuanto oye el más leve aplauso.

Y sin embargo, ¿acaso no había declamado el conde su fervor poético acerca del lento avance de las estrellas? ¿No se había extasiado con el modo en que las constelaciones parecían detenerse en su trayectoria cuando, en una tibia noche de verano, uno se tumbaba boca arriba y se esforzaba en oír las pisadas en la hierba, como si la naturaleza conspirase para prolongar las horas previas al alba y garantizar así su máximo disfrute?

Bueno, sí. Sin duda, eso era lo que se hacía cuando uno tenía veintidós años y estaba esperando a una muchacha en un prado, después de trepar por la enredadera y dar unos golpecitos en el cristal.

Pero ¿hacer esperar a un hombre de sesenta y tres? ¿Un hombre que se está quedando calvo, le crujen las articulaciones y puede dejar de respirar en cualquier momento? Al fin y al cabo, existe una cosa llamada cortesía.

El conde calculó que debía de ser la una de la madrugada. Estaba previsto que la función terminara a las once. La recepción, a medianoche. Deberían haber aparecido hacía media hora.

«¿Es que ya no quedan taxis en Moscú? ¿Ya no quedan tranvías?», se preguntó en voz alta.

¿Habrían parado en algún sitio en el camino de regreso? ¿Y si habían pasado por delante de un café y no habían podido resistir el impulso de entrar y comerse un pastelillo mientras él esperaba, esperaba y esperaba? ¿Podían ser tan crueles? (Si así era, mejor que no intentaran ocultarlo, porque el conde podía detectar si alguien había comido un pastelillo desde quince metros de distancia.)

Dejó de caminar arriba y abajo y miró detrás del Embajador, donde había escondido el Dom Pérignon.

Prepararse para una posible celebración es un asunto delicado. Has de estar listo que el tapón llegue hasta el techo al descorchar, si la fortuna te sonríe. En cambio, si la fortuna te desprecia, has de estar listo para comportarte como si sólo fuera una noche más, una noche sin mayores consecuencias; y después, arrojar la botella sin abrir al fondo del mar.

Metió la mano en la cubitera. El hielo estaba medio derretido y la temperatura del agua era perfecta: diez grados. Si no regresaban pronto, la temperatura aumentaría y habría que arrojar la botella al fondo del mar de todas formas.

Bueno, les estaría bien empleado.

Pero, mientras retiraba la mano y se enderezaba, oyó un sonido extraordinario que provenía de la habitación de al lado. Era el carrillón del reloj de dos repiques. El infalible Breguet anunciaba la medianoche.

¡Imposible! El conde llevaba por lo menos dos horas esperando. Había recorrido más de treinta kilómetros sin salir de la habitación. Tenía que ser la una y media. ¡No podía ser tan pronto!

«A lo mejor el infalible Breguet ya no es tan infalible», masculló.

Al fin y al cabo, el reloj tenía más de cincuenta años, y hasta los mecanismos de relojería más exactos debían de acusar los estragos del tiempo. Las ruedas dentadas debían de perder sus dientes y los muelles su elasticidad. Pero mientras pensaba eso oyó, por la ventanita de debajo del alero, el reloj de un campanario que, a lo lejos, tañía una vez, y dos, y tres...

«Sí, sí —dijo, y se dejó caer en la butaca—. Ya te he oído.»

Por lo visto, aquél estaba destinado a ser un día exasperante.

Antes de eso, por la tarde, el subdirector había convocado a los trabajadores del Boiarski para informarles de los nuevos procedimientos para tomar, servir y cobrar las comandas.

A partir de ese día, explicó, cada vez que un camarero tomara una comanda, tendría que anotarla en una libreta destinada a ese fin. A continuación, se la llevaría al contable, y éste, tras anotar la entrada en su libro de contabilidad, escribiría una nota para la cocina. Allí se anotaría la entrada correspondiente en el libro de comandas y a continuación se iniciaría la preparación de los platos. Cuando la comida estuviera lista para su consumo, la cocina enviaría una nota de confirmación al contable, que a su vez le entregaría un recibo sellado al camarero, autorizándolo para retirar la comida. Así pues, unos minutos más tarde, el camarero podría hacer la correspondiente anotación en su libreta confirmando que aquel plato que habían pedido, registrado, cocinado y retirado había llegado, por fin, a la mesa.

Veamos. En toda Rusia no había nadie que valorara la palabra escrita más que el conde Aleksandr Ilich Rostov. En sus tiempos, había visto cómo un pareado de Pushkin influía en un corazón indeciso. Había visto cómo un solo pasaje de Dostoievski impulsaba a un hombre a la acción y a otro a la indiferencia, y todo en el breve plazo de una hora. Sin duda consideraba providencial que cuando Sócrates hablaba sin parar en el ágora, o Jesús en el monte, hubiera entre el público alguien con el sentido común necesario para anotar sus palabras para la posteridad. Quede claro, entonces, que sus objeciones a ese nuevo régimen no se debían a que no le gustaran los lápices ni el papel.

Se trataba más bien de un asunto de contexto. Porque si decidías cenar en el Piazza podías esperar que el camarero se inclinara sobre la mesa y garabateara la comanda en su libretita. Sin embargo, desde que el conde era jefe de sala del Boiarski, sus clientes tenían la seguridad de que su camarero los miraría a los ojos, contestaría sus preguntas, ofrecería recomendaciones y registraría al detalle sus preferencias, y todo eso sin retirar ni un momento las manos de detrás de la espalda.

Evidentemente, esa noche, cuando se puso en práctica el nuevo sistema, a los clientes del Boiarski les sorprendió encontrarse a un oficinista sentado a una mesita detrás del atril del maître. Les divirtió ver trozos de papel revoloteando por la sala como si aquello fuera el parquet de una bolsa de valores. Pero les indignó comprobar que las chuletas de ternera y los espárragos llegaban a su mesa fríos como la gelatina.

Aquello no podía ser, lógicamente.

Quiso la suerte que, hacia la mitad del segundo turno, el conde viera que el Obispo se detenía un momento en la puerta del Boiarski. Y, puesto que le habían inculcado el principio de que los hombres civilizados debían compartir sus preocupaciones y proceder con espíritu solidario, el conde cruzó la sala y siguió al Obispo por el vestíbulo.

—¡Director Leplevski!

—Jefe de sala Rostov —dijo el Obispo, ligeramente sorprendido de que el conde lo hubiera llamado—. ¿Qué puedo hacer por usted?

—En realidad se trata de un asunto tan insignificante que no sé si debería molestarlo.

—Si ese asunto atañe al hotel, entonces me atañe a mí.

—Cierto —concedió el conde—. Verá, le aseguro, director Leplevski, que en toda Rusia no hay nadie que valore más que yo la palabra escrita...

Tras abordar el asunto de este modo, el conde procedió a aplaudir los pareados de Pushkin, los párrafos de Dostoievski y las transcripciones de las palabras de Sócrates y de Jesús. A continuación, explicó la amenaza que los lápices y las libretas representaban para la tradición de elegancia romántica del Boiarski.

—¿Se imagina —concluyó con un brillo irónico en la mirada— que cuando fue a pedir la mano de su esposa hubiera tenido que acompañar su proposición con el sello de una agencia oficial, y que entonces le hubieran exigido anotar la respuesta de ella en un trocito de papel por triplicado para poder entregarle una copia a ella, otra a su padre y otra más al sacerdote de la familia?

Sin embargo, mientras exponía su ocurrencia el conde recordó, por el semblante del Obispo, que no era aconsejable soltar ocurrencias que hicieran referencia al matrimonio del interlocutor...

—No sé qué tiene que ver mi mujer con todo esto —dijo el Obispo.

—No —concedió el conde—. Me he expresado mal. Lo que intento decir es que Andréi, Emile y yo...

—¿Significa eso que me está planteando esta queja en nombre del maître Duras y del chef Zhukovski?

—No, no. Se la estoy planteando por mi cuenta. Y de hecho no se trata de una queja. Pero a nosotros tres nos corresponde garantizar la satisfacción de los clientes del Boiarski.

El Obispo sonrió.

—Por supuesto. Y estoy seguro de que los tres tienen sus propias preocupaciones, acordes con sus tareas específicas. Pero yo, como director del Metropol, soy quien debe garantizar que todos los aspectos del hotel alcanzan un estándar de perfección; y eso exige prestar mucha atención a la exclusión de cualquier discrepancia.

El conde estaba desconcertado.

—¿Discrepancia? ¿Qué clase de discrepancia?

—Todo tipo de discrepancias. Un día puede haber una discrepancia entre el número de cebollas que han llegado a la cocina y el número de cebollas que se han servido con el estofado. Otro día puede haber una discrepancia entre el número de copas de vino que se han pedido y el número de las que se han servido.

El conde se quedó lívido.

—Está hablando de robar.

—¿Ah, sí?

Los dos se miraron fijamente un momento y entonces el Obispo esbozó una sonrisa.

—Dada su estrecha colaboración, le ruego que traslade nuestra conversación al chef Zhukovski y al maître Duras tan pronto como pueda.

El conde apretó las mandíbulas.

—No le quepa duda de que mañana, en nuestra reunión diaria, se la trasladaré palabra por palabra.

El Obispo escudriñó el rostro del conde.

—Ah, pero ¿tienen una reunión diaria...?

Baste decir que durante el segundo turno del Boiarski los clientes volvieron a quedar impresionados, extrañados e indignados cuando los trozos de papel empezaron a revolotear por el comedor como faisanes al oír el disparo de un rifle. Y, después de haber soportado todo eso, allí estaba el conde, sentado a solas en su estudio, contando los minutos.

Tras tamborilear con los dedos en los brazos de la butaca, se levantó y reanudó su paseo por el estudio, mientras tarareaba la *Sonata para piano n.º 1* en do mayor de Mozart.

«Dum de dum de dum», murmuraba.

Era una pieza deliciosa, había que admitirlo, y que encajaba muy bien con la personalidad de su hija. El primer movimiento tenía el tiempo de Sofia llegando a casa de la escuela a los diez años, con quince cosas que contar. Sin detenerse a explicar quién era quién ni qué era qué, se ponía a hablar a toda velocidad, salpicando su relato con la coletilla «y entonces, y entonces, y entonces, y entonces». En el segundo movimiento, la sonata pasaba a un *tempo andante* más acorde con Sofia a los diecisiete años, cuando agradecía que cayera una tormenta los sábados por la tarde para poder sentarse en el estudio con un libro en el regazo o con un disco en el fonógrafo. En el tercer movimiento, con su ritmo veloz y su estilo puntillista, le parecía oírla a los trece años, bajando a toda prisa la escalera del hotel, parándose un momento en el rellano para dejar pasar a alguien, y luego saliendo disparada otra vez.

Sí, era una composición deliciosa, de eso no cabía duda. Pero ¿era demasiado deliciosa? ¿La considerarían los jueces poco seria para la época? Cuando Sofia había escogido esa pieza, el conde había intentado expresarle sus dudas diplomáticamente, refiriéndose a ella como «agradable» y «bastante amena», pero luego no había insistido más. Porque el papel de un padre es expresar sus preocupaciones y, después, retirarse tres pasos. No uno ni dos, sino tres. O incluso cuatro. (Pero nunca cinco.) Sí, un padre debe compartir con su hijo sus dudas y luego retirarse tres o cuatro pasos, para que el niño pueda tomar por sí solo la decisión, aun en el caso de que esa decisión pueda conducir a un disgusto.

Pero ¡un momento!

¿Qué era aquello?

El conde se dio la vuelta e inmediatamente se abrió la puerta del armario y Anna irrumpió en el estudio arrastrando a Sofia.

—¡Ha ganado!

El conde gritó por primera vez desde hacía veinte años:

—¡Lo sabía!

Abrazó a Anna por haberle dado la noticia.

Luego abrazó a Sofia por haber ganado.

Luego volvió a abrazar a Anna.

—Perdona que hayamos tardado tanto —se disculpó la actriz—. Es que no la dejaban marcharse de la recepción.

—¡No te disculpes! Ni siquiera sabía qué hora era. Pero sentaos, sentaos y contádmelo todo.

Les ofreció las butacas y él se sentó en el borde del Embajador. Miró fijamente a Sofia, expectante. Ella sonrió con timidez y le cedió la palabra a Anna.

—Ha sido increíble —dijo la actriz—. Han actuado cinco intérpretes antes que Sofia. Dos violinistas, un violoncelista...

—¿Dónde? ¿En qué escenario?

—En el Gran Salón.

—Lo conozco muy bien. Diseñado por Zagorski a finales de siglo. ¿Había mucha gente? ¿Quien ha ido?

Anna arrugó la frente. Sofia se rió.

—Papá, deja que Anna te lo cuente.

—Está bien, está bien.

Y el conde hizo lo que le ordenaban: dejó que Anna se lo contara. Y la actriz le contó que habían tocado cinco intérpretes antes que Sofia: dos violinistas, un violoncelista, una trompa y otro pianista. Los cinco habían hecho sentirse orgulloso al Conservatorio, actuando como profesionales y tocando sus respectivos instrumentos con precisión. Dos piezas de Chaikovski, dos de Rimski-Korsakov y algo de Borodin. Pero entonces le tocó a Sofia.

—Te aseguro que cuando ha aparecido se ha oído cómo el público contenía la respiración, Sasha. Ha caminado por el escenario hasta el piano sin que se oyera siquiera el más leve roce de su vestido. Era como si flotara.

—Eso me lo has enseñado tú, tía Anna.

—No, Sofia. Eso que has hecho, esa forma de entrar, no se puede enseñar.

—Sin duda —convino el conde.

—Bueno. Cuando el director ha anunciado que Sofia iba a tocar la *Sonata para piano n.º 1* de Mozart ha habido algunos murmullos y se han movido algunas sillas. Pero en cuanto ha empezado, han dejado de oírse.

—Lo sabía. ¿No os lo dije? ¿No os dije que un poco de Mozart nunca está de más?

—Papá...

—Ha tocado con tanta ternura —continuó Anna—, con tanta alegría, que se ha ganado al público desde el principio. Todos sonreían, te lo prometo. ¡Y cómo han aplaudido al terminar! Ojalá hubieras podido oír los aplausos, Sasha. ¡Han sacudido el polvo de las arañas de luces!

Él dio una palmada y se frotó las manos.

—¿Cuántos músicos han tocado después de Sofia?

—No importaba. La competición había terminado y todos lo sabían. Al pobre chico que salía después han tenido que subirlo a rastras al escenario. Y después, en la recepción, Sofia ha sido el blanco de todas las miradas. Todos brindaban por ella.

—*Mon Dieu!* —exclamó el conde, levantándose de un salto—. ¡Casi me olvido!

Apartó el Embajador y cogió la cubitera con el champán.

—*Voilà!*

Cuando metió la mano en el agua, notó que la temperatura había subido a doce grados, pero ¿qué más daba? Con un solo movimiento de los dedos de una mano, retiró el papel de aluminio que recubría el tapón de la botella y, al cabo de un momento, éste chocaba contra el techo. El champán se derramó sobre sus manos y todos rieron. El conde llenó dos flautas para las damas y una copa de vino para él.

—Por ti, Sofia —dijo—. Que esta noche señale el comienzo de una gran aventura, una aventura que sin duda te llevará muy lejos.

—Papá —dijo ella ruborizándose—. Sólo era una competición escolar.

—¡Una competición escolar! Una de las limitaciones propias de la juventud, querida mía, es que nunca sabes cuándo acaba de empezar una gran aventura. Pero yo soy un hombre con mucha experiencia y deberías creerme cuando digo...

De pronto, Anna lo hizo callar levantando una mano y miró hacia la puerta del armario.

—¿Has oído eso?

Se quedaron los tres inmóviles. Y efectivamente, oyeron una voz, aunque amortiguada. Debía de haber alguien detrás de la puerta del dormitorio.

—Voy a ver quién es —dijo él en voz baja.

Dejó su copa, pasó entre las chaquetas, abrió la puerta del armario y salió al dormitorio. Y allí encontró a Andréi y a Emile enzarzados en un silencioso debate junto a los pies de la cama. Emile llevaba en las manos un pastel de diez capas con forma de piano, y Andréi debía de acabar de proponer que lo dejaran encima de la cama con una nota, porque Emile estaba replicando que «no se deja una tarta Dobos encima de la colcha», cuando se abrió la puerta del armario y por ella salió el conde.

Andréi soltó un grito ahogado.

El conde aspiró entre dientes.

Emile soltó el pastel.

Y la velada podría haber terminado allí mismo, de no ser por la instintiva incapacidad de Andréi de dejar que un objeto cayera al suelo. Con el más liviano de los pasos y con los dedos extendidos, el ex malabarista atrapó la tarta al vuelo.

Andréi dio un suspiro de alivio, Emile se quedó mirando con la boca abierta y el conde intentó actuar con toda naturalidad.

—Andréi, Emile, qué agradable sorpresa...

Andréi, imitándolo, hizo como si no hubiera pasado nada fuera de lo común.

—Emile había preparado una cosita para Sofia previendo su victoria —explicó—. Por favor, exprésele nuestras más sinceras felicitaciones. —Entonces dejó el pastel encima del escritorio del Gran Duque y se volvió hacia la puerta.

Pero Emile no se movió.

—Aleksandr Ilich, ¿se puede saber qué demonios hacía dentro del armario?

—¿Dentro del armario? —repitió el conde—. Bueno, estaba...
estaba... —Su voz fue apagándose poco a poco.

Andréi, comprensivo, sonrió, y a continuación hizo un movimiento de barrido con las manos, como diciendo: «El mundo es muy ancho y extenso, y los hombres hacen cosas maravillosas.»

Pero Emile lo miró con el entrecejo fruncido, como diciendo: «Bobadas.»

El conde miró a un miembro del Triunvirato y luego al otro y por fin dijo:

—Pero ¿dónde he dejado los modales? Sofia estará encantada de verlos. Por aquí, por favor. —Y entonces señaló el armario, invitándolos a pasar.

Emile se quedó mirando al conde como si éste hubiera perdido el juicio. Pero Andréi, que nunca vacilaba ante una invitación formal, cogió el pastel y dio un paso hacia la puerta del armario.

Emile soltó un gruñido de fastidio.

—Si vamos a meternos ahí —le dijo a Andréi—, será mejor que tenga cuidado con las mangas, no vayan a estropear el glaseado.

Así que el maître le pasó el pastel a Emile y, con esmero, separó las chaquetas del conde con sus delicados dedos.

Una vez al otro lado, la sorpresa de Andréi al ver el estudio del conde por primera vez quedó inmediatamente superada por su sorpresa al ver a Sofia.

—*Notre championne!* —dijo; la cogió por los brazos y la besó en las mejillas.

La sorpresa de Emile al ver el estudio del conde, en cambio, quedó superada por su sorpresa aún mayor de encontrar allí a la estrella de cine Anna Urbanová. Porque el Triunvirato no lo sabía, pero el chef había visto todas sus películas y casi todas desde la segunda fila.

Al ver la cara de perplejidad de Emile, Andréi se apresuró a dar un paso adelante y poner las manos debajo del pastel. Pero esta vez Emile no lo soltó, sino que de pronto se lo ofreció a Anna como si lo hubiera hecho para ella.

—Muchas gracias —dijo la actriz—. Pero ¿esto no es para Sofia?

Emile se puso rojo como un tomate y se volvió hacia la joven.

—Es tu pastel favorito —le dijo—. Una tarta Dobos con crema de chocolate.

—Gracias, tío Emile.

—Tiene forma de piano —añadió el chef.

Se sacó el cuchillo del cordón del delantal y procedió a cortar el pastel. El conde sacó dos copas más del Embajador y sirvió champán en ellas. Volvieron a relatar la victoria de Sofia y Anna comparó la perfección de su actuación con la del pastel de Emile. Mientras el chef empezaba a explicarle el intrincado proceso de preparación de aquella tarta, Andréi recordó para Sofia la noche, muchos años atrás, en que él y unos cuantos más habían brindado por la llegada del conde al sexto piso.

—¿Se acuerda, Aleksandr?

—Como si fuera ayer —respondió el conde con una sonrisa—. Aquella noche brindamos con coñac, amigo mío; y también estaba Marina con Vasili...

Como por arte de magia, en el preciso instante en que el conde pronunciaba el nombre de Vasili, el conserje salió por la puerta del armario. Dio un golpe de tacón al estilo militar y saludó a todos los allí reunidos en rápida sucesión y sin mostrar la más leve sorpresa por su paradero.

—Señorita Urbanová. Sofia. Andréi. Emile. —Entonces le dijo al conde—: Aleksandr Ilich, ¿podemos hablar un momento?

Por cómo había formulado la pregunta, era evidente que quería hablar en privado con el conde. Pero como el estudio de Rostov medía nueve metros cuadrados, sólo pudieron apartarse un metro de los otros para preservar su intimidad, lo que además resultó inútil porque los otros cuatro miembros del grupo se desplazaron una distancia similar en una dirección similar.

—Me gustaría informarle —dijo Vasili (con un tono bastante *entre nous*)— de que el director del hotel está en camino.

Ahora le correspondía al conde expresar sorpresa.

—¿En camino hacia dónde?

—Hacia aquí. O, mejor dicho... Allí —dijo Vasili, y señaló hacia el dormitorio.

—Pero ¿por qué motivo?

Vasili le explicó que, mientras repasaba las reservas para la noche siguiente, se había fijado en que el Obispo se había demorado en el vestíbulo. Unos minutos más tarde, un caballero al que describió como «chiquitín» y que, según dijo, llevaba un sombrero de ala ancha, se había acercado al mostrador de recepción y había preguntado por el conde; entonces, el Obispo, tras presentarse, le había dicho al visitante que lo estaba esperando y se había ofrecido a acompañarlo personalmente a su habitación.

—¿Cuándo ha pasado eso?

—Estaban montando en el ascensor cuando yo he llegado a la escalera; pero con ellos iban el señor Harriman, de la suite doscientos quince, y los Tarkov, de la habitación cuatrocientos veintiséis. Contando las paradas en las plantas primera y tercera, calculo que llegarán aquí en cualquier momento.

—¡Dios mío!

Todos los miembros del grupo se miraron entre sí.

—Que nadie haga ruido —dijo el conde. Entró en el armario, cerró tras él la puerta del estudio y abrió la que daba a su dormitorio, con un poco más de cautela que la última vez. Aliviado al ver que la habitación seguía vacía, cerró la puerta del armario, cogió el ejemplar de *Padres e hijos* de Sofia, se sentó en la butaca del escritorio y la inclinó hacia atrás, y justo entonces llamaron a la puerta.

—¿Quién es? —preguntó.

—El director Leplevski —contestó el Obispo.

Él dejó caer las patas delanteras de la butaca al suelo, abrió la puerta y se encontró con el Obispo y un desconocido.

—Espero no molestarlo —dijo el primero.

—Bueno, no es una hora muy habitual para hacer una visita.

—Por supuesto. —El Obispo sonrió—. Pero permítame presentarle al camarada Frinovski. Le he oído preguntar por usted en el vestíbulo y me he tomado la libertad de acompañarlo hasta aquí, dado que su habitación queda un poco... apartada.

—Un detalle por su parte —replicó el conde.

Cuando Vasili había comentado que el camarada Frinovski era «chiquitín», el conde había pensado que el conserje había escogido un adjetivo muy peculiar. Pero lo cierto era que la palabra «bajito», por ejemplo, no habría bastado para referirse a la talla del cama-

400

rada Frinovski. Cuando se dirigió a él, el conde estuvo tentado de ponerse en cuclillas.

—¿En qué puedo ayudarlo, señor Frinovski?

—He venido para hablar de su hija —explicó éste, quitándose el sombrerito de la cabeza.

—¿De Sofia?

—Sí, de Sofia. Soy el director de la Orquesta Juvenil Octubre Rojo. Estamos al corriente de sus excelentes dotes pianísticas. De hecho, yo mismo he tenido el placer de asistir a su actuación de esta noche, lo que explica que me presente a estas horas tan intempestivas. Pero me complace enormemente concederle una plaza de segunda pianista.

—¡La Joven Orquesta de Moscú! —exclamó el conde—. ¡Qué maravilla! ¿Dónde tienen la sede?

—No. Perdón, no me he explicado bien —aclaró Frinovski—. La Orquesta Juvenil Octubre Rojo no está en Moscú, sino en Stalingrado.

Tras un momento de desconcierto, el conde intentó serenarse.

—Como ya he dicho, es una oferta maravillosa, señor Frinovski. Pero me temo que a Sofia no le interesará.

El hombre miró al Obispo como si no hubiera entendido las palabras del conde.

El director se limitó a mover la cabeza.

—Es que no se trata de que le interese —le dijo Frinovski al conde—. Se ha presentado una solicitud y se ha concedido una plaza. De todo eso se ocupa el subsecretario regional de asuntos culturales. —Sacó una carta del bolsillo de su chaqueta, se la entregó al conde y se inclinó para mostrarle la firma del subsecretario—. Como verá, Sofia tiene que presentarse en la orquesta el uno de septiembre.

Mientras contenía las náuseas, el conde leyó la carta, que, en un lenguaje sumamente técnico, daba la bienvenida a su hija a una orquesta de una ciudad industrial que se encontraba a casi mil kilómetros de distancia.

—La Joven Orquesta de Stalingrado —dijo el Obispo—. Qué emocionado debe de estar, Aleksandr Ilich...

El conde alzó la vista de la carta, vio el atisbo de maldad en la sonrisa del Obispo y se le pasaron de inmediato las náuseas y la sensación de desconcierto, que fueron sustituidas por una rabia intensa. Se irguió cuan alto era, dio un paso hacia el Obispo con la clara intención de agarrarlo por las solapas o, mejor aún, por el cuello, y entonces se abrió la puerta del armario y Anna Urbanová entró en la habitación.

El conde, el Obispo y el director musical chiquitín la miraron, atónitos.

Anna cruzó la habitación con elegancia, se puso al lado del conde y le colocó una delicada mano en la espalda. Acto seguido, estudió la expresión de los dos hombres que estaban en el umbral, sonrió y le dijo al Obispo:

—Vaya, director Lepevski, cualquiera diría que nunca había visto a una mujer hermosa salir de un armario.

—Es que es la primera vez —balbuceó el Obispo.

—Me lo temía —dijo ella con lástima. Entonces dirigió su atención al desconocido y añadió—: ¿Y a quién tenemos aquí?

Antes de que el Obispo o el conde pudieran responder, el hombrecillo saltó:

—Camarada Iván Frinovski, director de la Orquesta Juvenil Octubre Rojo de Stalingrado. ¡Es un honor y un privilegio conocerla, camarada Urbanová!

—Un honor y un privilegio —repitió Anna, al mismo tiempo que esbozaba su sonrisa más cautivadora—. Exagera usted, camarada Frinovski. Pero no se lo tendré en cuenta.

Él se sonrojó y le devolvió la sonrisa.

—Déjeme ayudarlo con su sombrero —añadió Anna.

Porque, de hecho, el director musical había doblado dos veces su sombrero. Anna se lo quitó de las manos y, con delicadeza, le dio forma a la copa y colocó bien el ala, y entonces se lo devolvió de una forma que el director relataría un centenar de veces en los años venideros.

—Así que es usted el director musical de la Joven Orquesta de Stalingrado.

—Así es.

—Entonces quizá conozca al camarada Nachevko.

Al oír el nombre del ministro de Cultura de cara redonda, el director se puso tan tieso que añadió un par de centímetros a su estatura.

—No, no tengo ese honor.

—Panteleimon es una persona encantadora —le aseguró Anna—, y un gran defensor de los jóvenes talentos. De hecho, tiene un interés personal por la hija de Aleksandr, la joven Sofia.

—¿Un interés personal...?

—Sí, sí. Precisamente anoche, durante la cena, me comentaba lo emocionante que será ver cómo se desarrolla su talento. Creo que tiene grandes planes para ella aquí, en la capital.

—No estaba al corriente...

El director miró al Obispo con la expresión de quien se ve en una posición incómoda por culpa de un tercero. Luego miró al conde y, delicadamente, recuperó su carta.

—Si a su hija alguna vez le interesa actuar en Stalingrado —dijo—, espero que no dude en ponerse en contacto conmigo.

—Gracias, camarada Frinovski —respondió el conde—. Es usted muy amable.

Frinovski miró a Anna, al conde y luego otra vez a Anna, y dijo:

—Les ruego que nos disculpen por haberlos molestado a estas horas.

Se puso el sombrero en la cabeza y se dirigió presuroso hacia el campanario, con el Obispo pisándole los talones.

El conde cerró la puerta con suavidad y miró a Anna, que estaba inusualmente seria.

—¿Desde cuándo tiene el ministro de Cultura un interés personal por Sofia? —preguntó.

—Desde mañana, después del almuerzo —contestó ella—. Como muy tarde.

Si antes de la visita del Obispo, los reunidos en el estudio del conde tenían buenas razones para alegrarse, aún las tenían mejores una vez que se hubo marchado.

De hecho, mientras el conde destapaba una botella de coñac, Anna encontró un disco de jazz que Richard había metido entre los de música clásica y lo puso en el fonógrafo. En los minutos posteriores, el coñac circuló en abundancia, del pastel de Emile sólo quedaron unas migas, el disco de jazz sonó repetidamente y los caballeros tuvieron ocasión de arañar el parquet con las damas.

Cuando se terminó la botella de coñac, Emile, que a aquellas horas ya casi estaba en pleno éxtasis, propuso que bajaran todos a tomarse otra ronda, a bailar un poco más y a compartir la celebración con Víktor Stepánovich, que todavía debía de estar tocando en el Piazza.

La propuesta de Emile fue inmediatamente aprobada por unanimidad.

—Pero, antes de irnos —dijo Sofia, que tenía las mejillas un poco coloradas—, me gustaría hacer un brindis: por mi ángel de la guarda, mi padre y mi amigo, el conde Aleksandr Rostov. Un hombre predispuesto a ver lo mejor en todos nosotros.

—¡Por el conde!

—Y no te preocupes, papá —continuó Sofia—, porque no tengo ninguna intención de marcharme del Metropol, venga quien venga a llamar a nuestra puerta.

Después de aplaudir al unísono, los miembros del grupo vaciaron sus copas, salieron en tropel por el armario y continuaron hasta el pasillo. El conde abrió la puerta del campanario, se inclinó ligeramente y, con un ademán, los invitó a todos a pasar. Pero cuando se disponía a seguirlos, una mujer de mediana edad que llevaba un macuto colgado del hombro y un pañuelo en la cabeza, salió de las sombras del final del pasillo. Aunque el conde nunca la había visto, era evidente, por su actitud, que estaba esperando para poder hablar a solas con él.

—Andréi —dijo el conde, asomándose al campanario—, me he dejado una cosa en la habitación. No me esperen, bajaré enseguida.

Cuando dejaron de oírse voces por la escalera, la mujer se acercó. Al verla bajo la luz, el conde se dio cuenta de que la belleza de aquella mujer, casi severa, no era compatible con las medias tintas en cuestiones del corazón.

—Soy Katerina Litvínova —dijo ella sin sonreír.

El conde tardó un momento en darse cuenta de que no era otra que la Katerina de Mishka, la poetisa de Kiev con la que su amigo había vivido en los años veinte.

—¡Katerina Litvínova! Qué sorpresa. ¿A qué debo...?

—¿Hay algún sitio donde podamos hablar a solas?

—Sí, sí, por supuesto.

El conde siguió a la mujer hasta su dormitorio y luego, tras un momento de vacilación, la hizo pasar entre las chaquetas hasta el estudio. Por lo visto, no habría hecho falta que titubeara, porque Katerina miró a su alrededor como si ya le hubieran descrito aquella habitación, y asintió levemente mientras su mirada pasaba de la estantería a la mesita de salón y al Embajador. Entonces se descolgó el macuto del hombro y de pronto se la vio cansada.

—Tome —dijo el conde, ofreciéndole una silla.

Ella se sentó y se puso el macuto en el regazo. Luego se pasó una mano por la cabeza, se quitó el pañuelo y reveló un pelo castaño claro cortado a lo chico.

—Es Mishka, ¿verdad? —preguntó el conde al cabo de un momento.

—Sí.

—¿Cuándo?

—Hoy hace una semana.

Él asintió, como si llevara tiempo esperando esa noticia. No le preguntó a Katerina cómo había muerto su amigo, ni ella se lo contó. Estaba bastante claro que lo habían traicionado los tiempos.

—¿Usted estaba con él? —preguntó Rostov.

—Sí.

—¿En Yavás?

—Sí.

—Yo tenía entendido que...

—Perdí a mi marido hace un tiempo.

—Lo siento. No lo sabía. ¿Tiene hijos?

—No.

Esta última pregunta la respondió con brusquedad, como si la considerara absurda; pero entonces suavizó la voz y añadió:

—En enero recibí noticias de Mijaíl. Fui a verlo a Yavás. Hemos pasado juntos estos seis últimos meses. —Al cabo de un momento, agregó—: Hablaba a menudo de usted.

—Era un amigo fiel —respondió él.

—Era un hombre de grandes devociones —lo corrigió Katerina.

El conde iba a comentar la tendencia de Mishka a meterse en líos y su afición a caminar de un lado a otro, pero aquella mujer acababa de describir a su viejo amigo mucho mejor de lo que él lo había descrito nunca. Mijaíl Fiódorovich Míndich era un hombre de grandes devociones, sí.

—Y un gran poeta —añadió el conde, casi como si hablara para sí.

—Pero no el único.

Miró a Katerina como si no la hubiera entendido. Luego compuso una sonrisa tristona y dijo:

—Yo no he escrito un poema en mi vida.

Entonces fue Katerina quien puso cara de no entender.

—¿Qué quiere decir? Entonces ¿quien escribió «¿Qué ha sido de él?»?

—Ese poema lo escribió Mishka. En el salón del ala sur de Villa Holganza. En el verano de mil novecientos trece.

Como Katerina seguía confusa, él se explicó mejor.

—Con la Revolución de mil novecientos cinco y la represión posterior, cuando nos graduamos todavía era peligroso escribir poemas que expresaran impaciencia política. Dados los orígenes de Mishka, la Ojrana lo habría liquidado sin pensárselo. Así que una noche, después de pulirnos una botella de Margaux especialmente bueno, decidimos publicar el poema firmado por mí.

—Pero ¿por qué firmado por usted?

—¿Qué podían hacerle al conde Aleksandr Rostov, miembro del Jockey Club y ahijado de un consejero del zar? —El conde movió la cabeza—. La paradoja, por supuesto, es que la vida que acabó salvándose fue la mía y no la suya. Si no llega a ser por ese poema, en mil novecientos veintidós a mí me habrían ejecutado.

De pronto, Katerina, que había escuchado atentamente su relato, tuvo que esforzarse para contener las lágrimas.

—¿Lo ve? —dijo ella.

Se quedaron ambos callados mientras se recomponía.

—Quiero que sepa —continuó el conde— lo mucho que le agradezco que haya venido a darme la noticia en persona.

Pero Katerina le quitó importancia diciendo:

—He venido porque me lo pidió Mijaíl. Quería que le trajera una cosa.

Del macuto sacó un paquete rectangular envuelto con papel de embalaje marrón y atado con un cordel.

Rostov cogió el paquete y notó, por el peso, que contenía un libro.

—Es su proyecto —comentó sonriendo.

—Sí —confirmó ella, y añadió con énfasis—: Se dejó la piel en él.

El conde asintió para darle la razón y asegurarle que no se tomaba a la ligera aquella entrega.

Ella miró una vez más a su alrededor y movió ligeramente la cabeza, como si aquella habitación, de alguna forma, ilustrara lo misteriosos que podían ser los desenlaces; luego dijo que tenía que marcharse.

El conde se levantó también y dejó el proyecto de Mishka encima de la butaca.

—¿Piensa volver a Yavás? —preguntó.

—No.

—¿Va a quedarse en Moscú?

—No.

—Entonces ¿adónde piensa ir?

—¿Acaso importa?

Se dio la vuelta.

—Katerina...

—¿Sí?

—¿Puedo hacer algo por usted?

Al principio, a Katerina le sorprendió el ofrecimiento del conde y después pareció que iba a rechazarlo. Pero en el último momento dijo:

—Recuérdelo.

Y salió por la puerta.

El conde volvió a sentarse en su butaca y se quedó callado. Al cabo de unos minutos, cogió el legado de Mishka, desató el cordel y retiró el envoltorio de papel. Dentro había un pequeño volumen encuadernado en piel. Grabado en la cubierta, un sencillo diseño geométrico, y en su centro el título de la obra: *Pan y sal.* A juzgar por las páginas de bordes irregulares y por los hilos sueltos, se adivinaba que la encuadernación era obra de un aficionado.

Después de pasar la mano por la superficie de la cubierta, abrió el libro por la primera página. Allí, metida en la juntura, estaba la fotografía que les habían tomado en 1912 ante la insistencia del conde y pese a la reticencia de Mishka. A la izquierda, un joven Aleksandr con un sombrero de copa en la cabeza, mirada risueña y un bigote cuyas guías sobrepasaban las mejillas; y a la derecha estaba Mishka, que parecía a punto de echar a correr para salir del encuadre.

Y sin embargo, su amigo había conservado aquella fotografía todos esos años.

Con una sonrisa triste, el conde la dejó a un lado y pasó la portadilla para llegar a la primera página del libro de su amigo. Lo único que contenía era una sola cita impresa con una composición un tanto desigual:

> Y al hombre dijo: Por cuanto obedeciste a la voz de tu mujer, y comiste del árbol de que te mandé diciendo: No comerás de él; maldita será la tierra por amor de ti; con dolor comerás de ella todos los días de tu vida; Espinos y cardos te producirá, y comerás hierba del campo; En el sudor de tu rostro comerás el PAN hasta que vuelvas a la tierra; porque de ella fuiste tomado: pues polvo eres, y al polvo serás tornado.
>
> Génesis, 3, 17-19

El conde pasó la página y en la siguiente también encontró otra cita:

> Y llegándose a él el tentador, dijo: Si eres Hijo de Dios, di que estas piedras se hagan PAN. Mas él respondiendo, dijo: Escrito está: No con sólo de PAN vivirá el hombre, mas de toda palabra que sale de la boca de Dios.
>
> Mateo, 4, 3-4

Y en la tercera página...

Y tomando el PAN, habiendo dado gracias, partió, y les
dio, diciendo: Esto es mi cuerpo, que por vosotros es dado:
haced esto en memoria de mí.

Lucas, 22, 19

El conde siguió pasando lentamente las páginas y de pronto
se echó a reír. Pues el proyecto de Mishka, resumido, era eso: una
recopilación de citas extraídas de textos fundamentales, ordenadas cronológicamente, pero en cada una de las cuales la palabra
«pan» aparecía en mayúsculas y en negrita. Las primeras correspondían a la Biblia y las siguientes continuaban con las obras de
griegos y romanos hasta llegar a Shakespeare, Milton y Goethe.
Pero se rendía un homenaje especial a la edad dorada de la literatura rusa:

Por decoro, Iván Yákovlevich se puso el frac encima de
la camiseta y, sentándose a la mesa, echó un poco de sal,
peló dos cebollas, cogió un cuchillo y, adoptando un aire
solemne, empezó a cortar el PAN. Tras cortar la hogaza por
la mitad, miró en el centro y, sorprendido, vio algo blanco.
Iván Yákovlevich lo empujó con cuidado con el cuchillo y
luego lo tocó con el dedo.
    —¡Está duro! —se dijo—. ¿Qué puede ser?
    Introdujo los dedos en el PAN y sacó... ¡una nariz!

«La nariz»
Nikolái Gógol
(1836)

Cuando un hombre no está destinado a vivir sobre la tierra, el sol no lo calienta como a sus semejantes, y el PAN
no lo alimenta ni lo fortalece.

Memorias de un cazador
Iván Turgénev
(1852)

Confluían el pasado y el presente. Soñaba que había llegado a la tierra prometida donde fluían la leche y la miel, y

donde la gente comía el PAN que no había ganado y vestía prendas de oro y plata.

Oblómov
Iván Goncharov
(1859)

Sólo son tonterías —dijo con optimismo—, y no hay nada de que preocuparse. Sólo es un pequeño trastorno físico. Un vaso de cerveza, un trozo de PAN duro, y ¿lo ves? ¡Al instante la mente se fortalece, los pensamientos se aclaran, las intenciones se tornan más firmes!

Crimen y castigo
Fiódor Dostoievski
(1866)

¡Yo, el despreciable Lébedev, no creo en los carros que le reparten PAN a la humanidad! Porque los carros que le reparten PAN a toda la humanidad lo hacen sin ningún fundamento moral, y podrían excluir a sangre fría a una parte considerable de la humanidad y privarla de disfrutar de eso que ellos reparten.

El idiota
Fiódor Dostoievski
(1869)

Pero ¿no sabéis, no sabéis que la humanidad podría vivir sin ingleses, y sin Alemania, y por supuesto sin rusos? Podría vivir sin la ciencia, y sin PAN, pero de la belleza es de lo único que no podría prescindir...

Los demonios
Fiódor Dostoievski
(1872)

Todo esto sucedió al mismo tiempo: un muchacho corrió hacia una paloma y, sonriendo, miró a Levin; la paloma batió las alas y salió volando, brillando bajo el sol en aquella atmósfera temblorosa y espolvoreada de fina nieve; mientras el olor del PAN cocido salía por la ventana mientras aparecían los rollos recién hechos. Todo eso, a la vez, era tan maravilloso que Levin rió y lloró de alegría.

Anna Karénina
Lev Tolstói
(1877)

¿Ves todas esas piedras esparcidas por el desierto abrasador? Si las convirtieras en PAN verías a la humanidad correr en pos de ti como un rebaño de ovejas, agradecida, sumisa, temerosa tan sólo de que tu mano depusiera su ademán taumatúrgico y los panes se tornasen piedras. Pero tú no quisiste privar al hombre de su libertad y rechazaste la tentación, porque ¿qué clase de libertad es ésa, razonaste, si la obediencia se compra con hogazas de PAN?

De «El gran inquisidor», *Los hermanos Karamázov*
Fiódor Dostoievski
(1880)

El conde iba pasando las páginas y sonreía al reconocer el carácter combativo que delataba el proyecto de su amigo Mishka. Pero después de la cita de «El gran inquisidor», había otra de *Los hermanos Karamázov* extraída de una escena que el conde casi había olvidado. Eran unas palabras del niño pequeño, Iliúshechka, al que sus compañeros dc clasc acosaban hasta que enfermaba de gravedad. Cuando por fin el niño muere, su acongojado padre le dice al piadoso Aliosha Karamázov que su hijo le había hecho una última petición:

Padre, cuando cubran de tierra mi tumba, echa unas migas de PAN para que vengan los gorriones, y yo los oiré y me alegraré de no estar solo.

Al leer ese pasaje, Aleksandr Rostov se derrumbó y rompió a llorar. Sí, lloraba por su amigo, aquel espíritu generoso, aunque temperamental, que sólo había encontrado brevemente su momento; y que, igual que aquel niño desgraciado, no condenaba al mundo por sus injusticias.

Pero el conde también lloraba por sí mismo, evidentemente. Porque, pese a su amistad con Marina, Andréi y Emile, pese a su amor por Anna, pese a Sofia (Sofia, esa bendición extraordinaria que le había caído del cielo), al morir Mijaíl Fiódorovich Míndich había muerto la última persona que lo había conocido de joven. Aunque, como había observado Katerina con razón, al menos quedaba él para recordar.

Inspiró hondo y trató de serenarse, decidido a leer hasta el final el último discurso de su amigo. El compendio de citas, que cubría más de dos mil años, no seguía mucho más allá. Y, en lugar de extenderse hasta el presente, terminaba en junio de 1904, con aquellas frases que Mishka había suprimido de la carta de Chéjov unos años atrás:

> Aquí, en Berlín, hemos ocupado una habitación muy cómoda en el mejor hotel. Disfruto mucho de la vida en esta ciudad y hacía mucho tiempo que no comía tan bien ni con tanto apetito. El PAN de aquí es asombroso, lo como en grandes cantidades, el café es excelente, y no hay palabras para describir las cenas. Quienes nunca han viajado al extranjero no saben lo bueno que puede llegar a ser el PAN.

Dadas las privaciones que los rusos habían padecido en los años treinta, el conde creía poder entender que Shalámov (o sus superiores) se hubiera empeñado en imponer aquella pequeña censura, presuponiendo que el comentario de Chéjov sólo podía provocar sentimientos de descontento y hostilidad. Sin embargo, la paradoja era que ese comentario ya ni siquiera era acertado. Porque a esas alturas, sin ninguna duda, el pueblo ruso sabía mucho mejor que cualquier otro pueblo de Europa lo bueno que podía ser un trozo de pan.

Después de cerrar el libro de Mishka, en vez de bajar directamente a reunirse con sus amigos, el conde se quedó en el estudio, absorto en sus pensamientos.

Dadas las circunstancias, habría sido lógico llegar a la conclusión de que se había quedado allí sentado recordando a su viejo amigo. Pero la verdad es que ya no pensaba en Mishka, sino en

Katerina. Concretamente pensaba con aprensión que después de veinte años aquella luciérnaga, aquella girándula, aquella maravilla de la naturaleza se había convertido en una mujer que, cuando le preguntaban adónde pensaba ir, podía contestar sin vacilar ni un ápice: «¿Acaso importa?»

LIBRO QUINTO

1954

Aplausos y elogios

—¿París?

O algo así preguntó Andréi como quien no llega a creerse del todo lo que acaba de oír.

—Sí —confirmó Emile.

—¿París... Francia?

Emile arrugó la frente.

—¿Estás borracho? ¿Te has dado un golpe en la cabeza?

—Pero... ¿cómo? —preguntó el maître.

Emile se recostó en la silla y asintió. Porque ésa sí era una pregunta propia de un hombre inteligente.

Como todo el mundo sabe, el *Homo sapiens* es una de las especies más adaptables de la Tierra. Si dejas a los miembros de una tribu en el desierto, se envolverán con telas de algodón, dormirán en tiendas y viajarán a lomos de camellos; si los dejas en el Ártico, se envolverán con pieles de foca, dormirán en iglús y viajarán en trineos tirados por perros. ¿Y si los dejas en un entorno de clima soviético? Aprenderán a entablar conversaciones cordiales con desconocidos mientras hacen cola; aprenderán a guardar la ropa bien doblada en su mitad del cajón de la cómoda; y aprenderán a dibujar edificios imaginarios en sus cuadernos de bocetos. Es decir, se adaptarán. Pero no cabe duda de que, para los rusos que habían visto París antes de la Revolución, un aspecto de esa adaptación consistía en aceptar que nunca volverían a ver esa ciudad.

—Aquí está —dijo Emile al ver entrar al conde por la puerta—. Pregúntaselo tú mismo.

Tras tomar asiento, Rostov confirmó que al cabo de seis meses, el 21 de junio, Sofia estaría en París, Francia. Y cuando le preguntaron cómo era posible, él se encogió de hombros y contestó con un «VOKS», las siglas de la Sociedad de Relaciones Culturales con el Extranjero.

Esa vez fue Emile quien expresó su incredulidad:

—Pero ¿nosotros tenemos relaciones culturales con países extranjeros?

—Por lo visto, ahora enviamos a nuestros artistas por todo el mundo. En abril enviaremos el ballet a Nueva York; en mayo, una compañía teatral a Londres; y en junio, la orquesta del Conservatorio de Moscú a Minsk, Praga y París, donde Sofia tocará Rachmáninov en el Palais Garnier.

—Es increíble —dijo Andréi.

—Fantástico —coincidió Emile.

—Ya lo sé.

Rieron los tres, hasta que Emile apuntó a sus colegas con su cuchillo.

—Pero se lo merece.

—¡Desde luego!

—¡Sin ninguna duda!

Se quedaron los tres callados, cada uno absorto en sus respectivos recuerdos de la Ciudad de la Luz.

—¿Creen que habrá cambiado? —preguntó Andréi.

—Sí —contestó Emile—. Tanto como las pirámides.

Y en ese momento los tres miembros del Triunvirato quizá habrían retrocedido hasta un pasado color de rosa, de no ser porque justo entonces se abrió la puerta del despacho de Emile y por ella entró el miembro de más reciente incorporación a las reuniones diarias del Boiarski: el Obispo.

—Buenas tardes, caballeros. Siento haberles hecho esperar. En la recepción había asuntos que requerían mi atención inmediata. En el futuro, les ruego que no se reúnan hasta que yo haya llegado.

Emile soltó un débil gruñido.

El Obispo ignoró al chef y se volvió hacia el conde.

—¿Hoy no es su día libre, jefe de sala Rostov? No es necesario que asista a la reunión diaria en sus días libres.

—Estar bien informado es estar bien preparado —replicó el conde.

—Por supuesto.

Unos años atrás, el Obispo había tenido a bien explicarle al conde que, mientras que cada uno de los empleados del Metropol tenía asignada su pequeña tarea, al director le correspondía mantener, él solo, un estándar de excelencia en todo el hotel. Y hay que reconocer que la personalidad del Obispo lo convertía en la persona idónea para esa misión. Pues no había ni en las habitaciones ni en el vestíbulo ni en el armario de la ropa limpia del segundo piso detalle demasiado pequeño, defecto demasiado insignificante ni momento demasiado inoportuno para recibir la valiosa, puntillosa y ligeramente desdeñosa interferencia del Obispo. Lo que también sucedía, por descontado, en el Boiarski.

La reunión diaria comenzó con una descripción detallada de los platos especiales que se servirían esa noche. Como es lógico, el Obispo había eliminado la tradición de catar los platos especiales, argumentando que el chef sabía perfectamente a qué sabía su comida, y que preparar muestras para el personal era indiscriminado a la par que poco económico. En lugar de eso, Emile tenía que redactar una descripción de esos platos.

El chef volvió a gruñir y deslizó el menú por la mesa. Tras dibujar una serie de círculos, flechas y cruces, el Obispo dejó quieto el lápiz.

—Creo que la remolacha acompañaría el cerdo igual de bien que las manzanas —caviló—. Y, si no me equivoco, chef Zhukovski, en la despensa todavía queda un saco de remolachas.

Mientras el Obispo anotaba esa mejora en el menú de Emile, el chef, desde el otro lado de la mesa, fulminó con la mirada al hombre a quien últimamente llamaba «el Conde Bocazas».

El Obispo le devolvió el menú corregido al chef y miró al maître, que deslizó su Libro por la mesa. A pesar de que aquél era uno de los últimos días del año 1953, el Obispo abrió el Libro por la primera página y fue pasando una a una todas las semanas del año. Cuando por fin llegó al presente, inspeccionó las reservas de aquella noche con la punta del lápiz. A continuación, entregó a Andréi las instrucciones para la distribución de las mesas y le devolvió el Libro. Por último, el Obispo advirtió al maître de que las flores del centro del comedor estaban empezando a marchitarse.

—Sí, ya me he fijado —dijo Andréi—. Pero me temo que nuestra floristería no tiene suficientes existencias para garantizar la frecuencia de renovación de nuestro arreglo floral.

—Pues si la floristería Eisenberg no puede proveerle de flores suficientes, quizá haya llegado el momento de cambiar a un arreglo floral de seda. De ese modo no sería necesario renovarlo, lo que tendría el beneficio añadido de resultar más económico.

—Hablaré con la floristería Eisenberg hoy mismo —dijo Andréi.

—Por supuesto.

Una vez que el Obispo dio por concluida la reunión y Emile, refunfuñando, fue a buscar su saco de remolachas, el conde acompañó a Andréi hasta la escalera principal.

—*À tout à l'heure* —dijo el maître, dirigiéndose a la floristería.

—*À bientôt* —replicó el conde, camino de sus habitaciones.

Pero en cuanto Andréi se perdió de vista, el conde volvió al rellano del segundo piso. Se asomó para confirmar que su amigo ya se había ido y se dirigió al Boiarski. Tras cerrar la puerta con pestillo, se asomó a la cocina para confirmar que Emile y sus ayudantes estaban ocupados. Entonces fue hasta el atril del maître, abrió el cajón, se santiguó dos veces y sacó el Libro de 1954.

Al cabo de unos minutos, había revisado todas las reservas de los meses de enero y febrero. Se detuvo en un acto programado para el Salón Amarillo en marzo y en otro programado para el Salón Rojo en abril, pero ninguno de los dos le servía. A medida que avanzaba hacia el futuro, las páginas del Libro estaban cada vez más vacías. Había varias semanas enteras sin ninguna anotación. El conde empezó a pasar las hojas más deprisa, incluso con cierta desesperación, hasta que llegó al 11 de junio. Tras examinar las anotaciones que Andréi había hecho en el margen con su pulcra caligrafía, dio un par de golpecitos con la yema del dedo en la anotación. Una cena conjunta del Presidium y el Consejo de Ministros, dos de las instituciones más poderosas de la Unión Soviética.

Devolvió el Libro a su cajón, subió por la escalera a su habitación, apartó la butaca, se sentó en el suelo y, por primera vez desde hacía treinta años, abrió una de las trampillas ocultas en las patas del escritorio del Gran Duque. Porque, si bien seis meses atrás, la noche que había ido a visitarlo Katerina, él había decidido pasar a la acción, sólo había puesto en marcha el reloj después de recibir la noticia de la gira de buena voluntad del Conservatorio.

Esa noche, a las seis en punto, cuando el conde entró en el Chaliapin, los clientes habituales del bar estaban celebrando las desventuras de «Pudgy» Webster, un estadounidense sociable, aunque un tanto desafortunado, que había llegado recientemente a la capital. A Pudgy, un joven de veintinueve años que todavía padecía la condición por la que se había ganado en la infancia aquel sobrenombre que solía aplicarse a los niños rechonchos, lo había enviado a Rusia su padre (el propietario de la Compañía Americana de Máquinas Expendedoras de Montclair, Nueva Jersey) con instrucciones estrictas de no regresar a su país hasta que hubiera vendido mil máquinas. Al cabo de tres semanas, el joven por fin había conseguido su primera reunión con un funcionario del Partido (el ayudante del director de la pista de patinaje del parque Gorki), y por ese motivo varios periodistas lo habían convencido para que financiara una ronda de champán.

El conde se sentó en un taburete del final de la barra y aceptó la flauta que le ofrecía Audrius con una inclinación de cabeza y la sonrisa de quien tiene sus propios motivos para alegrarse. Los planes de los hombres están supeditados a la casualidad, la vacilación y la prisa, pero si el conde hubiera podido planear una sucesión de acontecimientos óptima, no lo habría hecho mejor de como lo estaba haciendo el destino por sí solo. Así que, con una sonrisa en los labios, alzó la copa.

Pero brindar por el destino es tentar al destino; nada más dejar la flauta encima de la barra, una ráfaga de aire helado le rozó la nuca y a continuación oyó un suspiro apremiante.

—¡Excelencia!

El conde se volvió sin levantarse del taburete y vio a Víktor Stepánovich de pie detrás de él, con escarcha en los hombros y nieve en la gorra. Unos meses atrás, Víktor había encontrado trabajo en una orquesta de cámara, por lo que ya raramente lo veían en el hotel por las noches. Es más, jadeaba como si hubiera atravesado toda la ciudad corriendo.

—¡Víktor! —exclamó—. ¿Qué pasa? Parece muy alterado.

Víktor ignoró ese comentario y empezó a hablar con una impaciencia impropia de él.

—Ya sé que es usted muy protector con su hija, Excelencia, y sin duda con razón. Es una legítima prerrogativa de los padres y el deber de quien tiene que educar un corazón tierno. Pero, con todo mi respeto, creo que comete usted un terrible error. Sofia se graduará dentro de seis meses y la decisión que usted ha tomado perjudicará sus oportunidades de conseguir un buen puesto.

—Víktor —dijo el conde, y se levantó—. No tengo ni idea de qué me está hablando.

Víktor se quedó mirando al conde.

—¿No ha ordenado a Sofia que retire su nombre?

—¿Que retire su nombre de dónde?

—Acabo de recibir una llamada del director Vavílov. Me ha informado de que Sofia ha declinado la invitación de viajar con la orquesta del Conservatorio.

—¿Que ha declinado la invitación? Le aseguro, amigo mío, que no tenía ni idea. De hecho, estoy completamente de acuerdo con usted en que su futuro depende de su participación en esa gira.

Los dos hombres se miraron un momento, atónitos.

—Lo habrá decidido ella por su cuenta —dedujo el conde al cabo de un momento.

—Pero ¿con qué fin?

El conde negó con la cabeza.

—Me temo que debe de ser culpa mía, Víktor. Ayer por la tarde, cuando recibimos la noticia, le di mucha importancia: «¡La oportunidad de tocar Rachmáninov ante un público de miles de personas en el Palais Garnier!» Mi entusiasmo debió de provocarle ansiedad. Tiene un corazón tierno, como usted dice, pero también tiene agallas. Seguro que entrará en razón en las próximas semanas.

Víktor lo asió por la manga.

—Pero es que no tenemos semanas. Para el viernes está previsto que se anuncie públicamente la gira, con una descripción del itinerario de la orquesta y el programa musical. El director necesitará tener a todos sus intérpretes listos antes de ese anuncio. Como creía que la decisión de retirar a Sofia había sido suya, he hablado con él y me ha garantizado que esperaría veinticuatro horas antes de buscar a otro candidato; así, yo tendría tiempo para disuadirlo a usted. Si resulta que es Sofia quien ha tomado la decisión, debe hablar con ella esta misma noche y hacerla entrar en razón. ¡Sofia tiene que defender su talento!

Una hora más tarde, sentada a la mesa número diez del Boiarski, una vez examinadas las cartas y hechas las comandas, Sofia miró expectante al conde, pues le tocaba a él comenzar la partida de Zut. Sin embargo, pese a que había preparado una categoría muy prometedora (usos corrientes de la cera),* él optó por contarle a su hija una historia inédita rescatada del pasado.

—¿Alguna vez te he hablado del día del Festival Escolar del liceo?

—Sí —contestó Sofia.

El conde arrugó el ceño y repasó mentalmente todas las conversaciones que había mantenido con su hija por orden cronológico, pero no encontró ningún indicio de haberle contado aquella historia.

—Es posible que haya mencionado algún detalle sobre el Festival Escolar en alguna ocasión —concedió para no ser descortés—, pero estoy seguro de que nunca te he contado esta historia en concreto. Verás, de niño yo tenía cierta fama por mi buena puntería. Y una primavera, cuando tenía aproximadamente la edad que tú tienes ahora, hubo un Festival Escolar en el liceo en que nos hicieron competir en diferentes modalidades.

—¿No estabas a punto de cumplir trece años?

—¿Cómo dices?

---

* ¡La fabricación de velas, el sellado de cartas, el esculpido de maquetas, el pulido de parquets, la eliminación de vello, el peinado de bigotes!

—¿No tenías trece años cuando sucedió eso?

El conde miró a derecha e izquierda e hizo unos rápidos cálculos mentales.

—Bueno, sí —continuó con cierta impaciencia—. Supongo que debía de tener unos trece años. Lo que importa es que, dada mi buena puntería, se me consideraba en toda la escuela como el favorito en tiro con arco y yo esperaba con impaciencia y nerviosismo el momento de la competición. Pero cuanto más nos acercábamos al día del Festival Escolar, más empeoraba mi puntería. Yo, que era capaz de acertarle a una uva desde cincuenta pasos, de pronto no podía darle al trasero de un elefante ni siquiera desde quince pasos. Sólo de ver mi arco me temblaban las manos y se me llenaban los ojos de lágrimas. De pronto me encontré coqueteando con la idea de inventarme una enfermedad e ingresar en la enfermería. ¡Yo, un Rostov!

—Pero no lo hiciste.

—Exacto. No lo hice.

El conde tomó un sorbo de vino e hizo una pausa teatral.

—Al final llegó el día tan temido; los espectadores ya estaban congregados en los campos de deporte y se acercaba el momento de la competición de tiro con arco. Me coloqué ante la diana y presentí la humillación que sin duda alguna me invadiría cuando, a pesar de mi reputación, mi flecha se desviara de su blanco. Sin embargo, cuando, con manos temblorosas, tensé el arco, vi con el rabillo del ojo al anciano profesor Tartakov tropezar con su bastón y caer de bruces en un montón de estiércol. Bueno, pues esa imagen me produjo tanta alegría que mis dedos soltaron la cuerda del arco sin que yo se lo ordenara...

—Y, después de surcar el aire, tu flecha se clavó en el centro de la diana.

—Pues sí. Exacto. En el mismísimo centro. Veo que es posible que ya te haya contado esta historia. Pero no sé si sabes que, desde aquel día, siempre que un objetivo me produce ansiedad, pienso en el anciano profesor Tartakov tropezando y cayéndose en el estiércol y casi siempre consigo mi objetivo.

El conde hizo un floreo con la mano, con el que ponía fin a su relato.

Sofia sonrió, pero con cara de perplejidad, como si no acabara de entender por qué el célebre arquero había decidido relatarle aquella anécdota en concreto aquel día en concreto. De modo que él tuvo que explicarse.

—Lo mismo nos pasa a todos en la vida. Tarde o temprano hemos de afrontar momentos de nerviosismo al subir a la tarima del Senado, a la cancha de deporte o al escenario de una sala de conciertos.

Sofia se quedó mirando al conde fijamente y entonces soltó una alegre risa.

—¿Al escenario de una sala de conciertos?

—Sí —confirmó él, ligeramente ofendido—. Al escenario de una sala de conciertos.

—Alguien te ha hablado de mi conversación con el director Vavílov.

El conde colocó bien su cuchillo y su tenedor, que, por alguna extraña razón, no estaban alineados a la perfección.

—Sí, es posible que alguien me haya contado algo —contestó con ambigüedad.

—Papá, no me da miedo actuar con la orquesta ante el público.

—¿Estás segura?

—Del todo.

—Nunca has actuado en una sala tan grande como el Palais Garnier...

—Ya lo sé.

—Y el público francés es muy exigente...

Sofia volvió a reír.

—Mira, si lo que intentas es tranquilizarme, no lo estás haciendo muy bien. Pero si te soy sincera, papá, la ansiedad y los nervios no tienen nada que ver con mi decisión.

—Entonces ¿de qué se trata?

—No quiero ir, sencillamente.

—¿Cómo es posible que no quieras ir?

Sofia bajo la vista y movió también sus cubiertos.

—Esto me gusta —dijo por fin, señalando el comedor y, por extensión, el hotel—. Me gusta vivir aquí contigo.

El conde escudriñó el rostro de su hija. Con su largo pelo negro, su cutis pálido y sus ojos azul oscuro, parecía mucho más serena de lo que correspondía a su edad. Y tal vez ahí residiera el problema. Porque si la serenidad era el sello distintivo de la madurez, la impulsividad debía ser el sello distintivo de la juventud.

—Ahora quiero contarte otra historia —dijo él—, y ésta sí estoy seguro de no habértela contado nunca. Tuvo lugar en este mismo hotel hará unos treinta años, una noche de nieve del mes de diciembre, muy parecida a ésta...

Y el conde le habló a Sofia de la Navidad que había celebrado con su madre en el Piazza en 1922. Le habló de los helados que Nina se había comido de entrante y de su reticencia a ir a la escuela, y de sus argumentos de que si uno quería ampliar sus horizontes, lo mejor que podía hacer era atreverse a ir más allá del horizonte.

De pronto, el conde adoptó una expresión sombría.

—Me temo que no te he hecho ningún favor, Sofia. Desde que eras niña, te he hecho creer que la vida se reducía, básicamente, a lo que sucede dentro de las cuatro paredes de este edificio. Todos lo hemos hecho: Marina, Andréi, Emile y yo. Hemos hecho que el hotel parezca tan amplio y maravilloso como el mundo, para que tú prefieras pasar más tiempo con nosotros aquí. Pero tu madre tenía toda la razón. Uno no aprovecha todo su potencial si se queda escuchando *Scheherazade* en un salón dorado, ni leyendo la *Odisea* en su cubil. Uno tiene que atreverse a salir a lo desconocido, igual que Marco Polo cuando viajó a China, o como Cristóbal Colón cuando viajó a América.

Sofia asintió con la cabeza para expresar su conformidad.

El conde continuó.

—Tengo innumerables motivos para estar orgulloso de ti; sin ninguna duda, uno de los mayores fue la noche de la competición en el Conservatorio. Pero el momento en que sentí ese orgullo no fue cuando Anna y tú llegasteis a casa con la noticia de tu victoria. Fue antes, esa noche, cuando te vi salir por la puerta del hotel camino del Conservatorio. Porque lo que importa en la vida no es si recibimos un aplauso, lo que importa es si tenemos el valor necesario para subir al escenario pese a la incertidumbre del éxito.

—Si no tengo más remedio que tocar el piano en París —dijo Sofia al cabo de un momento—, me gustaría mucho que tú pudieras estar entre el público para oírme.

El conde sonrió.

—Te lo aseguro, querida: aunque tocaras el piano desde la luna, oiría cada nota.

426

Avanzar como Aquiles

—Buenos días, Arkadi.

—Buenos días, conde Rostov. ¿Puedo hacer algo por usted?

—Si no es mucha molestia, ¿me prestarías algo para escribir?

—Desde luego.

De pie frente al mostrador de recepción, el conde escribió una sola frase bajo el membrete del hotel y, a continuación, anotó el destinatario en el sobre con una caligrafía exageradamente sesgada; esperó hasta que el jefe de botones estuvo ocupado en otra cosa, cruzó con toda tranquilidad el vestíbulo, deslizó la nota en su mostrador y bajó a hacerle su visita semanal al barbero.

Hacía ya muchos años que Yaroslav Yaroslavl no realizaba su magia en la barbería del Metropol y desde entonces varios sucesores habían intentado ocupar su lugar. El último, un tal Boris, estaba perfectamente cualificado para cortar el pelo; sin embargo, no podía compararse con Yaroslav ni como artista ni como conversador. De hecho, realizaba su trabajo con tanta eficacia y de forma tan silenciosa que uno sospechaba si no sería mitad humano y mitad máquina.

—¿Repaso? —le preguntó al conde sin perder el tiempo con artículos, verbos ni otros elementos superfluos del lenguaje.

—Sí, un repaso —confirmó él—. Pero quizá también un afeitado...

El barbero frunció el entrecejo. Su mitad humana estaba tentada de señalar que era evidente que el conde se había afeitado ha-

427

cía sólo unas horas; pero su mitad mecánica estaba tan bien afinada que ya había dejado las tijeras y había cogido la brocha de afeitar.

Tras batir suficiente espuma, Boris se la aplicó al conde en las partes de la cara donde habría tenido las patillas de haber necesitado un afeitado. Repasó una de sus navajas en el suavizador, se inclinó sobre la butaca y, con mano firme, le afeitó la parte superior de la mejilla derecha de una sola pasada. Limpió la hoja en la toalla que llevaba colgada de la cintura, se inclinó sobre la mejilla izquierda del conde y le afeitó la parte superior con la misma presteza.

«A este paso —se inquietó el conde—, habrá terminado en un minuto y medio.»

A continuación, el barbero le levantó la barbilla con el nudillo del pulgar. Él notó el metal de la navaja al rozarle el cuello. Y en ese momento apareció en la puerta uno de los botones nuevos.

—Disculpe, señor.

—¿Sí? —dijo el barbero, con la hoja de la navaja apoyada en la yugular del conde.

—Traigo una nota para usted.

—Déjala en el banco.

—Es que es urgente —aclaró el joven, un tanto nervioso.

—¿Urgente?

—Sí, señor. Es del director.

El barbero torció la cabeza y miró por primera vez al botones.

—¿Del director?

—Sí, señor.

Tras una prolongada exhalación, el barbero retiró la navaja del cuello del conde, cogió la misiva y, mientras el botones desaparecía por el pasillo, rasgó el sobre con la navaja.

Desplegó la nota y se quedó mirándola durante un minuto. Durante esos sesenta segundos debió de leerla diez veces, porque el mensaje lo componían tan sólo cuatro palabras: «¡Venga a verme inmediatamente!»

El barbero volvió a exhalar y miró hacia la pared.

—Qué cosa tan extraña —dijo sin dirigirse a nadie en particular. Entonces, tras reflexionar un minuto más, se dirigió al conde—: Tengo que salir un momento.

—Desde luego. Haga lo que tenga que hacer. No tengo prisa.

Para subrayar sus palabras, se recostó en la butaca y cerró los ojos como si se dispusiera a echar una cabezada; pero en cuanto los pasos del barbero dejaron de oírse por el pasillo, el conde saltó de la butaca como un gato.

De joven, Rostov siempre se había enorgullecido de no prestar ninguna atención a los relojes. Algunos de sus conocidos, a principios del siglo XX, transmitían una sensación de apremio en cualquier empeño, por insignificante que fuera. Cronometraban el tiempo que empleaban para desayunar, lo que tardaban en ir a pie a su despacho y hasta lo que les llevaba colgar el sombrero en la percha, con tanta precisión como si se preparasen para una campaña militar. Contestaban el teléfono al primer timbrazo, leían los titulares por encima, limitaban sus conversaciones a los temas más relevantes y, en general, se pasaban el día persiguiendo la segundera. ¡Benditos!

El conde, por su parte, había optado por llevar una vida pausada y resuelta. No sólo evitaba darse prisa para llegar a sus citas (hasta el punto de no llevar reloj), sino que además sentía una gran satisfacción cada vez que se le presentaba una oportunidad de asegurarle a algún amigo suyo que ningún asunto mundano tenía prioridad ante una comida de placer o un paseo por la orilla del río. Al fin y al cabo, ¿acaso no mejoraba el vino con el tiempo? ¿No era el paso de los años lo que aportaba a los muebles aquella pátina peculiar? A fin de cuentas, los empeños que la mayoría de los hombres modernos consideraban tan urgentes (como las citas con banqueros o el hecho de coger un tren), seguramente podían esperar, mientras que los que ellos consideraban frívolos (como tomarse una taza de té o charlar con un amigo) merecían su atención inmediata.

«¡Tazas de té y charlas con amigos! —objeta el hombre moderno—. Si tuvieras que encontrar tiempo para semejantes pasatiempos, ¿cómo ibas a ocuparte de los imperativos de la edad adulta?»

Por fortuna, la respuesta a ese interrogante ya la dio el filósofo Zenón en el siglo V antes de Cristo. Aquiles, hombre de acción, rápido, entrenado para medir sus esfuerzos hasta la milésima de segundo, debía ser capaz de recorrer a toda velocidad una carrera de veinte metros. Pero, para avanzar un metro, el héroe tenía que avanzar primero diez centímetros; y para avanzar diez centímetros, primero debía avanzar cinco; pero para avanzar cinco, debía avanzar primero dos y medio, y así sucesivamente. Por tanto, para completar la carrera de veinte metros, Aquiles debía recorrer un número infinito de tramos, lo que, por definición, le llevaría una cantidad de tiempo infinita. Por extensión (como al conde le gustaba señalar), el hombre que tiene una cita a las doce dispone de un número infinito de intervalos entre el presente y ese momento para dedicarse a la satisfacción del espíritu.

Quod erat demonstrandum.

Sin embargo, desde aquella noche de finales de diciembre en que Sofia había vuelto a casa con la noticia de la gira del Conservatorio, el conde tenía una perspectiva muy diferente del paso del tiempo. Ni siquiera habían terminado aún de celebrar la noticia y él ya había calculado que faltaban menos de seis meses para que Sofia partiera de Moscú. Ciento setenta y ocho días, para ser exactos; o trescientos cincuenta y seis toques del reloj de dos repiques. Y quedaba tanto por hacer en ese breve intervalo...

Dada la pertenencia del conde, en su juventud, al club de los hombres de vida pausada y resuelta, alguien podría pensar que, por las noches, el tictac de ese reloj zumbaba alrededor de sus oídos como un mosquito; o que lo obligaba, como a Oblómov, a darse la vuelta y ponerse de cara a la pared presa de un profundo malestar. Pero lo que ocurría era precisamente todo lo contrario: en los días posteriores, el tictac del reloj aligeró su paso, agudizó sus sentidos y afiló su ingenio. Porque, como sucedía con la indignación de Humphrey Bogart, el tictac del reloj reveló que el conde era un Hombre Resuelto.

La última semana de diciembre, Vasili llevó una de las Catalinas de oro que el conde había retirado del escritorio del Gran Duque al sótano del TSUM y la cambió por crédito en la tienda. Con el crédito obtenido, el conserje compró una pequeña maleta marrón junto con otros artículos de viaje, como una toalla, jabón, pasta dentífrica y un cepillo de dientes. Envolvieron todos esos artículos con papel de regalo y se los obsequiaron a Sofia por Nochebuena (a medianoche).

Por decisión del director Vavílov, la interpretación de Sofia del *Concierto para piano n.º 2* de Rachmáninov sería la penúltima del programa, seguida por la interpretación de un concierto de Dvorak por parte de un precoz virtuoso del violín, en ambos casos con el acompañamiento de la orquesta completa. El conde no tenía ninguna duda de que el *Concierto n.º 2* de Rachmáninov no ofrecía excesivas dificultades para Sofia; sin embargo, hasta Horowitz tenía su Tarnowski. Así que, a principios de enero, contrató a Víktor Stepánovich para que la ayudara a ensayar.

A finales de enero, el conde encargó a Marina que le confeccionara a su hija un vestido nuevo para el concierto. Después de una reunión en la que participaron Marina, Anna y Sofia (y de la que, por alguna razón inexplicable, lo excluyeron a él), enviaron otra vez a Vasili al TSUM a comprar un rollo de tafetán azul.

A lo largo de los años, el conde se había encargado de enseñarle a Sofia los rudimentos de la lengua francesa. Aun así, en febrero, padre e hija abandonaron sus partidas de Zut para repasar los aspectos más prácticos del idioma mientras esperaban a que les sirvieran los entrantes.

—*Pardonnez-moi, Monsieur, avez-vous l'heure, s'il vous plaît?*

—*Oui, Mademoiselle, il est dix heures.*

—*Merci. Et pourriez-vous me dire où se trouvent les Champs-Élysées?*

—*Oui, continuez tout droit dans cette direction.*

—*Merci beaucoup.*

—*Je vous en prie.*

A principios de marzo, por primera vez desde hacía años, el conde visitó el sótano del Metropol. Pasó por delante de la sala de calderas y el cuarto de los fusibles y llegó a aquel rinconcito donde se guardaban los artículos que los clientes dejaban olvidados en el hotel. Se arrodilló ante la estantería y repasó los lomos de los libros, prestándoles especial atención a unos pequeños volúmenes rojos con letras doradas, las guías *Baedeker*. Como es lógico, la mayoría de las guías de viaje que había en el sótano estaban dedicadas a Rusia, pero había algunas de otros países, que sus dueños debían de haber dejado allí tras un viaje prolongado. Y allí, entre novelas abandonadas, el conde descubrió una *Baedeker* de Italia, otra de Finlandia, otra de Inglaterra y, por último, dos de la ciudad de París.

Después, el 21 de marzo, escribió aquella única frase con caligrafía exageradamente sesgada bajo el membrete del hotel; la dejó en el mostrador del jefe de botones, acudió a su cita semanal con el barbero y esperó a que llegara la nota...

☆

Después de asomarse al pasillo para comprobar que Boris subía por la escalera, el conde cerró la puerta de la barbería y se dirigió a la famosa vitrina de Yaroslav. En la parte delantera había dos hileras de grandes botellas blancas con la insignia de la Fábrica de Champús la Hoz y el Martillo. Pero detrás de aquellos soldados de la lucha por la limpieza universal, casi olvidada, había una selección de las botellas multicolores de los viejos tiempos. Apartó varias de aquellas botellas de champú y buscó entre los tónicos, los jabones y los aceites, pero no encontró lo que buscaba.

«Tiene que estar aquí», pensó.

Empezó a mover las botellas como si fueran piezas de ajedrez, para ver qué había detrás de cada cosa. Y allí, metida en el rincón detrás de dos frascos de colonia francesa, cubierta de polvo, estaba la botellita negra a la que Yaroslav Yaroslavl se había referido, con un guiño, como «la fuente de la juventud».

El conde se guardó la botella en el bolsillo, volvió a meter en la vitrina todo lo que había sacado y cerró las puertas. Se sentó en la butaca, se alisó la bata y recostó la cabeza; pero nada más cerrar los ojos lo asaltó la imagen de Boris rasgando el sobre con la navaja. Volvió a levantarse de un brinco, cogió una de las navajas que había encima del tocador, se la metió en el bolsillo y se sentó de nuevo. Y en ese preciso instante, el barbero entró por la puerta mascullando algo sobre los encargos inútiles y las pérdidas de tiempo.

★ ★ ★

Arriba, en su habitación, el conde metió la botellita negra en el fondo de su cajón y se sentó al escritorio con la guía *Baedeker* de París. Tras consultar el índice, buscó la página cincuenta, donde empezaba la sección dedicada al octavo *arrondissement*. Tal como esperaba, antes de las descripciones del Arc de Triomphe y del Grand Palais, de la Madeleine y de Maxim's, había una hoja de papel más fino doblada, con un mapa detallado del barrio. Se sacó la navaja de Boris del bolsillo y la utilizó para separar limpiamente el mapa de la guía; a continuación, con un lápiz rojo, trazó una línea zigzagueante que iba de la avenue George V a la rue Pierre Charron y bajaba hasta los Champs-Élysées.

Cuando hubo terminado con el mapa, el conde fue a su estudio y cogió su ejemplar de los *Ensayos* de Montaigne de la estantería donde residía cómodamente desde que Sofia lo había liberado de debajo de la cómoda. Se llevó el libro al escritorio del Gran Duque y empezó a pasar las páginas, deteniéndose de vez en cuando para leer los pasajes que su padre había subrayado. Cuando estaba entretenido en la lectura de un pasaje concreto del capítulo titulado «De la educación de los hijos», el reloj de dos repiques empezó a dar las doce del mediodía.

«Ciento setenta y tres toques más», pensó el conde.

Suspiró, movió la cabeza, se santiguó dos veces y, con la navaja de Boris, empezó a recortar el texto de doscientas hojas de aquella obra maestra.

Arrivederci

Una tarde de principios de mayo, estando sentado en su sillón del vestíbulo, entre las dos palmeras, el conde se asomó por el borde del periódico para observar a la joven pareja italiana que salía del ascensor. Ella era una beldad, alta y morena, con un vestido largo y oscuro, y él, de menor estatura, llevaba pantalones de sport y una americana. El conde no sabía a qué había ido aquella pareja a Moscú, pero abandonaban el hotel todas las tardes a las siete en punto, sin falta, seguramente para disfrutar de la vida nocturna de la ciudad. Esa tarde, por ejemplo, salieron del ascensor a las seis y cincuenta y cinco y fueron directamente al mostrador del conserje, donde Vasili ya tenía preparadas dos entradas para ver *Boris Godunov* y una reserva para cenar. Luego, la pareja pasó por el mostrador de recepción para dejar su llave, que Arkadi guardó en la ranura número 28 de la cuarta hilera.

El conde dejó el periódico encima de la mesa, se levantó, bostezó y se desperezó. Fue hasta la puerta giratoria como quien quiere ver qué tiempo hace. Fuera, en los escalones, Rodión saludó a la joven pareja, le hizo señas a un taxi y, cuando éste se acercó a la entrada, les abrió la portezuela a los clientes. Tras verlos marchar, el conde dio media vuelta y cruzó el vestíbulo hasta la escalera. Subió los peldaños de uno en uno (como era su costumbre desde 1952), llegó al cuarto piso, cruzó el pasillo y se detuvo ante la puerta marcada con el número 428. Metió dos dedos en el bolsillito de su chaleco y extrajo la llave maestra de Nina. Entonces, después de mirar a derecha e izquierda, entró en la habitación.

No había entrado en la 428 desde principios de los años treinta, cuando Anna intentaba reavivar su carrera profesional, pero no perdió el tiempo evaluando cómo había variado la decoración de la salita. Fue derecho al dormitorio y abrió la puerta de la izquierda del armario, que estaba lleno de vestidos exactamente iguales que el que aquella beldad morena llevaba esa noche: largos hasta la rodilla, de manga corta, monocromáticos. (Al fin y al cabo, era un estilo que le sentaba bien.) El conde cerró la puerta de ese lado del armario y abrió la de la derecha. Dentro había pantalones de sport y americanas colgados en perchas y una boina de lana colgada de un gancho. Escogió unos pantalones marrón oscuro y cerró la puerta. En el segundo cajón de la cómoda encontró una camisa blanca de algodón. Sacó una funda de almohada que llevaba doblada en el bolsillo y metió la ropa dentro. Luego volvió a la salita, abrió un poco la puerta, comprobó que no había nadie en el pasillo y salió.

Cuando oyó el chasquido que hizo la puerta al cerrarse, cayó en la cuenta de que debería haber cogido la boina. Pero mientras metía los dedos otra vez en el bolsillo de su chaleco, oyó el sonido inconfundible de unas ruedas que chirriaban. Dio tres zancadas por el pasillo y se metió en el campanario en el preciso instante en que Oleg, del servicio de habitaciones, doblaba la esquina empujando su carro.

Esa noche, a las once, el conde estaba en el Chaliapin repasando su lista mientras se tomaba una copa de coñac. Las Catalinas de oro, la *Baedeker*, la «fuente de la juventud», los pantalones y la camisa, el hilo y la aguja resistentes de Marina... Todo eso ya lo tenía. Todavía faltaban unas cuantas cosas, pero sólo había un cabo suelto importante: el asunto del aviso. Desde el principio, sabía que ése iba a ser el elemento más difícil de su plan. Al fin y al cabo, no podía limitarse a enviar un telegrama. Pero no era absolutamente imprescindible. Si no tenía alternativa, estaba dispuesto a prescindir de él.

Apuró su copa con la intención de subir a su habitación, pero todavía no se había levantado del taburete cuando Audrius se le acercó con la botella en la mano.

—¿Un traguito por cortesía de la casa?

Desde que había cumplido sesenta años, el conde, en general, evitaba el alcohol a partir de las once, pues había comprobado que las copas que se tomaba a altas horas de la noche eran como los críos nerviosos: era probable que lo despertaran a las tres o las cuatro de la madrugada. Sin embargo, habría sido una descortesía por parte del conde rechazar la invitación del barman, sobre todo cuando Audrius se había tomado la molestia de descorchar la botella. Así que, tras aceptar el traguito y darle las gracias de forma apropiada, el conde volvió a sentarse y se puso a mirar al grupito de estadounidenses que reían en el otro lado del bar.

Una vez más, el motivo de las risas era el desafortunado vendedor de Montclair, Nueva Jersey. Al principio había intentado hablar con algún personaje influyente por teléfono, pero en abril había empezado a concertar reuniones cara a cara con burócratas de alto rango de todos los departamentos del gobierno habidos y por haber. Se había reunido personalmente con funcionarios de los Comisariados de Alimentación, Finanzas, Trabajo, Educación e incluso Asuntos Exteriores.

Conscientes de que había aproximadamente las mismas posibilidades de que el Kremlin comprara una máquina expendedora que un retrato de George Washington, los periodistas habían seguido con mucha atención el desarrollo de los acontecimientos. Hasta que se enteraron de que, para ilustrar mejor el funcionamiento de sus máquinas, Webster le había pedido a su padre que le enviara desde Estados Unidos cincuenta cajas de chocolatinas y cigarrillos. Y de pronto, al vendedor que nunca había conseguido que le dieran una cita lo recibían con los brazos abiertos en centenares de despachos, de los que salía con las manos vacías.

—Hoy estaba convencido de que conseguiría colocar una —estaba diciendo Webster.

El estadounidense empezó a exponer los detalles de la reunión que había estado a punto de rematar con éxito y, mientras tanto, el conde no pudo evitar acordarse de Richard, pues éste era casi tan cándido como Webster, igual de sociable y estaba igual de dispuesto a contar una historia graciosa aunque se rieran de él.

Dejó su copa en la barra.

«Me pregunto si...», se dijo.

Pero antes de que pudiera responder su propia pregunta, el estadounidense rechoncho saludó con la mano a alguien que había en el vestíbulo y, casualmente, quien le devolvió el saludo fue cierto eminente profesor...

Poco después de medianoche, Webster pagó la cuenta del bar, se despidió de sus compañeros dándoles palmadas en la espalda y subió la escalera silbando una aproximación a *La Internacional*. En el rellano del cuarto piso tardó un rato en sacar las llaves del bolsillo. Pero una vez que hubo entrado en su habitación y cerrado la puerta, se enderezó un poco y su expresión se volvió algo más seria.

Entonces fue cuando el conde encendió la lámpara.

Aunque debió de sorprenderle encontrarse a un desconocido sentado en una de sus butacas, el estadounidense no gritó ni se sobresaltó.

—Disculpe —dijo, esbozando una sonrisa de beodo—. Me habré equivocado de habitación.

—No —dijo el conde—. Está en la habitación correcta.

—Ah, pues si yo estoy en la habitación correcta, debe de ser usted el que se ha equivocado.

—Es posible —admitió el conde—. Pero lo dudo.

Webster dio un paso adelante y observó más atentamente a su inesperado invitado.

—¿No es usted el camarero del Boiarski?

—Así es —contestó el conde—. Soy el camarero.

El estadounidense asintió con la cabeza.

—Entiendo. Señor...

—Rostov. Aleksandr Rostov.

—Señor Rostov, le ofrecería una copa, pero es tarde y tengo una cita mañana a primera hora. ¿Puedo hacer algo más por usted?

—Sí, señor Webster, sospecho que sí. Verá, necesito que le entreguen una carta a un amigo mío que está en París y a quien, si no estoy equivocado, usted debe de conocer...

A pesar de que era tarde y tenía una cita al día siguiente a primera hora, Pudgy Webster acabó ofreciéndole un vaso de whisky al conde.

Veamos: si, por norma, el conde evitaba tomar alcohol pasadas las once, a partir de la medianoche nunca bebía ni una gota. De hecho, alguna vez se había sorprendido citándole a Sofia alguna frase de su padre sobre ese tema, en la que afirmaba que de esa costumbre sólo se derivaban actos imprudentes, relaciones poco aconsejables y deudas de juego.

No obstante, después de haberse colado en la habitación de aquel extranjero y de haber acordado con él que le entregaría un mensaje a un tercero, de pronto el conde reparó en que Humphrey Bogart jamás habría rechazado una copa después de medianoche. Es más, todo parecía indicar que Bogart prefería beber después de medianoche, cuando la orquesta había dejado de tocar, los taburetes de la barra habían quedado libres y los clientes del local habían salido dando tumbos a la calle. Era entonces, con las puertas cerradas, las luces apagadas y una botella de whisky encima de la mesa, cuando los Hombres Resueltos podían hablar sin las distracciones del amor o de la risa.

—Sí, gracias —le dijo al señor Webster—. Un vaso de whisky quizá sea justo lo que necesito.

Y resultó que al conde no le había fallado el instinto, porque aquel vaso de whisky era justo lo que necesitaba. Igual que el que se tomó después.

Y cuando por fin le dio las buenas noches al señor Webster (con un paquete de cigarrillos norteamericanos para Anna en un bolsillo y una chocolatina para Sofia en el otro), se dirigió a su habitación de mucho mejor humor.

El pasillo del cuarto piso estaba vacío y en silencio. Detrás de aquella hilera de puertas cerradas dormían los pragmáticos y los previsibles, los prudentes y los cómodos. Arropados bajo sus mantas, soñaban con el desayuno y dejaban que por los pasillos de la noche se pasearan personas como Samuel Spadski, Philip Marlov o Aleksandr Ilich Rostov.

—Sí —dijo el conde, zigzagueando por el pasillo—. Soy el camarero.

Y entonces, con los agudos sentidos de los de su gremio, vio algo sugerente con el rabillo del ojo. Era la puerta de la habitación 428.

Boris Godunov era una función de tres horas y media. Una cena a la salida del teatro duraba cerca de una hora y media. De modo que, con toda probabilidad, los italianos no regresarían al hotel hasta media hora más tarde. El conde llamó a la puerta y esperó y volvió a llamar para asegurarse; entonces se sacó la llave del chaleco, abrió la puerta y traspuso el umbral con decisión, con rapidez y sin el menor reparo.

Echó un vistazo alrededor y comprobó que las camareras del servicio de noche ya habían pasado por la suite, porque todo estaba en su sitio: las sillas, las revistas, la jarra de agua y los vasos. En el dormitorio encontró el embozo de la cama doblado por ambos extremos en un ángulo de cuarenta y cinco grados.

Abrió la puerta derecha del armario y, cuando se disponía a descolgar la boina del gancho, se fijó en otra cosa que no había visto la primera vez: en el estante de encima de la barra había un paquete envuelto con papel y atado con un cordel, un paquete del tamaño aproximado de una estatuilla...

Se puso la boina en la cabeza, bajó el paquete del estante y lo dejó encima de la cama. Desató el cordel y, con cuidado, retiró el envoltorio; encontró un juego de muñecas rusas. La *matrioshka*, pintada con aquellos motivos tradicionales y sencillos, disponible en centenares de tiendas de Moscú, era el típico juguete gracioso que unos padres llevarían a sus hijos después de un viaje a Rusia.

Y donde sería fácil esconder algo...

El conde se sentó en la cama y abrió la mayor de las muñecas. A continuación, abrió la segunda. Luego la tercera. Y cuando se disponía a abrir la cuarta, oyó la llave en la cerradura.

Por un momento, el Hombre Resuelto se convirtió en el hombre que no sabía qué hacer. Sin embargo, al oír que se abría la puerta de la habitación y las voces de los italianos, recogió las mitades de las muñecas, se metió dentro del armario y cerró la puerta con sigilo.

El estante superior no debía de estar a más de un metro ochenta del suelo, porque para caber dentro del mueble el conde tuvo que agachar la cabeza como un penitente (semejanza que no le pasó desapercibida).

La pareja sólo tardó un momento en quitarse los abrigos y entrar en el dormitorio. Si se metían en el cuarto de baño los dos a la vez para el aseo nocturno, pensó el conde, él tendría una oportunidad perfecta para escapar. Pero la habitación 428 sólo tenía un pequeño cuarto de baño, y el marido y la mujer decidieron entrar por turnos para no tener que apretujarse dentro.

Aguzando el oído, el conde oyó el ruido que hacían al lavarse los dientes, abrir cajones y ponerse los pijamas. Les oyó retirar las sábanas. Les oyó conversar en voz baja, coger sus libros y pasar las páginas. Al cabo de un cuarto de hora que le pareció una eternidad, el marido y la mujer intercambiaron unas expresiones de cariño, se dieron un beso y apagaron las luces. Gracias a Dios, aquella pareja tan atractiva optó por descansar y no mantener relaciones íntimas.

Pero ¿cuánto tardarían en quedarse dormidos?, se preguntó el conde. Procurando no mover ni un solo músculo, escuchó su respiración. Los oyó toser, inhalar y suspirar. Luego uno de los dos se tumbó sobre el costado. El conde quizá hubiera temido quedarse dormido también él, de no ser por el fuerte dolor que tenía en el cuello y porque estaba comprendiendo, horrorizado, que pronto él también necesitaría un cuarto de baño.

«Mira —se dijo—, otra razón para no beber pasada la medianoche.»

—*Che cos'era questo?! Tesoro, svegliati!*
   —*Cos'è?*
   —*C'è qualcuno nella stanza!*

   ...

   [¡Pum!]
   —*Chi è la?*

—*Scusa.*
—*Claudio! Accendi la luce!*
[¡Pam!]
—*Scusa.*
 [¡Zas!]
—*Arrivederci!*

Adultez

—¿Estáis preparados? —preguntó Marina.

El conde y Anna, sentados en el sofá de la suite de la actriz, contestaron afirmativamente.

Marina abrió la puerta del dormitorio con la solemnidad que el momento requería para que pudieran ver a Sofia.

El modelo que había confeccionado la costurera para el concierto era un vestido de noche de manga larga con falda de corte trompeta, ceñido hasta más allá de la cintura y amplio por debajo de las rodillas. El azul de la tela, que recordaba las profundidades del océano, proporcionaba un contraste extraordinario con la palidez de la piel de Sofia y la negrura de su cabello.

Anna soltó un grito ahogado.

Marina sonrió de oreja a oreja.

¿Y el conde?

Aleksandr Rostov no era ni científico ni sabio, pero a los sesenta y cuatro años tenía suficiente experiencia para saber que la vida no avanza mediante saltos y brincos. La vida se despliega. Cada momento es la manifestación de un millar de transiciones. Nuestras facultades crecen y menguan, nuestras experiencias se acumulan y nuestras opiniones evolucionan; y todo ello sucede de forma gradual, por no decir con la lentitud de un glaciar. De tal modo que los sucesos de un día cualquiera tienen tantas probabilidades de transformarnos como una pizca de pimienta de transformar un estofado. Y, sin embargo, para el conde, en el preciso instante en que se abrió la puerta del dormitorio de Anna y salió Sofia con su vestido de noche, su hija cruzó el umbral de la edad adulta. A un lado de aquella habitación había una niña de cinco, diez o veinte años con modales comedidos y una viva imaginación, que acudía a él en busca de compañía y consejo; mientras que al otro lado había una mujer con gracia y criterio, que no necesitaba acudir a nadie que no fuera ella misma.

—¿Y bien? ¿Qué os parece? —preguntó Sofia cohibida.

—Me he quedado sin habla —dijo el conde, sin disimular su orgullo.

—Estás espectacular —terció Anna.

—¿Verdad que sí? —dijo Marina.

Sofia, feliz con los cumplidos y con el aplauso de Anna, giró sobre sí misma.

Y entonces fue cuando el conde vio, anonadado, que el vestido no tenía espalda. El tafetán (del que habían comprado un rollo entero, por cierto) descendía desde sus hombros trazando una parábola vertiginosa que alcanzaba su nadir en la base de la columna de Sofia.

Rostov miró a Anna.

—¡Seguro que ha sido idea tuya!

La actriz paró de aplaudir.

—¿Qué ha sido idea mía?

Él agitó una mano señalando a Sofia.

—Este vestido sin vestido. Seguro que ha salido de alguna de esas revistas tuyas tan oportunas.

Antes de que Anna pudiera contestar, Marina dio un pisotón en el suelo.

—¡Ha sido idea mía!

Sorprendido por el tono de la costurera, el conde vio, con inquietud, que mientras uno de sus ojos, cargado de exasperación, apuntaba hacia el techo, el otro se le venía encima como una bala de cañón.

—Lo he diseñado yo —añadió Marina—, y lo he confeccionado con mis propias manos para mi Sofia.

El conde se dio cuenta de que quizá, sin querer, había ofendido a una artista, y adoptó un tono más conciliador.

—No cabe duda de que es un vestido precioso, Marina. Uno de los más bonitos que he visto; y te aseguro que he visto bastantes vestidos bonitos a lo largo de mi vida. —Soltó una risita torpe con la esperanza de reducir la tensión del ambiente, y luego continuó en un tono de compañerismo y sentido común—. Pero piensa que, después de meses de preparación, Sofia interpretará a Rachmáninov en el Palais Garnier. ¿No crees que sería una pena que, en lugar de escuchar cómo toca, el público se quedara embobado mirándole la espalda?

—Ah, ya. A lo mejor deberíamos envolverla con arpillera —propuso la costurera—. Para que el público no se distraiga.

—No, yo no aconsejaría la arpillera —protestó el conde—. Pero hay una cosa que se llama moderación, incluso dentro de los límites del glamour.

Marina volvió a dar un pisotón.

—¡Basta! No nos interesan sus escrúpulos, Aleksandr Ilich. Que usted viera pasar el cometa en 1812 no significa que Sofia tenga que llevar enagua y miriñaque.

El conde iba a protestar, pero entonces intervino Anna:

—Tal vez deberíamos pedirle su opinión a Sofia.

Todos miraron a la joven, que se contemplaba en el espejo, ajena al desarrollo del debate. Se dio la vuelta y le cogió las manos a Marina.

—A mí me parece espléndido.

Marina miró al conde, triunfante; luego miró a Sofia, ladeó la cabeza y contempló su obra con mirada más crítica.

—¿Qué pasa? —quiso saber Anna, colocándose al lado de la costurera.

—Le falta algo...

—¿Una capa? —murmuró el conde, pero las tres mujeres lo ignoraron.

—Ya lo sé —dijo Anna al cabo de un momento. Entró en su dormitorio y volvió con una gargantilla de la que colgaba un zafiro. Se la dio a Marina, y ésta se la abrochó a Sofia; acto seguido, la actriz y la costurera se apartaron un poco.

—Perfecto —coincidieron.

★ ★ ★

—¿Es verdad? —preguntó Anna cuando iba con el conde por el pasillo, después de la prueba.

—Si es verdad, ¿qué?

—¿Es verdad que viste el cometa en mil ochocientos doce?

El conde carraspeó.

—Que sea capaz de comportarme con decoro no quiere decir que sea un carcamal.

Anna sonrió.

—Supongo que te das cuenta de que acabas de carraspear.

—Puede que sí. Pero soy su padre. ¿Qué pretendes que haga? ¿Que abdique de mis responsabilidades?

—¡Abdicar! —replicó Anna riendo—. Por supuesto que no, Alteza.

Habían llegado al tramo del pasillo donde estaba, disimulada pero a la vista, la escalera de servicio. El conde se detuvo y miró a Anna con una sonrisa artificiosa en los labios.

—Es la hora de la reunión diaria del Boiarski. En consecuencia, me temo que ahora debo decirte *adieu*. —Y, con una inclinación de cabeza, desapareció al otro lado de la puerta.

Cuando empezó a bajar la escalera, tuvo una cierta sensación de alivio. El campanario, con su impecable geometría y su silencio, parecía una capilla o una sala de lectura, un sitio pensado para proporcionar soledad y descanso. Es decir, hasta que se abrió la puerta y Anna apareció en el descansillo.

El conde volvió a subir la escalera sin dar crédito a lo que veía.

—¿Qué haces? —preguntó en voz baja.

—Tengo que ir al vestíbulo —contestó ella—. He pensado que podía bajar contigo.

—No puedes bajar conmigo. ¡Esto es la escalera de servicio!

—Pero yo me alojo en el hotel.

—Precisamente por eso. La escalera de servicio está reservada para los que sirven. Al final del pasillo hay una escalera elegante reservada para la gente elegante.

Anna sonrió y dio otro paso hacia él.

—¿Qué mosca te ha picado?

—¿Cómo que qué mosca me ha picado? A mí no me ha picado ninguna mosca.

—Supongo que es comprensible —continuó ella en tono filosófico—. Es lógico que un padre se sienta un poco incómodo al descubrir que su hija se ha convertido en una mujer hermosa.

—No me sentía incómodo —dijo él, dando un paso hacia atrás—. Sólo he dicho que la espalda del vestido no tenía por qué ser tan escotada.

—Tienes que admitir que Sofia tiene una espalda preciosa.

—Es posible. Pero no veo la necesidad de mostrarle al mundo cada una de sus vértebras.

Anna avanzó un paso más.

—Tú has admirado mis vértebras muchas veces...

—Eso no tiene nada que ver. —El conde intentó retroceder un paso más, pero chocó contra la pared.

—Te voy a enseñar el cometa de mil ochocientos doce —dijo Anna.

—¿Empezamos?

Esta pregunta, asombrosamente directa, la había formulado nada menos que el hombre que comía, bebía y dormía con intenciones oblicuas.

Emile gruñó y deslizó el menú por la mesa.

El conde y Andréi se removieron en la silla.

En abril de 1954, el Obispo, que había empezado a participar en la reunión diaria del Boiarski en verano de 1953, había decidido trasladarla del despacho de Emile al suyo, arguyendo que la actividad de la cocina constituía una distracción. Para acomodar a los miembros del Triunvirato, el director tenía tres sillas francesas colocadas en fila delante de su mesa. Las sillas tenían unas proporciones tan delicadas que parecía lógico suponer que las habían diseñado para las doncellas de la corte de Luis XIV. Es decir: era prácticamente imposible que unos hombres adultos se sintieran cómodos en ellas, sobre todo si además tenían que encajarse en fila en un espacio reducido. El resultado era que el maître, el chef y el jefe de sala del Boiarski parecían unos colegiales a quienes el director del colegio hubiera ordenado presentarse en su despacho.

El Obispo cogió el menú y lo colocó en el borde de la mesa. A continuación, repasó cada entrada con la punta del lápiz, como un banquero que revisa las sumas de su aprendiz.

Entretanto los tres colegiales no podían hacer otra cosa que mirar a su alrededor. Si las paredes hubieran estado decoradas con mapamundis o con la tabla periódica, habrían podido sacarle partido a aquel rato imaginando que eran Cristóbal Colón cruzando el Atlántico o un alquimista de la antigua Alejandría. Pero como allí no había nada que ver aparte de los retratos de Stalin, Lenin y Marx, no tenían más remedio que removerse inquietos en sus sillas.

El Obispo corrigió el menú de Emile, se lo devolvió al chef y, tras lanzar un resoplido, miró a Andréi, que, obediente, le entregó el Libro. El Obispo lo abrió por el principio, como de costumbre, y el Triunvirato permaneció mudo, sin expresar su fastidio, mientras pasaba las páginas hasta llegar a la última noche del mes de mayo.

—Aquí estamos —dijo.

La punta del lápiz del banquero fue desplazándose una vez más entrada a entrada, columna a columna, fila a fila. El Obispo dio sus instrucciones a Andréi sobre la disposición de las mesas para aquella noche y dejó el lápiz.

Los miembros del Triunvirato, creyendo que la reunión estaba próxima a su fin, se movieron hasta el borde de la silla. Pero en lugar de cerrar el Libro, el Obispo pasó varias hojas y revisó las semanas posteriores. Al cabo de un rato se detuvo.

—¿Cómo van los preparativos para la cena conjunta del Presidium y el Consejo de Ministros...?

Andréi carraspeó.

—Está todo en orden. Siguiendo las especificaciones oficiales, la cena no se celebrará en el Salón Rojo sino en la suite cuatrocientos diecisiete. Arkadi ya se ha encargado de que esté vacía esa noche; Emile acaba de terminar el menú y Aleksandr, que supervisará la cena, lleva días trabajando con el camarada Propp, nuestro contacto en el Kremlin, para garantizar que todo salga a la perfección.

El Obispo alzó la vista del Libro.

—Dada la importancia del acto, ¿no debería supervisarlo usted personalmente, maître Duras?

—Mi intención era quedarme en el Boiarski, como suelo hacer. Pero podría ocuparme de la cena, si usted así lo prefiere.

—Excelente —dijo el Obispo—. Así, el jefe de sala Rostov podrá quedarse en el restaurante para asegurarse de que allí todo va bien también.

El Obispo cerró el Libro y el conde se quedó paralizado.

La cena del Presidium y el Consejo de Ministros se adaptaba a la perfección a sus intenciones. No podía imaginarse ninguna ocasión mejor. Y aunque la hubiera, como sólo faltaban dieciséis días para que comenzara la gira del Conservatorio, al conde se le había agotado el tiempo.

El Obispo volvió a deslizar el Libro por la mesa y dieron por terminada la reunión.

Como siempre, los miembros del Triunvirato salieron del despacho del director en silencio y se dirigieron a la escalera. Pero en el descansillo, cuando Emile emprendió el ascenso hacia el segundo piso, el conde sujetó a Andréi por la manga.

—Andréi, amigo mío —dijo en voz baja—. ¿Tienes un minuto?

Anuncio

El 11 de junio a las seis y cuarenta y cinco de la tarde, el conde Aleksandr Rostov, con la chaqueta blanca del Boiarski, estaba en la suite 417 comprobando que los servicios de mesa estuvieran bien colocados y sus hombres correctamente ataviados antes de abrir las puertas para dar comienzo a la cena conjunta del Presidium y el Consejo de Ministros de 1954.

Once días antes, como ya sabemos, habían dispensado al conde de su deber sin muchos miramientos. Pero la tarde del 10 de junio, el maître Duras llegó a la reunión diaria del Boiarski con una noticia preocupante. Dijo que, desde hacía un tiempo, había notado un temblor en las manos que podía ser síntoma de la enfermedad de Parkinson. Había pasado muy mala noche y, al despertar, había descubierto que el temblor había empeorado considerablemente. Como ejemplo, alzó la mano derecha, que temblaba como una hoja.

Emile se quedó mirándolo conmocionado. ¿Qué clase de divinidad, parecía estar pensando, era capaz de crear un mundo en el que la enfermedad de un hombre perjudica precisamente el atributo que lo ha distinguido de sus semejantes y lo ha elevado ante las miradas de todos?

¿Qué clase de divinidad, Emile? Pues la misma que había dejado sordo a Beethoven y ciego a Monet. Porque lo que el Señor nos da es precisamente lo que más tarde nos quita.

Pero si el rostro de Emile expresaba una indignación casi sacrílega ante la afección de su amigo, el del Obispo expresaba el fastidio de quien se enfrenta a un inconveniente. Al ver el gesto de irritación del director, Andréi procedió a tranquilizarlo.

—No se preocupe, director Leplevski. Ya he hablado con el camarada Propp del Kremlin y le he dicho que, aunque yo no podré supervisar la cena de mañana, el jefe de sala Rostov asumirá mis responsabilidades. Como es lógico —añadió—, esa noticia ha tranquilizado enormemente al camarada Propp.

—Por supuesto —dijo el Obispo.

Al informar de que al camarada Propp le había tranquilizado enormemente saber que sería el jefe de sala Rostov quien llevaría las riendas de su cena de Estado, Andréi no estaba exagerando. Nacido diez años antes de la Revolución, el camarada Propp no sabía que el jefe de sala Rostov estaba bajo arresto domiciliario en el Metropol; ni siquiera sabía que el jefe de sala Rostov era un ex aristócrata. Lo que sí sabía —y por experiencia propia— era que se podía contar con que el jefe de sala Rostov se ocuparía de todos los detalles de la mesa y reaccionaría de inmediato ante la más leve insinuación de insatisfacción por parte de un cliente. Y aunque el camarada Propp todavía era relativamente inexperto respecto a las costumbres del Kremlin, tenía suficiente experiencia para saber que se le achacaría la responsabilidad de cualquier deficiencia que pudiera surgir esa noche como si él mismo hubiera puesto la mesa, cocinado la comida y servido el vino.

El camarada Propp le expresó en persona su alivio al conde durante una breve reunión que se celebró por la mañana, el mismo día del acto. En una mesa para dos del Boiarski, el joven coordinador repasó con el conde, aunque en realidad no hacía ninguna falta, todos los detalles de la velada: el horario (las puertas se abrirían puntualmente a las nueve; la distribución de las mesas (una U alargada con veinte asientos a cada lado y seis en la cabecera); el menú (la interpretación del chef Zhukovski de un banquete tradicional ruso); el vino (un blanco ucraniano); y la necesidad de apagar las velas exactamente a las diez y cincuenta y nueve. Acto seguido, quizá para subrayar la importancia de la velada, el camarada Propp permitió que el conde le echara un vistazo a la lista de invitados.

Si bien es cierto que, en general, el conde nunca se había interesado demasiado por el funcionamiento interno del Kremlin, eso no significa que no estuviera familiarizado con los nombres que aparecían en aquella hoja de papel, porque les había servido a todos. Sí, les había servido en encuentros oficiales celebrados en el Salón Rojo y el Salón Amarillo, pero también en otras ocasiones más íntimas y menos formales, cuando habían ido a cenar al Boiarski con sus esposas o sus amantes, amigos o enemigos, mecenas o protegidos. Sabía quiénes eran los zafios y quiénes los cortantes; quiénes los ariscos y quiénes los fanfarrones. Los había visto sobrios a todos y borrachos a la mayoría.

—Me ocuparé de todo —dijo cuando el joven *apparatchik* se levantó para irse—. Pero, camarada Propp...

Éste se detuvo.

—¿Sí, jefe de sala Rostov? ¿He olvidado algo?

—No me ha dado el plano de asignación de asientos.

—Ah. No se preocupe. Esta noche no habrá asignación de asientos.

—En ese caso, tenga la seguridad —replicó el conde con una sonrisa— de que la velada será un éxito.

¿Por qué se alegró tanto el conde de oír que en aquella cena de Estado no habría asignación de asientos?

Desde siempre, y en todas las civilizaciones del mundo, la cabecera de la mesa es una posición privilegiada. Al ver una mesa preparada para un encuentro formal, uno sabe instintivamente que el asiento de la cabecera es más codiciado que los dispuestos a ambos lados, porque le confiere de forma inevitable poder, importancia y legitimidad a su ocupante. Por extensión, uno también sabe que, cuanto más lejos se siente de la cabecera, menos poderoso, importante y legítimo lo considerarán. De modo que invitar a cuarenta y seis líderes de un partido político a cenar alrededor de la periferia de una gran U sin programar la asignación de los asientos equivalía a arriesgarse a que se produjera un desorden considerable.

Thomas Hobbes, sin duda, habría comparado la situación con «hombre en estado de naturaleza», y habría aconsejado dar por hecho que se produciría algún tipo de refriega. Nacidos con facultades similares y motivados por deseos parecidos, los cuarenta y seis hombres que iban a asistir tenían el mismo derecho a ocupar cualquier asiento de la mesa. De modo que lo más probable era que hubiese una melé animada, con acusaciones, recriminaciones, tortazos e incluso disparos.

John Locke, en cambio, habría argumentado que, una vez que se abrieran las puertas del comedor, tras un breve momento de confusión se impondrían las mejores virtudes de los cuarenta y seis asistentes, y su predisposición a razonar los llevaría a establecer un proceso justo y ordenado para repartirse los asientos. Lo más probable era que los asistentes echaran a suertes la distribución de los asientos, o que sencillamente colocaran las mesas en círculo, como había hecho el rey Arturo para asegurar la equidad entre sus caballeros.

Jean-Jacques Rousseau habría metido baza desde mediados del siglo XVIII y habría informado a los señores Locke y Hobbes de que los cuarenta y seis invitados (libres por fin de la tiranía de las convenciones sociales) apartarían las mesas de cualquier manera, tomarían con las manos los frutos de la tierra ¡y los compartirían libremente en un estado de gozo natural! Pero el Partido Comunista no era ningún «estado natural». Más bien todo lo contrario: era una de las construcciones más intrincadas y determinadas jamás concebidas por el hombre. En pocas palabras: la madre de todas las jerarquías.

Así pues, cuando llegaron los invitados, el conde estaba convencido de que no habría puñetazos ni monedas lanzadas al aire ni frutos compartidos libremente. Con los mínimos empujones y las mínimas maniobras, cada uno de los cuarenta y seis asistentes encontraría su sitio en la mesa; y esa distribución «espontánea» le aportaría al observador externo cuanto necesitara saber sobre cómo iba a ser el gobierno de Rusia durante los veinte años siguientes.

Las puertas de la suite 417 se abrieron con toda puntualidad a las nueve, cuando el conde dio la señal. A y cuarto, cuarenta y seis hombres de diverso rango y diversa antigüedad tomaban asiento de acuerdo con su categoría. Sin mediar palabra y sin ningún tipo de orquestación, la cabecera de la mesa quedó libre para Bulganin, Jruschov, Malenkov, Mikoyán, Mólotov y Voroshílov (los seis miembros más destacados del Partido), y los dos asientos centrales reservados para el primer secretario Malenkov y el secretario general Jruschov.*

De hecho, como si quisiera ponerlo en evidencia, cuando Jruschov entró en la habitación no se dirigió enseguida hacia la cabecera de la mesa, sino que intercambió unas palabras con Viacheslav Málishev, el anodino ministro de Maquinaria Media, que estaba sentado hacia el final de la mesa. Sólo cuando todos los demás estuvieron cómodamente ubicados, el ex alcalde de Moscú le dio unas palmaditas en la espalda a Málishev y, como si tal cosa, fue a sentarse al lado de Malenkov, en la última silla vacía que quedaba en la habitación.

Durante dos horas, los asistentes comieron con apetito, bebieron en abundancia y propusieron algunos brindis cuyo tono iba desde la solemnidad hasta el humor, pero siempre con gran espíritu patriótico. Y entre un brindis y otro, mientras el conde presentaba los platos, rellenaba las copas, cambiaba cubiertos, retiraba bandejas y limpiaba migas de los manteles, los asistentes hacían apartes con el camarada que tenían a su izquierda, consultaban con el que tenían a su derecha o rezongaban en medio del murmullo de las celebraciones.

Al leer esto, quizá estéis tentados de preguntar, con cierta ironía, si el conde Rostov, que se jactaba de ser una persona con dignidad, se permitía escuchar las conversaciones privadas de los comensales. Pero vuestra pregunta, como vuestra ironía, estarían fuera de lugar. Porque, como sucede con los mejores sirvientes,

---

* El lector avezado recordará que, tras la muerte de Stalin, había ocho hombres eminentes en la cumbre del Partido. ¿Dónde estaban los otros dos cuando se celebraba esa cena? A Lázar Kaganóvich, un rígido estalinista de línea dura, lo habían enviado a cumplir una misión administrativa a Ucrania. Al cabo de pocos años estaría presidiendo una fábrica de potasio a casi dos mil kilómetros de Moscú. Pero al menos tuvo más suerte que Lavrenti Beria. El ex director de la policía secreta, a quien muchos observadores occidentales consideraban bien situado para heredar el trono cuando falleciera Stalin, fue condecorado por el Partido con un disparo de bala en la cabeza. De modo que quedaban seis.

los camareros competentes tienen que oír lo que se dice a su alrededor. Tomemos como ejemplo al mayordomo del Gran Duque Demidov. En sus tiempos, Kemp podía pasarse horas de pie junto a la biblioteca, callado e inmóvil como una estatua. Pero si algún invitado del Gran Duque mencionaba que tenía sed, pongamos por caso, Kemp se le acercaba y le ofrecía algo de beber. Si alguien comentaba, en voz baja, que hacía frío, Kemp se acercaba a la chimenea y avivaba el fuego. Y si el Gran Duque le explicaba a un amigo suyo que, así como la condesa Shermatova era «un encanto», su hijo «no era de fiar», Kemp sabía, sin necesidad de que se lo dijeran, que si alguno de los dos llamaba a la puerta sin haber anunciado su visita, el Gran Duque «estaba disponible» para una e «indispuesto» para el otro.

Y bien, ¿oyó el conde alguna conversación privada de los asistentes? ¿Oyó algún comentario malicioso, algún aparte mordaz o alguna observación desdeñosa hecha *sotto voce*?

Sí. Lo oyó todo.

Cada uno tiene su propia personalidad en la mesa, y no hacía falta llevar veintiocho años sirviendo a los miembros del Partido Comunista para saber que, así como el camarada Malenkov sólo brindaba en raras ocasiones y siempre con una copa de vino blanco, el camarada Jruschov podía proponer cuatro brindis en una noche y siempre con vodka. De modo que al conde no le pasó desapercibido el hecho de que durante la cena el ex alcalde de Moscú no se levantara ni una sola vez. Pero a las once menos diez, cuando casi habían terminado, el secretario general dio unos golpecitos en su copa con el cuchillo.

—Caballeros —empezó—, el Metropol ha sido escenario de más de un acontecimiento histórico. De hecho, en mil novecientos dieciocho el camarada Sverdlov encerró a los miembros del Comité de redacción del borrador constitucional en una suite que está dos pisos por debajo de donde nos encontramos nosotros ahora, y les informó de que no los permitirían salir de allí hasta que hubieran terminado su trabajo.

Risas y aplausos.

—¡Por Sverdlov! —gritó alguien.

454

Jruschov, sonriente y seguro de sí mismo, apuró su vaso y alrededor de la mesa todos los comensales lo imitaron.

—Esta noche —continuó Jruschov— tendremos el honor de presenciar otro acontecimiento histórico en el Metropol. Si quieren acompañarme a las ventanas, camaradas, creo que el ministro Málishev tiene un anuncio que hacer...

Con expresiones que oscilaban entre la curiosidad y la perplejidad, los otros cuarenta y cuatro asistentes arrastraron las sillas y se acercaron a los ventanales con vistas a la Plaza del Teatro, donde Málishev ya los esperaba de pie.

—Gracias, secretario general —dijo Málishev, y saludó con una inclinación de cabeza a Jruschov. Tras una pausa, y con gesto grave, prosiguió—: Camaradas, como muchos de ustedes ya saben, hace tres años y medio iniciamos la construcción de nuestra nueva central eléctrica en la ciudad de Óbninsk. Es un orgullo para mí anunciar que el lunes por la tarde la central de Óbninsk se puso en marcha a pleno rendimiento, seis meses antes de lo previsto.

Elogios de rigor e inclinaciones de cabeza.

—Además —continuó Málishev— esta noche, a las once en punto... dentro de menos de dos minutos... la central empezará a proporcionar electricidad a la mitad de la ciudad de Moscú...

Tras decir eso, Málishev se volvió hacia las ventanas (mientras el conde y Martyn apagaban sin hacer ruido las velas que había en la mesa). En la calle, las luces de Moscú brillaban como siempre, de modo que, al cabo de unos segundos, los hombres que estaban en la habitación empezaron a moverse un poco y a intercambiar comentarios. Pero de repente, a lo lejos, hacia el noroeste, se apagaron de golpe las luces de todo un barrio. Al cabo de un momento, se apagaron las del barrio de al lado. La oscuridad empezó a extenderse por la ciudad como una sombra por una llanura, acercándose cada vez más, hasta que aproximadamente a las once y dos minutos se apagaron las luces de las ventanas eternamente iluminadas del Kremlin y unos segundos más tarde se apagaron también las del Hotel Metropol.

A oscuras, los murmullos que se oían un momento antes subieron de volumen y cambiaron de tono, y pasaron a expresar una mezcla de sorpresa y consternación. Pero un observador atento habría reparado, fijándose en la silueta de Málishev, en que, al quedar la habitación a oscuras, él no se había movido ni había dicho nada, sino que había seguido mirando por la ventana. De pronto, a lo lejos, hacia el noroeste de la capital, las luces de las primeras manzanas que habían quedado a oscuras volvieron a encenderse. Ahora era la luz lo que se extendía por la ciudad y se acercaba cada vez más, hasta que las ventanas del Kremlin se iluminaron, y a continuación lo hizo la araña de luces que colgaba del techo. Y la cena conjunta del Presidium y el Consejo de Ministros estalló en un justificado aplauso. Pues, de hecho, las luces de la ciudad parecían brillar más ahora que las alimentaba la electricidad de la primera central nuclear del mundo.

Sin lugar a dudas, el final de aquella cena de Estado fue una de las mejores obras de teatro político que Moscú había visto jamás. Pero cuando se apagaron las luces, ¿se les causó alguna molestia a los ciudadanos?

Por suerte, en 1954 Moscú no era la capital mundial de los electrodomésticos. Pero en el breve curso de la interrupción, al menos trescientos mil relojes se detuvieron, cuarenta mil radios se silenciaron y las pantallas de cinco mil televisores se quedaron negras. Los perros ladraron y los gatos maullaron. Se derribaron lámparas de pie, los niños lloraron, los padres se golpearon las espinillas contra las mesitas de café y muchos conductores, al mirar a través del parabrisas hacia los edificios que de repente se habían quedado a oscuras, chocaron contra el guardabarros del automóvil que tenían delante.

En aquel pequeño edificio gris de la esquina de la calle Dzerzhinski, el hombrecillo gris encargado de tomar nota de lo que habían oído las camareras, siguió mecanografiando. Porque, como todo buen burócrata, sabía escribir a máquina con los ojos cerrados. Aunque al cabo de un momento, cuando se apagaron las luces, alguien tropezó en el pasillo y nuestro mecanógrafo, sobresaltado, alzó la vista y, sin que se diera cuenta, sus dedos se deslizaron una columna hacia la derecha en el teclado, de modo que la segunda mitad de su informe quedó ininteligible o escrito en clave, según cómo uno quisiera verlo.

Entretanto, en el Teatro Maly, donde Anna Urbanová (con peluca entrecana) interpretaba a Irina Arkádina en *La gaviota* de Chéjov, el público profirió apagadas exclamaciones de preocupación. Aunque Anna y el resto de los actores estaban entrenados y eran perfectamente capaces de salir del escenario a oscuras, ninguno lo hizo. Porque como habían estudiado con el método Stanislavski, de inmediato empezaron a actuar como lo habrían hecho sus personajes si de pronto se hubiera producido un apagón.

ARKÁDINA: [*Alarmada.*] ¡Se ha ido la luz!

TRIGORIN: No te muevas de donde estás, querida. Voy a buscar una vela. [*Ruido de movimientos cautelosos cuando* TRIGORIN *sale por la derecha, seguidos de un momento de silencio.*]

ARKÁDINA: ¡Oh, Konstantín! Tengo miedo.

KONSTANTÍN: Sólo es oscuridad, madre: eso de lo que todos venimos y a lo que regresaremos.

ARKÁDINA: [*Como si no hubiera oído a su hijo.*] ¿Crees que se han apagado las luces en toda Rusia?

KONSTANTÍN: No, madre. Se han apagado en todo el mundo...

¿Y en el Metropol? Dos camareros del Piazza que llevaban sendas bandejas a sus respectivas mesas chocaron; cuatro clientes del Chaliapin derramaron sus copas, y alguien recibió un pellizco; atrapado en el ascensor entre el segundo y el tercer piso, el estadounidense Pudgy Webster compartió chocolatinas y cigarrillos con sus compañeros de viaje; mientras, en su despacho, el director del hotel juró «llegar hasta el fondo de aquello».

Pero en el comedor del Boiarski, donde hacía casi cincuenta años que la atmósfera dependía de la luz de las velas, se siguió atendiendo a los clientes sin interrupción.

Anécdotas

La noche del 16 de junio, el conde puso al lado de la maleta y la mochila militar vacías de Sofia todos los artículos que había recogido para ella. La noche anterior, cuando la joven había vuelto del ensayo, él le había explicado exactamente qué era lo que tenía que hacer.

—¿Por qué has esperado hasta ahora para hablarme de esto? —preguntó Sofia, a punto de llorar.

—No me atrevía a contártelo antes por si no te parecía bien.

—Es que no me parece bien.

—Ya lo sé. —Le cogió las manos—. Pero a veces, Sofia, nuestro mejor plan parece censurable a primera vista. De hecho, casi siempre es así.

A continuación hubo un debate entre padre e hija sobre los cómos y los porqués, un contraste de puntos de vista, una comparación de horizontes de tiempo y sinceras expresiones de esperanzas en conflicto. Pero al final el conde le pidió a Sofia que confiara en él y por lo visto ella no supo cómo rechazar esa petición. Así que, tras un momento de silencio, con el valor que la joven había demostrado desde el día en que se conocieron, Sofia escuchó atentamente mientras el conde describía paso a paso cada detalle.

Esa noche, después de colocar todos los artículos, él repasó mentalmente esos detalles para asegurarse de que no había olvidado ni pasado nada por alto; y justo cuando por fin tenía la impresión de que todo estaba en orden, se abrió la puerta de par en par.

—¡Han cambiado de escenario! —exclamó Sofia, sin aliento.

Padre e hija se miraron angustiados.

—¿Cuál es el nuevo?

A punto de contestar, Sofia se detuvo y cerró los ojos. Entonces los abrió, muy afligida.

—No me acuerdo.

—No pasa nada —la tranquilizó el conde. Sabía muy bien que la aflicción no se llevaba bien con la memoria—. ¿Qué ha dicho el director exactamente? ¿Recuerdas algo del nuevo escenario? ¿Algún detalle sobre el barrio o sobre el nombre?

Sofia cerró los ojos otra vez.

—Creo que era un salón, una sala... Una *salle*...

—¿La Salle Pleyel?

—¡Eso es!

El conde suspiró aliviado.

—No hay nada de que preocuparse. Conozco bien el sitio. Es un local histórico con muy buena acústica, y también está en el octavo...

Así que, mientras Sofia hacía su equipaje, él bajó al sótano. Encontró otra guía *Baedeker* de París, arrancó el mapa, subió la escalera, se sentó ante el escritorio del Gran Duque y trazó una nueva línea roja. Entonces, una vez tensadas las correas y cerradas las hebillas, hizo pasar a Sofia, con cierta solemnidad, por la puerta del armario hacia el estudio, de forma parecida a como lo había hecho dieciséis años atrás. E, igual que en aquella ocasión, Sofia exclamó:

—¡Oh!

Porque, desde que, esa misma tarde, Sofia se había ido al último ensayo, su estudio secreto se había transformado. Encima de la estantería había un candelabro encendido. Las dos butacas estaban situadas a cada extremo de la mesita del salón oriental de la condesa, que a su vez estaba tapada con un mantel, decorada con un pequeño centro de flores y servida con uno de los mejores cubiertos del hotel.

—La mesa está lista —dijo el conde, sonriente, y le retiró la butaca a Sofia.

—¿*Okroshka*? —preguntó ella, mientras se ponía la servilleta en la falda.

—Evidentemente —contestó el conde, sentándose también—. Antes de viajar al extranjero, es conveniente tomarse una sencilla y reconfortante sopa típica del país, para poder recordarla con cariño si algún día se siente uno un poco desanimado.

—Me acordaré en cuanto sienta añoranza —dijo Sofia con una sonrisa.

Cuando estaban acabándose la sopa, se fijó en que, medio escondida al lado del centro de flores, había una estatuilla de plata que representaba a una dama con un vestido del siglo XVIII.

—¿Qué es eso? —preguntó.

—¿Por qué no lo averiguas tú misma?

Sofia cogió la estatuilla, que emitió un débil tintineo; entonces la agitó. Al sonar la campanilla, se abrió la puerta del estudio y por ella entró Andréi empujando un carrito de estilo Regencia, en el que llevaba un cubreplatos de plata.

—*Bonsoir, Monsieur! Bonsoir, Mademoiselle!*

Sofia se echó a reír.

—Espero que le haya gustado la sopa —dijo Andréi.

—Estaba deliciosa.

—*Très bien.*

Andréi retiró los cuencos de la mesa y los puso uno encima del otro en la parte de abajo de su carrito mientras el conde y Sofia contemplaban el cubreplatos de plata, expectantes. Pero cuando Andréi se incorporó, en lugar de revelar lo que les había preparado el chef Zhukovski, sacó una libretita.

—Antes de servirles el siguiente plato —explicó—, necesito que me confirmen su grado de satisfacción con la sopa. Les ruego que firmen aquí, aquí y aquí.

La cara de perplejidad del conde hizo reír a carcajadas a Andréi y a Sofia. Entonces, con un floreo, el maître levantó el cubreplatos y presentó el nuevo guiso especial de Emile: ganso a la Sofia.

—En el que el ganso —explicó entonces— es subido en un montaplatos, perseguido por un pasillo y arrojado desde una ventana antes de ser asado.

Andréi trinchó la carne, sirvió las verduras y escanció el Château Margaux, todo con un solo movimiento de las manos. A continuación, deseó «*Bon appétit*» a los comensales y salió por la puerta.

Mientras padre e hija disfrutaban de la última creación de Emile, el conde recordó con cierto detalle el tumulto que había encontrado en el cuarto piso aquella mañana de 1946, incluidos los calzoncillos militares reglamentarios ante los que Richard Vanderwhile se había cuadrado. Y, de ahí, pasó a relatarle de nuevo aquella vez en que Anna Urbanová había tirado toda su ropa por la ventana, para luego, de madrugada, bajar a recogerla. Es decir, compartieron esas pequeñas historias cómicas de las que se compone la tradición familiar.

Quizá os parezca sorprendente, porque suponíais que el conde aprovecharía la cena para ofrecerle a su hija una larga serie de consejos paternales, como Polonio, o expresarle su profunda pena. Pero él ya había decidido, deliberadamente, ocuparse de todo eso la noche anterior, después de su conversación con Sofia sobre lo que había que hacer.

Haciendo gala de una contención casi exagerada, el conde se había limitado a darle dos concisos consejos. El primero era que si uno no dominaba sus circunstancias, se exponía a que las circunstancias lo dominaran a él; el segundo, la máxima de Montaigne según la cual la señal más clara de sabiduría era la alegría constante. En cambio, en lo referente a expresar su pena el conde no se había reprimido. Le explicó con exactitud a Sofia lo triste que estaría durante su ausencia, y cuánto se alegraría sólo con pensar en su gran aventura.

¿Por qué se preocupó tanto de asegurarse de que todo eso quedara hablado la noche antes de la partida de Sofia? Porque sabía muy bien que, cuando viajas al extranjero por primera vez, no quieres recordar instrucciones laboriosas, consejos graves ni sentimientos lacrimógenos. Como sucede con el recuerdo de una sencilla sopa, lo que más te consuela cuando sientes añoranza es recordar todas esas historias divertidas que ya te habían contado un millar de veces.

Cuando por fin se terminaron los platos, el conde intentó abordar un nuevo tema que, evidentemente, rondaba por su cabeza.

—He pensado... —empezó, titubeante—. O, mejor dicho, se me ha ocurrido que a lo mejor te gustaría... O que quizá en algún momento...

Sofia rió al ver a su padre tan aturullado, lo cual no era nada característico de él.

—¿Qué pasa, papá? ¿Qué es eso que quizá me gustaría?

El conde metió la mano en el bolsillo de su chaqueta y, con timidez, sacó la fotografía que Mishka había metido entre las páginas de su proyecto.

—Ya sé que la fotografía de tus padres tiene un gran valor para ti, así que he pensado... que a lo mejor también te gustaría tener una foto mía. —Ruborizándose por primera vez desde hacía cuarenta años, le entregó el retrato y añadió—: Es la única que tengo.

Sofia, sinceramente emocionada, aceptó la fotografía con la intención de expresarle su más profunda gratitud; pero nada más verla, se tapó la boca y se echó a reír.

—¡Qué bigote! —exclamó.

—Ya lo sé. Pero, aunque te cueste creerlo, hubo un tiempo en que ese bigote era la envidia del Jockey Club.

Sofia soltó otra carcajada.

—Está bien —dijo el conde, tendiendo la mano—. Si no la quieres, lo entenderé.

Pero ella abrazó la fotografía contra su pecho.

—No me separaría de ella por nada del mundo. —Sonriendo, le echó otra ojeada a aquel bigote; entonces miró a su padre intrigada y le preguntó—: ¿Qué ha sido de él?

—Eso, qué ha sido de él...

El conde bebió un buen sorbo de vino y le habló a Sofia de aquella tarde de 1922 en que un tipo achaparrado le había cortado una guía del bigote sin ningún miramiento, en la barbería del hotel.

—¡Qué bruto!

—Sí —coincidió él—, y un presagio de lo que se avecinaba. Pero en cierta medida tengo que agradecerle a aquel tipo mi vida contigo.

—¿Qué quieres decir?

El conde le explicó que, unos días después del incidente de la barbería, su madre se había acercado a su mesa en el Piazza para hacerle, básicamente, la misma pregunta que Sofia acababa de formular: ¿Qué ha sido de él? Y con esa sencilla interrogación había comenzado su amistad.

Esa vez fue Sofia la que bebió un sorbo de vino.

—¿Alguna vez te has arrepentido de haber regresado a Rusia? —preguntó al cabo de un momento—. Me refiero a después de la Revolución.

El conde escudriñó el rostro de su hija. Si al verla salir de la habitación de Anna con su vestido azul le había parecido verla cruzar el umbral de la edad adulta, ante él tenía la confirmación perfecta. Porque cuando Sofia le formuló esa pregunta no lo hizo con el tono ni con la intención del niño que le pregunta algo a su padre, sino como un adulto que interroga a otro adulto sobre las decisiones que ha tomado. De modo que el conde le dedicó a aquella pregunta la reflexión que merecía. Y luego le dijo la verdad:

—Cuando echo la vista atrás, tengo la impresión de que hay personas que siempre interpretan un papel esencial en momentos cruciales. Y no me refiero sólo a los Napoleones que influyen en el desarrollo de la historia; me refiero a los hombres y mujeres que aparecen repetidamente en las encrucijadas de progreso del arte, del comercio o de las ideas, como si la vida volviera a llamarlas para que la ayudaran a cumplir su propósito. Pues bien, desde el día en que nací, Sofia, sólo una vez necesitó la vida que yo estuviera en un sitio concreto en un momento concreto, y fue el día en que tu madre te trajo al vestíbulo del Metropol. Y no aceptaría ser el zar de todas las Rusias a cambio de no haber estado en el hotel a esa hora.

Sofia se levantó y fue a darle un beso en la mejilla. Luego, volviendo a su silla, se recostó en el respaldo, entrecerró los ojos y dijo:

—Tríos famosos.

—¡Ja, ja! —El conde rió.

Y así, mientras las llamas consumían las velas y la botella de Margaux se consumía hasta los posos, se nombraron el padre, el hijo y el Espíritu Santo; el purgatorio, el cielo y el infierno; los tres anillos de Moscú; los tres magos; las tres Parcas; los tres mosqueteros; las tres brujas de Macbeth; el acertijo de la Esfinge; las cabezas de Cerbero; el teorema de Pitágoras; el cuchillo, el tenedor y la cuchara; la escritura, la lectura y la aritmética; la fe, la esperanza y el amor (de los cuales el más importante era el amor).

—Pasado, presente y futuro.

—Planteamiento, nudo, desenlace.

—Mañana, tarde y noche.

—El sol, la luna y las estrellas.

Y tal vez el juego habría podido continuar toda la noche con esa sola categoría, de no ser porque el conde derribó su rey e hizo una inclinación de cabeza cuando Sofia dijo:

—Andréi, Emile y Aleksandr.

A las diez en punto, cuando apagaron las velas y volvieron a su dormitorio, se oyeron unos golpecitos en la puerta. Se miraron los dos con la sonrisa tierna de quienes saben que ha llegado la hora.

—Pasa —dijo el conde.

Era Marina, con el abrigo y el sombrero puestos.

—Siento llegar tarde.

—No, no. Llegas justo a tiempo.

Sofia sacó una chaqueta del armario, y el conde cogió la maleta y la mochila militar que habían dejado encima de la cama. Entonces bajaron los tres al quinto piso por el campanario, salieron por la puerta, cruzaron el pasillo y siguieron descendiendo por la escalera principal.

Horas antes, ese mismo día, Sofia ya se había despedido de Arkadi y de Vasili; aun así, ambos salieron de detrás de sus respectivos mostradores para decirle adiós, y al cabo de un momento se les unió Andréi con su esmoquin y Emile con su delantal. Hasta Audrius salió de detrás de la barra del Chaliapin y, por una vez, dejó desatendidos a sus clientes. El pequeño grupo formó un corro alrededor de Sofia y le deseó toda la suerte del mundo, pese a sentir una pizca de envidia perfectamente aceptable entre familiares y amigos, de una generación a la siguiente.

—Serás la más hermosa de París —dijo alguien.

—Estaremos esperando a que nos lo cuentes todo.

—Que alguien le lleve la maleta.

—¡Sí, su tren parte dentro de una hora!

Cuando Marina salió a la calle para pedir un taxi, Arkadi, Vasili, Audrius, Andréi y Emile, como si lo hubieran acordado previamente, dieron unos pasos atrás, con objeto de que el conde y Sofia pudieran decirse unas últimas palabras a solas. Entonces padre e hija se abrazaron, y Sofia, pese a lo incierto de su éxito, salió por la puerta del Hotel Metropol, que nunca paraba de girar.

★ ★ ★

El conde regresó al sexto piso y se quedó un momento recorriendo su dormitorio con la mirada, de un rincón a otro, y le pareció que ya lo encontraba extrañamente silencioso.

«Así que esto es un nido vacío —pensó—. Qué situación tan triste.»

Se sirvió una copa de coñac y bebió un buen sorbo; se sentó ante el escritorio del Gran Duque y escribió cinco cartas en el papel timbrado del hotel. Al terminar, las metió en el cajón, se lavó los dientes, se puso el pijama y entonces, pese a que Sofia ya no estaba, durmió en el colchón de debajo del somier.

Asociación

Con el estallido de la Segunda Guerra Mundial, muchos ojos en la Europa ocupada miraban con esperanza o desesperación hacia la libertad de las Américas. Lisboa era el más importante punto de partida. Pero no todos podían acceder allí directamente, y así se formó una tortuosa y accidentada ruta de refugiados. De París a Marsella; a través del Mediterráneo hasta Orán; luego por tren, automóvil o a pie por el borde de África hasta Casablanca, en el Marruecos francés. Aquí, los afortunados, con dinero, influencias o suerte, obtenían visados para Lisboa, la antesala del Nuevo Mundo. Pero los otros esperaban en Casablanca. Esperaban, esperaban, esperaban...

—Tengo que reconocerlo, Aleksandr —susurró Ósip—. Ha sido una decisión excelente. Casi se me había olvidado lo emocionante que es.

—Chitón —dijo el conde—. Ya empieza...

El conde y Ósip, que habían comenzado sus estudios en 1930 con una reunión mensual, habían ido reduciendo la frecuencia de sus encuentros con el paso de los años. Al cabo de un tiempo, se reunían una vez por trimestre, y luego dos veces al año, y de pronto habían dejado de encontrarse.

¿Por qué?, os preguntaréis.

Pero ¿acaso es necesario que haya una razón? ¿Acaso vosotros seguís cenando con todos los amigos con los que cenabais hace veinte años? Baste decir que los dos se tenían mucha simpatía y que, pese a su buena voluntad, se impuso la vida. Así pues, una noche de principios de junio en que Ósip había ido al Boiarski con un colega suyo, al salir del restaurante se acercó al conde y le recordó que había pasado demasiado tiempo.

—Tiene razón —concedió él—. Deberíamos quedar un día para ver una película.

—Cuanto antes, mejor —respondió Ósip sonriente.

Y quizá todo hubiera quedado en eso, pero cuando el ex coronel se dio la vuelta para reunirse con su colega en la puerta, al conde se le ocurrió una cosa.

—¿Qué valor tiene una intención, comparada con un plan? —dijo, cogiendo a Ósip por la manga—. Si cuanto antes, mejor, ¿por qué no la semana que viene?

Ósip se dio la vuelta y se lo quedó mirando.

—Mire, tiene toda la razón, Aleksandr. ¿Qué le parece el diecinueve?

—El diecinueve, perfecto.

—¿Qué película podemos ver?

Sin vacilar, el conde contestó:

—*Casablanca*.

—*Casablanca*... —rezongó Ósip.

—¿No era Humphrey Bogart su actor favorito?

—Por supuesto que lo es. Pero *Casablanca* no es una película de Humphrey Bogart. Sólo es una historia de amor en la que resulta que aparece él.

—Todo lo contrario. *Casablanca* es la película de Humphrey Bogart por excelencia.

—Eso sólo lo piensa porque él lleva una chaqueta de esmoquin blanco durante media película.

—Eso es absurdo —replicó el conde con cierta aspereza.

—Quizá sea un poco absurdo —concedió Ósip—. Pero es que no quiero ver *Casablanca*.

El conde, que no se dejaba manipular por la actitud pueril de su oponente, hizo un mohín.

—De acuerdo —cedió Ósip—. Pero si usted elige la película, yo elijo la comida.

★ ★ ★

Al final resultó que nada más empezar la película, Ósip se quedó cautivado. Al fin y al cabo, mataban a dos correos alemanes en el desierto, detenían a varios sospechosos en el mercado, le disparaban a un fugitivo, le robaban a un británico, llegaba un avión de la Gestapo, había música y juego en Rick's Café Américain, y además escondían dos salvoconductos en un piano, ¡y todo eso en los diez primeros minutos!

En el minuto veinte, cuando el capitán Renault ordenaba a su oficial que detuviera a Ugarte discretamente y el oficial saludaba, Ósip también saludaba. Cuando Ugarte cambiaba sus fichas, Ósip también cambiaba las suyas. Y cuando Ugarte se escabullía entre los dos guardias, daba un portazo, sacaba su pistola y disparaba cuatro veces, Ósip salía corriendo, daba un portazo, desenfundaba y disparaba.

[*Ugarte, que no tiene dónde esconderse, corre por el pasillo. Al ver aparecer a Rick en la dirección opuesta, lo agarra.*]
UGARTE: ¡Rick! ¡Rick, ayúdame!
RICK: Estás loco. No puedes escapar.
UGARTE: Rick, escóndeme, haz algo. Debes ayudarme, Rick. ¡Haz algo! ¡Rick! ¡Rick!
[*Rick se queda impertérrito mientras los guardias y los gendarmes se llevan a Ugarte a rastras.*]
CLIENTE: Cuando vengan a por mí espero que me ayude algo más, Rick.
RICK: Yo no me juego el pellejo por nadie.
[*Pasa tranquilamente entre las mesas y los desconcertados clientes, algunos de los cuales están a punto de marcharse. Rick se dirige a todos con voz calmada.*]
RICK: Siento que se haya producido este alboroto, amigos, pero ya todo ha terminado. Siéntense y traten de pasar un buen rato y divertirse. Adelante, Sam.

Cuando Sam y su orquesta empezaban a tocar y el local recuperaba una atmósfera despreocupada y relajada. Ósip se inclinó hacia el conde.

—Puede que tenga razón, Aleksandr. Ésta podría ser una de las mejores interpretaciones de Bogart. ¿Se ha fijado en su indiferencia cuando prácticamente le arrancaban a Ugarte de las solapas? Y cuando ese norteamericano engreído hace ese comentario petulante, Bogart ni siquiera se digna mirarlo al contestar. Entonces, tras ordenar al pianista que siga tocando, vuelve a sus cosas como si no hubiera pasado nada.

El conde, que escuchaba a Ósip con el ceño fruncido, de repente se levantó y apagó el proyector.

—¿Vamos a ver la película o vamos a hablar de ella?

Ósip, sorprendido, respondió:

—Vamos a verla.

—¿Hasta el final?

—Sí, sí. Hasta los créditos.

El conde volvió a encender el proyector y Ósip se quedó mirando muy atento la pantalla.

Si hemos de ser sinceros, después de protestar por la falta de atención de Ósip, tampoco es que el conde le prestara toda su atención a la película. Sí estaba atento cuando, en el minuto treinta y ocho, Sam se encuentra a Rick solo, bebiendo whisky en el local. Pero cuando el humo del cigarrillo de Rick se disuelve y nos muestra un montaje de sus días en París con Ilsa, los pensamientos del conde se disolvieron para mostrarle su propio montaje parisino.

Sin embargo, a diferencia de Rick, el montaje del conde no lo formaban sus recuerdos, sino sus imaginaciones. Empezaba con Sofia apeándose en la Gare du Nord, mientras una nube de vapor de la locomotora envolvía el andén. Al poco rato, estaba fuera de la estación con su equipaje en la mano, preparada para subir al autobús con los otros músicos. Después miraba por la ventanilla y contemplaba la ciudad de camino al hotel, donde los jóvenes músicos permanecerían hasta el momento del concierto, bajo la vigilante mirada de los miembros del personal del Conservatorio, dos representantes del VOKS, un agregado cultural y tres «carabinas» contratadas por el KGB.

Cuando la película regresó de París a Casablanca, lo mismo hizo el conde. Dejó de pensar en su hija y siguió atento a la acción al tiempo que, con el rabillo del ojo, constataba la completa absorción de Ósip en los apuros de los personajes principales.

Pero el conde se alegró especialmente del interés de su amigo durante los últimos minutos de la película. Porque con el avión despegando hacia Lisboa y el comandante Strasser muerto en el suelo, cuando el capitán Renault miraba la botella de agua de Vichy con el ceño fruncido, la tiraba a la papelera y le daba un puntapié, Ósip Glébnikov, ex coronel del Ejército Rojo y alto funcionario del Partido, sentado en el borde del asiento, se sirvió agua, arrugó el ceño, tiró la botella y le dio un puntapié a la papelera.

Antagonistas, frente a frente
(y una absolución)

—Buenas noches y bienvenidos al Boiarski —dijo el conde en ruso, cuando la pareja de mediana edad, de pelo rubio y ojos azules, alzó la vista de la carta.

—¿Habla usted inglés? —preguntó el marido en inglés, aunque con una entonación claramente escandinava.

—Buenas noches y bienvenidos al Boiarski —tradujo en consecuencia el conde—. Me llamo Aleksandr y soy el camarero encargado de atenderlos. Pero antes de describirles los platos especiales del día; ¿les apetece tomar un aperitivo?

—No, creo que ya sabemos lo que vamos a pedir —dijo el marido.

—Acabamos de llegar al hotel después de un largo día de viaje —explicó la mujer con una sonrisa que revelaba cansancio.

El conde vaciló.

—Y, si no es indiscreción, ¿de dónde vienen?

—De Helsinki —contestó el marido con un deje de impaciencia.

—Ah, entonces *tervetuloa Moskova* —dijo el conde.

—*Kiitos* —contestó la mujer, y volvió a sonreír.

—Teniendo en cuenta el largo viaje que han hecho, me encargaré de que les sirvan cuanto antes una comida deliciosa. Pero antes de tomarles nota, ¿les importaría decirme el número de su habitación?

★ ★ ★

Desde el principio, el conde había determinado que necesitaría birlarle unas cuantas cosas a un noruego, danés, sueco o finlandés. A primera vista, ese objetivo no habría tenido que suponer un reto excesivo, pues los visitantes escandinavos eran bastante habituales en el Metropol. El problema era que, con toda probabilidad, el visitante en cuestión informaría al director del hotel nada más descubrir que había sido víctima de un hurto, lo que a su vez llevaría a que se informara a las autoridades, a que éstas interrogaran al personal del hotel e incluso, quizá, a que revisaran habitaciones y se pusiera vigilancia en las estaciones de ferrocarril. Así pues, el hurto debía tener lugar en el último minuto. Entretanto, el conde no podía hacer otra cosa que cruzar los dedos para que algún escandinavo se hospedara en el Metropol en el momento decisivo.

El 13 de junio había visto, apenado, cómo un vendedor de Estocolmo abandonaba el hotel. Luego, el 17, un periodista de Oslo había sido reclamado por su periódico. El conde se reprochó a sí mismo, y en términos nada indulgentes, no haber actuado antes. Y entonces, ¡quién lo iba a decir!, cuando sólo quedaban veinticuatro horas, una pareja de agotados finlandeses entró en el Boiarski y se sentó a una de sus mesas.

Pero todavía quedaba una pequeña complicación: el artículo más importante que el conde esperaba poder conseguir era el pasaporte del caballero. Y, dado que la mayoría de los extranjeros que visitaban Rusia llevaban siempre el pasaporte encima, pensó que no podría colarse en la suite de los finlandeses a la mañana siguiente, cuando hubieran salido a visitar la ciudad; tendría que entrar esa noche, cuando ellos estuvieran dentro.

Aunque no nos guste admitirlo, el destino no toma partido. El destino es imparcial y generalmente prefiere mantener cierto equilibrio entre las probabilidades de éxito y las de fracaso en todos nuestros empeños. Así que, después de poner al conde en la difícil situación de tener que robar un pasaporte en el último minuto, le ofreció un pequeño premio de consolación: a las nueve y media, cuando preguntó a la pareja si quería ver el carrito de los postres, ellos dijeron que no, aduciendo que estaban agotados y querían acostarse.

★ ★ ★

Poco después de medianoche, cuando ya habían cerrado el Boiarski y el conde se había despedido de Andréi y de Emile, subió por la escalera hasta el tercer piso, fue hasta la mitad del pasillo, se quitó los zapatos y, en calcetines, se coló en la suite 322 gracias a la llave maestra de Nina.

Muchos años atrás, bajo el hechizo de cierta actriz, el conde había residido durante un tiempo en el reino de lo invisible. Al entrar de puntillas en el dormitorio de los finlandeses, suplicó a Venus que lo envolviera en una neblina (como la diosa había hecho con su hijo Eneas para que pudiera deambular por las calles de Cartago) para que sus pasos fueran silenciosos, los latidos de su corazón débiles y su presencia en la habitación pasara desapercibida como un soplo de aire.

Como era finales de junio, los finlandeses habían corrido las cortinas a fin de evitar que entrara el resplandor de las noches blancas, pero quedaba una rendija de claridad donde se juntaban las dos cortinas. Con esa escasa iluminación, el conde se acercó a los pies de la cama y distinguió los cuerpos dormidos de los dos viajeros. Gracias a Dios, tenían unos cuarenta años. Si hubieran sido quince años más jóvenes, no habrían estado dormidos. Después de cenar en la calle Arbat y beberse dos botellas de vino, habrían vuelto al hotel tambaleándose y ahora estarían el uno en los brazos del otro. Si hubieran sido quince años más viejos, estarían dándose la vuelta en la cama una y otra vez, y levantándose como mínimo dos veces a lo largo de la noche para ir al cuarto de baño. Pero con cuarenta años tenían suficiente apetito para comer bien, suficiente sensatez para beber con moderación y suficiente sabiduría para aprovechar que no estaban sus hijos y dormir toda la noche de un tirón.

El conde sólo tardó unos minutos en hacerse con el pasaporte del caballero y con ciento cincuenta marcos finlandeses que encontró en el escritorio; cruzó el salón de puntillas y salió sin hacer ruido al pasillo, que estaba vacío.

De hecho, estaba tan vacío que ni siquiera encontró allí sus zapatos.

«¡Maldita sea! —se dijo—. Debe de haberlos recogido alguien del servicio nocturno para limpiarlos.»

Soltó una sarta de reproches contra sí mismo y se consoló pensando que, con toda probabilidad, a la mañana siguiente los finlandeses se limitarían a devolver sus zapatos al mostrador de recepción, desde donde serían trasladados a la colección de objetos extraviados y no identificados del hotel. Mientras subía por la escalera del campanario se consoló también pensando que todo lo demás había salido según lo planeado. «Mañana por la noche a estas horas...», iba pensando cuando abrió la puerta de su dormitorio. Pero dentro se encontró al Obispo, sentado al escritorio del Gran Duque.

Como es lógico, lo primero que sintió el conde al verlo fue indignación. Porque aquel registrador de discrepancias, aquel quitaetiquetas de vino no sólo había entrado en sus aposentos sin que nadie lo invitara, sino que, por si fuera poco, había apoyado los codos en aquella superficie gastada donde, antaño, se habían expuesto argumentos persuasivos para hombres de Estado y consejos exquisitos para amigos. Se disponía a exigir una explicación cuando vio que el cajón del escritorio estaba abierto y que el Obispo tenía una hoja de papel en la mano.

«Las cartas», comprendió enseguida, y el temor se apoderó de él.

Y si hubieran sido sólo las cartas...

Las expresiones de afecto y amistad cuidadosamente redactadas quizá no fueran habituales entre colegas, pero tampoco podía decirse que fueran sospechosas por sí mismas. Todo hombre está en su derecho (y hasta podríamos decir que tiene esa responsabilidad) de comunicarles sus buenos sentimientos a sus amigos. Sin embargo, lo que el Obispo tenía en la mano no era una carta escrita recientemente. Era el primer mapa de la guía *Baedeker*, el mapa en el que él había trazado la línea roja que conectaba el Palais Garnier con la embajada de Estados Unidos por la avenue George V.

De todas formas, tal vez no fuera demasiado relevante si se trataba de una carta o de un mapa. Porque cuando el Obispo se había dado la vuelta al oír la puerta, había contemplado la transición de la expresión del conde, que pasó de la indignación al horror, una transición que confirmaba su culpabilidad antes incluso de que se formulara la acusación.

—Jefe de sala Rostov —dijo el Obispo, como si le sorprendiera ver al conde en su propia habitación—. Desde luego, es usted un hombre de intereses variados: el vino, la cocina, las calles de París...

—Sí —afirmó el conde, mientras intentaba serenarse—. Últimamente he estado leyendo a Proust y me ha parecido oportuno volver a familiarizarme con la distribución de los *arrondissements* de la ciudad.

—Por supuesto —dijo el Obispo.

La crueldad sabe que no necesita histrionismos. Puede ser todo lo calmada y silenciosa que quiera. Puede suspirar, o mover ligeramente la cabeza para expresar su incredulidad, u ofrecer una disculpa cordial por hacer lo que deba. Puede moverse despacio, de forma metódica e implacable. Así, el Obispo, tras dejar el mapa encima de la superficie gastada del escritorio del Gran Duque, se levantó de la butaca, cruzó la habitación y pasó al lado del conde sin decir ni una sola palabra.

¿Qué pasaba por la mente del Obispo mientras descendía cinco pisos, desde el desván hasta la planta baja del hotel? ¿Qué emoción predominaba en él?

Quizá se regodeara. Quizá, después de haberse sentido menospreciado por el conde durante treinta años, sintiera el placer de poner a aquel erudito engreído en su sitio. O quizá sintiera superioridad moral. Quizá el camarada Leplevski estuviera tan entregado a la hermandad del *Proletariat* (de donde él había salido) que el hecho de que siguiera existiendo aquel ex aristócrata en la nueva Rusia ofendiera su sentido de la justicia. O tal vez sólo sintiera la fría satisfacción de los envidiosos. Porque las personas que de jóvenes han tenido dificultades en la escuela o para hacer amigos siempre reconocerán y mirarán con rabia a quienes, aparentemente, lo han tenido fácil en la vida.

Regodeo, superioridad moral, satisfacción... ¿Quién sabe? Pero lo que sintió el Obispo al abrir la puerta de su despacho fue, casi sin ninguna duda, conmoción. Porque el adversario al que hacía sólo unos minutos había dejado en el desván estaba sentado detrás de la mesa del director con una pistola en la mano.

★ ★ ★

¿Cómo era posible?

Al salir del dormitorio del conde, lo había dejado paralizado por una avalancha de emociones, embargado por la ira, la incredulidad, el autorreproche y el temor. En lugar de quemar el mapa, había cometido la estupidez de meterlo en el cajón. Seis meses preparando cuidadosamente el plan y ejecutándolo con sumo esfuerzo, echados por tierra de repente por un solo paso en falso. Y, aún peor, había puesto en peligro a Sofia. ¿Qué precio tendría que pagar ella por aquel descuido?

Se había quedado paralizado, sí, pero sólo cinco segundos. Y todos esos comprensibles sentimientos que amenazaban con impedir que la sangre llegara a su corazón quedaron arrinconados por su resolución.

Se dio la vuelta, fue al campanario, se asomó a la escalera y esperó hasta que el Obispo hubo descendido los dos primeros tramos. Entonces, todavía descalzo, siguió sus pasos; pero al llegar al quinto piso salió del campanario, corrió por el pasillo y bajó por la escalera principal, como había hecho Sofia a los trece años.

Como si todavía lo envolviera la neblina, cuando llegó al pie de la escalera corrió por el pasillo y se metió en los despachos sin que nadie lo viera, pero al llegar ante la puerta del Obispo comprobó que estaba cerrada con llave. Mientras tomaba el nombre de Dios en vano, se palpó el chaleco y, aliviado, vio que todavía llevaba la llave maestra de Nina en el bolsillo. Entró en el despacho, volvió a cerrar con llave y fue hasta la pared donde los armarios archivadores habían ocupado el lugar del antiguo diván del señor Halecki. Contando a partir del retrato de Karl Marx, apoyó la mano en el centro del segundo panel de la derecha y empujó hasta que cedió. Sacó la caja de marquetería de su cámara, la puso encima de la mesa y levantó la tapa.

—Una maravilla —dijo.

A continuación se sentó en la butaca del director, sacó las dos pistolas, las cargó y esperó. Calculó que sólo disponía de unos segundos hasta que se abriera la puerta, pero los utilizó lo mejor que pudo para calmar su respiración, reducir el ritmo de sus latidos y controlar sus nervios, de modo que cuando el Obispo hizo girar la llave en la cerradura, el conde estaba impasible como un asesino.

Su presencia al otro lado de la mesa era tan inconcebible que el Obispo ya había cerrado la puerta antes de darse cuenta de lo que estaba pasando. Pero si todos tenemos algún punto fuerte, el del Obispo era que nunca se desviaba ni un ápice del protocolo y que tenía un sentido inquebrantable de la propia superioridad.

—Jefe de sala Rostov —dijo casi con fastidio—, usted no pinta nada en mi despacho. Le ordeno que salga inmediatamente.

El conde levantó una de las pistolas.

—Siéntese.

—¡Cómo se atreve!

—Siéntese —repitió más despacio.

El Obispo habría sido el primero en admitir que no tenía ninguna experiencia con armas de fuego. De hecho, ni siquiera sabía distinguir un revólver de una pistola semiautomática. No obstante, cualquiera se habría dado cuenta de que lo que el conde empuñaba era una antigüedad. Una pieza de museo. Una curiosidad.

—No me deja más alternativa que avisar a las autoridades —dijo. Dio un paso adelante y levantó el auricular de uno de sus dos teléfonos.

El conde dejó de apuntar al Obispo, apuntó al retrato de Stalin y le disparó al ex primer ministro entre los ojos.

Sorprendido por el sonido o por el sacrilegio, el Obispo saltó hacia atrás y soltó el auricular con gran estrépito.

El conde levantó la otra pistola y le apuntó al pecho.

—Siéntese —insistió.

Esa vez obedeció.

Sin dejar de apuntarle al pecho con la segunda pistola, el conde se levantó. Colgó el teléfono en su horquilla. Salió de detrás de la mesa del Obispo y cerró la puerta del despacho con llave. A continuación, volvió a sentarse en la butaca.

Los dos guardaron silencio y el Obispo recuperó su sentido de superioridad.

—Muy bien, jefe de sala Rostov, parece que, mediante la amenaza de violencia, ha conseguido retenerme contra mi voluntad. ¿Y ahora qué piensa hacer?

—Ahora vamos a esperar.

—¿A qué vamos a esperar?

El conde no respondió.

Al cabo de unos instantes, sonó uno de los teléfonos. Instintivamente, el Obispo fue a contestar, pero el conde le dijo que no con la cabeza. El teléfono sonó once veces y luego paró.

—¿Cuánto tiempo piensa retenerme aquí? —preguntó entonces el Obispo—. ¿Una hora? ¿Dos? ¿Hasta mañana?

Era una buena pregunta. El conde recorrió las paredes con la mirada en busca de un reloj, pero no encontró ninguno.

—Deme su reloj —dijo.

—¿Cómo dice?

—Ya me ha oído.

El Obispo se quitó el reloj de la muñeca y lo tiró encima de la mesa. En general, el conde no era partidario de despojar a las personas de sus objetos propios a punta de pistola, pero pese a haberse enorgullecido durante años de no depender de la segundera, había llegado el momento de prestarle atención.

Según el reloj del Obispo (que probablemente iba cinco minutos adelantado para asegurarse de no llegar tarde al trabajo), era casi la una de la madrugada. Todavía estarían llegando algunos huéspedes del hotel que habían salido a cenar fuera y quedarían algunos rezagados en el bar; los empleados debían de estar recogiendo y preparando el Piazza, y pasando el aspirador por el vestíbulo. Pero a las dos y media ya no quedaría nadie por los pasillos ni en el vestíbulo.

—Póngase cómodo —dijo el conde. Y entonces, para pasar el rato, empezó a silbar una melodía de *Così fan tutte* de Mozart. Cuando iba por el segundo movimiento, reparó en que el Obispo sonreía con desdén.

—¿Le ocurre algo? —preguntó el conde.

Al Obispo le tembló la comisura izquierda de la boca.

—Qué convencidos han estado ustedes siempre de lo correcto de sus actos —dijo con desprecio—. Como si Dios mismo estuviera tan impresionado con sus excelentes modales y su encantadora forma de decir las cosas que les hubiera otorgado el derecho de hacer lo que se les antojara. Cuánta vanidad.

Y soltó lo que tal vez en su casa pasara por una risotada.

—Bueno, ya ha tenido usted su tiempo —continuó—. Ha tenido su oportunidad de bailar con sus ilusiones y actuar con impunidad. Pero su pequeña orquesta ha parado de tocar. Cualquier cosa que diga o haga a partir de ahora, cualquier cosa que piense, aunque sea a las dos o las tres de la madrugada detrás de una puerta cerrada con llave, saldrá a la luz. Y cuando salga, se le exigirán responsabilidades.

El conde lo escuchó con sincero interés y una pizca de sorpresa. ¿Ustedes? ¿Derecho para hacer lo que se les antojara? ¿Bailar con sus ilusiones? El conde no tenía ni idea de a qué se refería. Al fin y al cabo, llevaba más de media vida viviendo bajo arresto domiciliario en el Hotel Metropol. Casi se le escapó una sonrisa y estuvo a punto de hacer algún comentario sarcástico sobre la gran imaginación que tenían los hombres mezquinos, pero no dijo nada y se puso más serio, mientras reflexionaba sobre la arrogante amenaza del Obispo de que todo «saldría a la luz».

Desvió la mirada hacia los armarios archivadores, de los que había cinco.

Sin dejar de apuntar al Obispo, se acercó a ellos y tiró del cajón superior izquierdo. Estaba cerrado con llave.

—¿Dónde está la llave?

—Usted no es nadie para abrir esos armarios. Contienen mis archivos personales.

Rostov volvió detrás de la mesa y abrió los cajones. Para su sorpresa, estaban vacíos.

¿Dónde podía guardar una persona como el Obispo la llave de sus archivos personales? Claro, debía de llevarla encima. Por supuesto.

Rodeó la mesa y se plantó al lado del Obispo.

—Una de dos —dijo—. Puede darme esa llave o puedo quitársela yo. Pero no hay una tercera opción.

Cuando el otro levantó la cabeza con gesto de ligera indignación, vio que el conde blandía la antigua pistola, con la clara intención de apuntarle a la cara. El Obispo se sacó un pequeño llavero del bolsillo y lo tiró encima de la mesa.

En cuanto las llaves tintinearon al chocar contra el tablero, el conde se fijó en que el Obispo había sufrido una especie de transformación. De pronto había perdido aquella actitud de superioridad, como si ésta siempre hubiera dependido de su posesión de aquellas llaves. Cogió el llavero, buscó la llave más pequeña y abrió todos los archivadores uno a uno.

Los tres primeros contenían una ordenada colección de informes sobre las operaciones del hotel: ingresos; tasas de ocupación; dotación de personal; gastos de mantenimiento; inventarios y, por supuesto, discrepancias. Pero en el resto de los archivadores, las carpetas correspondían a individuos. Además de información sobre varios huéspedes que se habían alojado en el hotel a lo largo de los años, había carpetas ordenadas alfabéticamente con los nombres de diversos miembros de la plantilla. Arkadi, Vasili, Andréi y Emile. Incluso Marina. Al conde le bastó con echarles un somero vistazo para adivinar su propósito. Constituían un registro detallado de los defectos humanos y señalaban casos concretos de lentitud, impertinencia, desafección, embriaguez, pereza o deseo. En un sentido estricto, no podía afirmarse que el contenido de aquellas carpetas fuera erróneo ni falaz. Sin duda, todos los mencionados anteriormente habían sido culpables de alguna de aquellas debilidades humanas en un momento u otro; pero, para cualquiera de ellos, el conde habría podido recopilar un expediente cincuenta veces mayor que catalogara sus virtudes. Sacó los archivos de sus amigos y los arrojó sobre el escritorio; entonces volvió a los archivadores y buscó entre las carpetas correspondientes a la «R». Cuando encontró la suya, se alegró de comprobar que era una de las más gruesas.

El conde miró su reloj (o, mejor dicho, el del Obispo). Eran las dos y media de la madrugada: la hora de los fantasmas. Volvió a cargar la primera pistola, se la metió en el cinturón y apuntó con la otra al Obispo.

—Es la hora —dijo, señalando los archivos que había encima del escritorio con el cañón de la pistola—. Esas carpetas son suyas, llévelas usted.

El Obispo las recogió sin protestar.

—¿Adónde vamos?

—Enseguida lo verá.

Lo guió por los despachos vacíos hasta una estrecha escalera por la que bajaron hasta el segundo sótano.

A pesar de la minuciosidad con que se ocupaba de los aspectos más nimios del hotel, era evidente que el Obispo nunca había estado en el sótano. Al llegar al pie de la escalera y salir por la puerta, miró a su alrededor con una mezcla de miedo y repugnancia.

—Primera parada —anunció el conde, abriendo la maciza puerta de acero que conducía a la sala de calderas. Al ver que el Obispo vacilaba, le hincó el cañón de la pistola—. Aquí. —Se sacó un pañuelo del bolsillo y abrió la puertecita de hierro del horno—. Adentro —dijo.

Sin decir palabra, el Obispo tiró las carpetas al fuego. Quizá fuera por lo cerca que estaba del horno, o por el esfuerzo de bajar la escalera cargado con aquel montón de carpetas, pero había empezado a sudar de una manera que no era nada propia de él.

—Vamos —dijo el conde—. Siguiente parada.

Una vez fuera de la sala de calderas, empujó al Obispo por el pasillo, hacia el gabinete de curiosidades.

—Ahí. En el estante inferior. Coja ese librito rojo.

El Obispo obedeció y le entregó la guía *Baedeker* de Finlandia.

Con una inclinación de cabeza, el conde le indicó que debían continuar hacia el fondo del sótano. El Obispo estaba muy pálido, y apenas unos pasos más allá dio la impresión de que iban a doblársele las rodillas.

—Sólo un poco más —lo animó el conde. Y un momento después se encontraban ante una puerta pintada de azul eléctrico.

Rostov se sacó la llave de Nina del bolsillo y abrió la puerta.

—Entre —dijo.

El Obispo obedeció y a continuación dio media vuelta.

—¿Qué va a hacer conmigo?

—Nada. No voy a hacer nada.

—Entonces ¿cuándo piensa volver?

—No voy a volver.

—No puede dejarme aquí —protestó el Obispo—. ¡Podrían tardar semanas en encontrarme!

—Usted asiste a la reunión diaria del Boiarski, camarada Leplevski. Si hubiera prestado atención en la última, recordaría que el martes por la noche se celebra un banquete en el salón de baile. No tengo ninguna duda de que alguien lo encontrará en ese momento.

Dicho esto, el conde cerró la puerta y dejó al Obispo encerrado en aquella habitación donde la pompa esperaba a que llegara su momento.

—Seguro que se llevan estupendamente —pensó el conde.

A las tres de la madrugada, el conde entró en la escalera del campanario por el vestíbulo. Empezó a subir y sintió el alivio de haberse salvado de milagro. Se metió una mano en el bolsillo, sacó el pasaporte robado y los marcos finlandeses y los guardó entre las páginas de la guía *Baedeker*. Pero cuando iba por el cuarto piso, un escalofrío le recorrió la espalda. Porque en el descansillo que tenía justo encima estaba el fantasma del gato tuerto. Desde su atalaya, el gato miró hacia abajo y contempló al ex aristócrata, que estaba allí plantado, descalzo, con dos pistolas en el cinturón y varios objetos robados en la mano.

Cuentan que el almirante lord Nelson, que había perdido la visión en un ojo en la batalla del Nilo de 1798, al cabo de tres años, durante la batalla de Copenhague, se llevó el telescopio al ojo ciego cuando su comandante levantó la bandera en señal de retirada, y que por eso siguió atacando hasta que la armada danesa accedió a negociar una tregua.

A pesar de que esa historia era una de las favoritas del Gran Duque, y de que se la había contado a menudo al joven conde como un ejemplo de valerosa perseverancia en situaciones adversas, él siempre había sospechado que era un poco apócrifa. Después de todo, en los conflictos armados es inevitable que los hechos salgan tan lastimados como los barcos y los hombres, por no decir más. Pero al comienzo del solsticio de verano de 1954, el gato tuerto del Metropol hizo la vista gorda ante lo que el conde había obtenido por medios un tanto turbios y, sin dar ni la menor muestra de decepción, desapareció escalera abajo.

Apoteosis

A pesar de haberse acostado a las cuatro de la madrugada, el 21 de junio el conde se levantó a su hora habitual. Hizo cinco flexiones, cinco estiramientos y respiró hondo cinco veces. Desayunó un café, una galleta y su fruta diaria (ese día, un surtido de bayas), y a continuación bajó a leer los periódicos y conversar con Vasili. Comió en el Piazza. Por la tarde fue a visitar a Marina al taller de costura. Como era su día libre, a las siete de la tarde se tomó un aperitivo en el Chaliapin, donde se maravilló de la llegada del verano con el siempre atento Audrius. Y a las ocho cenó en la mesa diez del Boiarski. Es decir, hizo más o menos lo que hacía siempre en su día libre. Excepto que, a las diez, cuando salió del restaurante, después de decirle a Nadia que el director quería verla, se coló en el guardarropa vacío y tomó prestada la gabardina y el sombrero del periodista estadounidense, Salisbury.

De nuevo en el desván, rebuscó hasta el fondo de su viejo baúl para recuperar la mochila que había utilizado en 1918 en su viaje de París a Villa Holganza. Al igual que entonces, esta vez sólo se llevaría lo imprescindible. Es decir, tres mudas de ropa, un cepillo de dientes y pasta dentífrica, *Anna Karénina*, el proyecto de Mishka y, por último, la botella de Châteauneuf-du-Pape que tenía la intención de beberse el 14 de junio de 1963, cuando se cumplieran diez años de la muerte de su viejo amigo.

Recogió sus cosas y le hizo una última visita a su estudio. Tiempo atrás se había despedido de un hogar entero. Luego, al cabo de unos años, se había despedido de una suite. Ahora iba a despedirse de una habitación de nueve metros cuadrados. Era, sin duda, la habitación más pequeña en la que había vivido, pero de alguna manera, dentro de esas cuatro paredes la vida había seguido su curso. Con ese pensamiento, el conde se descubrió ante el retrato de Helena y apagó la luz.

Mientras él bajaba al vestíbulo, Sofia terminaba su actuación en el escenario de la Salle Pleyel de París. Se levantó de la banqueta del piano y se volvió hacia el público, casi maravillada, porque, cuando actuaba, Sofia se sumergía tan de lleno en la música que casi olvidaba que había alguien escuchándola. Pero los aplausos la devolvieron a la realidad, así que no olvidó señalar con gesto elegante a la orquesta y al director antes de hacer una última reverencia.

Nada más salir del escenario, recibió las felicitaciones formales del agregado cultural y el sincero abrazo del director Vavílov. Éste afirmó que había sido su mejor actuación hasta el momento. Pero entonces los dos hombres volvieron a prestar atención a lo que sucedía en el escenario, donde el virtuoso violinista estaba colocándose delante del director de orquesta. En la sala se hizo un silencio tan absoluto que todos los presentes pudieron oír el golpecito de la batuta del director. A continuación, tras ese momento de suspensión universal, los músicos empezaron a tocar y Sofia se fue al camerino.

La orquesta del Conservatorio interpretaba el concierto de Dvorak en poco más de treinta minutos. Sofia se concedería quince para llegar a la salida.

Cogió su mochila y se dirigió a uno de los cuartos de baño reservados para los músicos. Cerró la puerta con pestillo, se descalzó y se quitó el bonito vestido azul que le había hecho Marina. Se quitó también el collar que le había regalado Anna y lo dejó caer sobre el vestido. Se puso los pantalones y la camisa de algodón que su padre le había sustraído al caballero italiano. Luego, mirándose en el espejito de encima del lavamanos, sacó las tijeras que también él le había dado y empezó a cortarse el pelo.

Aquel pequeño utensilio con forma de garceta, tan valorado por la hermana de su padre, estaba pensado para repasar las puntas, no para cortar gruesos mechones. Los ojos de las tijeras se le clavaron en los nudillos del pulgar y el índice cuando trató sin éxito de cortarse el pelo. Le brotaron lágrimas de frustración, pero cerró los ojos e inspiró hondo. «Ahora no tengo tiempo para esto», se dijo. Se enjugó las lágrimas con el dorso de la mano y volvió a empezar, cortando mechones más pequeños y avanzando sistemáticamente alrededor de la cabeza.

Cuando terminó, recogió el pelo cortado, lo echó al váter y tiró de la cadena, tal como le había indicado su padre. Entonces, de un bolsillo lateral de la mochila sacó la botellita negra que el barbero del Metropol utilizaba para teñir las primeras canas que aparecían en la barba de sus clientes. El tapón de la botella llevaba incorporado un pequeño cepillo. Sofia sujetó el mechón de pelo blanco que había caracterizado virtualmente su aspecto desde los trece años, se inclinó sobre el lavamanos y, con cuidado, fue pasándole el cepillo impregnado de tinte hasta que quedó tan negro como el resto de su pelo.

Al terminar guardó de nuevo la botella y las tijeras en su mochila. Sacó la gorra del italiano y la dejó en el lavamanos. Miró el montón de ropa que había en el suelo y fue entonces cuando reparó en que no se les había ocurrido pensar en los zapatos. Sólo tenía aquel par de tacón alto que Anna le había ayudado a elegir para el concurso del Conservatorio el año anterior. Como no tenía alternativa, los tiró a la papelera.

Recogió el vestido y el collar y se dispuso a tirarlos también. Sí, el vestido se lo había hecho Marina y el collar se lo había regalado Anna, pero no podía llevárselos: su padre había insistido en ello. Si por algún motivo la paraban y le revisaban la mochila, aquellos artículos femeninos y elegantes la delatarían. Sofia titubeó un momento y luego metió el vestido en la papelera junto con los zapatos; pero el collar se lo guardó en el bolsillo.

Abrochó las correas de la mochila, se la colgó a la espalda, se caló la gorra, abrió la puerta del cuarto de baño y aguzó el oído. Las cuerdas estaban iniciando el *crescendo*, lo que significaba que el tercer movimiento llegaba a su fin. Salió del cuarto de baño, se alejó de los camerinos y se dirigió hacia la parte trasera del edificio.

La música subió de volumen cuando ella pasaba justo por detrás del escenario. Entonces, mientras sonaban las primeras notas del último movimiento, traspuso la puerta trasera del edificio y salió, descalza, a la calle.

Caminando a buen paso pero sin correr, Sofia rodeó la Salle Pleyel hasta la rue du Faubourg Saint-Honoré, donde se encontraba la entrada bien iluminada de la sala de conciertos. Cruzó la calle, se metió en un portal y se quitó la gorra. De debajo de la visera sacó el pequeño mapa que su padre había recortado de la guía *Baedeker* y doblado varias veces hasta reducirlo al tamaño de una caja de cerillas. Lo desplegó, se orientó y empezó a seguir la línea roja. Recorrió media manzana del Faubourg Saint-Honoré, bajó por la avenue Hoche hasta el Arc de Triomphe y torció a la izquierda por los Champs-Élysées en dirección a la Place de la Concorde.

Al trazar aquella línea zigzagueante desde la puerta de la Salle Pleyel hasta la embajada de Estados Unidos, el conde no había elegido la ruta más directa, que habría hecho a Sofia recorrer diez manzanas en línea recta por el Faubourg Saint-Honoré. Quería alejarla de la sala de conciertos lo más rápido posible. Aquel pequeño rodeo sólo añadiría unos minutos al trayecto de Sofia, pero le permitiría pasar desapercibida por los Champs-Élysées; y aun así todavía tendría tiempo suficiente para llegar a la embajada antes de que hubieran descubierto su desaparición.

Pero lo que Rostov no había tenido en cuenta al hacer sus cálculos era el impacto que tendría sobre una muchacha de veintiún años ver por primera vez el Arc de Triomphe y el Louvre iluminados. Sí, Sofia ya los había visto el día anterior, junto con muchos monumentos más; pero, tal como había imaginado su padre, lo había hecho a través de la ventanilla de un autobús. Y eso no era lo mismo que verlos una noche de principios de verano, después de recibir una ovación, cambiar por completo de apariencia y huir al amparo de la oscuridad.

Porque si bien en la tradición clásica no existía una musa de la arquitectura, creo que todos coincidiremos en que, dadas las circunstancias adecuadas, el aspecto de un edificio puede quedar grabado en nuestra memoria, influir en nuestros sentimientos e incluso cambiarnos la vida. Y en efecto, arriesgando unos minutos que no podía permitirse perder, Sofia se detuvo en la Place de la Concorde y giró despacio sobre sí misma, como si de pronto reconociera algo.

La noche antes de salir de Moscú, al manifestar la inquietud que le producía lo que su padre quería que hiciera, él había intentado tranquilizarla con una idea. Le había dicho que nuestra vida la dirigen las incertidumbres y que muchas son desalentadoras, incluso perturbadoras, pero que si perseveramos y conservamos un corazón generoso, es posible que se nos conceda un momento de lucidez suprema, un momento en el que todo cuanto nos ha sucedido se define, de pronto, como el desarrollo necesario de los acontecimientos, y nos hallamos ante el umbral de una vida completamente nueva, esa vida a la que siempre habíamos estado destinados.

Al exponer su padre esa idea, a Sofia le había parecido tan descabellada y rimbombante que no había reducido su desasosiego ni un ápice. Sin embargo, mientras giraba sobre sí misma en la Place de la Concorde, contemplando el Arc de Triomphe, la Tour Eiffel y las Tuileries, los coches y las Vespas que circulaban alrededor del gran obelisco, Sofia creyó vislumbrar lo que su padre había intentado explicarle.

—¿La he llevado así toda la noche?

Richard Vanderwhile, de pie ante el espejo del dormitorio en su apartamento de la embajada, acababa de fijarse en el ángulo de su pajarita. Tenía una inclinación de veinticinco grados.

—Siempre la llevas así, cariño.

Richard miró a su mujer con cara de sorpresa.

—¿Siempre? ¿Y cómo es que nunca me has dicho nada?

—Porque me gusta. Te da un aire desenfadado.

Richard, no del todo insatisfecho con el adjetivo «desenfadado», volvió a mirarse en el espejo, se soltó la pajarita, colgó la chaqueta del esmoquin en el respaldo de la silla y se disponía a proponerle a su mujer que se tomaran una última copa cuando llamaron a la puerta. Era el secretario de Richard.

—¿Qué pasa, Billy?

—Siento molestarlo a estas horas, señor. Pero hay un joven que pregunta por usted.

—¿Un joven?

—Sí. Por lo visto, viene a pedir asilo.

Richard arqueó las cejas.

—¿Asilo de qué?

—No estoy seguro, señor. Pero va descalzo.

El señor y la señora Vanderwhile se miraron.

—Muy bien, será mejor que lo hagas pasar.

El secretario regresó al cabo de un minuto con un joven con boina de lana que, efectivamente, iba descalzo. Éste, con un gesto cortés que no disimulaba su nerviosismo, se quitó la gorra y la sujetó con ambas manos a la altura de la cintura.

—Billy —dijo la señora Vanderwhile—, no es un joven.

El director abrió mucho los ojos.

—¡Cielos! —exclamó Richard—. ¡Sofia Rostov!

Ella sonrió aliviada.

—Hola, señor Vanderwhile.

Richard le dijo a su secretario que podía marcharse y acto seguido se acercó a Sofia, sonriente, y la cogió por los codos.

—Deja que te vea. —Sin soltarla, Richard miró a su mujer y añadió—: ¿No te decía yo que era una preciosidad?

—Sí, es verdad —confirmó la señora Vanderwhile con una sonrisa.

Aunque, en opinión de Sofia, era la señora Vanderwhile la que era preciosa.

—Qué sorpresa tan maravillosa —dijo Richard.

—¿No me... esperaba? —preguntó Sofia con timidez.

—¡Claro que sí! Pero a tu padre le encanta rodearlo todo de mucha intriga y misterio. Me aseguró que vendrías, pero no quiso decirme cuándo, adónde ni cómo. Y desde luego no me dijo que llegarías descalza y disfrazada de chico. —Richard señaló la mochila de Sofia y añadió—: ¿Sólo has traído eso?

—Me temo que sí.

—¿Tienes hambre? —le preguntó la señora Vanderwhile.

Antes de que Sofia pudiera contestar, Richard se adelantó:

—Claro que tiene hambre. Tengo hambre yo, que acabo de llegar de cenar. Cariño, ¿por qué no vas a ver si encuentras ropa para Sofia mientras nosotros hablamos un poco? Luego podemos encontrarnos en la cocina.

Mientras la señora Vanderwhile iba a buscar la ropa, Richard llevó a la joven a su estudio y se sentó en el borde de la mesa.

—No sabes lo contentos que estamos de tenerte aquí, Sofia. Y no me gusta poner los negocios por delante del placer, pero estoy seguro de que, en cuanto nos sentemos a comer algo, tendrás que contarnos tantas aventuras que se nos irá el santo al cielo. Así que, antes de que vayamos a la cocina, tu padre mencionó que quizá traerías algo para mí...

Sofia titubeó y, con timidez, dijo:

—A mí me dijo que, primero, quizá usted tendría algo para mí...

Richard rió y dio una palmada.

—¡Tienes razón! Lo había olvidado.

Cruzó la habitación y fue hasta una estantería. Se puso de puntillas y, del estante superior, cogió lo que parecía un libro grande, pero que resultó ser un paquete envuelto con papel de embalar. Richard lo soltó en su mesa con un golpetazo.

Sofia, a su vez, metió la mano en su mochila.

—Antes de darme nada, quizá deberías asegurarte de que esto es lo que se supone —le advirtió Richard.

—Ah, sí. Entiendo.

—Además, he de reconocer que me muero de curiosidad.

Sofia fue hasta la mesa de Richard, desató el cordel y retiró el envoltorio del paquete. Dentro había una vieja edición de los *Ensayos* de Montaigne.

—Bueno —dijo Richard un tanto desconcertado—, eso hay que reconocérselo al francés. Pesa bastante más que Adam Smith o que Platón. No tenía ni idea.

Pero entonces Sofia abrió el libro, revelando una cavidad rectangular recortada dentro de las páginas, en la que había ocho montoncitos de monedas de oro.

—Claro —dijo Richard.

Sofia cerró el libro y volvió a atar el cordel. Luego se quitó la mochila, vació su contenido en una silla y, una vez vacía, se la entregó a Richard.

—Mi padre dijo que tendría que deshacer la costura de la parte superior de las correas.

Llamaron a la puerta, y la señora Vanderwhile asomó la cabeza.

—He encontrado algo de ropa para ti, Sofia. ¿Habéis acabado?

—Justo a tiempo —dijo Richard. Le hizo una señal a Sofia para que fuera con ella y añadió—: Enseguida voy.

Cuando se quedó a solas, Richard se sacó una navaja del bolsillo, abrió la cuchilla y, con cuidado, deshizo la costura hábilmente cosida a lo largo de la parte superior de las correas de la mochila. En el estrecho hueco que recorría toda la longitud de una de las correas había una hoja de papel apretadamente enrollada.

Richard extrajo el rollo de su escondite, se sentó y lo extendió sobre la mesa. En la parte superior había un esquema titulado «Cena Conjunta del Consejo de Ministros y el Presidium, 11 de junio de 1954». El diagrama representaba una U alargada, con cuarenta y seis nombres anotados alrededor del perímetro. Bajo el nombre de cada persona aparecían su título y una descripción de su personalidad resumida en tres palabras. El dorso de la hoja contenía una descripción detallada de la velada en cuestión.

Por supuesto, el conde describía el anuncio de la entrada en funcionamiento de la central nuclear de Óbninsk y la teatral exhibición de su conexión a la red eléctrica de Moscú. Pero donde ponía mayor énfasis a lo largo de su informe era en los matices sociales de la reunión.

Primero, observaba que al llegar a la cena, prácticamente todos los invitados se habían sorprendido por el escenario elegido. Era evidente que habían ido al hotel creyendo que cenarían en uno de los comedores privados del Boiarski, pero los habían conducido a la suite 417. La única excepción fue Jruschov, que entró en la habitación con la fría serenidad y la satisfacción de quien no sólo sabía dónde se celebraría la cena, sino que además se alegraba de ver que todo estaba en orden. El secretario general borró cualquier duda respecto a su participación en la planificación de la velada cuando, después de haber permanecido inusualmente callado, se levantó diez minutos antes de las once y propuso un brindis en el que mencionó la historia de la suite de dos plantas más abajo.

Sin embargo, en opinión del conde, la genialidad de aquella velada había sido la habilidad y el descaro con que Jruschov se había alineado con Málishev. En los últimos meses, Malenkov no había ocultado su desacuerdo con Jruschov con relación al armamento nuclear. Malenkov vaticinaba que una carrera de armamento nuclear con Occidente sólo podría tener resultados devastadores, y se refería a ella como una «política apocalíptica». Pero con aquel pequeño acto de teatro político, Jruschov había realizado el truco de prestidigitación perfecto: había cambiado la amenaza de una guerra del fin del mundo nuclear por el edificante espectáculo de una ciudad que brillaba gracias a la energía nuclear. De un solo golpe, el halcón conservador se había convertido en un hombre del futuro, y su oponente progresista, en un reaccionario.

Con toda la ciudad brillantemente iluminada y más botellas de vodka recién sacadas del congelador encima de la mesa, Málishev cruzó la habitación con la intención de hablar con el secretario general. Mientras el resto de los asistentes seguían paseándose, sonrientes, por la estancia, Málishev había ocupado con toda naturalidad la silla vacía que Jruschov tenía a su lado. Así, cuando todos comenzaron a ocupar de nuevo sus asientos, Malenkov se encontró atascado detrás de Jruschov y Málishev; y mientras el primer secretario del Partido Comunista esperaba, incómodo, a que terminaran su conversación para poder recuperar su asiento, en la mesa nadie se inmutó.

Cuando terminó de leer la descripción del conde, Richard se recostó en su silla y sonrió, lamentando no contar con cien hombres como Aleksandr Rostov. Y entonces vio que encima de su mesa había un trocito de papel ligeramente enrollado. Lo cogió y, de inmediato, reconoció la caligrafía del conde. La nota, que con toda seguridad iba dentro del informe, contenía unas sencillas instrucciones para que le confirmase que Sofia había llegado a la embajada sana y salva, además de una larga secuencia de números de siete cifras.

Richard se puso en pie de un salto.

—¡Billy!

Al cabo de un momento, se abrió la puerta y el secretario asomó la cabeza.

—¿Señor?

—Si son casi las diez en París, ¿qué hora es en Moscú?

—Las doce de la noche.

—¿Cuántas operadoras hay en la centralita?

—No estoy seguro —admitió el teniente, un poco aturullado—. A estas horas, supongo que dos. Quizá tres.

—¡No son suficientes! Vaya a la sala de mecanógrafas, a la sala de descodificación, a la cocina. ¡Haga venir a todo el que tenga un dedo en la mano!

Cuando llegó al vestíbulo con su mochila al hombro y se sentó en su sillón entre las dos palmeras, el conde logró estarse quieto. No se levantó para caminar de un lado a otro ni se puso a leer la edición vespertina. Tampoco miró la hora en el reloj de pulsera del Obispo.

Si con anterioridad le hubieran preguntado cómo imaginaba que se sentiría cuando estuviera allí sentado en esas circunstancias, habría augurado, sin duda, cierta ansiedad. Pero pasaban los minutos y la espera no se le hacía en absoluto angustiante, sino que le resultaba sorprendentemente tranquila. Con una paciencia casi sobrenatural, contempló el ir y venir de los huéspedes del hotel. Vio abrirse y cerrarse las puertas del ascensor. Oyó la música y las risas que salían del Bar Chaliapin.

En ese momento tenía la impresión de que, por decirlo así, nadie estaba fuera de lugar; de que todo lo que sucedía, por insignificante que pareciera, formaba parte de un plan general; y de que, en el contexto de ese plan, lo que él tenía que hacer era permanecer sentado en aquel sillón, entre las dos palmeras, y esperar. Y casi exactamente a las doce en punto de la noche, su paciencia se vio recompensada. Porque, de acuerdo con las instrucciones que le había dado por escrito a Richard, todos los teléfonos de la planta baja del Metropol comenzaron a sonar.

Sonaron los cuatro del mostrador principal. Sonaron los dos teléfonos internos que había en una mesita auxiliar junto al ascensor. Sonaron los teléfonos del mostrador de Vasili y el del jefe de botones. También sonaron los cuatro teléfonos del Piazza, los tres de la cafetería, los ocho de los despachos y los dos del escritorio del Obispo. En total, debía de haber treinta teléfonos sonando a la vez.

Qué concepto tan simple: treinta teléfonos sonando a la vez. Y sin embargo, inmediatamente se creó una sensación de caos. Todos los presentes en el vestíbulo empezaron a mirar a un lado y a otro. ¿Qué podía haber provocado que sonaran treinta teléfonos a las doce de la noche? ¿Habría caído un rayo en el Hotel Metropol? ¿Habrían atacado Rusia? ¿O serían los espíritus del pasado ajustándole las cuentas al presente?

Cualquiera que fuese la causa, el sonido era absolutamente desconcertante.

Cuando suena un solo teléfono, nuestro primer impulso es levantar el auricular y contestar. Pero cuando suenan treinta a la vez, nuestra reacción instintiva es retroceder un par de pasos y mirar a nuestro alrededor. El escaso personal del turno de noche se encontró corriendo de un teléfono a otro, sin atreverse a contestar ni uno solo. Los borrachines del Chaliapin salieron al vestíbulo, mientras los huéspedes del segundo piso, que se habían despertado, bajaban por la escalera. Y en medio de ese tumulto, el conde Aleksandr Ilich Rostov se puso el sombrero y el abrigo del periodista, se colgó la mochila a la espalda y salió del Hotel Metropol.

A MODO DE EPÍLOGO

A continuación...

El 21 de junio de 1954, Víktor Stepánovich Skadovski salió de su apartamento poco antes de medianoche para acudir a una cita.

Su mujer le había pedido que no fuera. ¿Cómo iba a sacar algo bueno de una cita a aquellas horas? ¿Acaso creía que la policía no vigilaba las calles a medianoche? Pues sí, la policía se aseguraba de vigilar las calles precisamente a medianoche. ¡Porque, desde siempre, a esa hora era cuando los necios acudían a sus citas!

Él contestó que eso eran bobadas, que se estaba poniendo melodramática. Pero al salir del edificio recorrió diez manzanas hasta el Anillo de los Jardines antes de coger un autobús, y lo reconfortó la indiferencia con que lo recibieron el resto de los pasajeros.

Sí, su mujer estaba enfadada porque había acudido a una cita a medianoche. Pero si hubiera sabido el propósito de esa cita, se habría subido por las paredes. Y si, al enterarse de las intenciones de su marido, hubiera exigido saber cómo se le había ocurrido acceder a hacer algo tan insensato, él no habría sabido qué contestarle. Ni él mismo estaba seguro.

No era sólo por Sofia. Por supuesto, sentía un orgullo casi paternal por sus logros como pianista. La mera idea de ayudar a una joven artista a descubrir su talento era una fantasía que Víktor había abandonado mucho tiempo atrás; y no habría podido describir con palabras cuánto lo emocionaba que hubiera sucedido de forma tan inesperada. Aún más, las horas que había pasado enseñando a Sofia lo habían impulsado a perseguir otro sueño abandonado:

tocar el repertorio clásico con una orquesta de cámara. Pero aun así no era sólo por ella.

En mayor medida lo hacía por el conde. Porque, aunque parezca difícil de entender, Víktor sentía una profunda lealtad por Aleksandr Ilich Rostov; una lealtad basada en un respeto que Víktor difícilmente habría podido explicar. Y que su mujer, pese a todas sus virtudes, jamás habría podido comprender.

Pero por encima de todo quizá hubiera accedido al ruego del conde porque le parecía justo hacerlo; y esa convicción, por sí sola, era un placer cada vez más escaso.

Mientras pensaba en eso, Víktor se apeó del autobús, entró en la antigua estación de San Petersburgo y atravesó el vestíbulo central hacia la cafetería bien iluminada, donde le habían indicado que debía esperar.

Víktor estaba sentado a una mesa del rincón, observando a un anciano acordeonista que iba de mesa en mesa, cuando el conde entró en la cafetería. Llevaba una gabardina norteamericana y un sombrero de fieltro gris oscuro. Al ver a Víktor, cruzó la cafetería, se descolgó la mochila, se quitó el abrigo y el sombrero y se sentó con él. Cuando, al cabo de un momento, se acercó la camarera, pidió una taza de café; esperó a que se lo sirvieran y entonces deslizó el librito rojo por la mesa.

—Quiero darle las gracias por hacerme este favor —dijo.

—No tiene que agradecerme nada, Excelencia.

—Por favor, Víktor, llámeme Aleksandr.

Víktor iba a preguntarle si había tenido noticias de Sofia, pero lo distrajo una refriega que surgió en el otro extremo de la cafetería. Dos demacrados vendedores de fruta que transportaban sendos canastos se habían enzarzado en una disputa territorial. Como ya era muy tarde, sólo les quedaban unas pocas piezas de fruta a cada uno y, aunque quienes presenciaban el altercado pudieran pensar que eso banalizaba en cierta medida su disputa, los dos protagonistas no opinaban lo mismo. Prueba de ello es que, tras un breve intercambio de insultos, uno le pegó al otro en la cara. El agredido, con sangre en el labio y con la fruta esparcida por el suelo, devolvió el golpe.

Mientras los clientes de la cafetería interrumpían sus conversaciones para contemplar la pelea con gesto de hastío, el dueño salió de detrás de la barra, agarró a los dos combatientes por el cuello de la chaqueta y los sacó a la calle. Por un momento, el local se quedó en silencio mientras todos miraban por la ventana a los dos vendedores de fruta, que se quedaron sentados en el suelo a escasa distancia. De pronto, el anciano acordeonista, que durante la pelea había dejado de tocar, se arrancó con una alegre melodía, presuntamente con la esperanza de relajar un poco el ambiente.

Víktor bebió un sorbo de café mientras el conde observaba con interés al acordeonista.

—¿Ha visto *Casablanca*? —preguntó Rostov.

Víktor, un tanto sorprendido, contestó que no.

—Pues debería verla.

Y a continuación le habló de su amigo Ósip y de la última vez que habían visto juntos la película. Y describió, concretamente, la escena en la que la policía se llevaba detenido a un ladronzuelo y cómo el dueño norteamericano del local, tras asegurarles a sus clientes que no pasaba nada, le pedía al director de la banda de músicos que siguiera tocando.

—A mi amigo le impresionó mucho esa escena —explicó el conde—. Él interpretaba que el dueño del local, al ordenar al pianista que volviera a tocar inmediatamente después de la detención, demostraba su indiferencia ante la suerte de sus semejantes. Pero yo me pregunto si...

A la mañana siguiente, a las once y media, dos agentes del KGB se presentaron en el Hotel Metropol con objeto de interrogar al jefe de sala Aleksandr Rostov en relación con un asunto que no revelaron.

Un botones los acompañó hasta la habitación de Rostov, en el sexto piso, pero no lo encontraron allí. Tampoco estaba haciéndose un repaso en la barbería, ni comiendo en el Piazza ni leyendo los periódicos en el vestíbulo. Interrogaron a algunos de sus allegados, entre ellos el chef Zhukovski y el maître Duras, pero ninguno de los dos lo había visto desde la noche pasada. (Los agentes también intentaron por todos los medios hablar con el director del hotel, pero resultó que ese día todavía no había ido a trabajar, ¡lo que fue debidamente anotado en su expediente!) A la una, llamaron a otros dos agentes del KGB para poder llevar a cabo un registro más concienzudo del hotel. A las dos le sugirieron al oficial encargado de la investigación que hablara con Vasili, el conserje. Cuando el agente se dirigió a su mostrador del vestíbulo (donde Vasili estaba en ese momento reservándole unas entradas para el teatro a un cliente), no se anduvo por las ramas y le preguntó abiertamente:

—¿Sabe usted el paradero de Aleksandr Rostov?

A lo que el conserje respondió:

—No tengo ni la más remota idea.

Tras enterarse de que tanto el director Leplevski como el jefe de sala Rostov habían desaparecido, a las dos y cuarto el chef Zhukovski y el maître Duras acudieron a su reunión diaria en el despacho del chef y se enfrascaron de inmediato en una conversación. Para ser sinceros, no dedicaron mucho tiempo a indagar sobre la ausencia del director Leplevski. En cambio, sí se lo dedicaron a la desaparición del jefe de sala Rostov.

Los dos miembros del Triunvirato, que en un primer momento se habían inquietado al enterarse de la desaparición de su amigo, se tranquilizaron al reparar en la aparente frustración del KGB, pues eso confirmaba que el conde no estaba en sus garras. Con todo, el interrogante seguía sin respuesta: ¿dónde podía estar?

Entonces, cierto rumor empezó a extenderse entre el personal del hotel. Aunque los agentes del KGB estaban entrenados para adoptar una actitud inescrutable, la sintaxis de los gestos, el lenguaje y las expresiones faciales tiende a ser desobediente. Así, a lo largo de la mañana, se les habían escapado insinuaciones que invitaban a deducir que Sofia había desaparecido en París.

—¿Será posible que...? —se preguntó Andréi en voz alta, insinuándole claramente a Emile la posibilidad de que su amigo también hubiera huido durante la noche.

Como sólo eran las dos y veinticinco, y el chef Zhukovski todavía tenía que pasar de la fase pesimista a la optimista, se limitó a responder de manera cortante:

—¡Por supuesto que no!

Eso desencadenó un debate entre los dos amigos sobre las diferencias entre lo que es probable, plausible y posible, y el debate habría podido prolongarse durante una hora de no ser porque llamaron a la puerta. Emile contestó con un contrariado «¿Sí?» y se volvió, esperando ver a Iliá con su cuchara de madera, pero era el encargado del cuarto del correo.

Al chef y al maître los dejó tan perplejos esa repentina aparición que se limitaron a mirar al recién llegado con los ojos como platos.

—¿Son ustedes el chef Zhukovski y el maître Duras? —preguntó el hombre al cabo de un momento.

—¡Por supuesto que sí! —declaró el chef—. ¿Quiénes íbamos a ser si no?

Sin decir nada, el empleado les entregó dos de los cinco sobres que habían echado en el buzón de su despacho la noche anterior (ya había pasado por el taller de costura, por el bar y por el mostrador del conserje). El empleado, que era un auténtico profesional, no mostró el menor interés por el contenido de aquellas cartas, pese a su peso fuera de lo común; y, por descontado, no se quedó esperando a que las abrieran, pues tenía mucho trabajo que hacer, muchas gracias.

Cuando se marchó el encargado del correo, Emile y Andréi miraron sus respectivos sobres con asombro. Al instante, comprobaron que los nombres de los destinatarios de las cartas estaban escritos con una caligrafía formal, orgullosa y franca. Se miraron, arquearon las cejas y rasgaron los sobres. En el interior, cada uno encontró una carta de despedida en la que les agradecían su amistad, les aseguraban que la Noche de la Bullabesa jamás caería en el olvido y les pedían que aceptaran el contenido adjunto del sobre como una pequeña muestra de amistad eterna. El «contenido adjunto» resultaron ser cuatro monedas de oro.

Emile y Andréi, que habían abierto sus cartas a la vez y las habían leído a la vez, las dejaron encima de la mesa a la vez.

—¡Es verdad! —exclamó Emile.

A Andréi, que era una persona discreta y educada, ni siquiera se le pasó por la cabeza decir: «Ya se lo decía yo.» Aunque sí esbozó una sonrisa y comentó:

—Eso parece...

Pero cuando Emile se recuperó de esas felices sorpresas (¡cuatro monedas de oro y un amigo que recuperaba la libertad!), movió la cabeza como si estuviera afligido.

—¿Qué sucede? —le preguntó Andréi, preocupado.

—Ahora que Aleksandr se ha ido y usted tiene la enfermedad de Parkinson —contestó el chef—, ¿qué va a ser de mí?

Andréi se quedó mirando al chef un momento y entonces sonrió.

—¡La enfermedad de Parkinson! Amigo mío, mis manos conservan toda su agilidad.

Y, para demostrárselo, cogió las cuatro Catalinas de oro y se puso a hacer malabarismos con ellas.

Esa tarde, a las cinco en punto, sentado a su mesa en un bonito despacho del Kremlin (con vistas a las lilas del Jardín Aleksándrovski, nada menos), el jefe de Administración de una rama especial del complicado aparato de seguridad del país revisaba un expediente. El jefe de Administración, que vestía un traje gris oscuro, habría podido pasar bastante desapercibido entre el resto de los burócratas con calva incipiente de sesenta y tantos años, de no ser por la cicatriz que tenía encima de la oreja izquierda, donde, por lo visto, alguien había intentado partirle el cráneo con un hacha.

Llamaron a la puerta de su despacho y el jefe de Administración dijo:

—Pase.

Quien había llamado era un joven con camisa y corbata que llevaba una gruesa carpeta marrón.

—¿Qué pasa? —le preguntó el jefe de Administración a su teniente, sin levantar la vista de lo que lo tenía ocupado en ese momento.

—Señor —dijo el teniente—. Esta mañana a primera hora nos han informado de que una alumna del Conservatorio de Moscú que participa en la gira de buena voluntad ha desaparecido en París.

El jefe de Administración levantó la cabeza.

—¿Una alumna del Conservatorio de Moscú?

—Sí, señor.

—¿Una mujer?

—Sí, una joven.

—¿Cómo se llama?

El teniente consultó la carpeta que tenía en las manos.

—Su nombre de pila es Sofia y reside en el Hotel Metropol, donde la ha criado un tal Aleksandr Rostov, un ex aristócrata condenado a arresto domiciliario; aunque parece ser que hay dudas respecto a su paternidad.

—Entiendo. ¿Y han interrogado a ese tal Rostov?

—De eso se trata, señor. Tampoco encuentran a Rostov. Un primer registro de las dependencias del hotel ha resultado infructuoso y ninguna de las personas que han sido interrogadas ha admitido haberlo visto desde anoche. Sin embargo, durante un segundo registro más concienzudo que se ha realizado esta tarde han encontrado al director del hotel encerrado en un almacén del sótano.

—No será el camarada Leplevski...

—Efectivamente, señor. Por lo visto, descubrió que la joven planeaba desertar, y se disponía a informar al KGB cuando Rostov lo redujo y lo obligó a entrar en el almacén a punta de pistola.

—¡A punta de pistola!

—Así es, señor.

—¿De dónde había sacado Rostov el arma?

—Al parecer, tenía un par de pistolas de duelo antiguas, y ganas de usarlas. Nos han confirmado que disparó contra un retrato de Stalin que había en el despacho del director.

—Disparó contra un retrato de Stalin. Vaya. Por lo visto se trata de un tipo despiadado...

—Sí, señor. Y, si me permite decirlo, es muy astuto. Porque parece ser que hace dos noches le robaron el pasaporte finlandés y moneda finlandesa a un cliente del hotel. Y anoche le robaron una gabardina y un sombrero a un periodista norteamericano. Esta tarde han enviado investigadores a la estación de ferrocarril de Leningradski, donde se ha confirmado que han visto subir a un individuo que llevaba la gabardina y el sombrero en cuestión en el tren nocturno a Helsinki. La gabardina y el sombrero han aparecido en unos lavabos de la estación terminal rusa de Viborg, junto con una guía turística de Finlandia con los mapas arrancados. Dadas las estrictas medidas de seguridad del paso fronterizo de Finlandia, se supone que Rostov se apeó del tren en Viborg para cruzar la frontera a pie. Han alertado a las fuerzas de seguridad locales, pero cabe la posibilidad de que ya se les haya escapado.

—Entiendo —repitió el jefe de Administración. Cogió el expediente que le tendía su teniente y lo dejó encima de su mesa—. Pero, dígame, ¿cómo hemos llegado a establecer la conexión entre Rostov y el pasaporte finlandés?

—Ha sido el camarada Leplevski, señor.

—¿Ah, sí?

—Cuando Rostov llevó al camarada Leplevski al sótano, vio cómo Rostov cogía la guía de Finlandia de una colección de libros abandonados. Con esa información, fue fácil relacionar el robo del pasaporte, y enviaron a unos agentes a la estación.

—Excelente, excelente —dijo el jefe de Administración.

—Sí, señor. Aunque hay una cosa que todavía no entiendo.

—¿De qué se trata?

—¿Por qué Rostov no mató a Leplevski cuando tuvo la oportunidad?

—Es obvio —respondió su jefe—. No mató a Leplevski porque Leplevski no es aristócrata.

—¿Cómo dice, señor?

—No importa, no importa.

Mientras que el jefe de Administración tamborileaba con los dedos encima de la carpeta nueva, el teniente se demoró un momento en la puerta.

—¿Sí? ¿Tiene que decirme algo más?

—No, señor, nada más. Pero ¿cómo debemos proceder?

El jefe de Administración caviló unos instantes y entonces, recostándose en la silla y esbozando un amago de sonrisa, contestó:

—Arresten a los sospechosos habituales.

Fue Víktor Stepánovich, por supuesto, quien dejó los indicios incriminatorios en los lavabos de la estación terminal de Viborg.

Una hora después de despedirse del conde, subió al tren a Helsinki con el sombrero y la gabardina del periodista estadounidense y con la guía *Baedeker* en el bolsillo. Cuando se apeó en Viborg, arrancó los mapas y dejó la guía, junto con los otros artículos, en un mostrador de los lavabos de la estación. Luego regresó en el siguiente tren con destino a Moscú con las manos vacías.

Casi un año más tarde, Víktor por fin tuvo la oportunidad de ver *Casablanca*. Como es lógico, cuando el Rick's Café apareció en escena y la policía estaba a punto de capturar a Ugarte, su interés se despertó, porque recordaba su conversación con el conde en la cafetería de la estación. Así que, con la mayor atención, observó cómo Rick ignoraba las peticiones de ayuda de Ugarte; vio que la expresión del dueño del local permanecía fría y distante cuando la policía le arrancaba a Ugarte de las solapas; pero luego, cuando Rick empezaba a abrirse camino entre la desconcertada multitud hacia el pianista, algo llamó la atención de Víktor. Sólo era un pequeño detalle, no más que unos cuantos fotogramas de película: hacia la mitad de ese breve trayecto, cuando pasa al lado de la mesa de un cliente, Rick, sin detenerse y sin dejar de tranquilizar a los presentes, endereza una copa de cóctel que han derribado durante la escaramuza.

«Sí —pensó Víktor—, eso es, exactamente.»

Porque allí estaba Casablanca, un remoto puesto de avanzada en tiempos de guerra. Y allí, en pleno centro de la ciudad, justo bajo la luz de los reflectores, estaba el Rick's Café Américain, donde los sitiados podían reunirse, de momento, para jugar y beber y escuchar música; para conspirar, consolarse y, sobre todo, ser optimistas. Y en medio de ese oasis estaba Rick. Como había observado el amigo del conde, la frialdad con que el dueño del local reaccionaba ante la detención de Ugarte y la orden de que la banda siguiera tocando podían sugerir cierta indiferencia hacia el destino de los hombres. Pero, al enderezar la copa de cóctel justo después de aquella conmoción, ¿acaso no demostraba también su certeza de que, hasta con los actos más pequeños uno puede restablecer cierto orden en el mundo?

Anónimo

Una tarde de comienzos del verano de 1954, un individuo alto de unos sesenta años se detuvo entre unos manzanos un tanto desaliñados, en medio de la hierba crecida, en la provincia de Nizhni Nóvgorod. Su barba incipiente, el barro de sus botas y la mochila que llevaba colgada a la espalda contribuían a dar la impresión de que aquel hombre llevaba varios días caminando, aunque no parecía acusar ese esfuerzo.

El viajero miró un poco más adelante, donde distinguió el trazado de un camino que la hierba había invadido hacía mucho. Se volvió hacia allí con una sonrisa a la vez nostálgica y serena, y una voz que parecía descender del cielo le preguntó: «¿Adónde vas?»

El hombre se paró en seco y miró hacia arriba en el momento en que, con un susurro de hojas, un niño de unos diez años saltaba al suelo desde la rama de un manzano.

El hombre abrió mucho los ojos.

—Eres silencioso como un ratón, joven.

El muchacho no se amedrentó y se tomó el comentario de aquel desconocido como un cumplido.

—Yo también —dijo una vocecilla tímida desde la copa del árbol.

El viajero miró hacia arriba y descubrió a una niña de siete u ocho años sentada en una rama.

—¡Ya lo creo! ¿Quieres que te ayude a bajar?

—No, no hace falta —contestó ella, pero de todas formas se colocó de modo que fuera a parar a los brazos del viajero.

Cuando la niña ya estuvo en el suelo, al lado del niño, el viajero vio que eran hermanos.

—Somos piratas —dijo el niño con soltura, mientras miraba hacia el horizonte.

—Ya me he dado cuenta —contestó el viajero.

—¿Va a la mansión? —preguntó la niña con curiosidad.

—Casi nadie va allí —lo previno el muchacho.

—¿Dónde está? —preguntó el hombre, que no había visto nada entre los árboles.

—Nosotros le mostraremos el camino.

Los niños lo condujeron por un viejo camino cubierto de vegetación que describía un arco largo y perezoso. Cuando llevaban unos diez minutos caminando, se resolvió el misterio de la invisibilidad de la mansión: el edificio había quedado arrasado por un incendio hacía ya varias décadas y sólo quedaban dos chimeneas inclinadas, una en cada extremo de un claro todavía salpicado aquí y allá de cenizas.

A quien ha estado ausente durante décadas de un lugar que amaba, los sabios le aconsejan, por lo general, no regresar jamás.

La historia nos ofrece ejemplos aleccionadores: tras recorrer los mares y superar toda clase de terribles peligros durante décadas, Ulises regresó por fin a Ítaca, pero tuvo que volver a marcharse al cabo de pocos años. Robinson Crusoe, que había conseguido regresar a Inglaterra tras años de aislamiento, poco después se embarcó hacia la misma isla de la que con tanto fervor había rezado para que lo rescataran.

¿Por qué, tras soñar tantos años con la vuelta al hogar, esos viajeros lo abandonan de nuevo al poco tiempo de su regreso? Es difícil de explicar. Tal vez, para quienes regresan tras una larga ausencia, la combinación de profundos sentimientos con la influencia despiadada del tiempo sólo pueda generar desilusión. El paisaje ya no es tan bonito como recordaban. La sidra local ya no es tan dulce. Los edificios pintorescos están tan restaurados que es imposible reconocerlos, y las viejas tradiciones han caído en desuso y han dado paso a nuevas y desconcertantes distracciones. Y aunque uno antaño creía residir en el mismísimo centro de ese pequeño universo, resulta que apenas lo reconocen, si es que lo reconocen. Por eso los sabios aconsejan mantenerse bien lejos del antiguo hogar.

Pero ningún consejo, por muy bien cimentado que esté en la historia, sirve para todos. Dos hombres, como sucede con las botellas de vino, pueden ser muy diferentes por haber nacido con una diferencia de un año o en colinas vecinas. A nuestro viajero, por ejemplo, plantado ante las ruinas de lo que fue su hogar, no lo abrumaron la conmoción, la indignación ni la desesperación. Al contrario, compuso la misma sonrisa, nostálgica y a la vez serena, que al ver el camino cubierto de hierba. Porque resulta que uno puede revisitar el pasado sin grandes quebrantos, siempre y cuando dé por hecho que casi todo habrá cambiado por completo.

Tras despedirse de los jóvenes piratas, nuestro viajero se dirigió a la aldea, que quedaba a unos ocho kilómetros de allí.

Así como no le importó mucho comprobar lo cambiado que estaba aquel lugar, le supuso un gran alivio ver que la vieja posada de las afueras de la aldea seguía allí. Agachó la cabeza para entrar por la puerta y se descolgó la mochila del hombro; lo saludó la dueña, una mujer mayor que salió del fondo de la estancia secándose las manos en el delantal. Le preguntó si buscaba habitación. El conde le contestó que sí, pero dijo que antes le gustaría comer algo. Así pues, ella apuntó con la barbilla hacia la puerta por la que se accedía a la taberna.

El hombre volvió a agachar la cabeza y entró. Por ser la hora que era, sólo había unos pocos vecinos sentados aquí y allá ante las viejas mesas de madera, comiendo un sencillo estofado de col y patatas o bebiendo un vaso de vodka. Saludó con una cordial inclinación de cabeza a los que se molestaron en alzar la vista de sus platos y continuó hasta la habitacioncita con una vieja estufa rusa que había al fondo de la taberna. Y allí, en el rincón, en una mesa para dos, con el pelo entrecano, lo esperaba la mujer esbelta como un sauce.